DIE NACHT DES BLUTADLERS

Dieses Buch ist ein Roman. Handlungen und Personen sind mit wenigen Ausnahmen, die in der Danksagung erläutert werden, frei erfunden. Ähnlichkeiten mit lebenden oder toten Personen sind nicht gewollt und rein zufällig.
Da in Schweden seit der Du-Reform in den sechziger Jahren das Du als Anredeform (mit Ausnahme des Königshauses) allgegenwärtig ist, wird im vorliegenden Text auf das den deutschen Gepflogenheiten entsprechende Siezen verzichtet.

MARC VOLTENAUER

DIE NACHT DES BLUTADLERS

KRIMINALROMAN

*Aus dem Französischen übersetzt
von Franziska Weyer*

emons:

Bibliografische Information der Deutschen Nationalbibliothek
Die Deutsche Nationalbibliothek verzeichnet diese Publikation
in der Deutschen Nationalbibliografie; detaillierte bibliografische
Daten sind im Internet über http://dnb.d-nb.de abrufbar.

Die Originalausgabe erschien 2019 unter dem Titel »L'Aigle de sang« bei Slatkine & Cie.

© Marc Voltenauer
© 2019 Slatkine & Cie
© der deutschsprachigen Ausgabe: Emons Verlag GmbH
Alle Rechte vorbehalten
Umschlagmotiv: mauritius images/Santiago vidal vallejo/Alamy/
Alamy Stock Photos
Umschlaggestaltung: Nina Schäfer
Gestaltung Innenteil: DÜDE Satz und Grafik, Odenthal
Druck und Bindung: CPI – Clausen & Bosse, Leck
Printed in Germany 2024
ISBN 978-3-7408-2032-9

Unser Newsletter informiert Sie
regelmäßig über Neues von emons:
Kostenlos bestellen unter
www.emons-verlag.de

Die automatisierte Analyse des Werkes, um daraus Informationen insbesondere über Muster, Trends und Korrelationen gemäß § 44b UrhG (»Text und Data Mining«) zu gewinnen, ist untersagt.

Meinem Vater Dieter gewidmet,
mit dem mich die Leidenschaft für Gotland verbindet

PROLOG

Andreas streckte die Hand aus und strich mit den Fingerspitzen über jeden einzelnen Buchstaben, der für die Ewigkeit in den Granit gemeißelt worden war. Er schloss die Augen und öffnete sie dann wieder, als müsse er sich der Realität dieses Augenblicks vergewissern. Eine Träne war seine Wange hinuntergelaufen, am Rand seiner Oberlippe abgeperlt und in seinen Mund geflossen. Sie schmeckte bitter. Andreas starrte auf die Grabinschrift:

Viel zu früh gegangen ...

Das alles schien so unwirklich.

Erinnerungen tauchten auf und zogen wie Bilder in einer Diaschau vorbei. Er meinte, das leise, trockene Klackern zu hören, mit dem sie im Kodak-Diaprojektor, den sein Vater an langen Winterabenden hervorholte, weitertransportiert wurden. Die Mechanik des Projektors schob ein Dia hinter das Objektiv, und das Magazin glitt weiter vor. Schnappschüsse in kontrastreichen, satten Farben. *Schklick.*

Jessica und er im apfelgrünen Plastiksandkasten im Garten des Hauses auf der Insel Gotland. *Schklick.* Er mit dem Ranzen auf dem Rücken und einer riesigen orangefarbenen, mit einer lila Schleife verzierten und mit Süßigkeiten gefüllten Schultüte im Arm, die er von seinen Eltern zu seinem ersten Schultag bekommen hat. *Schklick.* In Fußballerpose mit aufgeschürften Knien, im roten Trikot mit der Nummer neun. *Schklick.* Triumphierend grinsend mit seinem ersten Moped, einer blauschwarzen Piaggio Ciao mit verchromtem Auspuff, an seinem vierzehnten Geburtstag. *Schklick.* In dunklem Anzug bei seiner Vereidigung, innerlich jubilierend, umringt von seinen Kameraden. *Schklick.* Mikaël und er beim ersten Kuss. *Schklick.*

Ein Wendepunkt in seinem Leben. Seine Schwester Jessica, eingesperrt in einem schaurigen Keller. *Schklick.* Ein kantiges Gesicht, der rasierte Schädel, stechende eisblaue Augen. Der Mann, der Mikaël eine Kugel in den Kopf schießt. *Schklick.*

Er mit einer Waffe in der Hand vor dem auf dem Boden des Chalets liegenden Individuum. *Schklick.* Mikaël auf der Intensivstation, durch Schläuche mit einer Maschine verbunden. *Schklick.* Er, von seiner Vorgesetzten suspendiert, allein zu Hause, Whisky trinkend. *Schklick.* Jessica, in Tränen aufgelöst auf dem Weihnachtsmarkt, und er, von den Enthüllungen, die sein Leben verändert haben, erschüttert. *Schklick.* Das Krankenhauszimmer, das EKG, das aus dem Ruder läuft, die Ärzte, die Mikaël mitnehmen. *Schklick! Schklick! Schklick.*

1

Ostsee
Mittwoch, 4. Oktober 1944

Der Mann saß an die Reling gelehnt auf dem Boden eines wackeligen Holzbootes, das von den Wellen hin und her geworfen wurde. Unter den gut dreißig weiteren Personen an Bord befand sich auch sein Freund Roopi mit seiner Frau und ihrem Baby. Trotz des rauen Seegangs hatten am Vortag mehrere Boote die Insel Saaremaa verlassen. Die Zeit drängte. Am 22. September hatte die Rote Armee Tallinn eingenommen und setzte seitdem die Rückeroberung Estlands fort. Am Tag zuvor erst hatten die Russen Hiiumaa in Besitz genommen, daher würde es sicherlich nicht lange dauern, bis sie auch die Nachbarinsel Saaremaa erobern würden.

Als sie gegen achtzehn Uhr abgelegt hatten, hatte eine alte Frau die Hände gefaltet und inbrünstig »*Jumal meiega!*« – »Gott sei mit uns!« – ausgerufen. Der Kapitän, ein estnischer Fischer, besaß lediglich eine einfache Seekarte und einen Kompass, um sie durch die schwarze Nacht zu navigieren. Unheilvolle Wolken ließen den Mond und den Sternenhimmel hinter einem undurchsichtigen Vorhang verschwinden.

Der Mann hatte sich warm angezogen, doch seine Kleidung war durch die Wellen, die sich an dem Boot brachen, durchnässt. Seine Muskeln zogen sich zusammen, und seine Glieder wurden durch die Kälte ganz steif. Die Frauen und Kinder hatte man notdürftig in Militärdecken gewickelt. Niemand hatte eine Rettungsweste.

Plötzlich vernahmen sie das dumpfe Geräusch von Propellern. Der Kapitän schaltete den Außenbordmotor aus. Auf jeder Seite des Kahns begannen zwei Leute zu rudern. Der Mann hatte sich freiwillig gemeldet. Die Lichter am Himmel ließen zwei Kampfflugzeuge vermuten. Flugzeuge des Typs Iljuschin II-2 »Schturmowik«, die auch »Schwarzer Tod« genannt wurden. Alle hielten den Atem an. Auf einmal waren das schrille Geräusch eines Sturzfluges und eine Maschinengewehrsalve zu hören. Geschrei gellte durch die Dunkelheit. Eine weitere Salve, eine Explosion in der Nähe, Schreie und dann wieder Totenstille.

Nach mehreren Angriffen drehten die Flugzeuge ab, und es wurde wieder ruhig. Der Mann wusste nicht, wie viele Boote gesunken waren und wie viele Menschen ihr Leben verloren hatten. Der Kapitän entschied, noch eine Zeit lang ohne Motor weiterzufahren, und befahl, die Ruder wieder aufzunehmen. Das aufgewühlte Meer gönnte ihnen keine Atempause. Schließlich gab der Mann das Ruder ab und nickte erschöpft zwischen zwei anderen Passagieren hockend ein.

Eine riesige Welle riss ihn aus seinem Dämmerschlaf. Sie brach sich über dem Schiffsrumpf und überflutete das Boot. Die Menschen schrien, das Boot drohte zu kentern. Hektisch begannen sie das Wasser herauszuschöpfen. Die schmerzenden Glieder des Mannes behinderten seine Bewegungen. Eine zweite Sturzwelle würden sie nicht überstehen, aber das Meer verschonte sie. Es gelang ihnen, das Wasser aus dem Inneren des Bootes zu entfernen, doch sie waren bis auf die Knochen durchnässt und starr vor Kälte. So kurz vor dem Ziel aufzugeben kam nicht in Frage. Der Kapitän entschied, den Motor wieder anzulassen.

In den frühen Morgenstunden fielen die ersten zarten Sonnenstrahlen auf das Gesicht des Mannes. Die See war wieder ruhig, aber der Motor hatte seinen Geist aufgegeben. Die Ruderer wechselten sich ab und legten sich in die Riemen. Ein paar Stunden später erblickte der Mann am Himmel Rauch, der aus einem Schornstein quoll. Die Küste der Insel Gotland war in Sicht. Bevor das Boot anlegte, zog er den Ring vom linken Ringfinger und warf ihn über Bord.

2

Barshalder, Gotland
Donnerstag, 21. Dezember 1978

In der längsten Nacht des Jahres stand Jarl Dvalin, Anführer des Clans Freyjas Kinder, aufrecht und regungslos inmitten einer Steinformation, die seine Vorfahren in der Bronzezeit kunstvoll angeordnet hatten, um die Form eines Wikingerschiffs nachzuahmen. Die Schiffssetzung befand sich auf einer ruhigen Lichtung inmitten des Waldes von Barshalder auf der Insel Gotland. Der Mann, den man dort vor fast dreitausend Jahren bestattet hatte, war mit Hilfe des steinernen Drakkars höchstwahrscheinlich nach Helheim gelangt, eine der neun Welten der nordischen Mythologie, in der die Toten in einem eisigen und undurchdringlichen Nebel leben.

Der Jarl stellte sich den brennenden Scheiterhaufen vor, den verkohlten Leichnam, die gesäuberten und zermahlenen Knochen und die Urne aus gebranntem Ton, die in der Mitte des schiffsförmigen Steinkreises vergraben worden war. Er spürte, welch einzigartige Energie dieser von den Wikingern geschaffene Ort verströmte. Schnee bedeckte den Boden. Die Clanmitglieder hatten die Steine für die Zeremonie freigeschaufelt. Schweigend betrachtete Jarl Dvalin die Szenerie. Um die gesamte Schiffssetzung brannten Fackeln aus mit Wachs getränktem Tuch. Die innen blau und außen orangerot züngelnden Flammen knisterten im eisigen Wind. Für den Vorsitz des Julfests hatte Jarl Dvalin sein Prunkgewand angezogen. Er trug einen geschwärzten Eisenhelm mit einer silbernen, fein ziselierten, kreuzförmigen Verstärkung auf der abgerundeten Kalotte, an der eine schulterlange Kettenbrünne zum Schutz von Nacken, Hals und der unteren Gesichtspartie angebracht war. Das eherne brillenförmige Visier, das an den Helm genietet war, verlieh ihm ein wölfisches Antlitz, denn es bedeckte Gesicht und Nase, betonte dadurch aber seine verschiedenfarbigen Augen – eines strahlend azurblau und eines grün, in der Farbe der aufgewühlten See, wenn die Algen an die Wasseroberfläche treiben. Die Schultern des Jarls waren von einem *Valshamr* genannten Umhang aus Falkenfedern bedeckt. Darunter trug er eine weiße Tunika, die mit aus Goldfäden gewebten Borten verziert war. Seinen Hals schmückte eine Kette mit einem silbernen Anhänger, in den eine Kugel aus kristallblauem Cordierit eingearbeitet war.

Um den Jarl herum standen zwölf ähnlich gekleidete Gestalten. Sie trugen schwarze, am Halsausschnitt mit bestickten Borten verzierte Baumwollhemden. Die gerade geschnittenen Ärmel reichten bis zu den weiten braunen Pluderhosen, die unter den Knien mit Bändern eng um die Waden geschnürt worden waren. Die aus Messing gearbeiteten Schnallen ihrer Ledergürtel hatten die Form der Weltenesche *Yggdrasil*, des immergrünen Baums, mit dem die neun Welten verbunden sind. Auf ihren Brüsten prangte wie ein fremder Buchstabe der Runenname der Göttin Freyja, das *Fehu*, das Reichtum, Fruchtbarkeit und Überfluss, aber auch Feuer, Stärke und Macht symbolisiert. Daneben befand sich jeweils eine zweite Rune, die für den Anfangsbuchstaben ihres Wikingervornamens stand. Als unverwechselbares Zeichen ihres Clans schmückten ihre Hälse die gleichen Kettenanhänger, die auch der Jarl trug. Um sich vor der Kälte zu schützen, trugen sie purpurfarbene, mit Schafspelz besetzte Umhänge, die an den Schultern durch ringförmige Eisenspangen in Form des Omegas geschlossen wurden. Ihre Helme glichen dem ihres Anführers, lediglich die Visiere unterschieden sich. Während das des Jarls bronzefarben war, waren ihre versilbert.

Jarl Dvalin erhob den *Gandr*, einen Runenstab. Sein gebieterischer Ton durchbrach die Stille: »Wir sind heute hier zusammengekommen, um die Wintersonnenwende mit dem Julfest zu begehen und der Göttin Freyja unsere Opfergaben darzubringen.« Dann sprach er ein Gebet:

Freyja, Göttin der Leidenschaft, verbünde dich mit uns.
Freyja, Mutter der Natur, verbünde dich mit uns.
Freyja, deine Kinder rufen dich an!
Komm zu uns in diesem Augenblick.

Die dreizehn Mitglieder des Clans wiederholen die Bitte mehrere Male unisono in Form einer Litanei:

Freyja, komm zu uns!
Freyja, komm zu uns!
Freyja, komm zu uns…

Der Jarl ging zu einem Stein, der ihnen als Altar diente, und packte mit beiden Händen einen großen Bronzehammer mit kurzem Griff.

»Der *Mjölnir* ist die mächtigste Waffe der Götter«, psalmodierte er. »Der Thorhammer beschützt das Universum gegen die Mächte des Chaos.«

Er führte ihn an seine Stirn und sprach feierlich: »Odin!«
Er drückte ihn gegen seine Brust und rief: »Baldur!«
Dann berührte er seine linke Schulter damit. »Freyja!«
Und schließlich seine rechte Schulter. »Thor!«
Anschließend streckte er seine Arme aus. »Der Thorhammer ist geweiht!«

Goði Berling trat näher, hob seine Arme gen Himmel. »O flammende Freyja, wir danken dir für dein Licht auf unserem Weg.«

Unisono sprachen die dreizehn Mitglieder: »Freyja, wir danken dir!«

Goði Alfrigg nahm eine Öllampe, schwenkte sie und rief: »O ihr Götter, seht das brennende Feuer, die heilige rote Flamme, die uns auf unserem Weg leitet.«

Dann schritt er mit der Lampe am ausgestreckten Arm dreimal den Kreis ab, an allen Gestalten vorbei, die im Chor wiederholten: »Rein ist sein Leuchten. Gegen die Dunkelheit.«

Jarl Dvalin ergriff erneut das Wort: »Wir, Freyjas Kinder, bieten nunmehr unsere Opfergaben dar. Freyja, unser aller Mutter, wir bringen dir diese Geschenke und erbitten Wohlstand für uns.«

Sie nahmen die mitgebrachten Gaben und legten sie auf den Stein in der Mitte. Stoffbänder wurden an die Bäume gebunden, und der Rest, vor allem das Fleisch, wurde in den dafür vorbereiteten Löchern vergraben.

Anschließend stellten sich die Clanmitglieder wieder auf ihre Plätze, und der Jarl fuhr fort: »Die Opfergabe ist geweiht!

Goði Alfrigg kam mit einem Lamm zurück, das man, vor den Blicken geschützt, an einen Baumstamm in der Nähe angebunden hatte. Er hatte Mühe, das widerspenstige blökende Tier hinter sich herzuziehen. Goði Berling eilte ihm zur Hilfe, um die Beine des Tiers zusammenzubinden und es auf den Stein zu hieven. Das Schaf stieß gellende Schreie aus.

Jarl Dvalin stimmte eine eingängige altnordische Melodie an. Goði Berling nahm eine Hippe und schnitt dem Schaf mit der scharfen Klinge die Kehle durch. Goði Alfrigg hielt eine Schale unter den Hals des Tieres, die sich schnell mit Blut füllte. Er stellte sie auf den Stein. Das Blut floss weiter und färbte den Schnee dunkelrot.

Der Kadaver des Lamms wurde etwas abseits auf einen Scheiterhaufen gelegt, den der Jarl mit Hilfe einer Fackel anzündete. Riesige Flammen schlugen empor. Innerhalb von wenigen Sekunden roch es nach verkohltem Fleisch und brennendem Fett. Während das Tier verbrannt wurde, ließ der Jarl weiter seinen einlullenden Singsang ertönen.

Lögsögumaður Grer stimmte mit ein, während Goði Alfrigg den Takt auf einer mit Hirschhaut bespannten Trommel schlug. Begleitet wurden sie vom vollen Klang einer *Jouhikko*, einer dreiseitigen Leier, die mit einem Bogen gestrichen wurde, einem Nebelhorn und einer Hardangerfidel.

Als das Feuer niedergebrannt war, schnitt Goði Alfrigg mit einem Messer ein Stück Fleisch ab und teilte es in kleine Bissen.

Jarl Dvalin hob die Schale gen Himmel und sprach: »Freyja, wir weihen dir diese Opfergabe. Schenke du uns heute und für alle Tage Wohlstand. Freyjas Kinder, ich erhebe dieses Horn zu Ehren der Götter. Horn des Odin, wir danken dir für unsere Vergangenheit und unsere Vorfahren. Horn des Thor, wir danken dir für unsere Gegenwart und für uns, die wir uns hier versammelt haben. Horn der Freyja, wir danken dir für die Zukunft und unsere Nachkommen. Indem wir uns dieses Blut einverleiben, ehren wir all jene, die waren, die sind und die sein werden.«

Goði Berling nahm die Schale und füllte das mit Greifvogel- und Schlangenmotiven gravierte Widderhorn des Jarls. Dann goss er in die Hörner jedes Mitglieds etwas Blut. Der Jarl erhob seines über seinen Kopf, und die anderen taten es ihm gleich. Er atmete tief ein, hob die Brünne an, führte das Horn an seine Lippen und trank einen Schluck. Ein metallischer Geschmack breitete sich in seinem Mund aus. Er schluckte die zähflüssige Flüssigkeit hinunter.

Der Jarl stellte sein Horn ab, nahm die Fleischplatte mit beiden Händen und hob sie zum Himmel empor. »Wir nehmen das geweihte Fleisch zu uns, um unsere Gemeinschaft und unsere Vereinigung mit den Göttern zu besiegeln.«

Er reichte Goði Alfrigg die nach verkohltem Fleisch stinkende Platte, der jedem ein Stück austeilte. Der Jarl hob das Fleischstück gen Himmel, und die anderen taten es ihm nach. Dann aßen sie den Fleischbissen.

Anschließend ergriff der Jarl die erneut mit Blut aufgefüllte Schale, brach einen kleinen Birkenzweig ab, tauchte ihn in die leuchtend rote Flüssigkeit und besprengte damit ein Clanmitglied nach dem anderen. Bevor er die Zeremonie beendete, sprach er ein weiteres Mal das Segensgebet für Freyja.

3

Samstag, 25. Juni

Bedrohliche Wolkenberge verdunkelten den Himmel, Greifvögel flogen schrille Rufe ausstoßend über das einsam gelegene Haus hinweg. Andreas konnte nicht erkennen, ob er selbst einer der schwarzen Vögel war, die durch das dunkle Gewölbe schossen, oder ob er lediglich ein in der Luft schwebender Zuschauer war. Plötzlich, von einem lang anhaltenden und unergründlichen Sog erfasst, befand er sich in einem der Zimmer des Hauses. Er hörte, wie sein Herz klopfte. Der Raum schien leer, gleichzeitig spürte er eine Präsenz und meinte, langsame und tiefe Atemzüge zu hören. Eine Art weit entferntes Summen drang an seine Ohren. Mehr oder weniger kontinuierliche gedämpfte und pulsierende Töne. Ein Blitz erhellte das Zimmer, gefolgt von einem ohrenbetäubenden Donnerhall. Geblendet nahm Andreas zunächst ein Bett, dann eine Kommode, eine Nachttischlampe und einen Bilderrahmen mit einem Foto darin wahr, auf dem ein hellblondes Mädchen mit Pferdeschwanz mit einem Kreisel spielte.

Dann wurde das Zimmer wieder dunkel, doch seine Augen gewöhnten sich allmählich an das fehlende Licht. Vor ihm tauchten unheimliche Gestalten auf, von denen er lediglich die Umrisse erkannte. Sein Herzschlag beschleunigte sich. Er drehte sich um, stolperte und fiel bäuchlings in eine klebrige rötlich braune Pfütze. Als er sich erhob, sah er zwei riesige, mit ausgebreiteten Schwingen auf dem Bett liegende Vögel. Er konnte sie deutlich erkennen, denn sie waren weiß wie Schnee. Er beobachtete, wie sie mit den Flügeln schlugen, ohne davonfliegen zu können. Das Geräusch ihrer flatternden Schwingen wurde leiser und erstarb schließlich. Ein weiterer Blitz erhellte für den Bruchteil einer Sekunde erneut die Szenerie. Die beiden weißen Adler badeten in einer riesigen Blutlache. Andreas bemerkte, dass ihre Flügel viel zu kurz waren, um damit fliegen zu können. Ein merkwürdiges Detail erregte seine Aufmerksamkeit: Die Vögel hatten keine Schnäbel, sondern menschliche Gesichter. Das eine war verschwommen und nicht zu erkennen. Das andere konnte er trotz des tiefen Lochs in der Stirn identifizieren.

Schweißgebadet wachte Andreas auf. Er brauchte einen Moment, um zu verstehen, dass er sich zu Hause in seinem Schlafzimmer in Gryon befand. Der Wecker zeigte vier Uhr dreißig an. Er fühlte sich, als sei er die ganze Zeit wach gewesen und als hätte sein Gehirn ununterbrochen beunruhigende, angsteinflößende Bilder abgespult. Seinem Psychoanalytiker zufolge waren die Träume eventuell die Folge einer posttraumatischen Belastungsstörung. In den letzten Jahren hatte er eine Reihe bedrückender und schmerzhafter Ereignisse erlebt, die seine Alpträume befeuerten. Häufig ahnte er, woher sie rührten, doch dieser gerade durchlebte Traum blieb rätselhaft. Er kehrte in regelmäßigen Abständen zurück. Manchmal unterschied er sich in Details, oder es kamen neue Elemente hinzu. Mal handelte es sich bei den Vögeln um weiße Adler, mal um finstere schwarze Raben. Heute Nacht hatten die Vögel zum ersten Mal menschliche Gesichter gehabt. Eines von ihnen glich dem von Mikaël.

Im Laufe der Zeit hatte Andreas den Eindruck gewonnen, dass sein Traum nicht nur Symbolcharakter hatte, sondern dass er ein sehr reales Ereignis widerspiegelte. Sein Unterbewusstsein versuchte zweifellos nicht nur irgendwelche Wahnbilder, sondern vielmehr eine greifbare Erinnerung an die Oberfläche zurückzuholen. Seit ihm Jessica ihr Geheimnis verraten hatte, war er sich dessen noch sicherer.

Andreas ging unter die Dusche und stellte die Mischbatterie

auf kalt. Das eisige Wasser hatte eine stimulierende Wirkung. Er spürte, wie das Blut unter der Haut in Wallung kam. Die Müdigkeit und die nächtliche Anspannung perlten mit dem Wasser von ihm ab. Er schloss die Augen, legte den Kopf in den Nacken und ließ den Wasserstrahl über sein Gesicht laufen. Seine Gedanken wanderten drei Jahre zurück. Er hatte den Eindruck, all die Momente dieses Tages, die sich tief in ihn eingebrannt hatten, erneut zu erleben. Es war Freitag, der 5. April gewesen. Er sah alles wie in einem Film.

Atemlos rennt er die Flure auf der Intensivstation bis zu Mikaëls Zimmer entlang. Er erblickt Luca, den Arzt. Er kennt ihn, denn er ist der Liebhaber von Karine, seiner Kollegin bei der Kriminalpolizei. Mikaëls Eltern, Jocelyne und Jean, sind bereits da. Ihre Gegenwart überrascht ihn. Er nickt ihnen zur Begrüßung zu. Ihre Blicke sind eisig. Er geht zu seinem Lebensgefährten, der mit immer noch geschlossenen Augen, den Körper mit Schläuchen verbunden, auf dem Bett liegt. Der Monitor zeigt einen regelmäßigen Herzrhythmus an. Am Telefon hatte Luca ihm von einer Komplikation berichtet. Luca führt ihn in einen leeren Raum, den er mit seiner Schlüsselkarte öffnet.

»Andreas, ich will dir nichts vormachen. Mikaël befindet sich in einem kritischen Zustand. Es bildet sich ein neues Ödem, das den intrakraniellen Druck erhöht. Wenn wir nichts unternehmen, steigt das Risiko einer zerebralen Herniation beträchtlich.«

»Und das heißt?«

»Er könnte sterben ...«

»Welche Möglichkeiten gibt es?«

»Gar keine. Mikaëls Eltern lehnen eine Operation ab. Mikaël und du, ihr habt keine eingetragene Partnerschaft. Daher steht den Eltern das Recht der Entscheidung zu. Es sei denn, ihr hättet eine Patientenverfügung aufgesetzt.«

»Mikaël hatte sich erst kürzlich mit der Frage beschäftigt und wollte, dass wir darüber reden. Er hatte diesbezüglich mit unserem Arzt gesprochen, aber ... ich war so beschäftigt, dass wir die Dokumente noch nicht unterschrieben haben.« Seine Welt bricht zusammen. »Ich werde mit ihnen reden …«

Er öffnet die Tür, aber Luca hielt ihn am Arm zurück. »Warte. Es gibt zwei Möglichkeiten: Entweder legen wir eine Drainage, um die Zerebrospinalflüssigkeit nach außen abzuleiten, und hoffen, dass der Druck dadurch ausreichend sinkt, oder wir öffnen operativ einen Teil der Schädeldecke, um den Druck abzubauen. Ein chirurgischer Eingriff stellt in seinem Zustand ein enormes Risiko dar, wäre aber sicherlich die effektivere Therapie des Ödems.«

»Was ist deine Meinung?«

»Ich denke, dass wir sofort handeln müssen. Andernfalls könnte er gravierende Spätfolgen erleiden.«

Entschlossenen Schrittes eilt Andreas zu Mikaëls Zimmer. Als Jocelyne ihn sieht, ergreift sie das Wort: »Andreas, du weißt, dass wir unseren Sohn lieben.«

»Ich liebe ihn auch! Und ich möchte, dass er gerettet wird, statt ihm beim Sterben zuzuschauen.«

»Es ist deine Schuld, dass er in diesem Zustand ist!«, fährt ihn Jean an.

Andreas ist so wütend, dass er ihm am liebsten mit der Faust ins Gesicht schlagen würde. Doch er beherrscht sich.

»Ich will nicht, dass wir uns bekämpfen. Er ist so oder so verloren … Ich möchte nicht, dass er weiter leidet. Wir sollten ihn gehen lassen. Es ist Gottes Wille!«, sagt Jean.

»Es ist nicht der Gott, an den Mikaël glaubt …«

»Raus! Ich bin sein Vater. Für mich bist du ein Nichts!«

»Hör auf, Jean!«, ruft Jocelyne. »Beruhige dich!«

Während Andreas mit seinem Schwiegervater streitet, bekommt Mikaël plötzlich epileptische Krampfanfälle, und sein Herzrhythmus spielt verrückt. Er hat Herzflimmern. Luca stürzt herbei. »Beiseite, wir müssen ihn sofort operieren!«

4

Burgsvik, Gotland
Freitag, 22. Dezember 1978

Bengt Roslund schwang sich auf seine hellblaue verchromte Monark. Das charakteristische Geräusch des Sachs-Motors hallte in der zu dieser frühen Stunde menschenleeren Straße wider. Es war der Tag nach der Wintersonnenwende. Sobald es die Wetterbedingungen zuließen, würde er vor der Arbeit wieder im Meer schwimmen gehen. Im letzten Jahr hatte er bereits Ende Januar damit begonnen, doch momentan war die Ostsee einfach noch viel zu kalt. Trotz der dünnen Schneedecke erreichte Bengt mühelos seine Werkstatt, die sich hinter seinem Ladenlokal im Herzen des kleinen Ortes Burgsvik befand. Er hoffte, die von ihm entworfene Halskette noch fertig zu bekommen, bevor die Kunden, die in letzter Minute ein Weihnachtsgeschenk suchten, sein Geschäft stürmen würden. In zwei Stunden würde er es öffnen.

Bengt schaltete das Licht und dann seinen Boombox-Radiokassettenrekorder ein, da er bei der Arbeit gerne Musik hörte. Er wählte das vor wenigen Wochen erschienene Live-Album »If You Want Blood You've Got It« von AC/DC aus seiner Sammlung aus – ein absolutes Meisterwerk. Auf dem Cover hat sich Angus Young seine Gitarre in den Bauch gerammt, und Blut fließt aus seinem Unterleib. Die frenetische Kraft der australischen Band half ihm, sich auf seine Kreationen zu konzentrieren. Bengt öffnete seinen Tresor und holte eine Replik der *Brisingamen*-Kette der Göttin Freyja heraus, die er gerade fertigte. Bevor er sich an seine Werkbank setzte, nahm er die erste Dosis Nikotin des Tages in Form eines speziellen, *Snus* genannten Tabaks ein, den man sich unter die Oberlippe schob.

Vor einigen Monaten hatte Bengt das Geschäft übernommen. Sein Vater hatte wegen seiner fortschreitenden Multiple-Sklerose-Erkrankung aufhören müssen. Mit sechsundzwanzig

Jahren wohnte Bengt immer noch bei seinen Eltern und seiner Schwester, war aber gerade dabei, in eine Wohnung über dem Ladenlokal umzuziehen. In ein paar Wochen würde er endlich unabhängig sein.

Bengts Reproduktionen von Schmuck aus der Wikingerzeit waren in der ganzen Region bekannt. Schon seit Langem hegte er die Idee, das nordische Heidentum wiederauferstehen zu lassen. Das Zeitalter, in dem Mystizismus, Traumwelten und heilige Rituale verschmolzen, faszinierte ihn. Er hatte seine Jugendfreundin Svea, die Religionsgeschichte mit Schwerpunkt auf den nordischen Glaubenslehren studiert hatte, mit seiner Begeisterung angesteckt. Allerdings hatte sie ihr Studium in Stockholm abgebrochen. Nachdem sie überstürzt und unerwartet nach Gotland zurückgekehrt war, hatten sie endlich ihren Traum verwirklichen können. Der Clan, den sie gegründet hatten, hieß Freyjas Kinder, zu Ehren ihrer Lieblingsgöttin.

Zusammen mit seiner Freundin Johanna und David, einem Freund von Svea, hatten sie rasch das Gründungsteam ihres Clans gebildet. Anfangs hatten sie sich mehrfach getroffen, um über die Zeremonien, die sie begehen, die Riten, die sie praktizieren, und die Götter, die sie ehren wollten, zu sprechen. Sie hatten sogar über die Orte, an denen sie sich treffen würden, und über die Handhabung der Organisation diskutiert. Sie hatten sich ein wenig an einer neu gegründeten neoheidnischen Religionsgemeinschaft aus Island, aber auch an alten Schriften orientiert und hatten für ihre Struktur einige der sozialen Statuten der Wikinger übernommen. Dabei hatte das Quartett die höchsten Ämter unter sich aufgeteilt: das Amt des Jarls – des Anführers des Clans – sowie die Ämter der beiden Goði genannten Priester, die für die sakralen Rituale zuständig waren. Außerdem wurde das Amt des Lögsögumaðurs vergeben, der als Gesetzessprecher fungierte und Vorsteher auf dem Thing war, der Volksversammlung der freien Männer und Frauen, die Bóndi genannt wurden.

Bengt hatte die Wikingerhelme und den Schmuck gefertigt und sich dabei von einem Helm mit Brillenvisier aus der der

Wikingerepoche vorangegangenen Vendelzeit inspirieren lassen, den man bei Ausgrabungen in Valsgärde in der Nähe von Uppsala gefunden hatte. Im Gegensatz zu der Vorlage hatte Bengt im an die Kalotte genieteten Visier nur schmale Schlitze eingearbeitet, um das Gesicht dahinter so gut wie möglich zu verbergen. Außerdem hatte er eine Helmbrünne aus Kettengeflecht am Helm befestigt, die den Hals und die untere Gesichtspartie bedeckte.

Zwar hatten die Wikinger während ihrer Zeremonien nie Helme getragen, aber da die vier ihren Clan als geheime Gesellschaft führen wollten, waren sie übereingekommen, dass sich die Mitglieder untereinander nicht erkennen sollten. Nur ihnen selbst waren die Identitäten der anderen bekannt. Die Aufnahme erfolgte über eine nachträgliche Hinzuwahl auf Vorschlag eines Clanmitglieds. Bengt hatte zwei Personen vorgeschlagen, darunter eine Freundin aus der Schulzeit, die nach ihrer Aufnahme wiederum eine ihrer Cousinen empfohlen hatte. Auf diese Weise waren sie auf dreizehn Mitglieder angewachsen, die Zahl, die Svea vorgeschlagen hatte. Die Dreizehn spielte im Aberglauben eine große Rolle und war eine ungerade Zahl, doch Svea hatte sie vor allem ausgewählt, um das Christentum zu verhöhnen. Schließlich hatten die Christen Freyja als Hexe dargestellt, obwohl sie die Königin der Götter war. Die Geschichte besagt, dass Freyja verbannt worden ist, sich auf einen Berggipfel geflüchtet und dort den Teufel und elf Hexen um sich geschart hat, um gegen die Menschen zu wüten und sie zu verwünschen. Dreizehn bedeutete zwölf Mitglieder, die Zahl der Vollkommenheit, plus der Jarl als ihr Anführer. Gemeinsam würden sie die Göttin Freyja als Herrscherin der Erde rehabilitieren.

Als sie komplett waren, war ein Thing abgehalten worden. Bei dieser Versammlung hatte das Quartett die Organisation und die Struktur des Clans vorgestellt, Gesetze vorgelegt, die die Funktionsweise des Clans regelten, hatte über die Orte für die verschiedenen Aktivitäten des Clans informiert und dargestellt, wie die Rituale begangen werden sollten. Danach hatten sie gemeinsam die Höhe des Mitgliedsbeitrags, den jeder zahlen musste, festgelegt. Die vier Gründer hatten noch einmal betont, wie wichtig es sei, die Anonymität zu respektieren, und welch enormen Stellenwert die aufgestellten Regeln hätten. Eine der wichtigsten Regeln lautete, niemandem etwas von der Existenz ihrer Gruppe zu erzählen.

Nachdem Bengt mit der Fertigung der Halskette gut vorangekommen war, beschloss er eine Pause zu machen. Das Schmuckgeschäft befand sich gegenüber eines Cafés, in dem er Stammgast war. Es war der einzige Ort im Dorf, wo man das ganze Jahr über etwas essen konnte und der als Mischung aus Restaurant, Bar und Bäckerei einen Treffpunkt für die Einheimischen darstellte. Bevor er das Fiket betrat, spuckte er seinen *Snus* aus, den er immer noch im Mund gehabt hatte. Zum Kaffee bestellte er ein *Dammsugare*, da er für dieses Gebäck – Rollen aus grün gefärbtem Marzipan, gefüllt mit Kuchenkrümeln, Butter und mit Alkohol getränktem Kakao – eine absolute Schwäche hatte. Weil die Enden der Marzipanrolle mit Schokolade überzogen sind, ähneln sie einem alten Staubsaugermodell aus den 1920er Jahren, was ihren Namen *Dammsugare*, »Staubsauger«, erklärt.

Der Aufbau des Clans war eine intensive und anstrengende Zeit gewesen, aber er war mit dem Ergebnis zufrieden. Die erste Opferfeier, das *Blót*, war drei Monate her. Gemeinsam hatten sie zu diesem Anlass eine Mischung aus heidnischen Bräuchen und rituellen Gesängen praktiziert. Jedes Mitglied hatte eine kleine Kugel aus Cordierit bekommen, eingefasst in einen silbernen Kettenanhänger mit Perlmuster, dessen Form an eine fleischfressende Pflanze erinnerte, die ihr Opfer festhält. Bengt hatte nächtelang daran arbeiten müssen, aber der Anblick der Anhänger am Hals der Clanmitglieder hatte ihn mit Stolz erfüllt.

Durch das Opfern eines Lamms war die gestrige Zeremonie noch außergewöhnlicher gewesen als die vorangegangenen. Zuvor hatten sie sich auf Votivgaben, vor allem in Form von Nahrungsmitteln, beschränkt, und er selbst hatte Bernstein und Honig mitgebracht. Allerdings wusste er, dass Blut fließen musste, wenn die Götter noch günstiger gestimmt werden sollten.

Zurück in der Werkstatt schob sich Bengt eine neue Portion *Snus* in den Mund, setzte sich an die Werkbank und betrachtete aufmerksam das Schmuckstück aus massivem Silber, das er ziseliert hatte. Der Reif verjüngte sich zu den Enden hin, um sich gut um den Hals zu schmiegen. Jetzt musste er nur noch den Bernstein fassen, den er dafür ausgesucht hatte. Während er die Steine bearbeitete und polierte, stieg ihm ein betörender Weihrauchgeruch in die Nase. Durch das Formen der Schmucksteine trat ihre Wärme und ihre Sinnlichkeit zutage. Im Gegensatz zu Dominikanischem Bernstein enthielt Baltischer Bernstein niemals fossile Einschlüsse wie Insekten, die schon seit Millionen von Jahren im Harz gefangen waren. Er war weniger durchscheinend, sondern eher opak, mit einem Farbenspektrum von Cremeweiß, über Gelb- und Karamelltöne bis hin zu Dunkelbraun. Bernstein gehörte zu den Materialien, mit denen Bengt am liebsten arbeitete, denn er empfand ihn als ausdrucksstark und lebendig. Anstatt die Oberfläche komplett glatt zu schleifen, entschied er sich dafür, ein paar natürliche Unebenheiten zu belassen.

Wie die anderen Clanmitglieder trug der Jarl den Kettenanhänger mit der Cordieritkugel, deren Farbe Bengt an Johannas Augen erinnerte. Er liebte seine Freundin über alle Maßen. Ein Jarl verdiente jedoch einen besonderen und andersartigen Schmuck für die Zeremonien. Bengt legte sich den Halsreif an und betrachtete sich zufrieden im Spiegel.

5

Andreas betrachtete sich im Badezimmerspiegel. Was ihm seine Schwester vor ein paar Monaten enthüllt hatte, warf viele Fragen auf. Jetzt musste er noch den fehlenden Teil seiner Vergangenheit finden, um das gesamte Puzzle seiner Biografie lückenlos zusammenzusetzen.

Er ging hinunter in die Küche, wo er schon von Minus und Lillan erwartet wurde. Bevor er sich einen Kaffee machte, füllte er die Näpfe des Bernhardiners und der kleinen schwarzen Katze mit den weißen Pfoten mit Trockenfutter auf. Es war ein bisschen wie bei David gegen Goliath, aber diese beiden Gegner von so unterschiedlicher Kraft und Größe waren einander sehr zugetan. Während Andreas beobachtete, wie sie beide gierig ihr Futter hinunterschlangen, dachte er darüber nach, wie falsch der Ausdruck »wie Hund und Katze sein« war. Er liebte es, die beiden zu beobachten, wie sie miteinander spielten und sich neckten. Minus war zwar viel größer und schwerer, doch Lillan gewann aufgrund ihrer Wendigkeit und ihrer Lebhaftigkeit trotzdem oft die Oberhand.

Andreas hatte sich mit seiner Tasse mit dem Elchmotiv, in der er zwei Löffel löslichen Kaffee in zwei Dritteln heißem Wasser und einem Drittel heißer Milch aufgelöst hatte, auf einen Barhocker in der Küche gesetzt und betrachtete durch das Fenster die Silhouette der imposanten Esche, die in skandinavischen Mythen als Symbol der Unsterblichkeit galt. Als er daran dachte, wie Mikaël mit Minus um die Wette gerannt war, musste er lächeln. Andreas war völlig in seine Innenwelt versunken. Erinnerungen tauchten darin auf und überschlugen sich. Eine Mischung aus Glück und Melancholie kam zeitweise aus der Tiefe seiner Alpträume an die Oberfläche. Seine Erinnerungen stockten. Als guter Polizist hatte er gelernt, sich in die Gedanken der Kriminellen hineinzuversetzen, ihre Persönlichkeit einzuschätzen und ihre Vorgehensweisen zu verstehen. In seinen eigenen Kopf vorzudringen war jedoch eine ganz andere Geschichte.

Andreas hatte sich immer gefragt, wie und warum ein Mensch die berühmte unsichtbare Linie überschreitet, die ihn zum Töten verleitet. Auf die Frage, ob tatsächlich jeder Mensch potenziell in der Lage sei, eine nicht wiedergutzumachende

Tat zu begehen, würde er mit Ja antworten. Natürlich durfte man einen Serienmörder, der perfide Verbrechen plante und ausführte, nicht mit einem Menschen gleichsetzen, der jemand anderem unter besonderen Umständen, in einer absoluten emotionalen Ausnahmesituation, das Leben nahm. Vor Gericht wird zwischen Mord und Totschlag unterschieden, doch der Anklagepunkt der vorsätzlichen Tötung ist der gleiche. Während der Erste jemanden mit Vorsatz umbringt, tötet der Zweite im Affekt. Beiden ist jedoch ihr Unrecht bewusst.

Andreas war zum Mörder geworden. Damit würde er bis ans Ende seiner Tage leben müssen. Er hätte damit zufrieden sein können, den Mann, den er vor drei Jahren getötet hatte, einfach festzunehmen. In jenem Moment hatte jedoch sein animalischer Instinkt über seinen Verstand gesiegt. Er bereute seine Tat nicht und war zumindest in den Tiefen seines Gewissens bereit, dafür einzustehen, allerdings war er nicht gewillt, ins Gefängnis zu gehen, und schon gar nicht, seinen Job zu verlieren. Seine Arbeit war sein Leben. Würde ihm die Möglichkeit genommen, Verbrecher zu jagen, verfiele er mit Sicherheit in tiefe Depressionen. Um seinen Posten bei der Kriminalpolizei zu behalten, hatte er seine Kollegen, seine Vorgesetzten und den Staatsanwalt anlügen müssen.

Der Staatsanwalt hatte ein Ermittlungsverfahren gegen ihn eröffnet, was dem normalen Prozedere entsprach, wenn jemand bei einem Polizeieinsatz zu Tode kam. Der Polizeidirektor hatte die Untersuchungskommission, bis die Ergebnisse der strafrechtlichen Ermittlung vorlagen, ausgesetzt. Andreas' Situation war prekär gewesen. Auf dem Papier hatte er jeden Grund der Welt gehabt, denjenigen zu töten, der auf seinen Lebensgefährten geschossen hatte. Und die Tatsache, dass er allein und ohne behördliche Genehmigung in das Chalet eingedrungen war, um den Verdächtigen festzunehmen, hatte bei seiner Vorgesetzten natürlich Zweifel geweckt, ob er nicht aus persönlichen Gründen gehandelt hatte. Bis zu den Schlussanträgen des Staatsanwalts war Andreas daher vom Dienst suspendiert worden.

Im Laufe der Ermittlungen hatte Andreas eine Reihe von Verstößen gegen die Dienstvorschriften begangen. Er hatte sich schuldig bekannt, erklärt, es sei Gefahr in Verzug gewesen und dass er den Täter habe verhaften wollen, bevor er ihnen für immer durch die Lappen gegangen wäre. Für alles, oder zumindest für fast alles, hatte er eine Erklärung gehabt. Nur eine Frage konnte nicht ausgeräumt werden: Woher hatte er gewusst, dass sich der gesuchte Mörder in dem Chalet versteckte?

Der Staatsanwalt verdächtigte Andreas, sich unerlaubt und gewaltsam Zutritt zu der Immobilienagentur verschafft zu haben, um dort an Informationen zu gelangen. Hätte er dies beweisen können, wäre Andreas unter Anklage gestellt und aus dem Polizeidienst entlassen worden. Sein Kollege Christophe hatte ihm aus der Patsche geholfen, indem er erklärt hatte, die Verbindung zwischen dem Chalet und dem Auftragskiller entdeckt und diese Information an Andreas weitergegeben zu haben. Damit hatte Christophe ein großes Risiko auf sich genommen, doch er schätzte Andreas als seinen Vorgesetzten und wollte ihn als solchen gerne behalten. Wahrscheinlich dachte er insgeheim ebenfalls, dass der Killer den Tod verdient hatte.

Danach war alles nach und nach wieder ins Lot gekommen. Nach einem wochenlangen Ermittlungsverfahren musste der Staatsanwalt, der von Andreas' Schuld überzeugt war und versucht hatte, ihm vorsätzliche Tötung nachzuweisen, schließlich aus Mangel an Beweisen auf Notwehr plädieren. Es hatte sich einfach keine Verbindung zwischen Andreas und dem Einbruch in die Immobilienagentur herstellen lassen, daher waren die Ermittlungsakten in die Schublade der ungelösten Fälle gewandert.

Übrig geblieben war nur Andreas' schwerer Fehler, den Kriminellen allein und ohne vorherige Genehmigung des Staatsanwalts aufgesucht zu haben. Der Polizeidirektor hatte Andreas eine Rüge erteilt und ihn für drei Monate ohne Lohnfortzahlung suspendiert. Er hatte sich nicht täuschen lassen und das auch offen gegenüber Andreas geäußert. Er war sich sicher, dass man ihm einen Teil der Wahrheit vorenthielt, vor allem in Bezug darauf, wie der flüchtige Täter hatte gefunden werden können. Allerdings zog der Polizeidirektor es vor, so zu tun, als glaube er der Lügengeschichte, die Andreas und Christophe ihm aufgetischt hatten, anstatt sich an einem medienwirksamen Rufmord zu beteiligen und einen Skandal in den eigenen Reihen zu befeuern.

6

Fide, Gotland
Sonntag, 31. Dezember 1978

Jacob tätschelte seiner Lieblingskuh Maja liebevoll den Rücken. Bis auf ein paar weiße Flecken an den Beinen war das Tier völlig schwarz. Inzwischen waren beinah zehn Jahre vergangen, seit sie hier auf dem Bauernhof zur Welt gekommen war. Eben hatte er den Schafen, die den Winter draußen verbrachten, Heu gebracht. Anschließend hatte er die Hühner und zwei Schweine gefüttert. Während er mit Maja sprach, setzte er sich auf seinen Melkschemel und säuberte ihre Zitzen.

Beim Melken dachte er über das letzte Treffen des Clans nach. Die Idee, Teil dieser Gruppe zu werden, die überlieferte heidnische Glaubenstraditionen wieder aufleben ließen, indem sie den Göttern von Asgard huldigten, hatte ihn zunächst sehr interessiert. Er war ein Geschichtsfanatiker, und in den langen Winternächten las er viel. Ganz besonders begeisterte er sich für die Geschichte seiner Insel Gotland, die von der Wikingerkultur und dem Glauben an die heidnische Götterwelt geprägt war. Die christliche Religion langweilte ihn dagegen, ihm fehlte die mystische Dimension, und es fiel ihm schwer, die dunkle Vergangenheit, vor allem die erzwungene Assimilation vieler Völker, zu akzeptieren. Auch die Skandinavier waren nicht davon verschont geblieben. Natürlich hatten die Wikinger die Welt mit dem Ziel durchstreift, Dörfer zu plündern und Sklaven mit nach Hause zu bringen, doch zumindest waren sie nicht so scheinheilig wie die Christen, die sich auf eine transzendentale Mission beriefen. Und natürlich waren es die christlichen Mönche gewesen, die überall das negative Image der Wikinger, die in erster Linie Händler und exzellente Seefahrer gewesen waren, verbreitet hatten. Jacob war davon überzeugt, dass die Kirche wie ein Krebsgeschwür für sein Land gewesen war: Zu Beginn hatten sich die Schweden anderen Gottheiten und Glaubensrichtungen gegenüber offen gezeigt, aber dann war alles aus dem Ruder gelaufen. Der Bürgerkrieg war an dem Tag ausgebrochen, als einige der großen Anführer der Clans zum Christentum übergetreten waren, weil sie darin eine Chance sahen, ihre Macht auszubauen. Die alten Traditionen waren ausgelöscht und die heidnischen Götter gewaltsam verbannt worden. All jene, die den alleinigen Gott nicht anerkannten, waren vertrieben oder misshandelt worden. Hände wurden abgehackt, Augen ausgestochen. Einige wurden erhängt, andere geköpft. Eine Opposition formierte sich: Man zündete Kirchen an und tötete die Priester ... Jacob kannte das alles auswendig.

»*Hier byrias lagh guta oc segia so at fyrstum þitta ir fyrst upphaf i lagum orum þet wir sculum naicca haiþnu oc iatta crisnu. Oc troa allir aann guþ alzvaldanda*«, rezitierte Jacob laut die ersten Zeilen des zu Beginn des 13. Jahrhunderts erlassenen gotländischen Gesetzes. »Wir müssen Nein sagen zum Heidentum, Ja sagen zum Christentum und an den allmächtigen Gott glauben.« Dieses Gesetz verbot jegliche Opfergaben in Form von Speisen und Getränken zu Ehren heidnischer Götter. Was für eine Hypokrisie! Und Jesus am Kreuz? War das nicht ein Menschenopfer? Und das Mahl Christi, bei dem die Gläubigen seinen Leib und sein Blut zu sich nehmen?

Als Linda ihnen von Freyjas Kindern erzählt hatte, hatte Jacob nicht gezögert. Es war an der Zeit, die alten Götter zu rehabilitieren. Während der ersten beiden Zeremonien hatten sie einfache Votivgaben dargebracht, Nahrungsmittel, Kleidung, Dinge aus dem Haushalt, Gebasteltes und Schmuck im Austausch für eine gute Ernte, Gesundheit oder Fruchtbarkeit. Ein Tier zu opfern war bei der Gründung des Clans jedoch niemals vorgesehen gewesen. Jacob beschlichen Zweifel. Ein schädlicher Nebel schien sich einzuschleichen und drohte die Ehrenhaftigkeit des Clans zu zerstören.

Jacob ging unter die Dusche und zog sich für den Abend um. Seine Frau Vilhelmina und seine Mutter Inga hatten den ganzen Nachmittag damit verbracht, das Festessen vorzubereiten.

Bevor sie sich zu Tisch begaben, schauten sie noch wie jeden Silvesterabend »Dinner for One« im Fernsehen an. *Same procedure as last year*, genau wie bei der neunzigjährigen Miss Sophie, die alljährlich ihre – verstorbenen – Freunde zur Feier ihres Geburtstages einlud. Wie jedes Jahr lachten alle aus vollem Hals darüber.

Das Essen wurde in der guten Stube eingenommen, die sie nur zu Geburtstagen und an Feiertagen benutzten. Der Tisch war entsprechend eingedeckt worden: mit einer weißen Tischdecke, Kerzenständern aus Zinn, Silberbesteck und dem Porzellan mit dem Blumenmotiv, das von Jacobs Großeltern stammte. Im letzten Herbst hatten Jacob und Claes, sein Vater, geschlachtet und dabei ein Viertel des Tiers für sich behalten und den Rest verkauft. Inga hatte einen Braten mit brauner Soße und Karotten und Kartoffeln aus dem Garten zubereitet. Für den Nachtisch hatte Vilhelmina eine Hagebuttensuppe gekocht, zu der sie Vanilleeis reichte.

Nach dem Essen war Vilhelmina mit den Kindern nach oben gegangen, um ihnen eine Geschichte vorzulesen. Noch vor dem Ende baten die Kinder darum, gemeinsam das Lied *»Bä, Bä, vita lamm«* – »Bäh, bäh, weißes Lamm« – zu singen. Danach schickte Vilhelmina sie ins Bett, gab jedem Kind in seinem Zimmer noch einmal einen Kuss und ging dann wieder nach unten zu den anderen.

Bei der Erwähnung des weißen Lamms im Lied musste

Vilhelmina unwillkürlich an die letzte Zeremonie denken. Sie war fassungslos gewesen. Sie hatte ihr Trinkhorn hingehalten. Goði Berling hatte Blut hineingegossen. Alle anderen hatten es getrunken. Beim Mal zuvor war es *Gotlandsdricka*, eine Art lokales Bier, gewesen. An jenem Abend jedoch hatte sie vor dem ersten Schluck tief Luft holen müssen. Dann hatte Goði Alfrigg die verkohlt riechende Fleischplatte präsentiert. Der Fleischwürfel war zu groß gewesen, um ihn einfach hinunterzuschlucken. Sie hatte lange darauf kauen müssen. Der anhaltende Nachgeschmack von Blut hatte ihr Übelkeit verursacht.

Jacob und Vilhelmina ließen den Abend allein ausklingen. Jacob hatte den Kamin im Wohnzimmer angemacht und eine Flasche Sekt geöffnet. Als es zwölf schlug, stießen sie an. Jacob betrachtete seine Frau zärtlich. Sie war wunderschön, und sie hatte ihm zwei großartige Kinder geschenkt.

7

Minus wartete schon darauf, dass Andreas ihm die Tür öffnete, damit sie zum gemeinsamen Spaziergang entlang des Avançon aufbrechen konnten. Andreas liebte diese morgendlichen Spaziergänge mit seinem Bernhardiner, der stets die Gelegenheit nutzte, sich die Pfoten nass zu machen und mit sämtlichen Stöckchen zu spielen, die er fand. In solchen Momenten konnte Andreas seine Gedanken schweifen lassen. Meist, um bei laufenden Ermittlungen Bilanz zu ziehen, doch an diesem Tag gingen ihm ganz andere Dinge durch den Kopf.

Am Flussufer angekommen setzte er sich auf einen Stein, während Minus im Wasser herumtollte. Der sanfte Sprühregen hatte sich in dicke Regentropfen verwandelt, die auf sein Gesicht fielen, ihm über die Haut liefen und ihn seinen eigenen Körper spüren ließen. Er war hier, doch sein Geist führte ihn woandershin.

Jessicas Enthüllung hatte zweifellos einen Teil seiner Biografie erhellt, dennoch wurde Andreas weiterhin von einem Gefühl des Verrats verfolgt, das sich tief in seinem Innersten eingenistet hatte. Seine Eltern hatten ihm wissentlich die Wahrheit verschwiegen. Er schloss die Augen, als wolle er Augenblicke aus seiner Vergangenheit wieder aufleben lassen. Die gleiche Technik benutzte er auch bei seinen Ermittlungen. Häufig brannten sich die Tatorte regelrecht in sein Gedächtnis ein: Bilder, Empfindungen, Gerüche, Worte. Manche dieser Details speicherte er sogar unbewusst für immer in seiner Erinnerung. Andreas wandte diese Methode an, wenn er das Gefühl hatte, etwas übersehen zu haben. Wieder in jene Momente einzutauchen und sie noch einmal, quasi im Augmented-Reality-Modus, zu durchleben half ihm, gewisse Elemente an die Oberfläche zu holen, die seinem Bewusstsein entgangen waren.

Indem er die Augen schloss, versetzte er sich in jenen Dezember im vergangenen Jahr zurück. Jessica hatte vorgeschlagen, ein traditionelles Weihnachtsessen auszurichten. Er hatte sie auf den Lausanner Weihnachtsmarkt begleitet, der alljährlich von der schwedischen Gemeinde im Pfarrsaal von Ouchy organisiert wurde, um dort die dafür nötigen Zutaten zu kaufen. Schon beim Betreten des Saals hatte ihn eine Welle der Nostalgie erfasst, denn in ihrer Kindheit hatten sie diesen Markt jedes Jahr mit ihren Eltern besucht. Während die Eltern ihre Einkäufe erledigten, hatten Jessica und er dort mit dem Weihnachtsmann gebastelt. Danach fand das traditionelle Santa-Lucia-Lichterfest statt, das normalerweise am 13. Dezember gefeiert wurde. Angeführt von Lucia mit ihrer mit Kerzen besetzten Krone zog dann eine Prozession von in weiße Roben gekleideten jungen Frauen mit Kerzen in den Händen ein, die ein Lied vom Sieg des Lichts über die Dunkelheit sangen. An jenem Sonntag waren sie jedoch zu spät gekommen, um dabei zu sein. Jessica und er hatten sich hingesetzt, um einen *Glögg*, die nordische Version eines Glühweins, zu trinken. Andreas sah diese Szene wieder genau vor sich.

Sie essen einen *Pepparkaka*, und er genießt die intensiven Aromen dieses Gewürzkekses. Sofort hat er vor Augen, wie seine Mutter in der Küche diese Pfefferkuchen buk und der Duft durchs ganze Haus zog. Bei dem Gedanken an die vielen positiven Momente ihrer Kindheit muss Andreas lächeln. Doch Jessica lächelt nicht.

»Was ist los? Warum weinst du?«

»Letztes Jahr habe ich dem Tod ins Auge gesehen. Ich hatte mehr Glück als Mikaël. Ich bin unbeschadet aus der Sache rausgekommen. Im Angesicht des Todes hatte ich jedoch Gewissensbisse wegen eines Geheimnisses, das ich schon viel zu lange mit mir herumgetragen habe. Ein Geheimnis, das ich dir nicht verraten durfte. Ich hatte vor, es dir im Krankenhaus zu sagen, aber wegen Mikaëls Zustand habe ich es einfach nicht übers Herz gebracht. Ich glaube, jetzt ist der richtige Zeitpunkt gekommen. Für dich und für mich.«

Jessica schluchzt. Tränen der Erleichterung, denn eine Last scheint von ihr abzufallen.

»Ein Geheimnis?«

»Das deine Kindheit betrifft ...«

Jessicas Stimme klingt zögerlich. Sie senkt den Kopf, um Andreas nicht in die Augen schauen zu müssen.

»Andreas, du bist nicht mein Bruder.«

Überrascht mustert Andreas seine verstummte Schwester. Er wartet darauf, dass sie fortfährt. Ihre sonst unerschütterliche Vertrautheit im Umgang mit ihm ist einer spürbaren Anspannung gewichen. Sie holt ein Taschentuch hervor, tupft sich damit die feuchten Wangen ab, zerknüllt es und steckt es zurück in die Handtasche. Dann schaut sie Andreas mit Tränen in den Augen an.

»Du bist ... adoptiert worden.« Sie schweigt kurz und atmet hörbar aus. »Und deine richtigen Eltern sind tot.«

8

Sundre, Gotland
Sonntag, 7. Januar 1979

Ohne anzuklopfen, öffnete Vera Jakobsson die Zimmertür.
»Es ist Zeit aufzustehen. Dein Frühstück ist fertig.«
Die näselnde Stimme ihrer Mutter machte sie aggressiv. Svea war bereits wach. Sie liebte es, vor dem Aufstehen noch etwas im Bett herumzulungern und die Grenzen zwischen Traum und Bewusstsein auszukosten, bevor sie sich der Realität stellen musste. In den letzten Wochen hatte sie eine ungewöhnliche Müdigkeit verspürt und sich von Mattigkeit und Mutlosigkeit überwältigen lassen.

Seit Svea nach Gotland zurückgekehrt war, meinte sie manchmal, dass ihre Eltern ihr fremd geworden waren. Sie waren zwar da und greifbar, aber sie erschienen ihr lediglich wie animierte Figuren, die sie nicht mehr verstehen konnte. Außerdem empfand sie ihre Gegenwart als unerlaubtes Eindringen in ihre Privatsphäre. Ihre Mutter nervte sie, denn sie konnte es nicht lassen, sie wie ein kleines Mädchen zu behandeln. Mit siebenundzwanzig Jahren zu ihren Eltern zurückzukehren war keine freiwillige Entscheidung gewesen. Sie war in der Hauptstadt gescheitert und nun ohne Diplom und ohne Job auf die Insel zurückgekommen.

Viele junge Leute auf Gotland träumten davon, diesem gottverlassenen Nest zu entfliehen und in die Hauptstadt zu ziehen. In Stockholm hatte Svea sich drei Jahre lang abgerackert, bevor sie sich an der Universität einschreiben konnte. Sie war quasi mittellos losgezogen und hatte sich mit kleinen Aushilfsjobs über Wasser gehalten, um die Miete für ihr Zimmer zu bezahlen. Einen Kredit aufzunehmen war für sie nicht in Frage gekommen. Jeden Monat legte sie ein wenig Geld für ihr Studium beiseite. Sie erlaubte sich kaum ein Vergnügen, um kein unnötiges Geld auszugeben. In ihrer Freizeit sang sie und spielte Klavier. Sie war in einem Kirchenchor aufgenommen worden, und der Pfarrer hatte ihr erlaubt, wann immer sie wollte, den Flügel im Pfarrheim zu benutzen. Davon abgesehen las sie sehr viel. Sie hatte alle Bücher über die Wikingerzeit, die sie auftreiben konnte, verschlungen.

Im August 1976 hatte sie mit dem Studium der Religionsgeschichte beginnen können. Gleich am ersten Tag hatte sie das Wort ergriffen und eine Frage gestellt. Als der Professor sich über ihren gotländischen Akzent lustig machte, hatte der ganze Hörsaal gekichert. Obwohl sie Fernsehen schaute und den nationalen Radiosender P1 hörte, war ihr nie bewusst gewesen, dass sie einen Dialekt sprach, der sich sehr von der schwedischen Umgangssprache unterschied und den die Menschen in der Stadt als hinterwäldlerisch betrachteten. Ihre Eltern hatten sie Gotländisch gelehrt, einen Regionaldialekt, der für die Menschen vom schwedischen Festland nur schwer zu verstehen war. Im Gotländischen gab es weder genaue Grammatikregeln noch eine einheitliche Rechtschreibung. In der Schule wurde Svea zwar auf Schwedisch unterrichtet, aber zu Hause sprachen sie diesen klangvollen, melodischen Dialekt, der mit archaischen Wörtern germanischen Ursprungs durchsetzt war.

Mit etwas Beharrlichkeit und trotz der Vorurteile, die ihr entgegenschlugen, hatte Svea schnell Freunde gefunden. Nach ein paar Monaten hatte sie einen Mann namens David kennengelernt, der, wie sie glaubte, ihren Dialekt und die Offenheit der gotländischen Inselbewohner sehr charmant fand. Svea und David waren gleich alt und hatten später als der Durchschnitt mit dem Studium begonnen, was vielleicht ihre Vertrautheit erklärte. Sie fühlte sich wohler mit ihm zusammen und glaubte, sie sei verliebt. Seine grünen Augen verwirrten sie. Sie hatten sich bereits ein paarmal geküsst, bevor David sich outete. Dennoch blieben sie sich nahe, trafen sich regelmäßig und knüpften eine enge Freundschaft.

Im Juni 1977 hatte Svea ihre Prüfungen bestanden und war für die Sommerferien nach Gotland zurückgekehrt. Während dieser Wochen hatte sie sich von der Außenwelt zurückgezogen. Sie hatte ihren Eltern auf dem Feld, im Garten und in der Küche geholfen. Nach einem blöden Haushaltsunfall hatte sie sich, aus Angst, man würde sie nur bemitleiden, mit dem Verband im Gesicht nicht ihren Freunden zeigen wollen. Der einzige Mensch, den sie hin und wieder sah, war Bengt, ein Freund aus Kindertagen. Sie trafen sich auf dem Leuchtturmhügel, wo sie die meiste Zeit ihrer Rekonvaleszenz verbracht hatte, schauten in die Ferne und dachten über ihr gemeinsames Projekt nach. Bengt hatte ihr anvertraut, dass er einen Wikingerclan ins Leben rufen und auf der Insel das nordische Heidentum wiederbeleben wollte. Unter strengster Geheimhaltung hatten sie begonnen, ihren Plan grob zu skizzieren.

Als sie zu Beginn des zweiten Studienjahres wieder nach Stockholm zurückkehrte, hatte sie das Gefühl, dass ihre Freunde sie mieden. Oder war es etwa umgekehrt? An manchen gemeinsamen Abenden stellte sie sich vor, dass sie außerhalb ihres Körpers stand und die Menschen um sich herum beobachtete. Wenn sie lachten, verstand sie den Grund dafür nicht. Es gelang ihr nicht mehr, einen Kontakt zu ihnen herzustellen. Sie war da und gleichzeitig abwesend. Sie kam sich vor wie ein gefühlloser Roboter. Je mehr Zeit verstrich, desto öfter hatte sie den Eindruck, sich von den anderen zu entfernen und sich auch selbst fremd zu sein.

Bengt hatte ihr im vergangenen Jahr anlässlich des Johannistags, an dem in ganz Schweden das Fest der Sommersonnenwende gefeiert wurde, einen kurzen Besuch abgestattet. An dem beliebtesten Feiertag des Jahres war auch Bengts Ladenlokal geschlossen. Seine Freundin Johanna war bei ihrer Familie auf Gotland geblieben, aber Bengt war schon am Vorabend angereist, um zwei Tage in Stockholm zu verbringen. Svea hatte vor, bald auf die Insel zurückzukehren. Das Semester war vorbei, aber sie hatte bleiben wollen, um noch ein wenig in der Bibliothek zu arbeiten. Am Freitag waren sie durch Gamla Stan, die Altstadt von Stockholm, flaniert und hatten dabei lange über ihr Clanprojekt diskutiert. Bengt hatte bereits die

Kettenanhänger gefertigt, über die sie gesprochen hatten. Er zeigte ihr ein Exemplar. Svea war beeindruckt von der feinen Goldschmiedearbeit und von der Schönheit des Cordierits, des berühmten Steins, mit dessen Hilfe die Wikinger auch bei bedecktem Himmel den Sonnenstand bestimmt hatten, um sich auf hoher See zu orientieren.

Am Abend hatten Svea und Bengt David zu einem Studentenabend begleitet. Die Party hatte auf einer der Inseln im Stockholmer Schärengarten bei einem verwöhnten Sohn reicher Eltern stattgefunden. Sie fragte sich, ob die Tatsache, dass sie keinen Alkohol trank, sie nicht nach und nach ins Abseits gedrängt hatte. Die beruhigende Gegenwart ihrer Freunde hatte sie an jenem Abend wohl auch ihrer Hemmungen beraubt. Ihr Versuch, wie die anderen zu sein und sich zu integrieren, indem sie riesige Mengen Alkohol in sich hineinschüttete, hatte in einer gewaltigen Blamage geendet. Sie hatte sich übergeben und war mitten im Wohnzimmer zusammengebrochen. Am nächsten Morgen war Svea in einem ihr unbekannten Bett aufgewacht. Sie hatte gespürt, wie kühler Wind ihre Haut streichelte. Das Fenster stand offen. Dann erst hatte sie begriffen, dass sie nackt war. Sie hatte keinerlei Erinnerungen an den Abend, aber sie spürte einen dauerhaften Schmerz zwischen ihren Schenkeln. Die weißen Bettlaken waren blutverschmiert.

Als sie schließlich in den Salon hinuntergegangen war, empfing sie ein trostloser Anblick. Überall standen leere Flaschen und zerbrochene Gläser herum. Die Aschenbecher auf dem Tisch quollen über. Der Teppich war übersät von Chipskrümeln und zertretenen Erdnüssen. David, Bengt und die anderen jungen Leute lagen noch auf dem Sofa. Sie hatte stechende Kopfschmerzen und konnte sich nur mit Mühe auf den Beinen halten. Sie war in die Küche gegangen, um ein Glas Wasser zu trinken. Der Geruch der Speisereste verursachte ihr Übelkeit. Angewidert übergab sie sich ins Spülbecken.

Gemeinsam hatten sie schließlich das Boot zurück nach Stockholm genommen. Keiner hatte Lust verspürt zu reden. Bei der Überfahrt hatte David seinen Mageninhalt über das

Deck ergossen, während Bengt schnarchend auf einer Bank gelegen hatte. Svea hatte die Abscheu gegenüber ihrem eigenen Körper nicht abschütteln können. Sie hatte nur noch nach Hause gehen und stundenlang duschen wollen, um sich von diesem Schmutz zu reinigen.

Nach diesem Erlebnis hatte Svea angefangen, sich zu schämen und die Blicke der anderen zu fürchten. Unter Menschen zu sein wurde für sie zum Martyrium. Sie flüchtete sich in die Bibliothek, ohne dort mit irgendwem in Kontakt zu treten. Bis zu ihrer Heimfahrt musste sie nur noch ein paar Tage durchhalten. Selbst das stille Arbeiten inmitten der anderen Studenten war ihr eine Qual. Ein wachsendes Gefühl der Beklommenheit marterte sie. Eines Tages hatte eine Panikattacke das Ende ihrer Zeit in Stockholm eingeläutet. Sie hatte geschwitzt und feuchte Hände bekommen. Es hatte sich angefühlt, als würden sie alle mustern. Die Menschen um sie herum verwandelten sich plötzlich in Trolle, in jene düsteren Schattengestalten mit wirrem Haar, langen Nasen, knorrigen Armen und Beinen, hervorstehenden Augen und bösem Blick. Eine Hitzewelle erfasste sie, und ihr Herz schlug, als würde es jeden Moment explodieren. Hastig hatte sie daraufhin ihre Bücher zusammengesucht, war aufgestanden und hatte den Lesesaal verlassen. Am nächsten Tag hatte sie sich zu Hause verbarrikadiert, ihre Koffer gepackt und war ohne jede Ankündigung nach Gotland zurückgekehrt. Nicht einmal David hatte sie Bescheid gesagt.

Im September 1978 hatten Freyjas Kinder begonnen, sich zu treffen. Svea fühlte sich in ihrem Element. Am 20. September hatten sie das *Höstblót* gefeiert, die Zeremonie der herbstlichen Tag-und-Nacht-Gleiche. Sie hatten sich von Sól verabschiedet, jener Göttin, die den von den Pferden Árvak und Alsvid gezogenen Sonnenwagen lenkte, und hatten die Riesin Skaði, die Göttin der Jagd und des Winters, begrüßt. Anfang November hatten sie sich zum *Álfablót* getroffen, dem heidnischen Opfer für die Elfen und die Seelen der Verstorbenen. Sie hatten Scheiterhaufen errichtet und entzündet, um mit dem Licht inmitten der Nacht den Toten die Möglichkeit zu geben, sie zu besuchen.

Die Feierlichkeiten der Wintersonnenwende übertrafen ihre Erwartungen. Die Riten und Gesänge hatten in der Praxis noch mehr an Bedeutung gewonnen. Außerdem hatten sie zum ersten Mal ein Tier geopfert. Diesen Praktiken neues Leben einzuhauchen war für Svea eine notwendige Rückkehr zu den eigenen Wurzeln. Sie war in einem sehr christlich geprägten Umfeld groß geworden, ohne eine Verbindung zwischen Kirche und Welt gespürt zu haben. Sie liebte die Natur. Indem sie an die Götter der Wikinger glaubte, erweckte sie den ursprünglichen Pantheismus und den Glauben, dass allen Dingen eine Seele innewohnte, wieder zum Leben. Wenn es am Himmel donnerte, war Thor mit seinem Streitwagen unterwegs und erzeugte Blitze mit seinem Hammer, um die Menschheit vor bösen Ungeheuern zu schützen. Regnete es, verdankte man dies Freyr, der damit den Bauern half, ihre Saat gedeihen zu lassen. Die Götter waren Teil der Schöpfung. Sie waren weder unsterblich noch furchteinflößend, und man musste sich ihnen nicht unterwerfen. Vielmehr waren sie so etwas wie Freunde, die man um Hilfe anrufen oder um einen Gefallen bitten konnte.

Für ihr Studium hatte sich Svea eingehend mit zwei isländischen Manuskripten des 13. Jahrhunderts beschäftigt: der Snorra-Edda und dem Codex Regius. Ersteres war ein Handbuch des nordischen Heidentums, Letzteres eine Textsammlung epischer Lieder. Beide Handschriften hatten ihre Phantasie angeregt und ihr eine wunderbare mystische Traumwelt eröffnet.

Als Svea auf Gotland wieder dem geregelten Inselleben folgte, verflüchtigten sich ihre Angstzustände. Doch etwas in ihr hatte sich tiefgreifend verändert. Sie war zu einer Einzelgängerin geworden, ihre Beziehung zu anderen war komplizierter, vor allem, wenn mehrere Personen beisammen waren. Mittlerweile fand sie es einfacher, sich mit den Göttern zu unterhalten als mit den Menschen.

Anfangs hatte sie die Vorstellung gefürchtet, bei den Opferzeremonien oder Clantreffen mit anderen in Kontakt treten zu müssen, da jedoch alle einen Helm mit einem Visier trugen, der das Gesicht verdeckte, musste sie nur die anonymen und verborgenen Blicke ihrer Gleichgesinnten aushalten. Sie kannte ihre Identitäten, doch die Masken und Kostüme schafften eine Distanz. Und außer den drei anderen Mitbegründern wusste niemand, wer sie war. Tatsächlich war sie es gewesen, die gleich zu Beginn diese Anonymität gefordert hatte, die ihr Sicherheit verlieh.

Im Halbschlaf durchlebte Svea noch einmal die letzte Feier, als sie hörte, wie ihre Mutter unten vor sich hin redete. Sie beschloss aufzustehen, sich anzuziehen und hinunterzugehen, um in der Küche zu frühstücken.

Svea schenkte sich einen Kaffee ein und mischte in einer großen Schale *Filmjölk*, eine sämige Dickmilch, mit verschiedenen Körnern, Getreideflocken und Marmelade. Dann schnitt sie sich mehrere Scheiben *Gotlandslimpa* ab, ein traditionelles Roggenbrot mit Melasse. Eine der Scheiben bestrich sie mit *Messmör*, einem bräunlichen Brotaufstrich aus Molke, eine andere mit Geflügelleberpastete.

»Merkst du überhaupt, was du da isst? Kein Wunder, dass du Fett ansetzt!«

»Findest du, dass ich dicker geworden bin?«

»Ja, merkst du das denn nicht?«

»Ich habe einfach einen gesunden Appetit, das ist alles.«

»Seit deiner Rückkehr bläst du den ganzen Tag Trübsal. Ich glaube, es liegt an deiner Depression, dass du so zunimmst.«

Die Tür ging auf, und Sveas Vater Ragnar, der bis eben im Stall gewesen war, setzte sich seiner Tochter gegenüber an den Tisch. Er fühlte sich schon seit Monaten mutlos. Neben der Arbeit in seinem landwirtschaftlichen Betrieb war er einer der Leuchtturmwärter von Hoburgen gewesen, die sich alle vier Stunden ablösten. Er liebte es, abends dort ganz allein zu sein, die Leuchtfeuer einzuschalten und mit dem Fernglas den Horizont abzusuchen. Doch der Leuchtturm war gerade automatisiert worden. Vor ihm hatten sich schon sein Vater und sein Großvater voller Stolz um diese Aufgabe gekümmert. Jetzt war Schluss damit.

»Schenk mir einen Kaffee ein!«
»Warum schwitzt du so?«, fragte Vera. »Du bist ja ganz blass.«
Ragnar wurde plötzlich schwindelig. Gleichzeitig spürte er einen Druck auf seiner Brust. Er hatte das Gefühl, dass sich sein Brustkorb verengte und sämtliche Organe zusammengedrückt wurden. Er bekam keine Luft mehr. Er versuchte aufzustehen und sank schwer auf den Küchenboden.
Ihre Mutter fiel auf die Knie. »Ragnar, hörst du mich?« Sie legte ihm eine Hand auf den Bauch, doch dieser hob sich nicht.
»Svea, er atmet nicht mehr!«
Svea saß immer noch regungslos am Tisch.
»Großer Gott, tu doch was. Ruf den Krankenwagen!«
Teilnahmslos kaute Svea auf ihrem Brot herum. Ihr Blick war so leer, dass sie ihre Mutter, die über den leblosen Körper des Vaters zusammengesunken war, überhaupt nicht wahrnahm.

9

Nachdem Andreas zum Abschluss seines Spaziergangs einen kleinen Abstecher in die Bäckerei am Barboleuse-Platz gemacht hatte, um Brot und Croissants zu kaufen, wischte er nun sorgfältig Minus' Pfoten ab, bevor dieser ins Haus durfte. Sein Fell triefte immer noch vom Regen.
»Minus, ab ins Körbchen.«
Gehorsam rollte sich der Hund auf seinem Stammplatz neben dem Sofa zusammen. Andreas fing an, das Frühstück vorzubereiten. Seine Gedanken kreisten unablässig in der Vergangenheit, in seiner eigenen, der er sich stellen musste, aber vor allem drehten sie sich um die jüngsten Ereignisse, die seine Gegenwart grundlegend verändert hatten. Wie so oft spulte er den Film aus dem Krankenhaus ab.

Die Auseinandersetzung mit seinen Schwiegereltern ist noch nicht lange vorbei. Er sitzt auf einem der unbequemen Stühle im Wartebereich des Krankenhauses. Mikaël liegt seit beinah drei Stunden auf dem OP-Tisch. Andreas' Kollegin Karine ist gekommen, um ihm schweigend Beistand zu leisten. Eine der Krankenschwestern nähert sich und reicht ihm ein Blatt Papier. Luca hat mit dem Hausarzt gesprochen, der ihm noch vor der Operation die Patientenverfügung gefaxt hat. Mikaël hat die Papiere unterschrieben, aber vergessen, es Andreas zu sagen, den er zu seinem Bevollmächtigten ernannt hat. Alles ist geregelt. Eine Tür geht auf. Luca kommt aus dem OP-Saal. Er sieht müde aus. Er kommt auf ihn zu. Andreas blickt ihm entgegen. Er versucht aus dem Blick des Chirurgen herauszulesen, was dieser ihm gleich verkünden wird.

»Andreas …«
Andreas fuhr aus seinen Gedanken auf und drehte sich abrupt um.
»Alles in Ordnung? Habe ich dich erschreckt?«
»Ich habe dich nicht kommen gehört.«
Andreas betrachtete seinen Lebensgefährten Mikaël. Die Narbe auf der linken Schädelseite würde ihn für immer an einen der schlimmsten Momente seines Lebens erinnern, als er glaubte, ihn verloren zu haben. Er ging zu ihm und küsste ihn zärtlich.
»Hast du gut geschlafen?«
»Ja, ganz okay, aber ich habe bisschen Kopfschmerzen«, antwortete Mikaël etwas abgehackt.
»Das Frühstück ist fast fertig.«
»Ich komme. Ich werde erst noch meine Medikamente nehmen.«
»Lass dir Zeit. Ich muss noch deinen Orangensaft pressen.«

Als Luca ihm gesagt hatte, dass Mikaël am Leben war, war er ihm weinend in die Arme gefallen. Mikaël war in ein künstliches Koma versetzt worden. Luca wollte Andreas keine falschen Hoffnungen machen, denn Mikaël war noch nicht über den Berg. Jedoch war es immerhin ein erster Sieg.

Später hatte man ihn auf die Intensivstation des Universitätsklinikums in Lausanne verlegt. Von da an hatte Andreas beschlossen, das Krankenhaus nicht mehr zu verlassen, außer um ein paar Stunden bei seinen Eltern in Cheseaux zu schlafen. Er hatte für Mikaël da sein wollen, bei ihm sein wollen, bis er aufwachte. Man hatte ihm erklärt, dass ein Erwachen aus dem Koma so sei, als würde man von einer Lawine mitgerissen. Sämtliche Orientierungspunkte seien durcheinandergewirbelt worden. Die Reha würde langwierig sein und im besten Falle eine progressive Verbesserung der motorischen, sensorischen und kognitiven Leistungen mit sich bringen. Tag für Tag, Minute für Minute hatte sich Andreas an die Hoffnung geklammert, dass alles wieder so würde wie vorher.

Eine Woche später war die Schwellung im Gehirn zurückgegangen, und der intrakraniale Druck hatte so weit nachgelassen, dass man es riskieren konnte, Mikaël aus seinem künstlichen Schlaf zu wecken. Man hatte ihn extubiert und auf eine Station verlegt, die auf neurologische Rehabilitation spezialisiert war. Das medizinische Team hatte Andreas darauf vorbereitet, dass es ein endloser Hürdenlauf werden würde.

Andreas hatte das Krankenzimmer mit Fotos verschönert. Er hatte so viel Zeit wie möglich bei Mikaël zugebracht, um ihm etwas zu erzählen und ihm Momentaufnahmen ihres gemeinsamen Lebens zu beschreiben. Die Ärzte ermutigten ihn, nicht aufzugeben. Andreas musste sich behutsam ausdrücken, um Mikaël nicht mit Informationen zu überfrachten. Sechs Stunden pro Tag musste Mikaël eine sensorische Reizstimulation über sich ergehen lassen. Die Neurochirurgin schien eine Besserung zu erahnen. Das Sprachzentrum und das Zentrum für Bewegungskoordination waren in Mitleidenschaft gezogen worden. Mikaël nahm zwar gewisse Dinge wie Geräusche und die Gegenwart seiner Umgebung wahr, konnte aber nicht darauf reagieren. Er war in seinem eigenen Körper gefangen.

Eines Tages waren Mikaëls Augen offen, als Andreas das

Zimmer betrat. Andreas hatte gelächelt. Sein Lebensgefährte hatte nicht reagiert. Das war einige Tage so gegangen. Eine Ewigkeit. Andreas war ihm nicht von der Seite gewichen und hatte auf ein Zeichen gehofft. Einige Male war ihm durch den Sinn gegangen, dass sich dieser Zustand womöglich nie mehr ändern würde. Er hatte sich den Ärzten anvertraut, die versuchten, ihm Hoffnung zu machen. Der Zustand konnte sich vielleicht schon in einigen Stunden verbessern oder noch tage- oder wochenlang anhalten. Unmöglich, in diesem Stadium eine Prognose zu wagen.

Täglich hatten sie Mikaël in den Therapiegarten gebracht, einen geschlossenen Bereich im Freien, um seine fünf Sinne zu stimulieren und die Verbindung der verschiedenen Bereiche des Gehirns durch frühzeitige und intensive Anregung wiederherzustellen und so die Chancen auf einen Rückgang der Symptome zu erhöhen. Mikaël hatte täglich Anspruch auf diese Maßnahmen und war umgeben von einer wahren Armada an Fachärzten für Neurologie und Neurotraumatologie, Physiotherapeuten, Ergotherapeuten, Logopäden, Krankenschwestern und einem Neuropsychologen.

Andreas war immer an seiner Seite. Er redete und redete zu dem im Rollstuhl sitzenden Mikaël. Er streichelte seine Wange. Als es einmal anfing zu regnen, war Mikaëls Herzschlag auf dem Monitor in die Höhe geschnellt, doch sein Blick war ausdruckslos geblieben.

Eines Tages, als Andreas an Mikaëls Bett gesessen hatte und ihm die Hand hielt, hatte er einen ganz leichten Druck erahnen können. Er hatte seinen Lebensgefährten angesehen und bemerkt, wie dessen Pupillen reagierten. Er drückte Mikaëls Hand, und dieser erwiderte den Druck. Mikaël hatte den Mund geöffnet, aber keinen Laut äußern können. Doch Andreas hatte verstanden, was er ihm hatte sagen wollen.

»Andreas?«

Die Stimme seines Lebensgefährten holte ihn erneut aus seinen Gedanken. Mikaël lebte, und das war alles, was zählte.

Er setzte sich Andreas gegenüber an den hohen Küchentisch. Lillan sprang von der Fensterbank auf seinen Schoß.

Davor war es Mikaël gewesen, der früh aufgestanden war, um das Frühstück zu machen. Jetzt nicht mehr. Mikaël schlief länger und brauchte mehr Zeit, um sich fertig zu machen. Andreas hatte Geduld lernen müssen. Er hatte sich immer sehr auf seinen Lebensgefährten gestützt, und nun war es umgekehrt.

»Danke. Für dieses Frühstück. Es ist nur schade … dass … ich davon nicht mehr profitieren kann.«

Mikaël betrachtete das Rührei, das Andreas gerade vor ihn hingestellt hatte. Seine Geschmacksknospen erkannten zwar noch die Aromen süß, salzig, bitter und sauer, aber aufgrund des Verlusts seines Geruchssinns konnte er die Speisen nicht mehr erkennen.

Er trank einen Schluck Kaffee.

»Ich kann mich nicht daran gewöhnen. Das ist so traurig. Nichts riecht mehr. Der Genuss beim Essen ist weg, ganz zu schweigen davon, dass ich nicht mehr kochen kann. Und alles um mich herum hat keinen Ge…«

Das Wort lag ihm auf der Zunge, aber er konnte es nicht aussprechen. Das passierte ihm immer noch ab und zu.

»Du weißt, das angenehme Gefühl, wenn man etwas isst …«

»Der Geschmack?«

»Der Wald duftet nicht mehr nach Wald, die Blumen sind keine richtigen Blumen mehr, die Luft riecht nicht mehr. Ich kann weder meinen noch deinen Geruch wahrnehmen.«

»Immerhin riechst du auch nicht den nassen Hund.«

»Hör auf, das ist nicht wittig.«

»Entschuldige, Mikaël.«

»Ja, ich weiß. Ich ärgere mich. Aber über mich selbst. Ich bin mir durchaus bewusst, dass ich noch Schwiegkeiten habe zu sprechen.«

»Du hast unglaubliche Fortschritte gemacht. Dein Logopäde hat gesagt, wie beeindruckt er ist. Außerdem tauchen deine Probleme nur noch in bestimmten Momenten auf. Meistens merkt man davon fast nichts mehr.«

»Es ist nur frustrierend, wenn man ... Wörter suchen muss oder Silben ... vertauscht.«

»Das verstehe ich, aber das kommt schon noch. Und davon abgesehen, machst du immer weniger Fehler.«

Von Müdigkeit überwältigt hatte Andreas das Gefühl, dass er in diesen letzten drei Jahren enorm gealtert war. Und das, obwohl er erst dreiundvierzig war. Nachdem er suspendiert worden war, hatte er hundert Prozent für Mikaël da sein können. Danach hatte er wieder begonnen zu arbeiten und zusätzlich zu Hause alles erledigen müssen. Die Reha seines Lebensgefährten hatte sich schwierig und langwierig gestaltet. Und es war nicht einfach gewesen, das jeden Tag auszuhalten. Mikaël hatte an Apraxie gelitten. Er hatte Mühe gehabt, einige ganz alltägliche Gesten und zielgerichtete Bewegungen auszuführen und Gegenstände zu erkennen. Das äußerte sich vor allem in Problemen beim Anziehen. Er konnte es beispielsweise schaffen, seine Schuhe zuzubinden, aber gleichzeitig mit den Socken auf der Bettkante sitzen und nicht wissen, was er damit anfangen sollte. Einmal hatte er beim Frühstück Butter mit dem Finger aufs Brot geschmiert, anstatt das Messer zu benutzen. Andreas hatte ihm geduldig helfen müssen, alles wieder neu zu erlernen. Er erklärte ihm, wozu die Gegenstände dienten, und machte ihm die entsprechenden Bewegungsabläufe vor. Er forderte ihn auf, die Dinge zu benennen und zu erklären, wofür man sie benutzte.

Mikaël hatte unglaubliche Fortschritte gemacht, seit er aus dem Krankenhaus entlassen worden war. Nach und nach gewann er auch seine intellektuellen Fähigkeiten zurück, hatte allerdings immer noch Erinnerungslücken, Sprachstörungen und vor allem Stimmungsschwankungen und Migräneanfälle. Während dieser emotionalen Achterbahnfahrten schwankte er regelmäßig zwischen Resignation und Kampfgeist. Den Ärzten zufolge würde sich sein Zustand mit der Zeit weiter verbessern, aber die neuropsychologischen Spätfolgen ließen sich nicht voraussagen.

Andreas liebte Mikaël. Vermutlich mehr denn je. Doch ihre

Beziehung war nicht mehr dieselbe. Ihr Zusammenleben hatte sich unwiederbringlich verändert. Er war immer noch sein Mikaël, aber er war ein anderer Mikaël.

»Wann fährst du los, mein Schatz?«
»Samstag gegen vier Uhr morgens.«
Mikaël brummte und nickte.
»Was ist los?«
»Nichts. Ihr werdet mir fehlen, du und Minus.«
»Drei Wochen ... Das ist nicht sehr lang. Und Karine hat zugesagt, während meiner Abwesenheit hier zu schlafen. So kann sie dir helfen und dir Gesellschaft leisten.«
»Du weißt, dass ich auch gut alleine zurechtkommen würde. So habe ich den Eindruck, nicht nur schwach zu sein, sondern auch abgängig und ...«
»Du lebst! Und du kommst gut zurecht, Mikaël. Es beruhigt mich einfach, wenn Karine bei dir ist.«
»Mach dir keine Sorgen um uns.«
»Ich liebe dich.«
»Und ich liebe dich.«

Andreas stand auf und umarmte Mikaël, bevor er noch einen Kaffee machte. Er hatte ein schlechtes Gewissen, weil er entschieden hatte, für einige Zeit alleine nach Gotland zu reisen. Seit Jessicas Offenbarung verspürte er die Notwendigkeit, den Spuren seiner Vergangenheit zu folgen. Nun hatte er endlich drei Wochen Urlaub bekommen. Es hieß also »jetzt oder nie«.

10

Visby, Gotland
Dienstag, 20. Februar 1979

Johanna betrat die Polizeiwache und setzte sich direkt an ihren Schreibtisch gegenüber ihrem Chef Albin, dem Kriminalkommissar. Mit fünfundzwanzig Jahren war wie gerade zur Kommissaranwärterin ernannt worden und träumte davon, in Mordfällen zu ermitteln oder gefährliche Verbrecher zu jagen. Der Alltag auf Gotland war jedoch viel banaler: ein paar Einbrüche in abgelegenen Häusern, häusliche Gewalt, Nachbarschaftsstreitigkeiten, Schlägereien vor Discos während der Touristensaison, Fahrraddiebstähle auf dem Parkplatz des Einkaufszentrums. Tötungsdelikte waren auf dieser friedlichen Ostseeinsel hingegen eher rar gesät.

»Hallo, Albin, immer noch kein Mord?«

»Nein, immer noch nicht. Wirst dich daran gewöhnen oder dir eine Stelle in Stockholm suchen müssen, meine Liebe.«

»Was steht denn dann für heute an?«

»Man hat uns einen Einbruchsdiebstahl in einem Haus in Klintehamn gemeldet.«

»Und was wurde gestohlen?«

»Mehrere Flaschen Wein, Schnaps und ...«

»Na super, dann werden wir also einen Trunkenbold festnehmen, der sich die Preise bei *Systembolaget* nicht leisten kann.«

»Na ja, solange der Staat über den Verkauf alkoholischer Getränke wacht und unerschwingliche Preise verlangt, werden die Leute weiterhin die ›Straße der Durstigen‹ in die Nachbarländer wählen oder sich in den Weinkellern anderer Leute bedienen.«

Johanna hörte ihrem Chef nur mit halbem Ohr zu, während sie eine Dose *General snus* aus ihrer Jackentasche fischte. Sie nahm ein bisschen von dem feuchten Tabak, formte zwischen Daumen und Zeigefinger eine kleine Kugel daraus und schob sie sich unter die Oberlippe.

»Willst du nicht mal damit aufhören? Der Geruch ist wirklich widerlich, und ich finde, dass es für eine junge Frau alles andere als attraktiv ist. Deine Lippen sehen aufgedunsen aus, und dann diese schwarze Flüssigkeit zwischen deinen Zähnen ...«

»Kümmere dich um deinen Kram, Chef! Ich will ja auch gar

nicht versuchen, dich zu verführen«, antwortete sie grinsend. »Und übrigens auch nicht, dich zu küssen. Und meinen Freund stört es nicht, der mag das Zeug auch.«

»Los jetzt, meine Hübsche, beweg deinen Hintern«, sagte Albin mit einem Lachen. »Warte schon mal im Auto auf mich, ich muss noch schnell beim Chef vorbei.«

Johanna war in der Nähe von Visby auf einem Bauernhof in Follingbo aufgewachsen. Ihr Vater besaß etwa fünfzehn Kühe, dreißig Schafe, Hühner und ein paar Schweine. Ihre beiden älteren Brüder hätten eigentlich den gleichen Weg wie ihr Vater einschlagen sollen. Trotzdem war sie immer die Erste, die nach der Schule ihre Arbeitskleidung anzog und ihm zur Hand ging. Sie teilte mit ihrem Vater auch die Leidenschaft für die Jagd. Er hatte ihr schon früh den Umgang mit Waffen beigebracht. Sie liebte es. Während der Zeit der Vogelzüge zogen Johanna und ihr Vater schon im Morgengrauen mit ihren Gewehren und einem Korb gefüllt mit einer Thermoskanne heißem Kaffee und Butterbroten los, um geduldig und schweigend zu warten, ob sich eine Gans in ihrer Nähe niederlassen würde.

Doch der Bauernhof war nicht ihre Zukunft. Nachdem Johanna in Visby die Schule beendet und dort auch Bengt kennengelernt hatte, war sie von Gotland in die Nähe von Stockholm gezogen, um in Solna die Polizeihochschule zu besuchen. Ihr Kindheitstraum war Wirklichkeit geworden. In dieser Zeit war sie trotz der großen Entfernung regelmäßig nach Hause gekommen, um ihren Freund zu sehen. Nach ihrer Ausbildung hatte sie den Wunsch geäußert, mit ihm zusammenzuziehen, aber Bengts Schmuckgeschäft lag im Süden der Insel, etwa siebzig Kilometer von Visby entfernt. Sie hatte ihm vorgeschlagen, einen Laden im Zentrum der Altstadt zu eröffnen. Die Chance auf Laufkundschaft war im Herzen der bei Touristen beliebten Stadt viel größer. Bengt dachte darüber nach. In der Zwischenzeit lebte jeder so weiter wie bisher. Johanna war dennoch nach Klintehamn umgezogen, das auf halber Strecke zwischen ihrem Arbeitsplatz und dem ihres Freundes lag.

Anfangs hatte Johanna dem Wikingerclan nicht so recht beitreten wollen. Sie hatte es schließlich für Bengt getan. Ihm schien es wichtig zu sein, und sie konnte ihm nichts abschlagen. In den Jahren, in denen sie jetzt zusammen waren, hatte sie Bengts Freunde kennengelernt, aber seiner Familie hatte er sie noch nicht vorgestellt. Momentan passte ihr das ganz gut. Sie war total in ihn verliebt, aber noch nicht bereit, ihre jeweiligen Familien in ihre Beziehung einzubeziehen. Stattdessen hatte sie sich in den Clan eingebracht, den Bengt und Svea gegründet hatten. Die spirituelle Seite sprach sie nicht sonderlich an. Sie liebte die Aktion, nicht die Kontemplation. Doch schließlich hatte sie ihren Platz gefunden. Die Opferrituale gefielen ihr, und außerdem mochte sie es, sich in die Rolle eines Wikingers hineinzuversetzen. Hätte sie zu jener Zeit gelebt, wäre sie eine Kriegerin gewesen. Sie stellte sich vor, wie sie auf einem Wikingerschiff die Meere durchpflügte, um unbekannte Länder zu entdecken und deren Schätze zu plündern.

Nach und nach hatte Johanna Verantwortung in der Organisation des Clans übernommen. Es gefiel ihr dort. Gewisse Gruppierungen, die sich mit den Gewandungen ihrer nordischen Vorfahren schmückten, ließen sich dem rechtsextremen Spektrum zuzuordnen, doch auf ihren Clan traf das nicht zu. Allerdings war sie sich nicht sicher, ob ihre Vorgesetzten ihre Mitgliedschaft gutheißen würden, auch wenn nichts, was sie als Clanmitglieder taten, irgendwie strafbar war. Natürlich war in der Weihnachtszeit am *Julblót* und während des *Dísablóts* in der vergangenen Woche ein Lamm geopfert worden. Aber wer wusste das schon? Außer David, der nicht von der Insel stammte, kannten nur Bengt und Svea ihre Identität. Das war überhaupt der entscheidende Punkt. Angesichts ihres zivilen Berufs konnte sie es sich nicht leisten, erkannt oder mit solch einem Clan in Verbindung gebracht zu werden. Bengt und Svea waren die Initiatoren dieses Projekts, aber sie hatten sie gebraucht, um alles zu ordnen und ihre Aktivitäten umzusetzen. Sie waren Idealisten und mit einem halbwegs gesunden Menschenverstand ausgestattet. Johanna hingegen, die schon sehr früh hatte lernen müssen, sich gegen ihre beiden großen Brüder zu behaupten, war – ganz die Tochter ihres Vaters – pragmatisch, praktisch veranlagt und willensstark.

Schließlich hatte Johanna begonnen, sich wirklich für den Clan zu interessieren. Sie mochte den geheimnisvollen Aspekt der Zeremonien. Sich um die praktischen Dinge zu kümmern kam ihr sehr gelegen. Sie musste sicherstellen, dass die Treffen diskret abliefen und dass sich alle Mitglieder an die Regeln hielten, die sie festgelegt hatten. Angesichts ihrer Position innerhalb der Gruppe stellte das kein Problem dar. Zum einen besaß sie eine natürliche Autorität, zum anderen die ihrer Rolle. Sie mochte es, Menschen zu führen. Während ihrer Ausbildung an der Polizeischule hatte sie stets Verantwortung übernommen und sich nie gescheut, sich in den Vordergrund zu drängen, auch wenn sie sich dadurch nicht beliebt gemacht hatte. Mit ihrer burschikosen Art jagte sie Männern häufig Angst ein und wurde von Frauen abgelehnt. Sie hatte sich keine Freunde gemacht. Doch mit ihrer Rückkehr nach Gotland hatten sich die Dinge geändert. Sie war nach Klintehamn umgezogen und sah ihre alten Freundinnen kaum noch. Sie war weiter zum Unihockey gegangen, hatte es aber aufgrund ihrer unregelmäßigen Arbeitszeiten bald aufgeben müssen. Von ihrer Beziehung mit Bengt abgesehen kam sie sich ein wenig einsam vor.

Johanna hatte vor allem Gefallen am Clan gefunden, weil sie sich auf Anhieb gut mit Svea verstanden hatte. Sie war ihre Freundin und ihre Vertraute geworden. Sie beide stammten aus Bauernfamilien und waren auf der Insel aufgewachsen. Sie waren sehr unterschiedlich, aber Johanna hatte in Svea eine Person entdeckt, die sie einfach so akzeptierte, wie sie war. Nicht wie die Mädchen vom Festland, mit denen sie die Polizeihochschule besucht hatte und die sich pausenlos untereinander verglichen und kritisierten. Mit Svea war der Umgang einfach und offenherzig.

Zu dem Trio hatte sich David, ein Freund von Svea, gesellt. Auch mit ihm hatte Johanna sich angefreundet, zumal er ebenfalls Jäger war. Sie hatten sogar geplant, im kommenden Herbst gemeinsam auf Elchjagd zu gehen. Dieses Quartett war ihre neue Familie geworden, und außer ihnen und ihren Arbeitskollegen traf sie inzwischen niemanden mehr.

Die vier hatten beschlossen, dass die Treffen des Clans und die Zeremonien an archäologischen Ausgrabungsstätten stattfinden sollten, die mit der Wikingerzeit oder der Bronzezeit in Verbindung standen. Auf Gotland gab es diese Orte zuhauf. Damit ihre Aktivitäten keine Aufmerksamkeit erregten, hatten sie zwei sehr abgelegene Stellen ausgewählt, die so weit wie möglich von Häusern und Dörfern entfernt lagen. Außerdem gab es zu diesen Orten zahlreiche einfache Zugangsmöglichkeiten, damit sich die dreizehn Clanmitglieder nicht vor ihrer Ankunft zufällig begegneten und ihre Anonymität gewahrt wurde. Sie kommunizierten in einer Art Geheimsprache. Einer von ihnen, der sich mit dem uralten Alphabet der frühen Germanen auskannte, hatte den Vorschlag gemacht, Runen zu benutzen, um die Treffpunkte bekannt zu geben. Sie hatten ein System entwickelt, dass nur die Mitglieder dechiffrieren konnten, was die Aura des Geheimnisvollen, die ihren Clan umwehte, noch verstärkte.

Johanna ging hinaus auf den Parkplatz und setzte sich ins Auto. Am Vorabend hatte sie mit Tinte mehrere Runen aus dem *älteren Futhark* auf Einladungskarten geschrieben. Die nächste Zeremonie würde am Dienstag, den 13. März bei Vollmond stattfinden. Der Beginn der Feierlichkeiten war um neunzehn Uhr vierundvierzig – wie immer genau zwei Stunden nach Sonnenuntergang. Jeder bekam die Karte mit dem Geheimcode per Post zugestellt. Johanna hatte die Umschläge mit den handgeschriebenen Adressen noch am Morgen in den Briefkasten gesteckt, bevor sie zur Arbeit gefahren war.

Albin stieg zu ihr in den Wagen, und Johanna fuhr los. Aus den Lautsprechern dröhnte Musik.
»Bist du es nicht leid, immer nur Abba zu hören?«

11

Sonntag, 3. Juli

Andreas lehnte auf dem Achterdeck des Fährschiffs MS Visby, das in Richtung Gotland unterwegs war, an der Reling und schaute der langen weißen Spur hinterher, die das Schiff im Wasser hinterließ. Minus saß neben ihm und schien die Lachmöwen und einige Silbermöwen zu beobachten, die die Fähre begleiteten und sich von der Meeresbrise tragen ließen. Mit einer Geschwindigkeit von achtundzwanzig Knoten schien das Schiff sanft über das Wasser zu gleiten.

Am Vortag war Andreas mit seinem treuen BMW 635CSi in Gryon aufgebrochen, war über die deutschen Autobahnen bis nach Puttgarden gefahren. Von dort aus hatte er mit einer Fähre das Land des Carlsberg-Biers und der kleinen Meerjungfrau erreicht, um die Reise in seinem BMW fortzusetzen. Der Sechszylinder-Reihenmotor schnurrte immer noch zuverlässig und klang bei seiner sportlichen Fahrweise geradezu melodiös. Nach insgesamt tausenddreihundert Kilometern hatte er in Kopenhagen einen Zwischenstopp eingelegt und war abends die von unzähligen Touristen bevölkerte Promenade des Nyhavn-Kanals entlanggebummelt. Am nächsten Tag hatte er die Öresundbrücke überquert, die sechzig Meter über dem Meer Dänemark mit Schweden verbindet.

Es war zweiundzwanzig Uhr, und die Sonne begann gerade am Horizont zu verschwinden, während sich im wunderschönen Dämmerlicht auf der anderen Seite des Firmaments bereits der Mond zeigte. Gegenüber berührte die glühende

Sonnenkugel die Wasseroberfläche und tauchte einen Streifen am Horizont in ein orangerotes Licht, das sich auf subtile Weise mit den Grautönen der Wolken vermischte. Über dem Ganzen schwebten weiße Quellwolken vor einem immer noch azurblauen Stück Himmel.

Jetzt war nicht der Moment, um zurückzublicken. Er hatte die Reise begonnen, um Antworten zu erhalten und in seinem Leben nach vorne zu schauen. Dafür musste er alleine sein und sich etwas Zeit für sich selbst nehmen. Er hatte ein schlechtes Gewissen, nicht bei seinem Lebensgefährten geblieben zu sein, doch er wusste, dass Mikaël bei Karine in guten Händen war. Während er sich der Küste Gotlands näherte, fragte er sich, was ihm diese Suche wohl über seine persönliche Geschichte verraten würde.

Nach den Ereignissen, die ihn und Mikaël mit voller Wucht getroffen hatten, und seit Jessicas Enthüllung vor sechs Monaten hatte Andreas das Bedürfnis gehabt, seinen Psychoanalytiker wieder aufzusuchen. Natürlich hatte er auch viel mit Mikaël darüber geredet, gleichzeitig aber die Notwendigkeit verspürt, sich mit einer außenstehenden Person auszutauschen.

Andreas hatte sich immer gefragt, warum er keinerlei konkrete Erinnerungen an seine früheste Kindheit hatte. Vor ein paar Jahren hatte er diesen Gedanken schon einmal seinem Psychotherapeuten gegenüber geäußert, der daraufhin eine traumatische Amnesie bei ihm vermutet hatte, eine Art dissoziativen Mechanismus des Gehirns, um sich vor schmerzhaften Ereignissen zu schützen. Er hatte gesagt, dass eine solche Form des Gedächtnisverlusts viele Jahre andauern konnte. Zweifellos waren Andreas' Alpträume Fragmente dieser Ereignisse, die sich aus seinem Unterbewusstsein wieder einen Weg an die Oberfläche bahnen wollten, wie brodelnde Lava kurz vor der Eruption.

Jessica hatte ihm erzählt, dass sie elf Jahre alt gewesen war, als ein fünfeinhalbjähriger Junge in ihre Familie gekommen sei. Ihre Eltern hatten ihr erklärt, dass dieser neue kleine Bruder etwas Traumatisches erlebt habe und dass man ihm deshalb nicht sagen dürfe, dass er adoptiert sei. Sie hatte brav gehorcht, aber als Jugendliche eine heftige und verstörende Diskussion zwischen Viktor und Kajsa mitbekommen. Sie hatten über Andreas gesprochen. Kajsa hatte ihm offensichtlich die Wahrheit sagen wollen, weil er ein Recht hatte zu wissen, dass er adoptiert war. Viktor war dagegen gewesen, weil er davon ausging, dass Andreas nicht glücklich darüber wäre, gleichzeitig zu erfahren, dass seine echten Eltern tot waren. Viktor hatte den Vornamen eines gewissen Albin genannt, der gesagt hatte, je weniger Andreas über seine Vergangenheit wisse, desto besser sei es für ihn.

Auf diese Weise war Jessica unfreiwillig zur Trägerin eines weiteren Geheimnisses geworden. Trotzdem hatte sie weiterhin geschwiegen. Zu viele Jahre lang. Schließlich hatte sie ihrem Bruder alles enthüllt, weil sie es, nachdem sie dem Tod nur knapp entronnen war, nicht mehr ertragen hatte, ihn weiter anzulügen. Und auch sie wollte mehr wissen. Denn über Andreas' Vergangenheit schien ein dunkler Schleier zu liegen.

Andreas wandte sich nach Backbord und erblickte Visby mit seiner mittelalterlichen Stadtmauer, seinen Ruinen und den hohen Türmen der Kathedrale. Auf der rechten Seite erhoben sich die imposanten Klippen von Högklint wie eine uneinnehmbare Bastion. Dieser Anblick vermittelte ihm stets das Gefühl, nach Hause zu kommen. Dabei hatte er nie hier gewohnt. Nach allem, was man ihm erzählt hatte, war er in Lund auf dem schwedischen Festland geboren worden, und seine Familie war in die Schweiz gezogen, als er sechs Jahre alt war. Mit Gotland verbanden ihn jedoch zahlreiche Erinnerungen aus vielen gemeinsamen Urlauben.

Die Umkehrung des hydraulischen Antriebssystems ließ die Fähre erzittern und rapide an Geschwindigkeit verlieren, um sicher in den Hafen einzulaufen. Wie vorgesehen legten sie pünktlich um zweiundzwanzig Uhr fünfundzwanzig an. Bis zum Ferienhaus der Familie ganz im Nordosten der Insel lagen jetzt nur noch sechzig Kilometer und etwa eine Stunde

Fahrzeit vor Andreas. Die Rückkehr zu den eigenen Wurzeln hatte einen zugleich süßen und leicht bitteren Vorgeschmack.

12

Salsta
Samstag, 10. März 1979

David Gyllenstierna war über das Wochenende zu seinen Eltern auf das Schloss Salsta gefahren, das etwa dreißig Kilometer nördlich von Uppsala entfernt lag. Das in der zweiten Hälfte des 17. Jahrhunderts nach dem Vorbild von Vaux-le-Vicomte errichtete Barockschloss war bereits seit Generationen im Besitz der Familie seines Vaters, des direkten Nachfahren einer der wichtigsten schwedischen Adelsfamilien. Davids Vater leitete die örtliche Gießerei, die sein Großvater 1875 gegründet hatte.

David betrachtete es als seine Pflicht, seine Eltern regelmäßig zu besuchen und an den Familienfesten teilzunehmen, verbrachte aber ansonsten seine Zeit lieber in Stockholm. Dort konnte er ein Leben abseits dieser heuchlerischen Gesellschaft mit ihrer rückständigen patriarchalischen Mentalität führen, deren Spross er war. Bei jedem Besuch schallte ihm die ewig gleiche elterliche Frage entgegen, wann er ihnen denn endlich seine Verlobte vorstellen würde. Und jedes Mal organisierte seine Mutter zufällige Begegnungen mit möglichen Anwärterinnen aus der High Society, die von ihren Familien noch nicht unter die Haube gebracht worden waren. David hatte sich damit abgefunden. Seine Besuche in Salsta ermöglichten es ihm, mit einem frisch gefüllten Bankkonto nach Stockholm zurückfahren. Ein notwendiges Übel, bis er nach dem Abschluss seines Studiums endlich unabhängig werden konnte. Mit diesem Geld hatte er die Herstellung von Schmuck für den Wikingerclan, dem er angehörte, finanzieren können. Da

Geld und Macht Hand in Hand gingen, sicherte er sich auf diese Weise seine Autorität innerhalb der Gruppe.

David war achtundzwanzig und hatte Wirtschaftswissenschaften an der Universität von Stockholm studiert. Während seines Studiums hatte er Svea kennengelernt, seine erste und bislang letzte feste Freundin. Sie hatten sich im Dezember 1977 auf einer Party, die David in seiner Wohnung veranstaltet hatte, zum ersten Mal getroffen. Ein Apartment, das seine Eltern finanzierten, um ihm das Leben im Studentenwohnheim zu ersparen. Svea hatte gerade ihr Studium in Stockholm begonnen. Einer von Davids Freunden hatte sie mitgebracht. Der fragliche Freund hatte sich ausgemalt, Svea nach ein, zwei Cocktails rumzukriegen und ins Schlafzimmer abzuschleppen. Diese Illusionen hatte er schnell aufgeben müssen. Svea war kein einfaches Mädchen. Auf seinen plumpen Annäherungsversuch hatte sie mit einer Ohrfeige geantwortet, die nicht unbemerkt geblieben war. Beleidigt hatte er daraufhin die Party verlassen. David hatte sich bei der energischen jungen Blondine für seinen Freund entschuldigt, woraufhin sie miteinander ins Gespräch gekommen waren. Sie hatte ihn neugierig gemacht. Trotz ihrer etwas befremdlichen Art hatte sie intelligent und charmant auf ihn gewirkt. Sie war die Tochter eines Landwirts und hatte ihre gesamte Kindheit im Süden Gotlands verbracht. Sie war also weit davon entfernt, die Gepflogenheiten des Stockholmer Jetsets zu beherrschen.

Am Morgen nach der Feier hatte David an seine Begegnung mit Svea gedacht und Lust verspürt, sie wiederzusehen. Einen Tag später gelang ihm dies auch. Sie hatte ihm eine Telefonnummer hinterlassen. Er rief sie an, und sie verabredeten sich für den nächsten Tag im Den Gyldene Freden, einem der ältesten Restaurants in Gamla Stan, das bereits seit 1722 existierte. David hatte alle Register gezogen, um seinen Gast vom Lande zu beeindrucken: Champagner und ein Vier-Gänge-Menü mit Rotweinbegleitung. Während des Essens, beschwingt von einer fröhlichen Trunkenheit, meinte er, tiefere Gefühle für Svea zu empfinden. Ihre direkte Art und ihr starker gotländischer

Dialekt amüsierten ihn. Er stellte sich bereits vor, Svea mit nach Salsta zu nehmen und sie seinen Eltern vorzustellen. Er wusste jedoch, dass diese eine Verbindung ihres Sohnes mit einem Bauernmädchen ohne Umgangsformen niemals billigen würden.

Auch wenn ihm Svea sehr gefiel, merkte David schnell, dass er nicht mit ihr intim werden wollte. Das Leben nahm manchmal unerwartete Wendungen, und so hatte er einen gut aussehenden jungen Mann kennengelernt, der ihm Schmetterlinge im Bauch verursachte. Bis zu dieser unverhofften Begegnung hatte er sich immer in einem Durcheinander von Gefühlen gefangen gefühlt, die den Erwartungen der Gesellschaft, denen seiner Eltern und seinen geheimsten Wünsche entsprangen. Jetzt hatte er keine Zweifel mehr: Er war schwul. Svea hatte die Neuigkeit mit Humor und ohne Groll aufgenommen. Sie waren die besten Freunde der Welt geworden.

Je weiter das folgende Semester voranschritt, desto mehr sonderte sich Svea ab. Selbst ihre Freundschaft war angeschlagen. Sie hatten die Gewohnheit beibehalten, sich häufig auszutauschen und miteinander zu reden, aber David fiel es immer schwerer, überhaupt an sie heranzukommen. Eines Tages war sie nach Gotland zurückgekehrt, ohne ihm Bescheid zu sagen. Für David war es das Ende ihrer Freundschaft gewesen. Umso erstaunter war er, als sie ihn einige Zeit später wieder kontaktierte und ihm eine Mitgliedschaft in einem Wikingerclan vorschlug. Er hatte die Idee sehr reizvoll gefunden. Alles, was ihn aus seinem sozialen Korsett herausholen konnte, interessierte ihn. Svea hatte das nordische Heidentum studiert, und er hatte sie zu historischen Fundstellen begleitet. In Birka hatte sie ihm voller Elan vom Alltagsleben der Wikinger erzählt.

David war damals im letzten Studienjahr gewesen und bereitete sich gewissenhaft auf die Abschlussexamen im Juni vor. Sein Vater ging davon aus, dass er danach in das Familienunternehmen einsteigen würde, doch David hatte entschieden, dass er sich unabhängig machen würde. Er wollte in Stockholm bleiben. Er sah sich bereits die erste Zeit bei einem Finanzdienstleister arbeiten und seine homosexuellen Neigungen ohne Einschränkungen ausleben können. Eine Anstellung bei einer Bank war zwar nicht sein endgültiges Ziel, würde ihm aber die Möglichkeit geben, seinen Lebensunterhalt zu verdienen und sich von der finanziellen Unterstützung seiner Eltern loszusagen. Im Grunde seines Herzens wollte er Sänger oder Fernsehmoderator werden. Sollte ihn sein Vater daraufhin enterben, wäre ihm das egal. Er wäre nicht der Erste, der dem Ruf dieser angesehenen Dynastie schaden würde. Erik Brahe, einer seiner Vorfahren, hatte 1756 an einem von Königin Luise Ulrike von Preußen organisierten Aufstand teilgenommen, um die Autokratie wiederherzustellen, und war anschließend gefoltert und enthauptet worden. Welch Schicksal auch immer man für ihn vorsah, David war auf jeden Fall bereit, sich seiner Familie zu stellen und ihr die Wahrheit zu sagen. Oder aber ohne jede Erklärung abzuhauen. Er hatte noch Zeit, sich zu entscheiden. Vorher jedoch stand das nächste Clantreffen an.

13

Frigg bereitete sich einen Matchatee zu. Das Wetter war herrlich. Erste Sonnenstrahlen erwärmten zaghaft ihre Haut, während ihr aschblondes Haar in der morgendlichen frischen Brise wehte. Von den Dächern ihres Wohnhauses an der Avenue d'Iéna aus, nur ein paar Schritte vom Thomas Jefferson Square entfernt, bewunderte sie den unverbauten Blick auf den Eiffelturm. Frigg liebte Paris, allerdings war sie nicht gerne allein in der Stadt unterwegs. Von ihrer riesigen, mit Teakholz aus Myanmar belegten Dachterrasse stellte sie sich oft das wuselnde Leben in den Pariser Straßen vor. Sie hätte gerne im 19. Jahrhundert gelebt, als die von weißen Pferden gezogenen Kutschen die Alleen der Hauptstadt auf und ab fuhren. Paris, die Stadt des Lichts und Muse aller großen Maler. Monatelang hatte sie jeden Morgen die Gemälde der Pariser Museen Orsay, Jacquemart-André und Marmottan besucht: Monet, Renoir, Van Gogh oder der große Béraud. Doch ihr Favorit war Pissarro, der ihrer Meinung nach wie kein anderer die Essenz dieser Stadt eingefangen hatte, die breiten Straßenzüge, die Einsamkeit der Menschen, die Seine, die auf seinen Bildern wirkte, als fließe sie durch Le Havre. Camille Pissarro, der größte Meister aller Zeiten.

Als Sotheby's in London den Verkauf eines seiner Gemälde angekündigt hatte, hatte sie Herzklopfen bekommen. Es war der »Boulevard Montmartre«, ihr Lieblingsbild. Nicht etwa die Ansicht bei Nacht, die Experten *»Effet de nuit«* nannten, oder die Stadtansicht an einem Wintermorgen, die Paris in uniformen Grautönen zeigte. Weder der Boulevard Montmartre an einem bewölkten Morgen noch der Blick auf die Menschenmassen am *Mardi Gras*. Es handelte sich vielmehr um den Boulevard im Frühling, wenn das zarte grüne Laub an den Bäumen sprießt. Ein einzigartiges Gemälde. Es hatte einem polnischen Fabrikanten jüdischer Abstammung gehört, der von den Nazis seiner Kunstsammlung beraubt und anschließend deportiert und umgebracht worden war. Das Gemälde hatte jahrelang als verschollen gegolten, bis es den Erben zurückgegeben wurde, die es zunächst dem Israel Museum in Jerusalem als Leihgabe zur Verfügung gestellt hatten, bevor sie sich schließlich zum Verkauf entschieden.

Das Bild zeigt einen Blick aus der Vogelperspektive auf den breiten Boulevard, der sich wie ein Tal zwischen den Haussmann-Gebäudefassaden erstreckt. Grünes Laub sprießt an den Bäumen, die Schatten auf das Pflaster werfen. Die linke Straßenseite ist in schwaches Sonnenlicht getaucht, während die andere Seite im Schatten liegt. Hier wie dort genießen Pariser Bürger auf den Bürgersteigen den milden Frühlingstag, während in der Mitte zahlreiche Fiaker die Straße auf und ab fahren. Die Farbpalette bewegt sich zwischen verschiedenen Beige- und Grautönen, dazu ein paar warme braune Farben, neben denen das limettengrüne Laub der Kastanienbäume besonders intensiv wirkt. Während auf der Nachtansicht die Straßenlaternen und die beleuchteten Schaufenster Lichteffekte kreieren, wird dieses Bild allein vom sanften Grün erhellt.

Pissarro hat das Gemälde aus kleinen Farbtupfern komponiert, sodass es aus nächster Nähe betrachtet ein wenig zu verschwimmen scheint. Je weiter man sich jedoch davon entfernt, desto präziser treten die Formen hervor.

Es war die Geschichte ihres Lebens: eine Existenz in Kontrasten zwischen leuchtenden und matten Tönen, Helligkeit und Dunkelheit, Unschärfe und klaren Konturen. Das Gemälde spiegelte zudem die Polarität zwischen ihrem vergangenen Leben und der Gegenwart wider, zwischen der desillusionierten Kindheit in einem abgelegenen Dorf und dem Glück, als Erwachsene in einer pulsierenden Stadt zu leben. Zwischen langsamem Niedergang und rasantem Aufstieg, einem blassen, glanzlosen Grau, das von strahlendem Grün verdrängt wurde.

Das Bild hing in ihrem Salon. Frigg hatte ein Vermögen dafür bezahlt. Ihr Pissarro versinnbildlichte den durchschlagenden Triumph über eine vergangene Zeit.

14

Montag, 4. Juli

Kaum aufgewacht trat Andreas auf die Terrasse und spürte, wie ihm eine leichte kühle Brise über sein Gesicht strich. Die Sonne war bereits gegen vier Uhr morgens aufgegangen, stand aber noch nicht so hoch, dass ihre Strahlen ihn erreichen konnten. Bekleidet mit einem dunkelgrauen T-Shirt, dessen geschnürter Kragen offen war, und einer Shorts aus Jeansstoff hatte er Gänsehaut. Er trank einen Schluck Kaffee, um sich zu wärmen.

Der Familienbesitz der Auers war ein ehemaliger Bauernhof, der nur ein paar Schritte vom Meer entfernt in dem kleinen Dorf Bläse im Norden der Insel Gotland lag. Auf dem Grundstück standen vier weiße Gebäude mit orangefarbenen Dachziegeln: das Haupthaus, die alte Scheune, eine Räucherkammer und die Garage. Der Nachbar, der das Ganze in Schuss hielt, hatte den Rasen gemäht, doch die Büsche und Bäume mussten beschnitten werden, vor allem die Haselnusssträucher, die ganz schön in die Breite gewachsen waren. Das Haus benötigte einige Schönheitsreparaturen. Die Fassade musste frisch gekalkt, die Fensterrahmen mussten abgebeizt und neu gestrichen und die Regenrinnen ausgetauscht werden. Andreas konnte sich jedoch nicht vorstellen, eine Latzhose anzuziehen und den Pinsel zu schwingen. Er besaß weder die Geduld, noch hatte er Lust, sich an diese Art von Arbeit zu machen. Wenn er hier war, mochte er es beschaulich und genoss den Augenblick. Wenn er nicht wollte, dass das Haus zur Ruine zerfiel, musste er die Dinge angehen, doch noch war ja nicht aller Tage Abend. Und dieses Mal war Andreas mit einem ganz bestimmten Ziel hierhergekommen. Er wusste, wo er seine Suche beginnen würde, aber schob die Sache noch ein wenig vor sich her. Zunächst musste er an diesem Ort emotional richtig ankommen. Alles war noch genau wie vorher, und doch hatte sich alles verändert. Die Erinnerungen an dieses Haus waren sehr gegenwärtig, doch die Enthüllung seiner Schwester warf auch existenzielle Fragen auf, die eine Art Schleier über sein Leben legten. Er konnte nicht mehr klar unterscheiden, was wahr und was falsch war.

Den morgendlichen Spaziergang unternahmen Andreas und Minus am kilometerlangen Strand von Stenkusten, der mit Kieseln bedeckt war, die sich zum Teil zu Hügeln auftürmten. Eine gute halbe Stunde lang warf Andreas Stöckchen für Minus und lauschte dabei dem Rauschen der Wellen.

Ein paar hundert Meter vom Haus entfernt befand sich eine etwa zwanzig Meter hohe Anhöhe aus grauem zerbröselten Kalkgestein, die zum Teil von Büschen überwuchert war. Andreas folgte Minus den kleinen Trampelpfad hinauf. Er erinnerte sich daran, wie er im Sommer mit Jessica stets um die Wette auf die kleine Erhebung gekraxelt war. Zum ersten Mal hatte er sie mit zwölf Jahren besiegt, denn schließlich war sie fünf Jahre älter als er. Vom Gipfel aus konnte man über das Meer blicken. Auf der anderen Seite sah Andreas die Gebäude des ehemaligen Kalksteinwerks, die heute ein Museum beherbergten. Ihr Aussehen hatte sich im Laufe der Jahre nicht verändert. Alles war aus Trockenmauerwerk gebaut. Der Brennofen war achteckig und hatte in der Mitte einen großen Kamin, der sich nach oben hin verjüngte.

Andreas dachte an Mikaël, der daheim in der Schweiz geblieben war. Er machte ein Foto von dem Küstenstrich und schickte es mit der Nachricht »Du fehlst mir« an seinen Lebensgefährten.

Nach dem Spaziergang suchte Andreas einen der kleinen ICA-Supermärkte auf. Vor dem Regal mit den Bonbons fühlte er sich wieder wie ein Kind. Er füllte den Einkaufswagen mit all den schwedischen Produkten, die er so liebte, darunter *Blodpudding*, eine halbmondförmige dunkle Blutwurst aus Schweineblut, Roggenmehl, etwas Bier und Melasse, gewürzt mit Nelken und Majoran.

Daheim schnitt Andreas die Wurst in dicke Scheiben und briet sie mit etwas Butter in der Pfanne. Während er sie zusammen mit ein wenig Preiselbeermarmelade aß, blickte er durch das Küchenfenster aufs Meer. Nach diesem Essen voller Kindheitserinnerungen beschloss er schließlich, auf den Dachboden zu gehen. Jessica hatte ihm von alten Fotoalben erzählt, die Viktor dort angeblich irgendwo versteckt hatte. Mit einer Stirnlampe ausgerüstet begann er alles wegzuräumen, was dort auf dem Boden lag. Er brauchte über eine Stunde, um die Stelle zu finden. Eine der Dielen ließ sich herausnehmen, darunter zog er zwei verstaubte Fotoalben hervor. Er schlug das erste auf, blätterte es durch und stieß auf einen Briefumschlag, der zwischen zwei Seiten steckte.

Andreas blieb auf dem Boden sitzen, legte das Album beiseite und öffnete den Umschlag, der ein paar alte Schwarz-Weiß-Aufnahmen enthielt. Eingehend betrachtete er die Fotografien nacheinander. Auf dem ersten Bild sah man einen jungen Mann in Militäruniform an einem Waldrand. Er hielt ein Gewehr in den Händen. Es handelte sich nicht um seinen Vater, so viel war klar. Sein Großvater? Die zweite Aufnahme zeigte eine Gruppe von Soldaten, die an zerstörten Häusern vorbeimarschierten. Die Offiziere, die die Truppe anführten, trugen Schirmmützen. Auf dem nächsten Foto war der Mann vom ersten Bild in Zivil am Fuße eines Leuchtturms zu sehen. Andreas erkannte den Leuchtturm von Fårö an der Nordküste Gotlands. Auf dem vierten Bild sah Andreas den Mann schließlich zwischen einer Frau und einem Kind. Handelte es sich bei dem Jungen in kurzen Hosen um Viktor? Auf der letzten Aufnahme posierten mehrere Kinder vor einem Gebäude. Der Junge von dem vorherigen Foto saß im Schneidersitz in der ersten Reihe. Lange starrte Andreas auf die Szenerie. Sie kam ihm bekannt vor, ohne dass er den Grund dafür kannte. Sie beschäftigte ihn und machte ihn neugierig. Warum war der Briefumschlag in dem Album platziert worden, und warum hatte man alles versteckt? Er hatte nicht die geringste Ahnung.

15

Torsburgen, Gotland
Dienstag, 13. März 1979

Jacob und Vilhelmina hatten ihr Auto am Fuße der Klippen von Torsburgen geparkt, wo sich die Überreste einer riesigen, im 1. bis 4. Jahrhundert von Wikingern angelegten Wallburg befanden. Der natürlich geformte Burgberg hatte im Inneren einen Durchmesser von über einem Kilometer. Auf der einen Seite durch die Steilhänge geschützt, hatte man diese auf der anderen Seite durch eine über zwei Kilometer lange Mauer ergänzt. Jacob öffnete den Kofferraum und holte ihre Kostüme und Helme hervor. Sie betraten den Wald und kletterten einen steilen Weg bis zur *Tjängvide luke* empor, einem der natürlichen Zugangstore. Von dort folgten sie etwa einen Kilometer weit dem felsigen Wall, um zur eigentlichen Burg zu gelangen, einem Vorsprung, der die Ebene um einige Dutzend Meter überragte. Während Vilhelmina auf dem Fußweg an die Kinder dachte, die zu Hause in der Obhut der Großeltern geblieben waren, stellte sich Jacob vor, wie es hier wohl zu Zeiten der Wikinger ausgesehen hatte. Die Torsburg war bis ins 12. Jahrhundert hinein bewohnt gewesen, und es hatte über tausend Mann gebraucht, um sie zu bewachen. Jacob stellte sich die Wachen mit ihren Helmen, Kettenhemden, Lanzen und Schutzschildern vor, die entlang der mit Pfählen versehenen Mauer postiert waren, um die Zugänge zu sichern. Er malte sich aus, wie die Menschen aus dem Umland in die Burg kamen, um dem Gott Thor Opfer darzubringen. Historikern zufolge hatte die ganze Inselpopulation, die sich damals auf etwa zehntausend Menschen belief, im Inneren des Burgwalls Schutz finden können. Auf dem Marktplatz in der Mitte des Burgfrieds, wo die Leute ihre Handwerkskunst feilboten und Lebensmittel erstanden, die von weit her kamen, musste reges Treiben geherrscht haben. Ein paar Kilometer entfernt befand sich eine weitere Burganlage, die als Wachturm, Verteidigungsposten und Hafen für Lastkähne galt, die über das Meer kamen. Einst hatten die Bewohner der Burgen mit zehn bis zwölf Meter hohen Signalfeuern miteinander kommuniziert. Heute war davon nichts mehr zu erkennen. Dennoch hatte Jacob das Gefühl, bei ihren eigenen Zeremonien einen kleinen Teil dieser glorreichen Epoche zu erleben.

Der Jarl und die zwölf Mitglieder standen auf dem Gipfel der Klippe. Es war einundzwanzig Uhr neun, und die Erde befand sich nun zwischen Mond und Sonne. Ein lautloser Schatten hatte das Nachtgestirn allmählich verdeckt. Wegen der partiellen Mondfinsternis konnte der Mond nur wenig der Umgebung erhellen.

Anfangs hatte Jacob die Anonymität innerhalb des Clans gefallen. Es war Linda gewesen, die ihn als Mitglied vorgeschlagen hatte, und er hatte wiederum seinen Freund Henrik und dessen Frau Siv angeworben. Von diesen dreien abgesehen, kannte er die Identitäten der anderen Clanmitglieder nicht. Ab und zu glaubte er, die eine oder andere Stimme schon einmal gehört zu haben, konnte sie aber nie einer bestimmten Person zuordnen. Im Laufe der Zeit hatte ihn diese Anonymität zunehmend gestört. Er wusste nie, mit wem er es zu tun hatte. Wer war dieser gebieterische Jarl? Wer verbarg sich hinter den beiden Goðar, die dem Clan vorstanden und die Opfer zelebrierten? Um wen handelte es sich bei dem mysteriösen Lögsögumaður, der die Thinge abhielt?

Seit der Zeremonie zur Wintersonnenwende, bei der ein Lamm geopfert wurde, fühlten sich Jacob und auch Vilhelmina nicht mehr so recht wohl im Clan. Zunächst hatte er darüber nachgedacht, sich deswegen seinem Freund Henrik oder Linda anzuvertrauen, hatte sich dann aber doch nicht dazu durchringen können. Vielmehr mied er die beiden nun sogar. An einem dieser Januartage, an dem es so kalt war, dass die Menschen ihr Haus nur verließen, um schnell ihre Einkäufe zu erledigen, hatte Vilhelmina Linda im Supermarkt getroffen, aber nur Belanglosigkeiten mit ihr ausgetauscht. Kurz darauf hatte die Beerdigung von Henriks Vater stattgefunden. Jacob und er hatten sich einen vielsagenden, etwas beunruhigten Blick zugeworfen, sich allerdings nur wortlos die Hand geschüttelt. Schließlich hatte Jacob entschieden, seine Bedenken gegen das Tieropfer beim nächsten Thing im Januar anzusprechen. Am Ende hatte er jedoch den Mund nicht aufgemacht. Weder er noch die anderen.

Er gehörte zu den Boendr, und die Boendr hatten in der Versammlung mittlerweile nicht mehr das Recht, das Wort zu erheben. Bislang durften sie ihre Meinung äußern und an Abstimmungen teilnehmen, wenn sie den *Thingfarakaup* entrichtet hatten. Im Laufe der Zeit begannen der Jarl, seine beiden Gefolgsleute die Goðar und der Lögsögumaður ihre Privilegien, die ihnen nach Begleichung der Steuer zustanden, auszunutzen. Die vier hatten unmerklich nach und nach die Macht an sich gerissen und trafen nun als Einzige die Entscheidungen für den gesamten Clan. Das Ideal einer egalitären und von starren Hierarchien befreiten Wikingergesellschaft, dem sie nacheifern wollten, war für das Funktionieren ihrer Gruppe nur eine flüchtige Illusion gewesen. Jacob rief sich die erste Versammlung ins Gedächtnis, in der sie die Ernennung des Jarls, der beiden Goðar und des Lögsögumaðurs bestätigt hatten. Damals war es als selbstverständlich erschienen, den vier Initiatoren diese Rollen zuzuschreiben. Niemand hätte gedacht, dass dies ein Problem darstellen könnte. Genau wie er schwiegen nun auch die anderen Boendr und ordneten sich der immer größer werdenden Macht des Jarls und seiner Leute unter.

Auf dem Thing im Januar hatte der Lögsögumaður, der Gesetzessprecher, das Programm für das Frühjahr bekannt gegeben. Unter anderem hatte er einige Regeln des Clans abgeändert. Er wandte sich beim Verlesen jedes einzelnen Gesetzes an die Boendr, um zu schauen, ob einer von ihnen etwas dazu sagen wollte. Jacob hatte verstanden, dass dies reine Formsache gewesen war, denn die Vorschläge des Quartetts waren unmissverständlich und bedurften nur der Zustimmung.

Eine der Direktiven bei der Gründung von Freyjas Kinder war das absolute Verbot gewesen, die Existenz des Clans auch nur zu erwähnen oder irgendwem davon zu berichten, was sich bei ihnen abspielte. Das alles erschien völlig normal, hatten sie doch eine Art Geheimbund gründen wollen. Doch der Lögsögumaður hatte diesem Gesetz zwei Details hinzugefügt, die alles änderten. Das Redeverbot erstreckte sich nun auch auf Mitglieder, die sich untereinander kannten. Als zweite Neuerung mussten sie sich bei Zuwiderhandlung vor dem Kreis der Richter verantworten. Früher waren Wikingern, die den Entscheidungen des Things nicht gehorcht hatten, Sanktionen auferlegt worden, darunter finanzielle Ausgleichszahlungen, ein Exil im Wald, eine Verbannung und in seltenen Fällen sogar die Todesstrafe.

Am 12. Februar versammelten sie sich alle bei Vollmond zum *Dísablót*, um den Disen, vor allem den Walküren, die zu dieser Gruppe weiblicher Gottheiten gehörten, ein Opfer darzubringen. Bei dieser Gelegenheit wurde erneut einem Lamm vor den Augen der Mitglieder die Kehle durchgeschnitten, und alle tranken das Blut des Tieres. Nach dieser Zeremonie hatte Jacob entschieden, mit Linda und Henrik zu reden, obwohl das Clangesetz es ihm untersagte. Er hatte sie getrennt voneinander getroffen, aber keiner von beiden war bereit, das Problem offen anzusprechen, obwohl auch sie das Lammopfer missbilligten. Allerdings hatten sie beide Jacob zugesichert, ihn zu unterstützen, sollte er den ersten Schritt wagen. Doch sosehr sich Jacob auch einredete, dass er kein Risiko einging, hatte er im Grunde seines Herzens Angst verspürt.

Der Fackelschein erwärmte die Luft. Lögsögmað Grer trat vor und ergriff das Wort. Nachdem er einige Informationen zu den beiden bevorstehenden Zeremonien gegeben hatte, sprach er überraschend das Thema Opferhandlungen an.

»Ihr wisst genauso gut wie ich, wie wichtig es ist, unserer aller Mutter, der Göttin Freyja, eine Freude zu bereiten.«

Von den Mitgliedern war zustimmendes Gemurmel zu hören.

»Ihr wisst auch, dass sie es schätzt, wenn wir ihr zu Ehren Feste feiern. Wir wollen doch von ihrer Gunst profitieren, nicht wahr?«

Wieder erklang zustimmendes Gemurmel.

»Und euch ist klar, dass wir ihr die schönsten Opfer darbringen müssen, um ihre Gunst zu erhalten. Welches Opfer ist ihr eurer Meinung nach das liebste, abgesehen von einem Menschenopfer?«

»Ein Schaf«, antwortete Goði Alfrigg.

»Es scheint, als würde einigen unter euch dieses Opfer missfallen«, sagte der Jarl.

»Nach gemeinsamer Beratung haben wir entschieden, bei den nächsten Zeremonien kein Tier zu opfern«, erklärte Grer. »Und ich erinnere erneut daran, dass keinerlei Diskussionen zwischen den Clanmitgliedern außerhalb unserer Versammlungen toleriert werden.«

Jacob hatte gemerkt, wie ihn der Jarl mit seinen verschiedenfarbigen Augen vernichtend angesehen hatte, und sofort verstanden, dass einer seiner Freunde sein Vertrauen missbraucht und hinter seinem Rücken mit dem Jarl oder einem seiner drei Komparsen gesprochen hatte.

16

Am späten Nachmittag ging Andreas mit den beiden Fotoalben unter dem Arm in die ehemalige Räucherkammer, ein kleines Häuschen, das ursprünglich zum Räuchern von Fisch und Fleisch gedacht war. Endlich würde er die Fotos sehen, die angeblich 1979 bei einem Wasserschaden so sehr beschädigt worden waren, dass man sie weggeworfen hatte. Diese Erklärung dafür, warum es keine Fotos aus seiner frühsten Kindheit gab, hatte ihn stets traurig gestimmt, aber ihm auch genügt. Heute bekam sie eine andere Dimension. Es war natürlich eine Ausrede gewesen. Eine weitere Lüge. Viktor und Kajsa hatten alles getan, um die Wahrheit zu verschleiern, doch sie hatten nicht den Mut gehabt, die Täuschung bis zum Äußersten zu treiben und die Alben zu zerstören, die Viktor mit Leidenschaft zusammengestellt hatte.

Andreas legte die beiden Fotoalben auf den Tisch, machte es sich gemütlich und zündete sich bedächtig eine Zigarre an. Das erste Album deckte die Jahre 1967 bis 1972 in der Schweiz ab. Viktor hatte die Schwarz-Weiß-Fotos sorgfältig eingeklebt und mit dem Füller einige Informationen dazu notiert. Auf einem der ersten Fotos sah man die achtzehnjährige Kajsa vor einem alten Gebäude direkt neben der Kathedrale Sankt Peter in Genf stehen. Auf einem Schild stand in Goldbuchstaben *Petershöfli, Heim für Töchter*. Das Petershöfli war im Jahr 1874 als eine Unterkunft für junge Frauen, die nach Genf kamen, um dort Französisch zu lernen oder eine Arbeit zu finden, gegründet worden. Dort hatte die aus Lund in der südschwedischen Provinz Skåne stammende Kajsa nach ihrer Ankunft in der Schweiz zunächst gewohnt, und dort hatte sie auch Viktor zum ersten Mal getroffen. Auch wenn der Zutritt zu diesem Heim Männern strikt verboten war, ließen sich die jungen Studenten keine Gelegenheit entgehen, die Mädchen dort an der Pforte abzupassen, um mit ihnen einen draufzumachen. Schon häufiger hatten Andreas' Eltern ihm die Geschichte erzählt, wie sie sich kennengelernt hatten. Das zweite Foto zeigte Kajsa und Viktor Hand in Hand am Seeufer vor der Wasserfontäne. Der drei Jahre ältere Viktor war damals Student der Rechtswissenschaften in Genf. Sein ursprünglich aus Bayern stammender Vater hatte Deutschland während des Zweiten Weltkrieges verlassen. Viktor hatte die Gründe seines Vaters für die Flucht nie erwähnt. Auf einem weiteren Bild posierten Viktor und Kajsa anlässlich ihrer Hochzeit im Jahr 1968 vor der Kathedrale in Lund. Die nächsten Fotos zeigten ihr Leben in Lausanne. Viktor arbeitete in einer Anwaltskanzlei. Es folgten zahlreiche Aufnahmen von Jessicas Geburt. Andreas fotografierte einige davon mit seinem Smartphone ab und schickte sie seiner Schwester. Danach blätterte er schnell die nächsten Seiten durch, die ein ganz normales Familienleben zeigten.

Das zweite Album begann im Jahr 1973 mit einem Foto von einem charmanten gelben Haus in Lund. Sie waren nach Schweden umgezogen, wo Viktor von einer großen Verpackungsfirma als Jurist angeworben worden war. Bis dahin spiegelten die Aufnahmen die Geschichte wider, die man Andreas erzählt hatte. Allerdings hätten im Jahr 1973 Fotos von seiner Geburt folgen müssen. In den darauffolgenden Jahren erzählten die Bilder von ihren Sommerferien in ihrem Ferienhaus auf Gotland. Andreas blätterte weiter. 1977, 1978 … Sein Herz klopfte wie wild. Er betrachtete die nächste Seite. Auf dem ersten Foto aus dem Jahr 1979 tauchte ein kleiner Junge mit abwesendem Blick auf, der auf einer Schaukel saß. Der Junge war er. Dann ein weiteres Bild: er mit Jessica auf der Veranda des Hauses. Auf dem nächsten Foto, dem letzten in diesem Album, stand Andreas zwischen einem Mann und einer Frau. Ihre Namen standen nicht in der Bildunterschrift. Konnte es sich bei ihnen um seine wahren Eltern handeln? Er löste das Foto heraus und legte es auf den Tisch.

Andreas nahm einen weiteren Zug seiner exzellenten kubanischen Robusto. All diese Bilder weckten Erinnerungen in ihm. Andererseits blieb die Zeit vor seiner Adoption eine Art schwarzes Loch. Er legte die Zigarre ab und ging zurück ins Haus. Dort zog er ein Album aus dem Bücherregal, das 1980 begann. Er setzte sich in einen Schaukelstuhl und blätterte es durch. Dieses Fotoalbum kannte er. Es war nach dem angeblichen Wasserschaden zusammengestellt worden. Auf den Fotos der Folgejahre verwandelte sich die traurige Miene des kleinen Jungen in ein strahlendes Gesicht. Er blieb an einem Foto hängen, das vor ihrem Haus in Cheseaux aufgenommen worden war. Ein Jahr zuvor war Viktor in die Schweiz versetzt worden, ein paar Monate nach Andreas' Adoption. Bei seiner Ankunft in der Schweiz hatte Andreas einen schwedischen Pass besessen. Fünf Jahre später war er wie der Rest seiner Familie eingebürgert worden. Er hatte keinerlei Sprachschwierigkeiten gehabt, denn sein Vater hatte, obwohl er aus Deutschland stammte, stets Französisch mit ihm gesprochen, während seine Mutter und er auf Schwedisch kommunizierten.

Andreas blätterte weiter und betrachtete ein paar Minuten lang ein Foto, das ihn vor einem Geburtstagskuchen mit sechs Kerzen zeigte. Danach verweilte er lange bei einer Aufnahme, die seinen als Weihnachtsmann verkleideten Adoptivvater Viktor zeigte, der gerade Geschenke verteilte. Weihnachten war in seiner Erinnerung immer ein sehr glückliches Ereignis gewesen, wobei das letzte Weihnachtsfest eine komplett andere Wendung genommen hatte ...

An jenem Weihnachtsabend hatte Jessica die Familie vollständig versammelt. Als sich alle auf das Büfett stürzten, hatten Jessica und Andreas wissende Blicke ausgetauscht. Unter dem liebevoll geschmückten Baum warteten die Geschenke darauf, nach dem Essen verteilt zu werden. Kajsa hatte Klavier gespielt, und sie hatten gemeinsam Weihnachtslieder gesungen. Wie jedes Jahr ... Jessicas Kinder hatten ihre Mutter ungeduldig angebettelt, sich mit dem Nachtisch zu beeilen. Alle waren bester Laune. Mit Ausnahme von Jessica schien niemand zu bemerken, dass Andreas nicht in die allgemeine Fröhlichkeit mit einstimmte. Er hatte die Seinen beobachtet und dem heiteren Stimmengewirr um ihn herum gelauscht. Danach hatte er Viktor und Kajsa betrachtet, seine Eltern, die ihn großgezogen hatten. Er liebte sie. Es fiel ihm immer noch schwer, sie als seine Adoptiveltern zu sehen. Er hatte alles, was er brauchte, um absolut glücklich zu sein, und doch fühlte er sich wie amputiert. Er hatte das Gefühl, ein Fremder im Schoß seiner eigenen Familie zu sein.

Vor ihm auf dem Tisch stand eine Flasche *Julmust*. Er war ganz vernarrt in dieses typisch schwedische kohlensäurehaltige Getränk mit dem sehr ungewöhnlichen Geschmack, dessen Farbe und Flasche an Coca-Cola erinnert, das aber schäumt wie Bier. Andreas trank einen Schluck. Von einem Jahr auf das nächste vergaß er beinah die Geschmacksexplosion, die es auslöste: der Hopfen, das Malz und dieser würzige Nachgeschmack. Doch an jenem Abend schmeckte der *Julmust* schal. Er hatte noch ein paar Schlucke getrunken und war dann, unter dem Vorwand, mit Minus rausgehen zu müssen, vom Tisch aufgestanden.

Zehn Tage zuvor hatte ihm Jessica alles über seine Adoption erzählt, aber Andreas hatte Viktor und Kajsa noch nicht darauf angesprochen. Er hatte sich vorgenommen, sie damit zu konfrontieren, sobald er sich dazu bereit fühlte. Als er sie an jenem Abend bei Tisch sitzen sah, war ihm klar geworden, dass er nicht länger so weiterleben konnte, als wüsste er nichts von dem Geheimnis um seine Herkunft.

Als er mit Minus zurückkam, hatte sich Viktor wie jedes Jahr bereits als Weihnachtsmann verkleidet. Jessicas Kinder Mélissa und Adam ließen sich mit ihren dreizehn und fünfzehn Jahren natürlich nicht mehr täuschen. Dennoch gehörte es zur Familientradition, und alle spielten das Spiel gerne mit. Nach der Verteilung der Geschenke hatten sich die Kinder in ihr Zimmer zurückgezogen, um ihr neues Tablet auszuprobieren.

Viktor hatte daraufhin die anderen mit der üblichen Floskel gefragt: »Und, gibt es hier etwa auch brave Erwachsene, die ein Geschenk verdient haben?«

Viktor reichte ihm ein Geschenk, das er mit Kajsa ausgesucht hatte.

Andreas hatte den Kopf geschüttelt und die Arme verschränkt: »Danke, lieber Weihnachtsmann, aber der kleine Andreas will keine Geschenke. Er möchte einfach wissen, wer er ist und woher er kommt. Es scheint, als sei er adoptiert worden und dass seine richtigen Eltern gestorben sind ...«

Eisige Stille hatte den Raum erfüllt. Viktors Miene war erstarrt. Kajsa sah Andreas zärtlich und verständnisvoll an. Zunächst hatten sie sich entschuldigt. Sie hätten ihn schützen wollen ... »Wovor?«, hatte er gefragt.

Sie hatten ihm daraufhin erklärt, dass sie ihn aus einem Waisenhaus auf Gotland adoptiert hätten. Dass sie nichts wüssten. Dass man ihnen im Sekretariat der Adoptionsvermittlung nichts gesagt hätte, außer dass seine biologischen Eltern gestorben seien. Dass er estnischer Abstammung sei und Roopi Haljasmaa geheißen habe.

Als Andreas den Namen Albin erwähnte, den Jessica gehört hatte, hatten sich Viktor und Kajsa in Schweigen gehüllt.

Andreas war daraufhin aufgestanden, hatte seine Jacke übergestreift und war, gefolgt von Mikaël und Minus, gegangen.

17

Dienstag, 5. Juli

Viktor und Kajsa spazierten Hand in Hand die von bunten Dahlienrabatten gesäumte Uferpromenade des Genfersees entlang. Auf dem See hatten die Segler die Spinnaker gesetzt, um den seltenen Wind an diesem sonnigen Morgen einzufangen. Viktor und Kajsa kamen regelmäßig nach Morges. Sie liebten das Wasser. Aber ein See ist kein Meer ... Die Ostsee fehlte ihnen, die Meeresbrise, die im Sommer erfrischte, im Winter belebte, der Jodgeruch, der in der Nase kitzelte, das tiefe Blau und die farbenprächtigen Sonnenuntergänge.

Andreas war sicher bereits im Ferienhaus auf Gotland angekommen. Am Vortag waren sie von Jessica über seine Abreise informiert worden. Da sie die Hartnäckigkeit ihres Sohnes kannten, fragten sie sich besorgt, was diese Suche in der Vergangenheit, die er sich offensichtlich vorgenommen hatte, zutage fördern würde. Nach jenem bewegten Weihnachtsabend hatte Andreas sämtliche Brücken hinter sich abgebrochen. Kajsa war deprimiert. Sie hatte mehrfach versucht, ihn zu erreichen. Er hatte nicht geantwortet. Viktor verstand das Verhalten seines Sohnes. Andreas brauchte offensichtlich etwas Abstand. Sie hatten als Familie immer sehr zusammengehalten, und Viktor hoffte, dass er die Scherben wieder zusammenkitten könnte.

Er erinnerte sich an den Tag, an dem Andreas in ihr Leben getreten war. Albin, der Mann, der ihnen das Kind anvertraut hatte, hatte sie – ohne jede Erklärung – gebeten, sich ein paar Tage um ihn zu kümmern. Noch nicht einmal den Namen des kleinen Jungen hatte er verraten. Sie durften mit niemandem darüber reden. Daheim hatte der Junge kein einziges Wort gesprochen, als hätte er Angst. Albin war ein paar Tage später wiedergekommen. Er hatte ihnen vorgeschlagen, den Jungen zu adoptieren, und erklärt, dass seine Eltern tot seien und er ansonsten in ein Waisenhaus geschickt würde. Viktor hatte versucht, mehr von Albin zu erfahren, doch dieser hatte ihn ermahnt, niemals Fragen zu stellen und niemandem, egal wer er sei, je irgendetwas davon zu erzählen. Das Leben des Kleinen könnte davon abhängen.

Kajsa und Viktor hatten den Jungen schnell lieb gewonnen. Da sie seinen Vornamen nicht kannten, hatten sie entschieden, ihn nach Viktors Vater Andreas zu nennen. Andreas hatte begonnen, sich an sie zu gewöhnen und ihnen zu vertrauen, auch wenn er stumm blieb. Sie hatten nicht lange überlegen müssen. Andreas würde bei ihnen bleiben. Albin hatte alles organisiert, damit sie das Sorgerecht für das Kind bekamen und der Junge eine neue Identität erhielt: Er war jetzt Andreas Auer.

Viktor und Kajsa hatten Albins Bedingungen akzeptiert, nie mit Andreas über Albin zu sprechen und ihm nichts über die tatsächlichen Umstände seiner Adoption zu erzählen. Andreas hatte sich perfekt in die Familie eingefügt. Nach einigen Wochen begann er zu sprechen. Mit der Zeit wurde er ein fröhlicher und glücklicher Junge. Er war ihr Sohn geworden. Andreas hatte nie erwähnt, was ihm zugestoßen war. Er hatte nie Fragen gestellt. Es war, als hätte es das, was er durchlebt hatte, nie gegeben. Das Leben war weitergegangen, und das Geheimnis, das Andreas umgab, war zu einer beunruhigenden Wolke geworden, die weiter über ihren Köpfen schwebte. Doch schließlich war die Wahrheit, zumindest ein Teil davon, ans Tageslicht gekommen. Jessica hatte eine ihrer Unterhaltungen mitbekommen. Sie hatten ihr Versprechen gebrochen.

Kajsa und Viktor setzten sich auf die Terrasse eines Hotels direkt am See und bestellten *Filets de perche*.

»Was sollen wir machen?«, fragte Kajsa.

»Ich werde Albin anrufen!«

18

Frigg saß an ihrem Schreibtisch aus Massivholz. Sie schaute zu, wie der Regen auf die Dächer der Stadt fiel – eine Flut aus hellgrauem Zinkblech, dunkelgrauem Schiefer und grünlicher Patina des Kupfers, die mit der unendlichen Weite des Pariser Labyrinths verschmolz. Die Dächer von Paris waren inzwischen sogar in die UNESCO-Liste des immateriellen Kulturerbes aufgenommen worden. Eine Auszeichnung, die eigentlich dem Fachwissen der Zinkdachdecker zu verdanken war. Die Dächer hatten zahlreiche Künstler inspiriert, Fotografen, Maler, Dichter, Filmemacher und Sänger.

Den ganzen Morgen lang hatte sie sich bemüht, den Text für ein neues Chanson zu schreiben. Vergeblich. Die Eingebung war ausgeblieben. Frigg steckte ihren Füllfederhalter zurück ins Tintenfass und zerriss das Blatt, auf das sie mittelmäßige und pathetische Verse gekritzelt hatte. Sie stand auf und holte eine Schellackplatte mit einem ihrer Lieblingschansons aus dem Regal, »Sous les toits de Paris« in der Version von Berthe Sylva. Sie nahm die Schallplatte aus der Hülle und legte sie auf das alte Grammofon, das sie bei einem Antiquitätenhändler gekauft hatte. Frigg betätigte die Kurbel und legte den Tonarm auf die Platte.

Sie blieb am Fenster stehen und starrte in den verhangenen Himmel, der einen dichten Schleier über der Stadt ausgebreitet hatte. Kein Sonnenstrahl weit und breit, noch nicht einmal in ihrem Herzen.

Unter den Dächern von Paris,
siehst du, meine kleine Nini,
lebt man glücklich und vereint.

Wenn die Herzen beisammen sind,
pflückt man das Glück
wie eine Blume unter den Dächern von Paris.

*Wenn man zwanzig ist,
wenn der Frühling blüht,
muss man sich lieben, ohne einen Augenblick zu verlieren.
Alles ist getilgt,
vergiss die Vergangenheit
und komm in meine Arme.
Und das Glück richtet sich ein
unter den Dächern von Paris, von allein!*

Das Glück war eine zarte Blume, schön und vergänglich. Sie betrachtete ihre Orchidee »Black Pearl«, die über zwanzig schwarze Blüten hervorgebracht hatte. Jedes Jahr blühte sie auf und verwelkte anschließend. Wenn man ihr die nötige Pflege zuteilwerden ließ, wiederholte sich dieser Zyklus, bis – Frigg ergriff den Stängel und zog mit aller Kraft daran – jemand sie mitsamt Wurzeln herausriss. Sie warf die Blume auf den Boden ihres Salons. Dieser Moment war gekommen. Sie war inzwischen beinah fünfundsechzig, und ihre musikalische Karriere vegetierte dahin. Die Blütezeit würde schnell vorbei sein. Ein paar Wochen zuvor hatte ihr Arzt ihr mitgeteilt, dass sich ein Tumor mit dem poetischen Namen Glioblastoma multiforme in ihrem Gehirn eingenistet hatte und sehr rasch wuchs. Eine Behandlung war sinnlos, das bösartige Geschwür war inoperabel. Ihr blieben noch sechs Monate, höchstens ein Jahr.

Ihr ganzes Leben war ein Zyklus von unbändigem Erblühen und Verwelken gewesen. Zunächst ihre Jugend und der bittere Geschmack eines Übels, das schleichend in sie eingedrungen war und sie nach und nach von innen aufgefressen hatte. Die Medikamente, die sie immer noch regelmäßig einnahm, erinnerten sie stets an diese getrübte Vergangenheit, die sie beinah vernichtet hätte. Ihr Selbstmordversuch hatte einen Wendepunkt dargestellt. Danach war in den achtziger Jahren ihre glorreiche Stunde gekommen. Eine glückliche Zeit.

Frigg hatte keine Angst vor dem Tod. Sie hatte schlussendlich einen neuen Frühling erlebt – unter den Dächern von Paris. Aber dieser verdammte Krebs würde alles verderben. Trotzdem hatte sie sich geschworen, noch ein letztes Mal auf die Bühne zurückzukehren. Zur Feier ihrer fünfunddreißigjährigen Karriere hatte ihr ein Produzent eine Reihe von Konzerten mit Klavierbegleitung im L'Olympia angeboten. Dies würde ihr Ehrengefecht sein. Sie würde dort aufhören, wo sie angefangen hatte.

19

Die Adoptionsvermittlungsstelle war etwas außerhalb von Visby gelegen. Andreas hatte am Vortag dort angerufen, um einen Termin zu vereinbaren und sein Anliegen zu erläutern. Nachdem er sich am Empfang angemeldet hatte, wurde er ins Büro der Leiterin geführt. Eine gut fünfzigjährige elegant gekleidete Dame bedeutete ihm, Platz zu nehmen. Auf dem Tisch lag eine Mappe aus festem Karton mit der Aufschrift: *Andreas Auer geborener Roopi Haljasmaa.* Die Frau bat ihn, sich auszuweisen, und Andreas zeigte ihr seinen Dienstausweis.

»Oh, du bist Polizist? In der Schweiz?«

»Ja, aber ich bin aus privaten Gründen hier.«

»Nach deinem gestrigen Anruf habe ich deine Akte gecheckt. Da deine biologischen Eltern tot sind und sie keinen anderslautenden Wunsch geäußert haben, darf ich dir die erbetenen Auskünfte erteilen.«

Andreas spürte, wie sein Herz schneller schlug. Er kam der Wahrheit, seiner Wahrheit, näher. Sie öffnete die Akte und reichte ihm eine Kopie seiner Geburtsurkunde. Wenig überraschend war sie identisch mit dem Original, das er besaß. Er war am 21. Dezember 1973 in Lund geboren, und seine Eltern hießen Viktor und Kajsa Auer. Die Adoptionsbeauftragte erklärte ihm, dass bei einer Adoption an Kindes statt sämtliche juristischen Verbindungen zwischen dem adoptierten Kind und den biologischen Eltern vollständig gelöscht würden, um ein Kindschaftsverhältnis zu den Adoptiveltern zu ermöglichen. Daher würde die Geburtsurkunde nichts über seine ursprüngliche Herkunft beinhalten.

Das zweite Dokument, das sie ihm zeigte, enthielt vertrauliche Informationen über seine Vergangenheit. Sein Name hatte Roopi Haljasmaa gelautet. Das Geburtsdatum war dasselbe wie auf seiner Geburtsurkunde. Seine biologischen Eltern hießen Heino und Liina. Heino war 1944 in Tallinn in Estland geboren und Liina 1945 auf der Insel Gotland in Schweden. Beide waren estnischer Abstammung. Auf dem Papier standen auch die Vornamen von Roopis beiden Schwestern Maarja und Tiina.

»Was ist aus ihnen geworden?«

»In der Akte steht, dass sie in einem Waisenhaus in Stockholm untergebracht wurden.«

»Hast du noch mehr Informationen über sie?«

»Leider habe ich ihre Akten nicht. Da müsstest du dich an die Adoptionsvermittlungsstelle in Stockholm wenden.«

Sie nahm ein weiteres Dokument zur Hand und runzelte die Stirn.

»*Spökhuset?*« Andreas schaute sie erstaunt an. »Wie bitte?«

»Das Geisterhaus ... So nannte man das Ferienlager in Kyllaj, in dem während des Zweiten Weltkriegs auch die Kinder von Flüchtlingen einquartiert worden sind. Ursprünglich hieß es *Ojamaa*, das estnische Wort für Gotland, aber es wurde immer *Spökhuset* genannt. In der Gegend spricht man nicht gerne darüber. Allein schon der Anblick des Hauses schaudert einen. Es liegt völlig einsam mitten im Wald, und auch heute noch herrscht dort eine düstere Atmosphäre. Manche erzählen, dass der Motor nicht mehr anspringen will, wenn man mit dem Auto dorthin fährt.«

Andreas lächelte höflich. »Ich habe im Zuge meiner Nachforschungen gelesen, dass im Zweiten Weltkrieg etwa fünfundzwanzigtausend Esten in großen Holzbooten über die Ostsee nach Schweden geflohen sind.«

»Das stimmt. An der Küste der Insel kann man heute noch von hohem Gras völlig überwucherte Überreste dieser Boote finden«, erklärte die Adoptionsbeauftragte. »Weißt du, warum sie immer noch dort liegen?«

»Nein, sag du es mir.«

»Auf Gotland besitzt jedes Boot eine Seele. Daher darf man sie nicht zerstören. Sie haben das Recht, in Frieden zu ruhen.«

»Eine hübsche Erklärung. Ich habe auch Informationen über die estnischen Schulen in Schweden gesammelt, aber von dieser Ferienkolonie wusste ich nichts.«

»Auf Gotland sind zwischen 1944 und 1945 mehr als zehntausend Esten an Land gegangen, darunter auch zweitausend Kinder. Einige dieser Boote, von denen du sprichst, sind während der Überfahrt über die Ostsee gesunken, andere wurden von russischen Kampffliegern beschossen. Anfangs lebten die Menschen in Flüchtlingslagern. Auf Gotland wurden mehrere solcher Orte eingerichtet. Manchmal schliefen die Bewohner sogar auf dem Boden, auf Stroh. Nach und nach richteten sie ihr neues Leben ein. Die Flüchtlinge glaubten, dass ihr Aufenthalt in Schweden nur vorübergehend sein würde, und wollten nicht, dass ihre Kinder ohne die Sprache und die Kultur ihres Heimatlandes aufwuchsen. Daher wurden mehrere estnische Schulen gegründet. Während der Schulferien konnten sich einige Eltern nicht um ihre Kinder kümmern, weil sie arbeiten mussten. Aus diesem Grund wurde die Ferienkolonie eingerichtet.«

»Und danach blieb dieses Ferienlager bestehen?«

»Nach dem Krieg wurde Estland in die Sozialistische Sowjetrepublik eingegliedert, und die meisten Flüchtlinge blieben in Schweden. Estnische Schulen etablierten sich und setzten ihren Betrieb fort, genau wie die Kolonie, die weiter estnische Kinder der nachfolgenden Generationen aufnahm. 1995 wurde sie schließlich kurz nach der Unabhängigkeit Estlands geschlossen.«

»Und ich gehörte zu diesen Kindern?«

»In der Akte ist vermerkt, dass deine Eltern Ende Februar

während der Schulferien im Winter 1979 bei einem Autounfall ums Leben kamen. Offensichtlich warst du zu dem Zeitpunkt gerade in diesem Ferienlager. Da du offenbar weder in Schweden noch in Estland Verwandte hattest, bist du in Kyllaj geblieben, bis man Adoptiveltern für dich gefunden hatte.«

20

Andreas fuhr auf einem Wirtschaftsweg durch den Wald. Nach einigen hundert Metern bemerkte er einen Baumstumpf am Wegesrand, der so bearbeitet war, dass er die Form eines Bleistifts hatte. Die knallgelbe Farbe war stellenweise abgeblättert, die schwarze Schrift war jedoch noch gut lesbar: *Tere tulemast* und darunter *Kohtumiseni*. Offenbar Estnisch. Die Sprache war ihm vollkommen fremd, aber er deutete das Geschriebene als eine Art Begrüßung. In einiger Entfernung sah er zwischen den Bäumen eine Ansammlung von Häusern. Er war fast am Ziel.

Das erste Gebäude auf der linken Seite, das er umrundete, war eine alte Scheune. Gegenüber befand sich ein verfallenes, in Dornröschenschlaf versunkenes Wohnhaus. Schließlich gelangte er zu einem großen, dreistöckigen Gebäude, das offenbar die Kinder während der Ferienlager beherbergt hatte. Er stellte den Motor ab und stieg aus. Mitten auf dem Hof erhob sich, einem düsteren Mahnmal gleich, eine vertrocknete Birke. Passend zu der Umgebung schien auch dem Baum kein Leben mehr innezuwohnen. Selbst der blaue Himmel und die Sonnenstrahlen, die durch den weißlichen Wolkenschleier hindurchschienen, schafften es nicht, die gruselige Atmosphäre dieses Ortes aufzuheitern. Um den inzwischen toten Baum hatte man eine fünfeckige Bank errichtet. Unter dem Gras, das den Hof bedeckte, waren die Überreste einer alten Kieszufahrt zu erahnen. Vermutlich hatten ihn die Autofahrer benutzt, wenn sie hier ihre Kinder abgegeben hatten. Andreas konnte sich die Szene gut vorstellen. Der Neuankömmling stieg aus dem Auto und wurde dabei von den im Garten spielenden oder den hinter den Fensterscheiben hockenden Heimkindern beäugt. Am oberen Treppenabsatz eine Frau mit strengem Blick und einem langen dunklen Kleid – die Direktorin. Neben ihr eine düstere Gestalt in verschwitzter und mit Löchern übersäter Arbeitskleidung – der Hausmeister, der die Kinder zur Strafe in den Keller einsperrte. All diese Schwarz-Weiß-Aufnahmen liefen ohne Unterbrechung vor seinem inneren Auge ab. Entsetzen packte ihn. Es war, als wäre er fast vierzig Jahre in die Vergangenheit zurückversetzt worden. Er hörte die Schreie, das Gelächter. Tauchten hier seine Erinnerungen wieder auf, oder spielte ihm die Phantasie einen Streich? Es wurde wieder still, und die Farben kehrten zurück.

Dann hörte Andreas ein Knirschen. Es war das Geräusch der Ketten einer Schaukel, die im Wind schwang. Und wenn es wahr war, was die Frau bei der Adoptionsvermittlung gesagt hatte? Spukten hier seine eigenen Geister herum? Er zögerte kurz, bevor er die von den vielen Wintern in Mitleidenschaft gezogenen Betonstufen der Treppe hinaufstieg. Ein Flügelschlag zerschnitt die Luft. Andreas drehte sich um und sah einen Raben, der sich krächzend auf einem Baum niederließ. Diese Vögel verfolgten ihn in seinen Alpträumen genau wie in der Realität. Der Raum aus seinem Traum, die Vögel mit den ausgebreiteten Flügeln, die zum Fliegen zu kurz waren... Jene Vögel, die in einer riesigen Blutlache badeten... Er war jetzt überzeugt, dass sich hinter diesen düsteren Bildern eine traurige Wahrheit verbarg. Konnte es sein, dass sich der Raum in diesem Haus befand?

Andreas stieß die Tür des Gebäudes auf und betrat die Eingangshalle. Der Boden war mit Staub bedeckt. Auf einer barocken Anrichte aus Eiche stand eine Vase, die einer Urne ähnelte. Die roten Stoffblumen bildeten einen deutlichen Kontrast zur gräulichen Tapete. Er ging auf eine Wendeltreppe zu.

An der Wand hingen mehrere Fotos von Kindergruppen. Er betrachtete jedes von ihnen aufmerksam. War er auf einem von ihnen zu sehen? Keines der Kinder ähnelte ihm.

Dann betrat er den Speisesaal. Die Tische waren mit Tischdecken bedeckt, als warteten sie darauf, dass die Kinder zum Essen kämen. Die Spinnennetze, die den fünfarmigen silbernen Kerzenständer überzogen, und die dicke Staubschicht im Geschirrschrank bewiesen jedoch, dass dieser Ort seit Langem verlassen war. Als er die Pendeltür zur angrenzenden Küche aufstieß, spürte er einen Luftzug. Eine Taube flog durch das zerbrochene Fenster hinaus. Der Boden war von Laub und Vogelkot bedeckt.

Andreas kehrte um und stieg die Treppe in den ersten Stock hinauf. Auf den Fluren hingen die Tapeten in Fetzen herab. Er betrat den ersten Raum. Es war ein Badezimmer mit Gemeinschaftsduschen. Er ging ins nächste Zimmer. Eine Reihe von etwa einem Dutzend Metallbetten, die darin standen, ließen es an ein Militärkrankenhaus aus dem Ersten Weltkrieg erinnern. Wieder tauchten Schwarz-Weiß-Bilder vor seinem inneren Auge auf: Kinder, die tobten und sich mit Kissen bewarfen. Das Licht geht an. Die Direktorin betritt laut schimpfend den Schlafsaal. Ein Kind schlafwandelt. Aber keine Vögel, kein Blut …

Nachdem Andreas die Räume auf allen drei Etagen erkundet hatte, ging er wieder hinunter in den Speisesaal. Während des ganzen Besuchs hatte er versucht, sich an diese Umgebung zu erinnern, in der Hoffnung, dass es irgendwie klick machen würde, aber seine Verwirrung hielt an.

Er hörte eine Tür knarzen. Vermutlich der Wind, der seit dem Morgen heftig über die Insel wehte. Er lauschte. Er vernahm schwere Schritte auf den Dielen, die in gleichmäßigen Abständen von einem trockenen Ton begleitet wurden. Ein Stock? Er hatte überhaupt keinen Grund, Angst zu haben, spürte aber, wie er unruhig wurde. Er drehte sich um.

Vor ihm stand eine alte Dame, die einem Gemälde Rembrandts entsprungen zu sein schien. Ein verrunzeltes und mürrisches Gesicht. Ihr Blick spiegelte den bitteren Beigeschmack der Einsamkeit wider. Eine karminrote Stola bedeckte ihr Haar. Sie trug ein bäuerliches Kleid aus dickem braunen Tuch und darunter eine weiße Spitzenbluse. Ihre Füße steckten in abgenutzten Holzschuhen.

»Was treibst du hier?«

Andreas starrte die gebückte Frau weiter an, die sich auf ihren Stock stützte. »Ich ...«

»Warst du hier im Ferienlager?«

»Mmh, ich glaube schon, aber woher weißt du das?«

»Das kommt ab und zu vor, dass jemand zurückkommt, der schon als Kind hier gewesen ist. Was würdest du sonst in diesem Rattenloch suchen?«

»Wohl wahr ... Und du? Wer bist du?«

»Selma. Damals war ich die Köchin. Ich hoffe, du hegst keine allzu schlechten Erinnerungen an mich.« Sie lachte laut. »Ich hatte ein sehr kleines Budget und habe getan, was ich mit den wenigen verfügbaren Mitteln tun konnte.«

»Ich kann mich nicht mehr wirklich daran erinnern.«

Da Andreas schwieg, fuhr die alte Frau fort: »Ich wohne ein Stück weiter die Straße runter und habe dich mit dem Auto vorbeifahren sehen.« Sie betrachtete den grauen BMW durch das Fenster, bis ihr Blick auf das Nummernschild fiel. »Du bist nicht von hier!«

Andreas erklärte ihr ausführlich den Grund seines Besuchs.

»Komm mit.«

Sie verließen das Haus und gingen im trägen Schritt der Köchin über den Hof.

»Erinnerst du dich an Frau Svensson? Sie war zu deiner Zeit die Direktorin. Eine echte Furie, die jeden nach ihrer Pfeife tanzen ließ.«

»Ich war erst fünf, und meine Erinnerungen sind sehr vage.«

Auf dem Weg erblickte Andreas am Ende des Grundstücks zum Wald hin eine rot gestrichene Baracke mit sechs weißen Türen, hinter denen er Plumpsklos vermutete. Er versuchte, die neuen Bilder in seine Erinnerungen einfließen zu lassen, aber sie riefen nichts in ihm wach.

Selma holte einen Schlüssel aus dem Briefkasten, und sie betraten das heruntergekommene Haus. Sie führte Andreas ins Büro. In der Mitte des Raums thronte ein antiker Sekretär aus Walnussholz. Unter dem Staub konnte man eine mit grünem Leder bespannte Tischplatte erkennen. Auf der linken Seite befand sich ein Fenster, das zum Hof hinausging. Auf der anderen Seite standen mehrere Regale mit Hängeregistern darin.

»Es gibt ein Fach pro Jahrgang. Du findest hier die Namen aller Kinder, die hier waren. Ich habe ein paar von den Mappen durchgeblättert. Frau Svensson hielt darin Informationen zu jedem Zögling fest, manchmal, was sie Gutes getan hatten, aber vor allem, was sie an Dummheiten begangen hatten und welche Strafen sie ihnen auferlegt hatte. Die waren nicht von schlechten Eltern.«

Andreas spürte, wie sich sein Puls beschleunigte. Er hatte das Gefühl, seiner eigenen Vergangenheit einen großen Schritt näher gekommen zu sein. Vielleicht würde er endlich einen unbekannten Teil seiner Biografie kennenlernen.

»Ich warte draußen auf der Bank auf dich.«

Zügig fand er das Register für den Jahrgang 1979. Er setzte sich an den Schreibtisch und wischte mit der Hand den Staub ab. Der Einband war von Schimmel befallen, und die Kanten waren vergilbt. Er schlug die Mappe auf. Die Feuchtigkeit hatte die Seiten beschädigt, und die Tinte war an einigen Stellen verblasst. Er durchsuchte das Register sorgfältig Seite für Seite, Zeile für Zeile nach Roopi Haljasmaa, konnte aber nichts finden. Er nahm das Register aus dem Jahr davor zur Hand und dann das von 1977. Auch darin fand er nichts. Dann das von 1980, 1981 ...

Nach über einer Stunde Recherche gab er auf und ging in den Hof hinaus. Er war völlig verwirrt.

Die alte Frau saß noch immer auf der Bank. Er setzte sich neben sie.

»Hast du etwas gefunden?«
»Der, der ich angeblich war, scheint nicht existiert zu haben.«

21

Mittwoch, 6. Juli

Mikaël war zeitig aufgestanden. Er wollte und musste wieder zu seinen alten Gewohnheiten zurückfinden. Es war fast zwei Jahre her, seit er das Krankenhaus verlassen hatte, und doch hatte er seine journalistische Tätigkeit noch nicht wieder aufnehmen können. Es war nicht so sehr die Arbeit an sich, die ihm fehlte, vielmehr vermisste er es, sich ganz in ein Thema vertiefen zu können. Die langen und schwierigen Monate der Reha würden für immer in seinen Körper und seine Seele gemeißelt bleiben.

Früher konnte er stundenlang am Schreibtisch sitzen und nachdenken, Hypothesen aufstellen, recherchieren und schreiben. Jetzt überkam ihn schnell die Müdigkeit. Manchmal hatte er das Gefühl, dass sein Gehirn in Wallung geriet und kurz davor war zu explodieren. Alles war komplizierter und dauerte länger. Seine Gefühle waren übersteigert. Er musste gegen sich ankämpfen, um zuversichtlich zu bleiben, und versuchen, sich über die Fortschritte zu freuen, die er machte. Doch das war leichter gesagt als getan. Die negativen Gedanken, die ihn gelegentlich überkamen, hielten länger an und waren deutlicher zu spüren. In diesen Phasen schlief er schlecht. Er, ein Liebhaber der guten Küche, musste sich zum Essen zwingen.

Er hatte fast keine motorischen Störungen zurückbehalten. Sein Körper war funktionstüchtig, aber er musste lernen, ihn zu beherrschen. Mit jedem Tag kehrte auch seine Muskelkraft immer mehr zurück. Seine Spaziergänge wurden immer länger. Er hatte wieder anfangen können, Fahrrad zu fahren.

Auch das Sprechen und Schreiben hatte er neu lernen müssen. Alles musste er neu entdecken. Nach vielen Monaten war er nach Gryon zurückgekehrt. Nach Hause zu kommen war ein unbeschreibliches Gefühl gewesen. Allerdings begleitete ihn seitdem eine merkwürdige Empfindung. Er war lebendig, aber irgendwie anders. Er war nicht mehr derselbe.

Als Mikaël die Küche betrat, schlürfte Karine bereits ihren Kaffee und schaute gedankenverloren auf die Jalousie des Fensters.

»Hallo«, sagte er träge.
»Du hast Augenringe ... Hast du nicht gut geschlafen?«
»Ich habe fast die ganze Nacht wach gelegen.«
»Ich dachte, du schläfst in letzter Zeit besser.«
»Ja, aber ich habe aus einem anderen Grund kein Auge zugemacht.« Mikaël lächelte zufrieden, was nicht zu seinem erschöpften Gesichtsausdruck passte.
»Aha? Möchtest du einen Kaffee?«
»Danke, aber ich muss erst mit dem Hund raus. Ich erzähle es dir später ...«
»Darf ich dich daran erinnern, dass Minus bei Andreas auf Gotland ist«, sagte Karine lachend.
»Ah, ja. Es ist nur ...«

Während Karine ihm einen Kaffee zubereitete, öffnete Mikaël einen Beutel und schluckte nacheinander seine morgendlichen Tabletten. Anschließend setzten sie sich einander gegenüber an den hohen Küchentisch.

Andreas war noch keine fünf Tage weg, aber Mikaël vermisste ihn bereits. Sie hatten immer eine symbiotische Paarbeziehung gelebt, aber seit ... Mikaël suchte immer nach dem passenden Wort, um zu beschreiben, was passiert war. Ein Unfall? Nein. Ein Vorfall? Mehr als das. Ein Ereignis? Zu neutral. Ein Schicksalsschlag? Die Konsequenz seiner eigenen Dummheit? Er hatte einmal aus seiner Rolle fallen, seinen Schreibtisch und seine Recherchen hinter sich lassen wollen, um den Polizeianwärter zu spielen ... Eine Falle! Er hätte auf der Hut sein müssen.

Seit diesem »Missgeschick« waren Andreas und er nie länger als ein paar Stunden voneinander getrennt gewesen. Sein Lebensgefährte war Tag für Tag an seiner Seite geblieben. Er spürte eine Leere.

Karine lächelte ihn an. »Hast du Neuigkeiten von Andreas?«

»Wir haben gestern Abend miteinander gesprochen. Deswegen konnte ich auch nicht schlafen. Er hat mich gebeten, ihm bei einigen Recherchen zu helfen. Seine Bitte hat mich so beschäftigt, dass ich noch in der Nacht angefangen habe, Nachforschungen anzustellen.«

»In welcher Angelegenheit?«

»Laut seiner Adoptionsakte ist er estnischer Herkunft. Offensichtlich sind seine Eltern bei einem Autounfall ums Leben gekommen, aber genauere Auskünfte zu seiner Vergangenheit konnte er nicht bekommen.«

»Andreas soll aus Estland stammen? Schon sehr merkwürdig, diese Geschichte ...«

»Genau. Ich habe im Internet einen Artikel der Zeitung Svenska Dagbladet vom 4. März 1979 gefunden. Seine Eltern hießen Heino und Liina und lebten in dem Ort Bläse im Norden Gotlands. Und –«

»Kannst du Schwedisch?«, unterbrach ihn Karine.

»Nur ein paar Worte. Aber ich habe mit Andreas geskypt. Also, als seine Eltern spätabends nach einem Essen bei Freunden nach Hause fuhren, stießen sie frontal mit einem Auto zusammen, das ihnen auf ihrer Spur entgegenkam. Der Fahrer hatte einen hohen Blutalkoholspiegel. Ihre beiden Kinder haben den Unfall überlebt. Zwei Mädchen ...«

»Seltsam. Und Andreas? Also ich meine, der Junge ...?«

»Das ist total merkwürdig. Laut seiner Adoptionsakte war er zu jenem Zeitpunkt in einem Ferienlager für estnische Kinder.«

»Sie haben den Jungen dort untergebracht, nicht aber die beiden Mädchen?«

»Er war gerade fünf geworden. Dem Zeitungsartikel nach waren die beiden Schwestern vier und sieben Jahre alt.«

»Wurden in der Kolonie denn nur Jungen aufgenommen?«
»Nein, es scheint eine Ferienfreizeit für Jungen und Mädchen gewesen zu sein.«
»Wenn es sich bei dem Jungen wirklich um Andreas handelt, war er womöglich ein ungezogener Bengel. Seine Eltern hatten ihn vielleicht dorthin geschickt, um ihn zu bestrafen.«
»Eine plausible Erklärung«, sagte Mikaël lachend. »Wir sollten versuchen, seine beiden Schwe…stern zu finden.«
Im selben Moment, in dem Mikaël wieder Probleme beim Sprechen hatte, dachte Karine gerade, was für enorme Fortschritte er gemacht hatte. Er sprach immer flüssiger, auch wenn der Sprachduktus ab und zu noch etwas abgehackt war. Er konnte immer längere Sätze bilden, und sein Wortschatz war wieder viel größer geworden. Sie erinnerte sich an seine Schwierigkeiten zu Beginn der Rehamaßnahmen. Damals waren seine Sätze kurz und von Pausen unterbrochen gewesen. Er hatte einzelne Wörter durch andere ersetzt, die überhaupt keinen Sinn ergaben. Zum Beispiel sagte er »Baum« statt »Glas« und »Auto« statt »Werkzeug«, was das Verständnis manchmal erschwerte.
»Ich habe schon einen Versuch unternommen, aber nichts gefunden. Sie sind atupiert worden und haben ihre Namen geändert. Aber Andreas wird heute die Atuptionsverschmittung kontaktieren.« Mikaël schloss die Augen und ballte die Hände zu Fäusten. Er durfte sich nicht über sich selbst aufregen, das brachte nichts. »In der Zwischenteit …« Er atmete tief ein, bevor er erneut ansetzte und langsamer sprach. »In der Zwischenzeit habe ich heute Nacht … ein paar genauere Informationen über seine potenziellen biologischen Eltern herausfinden können.«
Er machte eine Pause.
»Hast du Lust auf einen kleinen … Geschichtskurs?«
»Ich höre, aber fass dich kurz, ich muss zur Arbeit.«
Mikaël schlug sein Notizbuch auf, in dem er die Ergebnisse seiner Nachforschungen festgehalten hatte.
»Da ich immer noch Gedächtnislücken habe, habe ich al-

les aufgeschrieben. Es ist einfacher für mich, es vorzulesen.«
Er blätterte es durch und suchte die richtige Seite. »Ah, hier steht es. Im August 1939, kurz vor Ausbruch des Zweiten Weltkriegs, schloss der Reichsaußenminister von Ribbentrop mit seinem russischen Amtskollegen Molotow einen geheimen Pakt, dem zufolge Deutschland auf die baltischen Staaten verzichtet und sie den Interessen der Sowjetunion überlässt. Aber im Jahr 1941 ...«

Mikaël hatte den Faden verloren. Nach kurzem Zögern fuhr er fort.

»1941 griff Deutschland Russland an und besetzte Estland, das in eine neue Provinz integriert wurde, die sie Ostland nannten. Nach den Deportationen nach Sibirien, die das kommunistische Regime in den vorangegangenen Jahren inszeniert hatte, waren es nun die Nazis, die Tausende Esten verbannten und sie in die Todeslager schickten. Gefangen zwischen Pest und Cholera blieb den armen Esten keine andere Wahl, als sich der Herrschaft einer ausländischen Macht zu unterwerfen.«

Mikaël las seine Notizen in monotonem Ton vor und starrte dabei auf die Seite.

»Das ist ja alles sehr interessant, aber –«

»Ich weiß, es ist ein bisschen ... akademisch, aber hör mal, wie es weitergeht. 1944 waren die deutschen Truppen den Angriffen der Roten Armee ausgesetzt, die mit großen Schritten in Richtung Lettland vorrückte. Da die Deutschen Gefahr liefen, in einen Hinterhalt ... äh ... zu geraten, beschlossen sie, Estland aufzugeben und zu verlassen. Während der Evakuierung raubten sie Geschäfte aus, sprengten Brücken, verminten die Straßen und jagten Fabriken in die Luft.«

Mikaël untermalte seinen Bericht mit großen Gesten, um Karines Aufmerksamkeit zu gewinnen.

»Nach dem Abzug der Deutschen im Jahr 1944 erlangte Estland seine Unabhängigkeit zurück. Allerdings nur vom 17. bis zum 22. September, also nicht mal eine Woche. Angesichts der Gefahr einer erneuten Invasion durch die Sowjets flohen Tausende Menschen auf die Inseln Hiiumaa und Saaremaa, in der Hoffnung, von dort nach Schweden zu gelangen. Nur hundertsechzig Kilometer trennen den südlichsten Punkt von Saaremaa von der Insel Gotland.«

Da er Karines wachsende Ungeduld spürte – sie hatte sich bereits von ihrem Stuhl erhoben, um ihre Dienstwaffe in ihr Gürtelholster zu stecken und ihre Jacke anzuziehen –, spulte Mikaël seinen Vortrag jetzt schneller ab, ohne auch nur einmal Luft zu holen.

»Nachdem die deutsche Armee ihr Lager aufgelöst hat, kommen die Widerstandskämpfer und Partisanen aus ihren Verstecken und formieren sich neu. Die Nationalflagge wird wieder gehisst und eine neue Regierung eingesetzt. Ihre Zusammensetzung wird im Amtsblatt veröffentlicht, und die Minister werden vereidigt. Die Idee dahinter ist, die Aufmerksamkeit anderer Nationen zu erhalten und zu beweisen, dass Estland ein demokratisches Land sein kann, und dadurch zu verhindern, wieder unter die Führung einer Ditatur ... äh, Diktatur zu geraten.«

Karine setzte sich wieder. »Entschuldige, ich höre dir zu.«

»Niemand interessiert sich zu diesem Zeitpunkt für sie, und die provisorische Regierung nutzt dies aus, um eine Armee aufzustellen, in die Deserteure der Wehrmacht eingezogen werden. Es sind vielleicht fünfzigtausend oder etwas mehr, aber viele von ihnen sind nicht ausgebildet, und außerdem fehlt es ihnen an Waffen. Aber immerhin existiert eine militärische Streitkraft. Da man in Estland weiß, dass die Rote Armee im Anmarsch ist, versucht man mehr schlecht als recht, eine Nation aus dem Boden zu stampfen, die sich selbst verwalten und sogar verteidigen kann. Aber, halt dich fest: Am 22. September stürmen die Ruschen ...«

»Du meinst, die Russen.«

»Ja, schon gut. Stürmen sie die Stadt Tallinn. In nur zwanzig Tagen wurde Estland vollständig eingenommen. Die ... Sowjets haben es eilig, das Land wieder in Besitz zu nehmen, und zwar nicht, wie sie behaupteten, um eine Rückkehr der Deutschen zu verhindern, sondern um sich als die Nation zu

präsentieren, die gekommen ist, um Estland von dem Joch der Nazis zu befreien und damit zu verhindern, dass ihre Anwesenheit als rein militärische Besatzung interpretiert wird.«
»Also, worauf willst du hinaus, außer mir Nachhilfeunterricht in estnischer Geschichte zu geben? Ich weiß, dass es nicht leicht für dich ist, aber ich muss jetzt wirklich gehen ...«
»Dazu komme ich jetzt. Die Sowjets haben wieder die Macht übernommen, überall die rote Fahne gehisst und die Jagd auf Widerstandskämpfer und Verräter eröffnet. Die meisten werden verhaftet, verurteilt und anschließend nach Sibirien geschickt. Doch Andreas' vermeintlicher estnischer Großvater, der in der estnischen Armee war, schafft es, aus seiner Heimat zu fliehen und bis nach Gotland zu gelangen.«

22

Das kleine Dorf Stenkyrka lag von dem Haus der Auers aus etwa dreißig Kilometer südlich in Richtung Visby, der Hauptstadt der Insel. Am Morgen hatte Andreas bei der Adoptionsvermittlungsstelle angerufen. Die Sachbearbeiterin, die er am Vortag kennengelernt hatte, hatte sich bereit erklärt, ihm die Kontaktdaten der Person zu geben, die sich damals mit seinem Fall beschäftigt hatte.

Bei seiner Ankunft erblickte Andreas zunächst die große Kirche mit der für Gotland typischen gekalkten Fassade. Als er nach links in den Feldweg abbog, der zur Adresse von Matilda Alvarsson führte, musste er abrupt bremsen. Vor ihm stolzierte ein Fasan über den Weg. Andreas wartete, dass der Vogel sich trollte, und fuhr dann weiter, bis er mitten in einem Hof stand. Zahlreiche Sandsteinfiguren bevölkerten den Garten. Einige davon stellten *Gutefår* dar, jenen symbolträchtigen Widder mit grauschwarzem Fell, hellem Kopf und dicken, rund geschwungenen Hörnern, der zur Familie der Gotlandschafe gehört und die Fahne Gotlands ziert. Die Skulpturen ähnelten denen, die die Zufahrt zu seinem Elternhaus in Bläse schmückten.

Auf dem Grundstück standen wie so häufig in Schweden mehrere Gebäude unterschiedlicher Größe. An der baufälligen Scheune prangte ein Schild mit der Aufschrift *Skulptör*. Auf der anderen Seite des Hofes befand sich neben der Garage das Wohnhaus aus gelb gestrichenem Holz.

Andreas stieg aus seinem Wagen und drehte sich um, als er sah, dass sich die Tür des Wohnhauses öffnete. Ein alter Mann erschien auf der Vortreppe. Aufrecht wie eine Eiche und mit vor der Brust gekreuzten Armen musterte er den Eindringling.

Andreas ging auf ihn zu. »Guten Tag, ist Matilda Alvarsson zu Hause?«

Unter seinem üppigen weißen Haarschopf, der zu den dichten, struppigen Augenbrauen passte, erblickte Andreas ein völlig ausdrucksloses faltiges Gesicht. Der Mann musste trotz seiner imposanten Statur mindestens achtzig Jahre alt sein.

»Was willst du von ihr?«, fragte er zurück und räusperte sich.

Der barsche Ton des Alten überraschte Andreas. Er schwieg einen Moment. Der Besitzer dieses Anwesens schien nicht erfreut über seinen unangekündigten Besuch. Unter der Klingel las Andreas den Namen Pettersson. Er stellte sich vor, ging eine Stufe hinauf und streckte die Hand aus. Der Mann schüttelte sie und nickte ihm vage zu.

Sofort erklärte Andreas den Grund für seinen Besuch. »Sie hat damals meine Adoption in die Wege geleitet.«

»Das war ihr Job. Sie hat während ihres Berufslebens viele Kinder untergebracht.«

»Ich würde sie gerne sprechen.«

Der alte Mann musterte ihn misstrauisch. Irgendetwas kam Andreas an seinem Blick vertraut vor.

»Matilda ist vor zwei Jahren gestorben.«

»Mein Beileid. Bist du ihr Ehemann?«

»Matilda war meine Schwester.«

»Können wir einen Moment miteinander reden?«
»Tut mir leid, aber ich wüsste nicht, was das bringen sollte. Ich kann dir bedauerlicherweise nicht helfen.«
Irgendwie hatte sich der Tonfall des Alten verändert, ohne dass Andreas sagen konnte, inwiefern. Er klang plötzlich weniger unwirsch.
»Schönen Tag noch!«
Der Mann ging zurück ins Haus und schloss die Tür hinter sich ab. Enttäuscht drehte Andreas auf dem Absatz um und kehrte zum Auto zurück. Wieder eine Spur, die im Nichts endete.

23

Andreas spazierte mit Minus den Kiesstrand von Bläse entlang. Um ihn herum eine beinah klösterliche Stille, nur der Wellenschlag war zu hören, und aus der Ferne drang das heisere Geschrei der Lachmöwen zu ihm herüber, die in der Abendsonne umherflogen.

Mikaël hatte Andreas einen detaillierten Bericht über seine Nachforschungen zu der Vergangenheit seiner estnischen Familie zukommen lassen. Er hatte auf einer Internetseite, die von Enthusiasten der Militärgeschichte Gotlands betrieben wurde, eine Liste mit den Namen estnischer Einwanderer gefunden. Andreas hatte eine E-Mail an einen der Redakteure der Webseite geschickt. Er hieß Lars, nannte sich aber Lasse. In den Archiven, die Lasse im Laufe seiner jahrelangen Recherchen zusammengetragen hatte, war sogar ein Polizeibericht über die Ankunft von Andreas' Großvaters am 5. Oktober 1944 auf Gotland zu finden gewesen. Sein Name war Roopi. Derselbe Vorname, den Andreas in der Adoptionsakte trug. Dem Bericht zufolge handelte es sich bei Roopi Haljasmaa um einen zivilen Flüchtling, der den Beruf des Zimmermanns ausgeübt hatte, doch Lasse hatte feststellen können, dass Roopi sehr wohl beim Militär gewesen war. Er war mit seiner Frau Mairit und ihrem nur wenige Monate alten Sohn Heino vor den Russen geflohen. Sie waren von der Insel Saaremaa aus gestartet und am 4. Oktober in Slite angekommen. Roopi war evangelisch und estnischer Patriot. Allerdings hatte er keine Papiere mitgeführt, die seine Angaben hätten belegen können.

All diese Informationen hatten Andreas in eine historische Realität eintauchen lassen, die ihm bis dato völlig unbekannt war. Je mehr er herausfand, desto mehr Fragen traten zutage.

In seinem heutigen Gespräch mit der Adoptionsvermittlungsstelle hatte man ihm nach einigen bürokratischen Schikanen Informationen zu seinen beiden möglichen Schwestern gegeben. Sie waren von einem Ehepaar, das auf der Insel Lidingö in der Nähe von Stockholm wohnte, adoptiert worden. Die Adoptiveltern waren beide gestorben, aber Andreas hatte den Familiennamen erhalten.

Zurück von seinem Spaziergang schaltete Andreas seinen Computer ein und öffnete Skype.

Mikaël holte sein Handy aus der Tasche, das vibrierte. Er war mit Karine und ihrem Lebensgefährten Luca, dem Arzt, der ihm das Leben gerettet hatte, im Restaurant La Boille ô Chaux. Die beiden hatten sich im Zuge der Ermittlungen kennengelernt, die mit Mikaëls Einweisung ins Krankenhaus geendet hatten.

Er nahm den Anruf an. Andreas' Gesicht tauchte auf dem Display auf.

»Du bist auf der Alpe des Chaux«, stellte Andreas fest.

Mikaël drehte das Telefon so, dass Andreas seine Freunde sehen konnte.

»Ah, hallo, meine liebe Kollegin. Hallo, Luca. Geht es euch gut?«

»Wir können nicht klagen. Das Wetter ist super und der Ort hier wunderschön«, erwiderte Karine.

»Ja, ganz in Ordnung ... Ich möchte mich allerdings beschweren«, erklärte Luca. »Wegen dir hat meine zukünftige Frau das Haus verlassen und ist zu deinem Lebensgefährten gezogen.«
»Was, deine zukünftige Frau?«
»Wir haben uns verlobt«, ergänzte Karine.
»Das glaub ich ja nicht. Wann denn? Bravo, Luca! Keine Ahnung, wie es dir gelungen ist, sie zu überreden«, sagte Andreas lachend.
»Wahrscheinlich liegt es an meiner Lasagne«, antwortete Luca und setzte ein umwerfendes Lächeln auf.
»Er hat mir gestern Abend einen Antrag gemacht.«
»Und wann soll die Hochzeit stattfinden?«
»Gib mir mal das Telefon.«
Andreas erkannte die warme Stimme sofort. »Hallo, Fabienne! Ich sehe dich nicht. Die Kamera des Handys zeigt mir nur die Gläser auf dem Tisch.«
»Wie funktioniert dieses Teil denn? Ah, so ist es besser.«
»Wir haben noch keinen Termin für die Hochzeit festgelegt. Mach dir keine Sorgen, du wirst schon eingeladen werden«, rief Karine so laut, dass Andreas sie verstehen konnte.
»Geht es dir gut im kalten Norden?«, fragte Fabienne.
»Täusch dich nicht. Hier sind es dieser Tage dreißig Grad bei herrlichem Sonnenschein.«
»Stimmt, du siehst gut aus. Und braun gebrannt. Wann kommst du wieder? Wir müssen schließlich auf die Verlobung anstoßen!«
»In zwei, drei Wochen, denke ich.«
»Gut, ich gebe dir deinen Schatz wieder. Pass auf dich auf.«
Mikaël ergriff das Telefon und entfernte sich vom Tisch, um ungestört sprechen zu können. Er hatte eine wichtige Neuigkeit für Andreas.
»Ich habe Maarja und Tiina ausfindig gemacht!«, sagte er.
»Daran hatte ich keinen Zweifel.«
»Dank des ungewöhnlichen Familiennamens der Adop... tiveltern. Ich habe im schwedischen Telefonverzeichnis re-

cherchiert. Dort habe ich zwölf Einträge mit diesem Namen gefunden. Karine hat sich das Telefon geschnappt und sie angerufen. Beim vierten Versuch hatte sie eine Cousine dran. Die konnte ihr Informationen über Maarja geben. Maarja hat Schweden verlassen und sich 19…98 in Tallinn niedergelassen. Sie ist mit einem Schweden verheiratet und hat zwei Söhne. Was Tiina betrifft: Sie lebt mit ihrem Mann in Toronto.«
»Danke. Du bist ein Held. Und wie geht es dir so? Deiner Stimme nach zu urteilen, scheint es ein ziemlich guter Tag zu sein.«
»Abgesehen von heftigen Kopfschmerzen ab und zu geht es mir gut. Ich werde hervorragend umsorgt, wie du merkst. Mach dir um mich keine Sorgen.«
»Ich weiß, dass ich es war, der dich gebeten hat, Nachforschungen anzustellen, aber übertreib es nicht.«
»Wenn ich endlich mal zu etwas nützlich bin, werde ich mit Sicherheit dranbleiben. Und du, wie geht es dir?«
»Um ehrlich zu sein, fühle ich mich etwas verloren.«
»Es gibt eine neue Spur. Daran musst du dich klammern. Äh, ich muss Schluss machen. Das Essen kommt gerade. Wir sprechen uns später, okay?«
»Okay, du fehlst mir. Ich liebe –«
Mikaël hatte bereits aufgelegt.

Im Anschluss an das Gespräch bereitete sich Andreas ein paar Nudeln zu und schaute während des Essens die schwedischen Nachrichten. Nach dem Kaffee ging er kurz mit Minus raus. Er trat auf die Terrasse und inhalierte die frische Luft. Der Himmel war voller Sterne. Das weißliche Band der Milchstraße war deutlich zu erkennen. Er dachte an Mikaël, der den Abend mit ihren Freunden verbrachte. Er wäre gerne dabei gewesen, um mit ihnen etwas zu trinken und zu plaudern, aber gleichzeitig liebte er auch die Einsamkeit und die Ruhe gotländischer Abende.
Plötzlich hörte Andreas ein durchdringendes Bellen. Minus verharrte vor einem Busch. Seine Schnauze hatte gerade

Bekanntschaft mit den Stacheln eines Igels gemacht, der auf der Suche nach Insekten über den Rasen spazierte.

»Minus, komm, lass ihn in Ruhe.«

Minus gehorchte, und der Igel verschwand in einem Versteck. Andreas setzte sich in einen Sessel auf der Terrasse und tippte auf seinem Smartphone herum, während Minus den Garten erkundete. Er scrollte den gesamten Newsfeed von Maarjas Facebook-Profil durch, das frei zugänglich war. Sie war Lehrerin, und ihr Mann arbeitete für die schwedische Bank Swedbank. Sie hatte schulterlanges hellblondes Haar und lächelte freundlich. Lange betrachtete er ein Foto von ihr, auf der Suche nach etwaigen Ähnlichkeiten. Andreas konnte es kaum abwarten, mit ihr zu reden. Am liebsten hätte er sie sofort kontaktiert, aber er wollte dafür lieber nach Tallinn fahren und sie treffen, ohne sich vorher bei ihr anzukündigen.

24

Freitag, 8. Juli

In einem kleinen Anflug von Wahnsinn hatte sich Andreas für die Überfahrt nach Tallinn die Executive-Suite mit Balkon geleistet, da er sich nicht hatte vorstellen können, in einer Kabine ohne Bullauge oder Zugang ins Freie zu schlafen. Allein der Gedanke an die schreckliche Katastrophe vom Untergang der Estonia im Jahr 1994 auf ihrem Weg von Tallinn nach Stockholm bereitete ihm ein mulmiges Gefühl. Während eines Sturms war das Fährschiff mitten in der Nacht gesunken und hatte fast neunhundert Passagiere mit sich auf den Meeresgrund gerissen. Andreas konnte sich kaum einen schlimmeren Tod vorstellen, als zu ertrinken.

Nachdem er sich am Büfett gestärkt hatte, hatte er am Vorabend das Schiff erkundet. Er war kein Freund von Kreuzfahrten und mied Menschenansammlungen lieber, aber die ließen sich in dieser schwimmenden Stadt nicht ganz vermeiden. Er hatte einen Bogen um die Piano-Bar, den Nachtclub und die Disco gemacht und war auf einen Zigarrenclub gestoßen, wo er eine Hoyo de Monterrey Epicure Nr. 2 erstanden hatte. Dann war er zurück in seine Kabine gegangen, in der Minus brav auf ihn wartete. Andreas hatte es sich auf dem Balkon in einem dieser Sitzsäcke, die sich der Körperform anpassten, bequem gemacht und in einer Broschüre über Tallinn geblättert, die er erhalten hatte, als er an Bord des Schiffes gegangen war. Genüsslich hatte er seine Zigarre geraucht und die subtil blumigen Aromen mit Noten von Ingwer und Gewürzen aufgesogen, während er den Mond bewunderte, der sich auf der Wasseroberfläche der ruhigen See spiegelte.

Die Baltic Queen hatte am Vortag um siebzehn Uhr dreißig in Stockholm abgelegt und erreichte den Hafen von Tallinn pünktlich um zehn Uhr fünfundvierzig am nächsten Tag. Andreas beschloss, Maarja am frühen Abend einen Besuch abzustatten. Um die Uhrzeit hatte er vermutlich die größten Chancen, sie zu Hause anzutreffen. Daher hatte er alle Zeit der Welt, sich den historischen Stadtkern anzuschauen.

Andreas flanierte durch die Altstadt und ließ sich dann auf einer Restaurantterrasse auf dem Rathausplatz nieder, um ein Bier zu trinken. Tallinn war genau wie Visby eine typische Stadt aus der Zeit der Hanse. Dieser Zusammenschluss von Handelsstädten rund um die Nord- und Ostsee, der zwischen dem 12. und 17. Jahrhundert bestand, hatte einst eine enorme politische und wirtschaftliche Rolle gespielt und architektonische Spuren hinterlassen. Andreas bewunderte den im Stil der baltischen Gotik gebauten Glockenturm aus dem 15. Jahrhundert. Doch sosehr er sich auch bemühte, richtig bei der Sache war er bei diesem touristischen Spaziergang nicht. Er spürte, wie seine Anspannung bei dem Gedanken an das bevorstehende Treffen mit Maarja immer größer wurde. Immer wieder betrachtete er das Foto, das sie auf ihrem Profil hochgeladen hatte, und fragte sich, wie sie wohl reagieren würde.

Am späten Nachmittag stieg Andreas in ein Taxi und fuhr in den Stadtteil Kalamaja, was laut seinem Reiseführer übersetzt »Fischermai« bedeutete. Die meisten Häuser waren Anfang des 20. Jahrhunderts aus Holz gebaut worden. In Maarjas Straße waren die Fassaden in bunten Farben gestrichen.

Während er geduldig auf einer Parkbank wartete, sah er eine Frau ankommen, die Ähnlichkeit mit Maarja auf dem Foto hatte. Sie überquerte die Straße und betrat ein Haus in Pastellrosa, das zwischen einer gelben und einer blauen Fassade lag. Andreas spürte, wie sein Herz schneller schlug. Er folgte ihr über die Straße und ging auf das Haus zu, in dem womöglich seine Schwester wohnte. Bevor er klingelte, atmete er tief durch.

Die Tür ging auf. Maarja war völlig perplex, als sie einen Fremden mit einem riesigen Hund erblickte.

Andreas hatte den ganzen Tag überlegt, wie er sie ansprechen sollte. Am einfachsten war es vermutlich, direkt mit der Wahrheit herauszurücken.

»Hej, Maarja. Mein Name ist Andreas Auer. Laut meiner Adoptionsakte bin ich dein Bruder.« Andreas reichte ihr eine Kopie des Dokuments, das seine Herkunft bescheinigte.

Maarja betrachtete das Blatt Papier und riss die Augen auf. Sie sammelte sich kurz und bat Andreas und Minus herein. Sie setzte sich an den Esstisch im Wohnzimmer und legte die Kopie vor sich hin. Immer wieder las sie die im Dokument enthaltenen Informationen durch. Andreas hatte ihr gegenüber Platz genommen. Er erzählte ihr, was er über die Umstände seiner Adoption erfahren hatte.

»Ich verstehe das nicht ...«

»Deine Eltern hießen doch Heino und Liina?«

»Ja, ja. Und Tiina ist meine Schwester. Alle Daten stimmen überein ...« Maarja sah Andreas aufmerksam an. »Aber ich hatte nie einen Bruder!«

25

Sonntag, 10. Juli

Nachdem er nach Bläse zurückgekehrt war, hatte Andreas es sich in einem Sessel auf der Veranda, von der aus man das Meer sehen konnte, gemütlich gemacht und eine Flasche eines Whiskys namens Isle of Lime entkorkt, der auf der Insel gebrannt wurde. Der erste Schluck, den er sanft im Mund kreisen ließ, enthüllte dezente Rauchnoten mit einem Anklang von Honig und Zitrusfrüchten. Der Whisky entfaltete noch nicht die Komplexität und die Tiefe, die Andreas an einigen Maltwhiskys so schätzte, aber der Geschmack war frisch und angenehm.

Andreas war davon überzeugt, dass seine Alpträume zumindest teilweise den Schlüssel zu seiner Vergangenheit darstellten, aber im Moment war es für ihn unmöglich, aus den ihm verbliebenen Bildern Rückschlüsse zu ziehen. Ein Raum. Vögel mit zu kurzen Flügeln. Blut. In letzter Zeit hatte sich ein neues Element in seine Träume geschlichen: das gerahmte Foto eines Mädchens mit hellblonden Haaren. Es hätte Maarja sein können, aber sie war es nicht.

Während er auf sein bernsteinfarbenes Getränk starrte, ließ er seinen Kurztrip nach Estland Revue passieren. Nachdem er Maarja kennengelernt und sich lange mit ihr unterhalten hatte, war ihm lediglich klar geworden, dass sie nicht seine Schwester und Heino und Liina somit nicht seine leiblichen Eltern waren. Er fühlte sich orientierungslos und verloren. All dies warf eine Reihe neuer Fragen auf: Warum war seine Akte gefälscht worden? Wer hatte das getan? Und vor allem die ewig gleiche Frage: Wer war er, bevor er Andreas Auer wurde?

Alle Spuren hatten ihn bis nach Tallinn geführt, was sich zweifelsohne als Sackgasse erwiesen hatte, auch wenn in dem Gespräch mit Maarja merkwürdige Zufälle zutage gekommen waren. Sie hatte ihm erzählt, dass sie und ihre Schwester nach dem Tod ihrer Eltern in Ermangelung anderer Verwandter von einem Ehepaar in der Nähe von Stockholm adoptiert worden waren. Sie konnte sich noch sehr gut an die Nacht des Unfalls erinnern. Sie war damals sieben Jahre alt gewesen. Ihr Vater saß am Steuer und ihre Mutter auf dem Beifahrersitz. Die beiden Schwestern befanden sich auf der Rückbank. Sie konnte sich an den ohrenbetäubenden Lärm des Frontalaufpralls erinnern und an die Schreie. Irgendjemand hatte sie aus dem Auto gezogen. Sie hatte mit ansehen müssen, wie das Fahrzeug in Brand geriet und ihre Eltern in dem Blechhaufen gefangen waren. Maarja und Tiina waren unversehrt geblieben und zusammen bei einem Ehepaar untergebracht worden, das keine Kinder bekommen konnte. Sie waren umsorgt und geliebt worden.

Nach ihrem Schulabschluss hatte Maarja auf Lehramt studiert und im Alter von vierundzwanzig Jahren geheiratet. Ihr Ehemann hatte ein Jobangebot in Tallinn erhalten. Sie war sofort bereit gewesen, ihm zu folgen. Für sie war es eine Art Rückkehr zum Ausgangspunkt, denn ihr Großvater war während des Zweiten Weltkrieges aus diesem Land geflohen. Auf der Flucht vor den Russen hatte er die Ostsee nach Gotland überquert. Das war alles, was sie über ihn wusste. Eine Information hatte Andreas besonders beschäftigt: Maarja war auf Gotland geboren und hatte ihre ersten Jahre in Bläse verbracht, also genau in dem Dorf, in dem das Haus von Viktor und Kajsa stand.

Maarja hatte ihm ein Foto ihres Großvaters gezeigt, jenem Roopi, der darauf zusammen in einem Mann in Militärkleidung vor einem Panzer posierte. Auf der Rückseite standen zwei mit Tinte geschriebene Vornamen: Roopi und Franz. Und eine Jahreszahl: 1944. Andreas war verwirrt gewesen. Es waren dieselben Männer wie auf den Schwarz-Weiß-Fotos, die er in Bläse in dem Umschlag gefunden hatte. Auf dem ersten Foto trugen sie Uniformen, auf dem anderen standen sie in Zivilkleidung am Fuße des Leuchtturms von Fårö. Das Rätsel wurde immer mysteriöser.

Andreas trank einen weiteren Schluck Whisky und schaute zu, wie die Sonne am Horizont unterging.

26

Montag, 11. Juli

Andreas hatte die ganze Nacht kein Auge zugetan. Er kam nicht weiter. Die Person, die sich um seine Adoptionsakte gekümmert hatte, war tot. Die Tatsache, dass er im Archiv der Kyllaj-Kolonie nichts gefunden hatte, erschien ihm plötzlich logisch. Es bedeutete ganz einfach, dass er vermutlich nie dort gewesen war, auch wenn der Ort entfernte Erinnerungen in ihm wachrief. Mangels anderer Hinweise hatte Andreas beschlossen, noch tiefer in der Vergangenheit der Familie Haljasmaa zu graben. Er stattete dem Staatsarchiv einen Besuch ab, kaum dass es öffnete.

Eine Mitarbeiterin führte ihn in einen großen Raum, in dem unzählige Pappkartons standen, die unter anderem sämtliche Kirchenregister enthielten. Andreas bedankte sich bei ihr und schritt die langen Metallregale ab, um die Unterlagen des Dorfes Fleringe zu finden, das verwaltungstechnisch zu Bläse gehörte. Hier hatte die Familie Haljasmaa gewohnt. Bis 1991 hatte die Schwedische Kirche die Bevölkerungsregister geführt, bevor der Staat diese Aufgabe übernahm. Daher waren die Kirchenbücher ins Staatsarchiv überführt worden.

Andreas fand den Abschnitt E und dann F. Er blieb stehen. Fardhem. Fide. Fleringe! Er zog den Karton mit den Jahrgängen 1940 bis 1945 heraus, stellte ihn auf einen Tisch, setzte sich und nahm mehrere gebundene Bücher heraus, eines für jedes Jahr. Zunächst blätterte er das Register von 1944 durch, ohne darin etwas zu finden. Dann das von 1945. Die Handschrift war nicht leicht zu entziffern, dennoch stieß er schließlich recht schnell auf den Namen Roopi Haljasmaa. Dieser war im Oktober 1944 mit dem Schiff von Estland nach Gotland gekommen und seit Juli 1945 in Bläse gemeldet. Er war 1916 in Rakmere geboren und mit einer Mairit verheiratet. Bei ihrer Ankunft auf Gotland war ihr Sohn Heino sechs Monate alt gewesen und im Dezember 1945 in der Kirche von Fleringe getauft worden. Ein paar Zeilen weiter erweckte ein Name Andreas' Aufmerksamkeit. Er war sprachlos. Er schloss die Augen und schaute dann erneut hin: Andreas Auer.

Das war sein Großvater, von dem er seinen Vornamen geerbt hatte. Andreas las sich die Informationen über ihn durch. Er war deutscher Herkunft und ebenfalls im Oktober 1944 aus Estland gekommen. Im Oktober 1945 hatte er eine Astrid aus Bläse geheiratet, und einige Monate später war ihr Sohn Viktor zur Welt gekommen. Astrid betrieb ein Café, und das Haus, in dem sie lebten, gehörte ihren Eltern. Viktor hatte ihm nie erzählt, wie oder wann sein Vater vor dem Naziregime geflohen war. Andreas wusste lediglich, dass sich sein Großvater nach dem Krieg in Genf ein neues Leben aufgebaut hatte. Er war lange vor seiner Geburt gestorben, also hatte Andreas ihn nie kennengelernt. Hingegen hatte er an Astrid, die 1981 gestorben war, eine vage Erinnerung. Er hatte immer geglaubt, dass Viktor und Kajsa das Haus in Bläse gekauft hatten, dabei verhielt es sich in Wahrheit ganz anders. Und er hatte angenommen, dass Astrid auch eine Deutsche war. In seiner Kindheit hatte er um sich herum Französisch, Schwedisch und Deutsch gehört … Er versuchte sich zu erinnern, in welcher Sprache Astrid gesprochen hatte, aber er war nicht mehr ganz sicher.

Andreas stöberte weiter in den Archivkartons, die viele Informationen über das Leben der Einwohner und Gemeindemitglieder enthielten. Roopi und sein Großvater Andreas hatten im Kalksteinwerk in Bläse gearbeitet. Ihre Söhne Heino und Viktor hatten gemeinsam den Katechismusunterricht besucht.

Anschließend vertiefte Andreas sich in das Bevölkerungsregister und erfuhr, dass Heino 1970 die junge Schneiderin Liina geheiratet hatte, eine Estin, die auf Gotland geboren worden war. Danach suchte er die Geburtenregister von 1970 bis 1980 heraus. Maarja war 1972 zur Welt gekommen und ihre Schwester Tiina 1975. Nirgendwo wurde ein Bruder erwähnt. Andreas war ratlos. Die Bücher bestätigten, was Maarja ihm bereits gesagt hatte: Sie hatte keinen Bruder gehabt. Dennoch war es offensichtlich, dass Maarjas und seine eigene Familie eine gemeinsame Vergangenheit teilten. Ihre Großväter waren bei Kriegsende zusammen aus Estland geflohen, hatten auf Gotland im selben Dorf gelebt und in derselben Fabrik gearbeitet.

Andreas verließ das Staatsarchiv am späten Vormittag. Sein Magen knurrte, denn er hatte nicht gefrühstückt. Ganz in der Nähe der Stadtmauer von Visby entdeckte er das Café Sankt Hans. Er bestellte sich einen Kaffee und ein Krabbenbrötchen mit Mayonnaise und setzte sich damit nach draußen, mitten in die Ruinen der ehemaligen Kathedrale. Während er sein Sandwich genoss, betrachtete er auf seinem Smartphone das Bild, das er bei Maarja abfotografiert hatte: Roopi und Franz vor einem Panzer posierend. Lange starrte er auf die Aufnahme. Als die ersten Regentropfen fielen, beschloss er, nach Hause zu fahren.

Zurück im Warmen holte er den Umschlag mit den Schwarz-Weiß-Fotografien aus seiner Jacke und legte sie vor sich auf den Tisch. Erneut betrachtete er eingehend das Bild der beiden Soldaten. Franz ... Andreas ... Handelte es sich vielleicht um zwei Vornamen für ein und dieselbe Person? Er griff nach dem Foto, das eine Gruppe von Kindern vor einem Gebäude zeigte. Er betrachtete ihre Gesichter eines nach dem anderen. Da erregte ein Detail im Hintergrund seine Aufmerksamkeit. Er wusste sofort, wo das Bild aufgenommen worden war.

27

Als er die Kolonie in Kyllaj erreichte, war der Regen stärker geworden. Der Ort wirkte noch düsterer als beim ersten Mal. Erneut meinte Andreas, die Häuser irgendwie wiederzuerkennen. Was er jedoch sicher wusste, war, dass ein Kind namens Roopi Haljasmaa niemals hier gewohnt hatte. Hierbei musste es sich um eine falsche Identität handeln, die man ihm gegeben hatte.
 Zunächst ging er zu dem großen Gebäude, in dem sich der Speisesaal und die Schlafräume der Kinder befanden. Er holte ein Foto heraus und verglich es mit dem Haus. Die Veranda im Hintergrund der Aufnahme war diejenige, vor der er jetzt stand. Er betrat die Eingangshalle und betrachtete die gerahmten Bilder an der Wand. Allesamt Gruppenfotos von Kindern, und unter jedem Foto stand eine Jahreszahl. Die meisten Aufnahmen waren alt und stammten aus den Jahren 1945 bis 1960. Er sah ein Bild nach dem anderen an – und plötzlich hing es da: Es war das gleiche Foto, das er gerade in den Händen hielt.
 Andreas überquerte den Hof und ging auf das verfallene Haus zu, das einst der Wohnsitz der Direktorin gewesen war. Er fand den Schlüssel an derselben Stelle, an der ihn die Köchin Selma, die er bei seinem ersten Besuch kennengelernt hatte, versteckt hatte. Erneut durchsuchte er die Hängeregister im Büro, wobei er mit den frühen 1950er Jahren begann. In der Akte von 1952 fand er die Namen Heino Haljasmaa und Viktor Auer. Auch in den Registern der folgenden Jahre tauchten diese beiden Namen auf. Die beiden Jugendfreunde hatten zwischen 1952 und 1954 in diesem Ferienlager ihre Sommerferien verbracht. In den Jahren danach war nur noch der Name Heino zu finden.
 Andreas lehnte sich gegen die Stuhllehne und dachte nach. Das letzte Mal hatte er unter dem Namen Roopi gesucht. Er stand auf, holte die Register des Jahres 1973 und der folgenden hervor und blätterte sie auf der Suche nach seinem Namen Andreas Auer aufmerksam durch. Nach einer Stunde gab er sich geschlagen. Nichts. Er fand nicht den geringsten Hinweis.

Bevor er sich auf den Rückweg machte, rief er Jessica an.
»Wie geht es dir, kleiner Bruder?«
»So lala.«
»Ich frage mich, ob ich das Richtige getan habe. Ich versuche mir das einzureden, aber –«
»Du hast das Richtige getan. Diese Alpträume, die mich verfolgen ... Ich muss Gewissheit haben.«
»Mama und Papa machen sich Sorgen um dich. Und es tut ihnen wirklich leid. Sie lieben dich, du bist ihr Sohn.«
»Sie haben gestern versucht, mich anzurufen.«
»Und du bist nicht drangegangen?«
»Ich fühle mich noch nicht bereit, mit ihnen zu sprechen.«
»Ich verstehe ...«
Es folgte ein einvernehmliches Schweigen zwischen Bruder und Schwester, das Jessica schließlich unterbrach: »Übrigens, was Mikaël betrifft, ist alles organisiert.«
»Danke, ich umarme dich.«

28

Als Andreas nachmittags nach Bläse in sein Haus zurückkehrte, entzündete er ein Feuer im Kamin des Wohnzimmers. Es regnete ununterbrochen, und das Wetter war kühler geworden. Er setzte sich in den Schaukelstuhl und starrte auf die glühenden Holzscheite. Minus lag vor dem Kamin, um sich zu wärmen.

Andreas hatte in der Vergangenheit Viktors und Heinos, seines angeblichen biologischen Vaters, gegraben. Er würde dieser Spur weiter nachgehen, auch wenn er Zweifel hegte. Er spürte, dass er eher einen Schritt zurückgehen und sich bei seinen Nachforschungen nicht nur auf diese Fährte konzentrieren sollte. Er hatte gelernt, bei Ermittlungen in alle Richtungen zu denken und sich nicht Hals über Kopf in eine Sache zu verrennen. Gotland war eine Insel, die flächenmäßig dreizehnmal kleiner war als die ohnehin schon nicht große Schweiz. Die Möglichkeiten waren nicht unendlich.

Seine Ursprünge lagen irgendwo auf dieser Insel … Andreas hatte Menschen nahegestanden, die Opfer tragischer Ereignisse geworden waren. In solchen Situationen kann das Gehirn abschalten und sich von den kreisenden Gedanken und Gefühlen loslösen, um sich vor der erlittenen Gewalt zu schützen. Die Erinnerungen kehren später schonungslos in Form von Alpträumen und Flashbacks zurück. Doch wie ließ sich zwischen Traum und verdrängter Erinnerung unterscheiden? Alpträume und Realität vermischten sich. Was Andreas jetzt brauchte, war eine Art Decoder, der ihm ein klares Bild zurückwarf, und eine Tonspur, um zu verstehen, was sich in den Tiefen seines Unterbewusstseins verbarg.

Er nahm sein Smartphone und wollte Viktor anrufen, allerdings hatte er seit mehreren Monaten nicht mehr mit ihm gesprochen. Er zögerte, besann sich und entschied, seine Suche fortzusetzen, ohne seinen Adoptivvater hinzuzuziehen. Als er das letzte Mal versucht hatte, ihn zu befragen, hatte dieser abgewehrt und geschworen, dass er nichts weiter wisse. Vielleicht war das die Wahrheit … Andreas konnte einerseits nachvollziehen, warum man ihm verschwiegen hatte, dass er adoptiert worden war, aber warum sollte Viktor ihm jetzt immer noch Informationen vorenthalten?

Andreas holte sich eine Tasse Kaffee und schnappte sich dabei die Touristenbroschüre über Gotland, die er auf der Fähre mitgenommen hatte. Er begann darin zu blättern. Und wenn er die Insel auf den Kopf stellen musste, dann würde er das tun. Zunächst studierte er eingehend die Faltkarte, auf der die Sehenswürdigkeiten eingetragen waren. Jede Region wurde mit ansprechenden Bildern und reißerischen Überschriften vorgestellt. Als er den Abschnitt las, der Storsudret, dem südlichsten Teil der Insel, gewidmet war, blieb sein Blick an einem Foto hängen, das eine Reihe von Windrädern auf der Halbinsel Näsudden zeigte. Plötzlich wurde eine Erinnerung in ihm wach. Er war beim Bau einer riesigen Windkraftanlage dabei gewesen. Andreas konnte das typische Geräusch der Rotorblätter hören, wenn sie die Luft zerschnitten und dabei starke Vibrationen verursachten. Ein Windrad. Das war genau das Geräusch, das er in seinem letzten Traum wahrgenommen hatte, und nicht etwa das Flügelschlagen eines riesigen Vogels.

Andreas holte seinen Computer und stieß schnell auf eine äußerst interessante Information: Die erste Windkraftanlage Schwedens war 1978 in Näsudden errichtet worden. Damals war er fünf Jahre alt gewesen.

29

Andreas parkte seinen Wagen auf dem Gelände der alten Windkraftanlage und ließ Minus aussteigen. Er hatte es nicht abwarten können, wollte es sehen, vor Ort sein. Er betrat die Räumlichkeiten des Energieversorgers Vattenfall und schaute sich die Ausstellung an. Der aktuelle Windpark bestand aus über hundertfünfzig Windrädern. Interessiert las er die Schautafel, auf der die Geschichte der ersten Windkraftanlage aus Beton erzählt wurde. Sie war achtzig Meter hoch gewesen, und das zweiblättrige System hatte eine beeindruckende Spannweite gehabt. Die Turbine war »Albertina« getauft und 1979 in Betrieb genommen worden. 1993 war sie durch »Matilda« ersetzt worden. 2008 hatte man die Anlage dann gesprengt.

Als Andreas wieder nach draußen trat, hatte der Regen aufgehört, und der Himmel klarte allmählich auf. Je länger er den Ort betrachtete und die Atmosphäre in sich aufnahm, desto stärker hatte er das Gefühl, schon einmal hier gewesen zu sein. Er sah sich selbst, wie er den Arbeitern bei der Montage der Gondel zuschaute, die den Generator auf der Turmspitze umschloss. Er hielt die Hand eines Mannes. War es die seines Vaters?

Andreas holte sein Handy hervor und wählte die Nummer seiner Schwester.

»Hallo, Jessica.«

»Was gibt es für Neuigkeiten seit vorhin?«

»Ich bin bei den Windrädern im Süden der Insel.«

»Was machst du denn da?«

»Ich habe das Gefühl, schon mal hier gewesen zu sein. Weckt das bei dir irgendwelche Erinnerungen? Der Bau des großen Windrades? Glaubst du, dass wir mit Papa hier waren und zugeschaut haben?«

»Ehrlich gesagt sagt mir das gar nichts. Wir haben mit ihm und Mama mal einen Ausflug gemacht, um den Süden der Insel zu erkunden ...«

»Ich erinnere mich: die Klippen von Hoburgen und auch das Naturschutzgebiet Holmhällar mit seinen seltsamen *Raukar*, diesen Kalksteinsäulen am Meer.«

»Ja, das war großartig. Wir sind an dem langen Sandstrand baden gegangen, gegenüber von dieser kleinen Insel mit dem Leuchtturm.«

»Genau, und wir haben dort diese riesige Sandburg gebaut.«

Nachdem Andreas das Gespräch beendet hatte, war er nicht wirklich weitergekommen. Er bemühte sich, erneut in seinen Erinnerungen zu versinken, und streichelte dabei Minus über den Kopf, der brav neben ihm ausharrte.

Die meisten Windkraftanlagen standen still. Windstille Tage waren auf der Insel rar gesät. Lange ließ er seinen Blick über die Bucht von Fide schweifen. Die Wasseroberfläche war spiegelglatt. Plötzlich tauchte ein anderes Bild vor seinem inneren Auge auf. Im Vordergrund das Meer. Am Horizont ging die Sonne gerade unter und färbte den Himmel rosa- und orangerot. In der Mitte ragte die Silhouette eines Windrades empor.

Und jetzt? Er hatte das Gefühl, dieses Windrad schon oft gesehen zu haben, allerdings war es ihm weniger hoch erschienen. Offenbar hatte er es von weiter weg gesehen. Von seinem Zuhause aus? Andreas hob den Blick und starrte in die Ferne. Am gegenüberliegenden Ufer entdeckte er einige Häuser.

30

Andreas fuhr mit dem Auto auf die andere Seite der Bucht und parkte in Fide am Straßenrand in der Nähe einer Bushaltestelle. Von hier aus sah man die vielen Windräder, die sich wie Schattenrisse gegen den Himmel abzeichneten.

Andreas hörte Gelächter. Im Garten eines der drei Häuser in seiner unmittelbaren Nähe spielten zwei Kinder mit einem Ball. Ohne sagen zu können, warum, ging er auf das Haus mit dem kleinen blau-weißen Tor zu. Er drückte es auf und betrat das Grundstück, auf dem sich Rabatten mit verschiedenen Rosensorten und alte Obstbäume befanden, von denen einige reichlich Sommeräpfel trugen. Das Haus war im für die Insel typischen Stil gebaut. Die Fassade war weiß getüncht und der Sockel im Gotlandsblå, dem Blau der Region, gestrichen. Die angrenzende Scheune wurde offensichtlich schon lange nicht mehr genutzt. Der Ort kam ihm vertraut vor. In der Mitte des Grundstücks standen geschützt durch eine Holunderhecke ein Tisch und ein paar Hocker aus runden, aufeinandergestapelten Sandsteinen. Diese Mühlsteine mit dem Loch in der Mitte waren hier zweckentfremdet worden. Ein auf einem Holzständer angebrachtes Mühlrad, das neben einem Wassertank stand, ließ sich mit einer alten Metallkurbel drehen, um damit Messerklingen und Werkzeuge zu schleifen.

Bilder, Geräusche und Gerüche vervollständigten das Bild, das in Andreas' Erinnerung Gestalt annahm. Er hörte Menschen reden. Der Kaffee, den sie tranken, verströmte einen rauchigen Duft mit dem Aroma dunkler Schokolade. Auf dem Tisch sah er in seiner Erinnerung einen Schokoladenkuchen mit je einer Schicht Himbeermarmelade, Vanillecreme und Schlagsahne, bedeckt mit einer dünnen Schicht aus grünem Marzipan. In der Ferne erklang Kinderlachen. Ein Mädchen. Er sah es im Garten herumhüpfen und seine hellblonden Haare im Wind flattern.

»Hej, kann ich dir helfen?«

Andreas schrak zusammen und drehte sich um. Eine gut sechzigjährige Frau mit aschblondem Haar und von Falten durchzogenem Gesicht musterte ihn.

»Hallo, entschuldige, dass ich hier einfach so hereinspaziert bin. Mein Name ist Andreas Auer. Ich ... Das ist schwer zu erklären ...«

»Versuch es trotzdem.«

»Ich bin auf der Suche nach Informationen über meine Kindheit. Ich bin adoptiert worden und versuche nun, meine leiblichen Eltern wiederzufinden.«

»Du musst diesen Ort verwechseln. Ich habe nie Kinder gehabt«, antwortete sie knapp und unfreundlich.

»Dieses Haus weckt Erinnerungen in mir. Hast du bereits Ende der siebziger Jahre hier gewohnt?«

»Nein.«

»Weißt du, wer damals hier gelebt hat?«

»Meine Cousine und ihr Mann.«

»Und wo sind sie jetzt?«

»Was sollen diese ganzen Fragen?«

»Entschuldige. Ich versuche nur –«

»Sie sind schon lange tot, falls es dich wirklich interessiert.«

»Hatten sie Kinder?«

»Ja, aber die sind auch tot.«

Die Unterhaltung hatte die Form eines knappen Verhörs angenommen, und die Antworten wurden immer lakonischer. Die Gotländer waren wie viele Insulaner ein ziemlich verschlossenes Volk. Andreas war bei seinem Besuch bei Pet-

tersson, dem Bruder von der Sachbearbeiterin der Adoptionsvermittlungsstelle, die seinen Fall bearbeitet hatte, ähnlich empfangen worden.
»Ach so ... Und wie sind sie ums Leben gekommen?«
»Eine tragische Geschichte. Hör zu, ich hab jetzt keine Zeit. Du wirst hier nichts mehr finden. Ich wünsche dir viel Glück bei deinen Nachforschungen.«
Sie machte auf dem Absatz kehrt und ging in großen Schritten davon.
»Aber warte doch bitte ...!«
Die Frau reagierte nicht und ging weiter auf ihr Auto zu, setzte sich hinters Steuer, ließ den Motor an und fuhr davon, ohne sich auch nur einmal umzudrehen.

31

Einige Kilometer südlich von Fide lag Burgsvik, das wichtigste Dorf dieser Region, auch wenn es weniger als vierhundert Einwohner zählte. Andreas hatte sich ein Zimmer in der Pension Grå Gåsen genommen. Sein Aufenthalt in Fide hatte Kindheitserinnerungen geweckt, die ihm sehr real erschienen. In einem seiner Träume hatte er einen Bilderrahmen gesehen, darin das Porträt eines kleinen Mädchens mit hellblondem, zu einem Pferdeschwanz gebundenem Haar. Als er das Grundstück betreten hatte, war das Bild des Mädchens, das durch den Garten rannte, wieder vor seinem geistigen Auge aufgetaucht. Das konnte kein Zufall sein.
Auch in Kyllaj waren ihm Bilder in den Sinn gekommen, die er für Rückblenden hielt. Die Eindrücke, die auf ihn eingeströmt waren, waren vermutlich keine Erinnerungen, sondern lediglich Auswüchse seiner Phantasie gewesen. Doch auf dem Grundstück dieses Hauses in Fide hatten diese Eindrücke einen unbestreitbar realen Charakter bekommen. Kein eingefrorenes

Bild, sondern das Gefühl, Momente aus der eigenen Vergangenheit erneut zu erleben.

Am frühen Abend unternahm er mit Minus einen Spaziergang zum Hafen. Auf dem Pier lagerten mehrere Rotorblätter eines Windrades. Arbeiter fügten sie gerade mit der Nabe zusammen. Andreas wechselte ein paar Worte mit einem der Männer, der ihm bereitwillig Auskunft über die einzelnen Schritte der Montage gab. Auf dem Meer näherte sich ein riesiges Schiff mit Kranaufsatz, und der Arbeiter erklärte ihm, dass sich dieser schwimmende Hydraulikkran mit vier Teleskop-Stahlfüßen auf dem Meeresboden abstützen und sich so über den Meeresspiegel erheben konnte, um die Rotoren der Windräder in den Offshore-Anlagen auszutauschen. Andreas blieb einen Moment auf dem Deich sitzen, um sich das Spektakel anzuschauen.

Er war wie besessen von diesem Haus in Fide und von der Frau, die er dort kennengelernt hatte. In jenem Moment hatte er keine Zeit gehabt, sie nach ihrem Namen zu fragen. Auf der Fassade hatte Andreas ein Schild mit der Aufschrift *Sandelins Gård* – Sandelins Hof – gesehen. Er war noch einmal zurückgegangen. Auf dem Namensschild unter der Klingel stand nur *Linda*. Beim Weggehen hatte er sich die Briefkästen an der Straße angesehen. Dort gab es keine Linda Sandelin, sondern nur eine Linda Gardell. Die Sandelins waren also mit Sicherheit die Vorbesitzer, und Linda hatte den schmiedeeisernen Schriftzug einfach hängen lassen.

Auf der kurzen Rückfahrt rief er Mikaël an, um sich nach ihm zu erkundigen. Sie sprachen fast täglich miteinander. Dann betrat er das Café-Restaurant Fiket im Zentrum des Dorfes, setzte sich an einem hohen Tisch auf einen Hocker und gab seine Bestellung auf. Vor dem Essen hatte er Lust auf ein kühles Bier.

Ihm gegenüber saß ein alter, gut achtzigjähriger Mann mit zerfurchtem Gesicht vor einem fast leeren Krug.

»Prost, junger Mann. Du bist nicht von hier, oder?«

»Ich komme aus der Schweiz.«

»Ah, dort verdient man eine Menge, nicht wahr? Und ich habe gehört, die Schokolade soll dort sehr gut sein.«

Andreas hätte besser geantwortet, dass er Schwede sei. Das hätte ihm diese ewige Leier erspart. »Prost!«, erwiderte er schlicht, um diese unfruchtbare Diskussion nicht weiter zu entfachen.

»Ein schönes Tier. Sehr beeindruckend.«

»Das ist ein Bernhardiner. Er heißt Minus.«

Obwohl Schwedisch seine Muttersprache war, hatte Andreas Mühe, den Dialekt seines Gegenübers zu verstehen. Er ließ sich von ihm die Höhen und Tiefen seines Lebens als Fischer erzählen, trank sein Bier aus und spendierte die nächste Runde.

»Ein großartiges Bier.«

»Kein Wunder, das ist ein IPA aus der Burgsvik Brauerei. Also hier vor Ort gebraut.«

Andreas nutzte die Gelegenheit, um das Gespräch auf die Bewohner des Hauses, das er vorhin besucht hatte, zu lenken.

»Kanntest du die Sandelins aus Fide?«

Der Mann stellte seinen Krug ab und starrte Andreas an.

»Du meinst Siffride? Der Ort, an dem Claes und Inga lebten. Ich bin mit Claes zur Schule gegangen. Jeder kennt sie. Ich meine, kannte sie …« Erneut trank er einen großen Schluck Bier. »Eine traurige Geschichte.«

Andreas musste gar nicht darauf drängen, dass der Fischer näher ins Detail ging.

»Ich erinnere mich, als wäre es gestern gewesen. Es war der 12. Mai 1979. Ich war zum Fischen raus in die Bucht Fideviken gefahren. Ich war sehr nah am Ufer, um die Netze herauszuziehen, die ich am Vortag ausgelegt hatte. Dort kann man nämlich Flundern fangen. Die verstecken sich unter dem Sand. Du weißt, was das ist?«

»Das sind Plattfische, oder?«

»Ja, ich räuchere sie mit Wachholderholz. Absolut köstlich!«

»Und dann?«

»Nun, man isst sie kalt.«

»Ich meine die Sandelins. Du hast gefischt, und dann?«

»Ach ja. Es muss gegen sechs oder sieben Uhr in der Früh gewesen sein. Die Sonne war gerade erst aufgegangen. Ich habe Blaulicht am Himmel gesehen. Und ein paar Minuten später hörte und sah ich, wie ein Hubschrauber über die Bucht flog. Auf dem Rumpf stand in großen Lettern *POLIS*.« Er trank sein Bier in einem Zug aus, während Andreas ihn ungeduldig ansah. »Danach bin ich zurück zum Hafen und erfuhr, was geschehen war. Die ganze Familie, Claes und Inga, ihr Sohn Jacob, dessen Frau Vilhelmina und ihre beiden kleinen Kinder, war ermordet worden!«

Die Schilderung dieses Verbrechens erweckte Andreas' Ermittlerinstinkt. »Wie wurden sie getötet?«

»Die Polizei hat damals nichts verlauten lassen, aber man erzählte sich, dass man ihnen, wilden Tieren gleich, die Kehlen durchgeschnitten habe.«

»Wie hießen die Kinder?«

»Daran kann ich mich nicht mehr erinnern. Aber Erik dort drüben war seinerzeit ihr Nachbar. Erik! Wie hießen die Kinder der Sandelins, die von Jacob?«, rief er quer durch den Schankraum.

Mehrere Leute drehten sich um. Andreas begegnete dem neugierigen Blick einer älteren Frau, die ihn von oben bis unten musterte. Ein Mann stand auf, nahm seinen Stock und humpelte auf sie zu. Dann blieb er stehen und stützte sich auf dem Tisch ab.

»Das Mädchen hieß Linnea und der Junge Jonas.«

»Und keiner von ihnen hat überlebt?«

»Nein, sie sind auf dem Friedhof von Fide begraben«, erklärte der alte Mann mit dem Stock.

»Hast du in jener Nacht irgendetwas gesehen? Du warst ihr Nachbar, wenn ich das richtig verstanden habe?«

»Ja, genau. Ich wohne direkt gegenüber. Ich bin in jener Nacht mehrfach aufgewacht. Beim ersten Mal dachte ich, ich hätte einen Knall gehört. Dann dachte ich, es sei nur ein Traum gewesen, und bin wieder eingeschlafen. Danach habe ich gehört, wie mehrere Autos vorfuhren, und sah durch das Fenster das Blaulicht blinken. Es muss so gegen fünf Uhr morgens gewesen sein. Ich bin raus und über die Straße gelaufen. Die Polizisten forderten mich auf, wieder nach Hause zu gehen. Aber ich hatte Zeit genug, die fünf Leichensäcke mit den Leichen der Familie vor dem Haus aufgereiht liegen zu sehen. Ein Anblick, an den ich mich immer erinnern werde ...«

»Fünf Säcke?«, fuhr Andreas dazwischen, ohne ihn ausreden zu lassen. »Waren es nicht sechs?«

»Äh ... ja, das stimmt«, überlegte Erik laut. »Du hast recht. Ich weiß nicht, warum ich fünf gesagt habe.«

»Und die Täter?«

»Die hat man nie gefasst. Ein dunkles Mysterium ...«

»Aber es muss doch Verdächtige oder zumindest Gerüchte gegeben haben, oder?«, hakte Andreas nach, während er sein Notizbuch zückte, um sich ein paar Dinge aufzuschreiben.

»Du scheinst mir ganz schön neugierig zu sein. Bist du ein Journalist?«, mischte sich der Fischer ein.

»Ja«, log Andreas. »Ich versuche etwas Licht in diese Angelegenheit zu bringen.«

Der Mann lachte aus voller Kehle. »Viel Glück, mein Freund. Aber an deiner Stelle wäre ich auf der Hut.«

»Niemand wird hier gerne an diese Geschichte erinnert«, fügte Erik hinzu.

»Warum?«

»Es ist nie gut, die Vergangenheit aufzuwühlen.«

»Hast du denn gar keine Hinweise für mich?«

»Die wildesten und absurdesten Gerüchte haben die Runde gemacht. Damals haben einige von einer Gruppe von Menschen erzählt, die Wikingerrituale praktizierte und die Götter mit Opfergaben ehrte. Aber man wusste nie genau, wer die Leute waren ...«

32

Dienstag, 12. Juli

Düstere Vögel zerfurchten den wolkenverhangenen Himmel, der von einigen wenigen Sternen erhellt wurde. In der Ferne war lautes Grollen zu hören. Hohe, schrille Schreie, die kein Vogel, sondern ein verängstigtes Kind ausstieß. Ein Junge. Jonas. Er stand im Halbdunkel auf der Türschwelle des Schlafzimmers. Ein Blitz tauchte den Raum in grelles Licht. Jonas konnte ein Bett und eine Kommode erkennen, auf der eine Nachttischlampe und ein Bilderrahmen mit einer Fotografie darin standen. Das Porträt eines kleinen Mädchens mit hellblonden Haaren. Ein Kreisel. Dann wieder Dunkelheit. Er spürte Menschen in seiner Nähe, von denen er aber nur die Umrisse erkennen konnte. Ein weiterer Blitz. Ein ohrenbetäubender Donnerhall. Er sah vier Personen mit Helmen und Masken. Der Lichtstrahl ließ die silbernen Helme aufleuchten. Eine Person hielt ein Gewehr in der Hand, eine andere einen Astschneider.

Das Bild war verschwommen. Auf dem Bett meinte er zwei riesige Raubvögel mit ausgebreiteten Flügeln zu erkennen. Sie hatten krumme Schnäbel. Adler! Sie versuchten, mit ihren Flügeln zu schlagen, aber sie konnten nicht wegfliegen. Das Flügelschlagen wurde langsamer, das Geräusch leiser. Erschöpft gaben sie auf. Er konnte sie seufzen hören. Zwei Vögel in einer Blutlache. Dann begriff er es. Ihre Flügel waren im Verhältnis zu ihren Körpern viel zu klein. Das verschwommene Bild wurde immer klarer. Das waren keine Vögel.

Vor ihm lagen zwei Personen in einer purpurroten, dickflüssigen Lache. Ein Mann und eine Frau. Ihre Rücken waren aufgeschnitten, ihre Rippen von der Wirbelsäule getrennt und ausgebreitet wie die Flügel eines Adlers. Die Lungen waren dem Brustkorb entnommen worden und sahen aus wie zwei zusammengefallene Luftballonhüllen.

Er begegnete einem entschlossenen Blick. Ein Paar Augen

hinter einem Eisenhelm mit bronzefarbenem Visier. Panisch drehte er sich um und rannte los. Dann hörte er einen lauten Knall.

Andreas fuhr hoch und wachte schweißgebadet auf. Sein Herz schlug ihm bis zum Hals. Dieser immer gleiche Alptraum hörte nicht auf, ihn zu verfolgen. Doch zum ersten Mal hatten diese düsteren, symbolträchtigen Bilder eine Szene evoziert, die aus den Tiefen seiner Erinnerung aufzutauchen schien. Sein Bewusstsein hatte die Wahrheit lange, viel zu lange, verdrängt. Eine Mauer hatte Risse bekommen. Der Damm war gebrochen. Er fühlte sich von einer enormen Last befreit, aber gleichzeitig vor eine große Herausforderung gestellt.

Sein Alptraum hatte ihm ein Verbrechen offenbart, dessen Zeuge er wahrscheinlich geworden war. Er machte sich schnell Notizen, um alles zusammenzutragen, an das er sich noch erinnern konnte.

Er stand auf und ging unter die Dusche. Danach las er alles, was er notiert hatte, noch einmal durch. Dieses Mal hatte sein Alptraum Bilder hervorgebracht, die so real waren, dass es sich seiner Meinung nach nur um Erinnerungen handeln konnte.

Seine Intuition sagte ihm, dass der Mord an der Familie Sandelin und sein Traum eng miteinander verknüpft waren. Ein grundlegendes Problem bestand jedoch weiterhin. Alle Familienmitglieder waren tot: die Großeltern, die Eltern und die beiden Kinder. Es gab keine Überlebenden.

33

Andreas parkte seinen Wagen vor dem Haus von Erik, dem Mann, den er am Vortag im Fiket kennengelernt hatte. Seit ihrem Gespräch musste Andreas immer wieder an Eriks Versprecher denken. War es wirklich ein Versprecher gewesen?

Hatte Erik sich geirrt, was die Anzahl der Leichensäcke betraf, oder hatte er einfach spontan erzählt, was er an jenem Tag wirklich gesehen hatte?

Andreas klopfte an die Haustür und hörte eine raue Stimme, die sich von den dumpfen Hintergrundgeräuschen eines Radios abhob.

»Komm rein, es ist offen.«

Der alte Mann saß am Küchentisch vor einem Teller mit Haferbrei, der in Milch schwamm und mit Zimt bestreut war. Andreas trat an den Tisch heran und schüttelte Erik die Hand.

»Entschuldige, dass ich dich zur Frühstückszeit störe, aber ich habe noch ein, zwei Fragen, die mich beschäftigen.«

Erik legte seinen Löffel auf dem Tellerrand ab und betrachtete seinen Besucher.

»Kennen wir uns von früher? Also von vor dem Treffen gestern Abend, meine ich.«

»Nein, das glaube ich kaum.«

»Falls du einen Kaffee willst, dann bediene dich. Ich will nicht unhöflich erscheinen, aber das Aufstehen macht mir Mühe. Ich habe Arthrose in den Knien.« Erik schaltete das knisternde Transistorradio aus. »Ich freue mich über Besuch. Das kommt selten vor. Die Tassen sind in dem Schrank über der Spüle. Der Zucker ist in der Dose auf der Arbeitsplatte. Und die Milch steht im Kühlschrank.«

Andreas befolgte die Anweisungen und setzte sich dann mit seiner Tasse dem alten Mann gegenüber, der auf eine gewisse Art Güte und Gelassenheit ausstrahlte. Es schien, als sei er sich bewusst, dass er sein Leben in vollen Zügen genossen hatte und niemandem mehr etwas beweisen musste. Als könnte er voll Weisheit auf den Tag warten, an dem er für immer einschlafen würde.

»Ich höre jeden Morgen die Nachrichten im Radio. Obwohl es keinen Einfluss auf mein Leben hat, halte ich mich gerne über das Geschehen in der Welt auf dem Laufenden. Und dann lasse ich das Radio eingeschaltet, auch wenn ich gar nicht zuhöre. Das gibt mir das Gefühl, nicht allein zu sein.

Seit meine Frau nicht mehr da ist, ist es in diesem Haus viel zu still. Auch die meisten meiner Freunde sind schon lange tot. Sogar mein Sohn ist bereits gestorben. Ich habe nur noch eine Tochter, aber die lebt in einem Seniorenheim.« Erik aß einen Löffel Brei. »Wie alt schätzt du mich?«

Andreas musterte den alten Mann, dessen Gesten etwas steif wirkten. Sein Redefluss stockte gelegentlich. »Anfang neunzig?«

»In zwei Jahren werde ich hundert Jahre alt. Und ich lebe immer noch ganz alleine, ohne fremde Hilfe.«

»Das ist phantastisch. Ich hoffe, dass ich in deinem Alter noch so klar im Kopf bin, sollte ich überhaupt so alt werden.«

»Oh, übertreib mal nicht. Mein Kopf spielt mir manchmal Streiche. Ich entsinne mich, dich gestern mit deinem Hund in Burgsvik gesehen zu haben, doch ich weiß nicht mehr, was ich letzte Woche gegessen habe. Aber sag mal, was möchtest du wissen?«

»Kannst du mir etwas über die Sandelins erzählen? Hast du sie gut gekannt?«

Erik ließ sich mit der Antwort Zeit. Andreas bemerkte in seinem Blick einen gewissen Kummer, den er am Vortag nicht wahrgenommen hatte.

»Vor allem Claes. Er war einer meiner besten Freunde. Und seine Frau Inga. Claes und ich kannten uns seit frühster Kindheit. Er ist im Haus gegenüber auf die Welt gekommen und ich auf einem Bauernhof, nur ein paar hundert Meter von hier entfernt. Unsere beiden Eltern waren Landwirte, wie praktisch alle hier in der Ecke. Unsere Wege waren bereits vorgezeichnet. Man ging gemeinsam zur Schule und spielte Fußball im Verein von Burgsvik. Er war begabter als ich. Er trug die Nummer zehn. Ich wurde ins Tor gestellt, weil ich nicht so flink war. Später übernahm Claes den Hof seines Vaters, während ich einen anderen Weg einschlug. Die Landwirtschaft war nichts für mich, also bin ich Steinmetz geworden. Nach meiner Hochzeit habe ich dieses Haus hier gekauft. Wir hatten viele schöne Jahre. Unsere Kinder sind zusammen aufgewachsen.«

»Also kanntest du Jacob gut?«

»Ja, er war ein sehr lebenslustiger Junge. Zusammen mit meinem Sohn ist er Varpa-Champion geworden. Kennst du dieses Spiel?«

»Ja, das ist doch so ein Sport, der auf die Wikingerzeit zurückgeht. So ähnlich wie Boccia, nur mit flachen Steinen.«

»Ich habe es auch gespielt, aber es ist ganz schön schwer. Mein Sohn wurde Soldat und verließ die Insel, nur wenige Monate nach dem Tod seiner Mutter. Ich war also plötzlich ganz allein. Jacob heiratete Vilhelmina, eine sehr hübsche junge Frau mit starkem Charakter. Ihre Kinder haben mich oft besucht. Sie waren ein bisschen so etwas wie meine Familie.« Inzwischen liefen ihm Tränen über sein von Falten zerfurchtes Gesicht.

»Das tut mir leid.«

Erik schniefte und wischte sich mit dem Ärmelaufschlag über das Gesicht.

»Das alles ist schon so lange her, aber ich werde es nie vergessen. Jeden Tag, den Gott mir schenkt, denke ich an sie. Und mindestens einmal pro Woche gehe ich auf den Friedhof, um dort einen Moment innezuhalten. Übrigens habe ich damals auch ihre Grabsteine gefertigt und halte sie in Schuss. Du musst mich für verrückt halten, aber ich rede sogar mit ihnen, vor allem mit Claes. Das gibt mir das Gefühl, mit ihnen in Kontakt zu bleiben.«

»Kümmerst du dich auch um ihre Gräber?«

»Ja, denn Linda hätte es nicht gemacht. Diese alte Elster.«

»Man könnte meinen, dass du sie nicht besonders magst?«

»Das ist eine lange Geschichte. Nach dem Tod der Sandelins übernahm sie das Haus, aber sie hat sich quasi überhaupt nicht um die Beerdigung gekümmert. Sie hat mit dem Bestatter den Gottesdienst organisiert, sich aber geweigert, die Leute hinterher noch auf einen Kaffee einzuladen. Sie war ihre einzige Familienangehörige. Also habe ich mit ein paar anderen einen Empfang im Gemeindesaal vorbereitet. Übrigens hat Linda während der gesamten Beerdigung nicht eine Gefühlsregung gezeigt. Es war, als sei sie völlig abwesend.«

Der alte Mann machte eine Pause, bevor er fortfuhr.

»Ich war der Meinung, dass sie eine richtige Abschiedsfeier bekommen sollten, so, wie es hier üblich ist. Und wir hatten einfach das Bedürfnis, mit den anderen aus dem Dorf zusammenzukommen, denn was geschehen war, hat uns alle traumatisiert. Die Kirche platzte aus allen Nähten. Alle sind gekommen einschließlich der Polizisten und zahlreicher Journalisten. Ihr Tod war zum Jahrhundertfall geworden. Ich werde mich bis an mein Lebensende an das Bild der Särge erinnern, die den gesamten Chorraum einnahmen.«

»Und dennoch haben die Ermittlungen nichts ergeben?«

»Ich selbst habe alle, die ich kannte, gefragt, ob sie etwas wüssten. Ich musste es verstehen, aber abgesehen von ein paar Gerüchten ... Im Laufe der Jahre kamen immer mal wieder Journalisten bei mir vorbei, um mich zu befragen. Deshalb war ich auch nicht überrascht, als ich dich gestern im Fiket Fragen stellen hörte.«

»Du hast Gerüchte und eine Wikingergruppe erwähnt. Glaubst du, dass die Sandelins etwas damit zu tun gehabt haben könnten?«

»Ich weiß, dass Jacob und Vilhelmina regelmäßig, etwa einmal im Monat, die Kinder bei Claes und Inga ließen und den ganzen Abend über wegblieben. Als ich sie fragte, wohin sie gingen, wichen sie mir aus. Sie sagten, dass sie sich mit Freunden träfen, ohne jedoch näher darauf einzugehen.«

»Kannst du mir noch mal erzählen, was du mir gestern über die Mordnacht berichtet hast?«

»Daran erinnere ich mich noch ganz genau. Ich bin mitten in der Nacht vom Lärm der Polizeifahrzeuge aufgewacht und sofort nach draußen gegangen. Die Autos standen mit eingeschaltetem Blaulicht an der Bushaltestelle vor dem Haus. Ich habe mich um meinen Freund Claes gesorgt.« Erik holte tief Luft, um seine Gefühle in den Griff zu bekommen. »Die Polizisten haben mich dann aufgefordert, ins Haus zurückzugehen.«

»Wie viele waren es?«

»Da war jede Menge los. Vor dem Tor standen uniformierte Polizisten. Und weitere im Garten, darunter auch drei oder vier in Zivil. So genau weiß ich das nicht mehr.«

»Und was genau hast du dort in jenem Moment gesehen?«

»Die Männer in Zivil diskutierten miteinander ...« Erik hielt inne und starrte Andreas an. »Stell dir vor, die gleiche Frage habe ich mir auch gestellt.«

Andreas schaute ihn überrascht an. »Ob es fünf oder sechs Leichensäcke waren?«

»Ja, genau. Aber sag mir mal, warum dich diese Frage so umtreibt. Du bist doch kein Journalist, oder?«

Andreas erklärte ihm die ganze Geschichte. »Ich frage mich, ob ich vielleicht Jonas sein könnte.«

Erik wirkte plötzlich sehr bewegt. Andreas respektierte sein andächtiges Schweigen, das nur vom gleichmäßigen Ticken der Wanduhr unterbrochen wurde.

»Ich bin zwar ein etwas seniler, alter Mann, aber ich habe mich gestern nicht geirrt. Dieses Bild von den Leichensäcken hat sich in mein Gedächtnis gebrannt ...«

34

Andreas öffnete das Eisentor und betrat das von einer Trockensteinmauer umgebene Gelände, auf dem sich die Kirche von Fide und der angrenzende Friedhof befanden. Mit wachsender Beklemmung ging er den Kiesweg entlang, blieb stehen und sah sich schweigend um. Er hörte, wie die Blätter der Bäume im Wind rauschten. Vor ihm ragte der rechteckige Glockenturm mit dem Holzdach empor, auf dem ein Kreuz thronte. Unter der im Laufe der Jahre bröckelig gewordenen Kalkschicht schauten hier und da die Steine der Fassade durch.

Er atmete tief ein und machte sich auf die Suche. Die von weißen und hellgrünen Flechten überwucherten Gräber rund um die Kirche stammten größtenteils aus dem späten 19. und dem frühen 20. Jahrhundert. Er ging zu den beiden Steinbögen, die den Zugang zu einem weiteren Bereich des Friedhofs bildeten. Kaum hatte er den Torbogen durchschritten, sah er sie. Vier identische Grabsteine, die ganz hinten zwischen den Bäumen entlang einer Hecke aufgereiht waren. Andreas näherte sich, indem er sich an den anderen Gräbern vorbeischlängelte. Das erste war das Grab der Großeltern Claes und Inga Sandelin. Der nächste Stein war der von Jacob und Vilhelmina Sandelin. Dann erblickte er das Grab von Linnea, die mit gerade einmal vier Jahren ermordet worden war. Er ging ein paar Schritte weiter.

Andreas streckte die Hand aus und strich mit den Fingerspitzen über jeden einzelnen Buchstaben, der für die Ewigkeit in den Granit gemeißelt worden war. Er schloss die Augen und öffnete sie wieder, als müsse er sich der Realität dieses Augenblicks versichern. Eine Träne war seine Wange hinuntergelaufen, am Rand seiner Oberlippen abgeperlt und in seinen Mund geflossen. Sie schmeckte bitter. Andreas starrte auf die Grabinschrift:

Viel zu früh gegangen ...

Das alles erschien so unwirklich.

Andreas konnte den Blick nicht von der Stele wenden. Sie war mit der Zeit tiefer in die Erde gesunken. Es gab keine Grabplatte, sondern nur diesen rohen Granitstein, davor ein kleiner Grabhügel. Am Fuß des Steins standen ein Blumentopf mit einer weiß blühenden Mandevilla und daneben eine kupferne Grablaterne. Eine brennende Kerze ließ die kleinen Glasscheiben rot leuchten. In den oberen Teil des Steins war eine Sonne eingemeißelt, die ihre Strahlen in den Himmel schickte. Darunter stand in Großbuchstaben ein Name: *JONAS SANDELIN*. Dazu ein Stern mit dem Datum 21.12.1973 und daneben ein Kreuz mit dem Datum 13.5.1979. Jonas war bei seinem Tod also noch nicht einmal sechs Jahre alt gewesen.

Andreas schloss die Augen. Sein Geist flog davon. Er sah

sich selbst auf diesem Friedhof, vor diesem Grab, als habe sich seine Seele auf und davon gemacht und als würde er diese Szene aus der Luft beobachten. Langsam öffnete er seine Augen wieder und starrte auf das Grab. Für ihn gab es keine Zweifel mehr. Diese Grabstätte war die seine.

35

Lange Zeit verharrte Andreas betroffen an Jonas' Grab. Jetzt musste er sich auf die Suche nach Beweisen machen, die seinen Verdacht bestätigten. Da er es kaum erwarten konnte, jemandem von seiner Entdeckung zu erzählen, rief er Mikaël an, der jedoch nicht ans Telefon ging.

Kaum war er Richtung Norden losgefahren, erblickte er in Fidenäs am Straßenrand ein Schild mit der Aufschrift *Crêperie*. Er hatte zwar keine große Lust, in ein Restaurant zu gehen, aber er hatte Hunger. Und mit leerem Magen zu ermitteln war keine Option. Er bog ab und parkte auf dem Kiesplatz vor dem Lokal, das den Namen *Lätt som en galette* – Leicht wie eine Galette – trug.

Auf der Terrasse sah er den schwarz gekleideten Koch, der gerade mit jemandem an einem Tisch saß und etwas trank.

»Ich komme. Die Speisekarte hängt an der Wand.«

Andreas trat ein und schaute sich auf der Karte die verschiedenen Buchweizencrêpe-Variationen an. Der Wirt kam und nahm seine Bestellung auf. Sie wechselten ein paar Worte auf Französisch. Der Mann war Bretone und lebte seit einigen Jahren in Schweden.

»Wenn du willst, kannst du dich gerne zu uns setzen. Ich hocke da draußen mit Gustav, einem meiner Nachbarn.«

Andreas nahm die Einladung an. Das würde ihn während des Essens ein wenig auf andere Gedanken bringen. Er ging mit einem Glas Cidre hinaus, begrüßte den gut sechzigjährigen

Gustav und nahm Platz. Während er auf seine Galette wartete, plauderten sie über dieses und jenes. Als Andreas erzählte, dass er Kriminalkommissar bei der Schweizer Polizei sei, schaute Gustav ihn nachdenklich an.
Das Telefon klingelte. Es war Mikaël, der ihn zurückrief. Andreas entschuldigte sich und entfernte sich ein wenig vom Tisch, um das Gespräch anzunehmen.
»Hallo, mein Schatz, wie geht es dir?«
»Ein bisschen müde, aber ansonsten ganz gut.«
»Sag mir nicht, dass du dir schon wieder die ganze Nacht mit Nachforschungen um die Ohren geschlagen hast.«
Mikaël hatte darauf bestanden, Andreas zu helfen. Als Investigativjournalist war er natürlich der perfekte Mann, wenn es darum ging, Informationen auszugraben.
»Ich habe ein paar Stunden geschlafen, mach dir keine Sorgen um mich.«
»Natürlich mache ich mir Sorgen.«
Mikaëls Stimme wurde ein wenig lauter: »Du weißt, dass ich schon goß brin. Und ... verdammt ...« Er hatte sich verhaspelt. Auch wenn er enorme Fortschritte gemacht hatte, störten Paraphasien immer noch regelmäßig seinen Redefluss. Er bemerkte es sofort und ärgerte sich jedes Mal darüber.
»Ja, ich weiß. Entschuldige. Ich wollte dich nicht –«
»Kein Problem. Du musst lernen, mir zu vertrauen. Und behandele mich vor allem nicht wie ein Kind.«
»Entschuldige, Mikaël. Deine Stimme klingt so komisch. Ist deine Nase zu?«
»Ich habe mich etwas erkältet. Glaube ich. Auf der Terrasse gestern Abend.«
Andreas wollte schon wieder eine entsprechende Bemerkung machen, hielt sich dann aber zurück. Stattdessen erzählte er ihm, was er herausgefunden hatte.
»Deine gesamte Familie soll ermordet worden sein? Das ist ja verrückt!«, sagte Mikaël.
»Ja, es mag unsinnig klingen, aber ich habe das Gefühl, dieses Mal auf der richtigen Spur zu sein.«

»Ich bin ebenfalls weitergekommen. Andreas Auer, der Vater von Viktor ...«
»Ja?«
»... war ein deutscher Soldat. Er soll gestorben sein, als die Russen, äh, am 22. September 1944 in Tallinn einmarschiert sind.«
»Wie meinst du das?«
»Er hatte sich der, äh, estnischen Armee angeschlossen, nachdem er aus der deutschen Armee desertiert ist.«
»Wie bitte? Bist du sicher?«
»Ja. Vielleicht hat sich dein Großvater vor seiner Flucht für tot erklären lassen, um ein neues Leben zu beginnen?«
Franz – der Name auf der Rückseite des Fotos, das Maarja ihm gezeigt hatte, hallte in ihm wider. »Oder er hat bei der Ankunft in Schweden die Identität eines toten Soldaten angenommen ...«, überlegte Andreas laut.
»Aber warum hätte er das tun sollen?«
»Vielleicht hatte er etwas zu verbergen und wollte seine Spuren verwischen ...« Dieses Mal hatte es Andreas die Sprache verschlagen.
»Andreas?«
»Ja, ja. Ich höre dir zu.«
»Das Kalksteinwerk in Bläse, in dem Andreas Auer und Roopi ...«
»Haljasmaa.«
»Ja, da haben sie nach ihrer Ankunft auf Gotland gearbeitet. Es wurde 1954 dichtgemacht. Andreas ist daraufhin mit seiner Familie in die Schweiz emigriert. Viktor war damals neun Jahre alt. Andreas und Astrid arbeiteten später in einem Restaurant, das einem Deutschen gehörte. Ein gewisser Albrecht Boeh..., äh, Boehmitz. Sagt dir dieser Name irgendetwas?«
Je mehr Andreas über seine Adoptivfamilie erfuhr, desto mehr fragte er sich, wie ihm das alles entgangen sein konnte. Sein Großvater hatte alles getan, um seine Vergangenheit zu kaschieren, und Viktor machte es ihm nach. Die Lügen und

das Unausgesprochene wurden von einer Generation an die nächste weitergegeben.

»Nein, gar nichts«, antwortete Andreas mit sanfter Stimme.

»Aber wie bist du an all diese Informationen rangekommen?«

»Ich habe mit Viktor gesprochen.«

Andreas verstummte.

»Andreas? Bist du noch da?«

»Ja. Das hättest du nicht tun …«

Mikaël seufzte genervt. »Hör mal, mein Schatz, du solltest lernen, marchal, äh, dein Ego außen vor zu lassen. Vermammt, jedes Mal, wenn ich mich aufrege, passiert das Gleiche.«

»Du machst das super. Schau doch, wie viel du mir erzählen konntest.«

Andreas hörte, wie Mikaël tief einatmete.

»Ist doch klar. Viktor und Kajsa haben dir nicht die Wahrheit gesagt, weil sie es gut gemeint haben.«

»Ja, vermutlich hast du recht.«

Mikaël schnäuzte sich, bevor er fortfuhr. »Die Fotos aus Bläse, die du mir geschickt hast, hat Viktor nach dem Tod seines Vaters gefunden. Er hatte ihm nicht viel über seine militärische Vergangenheit erzählt.«

»Ich glaube, er vermutete, dass sich hinter diesem Schweigen eine Wahrheit verbarg, die er lieber vergessen wollte. Deshalb hat er wahrscheinlich die alten Fotos mit den Alben versteckt. Hatte er es vorgezogen, das alles zu ignorieren?«

»Ja, mit Sicherheit«, antwortete Mikaël.

»Eben. Deshalb halten sich Geheimnisse über Generationen hinweg …«

Nachdem Andreas das Gespräch beendet hatte, setzte er sich wieder an den Tisch. Seine Galette mit Chorizo, Brie, Emmentaler und Kartoffeln war bereits serviert worden. Mit halbem Ohr lauschte er der Unterhaltung seiner beiden Tischgefährten und beeilte sich mit dem Essen. Dann machte er sich auf den Rückweg nach Bläse. Er versuchte ein wenig Abstand zu dem zu wahren, was er in den letzten Stunden entdeckt hatte. Das war nicht einfach. Vermutlich war er emotional stärker angeschlagen, als er es sich eingestehen wollte. Anfangs war er verärgert gewesen, dass Mikaël mit Viktor gesprochen hatte, aber im Grunde genommen war es richtig gewesen. Andreas sagte sich, dass er nach seiner Rückkehr in die Schweiz unbedingt den Kontakt wiederaufnehmen musste. Natürlich hatten ihn seine Adoptiveltern bezüglich seiner Herkunft belogen, aber sie waren es auch, die ihn angenommen und aufgezogen hatten. Und er liebte sie von ganzem Herzen.

36

Mittwoch, 13. Juli

Andreas begab sich in die Redaktion der Gotlands Allehanda, einer der beiden Tageszeitungen der Insel. Er wollte den Mordfall untersuchen, der ihm in seinen Träumen offenbart worden war. Ein Verbrechen, dem er anscheinend vor vielen Jahren tatsächlich beigewohnt hatte. Mikaël hatte darauf bestanden, seine Nachforschungen über die Vergangenheit der Familie Auer fortzusetzen, während Andreas die Geschichte des schändlichen Mordes an der Familie Sandelin zutage fördern würde. Bei seinen Recherchen war er auf zahlreiche Artikel gestoßen, die über den Fall berichtet hatten, nur in der Lokalpresse hatte er nichts darüber gefunden.

Der etwa dreißigjährige Journalist Krister Olsson erklärte ihm, dass die damaligen Zeitungen noch nicht digitalisiert worden seien, er aber gerne in den Archiven stöbern dürfe. Der junge Redakteur begleitete ihn in den Keller, zeigte ihm das Regal mit den Veröffentlichungen des Jahres 1979 und überließ Andreas seinen Recherchen.

Sich vorzustellen, dass seine ganze Familie brutal ermordet worden war, war Andreas unerträglich. Die Vermutung, dass er wahrscheinlich dabei gewesen war, erschien genauso unvorstellbar. Doch genau das suggerierten ihm seine Alpträume und seine Intuition. Das Geburtsdatum auf Jonas' Grabstein stimmte mit dem auf seiner Geburtsurkunde überein. Tatsächlich war es das einzig Wahre an diesem gefälschten Dokument. Das Todesdatum war der 13. Mai 1979 und seine Adoptionsurkunde war am 1. Juli 1979 ausgestellt worden. Wenn das stimmte, wäre Andreas der einzige Überlebende dieser Bluttat gewesen. Die Familie, die er auf Gotland hatte finden wollen, gab es nicht mehr. Er hätte lieber eine andere Wahrheit ans Tageslicht gebracht. Er wäre gerne der kleine Bosse gewesen, der Held aus einem Kinderbuch von Astrid Lindgren, der wie er adoptiert worden war. Als Bosse eines Tages auf einer Bank sitzt, entdeckt er dort eine leere Bierflasche, in der ein Flaschengeist wohnt. Er öffnet die Flasche, und der Geist nimmt ihn mit in das Land der Ferne, wo er seinen Vater inmitten eines Rosengartens wiederfindet. So erfährt er, dass er eigentlich Mio heißt, und damit beginnt sein neues Leben.

Andreas' Realität war eine andere. Kein lebendiger Vater, kein verwunschener Rosengarten. Nur Steine und ein paar weiße Blumen auf einem Friedhof.

Auch wenn Krister zum Zeitpunkt des Geschehens noch gar nicht geboren war, hatte er von diesem brutalen Kriminalfall gehört. Zurück in seinem Büro setzte er sich gleich an den Computer und gab ein paar Stichworte auf Google ein. Dieser Mann, der in einer fast vierzig Jahre alten Geschichte herumstocherte, hatte seine Neugier geweckt. Als er entdeckte, dass Andreas Auer als Kriminalkommissar bei der Schweizer Polizei arbeitete, wurde seine Leidenschaft für investigativen Journalismus geweckt.

Andreas wusste, dass sich das Drama in der Nacht vom 12. auf den 13. Mai 1979 abgespielt hatte, daher dauerte es nicht lange, bis er das Gesuchte in den Händen hielt.

Der Mord an der Familie Sandelin hatte am Montag, den 14. Mai unter der Überschrift »Sechsfacher Mord in Fide« die

Titelseite gefüllt. Darunter war ein Foto von dem Haus zu sehen, das heute Linda Gardell gehörte. Er schlug die Zeitung auf und las den Artikel.

Ein ganzes Dorf unter Schock nach dem Mord an einer Familie: Das kleine Dorf Fide wurde Schauplatz eines besonders widerlichen Verbrechens. Sechs Mitglieder einer Familie, die beiden Eltern und ihre vier und fünf Jahre alten Kinder sowie die Eltern des Vaters, wurden auf dem Grundstück der Familie ermordet aufgefunden. Zwei der Leichen hingen an einem Baum. Auch am Tag nach der von der Polizei als »äußerst brutales Massaker« bezeichneten Tragödie stehen die Ermittler vor einem Rätsel.

Einer Quelle aus Ermittlerkreisen zufolge wurden die Opfer mit Messern getötet, doch bislang fehlt von einem Tatverdächtigen jede Spur. Das Motiv könnte in Verbindung mit einem Clan stehen, der angeblich Wikingerrituale praktiziert, allerdings lehnt der Leiter der Ermittlungen, Kommissar Pettersson, bislang jeden Kommentar zu dem Fall ab.

Ein Nachbar hatte das Drama entdeckt und hatte die Polizei alarmiert. Laut seiner Aussage habe er mitten in der Nacht Schreie gehört und daraufhin das Haus betreten. Der Anblick habe ihn dermaßen schockiert, dass er dazu keine Aussage machen wollte.

Die allseits bekannte und beliebte Familie stammte aus der Region und betrieb seit mehreren Generationen Landwirtschaft. Nachbarn und Freunde zeigten sich angesichts dieser Tragödie zutiefst erschüttert.

Der Artikel war mit »Kurt Westberg« gezeichnet.

37

Für den Nachmittag hatte Andreas einen Termin bei einer Kriminalkommissarin in Visby bekommen. Er erhoffte sich von ihr genauere Informationen zu den Ermittlungen von 1979. Vorher wollte er noch nach Katthammarsvik fahren, um den Journalisten zu treffen, der den Zeitungsartikel verfasst hatte. Die Mitarbeiterin am Empfang des Altenheims verwies Andreas an eine Pflegekraft, die ihm erklärte, dass er sich natürlich mit Kurt unterhalten könne, dieser allerdings an einer beginnenden Demenz leide und sein Gedächtnis langsam nachlasse. Sie führte ihn in einen großen, hellen Aufenthaltsraum und zeigte auf einen Mann, der in einem Sessel saß und aus dem Fenster schaute. Die Pflegerin stellte Andreas Kurt Westberg vor, der ihm kurz zunickte. Andreas setzte sich auf den Stuhl neben ihm.

»Kann ich dir ein paar Fragen stellen? Es geht um einen Artikel, den du 1979 geschrieben hast.«

Der alte Mann starrte ihn von der Seite an, regte sich aber ansonsten nicht.

»Ich bin von der Polizei«, versuchte es Andreas weiter.

Kurts Augen leuchteten auf. »Albin, bist du es?«

»Nein, ich bin Andreas.«

»Andreas, kennen wir uns?«

»Nein, Kurt. Erinnerst du dich an die Familie Sandelin, die 1979 in Fide ermordet worden ist?«

»Welches Jahr ist jetzt?«

»2016.«

»Gut. 1979 … Wie die Zeit vergeht.«

Andreas nickte und wartete, dass sein Gesprächspartner fortfuhr.

»Eine schreckliche Geschichte …«

Nach ein paar langen Sekunden des Schweigens hatte der ehemalige Journalist seine ganze Geschichte erzählt und mit einer Fülle an Details ausgeschmückt, die er etwas wahllos aneinanderreihte. Das Wesentliche hatte Andreas jedoch erfasst. Das Thema schien den alten Mann emotional sehr zu berühren.

Die Polizei hatte sich damals geweigert, Kurts Fragen zu beantworten, daher hatte er sich mit zahlreichen Leuten aus der Region getroffen, aber es war unmöglich gewesen, das eiserne Schweigen zu brechen. Niemand wollte sich offen äußern. Er hatte das Gefühl, dass die Leute etwas wussten, aber vor allen Dingen Angst hatten. Im Zuge seiner Nachforschungen erfuhr er allerdings von der Existenz eines Clans, der Wikingerrituale praktizierte. Die Einzigen, die mit ihm geredet hatten, hatten sogar Anspielungen auf Menschenopfer gemacht. Andere hatten okkulte und satanische Zeremonien erwähnt. Es war ihm jedoch nie gelungen, den Wahrheitsgehalt dieser Informationen zu beweisen. Die polizeilichen Ermittlungen waren ebenfalls ins Stocken geraten. Kein Verdächtiger, kein Motiv. Das Merkwürdigste an dieser Geschichte war jedoch, dass eine Kriminalbeamtin am Tag nach der Beerdigung der Familie spurlos verschwunden war.

»Und man hat sie nie gefunden?«

»Nein. Sie hat sich in Luft aufgelöst.«

»Wie war ihr Name?«

»Wessen Name?«

»Von der Inspektorin, die verschwunden ist.«

»Keine Ahnung, wovon du sprichst.«

Andreas merkte, dass das Gespräch in eine Sackgasse führte. Kurts Moment der Klarheit war verflogen, und sein Verstand war wieder in Nebel gehüllt. Dennoch probierte er es mit einer letzten Frage: »In deinem Artikel hast du einen Kommissar Pettersson erwähnt. Kannst du dich an ihn erinnern?«

»Das sagt mir nichts.«

»Erinnerst du dich nicht an seinen Vornamen? Du hast mich vorhin Albin genannt. Hieß er so?«

Anstatt seine Frage zu beantworten, starrte der Mann ins Leere.

38

Frigg hatte sich ein Taxi genommen, um ins Quartier Marais zu fahren. Der Fahrer setzte sie in der Rue Malher 14 vor der Boutique Gavilane, ihrem Lieblingsschmuckdesigner, ab. Zur Begrüßung der Kunden thronte ein lebensgroßer vergoldeter Totenschädel, in dessen Augenhöhlen zwei schwarze Kristalle glänzten, im Schaufenster direkt neben dem Eingang. Als sie durch die Tür trat, bimmelte eine Türklingel. Frigg liebte diesen Ort. Gavilanes Alternativuniversum verlieh dem Gothic-Stil mit einem innovativen Hauch Zügellosigkeit einen neuen Höhepunkt. Frigg war nicht der einzige Star, der diesen ungewöhnlichen Ort frequentierte. Aden, der Besitzer des Geschäfts, hatte für jeden Anlass und für jeden Kunden das Passende im Angebot. Frigg verweilte nur allzu gerne in dieser Ali-Baba-Höhle, in der es in Hülle und Fülle funkelnde Schmuckstücke, ungewöhnliche religiöse Kultgegenstände, ausgefallene Accessoires und sogar echte Gewänder aus dem 19. Jahrhundert zu entdecken gab.

Aden, von Kopf bis Fuß schwarz gekleidet, kam aus dem Hinterzimmer und küsste sie auf die Wangen. Unter dem schwarzen, mit einem Seidenband verzierten Zylinder lugten seine langen, dunklen ungekämmten Haare hervor, und er hatte einen Dreitagebart. Seine funkelnden dunklen Augen verzauberten jeden, der ihm gegenüberstand. An seinem linken Handgelenk trug er zahlreiche Armbänder und an seinen Fingern mehrere Ringe, darunter einen mit einem Totenschädel, seinem Markenzeichen. Hinter der Optik eines Gothic-Bad-Boys versteckte sich jedoch ein äußerst charmanter Mann.

Aden war nicht nur ein prominenter Juwelier, sondern auch Schriftsteller, Komponist und Sänger. Frigg hatte sich entschieden, für ihren letzten Bühnenauftritt ein unveröffentlichtes Chanson vorzuschlagen: eine Coverversion eines Songs von Aden. Es würde den Abschluss ihres Konzertes bilden. Aden war sofort damit einverstanden gewesen.

Frigg war hier, um mit Aden über die Wahl ihres Outfits

für die Konzertreihe im L'Olympia zu sprechen. Der erste Auftritt würde in weniger als einem Monat stattfinden. In den letzten zwanzig Jahren hatte Aden sie stets bei der Auswahl der Bühnenkostüme, der Accessoires und des Schmucks beraten und würde ihr auch jetzt wieder zur Seite stehen.

»Komm, ich möchte dir etwas zeigen.«

Frigg folgte ihm in das Hinterzimmer. Auf seiner Werkbank lag eine prachtvolle glitzernde Halskette.

»Das ist ein Einzelstück. Ich habe es für dich entworfen. Du hast mich dazu inspiriert.«

An der Bronzekette aus ovalen Gliedern waren zahlreiche glatt geschliffene, nicht eingefasste Bergkristalle befestigt. Dazwischen hingen verschieden große silberne Kruzifixe und Totenköpfe.

Frigg nahm ihre Kette ab, und Aden reichte ihr das Collier, das sie sich um den Hals legte. Sie betrachtete sich im Spiegel. Die Kette gefiel ihr außergewöhnlich gut. Sie war wunderschön. Natürlich würde sie sie kaufen. Sie würde perfekt zu dem schwarzen Kleid passen, das sie sich für diesen Anlass gerade von einem Pariser Schneider anfertigen ließ.

39

Mit ihren langen blonden Haaren und ihren hellblauen Augen war sie der Inbegriff einer Schwedin. Sie erinnerte Andreas an die Schauspielerin Anita Ekberg, die in Fellinis Film »La dolce vita« ein Mitternachtsbad im Trevi-Brunnen nahm. Im Gegensatz zu dem seidenmatten kindlichen Gesicht der Schauspielerin war die etwa vierzigjährige Anna Lindström mit ihrem verschmitzten und entschlossenen Blick eine ausdrucksstarke Erscheinung.

Die Kommissarin lud Andreas ein, sie in ihr Büro zu begleiten. Anna besaß im Polizeipräsidium in Visby ein geräumiges, modernes und helles Zimmer für sich alleine, das in großem Gegensatz zu Andreas' lautem Großraumbüro in Lausanne stand.

»Nimm Platz.«

Andreas sah auf ihrem Tisch eine Tüte Bonbons mit einer unverwechselbaren Verpackung liegen. *Bilar!* Die Schweden waren als große Fans von Süßigkeiten verrückt nach diesen Bonbons in Form von kleinen grünen, weißen und rosafarbenen Autos mit künstlichem Marshmallowgeschmack. Auch Andreas war geradezu süchtig danach. Eine Abhängigkeit, die man nicht mehr loswurde.

Anna Lindström hatte gemerkt, dass er gebannt auf die Tüte schaute, und schob sie ihm hin.

»Danke«, sagte Andreas leicht errötend. Er nahm sich eine Handvoll der Süßigkeiten, warf sie sich gierig in den Mund und versuchte gleichzeitig zu sprechen.

»Lass dir Zeit«, sagte Anna belustigt.

Nachdem er die Süßigkeiten gekaut und runtergeschluckt hatte, konnte er endlich wieder deutlich reden. »Tut mir leid, aber ich bin süchtig nach *Bilar*.«

»Du brauchst dich nicht zu entschuldigen. Ich habe immer eine Tüte davon auf meinem Schreibtisch liegen.«

»Danke, dass du dir Zeit für mich nimmst. Mein Name ist Andreas.«

»Anna, sehr erfreut. Wenn ich das richtig verstanden habe, bist du nicht beruflich hier.«

»Nein, bin ich nicht. Sonst wärst du sicherlich darüber informiert worden.«

»Und wenn du ohne mein Wissen beruflich hier wärst, würdest du ganz schön Probleme mit mir bekommen«, fügte sie grinsend hinzu. »Was führt dich denn nach Gotland, Andreas?«

»Die Ermordung der Familie Sandelin im Jahr 1979 ...«

»Der tragischste Mordfall, den die Insel Gotland in den letzten Jahrzehnten erlebt hat. Ich war damals erst zwei Jahre alt, aber ich habe davon gehört.«

»Ich bin nach Gotland gekommen, weil ich versuchen will, die Wahrheit über meine Vergangenheit herauszufinden.«
Andreas erklärte ihr die Theorie, die er sich zurechtgelegt hatte.
»Du glaubst also, dass du Jonas bist?«
»Ja, das klingt vielleicht verrückt, aber meine Adoptionsunterlagen sind offensichtlich gefälscht worden. Meiner Hypothese nach ist das Grab von Jonas leer.«
»Es braucht allerdings mehr als nur eine Vermutung, um eine Exhumierung zu beantragen und eine DNA-Analyse in Auftrag zu geben.«
»Das verstehe ich … Könnte ich denn Zugang zu den Ermittlungsakten des Falls bekommen?«
»Nein, das tut mir leid«, antwortete sie, ohne dabei eine Miene zu verziehen. »Das ist unmöglich. Vermutlich könntest du sie mit Hilfe eines Anwalts einsehen, indem du als Nebenkläger auftrittst und beweist, dass es sich um deine Familie handelt, die ermordet wurde.«
»Oder wenigstens die Obduktionsberichte? Ich muss wissen, wie sich das damals abgespielt hat.«
Anna starrte ihn an und schien plötzlich ein wenig unschlüssig.
»Prinzipiell darf ich das nicht … Das weißt du als erfahrener Polizist genauso gut wie ich. Wir befinden uns hier in einer Grauzone. Aber sei's drum, ich werde dir den bürokratischen Aufwand ersparen. Wenn du einen USB-Stick dabeihast, kann ich dir die Dateien aufspielen.«
»Danke, das weiß ich sehr zu schätzen.«
Andreas zog einen Schlüsselanhänger, an dem ein Schweizer Taschenmesser hing, aus der Tasche, löste den USB-Stick und reichte ihn Anna.
»Weißt du, wer Kommissar Pettersson ist, der damals in diesem Fall ermittelt hat?«
»Ich kenne ihn nicht persönlich. Er ist schon seit vielen Jahren im Ruhestand. Warte mal …«
Anna stand auf und verließ das Zimmer.

»Jenny?«

Als sie zurückkam, stellte sie Andreas eine Kollegin vor.

»Während seiner letzten Dienstjahre war ich Albins Partnerin«, sagte Jenny.

»Und er heißt Albin Pettersson?«

»Ja, genau.«

Der Nachname Pettersson war recht geläufig, aber Andreas hatte plötzlich das Gefühl, dass dies kein Zufall war. Er zog eines der Fotos, die er in den versteckten Alben gefunden hatte, aus seiner Tasche. Er als Kind posierte darauf zusammen mit einem Mann und einer Frau, die vermutlich beide um die vierzig waren. Er hatte zunächst gedacht, dass es sich um seine richtigen Eltern handeln könnte, aber bei näherem Hinsehen sah der Mann dem Bruder von Matilda Alvarsson, den er neulich kurz kennengelernt hatte, ähnlich.

»Ich habe einen gewissen Pettersson kennengelernt, der in Stenkyrka wohnt.«

»Das ist der Mann auf dem Foto, ich erkenne ihn«, erklärte Jenny.

Andreas setzte die verschiedenen Puzzleteile zusammen. Jessica hatte einen Albin erwähnt, an den sie sich aus ihrer Kindheit vage erinnern konnte und dessen Namen sie in einem Gespräch zwischen Viktor und Kajsa in Bezug auf seine Adoption gehört hatte. Und heute Morgen hatte ihn der Journalist Albin genannt ...

Albin! Er war sowohl der Polizeikommissar, der in dem Mord an der Familie Sandelin ermittelt hatte, als auch der Bruder jener Frau, die seine Adoptionsakte verwaltet hatte.

»Wer ist denn das Kind auf dem Foto? Und die Frau? Albin war nicht verheiratet«, sagte Jenny.

»Das bin ich. Wer sie ist, weiß ich nicht. Vielleicht Matilda, Albins Schwester.«

»Und warum bist du auf dem Foto?«, fragte Anna.

»Genau das muss ich jetzt herausfinden.«

Andreas wandte sich an Jenny. »Hat Albin dir gegenüber das Verbrechen an den Sandelins erwähnt?«

»Einmal habe ich versucht, das Thema anzusprechen. Es hat mich interessiert, mehr darüber zu erfahren, aber er hat mich schroff in meine Schranken verwiesen. Seiner Meinung nach würde dieser Fall nie gelöst werden, und er wollte nichts mehr davon hören.«

»Angeblich hat sich seine damalige Kollegin einfach in Luft aufgelöst?«

»Ja, in der Tat. Sie hieß Johanna Melander. Am Tag nach der Beerdigung der Familie Sandelin ist sie auf unerklärliche Weise verschwunden.«

»Hast du eine Ahnung, was ihr zugestoßen ist?«

»Nein, absolut nicht. Die Polizei hat versucht, sie zu finden, aber ohne Erfolg. Die Frage, die ich mir stelle, ist, ob sie aus freien Stücken fort ist oder nicht.«

»Glaubst du, dass ihr Verschwinden mit dem Fall zu tun hat?«

»Darauf deutet nichts hin.«

»Du scheinst die Ermittlungsakte ja gut zu kennen.«

»Auf dieser Insel gibt es nicht so viele spannende Geschichten. Also habe ich mir die verregneten Wochenenden damit vertrieben, mich mit solchen ungelösten Fällen zu beschäftigen.«

»Und hast du etwas Interessantes herausgefunden?«

»Nein, nichts, was nicht schon geschrieben oder erzählt wurde. Aber ...«

»Ja?«

»Irgendwie habe ich immer noch das Gefühl, dass an der Sache irgendetwas faul ist.«

»Wie meinst du das?«

»Das ist nur so ein Gefühl. Man könnte jedenfalls meinen, dass die meisten Menschen, die in diesen Fall verstrickt sind, es vorziehen würden, wenn die Wahrheit niemals ans Licht käme.«

»Kannst du das erklären?«

»Laut den Anhörungsprotokollen der Menschen aus Fide hat dort niemand etwas gehört oder gesehen oder auch nur einen Verdacht gehegt. Einige erwähnen eine Art Clan, dessen Existenz aber niemals bewiesen werden konnte. Dann das unerklärliche Verschwinden von Johanna. Und die Tatsache, dass Albin sich geweigert hat, mir von den Ermittlungen zu erzählen. All das hat mich stutzig gemacht, zumal er eine Rüge erhalten hatte, weil er sich offensichtlich am Tatort nicht an die Vorschriften gehalten hat.«

»Kennst du den Grund dafür?«

»Nein, ich habe es von der ehemaligen Assistentin des Polizeidirektors erfahren. Aber es gibt keine Aufzeichnungen darüber.«

»Hast du noch einmal Personen kontaktiert, die mit dem Fall in Verbindung stehen?«

»Nein, ich habe lediglich sämtliche Ermittlungsakten gelesen.«

»Gibt es außer Albin Pettersson noch weitere Personen, die eine Verbindung zu dem Fall haben und noch am Leben sind?«

»Der damalige Polizeidirektor ist ein paar Jahre nach der Geschichte gestorben, und der Gerichtsmediziner sowie der Chef der Spurensicherung sind ebenfalls tot, aber soweit ich weiß, lebt der Staatsanwalt noch.«

Jenny zog ihr klingelndes Handy aus der Tasche und nahm das Gespräch an. Sie gab Anna ein Zeichen und verließ das Büro.

»Andreas, es tut mir leid, aber wir sind zu einem Fall gerufen worden«, erklärte Anna.

»Das verstehe ich, aber ihr habt mir sehr geholfen.« Andreas deutete auf den Computer.

»Ach ja, der USB-Stick.« Die Kommissarin steckte ihn ein und tippte auf der Tastatur herum. »Es dauert eine Minute, bis die Kopie fertig ist. Und ...« Sie zögerte und schaute Andreas direkt in die Augen. »Nur um das klarzustellen. Du ermittelst hier auf keinen Fall auf eigene Faust, ohne mich auf dem Laufenden zu halten. Hier bist du kein Polizist.«

»Alles klar. Und vielen Dank für alles.«

Anna reichte ihm den USB-Stick und begleitete ihn zum Ausgang.

40

Auf dem Rückweg vom Polizeipräsidium beschloss Andreas, einen Abstecher nach Stenkyrka zu machen, um Albin mit den jüngsten Entwicklungen seiner Nachforschungen zu seiner eigenen Vergangenheit zu konfrontieren und ihn zum Reden zu bringen. Er stand das zweite Mal vor seiner Tür.
»Hej, Albin. Erkennst du mich?«
»Du hast mich neulich schon mal besucht.«
»Und du weißt mit Sicherheit, wer ich bin.«
»Lass uns hier nicht so rumstehen. Komm rein.«
Albin führte Andreas in die Küche und bot ihm an, auf der Bank Platz zu nehmen.
»Ich habe frisch gebrautes *Gotlandsdricka*«, sagte er hüstelnd. »Magst du einen Schluck?«
»Ist es nicht sehr bitter?«
»Ich habe etwas Honig hinzugefügt, damit es süßer schmeckt.«
»Na dann, gerne.«
Albin ergriff einen Fünf-Liter-Kanister und füllte zwei Gläser mit dem berühmten lokalen alkoholischen Gebräu, das Wacholder, Malz, Hopfen und Zucker beinhaltet. Er stellte sie auf den Tisch und nahm dann gegenüber von Andreas Platz.
Sie stießen miteinander an.
»Nicht schlecht, dieses leicht rauchige Aroma.«
»Das denke ich auch. Letztes Jahr habe ich mit meiner Produktion die Weltmeisterschaft gewonnen. Zugegeben, ›Weltmeisterschaft‹ ist ein bisschen übertrieben, da dieses Getränk ja nur auf Gotland hergestellt wird, aber manchmal hält man sich hier gerne für den Mittelpunkt der Welt. Hast du übrigens

schon mal *Lamskalle* gegessen, das traditionelle Gericht? Das wird bei diesem Wettbewerb serviert.«

»Noch nicht, aber ich habe davon gehört.«

»Das musst du unbedingt probieren. Es ist eine Delikatesse. Ein Schafskopf wird in zwei Hälften gespalten, paniert und im Ofen gegrillt, bis er außen schön knusprig ist. Dann isst man die Bäckchen, die Zunge und die Augen.«

Andreas war von Albins ambivalentem Verhalten überrascht. Beim letzten Mal war er kühl und distanziert gewesen, während er dieses Mal mit ihm plauderte, als sei er ein Freund. Andreas nutzte die Gelegenheit und holte das Foto raus, das ihn zwischen einem Mann und einer Frau zeigte.

Albin nickte. »Das ist Matilda, meine Schwester, und das bin ich. Bei deinem ersten Besuch war mir nicht gleich klar, wer du bist. Das ist alles schon sehr lange her.«

»Ich bin doch Jonas, oder?«

»Jonas?« Albin änderte seinen Tonfall und tat überrascht. »Wieso Jonas?«, fragte er erneut.

Andreas erzählte Albin von seiner Theorie in Bezug auf die Sandelins. »Ich hatte gehofft, du würdest mir helfen, das alles besser zu verstehen.«

»Wie bist du nur auf so eine Idee gekommen? Alle sechs Familienmitglieder sind tot und beerdigt. Du bist auf dem Holzweg. Dein Name war Roopi.«

»Du hast Viktor und Kajsa gesagt, es wäre besser, wenn ich nichts über meine Vergangenheit wüsste. Das stimmt doch, oder? Warum?«

»Ja, das ist richtig. Als Viktor und Kajsa dich adoptiert haben, warst du traumatisiert wegen des Verlusts deiner Eltern Heino und Liina, die bei einem Autounfall ums Leben gekommen waren. Die Ärzte erklärten, die Todesnachricht habe einen emotionalen Schock bei dir ausgelöst, der dazu geführt habe, dass du die Sprache und das Gedächtnis verloren hast. Ich dachte, es sei für dich besser, bei null anzufangen und dir ein neues Leben aufzubauen. Deshalb habe ich ihnen geraten, deine Vergangenheit niemals zu erwähnen.«

»Oder um eine noch schrecklichere Wahrheit zu verbergen?«
»Glaub mir, damit fügst du dir nur selbst Schmerzen zu, Andreas.«
»Und warum warst du in diese Adoption involviert? Soweit ich weiß, war das doch die Aufgabe deiner Schwester und nicht die deine.«
»Du hast vollkommen recht, aber ich kann es dir erklären.«
»Da bin ich gespannt ...«
»Ich kannte Viktor von klein auf. Mein Vater Oskar war mit deinem Großvater befreundet.«
»Andreas Auer?«
»Ja, du hast denselben Vornamen wie dein Großvater.«
»Woher kennen die beiden sich?«
»Dein Großvater Andreas kam während des Krieges als Flüchtling nach Gotland, und mein Vater war Offizier in einem Lager. Dort haben sie sich kennengelernt. Nach dem Krieg arbeitete mein Vater wieder als Bildhauer. Er hat die Kunstwerke geschaffen, die du im Garten siehst. Deine Großeltern haben einige davon gekauft. Und ich bin immer mit Viktor in Kontakt geblieben. Später habe ich dann auch Kajsa kennengelernt.«
»Dein Vater war also genau wie mein Adoptivgroßvater mit Roopi befreundet?«
»Ja, genau. Kajsa hatte mir einmal gesagt, dass sie bereit wäre, ein Kind zu adoptieren. Daher habe ich mit ihr gesprochen, als du Waise geworden warst. Meine Schwester Matilda hat dann alles organisiert. Und das war's.«
»Eine traurige Geschichte mit Happy End. Ein Kind wird durch eine Tragödie zur Waise und findet aber sein Glück in einer neuen Familie ... Die Geschichte des jungen Roopi ist ein Märchen, das einer Walt-Disney-Verfilmung würdig ist.«
»Wie meinst du das?«, fragte Albin und räusperte sich.
Andreas erzählte ihm von seiner Reise nach Tallinn und seinem Treffen mit Maarja, die ihm klargemacht hatte, dass seine Adoptionsakte gefälscht sein musste: Er könnte nicht ihr

Bruder und damit auch nicht der Sohn von Heino und Liina sein.

»Das ist in der Tat merkwürdig. Aber ich habe nicht die geringste Ahnung. Ich habe dir die Wahrheit erzählt, Andreas. Und ich wiederhole dir gegenüber, was ich einst deinen Eltern gesagt habe: Versuche nicht die Vergangenheit aufzuwühlen. Du hast eine Familie, die dich liebt, und du hast dein Leben. Denk an die Zukunft.«

Andreas trank sein Glas aus und erhob sich.

»Albin, ob mit oder ohne deine Hilfe – ich werde die Wahrheit hinter dieser Geschichte herausfinden.«

41

Nachdem Andreas gegangen war, schenkte sich Albin noch ein Glas *Gotlandsdricka* ein. Das, was ihn in den schlaflosen Nächten immer noch verfolgte, war wieder an die Oberfläche gekommen. 1979 hatte er zum Wohle aller den Kontakt zu seinen Freunden Kajsa und Viktor abgebrochen. Lange Zeit hatte er nichts mehr von ihnen gehört, doch vor Kurzem hatte ihn Viktor angerufen und ihm von Andreas' Absichten berichtet, nach Gotland zu kommen, um Licht in seine Vergangenheit zu bringen. Albin hatte Viktor beruhigt und ihm auferlegt, weiterhin sein Schweigen zu wahren. Allerdings hatte Viktor selbst begonnen, ihm Fragen zu stellen. Er hatte hinterfragt, warum es so wichtig war, nichts über Andreas' Vorgeschichte zu wissen, denn dieses fehlende Wissen betraf auch ihn und Kajsa als seine Adoptionseltern. Albin hatte keine andere Wahl gehabt, als seinen Freund erneut im Unklaren zu lassen.

Er war also nicht sonderlich überrascht gewesen, als Andreas bei ihm aufgetaucht war, doch mit diesem zweiten Besuch hatte er nicht gerechnet. Wie um alles in der Welt hatte Andreas eine Verbindung zu den Sandelins herstellen können?

Albin wusste, dass Andreas Kriminalkommissar geworden war, und fühlte sich deswegen seltsamerweise sogar ein wenig stolz. Er hatte sich mehrere in französischer Sprache geschriebene Artikel über ihn übersetzt. Offensichtlich war Andreas schlauer als er selbst, der den Mord an der Familie Sandelin nie aufgeklärt hatte. Das größte Debakel seiner Karriere.

Tief in seinem Inneren bedauerte Albin, dass er ihm nicht die Wahrheit sagen konnte. Einerseits hätte er ihm gerne die ganze Geschichte erzählt und ihm gestanden, was wirklich passiert war, und damit vielleicht sogar Andreas geholfen, die Schuldigen zu finden. Andererseits hatte er überhaupt keine Lust, darüber zu sprechen und diese alte Geschichte wieder zurück ans Licht zu bringen. Niemand würde davon profitieren.

42

Donnerstag, 14. Juli

Andreas klappte seinen Laptop auf und steckte den USB-Stick ein. Er enthielt die sechs Obduktionsberichte und die Fotos der Opfer, die am Tatort und in der Leichenhalle aufgenommen worden waren. Es war beinah ein Uhr morgens. Bevor er sich an die Arbeit machte, beschloss er, sich in die ehemalige Räucherkammer zu setzen, eine Havanna zu rauchen und einen Whisky zu trinken. Der Alkohol würde ihm vermutlich helfen, sich dem zu stellen, was er gleich lesen würde. Zuvor musste er jedoch den Kamin anmachen. Es würde eine lange Nacht werden.

Andreas las zunächst den Obduktionsbericht von Jacob Sandelin. Er umfasste mehr als zehn Seiten und ließ schwere Verletzungen vermuten. Jacob war 1952 in Fide geboren und 1979 im Alter von siebenundzwanzig Jahren gestorben. Das auf Montag, den 21. Mai 1979 datierte Dokument war von dem Gerichtsmediziner in Visby, Magnus Davidsson, und einem seiner Kollegen aus Stockholm unterzeichnet worden.

Obduktionsbericht
Bei unserer Ankunft am Tatort am Sonntag, den 13. Mai 1979 gegen 4.30 Uhr morgens konnte Folgendes konstatiert werden:
Das Opfer wurde an einem Baum hängend gefunden.
Das Opfer war vollkommen nackt.
Auf dem Bauch war ein aus drei Dreiecken bestehendes Zeichen eingebrannt.
Auf dem Rücken befand sich ein großer, von oben nach unten durchgeführter Schnitt mit einer darunterliegenden Öffnung der Brusthöhle. Die von der Wirbelsäule abgetrennten Rippen waren nach außen aufgebogen.
Die Körpertemperatur betrug 34 °C.
Lediglich im Nacken und im Gesicht hatte bereits Leichenstarre eingesetzt. Leichenflecken waren sowohl vorne als auch hinten an den unteren Teilen der vier Gliedmaßen erkennbar, d.h. an den Händen, Handgelenken, den unteren Abschnitten der Unterarme sowie an den Füßen, den Knöcheln bis hinauf zu den Waden. Die Leichenflecken waren sichtbar und von hellroter Färbung, jedoch aufgrund des hohen Blutverlusts nur schwach ausgeprägt. Die Leichenflecken ließen sich noch wegdrücken.
Die Außentemperatur betrug -3 °C.
Daraus lässt sich schlussfolgern, dass die postmortale Phase nicht länger als drei Stunden betragen hat und der Todeszeitpunkt daher gegen Mitternacht angesetzt werden kann.

Mit einem beklommenen Gefühl las Andreas weiter. Er hatte schon viele Obduktionsberichte gelesen, aber dieser war aller Wahrscheinlichkeit nach der seines Vaters, an den er keine

Erinnerung hatte und den er jetzt durch die Sprache eines Gerichtsmediziners kennenlernte.

Äußere Besichtigung des Leichnams
(…) In der Mitte des Rückens befindet sich auf Höhe des Brustkorbs eine 43 cm große vertikale Wunde mit glatten Wundrändern. Die Wunde legt den Brustkorb frei, da die Rippen auf Höhe der hinteren Rippenbögen beidseitig und stufenweise durchtrennt wurden. Es besteht ein beidseitiger Hämatothorax (700 ml rechts, 500 ml links). Beide Lungenflügel sind auf Höhe des Hilus in der Brusthöhle kollabiert.

Innere Besichtigung
(…) Die große Blutmenge erklärt sich aus der Durchtrennung der Interkostalarterien. Durch die Verletzung des Brustkorbes bestand kein Unterdruck im Pleuraspalt mehr, wodurch die Atembewegungen der Lunge aus mechanischen Gründen und vermutlich aufgrund des von der durchtrennten Brustwand herrührenden Schmerzes nicht mehr möglich waren. Daher trat die Retraktion beider Lungenflügel in Höhe des jeweiligen Hilus ein. Eine visuelle Untersuchung ergab hämorrhagische Läsionen mit ekchymotischen Infiltrationen im periläsionalen Gewebe.

Zwischen dem gerichtsmedizinischen Fachjargon und der Realität, die hier beschrieben wurde, klaffte ein Abgrund. Andreas konnte sich das Grauen des Verbrechens, das diese Worte enthielten, jedoch bildlich vorstellen. Abscheu überkam ihn. Hinter den Fremdworten, die die Brutalität der Tat belegten, verbarg sich ein Teil seiner eigenen Vergangenheit.

Gerichtsmedizinische Interpretation der Befunde
(…) Der Schnitt in der Mitte des Rückens wurde mit einem scharfen Gegenstand, vermutlich einem Messer,

durchgeführt. *Sämtliche Rippen wurden an den hinteren Bögen unmittelbar neben der Wirbelsäule mit Hilfe eines Instruments mit stumpfer Schneide wie einer Gartenschere oder eines Astschneiders durchtrennt und aufgebogen. (...) Verletzungen mit starken Einblutungen und ekchymotischen Infiltrationen lassen keinen exakten Rückschluss zu, ob sie bei lebendigem Leib oder kurz nach Todeseintritt zugefügt wurden.*

Andreas schloss die Augen. Er konnte die Tränen nicht zurückhalten. Seine Alpträume ließen sich endlich erklären.

Todesursache
(...) Als Todesursache wird Ersticken in Verbindung mit akutem Blutverlust angenommen.

Anschließend las Andreas die restlichen fünf Obduktionsberichte. Seine beiden Eltern waren auf die gleiche Art und Weise getötet worden, seinen beiden Großeltern hatte man die Kehlen durchgeschnitten.

(...) Es wurde ein sauberer Schnitt von hinten nach vorne (laterozervikal bis Halsmitte) ausgeführt, was zu einer teilweisen Durchtrennung des Kehlkopfes sowie zur Durchtrennung der Arteria carotis und der Vena jugularis führte.

Auch seiner Schwester Linnea war die Kehle durchgeschnitten worden, allerdings hatte sie bei der Tat aufrecht gestanden. Der Mörder musste sie gepackt und an sich gedrückt haben, bevor er den Schnitt von vorne nach hinten ausgeführt hatte. Erneut hatte Andreas Tränen in den Augen.

Dann machte er sich daran, den Obduktionsbericht von Jonas zu lesen. Das Kind sei, nur mit einem Pyjama bekleidet bei einer Außentemperatur von minus drei Grad im Wald, einige hundert Meter vom Haus entfernt gefunden worden. Als

Todesursache wurde ein Herzversagen aufgrund der starken Unterkühlung angegeben. Der Tod sei zwischen dreißig Minuten und einer Stunde nach seiner Flucht eingetreten. Kühl und mit professioneller Distanziertheit machte sich Andreas eine geistige Notiz, bevor er sich eilig etwas anderem zuwendete.

Auf seinem Computerbildschirm befanden sich zwei Ordner mit Fotos, die am Tatort aufgenommen worden waren. Der erste war mit »Tatort« und der andere mit »Opfer« benannt worden. Er erstarrte. Seine Finger wollten auf dem Touchpad doppelklicken, doch das war unmöglich. Es war, als sei die Verbindung zwischen seinem Gehirn und seiner Hand für einen Moment unterbrochen worden.

Nachdem er sich wieder gefangen hatte, nahm er sich als Erstes den Ordner mit den Fotos der verschiedenen Tatorte vor. Das erste Bild zeigte Jacob und Vilhelmina mit aufgeschnittenem Rücken und nach hinten herausgebogenen Rippen am Baum hängend. Auf dem zweiten Bild war die Leiche des Mädchens mit durchtrennter Kehle und einem blutverschmierten Pyjama mit Pippi-Langstrumpf-Motiven im Flur liegend zu sehen. Andreas klappte den Laptop mit einer heftigen Bewegung zu und ging nach draußen, um frische Luft zu schnappen. Er spürte, wie ihn Übelkeit übermannte, und atmete tief ein. Er hatte schon viele Tote und Fotos von verstümmelten Leichen gesehen, aber dieser Fall war anders. Hier handelte es sich um seine Eltern und seine kleine Schwester.

Er beschloss, ein paar Schritte Richtung Meer zu gehen. Minus folgte ihm. Er versuchte, seinen Kopf freizubekommen, doch die furchtbaren Bilder quälten ihn unablässig weiter.

Als er zurückkam, entzündete er erneut seine Zigarre, nahm einen Zug und legte sie zurück in den Aschenbecher. Dann klappte er den Bildschirm seines Computers wieder auf und schaute sich die restlichen Bilder an. Die seiner Großeltern, die mit durchgeschnittener Kehle nebeneinander in ihrem Zimmer lagen. Die des blutgetränkten Bettes seiner Eltern. Die Übelkeit kehrte zurück. Doch um zu verstehen, was in jener Nacht geschehen war, musste er sich das anschauen. Dank der

Fotos kamen Erinnerungen an dieses Ereignis bruchstückhaft zurück.

Er öffnete den zweiten Ordner, der detaillierte Fotos von den Verletzungen enthielt, die seiner Familie zugefügt worden waren. Ohne auch nur mit der Wimper zu zucken, betrachtete er ein Bild nach dem anderen. Danach begann er die Fotos in neue Ordner zu verschieben. Am Ende hatte er drei, einen Ordner mit den Fotos von Claes und Inga, einen mit denen von Jacob und Vilhelmina und einen letzten mit den Bildern von Linnea. Von dem kleinen Jonas gab es keine Fotos. Der Bericht von ihm war zweifellos eine Fälschung. Ein Detail stach Andreas ins Auge: Während die Obduktionsberichte von Jacob und Vilhelmina von zwei Gerichtsmedizinern unterschrieben worden waren, trugen die vier anderen Berichte von seinen Großeltern, von Linnea und von Jonas lediglich die Unterschrift von Magnus, dem Pathologen aus Visby.

Eine gefälschte Adoptionsakte, eine komplett erfundene Biografie, ein manipulierter Obduktionsbericht. Und vermutlich ein leeres Grab.

43

Nach der schlaflosen Nacht, in der er sich in die grauenerregenden Obduktionsberichte vertieft hatte, hatte Andreas beschlossen, an den Ort des Verbrechens zurückzukehren.

»Du schon wieder?«

»Kann ich reinkommen? Ich würde gerne mit dir reden.«

Linda Gardell erkannte ihren Besucher schon auf der Türschwelle sofort wieder. Diese Person war ihr ein Rätsel. Bei seinem ersten Besuch war sie in Eile gewesen und hatte ihn mit einer Handbewegung fortgeschickt, aber dieses Mal gewann ihre Neugier Oberhand.

»Dann komm mit. Aber der Hund bleibt draußen. Ich

wollte gerade eine *Fika* zu mir nehmen. Willst du auch einen Kaffee?«

»Ja, gerne.«

Andreas wusste, dass die *Fika*, die Kaffeepause, in Schweden eine echte Institution war. Sie wurde immer von einem Kuchen, Keksen oder anderen Süßigkeiten begleitet. Er drehte sich um und befahl Minus, im Garten zu bleiben.

Linda stellte eine Kanne Filterkaffee, zwei große Tassen, eine Zuckerdose, ein Milchkännchen und einen Teller mit kleinen Zimtschnecken auf den Küchentisch.

»Bedien dich! Und erkläre mir, warum du zu mir zurückgekommen bist.«

Als sie Platz nahm, lugte ein Kettenanhänger, ein blauer Stein in einer Silberfassung, aus ihrer Bluse.

»Sehr schön. Ist das ein Wikingerschmuck?«

Hastig steckte Linda ihn zurück unter ihre Bluse. Der von Bengt gefertigte Kettenanhänger war das Erkennungszeichen des Clans. Die Satzung besagte, dass alle Mitglieder ihn stets um den Hals tragen und er gleichzeitig vor den Augen anderer Leute versteckt werden musste. Sie hätte ihn auch abnehmen können. Ihr Clan war seit beinah vierzig Jahren nicht mehr aktiv. Der Jarl hatte ihnen allen befohlen, Stillschweigen zu wahren und sich niemals von diesem Emblem ihres Bündnisses zu trennen. Das Schmuckstück sollte sie alle stets daran erinnern, dass sie im Geheimen für immer miteinander verbunden waren. Auf diese Weise war es dem Jarl gelungen, Angst zu säen, ohne dass es die Mitglieder bemerkt hatten. Doch das war nicht der Grund, warum sie den Anhänger immer noch trug. Sie fühlte sich für den Mord an ihrer Cousine und an deren Familie verantwortlich. Dieses Schmuckstück war ihre Bürde. Es jeden Morgen anzulegen und es allabendlich vor dem Schlafengehen zurück in die Schatulle zu legen und sich dabei im Spiegel zu betrachten war ihre Form der Buße.

»Ja, es handelt sich um eine Replik eines Kettenanhängers, der im Zuge von archäologischen Ausgrabungen hier ganz in der Nähe gefunden wurde. Das Original ist im historischarchäologischen Museum Gotlands Fornsal in Visby ausgestellt.«

Für einen Augenblick erinnerte sich Linda an die Wintersonnenwende-Zeremonie zurück. Es war ein großer Moment gewesen. Sie hatte sich lebendiger gefühlt als je zuvor. Die Atmosphäre mit dem Schnee, dem Freudenfeuer und den Gesängen hatte sie in eine mystische Trance versetzt. Dass sie ein Lamm opferten, hatte sie genau wie die meisten Clanmitglieder überrascht. Nach anfänglicher Ablehnung hatte es sie in einen Rauschzustand versetzt, ein Tier zu töten, um es den Göttern darzubringen. Doch das war, bevor sich die schöne Utopie in einen Alptraum verwandelte.

»Ich möchte, dass du mir erzählst, was in der Nacht vom 12. auf den 13. Mai 1979 passiert ist.«

»Sag mir zuerst, wer du bist!«

»Eigentlich bin ich Journalist«, log Andreas.

Linda runzelte die Stirn. Das letzte Mal hatte er ihr erklärt, dass er hierhergekommen sei, um bezüglich seiner Vergangenheit zu recherchieren. Sie beschloss, diese Unstimmigkeit nicht zu thematisieren.

»Und warum interessierst du dich für diese Geschichte?«

»Es ist mein Spezialgebiet, ungelösten Fällen nachzuspüren.«

»Meine Cousine, ihr Ehemann, ihre Schwiegereltern und ihre beiden Kinder wurden ermordet, und die Polizei hat die Schuldigen nie gefunden.«

»Diese Version kenne ich bereits. Ich würde gerne deine hören!«

»Ich habe nichts weiter dazu zu sagen. Diese Geschichte hat mich zutiefst schockiert.«

»Warum hast du das Haus übernommen, in dem deine Cousine und ihre Familie auf bestialische Weise umgebracht wurden?«

»Ich habe es geerbt, und da ich damals in einer kleinen Bruchbude lebte, habe ich es vorgezogen, hierher umzuziehen.«

»Gab es keine anderen Familienmitglieder mehr?«

»Mit Ausnahme meiner Eltern war ich auf Gotland die Einzige. Mein Vater war der Bruder von Vilhelminas Vater. Da Jacobs Eltern bereits tot waren, fiel der Besitz rechtmäßig an Vilhelminas Eltern und ihren Bruder, doch die waren in den sechziger Jahren in die USA ausgewandert. Mit achtzehn hat Vilhelmina Ferien auf Gotland gemacht und beschlossen, auf der Insel zu bleiben, weil es ihr in Amerika nicht gefiel. Kurz darauf lernte sie Jacob kennen und ist mit ihm in dieses Haus gezogen. Nach ihrem Tod kam ihr Bruder aus den USA zur Beerdigung und erzählte mir bei diesem Anlass, dass sie beschlossen hätten, mir das Haus zu schenken. Im Gegenzug sollte ich die Gräber seiner Schwester und ihrer Familie bepflanzen und in Schuss halten.« Als sie das sagte, dachte Linda daran, dass sie in den letzten Jahren nicht viel Mühe in die Grabpflege investiert hatte.

»Hast du noch Kontakt zu ihnen? Leben sie noch?«

Linda stand auf, verließ die Küche und kam kurz darauf zurück.

»Hier, das sind die Grüße, die sie mir Weihnachten geschickt haben.«

Auf der Postkarte waren zwei Bisons auf einer verschneiten Ebene abgebildet. Im Hintergrund waren Dampfwolken zu sehen, die sich vor den Bergen gen Himmel erhoben. Andreas betrachtete die Rückseite. Das Foto war im Yellowstone-Nationalpark aufgenommen worden. Unterschrieben hatten die Karte Evert, Alma und Torgny – seine biologischen Großeltern mütterlicherseits und sein Onkel!

»Sie leben in einem kleinen Dorf namens Pinedale in Wyoming. Torgny hat dort eine große Farm.«

»Wie alt sind sie?«

»Ich weiß es nicht genau, aber die Eltern gehen beide auf die neunzig zu, und Torgny war ein bisschen jünger als Vilhelmina. Er ist verheiratet und hat zwei Kinder. Einen Jungen und ein Mädchen, die ungefähr dein Alter haben müssten.«

Nach und nach nahm Andreas' Stammbaum Gestalt an. Er

hatte nur einen Wunsch: hinzufahren und sie kennenzulernen. Abgesehen von Linda waren sie, soweit er wusste, die einzigen noch lebenden Mitglieder seiner Familie. Doch zuvor musste er seine Ermittlung zu Ende bringen.

»Du hast sicher von dieser Geschichte mit dem Wikingerclan gehört, oder?«

»Clan?«

»Ja, eine Gruppe, die mit den Morden in Verbindung stehen soll.«

»Tatsächlich habe ich damals Gerüchte über einen Clan gehört, der sich traf, um heidnische Rituale zu zelebrieren, aber ich habe nie herausgefunden, was an der Sache dran ist.«

Andreas bemerkte eine Veränderung in Linda Gardells Verhalten. Er musste seine Strategie ändern. Er betrachtete die Frau, die ihm gegenübersaß. Sollte sich seine Theorie als stimmig erweisen, wäre Linda die Cousine seiner Mutter. Und er würde sich dementsprechend im Haus seiner Kindheit befinden.

»Ich muss dir etwas gestehen …« Andreas erklärte ihr die ganze Geschichte.

»Jonas, der Sohn von Vilhelmina? Das ist unmöglich, ich kann es nicht glauben.«

»Und doch entspricht es mit ziemlicher Sicherheit der Wahrheit.«

Linda starrte Andreas lange an. Seine Gesichtszüge hatten sie schon bei ihrer ersten Begegnung verwirrt, ohne dass sie wusste, warum. Jetzt gab es keinen Zweifel mehr.

»Du hast die gleichen Augen wie deine Mutter. Und je länger ich dich betrachte, desto mehr erkenne ich gewisse Züge deines Vaters an dir.«

Linda sank in sich zusammen. Tief in ihrem Innern hatte sie diese Ähnlichkeit vermutlich längst erkannt, aber ihr Gehirn hatte die Verbindung nicht zugelassen, weil die Situation zu unwahrscheinlich war. Sie fing an zu weinen und stieß einen Urschrei aus, der aus ihrem Innern kam.

Verblüfft von Lindas heftiger Reaktion saß Andreas stumm

da und ließ die Arme hängen. Linda erhob sich, putzte sich die Nase und trocknete ihre Tränen, bevor sie sich wieder hinsetzte.

»Ich weiß nicht, was ich sagen soll.«

»Das geht mir genauso ... Es ist eine merkwürdige Situation, auch für mich.«

Plötzlich erstarrte Lindas Gesichtsausdruck. Sie zitterte leicht, und auf ihrer Stirn bildeten sich Schweißtropfen. Andreas blickte in ihre vor Schreck geweiteten Augen.

»Was ist denn los?«

»Seit siebenunddreißig Jahren denke ich, du seist tot und begraben, und jetzt sitzt du plötzlich leibhaftig und lebendig vor mir.«

Andreas blickte sie zweifelnd an. »Darf ich mir das Haus anschauen?«

»Fühl dich wie zu Hause. Ich schlafe in Linneas altem Zimmer im Obergeschoss, es ist etwas geräumiger als deines. Hier, wo wir uns jetzt befinden, wohne ich. Im Untergeschoss befindet sich ein Keller. Im Erdgeschoss gibt es, wie du siehst, eine Küche und ein Badezimmer. Oben dann noch zwei Schlafzimmer und ein Kaminzimmer. Hinter dieser Tür befindet sich der Westflügel des Hauses mit dem Wohnzimmer und den beiden Schlafzimmern von Vilhelmina und Jacob und Jacobs Eltern. Dort habe ich nichts angerührt und betrete den Bereich auch nie. Ich konnte mir nicht vorstellen, in einem Raum zu leben, wo ...« Linda zögerte.

»... wo Blut geflossen ist«, ergänzte Andreas.

44

Andreas stieg die steile Treppe zum Dachgeschoss hinauf und ging in Richtung des Zimmers, das einst sein eigenes gewesen war. Beim Eintreten musste er den Kopf einziehen. Der Raum war klein und schlicht eingerichtet, ein kleines französisches Bett, ein Nachttisch mit einer Lampe, eine Kommode und ein altes Schulpult. Über dem Bett hing ein Filmplakat, auf dem ein Kind mit roter Mütze, unter der ein blonder Haarschopf hervorschaute, zu sehen war. Es saß auf einer Klippe und blickte zu den Wildgänsen im Vordergrund. Er konnte sich nicht entsinnen, die Verfilmung der Geschichte von Selma Lagerlöf gesehen zu haben. Er war sicher nicht im Kino von Burgsvik gewesen, aber er erinnerte sich an die Stimme, mit der seine Mutter Vilhelmina ihm die Erzählung von Nils Holgerssons wunderbarer Reise vorgelesen hatte. Andreas spürte, wie sich ein angenehmes Gefühl in seinem ganzen Körper ausbreitete. Das entsprechende Buch mit dem abgegriffenen Einband stand zusammen mit anderen Kinderbüchern auf der Kommode. Er schaute sich eines nach dem anderen an, die Streiche des Michel aus Lönneberga, des liebenswerten, schelmischen Jungen, der immerzu Unsinn machte. Wenn ihn sein Vater bestrafen wollte, schloss er sich schnell in einer Scheune auf dem Hof ein und schnitzte dort Holzfiguren. Oder Rasmus, der unglückliche Junge, der beschließt, aus dem Waisenhaus zu fliehen, um die Welt zu entdecken und seine Eltern zu finden. Dabei lernt er den Landstreicher Oskar kennen und erlebt mit ihm viele Abenteuer. Die derart präzisen Erinnerungen an diese Geschichten rührten sicherlich nicht von seiner Kindheit in diesem Haus her. Er hatte sie, ein wenig älter, mit seiner Adoptivmutter Kajsa gelesen. Eine andere Erinnerung an einen kleinen roten Rennwagen, mit dem er auf dem Boden gespielt hatte, tauchte auf. Andreas ging zum Pult und öffnete die Schublade unter der Schreibtischplatte. Das Auto mit der aufgemalten Nummer sieben war immer noch da. Andreas konnte nicht verhindern, dass ihm Tränen kamen. Er wischte sie mit dem Hemdsärmel weg und ging zurück nach unten.

Er stand vor dem Zimmer von Jacob und Vilhelmina, seinen Eltern. Auch wenn er noch keinen eindeutigen Beweis dafür hatte, war er längst davon überzeugt, dass er Jonas war.

Er legte eine Hand auf die Klinke und atmete tief ein, bevor er die Tür öffnete. Sein Herz raste. Er trat ein. Erneut musste er weinen. Zu viele, zu intensive Emotionen. Dieses große Zimmer war der Raum, den er all die Jahre in seinen Alpträumen gesehen hatte. Linda hatte die Wahrheit gesagt. Nichts schien sich verändert zu haben, außer dass die Matratze entfernt worden war. Nur der Bettrahmen stand noch dort. Auf dem Parkettboden sah er ein paar dunkle Flecken. Das Blut seiner Eltern hatte das Holz für immer verfärbt. Auf dem Nachttisch entdeckte er den Bilderrahmen mit dem Foto des kleinen hellblonden Mädchens. Linnea, seine Schwester. Daneben stand ein identischer Bilderrahmen mit einem Foto von Jonas. Es war das erste Mal, dass er ein Foto von sich selbst sah, auf dem er so jung war. Vermutlich war er zum Zeitpunkt der Aufnahme zwei oder drei Jahre alt gewesen. Er nahm den Rahmen in die Hand und starrte lange auf das Bild. In seinem Herzen schlugen die Gefühle Purzelbäume. An der Wand über dem Bett hing ein Porträt von Jacob und Vilhelmina am Tag ihrer Hochzeit. Er fand sie schön. Das Foto strahlte Harmonie und Glück aus. Er kramte ihre Gesichter aus den Tiefen seines Gedächtnisses hervor und erinnerte sich auch daran, dass er in dem Bett zwischen seinen Eltern geschlafen hatte. Dann tauchte plötzlich ein Lied auf. Ganz früh am Morgen hatte er einst mit seinem Vater und seiner Schwester die Mutter mit einem Geburtstagsständchen überrascht: »*Ja, må hon leva, ja må hon leva, ja, må hon leva uti hundrade år.*« – Ja, sie soll leben! Ja, sie soll leben! Ja, sie soll leben, bis sie hundert wird. Jacob hatte ihnen sogar das Frühstück ins Schlafzimmer gebracht. Diese Kindheitserinnerungen drängten sich mit voller Wucht in sein Bewusstsein. Ein düsteres Bild legte sich davor. Vier Gestalten mit Helmen und maskierten Gesichtern. Seine Eltern auf dem Bett liegend. Und sehr viel Blut.

Der emotionale Schock erschütterte Andreas zutiefst. Er wollte wegrennen, wie er es damals getan hatte. Doch er bewegte sich nur in Zeitlupe. Er verließ das Zimmer und folgte instinktiv demselben Weg, den er wahrscheinlich damals genommen hatte. Er hatte den Eindruck, dort zu sein und die

Geräusche und die Stimme der Person zu hören, die versuchte, ihn zu fangen. Dann hallte ein Knall in seinen Ohren wider. Er stieg die Stufen hinab, die in den Keller führten. Sein Herz klopfte, als begänne alles wieder von vorne. Im ersten Raum befanden sich Regale, auf denen Weckgläser, leere Flaschen und ein paar Konservendosen standen. Die Decke war sehr niedrig. Um durch die Tür in den zweiten Raum zu gelangen, bückte er sich und stieß trotzdem mit der Stirn gegen den steinernen Türsturz. Er schloss die Augen und hielt sich den Kopf, bis der Schmerz etwas nachließ. Andreas schlug die Augen wieder auf. Er sah die Mauer, über die er geklettert war, die Luke, durch die er nach draußen geflohen war. Inzwischen war sie viel zu klein, als dass er hätte hindurchschlüpfen können. Er stieg die Treppe wieder hinauf.

Im Garten, mit einem Kaffee in der Hand, sah Linda, wie Andreas herauskam und, gefolgt von Minus, um das Haus herumrannte. Sie rief ihm nach. Keine Reaktion. Sie sah, wie er über die Trockenmauer sprang, die das Grundstück begrenzte, und verschwand.

45

Andreas kauerte hinter der Mauer. Immer noch hallte die Stimme in seinem Kopf wider: »Komm her, ich tue dir nichts.«

Die Person, die ihn in seiner Erinnerung verfolgte, war den Garten abgelaufen, ohne ihn zu finden. Er konnte ihre Schritte und ihren Atem hören. Er war über das Feld gerannt. Er erinnerte sich, dass er kalte Füße hatte. Der Schnee stach wie feine Nadeln in seine Haut. Er war im Pyjama und ohne Schuhe aus dem Haus geflohen. Im Wald hatte er sich ein neues Versteck gesucht. Niemand war ihm gefolgt.

Jetzt legte Andreas den Weg erneut zurück und durchlebte die gleichen Emotionen. Alles, was seit Jahrzehnten in seiner

Erinnerung vergraben war, kam wieder an die Oberfläche. Es war, als würden sich die Ereignisse in diesem Moment abspielen.

Er drang weiter in den Wald vor und entdeckte eine Lichtung. Minus war ihm gefolgt. Vergeblich versuchte Andreas, sich an die Richtung zu erinnern, die er damals eingeschlagen hatte. Er blickte zum Himmel auf. Die zaghaften Sonnenstrahlen des Spätvormittags streichelten seine Haut. Plötzlich hörte er das Brummen eines Rasenmähers.

Andreas überquerte die Lichtung und folgte im Schutz der Bäume dem regelmäßigen Motorengeräusch. Der Motor wurde langsamer, und das Brummen erstarb. Er ging weiter in die Richtung, aus der er das Geräusch vernommen hatte, und erreichte eine zweite Lichtung, auf der ein charmantes Steinhaus stand. Um zu der doppelflügeligen dunkelblau gerahmten Glastür zu gelangen, musste man die Treppe hinaufgehen, die zu einer imposanten Veranda aus weiß gestrichenem Holz führte.

»Mach hier Platz«, befahl er Minus.

Andreas stieg die Stufen empor. Über der Haustür hing ein *Gap Stock*, zwei mit vier Lederriemen zusammengebundene Holzstücke, in die *Kleiv på* eingebrannt war, was auf Gotländisch so viel wie »Willkommen« bedeutete. Kippte man ihn in die andere Richtung, verschwand die Inschrift und zeigte auf raffinierte Weise an, dass man abwesend war. Auf dem einen Türflügel befand sich der Briefkastenschlitz, auf dessen Messingrahmen die Namen Henrik und Siv Asplund standen. Er wollte gerade klingeln, hielt aber inne, um die bronzene, mit einem Anker verzierte Schiffsglocke und das Seil zu betrachten, das mit dem Klöppel verbunden war. Die Glocke erschien ihm viel kleiner als in seiner Erinnerung. Er schwenkte das Seil.

Eine Frau öffnete die Tür und starrte ihn wortlos an.

»Hallo, ich bin Andreas Auer.«

»Kennen wir uns?«

»Als wir uns das letzte Mal gesehen haben, war ich ein fünfjähriges Kind.«

»Bist du das wirklich?« Siv war sichtbar verwirrt.
»Ja, ich bin's.«
Zunächst sprachlos rief sie schließlich: »Henrik!«
Andreas stand regungslos da, als Siv ihn fest umarmte. Sie betrachtete sein Gesicht, legte ihm eine Hand auf die Wange und sah ihm lange in die Augen.
»Jonas, deine kristallklaren blauen Augen. Ich würde sie unter Tausenden wiedererkennen.«
Henrik stand inzwischen neben ihr. Sein Blick verriet eine Mischung aus Überraschung und Schrecken.
»Komm schon, tritt ein.«

46

Nachdem Andreas gegangen war, dachte Henrik an jene berüchtigte Nacht vom 12. auf den 13. Mai 1979 zurück, in der Jonas barfuß und im Pyjama bei ihnen an der Tür geläutet hatte. Siv und er erwachten aus einem Trancezustand, der durch die erzwungene Einnahme von halluzinogenen Pilzen ausgelöst worden war. In dem Moment verstanden sie, was wirklich geschehen war.

In der Nacht des Verbrechens, in der sie den *Blót* gefeiert hatten, hatten Jacob und Vilhelmina die Zeremonie ohne Vorwarnung verlassen. Sie erinnerten sich vage, dass der Jarl alle Clanmitglieder in die Entscheidung miteinbezogen hatte, die Sandelins als Strafe für ihren Verrat auszulöschen. Henrik hatte Angst davor gehabt, wie dies vonstattengehen würde, allerdings hätte er sich niemals eine derartige Brutalität ausmalen können. Sie hatten sich in diesen Strudel hineinziehen lassen, ohne dass sie es bemerkt hatten. Er war zu feige gewesen einzuschreiten. Aus Angst, dass sie sich an seiner Frau und an ihm vergehen würden, hatte er es vorgezogen zu schweigen. Als sie Jonas bei sich aufnahmen, mussten sie sich entscheiden, ob sie die Polizei einschalten oder das Kind wieder den Anführern des Clans übergeben wollten. Allerdings hätte er niemals mit der Entscheidung leben können, den kleinen Jungen zu bestrafen, der in der Nacht des Grauens Zuflucht bei ihnen gesucht hatte.

Zwei Tage später hatten sie einen Drohbrief erhalten: Sollten sie mit irgendjemand über das, was geschehen war, sprechen, würde sie das gleiche Schicksal wie die Sandelins ereilen. Sie waren in das Geschehen verwickelt und dafür mitverantwortlich. Nachdem sie Jonas dem Polizeikommissar übergeben hatten, hatten sie nie wieder etwas von dem Kind gehört. Irgendwann hatten sie sich sogar gefragt, ob Albin nicht selbst in die Affäre verwickelt war. Er hatte ihnen gesagt, dass er den Jungen verstecken wollte – und dann war Albin zu ihnen zurückgekehrt, um sie zu befragen. Sie hatten geschwiegen. Feige. Aus Angst um ihr Leben. Während all dieser Jahre hatten sie sich an die Hoffnung geklammert, dass Jonas noch am Leben war. Nur so hatten sie ihre Schuldgefühle ertragen können.

In der Nacht des Verbrechens hatte das letzte Clantreffen stattgefunden, doch der Jarl hatte es bis heute geschafft, sie in einem Zustand ständiger Angst zu belassen. In regelmäßigen Abständen erhielten sie einschüchternde Drohbriefe. Um niemals zu vergessen.

47

Freitag, 15. Juli

Linda war bei Sonnenaufgang aufgestanden und hatte wie immer die Kaffeemaschine angestellt, bevor sie zum Meer ging. Der Wind strich ihr über die Haut, und der Geruch von Jod kitzelte ihre Nase. Sie zog sich aus und ging nackt ins Wasser. Sie fröstelte. Die fahlen Sonnenstrahlen glitzerten auf der blauen

Oberfläche. Sie ging etwa hundert Meter weit ins Meer hinein, bevor sie ins Wasser eintauchte und einige Züge schwamm.

Wieder daheim schenkte sie sich eine Tasse Kaffee ein und setzte sich an den Küchentisch. Sie schaute aus dem Fenster, doch ihr Blick war leer. Es war ein fürchterlicher Schock gewesen, Jonas wiederzusehen, den sie für tot gehalten hatte. Er war der einzige Überlebende eines Massakers. Die Ermittlungen der Polizei waren ergebnislos geblieben, doch sie kannte die Wahrheit. Und sie wusste auch, warum Jacob und Vilhelmina umgebracht worden waren. Damals hatte sie es, wie sicherlich alle anderen Mitglieder des Clans, nicht gewagt, sich den Plänen des Jarls zu widersetzen. Seine Drohungen durfte man nicht auf die leichte Schulter nehmen.

Der Zorn der Götter – so hatte der Jarl die blutige Nacht in einem seiner vielen Drohbriefe genannt, die er Jahr für Jahr an sie gerichtet hatte. Sie hatte nie ein Wort darüber verloren. Ihr Schweigen war auch ein Zeichen ihrer Schuld. Genau wie die anderen hatte sie während der Zeremonie tatenlos einem abscheulichen Verbrechen beigewohnt. Sie war daher genauso schuldig wie diejenigen, die den Mord inszeniert hatten. Genauso verantwortlich wie derjenige, der das Messer in den Händen gehalten hatte. Vilhelmina und Jacob waren hingerichtet worden, weil sie als Einzige reagiert hatten, indem sie die Zeremonie verlassen hatten, bevor man dem Opfer die Kehle durchschnitten hatte. Sie hatte viel zu lange geschwiegen, und der kleine Jonas, der inzwischen erwachsen war, verdiente es, die Wahrheit zu erfahren. Seit beinah vierzig Jahren quälten sie Gewissensbisse.

Einer ihrer Freunde aus Kindertagen hatte sie eingeladen, bei Freyjas Kinder mitzumachen. Sie selbst hatte ihre Cousine Vilhelmina und deren Ehemann Jacob dazugebeten. Hätte sie sie nicht in diese Geschichte hineingezogen, wären sie sicherlich noch am Leben. Der Clan hatte sich nach diesem alptraumhaften Vorfall nie mehr getroffen. Das einzige noch lebende Clanmitglied, das sie kannte, war ihr damaliger Liebhaber. Danach hatten sie sich nie wieder getroffen oder miteinander gesprochen. Sie hatte alles aufgegeben, was mit Wikingern und alten Steinen zu tun hatte, und eine Lehre als Verkäuferin gemacht. Seitdem arbeitete sie in einem Bekleidungsgeschäft in Hemse.

Als Linda vor Kurzem eine Sendung im Fernsehen gesehen hatte, war ihr eine Stimme aufgefallen. Eine so besondere Stimme vergaß man nicht. Es war kein Zweifel möglich. Die Person im Fernsehen war der Jarl.

48

Albin hörte die Motorengeräusche eines Autos und trat ans Fenster. Er beobachtete, wie Andreas aus seinem alten BMW stieg, die Tür energisch zuknallte und entschlossen auf das Haus zuging. Dieser Besuch verhieß nichts Gutes, sondern konnte nur bedeuten, dass es Andreas gelungen war, neue Informationen zu finden und sich damit langsam der Wahrheit anzunähern.

Andreas wusste seit seiner Begegnung mit den Asplunds, dass er Jonas war. Dennoch brauchte er einen Beweis, um auch den letzten Zweifel aus seinem Gehirn zu verbannen. Er hoffte, dass die Polizei in Fide die vergrabenen Leichen exhumieren lassen würde, um eine DNA-Analyse durchzuführen. Zuerst aber musste er diesem mürrischen Polizisten, der ihm sicherlich von Anfang an die Sache hätte erleichtern können, die Wahrheit entlocken.

Albin hörte es an der Tür klingeln, rührte sich aber nicht, sondern verharrte auf seinem Platz. Nach dem dritten Klingeln ertönte Andreas' Stimme.

»Albin, mach die Tür auf. Ich weiß, dass du da bist!« Ohne eine Reaktion abzuwarten, rüttelte Andreas an der Türklinke.

»Ich komme...«, rief Albin, begleitet von einem Hustenanfall.

Albin drehte den Schlüssel im Schloss um und drückte die Tür auf. Er machte sich nicht die Mühe, seinen Gast zu begrüßen, sondern kehrte direkt wieder auf dem Absatz um.
»Folge mir.«
Albin ging ihm voraus in die Küche. Andreas ahnte, dass er etwas sagen wollte, ließ ihm aber keine Zeit dafür.
»Nein, danke! Ich will weder einen Kaffee noch ein *Gotlandsdricka*.« Andreas setzte sich und klopfte mit der Faust auf den Tisch. »Nimm Platz.«
Der alte Mann hatte angesichts seines wütenden Besuchers keine andere Wahl, als ihm Folge zu leisten.
»Andreas …«
»Dieses Mal bist du mir die Wahrheit schuldig!«
»Beruhige dich.«
»Ich habe mit den Asplunds gesprochen.«
»Ah, ich verstehe.«
Albin versuchte, etwas Zeit zu gewinnen. Er musste seine Gedanken ordnen und entscheiden, was er preisgeben würde. Andreas ließ ihm jedoch keine Gelegenheit dazu.
»Ich höre.«
»Ich weiß nicht genau, wo ich anfangen soll.«
»Der Anfang scheint mir eine gute Idee zu sein.«
»Ja, der Anfang …« Albin kratzte sich am Kopf. »Als ich in der Nacht vom 12. auf den 13. Mai 1979 nach Fide kam, hatte ich keine Ahnung, was mich erwarten würde …«
»Ich habe die Obduktionsberichte gelesen.«
»Die mitnichten die Realität widerspiegeln, das kann ich dir versichern. Tötungsdelikte sind auf dieser Insel nicht gerade an der Tagesordnung, aber der Tatort, der sich mir in jener Nacht offenbarte, als ich den Garten betrat, übertraf an Grausamkeit alles, was ich in meiner Karriere als Polizist gesehen habe. Obwohl es immer noch dämmrig war, reichte das Licht aus, um die makabre Inszenierung zu erkennen. Ich werde dieses Bild nie vergessen.«
Albin schwieg einen Moment, um sich an jene Nacht zu erinnern, die sein Leben für immer radikal verändert hatte.

»Als der Gerichtsmediziner mit seiner Arbeit begann, fuhr ich zu den Asplunds. Sie hatten in der Polizeizentrale angerufen, um die Verbrechen in diesem Haus zu melden. Was sie am Telefon nicht gesagt hatten, war, dass sich ein Kind bei ihnen befand. Und dieses Kind ... warst du.«

Albin betrachtete Andreas und bekam feucht glänzende Augen.

»Weißt du, Andreas, wenn ich sehe, was aus dir geworden ist, dann sage ich mir, dass ich damals richtig gehandelt habe. Ich wusste an dem Tag, an dem ich dich mit Viktor und Kajsa gehen ließ, dass ich dich nie wiedersehen würde. Sie hatten bereits geplant, Schweden ein paar Monate später zu verlassen, um sich in der Schweiz niederzulassen. Es war das einzig Richtige. Als ich dich in jener Nacht zusammengekauert auf dem Sofa und mit leerem, ängstlichem Blick gesehen habe, wusste ich sofort, dass ich dich beschützen musste. Du hattest ein emotionales Trauma erlebt. Und du konntest nicht mehr sprechen. In jenem Moment traf ich die Entscheidung.«

»Was für eine Entscheidung?«

»Die Asplunds wussten etwas, davon war ich überzeugt. Aber sie wollten mir nichts sagen, außer dass die Mörder zurückkehren würden, um dich zu töten. Ich spürte, dass sie ebenfalls Angst hatten. Du warst Zeuge der Ermordung deiner Familie geworden und hattest den oder die Mörder gesehen. Ich ließ dich bei ihnen, fuhr zum Tatort zurück und überredete meine Kollegin, den Forensiker und den Gerichtsmediziner, dich für tot zu erklären. Bevor die Kriminaltechniker aus Stockholm, der Polizeipräsident und der Staatsanwalt eintrafen, füllten wir einen weiteren Leichensack.«

Andreas war sprachlos. Er wusste nicht, wie er reagieren sollte. Die unglaubliche Tat dieses Polizisten hatte es Jonas ermöglicht, zu überleben und Andreas zu werden.

»Und wie ging es dann weiter?«

»Als alle den Tatort verlassen hatten, habe ich dich zu meiner Schwester gebracht, um dich dort zu verstecken. Am nächsten Tag hatten wir eine Besprechung auf der Polizeiwache. Ich überlegte, ob ich nicht meinen Chef informieren sollte, ließ es dann aber bleiben. Der Gerichtsmediziner hatte einen Totenschein ausgestellt und einen Obduktionsbericht verfasst.«

»Und bei der Polizei hat niemand diesen Schwindel bemerkt?«

»Als mein Chef einen Gerichtsmediziner aus Stockholm kommen ließ, bekamen wir ganz schön kalte Füße. Er hat sich dann mit Magnus um die beiden Fälle gekümmert, die ihn interessierten – Jacob und Vilhelmina – und die anderen vier außen vor gelassen. Er meinte zu Magnus, dass dieser sich um die anderen Toten allein kümmern könne, da es sich um einfache Fälle handele.«

»Und dann?«

»Zwei Wochen später wurdest du neben deiner Familie beerdigt. Der Sarg, der deiner sein sollte, war beschwert, um das Gewicht eines Kindes zu simulieren. Ich hatte einen Mitarbeiter des Bestattungsunternehmens bestochen. Das hat mich eine Menge Schweigegeld gekostet, aber anders hätte es nicht funktioniert.«

Andreas wusste nicht, wie er reagieren oder was er davon halten sollte. Sein Leben war auf einer Lüge aufgebaut. Er konnte Albin keinen Vorwurf machen. Dank ihm und der Entscheidungen, die Albin damals getroffen hatte, war er der geworden, der er heute war.

»Und hattest du keine Angst, dass jemand auspacken würde?«

»Ich hoffte natürlich, dass das nicht passieren würde … Der Gerichtsmediziner war ein Freund, der mir einen Gefallen schuldete. Also musste ich mir da keine Gedanken machen. Und Pelle, der Forensiker, war einer meiner besten Freunde. Er vertraute mir.«

»Und die Asplunds?«

»Sie wussten mehr, als sie zugeben wollten, aber sie waren verängstigt. An jenem Abend kamen wir überein, dass es ein Geheimnis bleiben sollte. Und ich war überzeugt, dass sie Wort halten würden.«

»Und sie haben dir nie mehr erzählt?«
»Nein, nie.« Er räusperte sich. »Ich habe vergeblich versucht, sie zum Reden zu bringen.«
»Und deine Kollegin?«
»Johanna? Ich war ihr Vorgesetzter.«
»Und das reichte dir, um sicher zu sein, dass sie schweigen würde?«
Albin zögerte, bevor er antwortete. »Sie hing in dieser Entscheidung genauso drin wie ich. Jeder von uns war involviert. Wäre die Wahrheit ans Licht gekommen, hätten wir vermutlich alle unsere Jobs verloren und wären vor Gericht gelandet.«
»Der Journalist Kurt Westberg hat mir erzählt, dass sie am Tag nach der Beerdigung meiner Familie verschwunden ist.«
»Ja, das ist sehr merkwürdig.«
»Was, glaubst du, ist ihr zugestoßen?«
»Es wurden damals verschiedene Spuren verfolgt – Selbstmord, Mord, eine Flucht ins Ausland –, doch keine brachte ein Ergebnis. Und es gibt nicht den geringsten Hinweis, warum sie verschwunden ist.«
»Täusche ich mich, oder hast du doch eine Vermutung?«
»Dieser ganze Fall ist ein einziges Mysterium … Im Süden der Insel reden die Menschen nicht viel und mögen es nicht, wenn sich Leute aus dem Norden einmischen, vor allem, wenn es die Polizei ist. Es herrscht eine Art Gesetz des Schweigens, aber das allein ist es nicht. Einige Personen, mit denen ich damals gesprochen habe, hatten große Angst.«
»Warum weichst du meiner Frage aus?«
»Ich weiche ihr nicht aus. Ich habe nur keine Antwort darauf, das ist alles.«
»Okay. Diese Personen, die du erwähnst, die sich in Schweigen hüllen, fürchten sie um ihr Leben?«
»Ich glaube schon.«
»Und warum mussten meine Eltern sterben?«
»Es gab Gerüchte über eine Gruppierung, einen Clan, der sich traf, um Opfer nach dem Vorbild der Wikinger darzubringen. Ich habe die Leute dazu befragt und jede Menge Hinweise

erhalten, von denen einer unglaubwürdiger war als der andere. Nichts davon war stichhaltig.«

»Dennoch glaubst du, dass der Clan tatsächlich existiert hat, oder?«

»Warte kurz.«

Albin verließ die Küche und kam ein paar Minuten später mit einem Umschlag zurück. Er zog ein Blatt heraus und legte es vor Andreas hin.

Andreas betrachtete die Bleistiftzeichnung. Die zögerlichen Striche waren die eines Kindes. Auf der rechten Seite des Papiers befand sich ein Haus mit einem Schornstein, das bis auf ein kleines Quadrat am Fuße der Mauer keine Fenster hatte. In der Mitte war ein Mensch, der durch zwei Ellipsen angedeutet wurde. Das kleinere Oval bildete den Kopf, das größere mit vier davon ausgehenden Strichen den Körper mit den Gliedmaßen. Die Augen und der Mund, der Überraschung, wenn nicht gar Furcht ausdrückte, waren als drei Kreise ins obere Oval gemalt. Rechts davon stand eine ähnlich gezeichnete, jedoch viermal so große Person, die eine Art Hut auf dem Kopf trug, der fast das ganze Gesicht bedeckte. Der nach unten gerichtete Halbkreis darunter schien einen verärgerten Mund darzustellen.

»Diese Zeichnung hast du in der Mordnacht bei den Asplunds angefertigt«, erklärte Albin ihm.

»Ich erinnere mich, dass ich in jener Nacht im Schlafzimmer meiner Eltern Menschen mit Wikingerhelmen gesehen habe. Es waren vier Personen.«

»Ich glaube, dass Jacob und Vilhelmina von Mitgliedern dieses geheimen Clans getötet wurden, aber ich weiß nicht, warum. Vielleicht hatten sie deren Machenschaften aufdecken wollen. Doch das sind nur Spekulationen. Wir haben das Haus deiner Eltern auf den Kopf gestellt. Nichts. Wir haben nichts gefunden. Falls es dort etwas gegeben hat, womit man eine Verbindung zu diesem Clan hätte herstellen können, haben es die Mörder verschwinden lassen.«

»Du hattest doch sicherlich jemanden in Verdacht?«

»Lange habe ich geglaubt, dass die Asplunds dem Clan angehörten, aber das habe ich nie beweisen können. Und Linda Gardell ebenfalls«, stieß er hervor.

»Warum Linda?«

»Nach dem Tod von Vilhelmina und Jacob erbte sie das Haus und zog ein paar Wochen später dort ein, als wäre nie etwas gewesen. Ich fand immer, dass sie sehr kalt und gefühllos wirkte, aber das ist natürlich nur mein Eindruck.«

»Es ist schon ziemlich unwahrscheinlich, dass in einer ländlichen Umgebung, wo jeder jeden kennt, niemand etwas von der Existenz dieses Clans weiß.«

»Oder nichts darüber sagen will.«

»Es fällt mir schwer zu glauben, dass alle dieses Geheimnis bis heute bewahrt hätten.«

»Und doch ... Entweder waren sie für den Tod deiner Eltern verantwortlich und wollten nicht ins Gefängnis wandern, oder sie hatten Angst, genau wie sie zu enden. Das Resultat ist, dass die Ermittlungen nichts ergeben haben.«

»Und Johanna? Könnte nicht ihr Verschwinden etwas mit diesen Ermittlungen zu tun haben? Wusste sie vielleicht etwas? Oder war sie in irgendeiner Weise darin verstrickt?«

»Nein«, antwortete er wie aus der Pistole geschossen.

Andreas bemerkte, dass sich Albins Stimme ein wenig verändert hatte, und die Antwort erschien ihm viel zu kategorisch. »Wieso bist du dir da so sicher?«

»Sie war eine sehr gute Polizistin und ...«

»Und?«

»Es stimmt, dass ihr Verschwinden mit unseren Ermittlungen in dieser Affäre zusammenfällt, aber ich kann mir nicht vorstellen, dass sie in diese Geschichte verwickelt gewesen sein soll.«

»Oder aber sie hätte im Verlauf der Ermittlungen jemanden aus diesem Clan enttarnen können und musste deswegen verschwinden.«

»Das hätte ich gewusst. Man verlässt die anderen nicht einfach so. Wir haben eng zusammengearbeitet. Und ich kann nur wiederholen, dass wir alles versucht haben, um die Mörder deiner Eltern zu finden, aber ohne Erfolg. Du glaubst, dass ich ein schlechter Polizist war? Und dass du heute die Wahrheit ans Licht bringen wirst, fast vierzig Jahre nach den Ereignissen?«

Andreas deutete Albins plötzliche Gereiztheit als eine Strategie, vom Thema abzulenken.

»Reg dich nicht auf, Albin. Ich versuche nur –«

»Ich rege mich nicht auf, aber ...« Albin wurde bleich, atmete schwer und verzog das Gesicht.

Andreas glaubte, darin die Anzeichen eines Herzanfalls zu sehen, und reagierte sofort. »Schnell, leg dich auf den Boden.«

»Nein, gib mir das Spray, das auf dem Schrank steht.«

Andreas erkannte seinen Fehler und reichte Albin das Spray, woraufhin dieser mehrere Hübe inhalierte und sein Hemd öffnete. Nach ein paar Minuten war der Anfall abgeklungen. Albin zwang sich, langsam und tief zu atmen.

»Geht es wieder?«

»Ja, ja, schon gut. Diese Asthmaanfälle sind eine echte Plage.«

»Soll ich dich zu einem Arzt bringen?«

»Nein, das ist nicht nötig. Ich habe einige Übung darin. Weißt du, Andreas ... Ich hätte die Schuldigen finden müssen. Das war mein Job. Und ich habe versagt.«

»Du hast getan, was du konntest.«

Albin erhob sich, um ein Glas Wasser zu holen, und hustete noch ein wenig. »Vielleicht, aber es war nicht genug. Ich mache mir Vorwürfe, und das Schlimmste ist, dass ich die Wahrheit mit Sicherheit nie herausfinden werde. Ich glaube nicht, dass es dir heute, Jahrzehnte später, gelingt, aber zumindest weißt du jetzt, woher du stammst.«

»Was mich betrifft, so hast du diese Geschichte noch gar nicht zu Ende erzählt ...«

»Als ich dich damals mitnahm, habe ich dich zuerst bei meinen Eltern und meiner Schwester Matilda in Stenkyrka versteckt, genau hier, in diesem Haus. Erst danach habe ich dich

zu Viktor und Kajsa gebracht. Damals lebte ich in Visby und habe das Haus erst viel später, nach Matildas Tod, bekommen.«
»Warum hast du mich an einen anderen Ort gebracht?«
»Es gab Gerüchte. Man erzählte, dass du immer noch am Leben seist. Und ich hatte Angst, dass sie diese Spur bis zu diesem Haus verfolgen würden. Dich bei meinen Eltern und meiner Schwester zu verstecken war keine gute Idee gewesen. Sie hätten dich hier leicht finden können.«
»Und dann?«
»Nach einigen Wochen kamen die Ermittlungen nicht mehr von der Stelle, und du standest immer noch unter Schock. Du sprachst zwar wieder ein paar Worte, aber die Erinnerungen an jene Nacht waren tief verschüttet. Der einzige Beweis, den du mir als einziger Zeuge der Verbrechen geliefert hattest, war diese merkwürdige Zeichnung. Ich hatte meinen Vorgesetzten immer noch nichts gesagt und wusste nicht, wie ich mich aus der Affäre ziehen sollte. Im Endeffekt hat mir Matilda geholfen, eine Lösung zu finden.«
»Deine Schwester?«
»Ja, Ich habe ihr erzählt, in welche Situation ich mich gebracht hatte. Sie hat sofort daran gedacht, deine Adoption zu arrangieren. Es war nicht sehr schwierig gewesen, deine zukünftigen Eltern zu überreden. Kajsa hatte dich bereits in ihr Herz geschlossen. Sie wollte dich behalten. Zusammen mit meiner Schwester haben wir eine Adoptionsakte für dich erfunden und deine Geburtsurkunde gefälscht. So konnten wir einen neuen schwedischen Pass auf den Namen Andreas Auer ausstellen lassen, und du wurdest der Sohn von Viktor und Kajsa Auer.«
»Was ich immer noch nicht verstehe, ist, welche Rolle Johanna gespielt hat. Sie weiß über alles Bescheid und verschwindet unmittelbar nach der Beerdigung. Das ist doch merkwürdig!«
»Du bist stur wie ein Esel, Andreas. Ich kann mir Johannas Verschwinden genauso wenig erklären wie du. Jetzt, wo du Antworten hast, solltest du deine Ermittlungen einstellen und diese ganze Geschichte hinter dir lassen.«

»Solange ich nicht herausgefunden habe, wer meine Großeltern, meine Eltern und meine Schwester ermordet hat, werde ich keinen Frieden finden.«

Andreas machte Anstalten zu gehen, drehte sich allerdings noch einmal um.

»Albin, ich muss dir noch eine letzte Frage stellen: Warum hast du all diese Risiken auf dich genommen, um mich zu beschützen und mir ein neues Leben zu geben?«

»Andreas, ich weiß, dass du gerade eine schwierige Zeit durchmachst. Ich habe meine Gründe dafür. Ich bitte dich, mir zu vertrauen.«

49

Dienstag, 19. Juli

Als Leif Gunnarsson ankam, saß Maria Dahl bereits auf der Veranda des Restaurants Smakriket in Ljugarn, einem der ältesten Badeorte der Insel. Beinah hätte er sie aufgrund des weißen Kurzhaarschnitts gar nicht wiedererkannt. Auch ihr Gesicht hatte sich verändert. Mit zwanzig Jahren hatte Maria noch eine lange schwarze Mähne gehabt, die in Kontrast zu ihren grünen, mandelförmigen Augen stand, und eine Haut, die so glatt war wie die Oberfläche eines windgeschützten schwedischen Sees. Jetzt war ihr ausgezehrtes Gesicht von tiefen Falten durchzogen. Ihre Augenringe und ihre eingefallenen Wangen zeugten von einem Leben voller Leid und Missbrauch. Das letzte Mal hatte er vor fast vierzig Jahren mit ihr gesprochen. Siebenunddreißig, um genau zu sein. Seitdem war er ihr ein- oder zweimal begegnet, wobei sie jedoch lediglich einen kurzen Blick gewechselt hatten. Sie hatten beschlossen, jeder ein neues Leben anzufangen und sich nicht mehr zu treffen.

»Hej, Maria.«

»Na wenn das mal kein Geist ist! Du hast aber einen erlesenen Geschmack.«

»Ich komme häufig hierher, weil man hier sehr gut essen kann.«

Das Restaurant befand sich in einem alten Gebäude aus der Mitte des 19. Jahrhunderts. Die vollverglaste Veranda lag inmitten einer Grünanlage. Leif speiste hier regelmäßig, denn er war Single und kochte nicht gerne. Trotz der Klimaanlage hatte die auf das Glasdach scheinende Sonne die Temperatur im Raum deutlich ansteigen lassen. Seit einigen Wochen zeigte sich das Wetter nur noch von seiner besten Seite, und wie so oft stellte der Wassermangel auf der Insel ein echtes Problem dar. Die seltenen Regenfälle hatten nicht ausgereicht. Die Gemeinde hatte vor einer Woche sogar auf unbestimmte Zeit eine stark eingeschränkte Wassernutzung verhängt, die das Verbot, Gärten zu bewässern, Autos zu waschen oder Schwimmbäder zu befüllen, mit einschloss. Glücklicherweise besaß Leif einen alten Brunnen, den er nutzte, um seinen Gemüsegarten und seine zahlreichen Blumenbeete zu gießen. Wie lange das noch so gehen würde, wusste er nicht.

»Kanntest du das Lokal nicht? Ich dachte, dass du gar nicht weit von hier wohnst?«

»Eine Viertelstunde entfernt, in När. Ich habe natürlich schon von dem Restaurant gehört, aber ich kann es mir nicht leisten, hier essen zu gehen.«

»Ich lade dich ein.«

»Wie großzügig von dir nach all der Zeit!«

»Was machst du jetzt beruflich?«

»Ich lebe vom Staat. Und du? Steckst du die Nase immer noch in alte Bücher?«

»Ja, ich bin immer noch Historiker und Autor.«

»Ich habe dich seit siebenunddreißig Jahren nicht gesehen, das ist schon verrückt, oder? Dabei wohnen wir nur ein paar Kilometer voneinander entfernt –«

»Ich verbringe die meisten Tage damit, zu Hause zu schreiben, oder ich bin in Stockholm, um an der Universität Vor-

lesungen zu halten«, unterbrach Leif sie. »Weißt du schon, was du nimmst?«
»Was für ein Stress! Scheint dir ja keine große Freude zu machen, etwas Zeit mit mir zu verbringen.«
Leif winkte den Kellner heran. »Einen asiatischen Rindfleischsalat und ein Mineralwasser bitte.«
»Haben Sie vielleicht auch einfach nur Pommes mit Fleischbällchen?«, fragte Maria.
»Nein, das da ist das Kindermenü und wird mit Kartoffeln serviert.«
Maria ging zweifelnd die Speisekarte durch. »Gut, also dann das Steak hier mit euren zerdrückten Kartoffeln. Frittiert. Und dazu ein Bier bitte.« Übergangslos kam Maria auf das Thema zu sprechen, das sie zusammenführte. »Wie denkst du über den Brief?«
»Du hast gut daran getan, mich anzurufen. Ich bin genauso überrascht und beunruhigt wie du.«
»Wirst du hingehen?«
»Ja. Du nicht?«
»Nein. Das ist vorbei!«, brüllte sie.
Die Blicke der anderen Gäste richteten sich auf Maria.
»Beruhige dich. Es ist doch nicht nötig, alle Welt an unserem Gespräch teilhaben zu lassen.«
»Du hast leicht reden. Ich war traumatisiert. Und darüber hinaus hast du mich weggeworfen wie ein Stück Dreck. Ich habe mich nie davon erholt. Ich war jahrelang in psychologischer Behandlung, und ich nehme immer noch Pillen.«
Sicher mit Alkohol runtergespült, dachte er. Ihr Atem konnte niemanden täuschen. Er erkannte die Frau, die er einst geliebt hatte, nicht wieder.
»Das tut mir leid für dich, Maria. Aber unsere Geschichte war eine Jugendliebe, nichts weiter. Und ich bin nicht verantwortlich für das, was passiert ist.«
»Ich weiß sehr gut, dass du damit nichts zu tun hast. Aber immerhin warst du derjenige, der mich in diese Geschichte reingezogen hat.«

»Ich fand die Idee amüsant und wollte das mit dir zusammen erleben.«

»Die Wikinger waren dein Ding. Nicht meines.«

»Trotzdem warst du einverstanden, Mitglied im Clan zu werden.«

»Ja, weil ich dich geliebt habe.« Erneut erhob sie ihre Stimme: »Verdammt! Ich war so dumm und naiv.«

»Wenn du nicht aufhörst, hier herumzubrüllen, gehe ich sofort.«

Leif bereute es bitterlich, ihr das Treffen an einem Ort vorgeschlagen zu haben, wo man ihn kannte.

»Schon gut, Herr Geschichtskundler Gunnarsson. Damals wollte ich alles der Polizei erzählen ...«

»Und ich habe dir das ausgeredet.« Leif beugte sich vor. »Du weißt sehr gut, dass wir die Entscheidung mitgetragen haben, auch wenn wir sie nicht ... getötet haben«, flüsterte er.

»Wir waren damals völlig high und wussten nicht, was wir taten. Keine Ahnung, was die uns für ein Mistzeug in die Getränke gekippt haben.«

»Wir wären auf jeden Fall zu einer Gefängnisstrafe verurteilt worden. Hättest du es vorgezogen, in einer Zelle zu schmoren?«

»Du sprichst von einer Wahl. Als sie die Zeremonie verließen, hat uns der Jarl mit seinen drei Schergen im Rücken abstimmen lassen. Alle hatten Angst, nach dem, was er gerade getan hatte. Ich habe heute noch Alpträume davon.«

Leif erinnerte sich an die Szene, die auch ihm einige schlaflose Nächte beschert hatte. Die Bilder in seinem Kopf waren nie verblasst. Der Jarl hatte bereits bei mehreren Treffen zuvor die Grenzen überschritten, aber niemand hatte reagiert. Okkulte Praktiken hatten schleichend die spirituelle Dimension ersetzt. Und dann war es zu spät gewesen.

»›Seid ihr *für* oder *gegen* mich?‹«, rezitierte Leif die Worte des Jarls.

»Du bist genauso feige wie alle anderen. Mich eingeschlossen«, sagte Maria. »Wir haben es vorgezogen, diese Geschichte zu begraben und für immer zu schweigen. Doch nun haben wir diesen Brief bekommen.«

»Ich dachte, es wäre vorbei ...«

Die Vorstellung, die Identität der anderen Mitglieder nicht zu kennen, war genauso verlockend gewesen, wie die, einem mysteriösen und geheimen Clan anzugehören, aber genau das hatte sich gegen sie gewendet. Der Jarl war ein maskiertes Gespenst geworden, ein Schatten, der über ihnen schwebte, eine Gefahr, die ohne Vorwarnung jederzeit auftauchen konnte.

»Was will der Jarl von uns, nach so vielen Jahren?«, entfuhr es Maria.

»Ich habe keine Ahnung.«

»Aber erklär mir mal als Einziger, den ich in dieser Truppe wütender Verrückter persönlich kannte: Wer hat dich denn eingeladen? Du hast es mir damals nicht sagen wollen.«

»Das war der Sinn des Spiels. Es sollte geheim bleiben.«

»Und du willst es mir immer noch nicht sagen?«

Leif musterte Maria vorsichtig. Er hatte nicht die Absicht, ihr zu zeigen, dass auch er Angst hatte. Dieser Brief war wie ein erloschener Vulkan, der gerade wieder erwachte, wie Flammen, die aus den Tiefen der Hölle emporstiegen. Der Jarl kannte sie alle, doch umgekehrt kannten sie seine Identität nicht.

»Also, spuckst du es aus?«

»Was würde es ändern, wenn du es wüsstest?«

»Wer war es, Leif?«, hakte Maria nach.

»Rickard«, entfuhr es ihm widerwillig.

»Rickard wer? Komm schon, hast du keinen Arsch in der Hose, oder was?«

»Wallner, ein Freund.«

Sofort bereute es Leif, seinen Namen ausgesprochen zu haben. Offensichtlich war Maria zu allem fähig. Sie hatte all ihre Klarsicht eingebüßt.

»Hat er dir gesagt, wer ihn eingeladen hatte?«

»Ich verbiete dir, ihn zu kontaktieren. Sonst ...«

»Sonst was? Man könnte meinen, dass du dir gerade in die Hose machst. Wie gut, dass du mich verlassen hast. Ich mag echte Männer. Der Jarl kann mir keine Angst mehr einjagen. Eins ist jedenfalls sicher, du bist nicht der Jarl.«

Maria lachte aus vollem Hals und lenkte damit erneut die Aufmerksamkeit der anderen Gäste auf sich, die in beinah kontemplativer Stille ihren Kaffee genossen.

»Also, wer hat deinen Kumpel eingeladen?«

»Er hat mir nur von einer Studentin erzählt, mit der er mal was hatte. Er war damals schon Dozent.«

»Ah, diese Kerle, das ist echt unglaublich. Und du wirst trotz allem zu diesem Treffen gehen? Er wird uns vielleicht wieder eine üble Falle stellen.«

»Du weißt, was den Sandelins zugestoßen ist ...«

»Ja, das weiß ich sehr genau, aber das ist siebenunddreißig Jahre her.«

»An deiner Stelle würde ich hingehen. Die Drohungen, die wir seitdem erhalten haben, sind doch sehr real, oder etwa nicht? Und jetzt dieser neue Brief, der uns wieder vereinen will.«

50

Svea wachte im Morgengrauen auf, ging in die Küche hinunter und schaltete die Kaffeemaschine ein, die sie am Abend zuvor befüllt hatte. Die Raumtemperatur war kühl. Im Holzofen war das Feuer heruntergebrannt. Sie legte einige Holzscheite auf die noch glühende Asche nach. Auch wenn es im Haus Strom gab, hatte man nie eine elektrische Heizung eingebaut. Und die dicken, feuchten Wände verhinderten, dass die Sonne trotz der sommerlichen Temperaturen die Zimmer erwärmte.

Während sie ihr Frühstück aß, wurde die Stille nur von vereinzeltem Vogelgezwitscher unterbrochen. Der mehr als einen Kilometer von der Hauptstraße entfernte Bauernhof war das südlichste Anwesen auf der Insel Gotland. Svea betrachtete den Fünf-Liter-Blechkanister, der auf dem Regal stand. Er erinnerte sie an ihren Vater. Seit seinem Tod im Jahr 1979 war die Landwirtschaft hier zum Erliegen gekommen und damit ein Teil der Geschichte des Südens der Insel verloren gegangen. Ihr Vater fehlte ihr. Sie hatte ihn geliebt und bewundert. Ihre Mutter Vera hatte es ihr sehr übel genommen, dass sie reglos zugeschaut und keinerlei Emotionen gezeigt hatte, als er gestorben war. Doch damals war sie schon nicht mehr sie selbst gewesen.

Svea verließ das Haus und spazierte in Richtung des nur wenige hundert Meter entfernten Leuchtturms. Es war ein weißer, zylindrischer Turm mit einem breiten schwarzen Streifen unter der Galerie, auf der sich die verglaste Lichtkuppel befand. Den Schlüssel hatte sie in der Tasche.

Vor dem imposanten, über zwanzig Meter hohen Gebäude angekommen probierte sie das Schloss aus. Sie hatten es in den ganzen Jahren nie ausgetauscht. Sie stieg die Treppe hinauf und kletterte die Leiter empor, die auf den umlaufenden Balkon führte. Sie erinnerte sich daran, wie sie hier mit ihrem Vater gesessen und den Horizont beobachtet hatte. Er hatte das fast dreihundert Kilogramm schwere Gegengewicht hochziehen müssen. Beim Hinunterlassen aktivierte der Block die Rotation der Fresnellinse, die sich um die Paraffinlampe drehte. Ihr Vater hatte ihr alles bis ins kleinste Detail erklärt. Am meisten geprägt hatte es sie, wenn die Schiffer bei Nebel das Licht des Leuchtturms nicht sehen konnten. Dann hatte er an einem Seil gezogen, um einen kleinen Wagen, der auf Schienen fuhr, in den Leuchtturm zu ziehen, auf dem er einen TNT-Stab platzierte. Dann wurde der Wagen wieder ans andere etwa vier Meter entfernte Ende der Schienen zurückgeschickt. Anschließend ließ ihr Vater sie auf den Knopf drücken, um das Dynamit zu zünden, in der Hoffnung, dass man das Signal auf den Schiffen, die hier kreuzten, hören würde. Er hatte ihr auch erklärt, wie wichtig sein Beruf war. Aufgrund der heftigen Stürme, aber auch wegen des Riffs, das sich vor der Südspitze der Insel unter Wasser erstreckte, galt das Meer in dieser Gegend als besonders gefährlich. Zahlreiche Schiffswracks auf dem Meeresboden zeugten davon.

Sie blickte in die Ferne und erinnerte sich an eine Geschichte über den 1935 auf Grund gelaufenen Dampfer Mila, die er ihr erzählt hatte. Die Besatzung war von der Seenotrettung, zu der auch ihr Großvater gehörte, gerettet worden. Die Ladung – Fünf-Liter-Blechkanister – trieb auf dem Meer und wurde zur Freude der Einheimischen an den Strand gespült. Bevor die Zöllner kamen, um die Schmuggelware einzukassieren, hatte ihr Großvater bereits einige dieser Kanister, die sechsundneunzigprozentigen Alkohol enthielten, eingesammelt und versteckt. Später hatte er beobachtet, wie die Zöllner mit Gewehren auf die an der Wasseroberfläche treibenden Kanister schossen.

Ihre Kindheitserinnerungen wichen weit düstereren Gedanken. Das Jahr 1979 hatte einen Wendepunkt in ihrem Leben bedeutet. Sie dachte an die Ereignisse zurück, die sie für immer verändert hatten. Nach siebenunddreißig Jahren würden nun Freyjas Kinder wieder zusammenkommen. Sie war nicht erfreut über die Umstände des Treffens, aber tief in ihrem Inneren wusste sie, dass die Wikingerrituale ihr all diese Jahre gefehlt hatten.

Dieser Clan war eine Art Familie gewesen, ein Bezugspunkt in einem mühsamen Leben. Obwohl sich die Mitglieder nicht persönlich kannten oder vielleicht gerade weil sie bei den Zeremonien lediglich Individuen mit einem Pseudonym beziehungsweise einem Vornamen aus der Wikingerzeit gewesen waren, waren sie eine Gemeinschaft gewesen. Sich hinter einer Maske zu verstecken hatte das das Ganze geheimnisvoller gemacht. Es war aber vor allem eine Möglichkeit gewesen, einmal ohne die gesellschaftlichen Restriktionen erregende Momente zu erleben. Im Schutz des brillenförmigen Visiers, das ihr Gesicht bedeckt hatte, hatte sie bei den Opferfeiern und in den Litaneien, die sie in den Himmel erhoben, ihren intimsten Trieben freien Lauf lassen können. Doch dieses Mal würde alles anders sein ...

Wieder daheim stieg Svea auf den Dachboden und öffnete

eine große Holzkiste. Aus einem Plastiksack holte sie das Wikingerkostüm und die Accessoires heraus und legte sie für das Treffen zurecht.

51

Rickard Wallner lebte in einem Apartment in der Adelsgatan, einer der Einkaufsstraßen im historischen Zentrum von Visby. In der Altstadt wimmelte es von Menschen, und die Straßencafés waren überfüllt. Die tristen Wintertage in diesem verschlafenen Labyrinth hasste er; er mochte es, wenn die Sträßchen ein wenig belebter waren. Aber auch die Monate Juli und August waren manchmal regelrecht eine Qual für ihn. In Schweden dauerte die Sommersaison immer nur wenige Wochen, dafür ging es dann besonders ausgelassen zu.

Auf dem Rückweg vom Museum betrat er den Käseladen Wisby Ost. Die Türklingel bimmelte, und der Inhaber kam aus dem Hinterzimmer. Er war sehr freundlich, aber Rickard hätte es vorgezogen, von der neuen, sehr schmucken Verkäuferin bedient zu werden. Er deutete auf einen Greyerzer Käse in der Auslage.

»Ah! Dieser hier kommt aus Moléson in der Schweiz und wurde zweiundzwanzig Monate gereift.«

»Ich hätte gerne zweihundert Gramm.«

Der Inhaber nahm den halben Laib und legte ihn auf das Schneidebrett. Mit dem Käsemesser deutete er auf den Käse.

»So?«

»Perfekt, danke.«

Rickard liebte die Schweiz, die er im Winter schon oft zum Skifahren besucht hatte, aber vor allem war er ein absoluter Käsefan.

»Ah, übrigens, ich habe gerade *Fårfiol* reinbekommen. Möchtest du probieren?«

Der Inhaber schnitt ein Stück ab und reichte es ihm. Rickard kostete das Lammfleisch, das mit Wacholder geräuchert worden war.

»Es ist ausgezeichnet. Du kannst mir gerne ein Stück davon mitgeben.«

Rickard bezahlte und verließ das Geschäft. Lässig schlenderte er nach Hause. Er freute sich auf das Essen. Als Feinschmecker wusste er Spezialitäten aus aller Welt zu schätzen.

»Ich bin's«, rief er, kaum dass er die Tür geöffnet hatte.

»Ich komme … Das Essen ist fertig.«

Rickard zog seine Schuhe aus, schlüpfte in seine Pantoffeln und ging in die Küche. Er stellte seine Einkäufe auf dem Küchentresen ab und streichelte im Vorbeigehen den Kater, der sich zur Begrüßung an seinen Beinen rieb.

Rita kam in die Küche und küsste ihren Mann auf die Wange.

»Es wird Zeit, dass du deinen Bart ein wenig stutzt. Du bist stachelig wie ein Igel.«

»Ja, ich weiß. Morgen, versprochen«, sagte er und setzte sich.

Rita holte einen Hackfleisch-Kartoffelpüree-Auflauf aus dem Backofen und stellte ihn auf einen Rechaud. Während sie mit dem Auftun begann, stand Rickard auf, um den Käse und das geräucherte Lammfleisch zu holen. Er öffnete die Verpackung und breitete alles auf dem Tisch aus.

»Ist dir das, was ich koche, nicht gut genug?«

»Doch, natürlich, mein Schatz. Ich konnte es mir im Vorbeigehen nur nicht verkneifen.«

»Du kannst dir wirklich nie etwas verkneifen …«

Rita reichte ihm einen Briefumschlag. Rickard drehte ihn um, fand aber keinen Absender. Er erkannte die Handschrift.

»Willst du ihn nicht öffnen?«

»Lass uns erst essen.«

»Weißt du, wer dir geschrieben hat?«

»Nein.«

Er stand auf, holte sich eine Scheibe Brot und setzte sich wieder. Anschließend schnitt er ein Stück Käse ab.

»Ich hoffe, es ist nicht wieder ein neues Abenteuer. Die Handschrift scheint mir die einer Frau zu sein.«
»Die kann genauso gut von einem Mann stammen.«
»Du hast es mir versprochen, Rickard.«
»Keine Sorge. Ich habe in der Vergangenheit Fehler gemacht, aber diese Zeit ist vorbei.«
»Ein Raubtier bleibt ein Raubtier, auch wenn man es zähmt. Ich kann dir nicht vertrauen.«
»Du übertreibst.«
»Mach ihn auf.«
Seine Frau blieb so beharrlich, dass er gehorchte. Er riss den Umschlag auf und faltete den Brief auseinander.

Als er die Worte las, die aus einer Vergangenheit auftauchten, die er lieber vergessen hätte, die ihn aber so viele Jahre verfolgt hatte, erstarrte er.

Er legte das Schreiben auf den Tisch.

Die Götter fordern uns auf, uns zu versammeln.

ᚠᛉᛏᚺᛗᛉᛉx

Odins Rache wird schrecklich sein!
Jarl Dvalin

PS: *Deine kleine Tochter Olivia ist sehr niedlich. Es wäre schade, wenn ihr etwas zustoßen würde ...*

»Was ist das?
»Ich habe keine Ahnung.«
»Rickard, schau mir in die Augen, wenn du mit mir sprichst.«
Er drehte sich zu ihr um und hielt schweigend ihrem Blick stand.
»Rickard! Sag doch etwas.«
»Rita, hör auf, mich mit deinen Fragen zu nerven. Du hast doch gesehen, dass es sich nicht um einen Liebesbrief einer Geliebten handelt ...«
»Ich werde den Brief zur Polizei bringen. Das gefällt mir

nicht, diese Geschichte mit der Rache. Und sie bedrohen Olivia!«

Rita wollte nach dem Brief greifen, aber Rickard hielt sie davon ab, indem er seine Hand entschlossen auf die ihre legte. Seine Frau zog ihre Hand zurück und stand auf, wobei sie ihm einen wütenden Blick zuwarf.

»Setz dich wieder hin.«

Rickard berichtete ihr von dem Clan, dem er in seiner Jugend angehört hatte, ohne jedoch die weniger hübschen Details zu erwähnen.

»Warum hast du mir nie etwas davon erzählt?«

»Das ist eine alte Geschichte …«

»Dvalin, wer ist das? Und warum bestellt er dich ein?«

»Keine Ahnung, ich bin sehr überrascht.«

»Wirst du hingehen? Der Ton des Briefes … Das ist eine Drohung. Die Rache Odins, das Symbol …«

Rickard wusste nur zu gut, worauf das anspielte.

»Du gibst aber schon zu, dass es ernst ist, diese Geschichte, diese Drohungen. Du hast mir nie etwas darüber erzählt, und jetzt das.«

»Ich habe keinen Hunger mehr.« Rickard nahm das Schreiben und stand auf.

»Rickard!«

Wortlos ging er in sein Arbeitszimmer im Obergeschoss und schloss die Tür hinter sich.

Der Geheimcode mit den skandinavischen Runen war seine Idee gewesen. Als Dozent an der Universität von Visby am Lehrstuhl für Archäologie und Antike Geschichte hatte er sich auf die *Futhark*-Runen spezialisiert. Um dieses Kommunikationssystem aufzubauen, hatte er vorgeschlagen, das *Ältere Futhark* zu verwenden, die von Germanen geschaffene älteste Form des Runenalphabets, und nicht das *Jüngere Futhark*, das von den Skandinaviern ab dem 11. Jahrhundert genutzt wurde. Das *Ältere Futhark* war eine echte, der literarischen Elite vorbehaltene Geheimschrift, während die vereinfachte Version recht weit verbreitet war, was die Tausenden von Steine mit eingravierten Runenschriftzeichen belegten, die man in Skandinavien und auf Gotland gefunden hatte. Diese Steine waren meist in der Nähe von Handelswegen aufgestellt worden und waren mit Zeichnungen und Inschriften versehen. Direkt beim ersten Thing hatte er die Idee mit dem Runencode vorgeschlagen, den nur die Mitglieder dechiffrieren konnten. Auch wenn er seit Langem keinen Code mehr erhalten hatte, gelang es ihm mit Leichtigkeit, ihn zu entschlüsseln.

Der erste Buchstabe, die der Göttin Freyja geweihte Rune *Fehu*, stand wie in jeder Nachricht für den Clannamen Freyjas Kinder. Die zweite Rune, *Dagaz*, bedeutete, dass es sich um ein Treffen bei *Dommarringen*, dem Kreis der Richter, handelte. Die folgenden Runen standen jeweils für den ersten Buchstaben eines Wortes, das Hinweise zum Ort, zum Monat, zum Wochentag und zur Uhrzeit des Treffens gab. Diese neue Zusammenkunft, siebenunddreißig Jahre nach dem letzten Treffen, sollte in Torsburgen stattfinden, was aus der an dritter Stelle platzierten Rune *Teiwaz* herauszulesen war. Die vierte und die fünfte Rune waren eine Kombination aus zwei Zeichen, den Runen *Hagalaz* und *Ehwaz*. Es handelte sich um die ersten beiden Buchstaben des Wortes *Heyannir*, dem Monat des Heus und der Heuernte, also dem Juli. *Othala*, die sechste Rune, war der erste Buchstabe des Begriffs *Odinsdagr* – Tag Odins – und verwies auf einen Mittwoch. Die beiden letzten Runen, das große *Othala* und das kleine *Gebo*, bezogen sich auf das linke Auge des einäugigen Odin, das den Vollmond symbolisierte.

Der Clan würde also am Mittwoch, den 20. Juli wieder in Torsburgen zusammentreffen, wenn die sichtbare Seite des Mondes vollständig zu sehen war. Der Beginn der Zusammenkunft war stets auf zwei Stunden nach Sonnenuntergang angesetzt, also auf dreiundzwanzig Uhr dreiundzwanzig.

52

David Gyllenstierna hatte gerade das Büro von Sveriges Television, der öffentlich-rechtlichen Fernsehanstalt Schwedens, verlassen. Er hatte seine wöchentliche Sendung »ABC Finansvärlden« aufgezeichnet, in der er mit verschiedenen Gästen die wirtschaftliche Lage des Landes erörterte und Anlagetipps gab. Die nationale Sendeanstalt bot ihm dafür bereits seit einigen Jahren eine Plattform. Die ersten Male hatte man ihn als Experten eingeladen, da er damals als Anlageberater in einer der großen schwedischen Banken gearbeitet hatte. Auf den Vorschlag eines Produzenten hin hatte er schließlich bei der Bank gekündigt und das Angebot angenommen, seine eigene Talkshow zu moderieren.

Fünf Jahre zuvor hatte er nach dem Tod seines Vaters dessen Titel eines Grafen und das verbliebene Vermögen geerbt. Seitdem war er Teil des berühmten *Riddarhuset*, einer Vereinigung aller schwedischen Adelsfamilien. Und er war sogar recht stolz darauf.

David ging am Gustav-Adolf-Park entlang in Richtung seiner Lieblingsbar Tudor Arms, dem ältesten britischen Pub Stockholms, das zur besten englischen Bar außerhalb Großbritanniens gewählt worden war. Nachdem er seinem Vater seine Homosexualität offenbart hatte, hatte David ihn nie wiedergesehen. Das war nun schon einige Jahre her. Seine Mutter, mit der er heimlich in Kontakt geblieben war, hatte ihm jedoch im Vertrauen erzählt, dass der alte Graf nicht eine Fernsehsendung seines Sohnes verpasste. Zum Glück war sein Vater gestorben, bevor er seinen letzten Auftritt auf dem kleinen Bildschirm sehen konnte. David hatte sich zu einem Auftritt in einer sehr beliebten Musiksendung hinreißen lassen und im Duett mit einer schwedischen Sängerin gesungen, die ein besonders aufreizendes Outfit getragen hatte. Die Aufzeichnung war vor ein paar Wochen ausgestrahlt worden, und seitdem fand er noch mehr Gefallen daran, sich in Bars und an öffentlichen Orten zu zeigen, da er mittlerweile zu einer Art Medienstar geworden war. Er mochte es, wenn sich die Leute auf der Straße nach ihm umdrehten oder ihn anstarrten. Es war zwar völlig bedeutungslos, aber dennoch ein angenehmes Gefühl, sich wichtig zu fühlen. Man mochte sich an seiner Entscheidung, in einer Unterhaltungssendung aufzutreten, stoßen, aber niemand konnte etwas Schlechtes über seine Stimme sagen. Er hatte sogar zahlreiche Komplimente erhalten. David hatte schon immer gerne gesungen. Er verabscheute die Kirche und ihre Dogmen, aber hatte bereits als Kind angefangen, in Kirchenchören zu singen. Er stellte sich hin und wieder vor, in einem früheren Leben ein mittelalterlicher Mönch gewesen zu sein, der Tag und Nacht psalmodieren konnte. Manchmal ging er allein in eine Kirche, um dort seine Stimme erklingen zu lassen. Das verursachte ihm eine Gänsehaut und gab ihm das Gefühl zu existieren.

David betrat die Bar und ließ seinen Blick schweifen. Zwei Leute lehnten mit ihren Bierkrügen an der Theke und waren völlig gefangen von der Wiederholung eines Fußballspiels. Eine Gruppe Jugendlicher saß in einer Ecke und unterhielt sich fröhlich. Seine Freunde schienen noch nicht da zu sein. Er setzte sich auf einen der Hocker an der Theke.

»Hej, David« begrüßte ihn der Barkeeper, ein junger schwuler Mann, der ihm sehr gut gefiel.

»Hej, Markus. Ein Brooklyn IPA bitte.«

David blickte anerkennend auf Markus' Hintern, als dieser sich bückte, um eine Flasche Bier aus dem Kühlschrank zu holen. Er war zwar viel zu jung für ihn, aber das hinderte ihn nicht daran, ihn mit Blicken auszuziehen. Er würde bald seinen fünfundsechzigsten Geburtstag feiern und hatte endlich das Gefühl, eine gewisse Stabilität, wenn nicht sogar eine Gelassenheit in seinem Leben gefunden zu haben. Seit beinah fünf Jahren lebte er mit Axel als Paar zusammen. Axel war sechs Jahre jünger als er. Davids Fernsehsendung war ein absoluter Quotenhit. Er wusste genau, dass er bald, auch wenn man ihm sein Alter nicht ansah, durch einen weniger alten und dafür smarteren Mann ersetzt würde. Bis dahin wollte er jedoch so lange wie möglich von seiner Sendung profitieren.

»Hier, bitte. Das macht zweiundachtzig Kronen.«

David zückte seine Kreditkarte und reichte sie Markus. Er trank einen Schluck Bier und dachte an den morgigen Tag. Er hatte für den Vormittag einen Flug nach Visby gebucht. Am Abend würde das Treffen beim Kreis der Richter stattfinden. Das Problem musste schnell geregelt werden, koste es, was es wolle. Sollte die Wahrheit ans Tageslicht kommen, wäre seine Karriere mit einem Schlag am Ende.

53

Andreas wurde klar, dass er mit dem gleichen Problem konfrontiert war wie damals Albin: dem Gesetz des Schweigens. Alle, die er bisher getroffen hatte, sagten bestenfalls einen Teil der Wahrheit, und zwar den, der ihnen gerade in den Kram passte. Selbst Albin wusste mehr, als er vorgab.

Andreas lief mit Minus den hellen Sandstrand von Fårö entlang, einer Insel im Norden Gotlands, die man mit der Fähre erreichte. Die Küste Norsta Aurar an der Nordspitze war vor allem gegen Abend, wenn die Touristen wieder fort waren, ein ruhiger und angenehmer Ort. Er brauchte nach diesen ereignisreichen Tagen etwas Abstand. Die tagtäglichen Nachforschungen raubten seine Energie und gingen ihm an die Nieren. In menschliche Abgründe zu blicken ließ niemanden gleichgültig. Doch dieses Mal war es anders. Alles war anders.

Als er nach Gotland gefahren war, hätte er es sich nie träumen lassen, in einen Kriminalfall verwickelt zu werden, der ihm so naheging. Nachdem er von Jessica erfahren hatte, dass er adoptiert worden war, hatte es sich angefühlt, als sei ihm ein Teil seiner Existenz amputiert worden, und dieses Gefühl bewahrheitete sich nun auf grausame Weise. Er war der einzige Überlebende einer Familie, die durch den Wahnsinn der Menschen ausgemerzt worden war. Lediglich ein paar Erinnerungen waren ihm geblieben, die sich aus den Tiefen seines Gedächtnisses wieder emporgearbeitet hatten. Etwas in ihm war mit seiner Familie gestorben. Ein Teil von ihm lag neben ihr auf dem Friedhof von Fide begraben. In Jonas' Grab.

Andreas zog sich aus, rannte nackt den Strand entlang und schmiss sich, dicht gefolgt von Minus, in die Wellen. Das Wasser war kühl und erfrischend. Ein paar Minuten später kam er wieder heraus und legte sich auf den Sand. Der Wind strich über seine Haut, und er bekam eine Gänsehaut. Er fühlte sich gut. Minus, der genauso nass war wie sein Herrchen, schüttelte sich mit sichtlichem Vergnügen, bevor er sich neben ihn legte. Am Horizont ging langsam die Sonne unter.

Obwohl es Andreas gelungen war, neue Erkenntnisse zu gewinnen, blieben viele Fragen offen. Um diese zu beantworten, hatte er die letzten Tage damit verbracht, alle ihm zur Verfügung stehenden Informationen zu ordnen, die verschiedenen Orte auf einer Karte zu markieren, Profile der Protagonisten, die er getroffen hatte, zu erstellen und ein Soziogramm zu zeichnen, das die Beziehungen zwischen den einzelnen Menschen aufzeigte.

In diesem Stadium der Ermittlungen angelangt hoffte er, dass ihm das Schicksal helfen würde, aus der Sackgasse herauszukommen. Er zählte auf seine Theorie vom Ast im Ameisenhaufen, die sich schon häufig als effizient erwiesen hatte. Bevor nach der Störung wieder Ruhe einkehrte, würde sicherlich jemand einen falschen Schritt machen. Oder sich vielleicht dazu entschließen zu reden.

54

Mittwoch, 20. Juli

Henrik und Siv waren in Torsburgen, auf der alten Wallburg aus Wikingerzeiten, angekommen. Von ihrem Wohnort in Fide aus hatten sie beinah sechzig Kilometer weit fahren müssen. Auf dem gesamten Gelände hatte sich die Vegetation ihr Recht zurückerobert, daher war von der einstigen Burganlage nur noch wenig zu sehen. In der Mitte befanden sich noch einige Ruinen, darunter *Dommarringen* – der Kreis der Richter –, der aus einer runden Anordnung von Steinen bestand. Der Legende nach war dies der Ort, an dem über all jene, die sich nicht an die Gesetze hielten, Urteile gefällt und Strafen verhängt wurden. Auf jedem der Steine nahm ein Richter Platz. Immer war es eine ungerade Zahl, damit jede Abstimmung ein eindeutiges Ergebnis erzielte.

Sie hatten ihr Fahrzeug auf dem Parklatz bei der *Ardre luke*, dem Südtor der ehemaligen Festungsmauer, abgestellt. Nachdem sie ihre Kostüme und Helme angezogen hatten, machten sie sich auf den Weg. Von hier aus waren es zu Fuß nur noch wenige hundert Meter bis zu dem Ort, wo die Versammlung stattfinden würde. Schon vor langer Zeit hatte Siv die Pläne der beiden üblichen Treffpunkte des Clans entsorgt, die ihre persönlichen Zugangswege enthielten. Doch sie erinnerten sich noch genau an den Weg. Nach dem Tor durchquerten sie mit Taschenlampen in der Hand einen Wald aus Kiefern und Tannen. Die Sonne war bereits untergegangen, aber zu dieser Jahreszeit wurde es nie wirklich dunkel. Die Luft war schwer. Die Bodenvegetation des Waldes bestand hauptsächlich aus verschiedenen Moosarten, die einen weichen, kompakten Teppich bildeten, der mit Heidelbeeren, Preiselbeeren, Moosglöckchen und Heidekraut überzogen war. Hier und dort konnte man Adlerfarne und Keulen-Bärlapp finden.

»Hast du das schöne Waldvöglein gesehen?«, fragte Siv und richtete den Strahl der Taschenlampe auf eine langblättrige Orchidee mit weißen Blüten.

»Glaubst du nicht, dass wir uns im Moment mit etwas anderem beschäftigen sollten?«, schimpfte Henrik.

»Ich versuche nur, mich abzulenken. Ich habe Angst vor dem, was passieren könnte. Was, wenn der Jarl von Jonas'

Rückkehr erfahren hat? Vielleicht fasst er den Entschluss, ihn zu töten.«

»Wir müssen abwarten.«

»Wir hätten mit Jonas, ich meine, mit Andreas, bei seinem Besuch sprechen müssen, oder wir hätten uns direkt an die Polizei wenden sollen. Das gefällt mir alles nicht.«

»Du weißt genauso gut wie ich, dass wir für das, was passiert ist, verantwortlich sind.«

»Das weiß ich, Henrik ... Niemand hat sich dem Beschluss des Jarls, die Sandelins zu töten, widersetzt. Wir haben bei der Abstimmung sklavisch die Hand erhoben und nichts gesagt. Mit unserem Schweigen haben wir den Jarl unterstützt. Wir waren feige. Auf jeden Fall werde ich dieses Mal nicht aus dem Kelch trinken und werde sagen, was ich denke über diese –«

»Siv, ich habe nicht die geringste Lust, so zu enden wie sie.«

»Aber –«

»Sei still, wir sind gleich da.«

Henrik und Siv erreichten die Lichtung, auf der sich der Kreis der Richter befand. Mehrere Mitglieder waren bereits anwesend. Einige standen neben den Steinen, andere hatten darauf Platz genommen. Schweigend traten die beiden vor, grüßten die anderen wortlos mit einer Handbewegung und nahmen ihre Plätze ein. Vor und nach der Zeremonie durfte laut den Statuten nicht geredet werden. Die Anspannung war spürbar.

55

Sundre, Gotland
Freitag, 30. März 1979

Svea saß auf ihrem Bett. Im Arm hielt sie ihr Baby, das am Morgen geboren worden war. Die Wehen hatten am Vortag spätabends eingesetzt. Vera hatte darauf bestanden, einen Arzt zu rufen, aber Svea hatte sich geweigert. Daher hatte ihre Mutter ihr geholfen, das Kind zur Welt zu bringen. Bis vor wenigen Wochen hatte Svea eine mögliche Schwangerschaft verleugnet. Doch dann war ihr Bauch so rund geworden, dass sie sich hatte eingestehen müssen, dass sie schwanger war. Nachdem sie dem Baby die Brust gegeben hatte, ging sie mit ihm auf dem Arm hinunter in die Küche.

»Also, Svea, willst du mir immer noch nicht sagen, wer der Vater ist?«

»Ich habe dir doch schon gesagt, dass ich es nicht weiß.«

»Unsinn! Welchem Mann hast du dich hingegeben? Du weißt doch, dass man die Hochzeit abwarten muss. Wenn dein Vater noch hier wäre ...«

Svea hatte nie ein Kind gewollt. Am Tag nach der Party in Stockholm, bei der sie zu viel Alkohol getrunken hatte, war sie nackt in einem fremden Zimmer aufgewacht und hatte starke Schmerzen im Unterleib verspürt. Sie hatte sich jedoch an nichts erinnern können außer an ein paar verschwommene Bildfetzen, die sich bis heute in ihr Gedächtnis eingebrannt hatten. Der Alkohol und das erlittene Trauma hatten einen Schleier über das, was ihr widerfahren war, gelegt. Doch neulich war während eines Gesprächs alles wieder hochgekommen. Ihr war übel geworden. Sie hatte ein flaues Gefühl im Bauch gehabt und erneut Schmerzen zwischen den Schenkeln verspürt. Dann hatte sie kaum noch atmen können und eine Panikattacke bekommen. Bilder. Plötzlich waren sie klar und präzise geworden. Sie hatte versucht, sich dagegen zu wehren, aber es war ihr nicht gelungen, sie abzuschütteln. Sie wollte schreien, aber die Hand des Angreifers auf ihrem Mund zwang sie zum Schweigen. Der stoßweise Atem des Mannes, sein Stöhnen, seine Stimme ... Das verschwommene Gesicht des Vergewaltigers, das sie über sich gesehen hatte – plötzlich konnte sie es deutlich erkennen. Tränen. Schreie.

»Was soll ich bloß mit dir machen?«, schrie Vera.

Svea hatte ihre Mutter geliebt, aber seit dem Tod ihres Vaters

Ragnar war Vera nicht mehr dieselbe. Sie war depressiv und aggressiv geworden.

»Es sind Schlampen, die mit jedem und überall ins Bett gehen«, zeterte Vera weiter. »Zumindest werden das alle denken, und ich denke das auch!«

»Dieses Kind ist ein Zeichen von Freyja«, sagte Svea leise.

»Ich verstehe dich nicht. Was?«

»Ein Geschenk der Götter.« Sveas Stimme klang wie ein weit entfernter Schrei.

»Was ist das denn für ein Unsinn?«

Plötzlich hallten Stimmen in Sveas Kopf wider. Mehrere unverständliche und dröhnende Stimmen. Sie hatte Kopfschmerzen. Seit einiger Zeit halluzinierte sie immer öfter.

»Svea, antworte mir!« Ihre Mutter wurde immer unruhiger. Svea betrachtete liebevoll ihr Baby. »Du wirst Gersimi heißen.«

»Svea, hörst du mir zu?«

Svea hob den Kopf und starrte ihre Mutter mit düsterem Blick an, erblickte jedoch statt ihr den Teufel in Person.

56

Bei Sonnenuntergang hatte sich der Lögsögumaður Grer mit einem Nachtsichtfernglas, das er eigens für diesen Anlass gekauft hatte, auf dem Hügel des ehemaligen militärischen Beobachtungsturms postiert. Von hier aus hatte er einen mehrere Kilometer weiten Rundumblick und konnte vor allem die Ankunft der Autos auf den verschiedenen Zufahrtswegen beobachten. Im Westen zogen dunkle Wolken auf. Er hatte am Treffpunkt alles organisiert. Unter sich nahm er einen Lichtschein wahr, der seinen Geist erregte. Alles war bereit. Das Feuer war entzündet. Jetzt fehlten nur noch die Fackeln. Wie konnte er sicher sein, dass alle kommen würden? Und was, wenn jemand von ihnen trotz allem die Polizei verständigt hatte?

Nach zähen Minuten des Wartens hatte er gesehen, wie sich Hagbarts Pick-up dem Gelände näherte. Dann parkte Bóndi Roald seine Limousine bei der *Ala luke*. Als er sah, wie einer nach dem anderen eintraf, war er beruhigt. Nachdem er nachgezählt und festgestellt hatte, dass alle da waren, begab er sich zum Kreis der Richter.

Die Mitglieder saßen auf den ringförmig angeordneten Steinen. Ursprünglich hatte der Clan einschließlich des Jarls aus dreizehn Mitgliedern bestanden. Nur sieben Steine waren besetzt. Außen um den Steinkreis herum brannten Fackeln. Die Flammen spiegelten sich in den silbernen Visieren der Helme.

Jarl Dvalin beobachtete die Szene aus einigen Metern Entfernung und bereitete seinen Auftritt vor. Er dachte an die Nachricht, die er einige Tage zuvor erhalten hatte. Sie war kurz, aber so alarmierend gewesen, dass sie zu der Entscheidung geführt hatte, dieses Treffen zu organisieren: *Der kleine Jonas ist zurück. Er sucht nach der Wahrheit. Müssen wir sie ihm nicht enthüllen? Ich denke, du solltest dich selbst anzeigen. Ansonsten werde ich es tun!* Der Absender des Schreibens hatte den Jarl ebenso überrascht wie der Inhalt. All das bedeutete, dass seine Identität aufgeflogen war. Wie war das möglich? Nur drei Mitglieder wussten, wer er war. Von ihnen hatte ihn keiner verraten können. Während all der Jahre hatte er sich das Schweigen aller gesichert, indem er immer wieder neue Drohungen ausgesprochen hatte. Obwohl sich der Clan nicht mehr traf, bestand weiterhin eine potenzielle Gefahr. Es war fundamental wichtig, die anderen davon abzuhalten zu reden. Und heute nicht zu handeln hätte ein zu großes Risiko dargestellt. Es gab keine Alternative. Hier musste eingeschritten werden. Er hatte einen Brief an die Clanmitglieder geschickt und sie zu einer Versammlung eingeladen. Alle hatten ihre Kostüme angezogen und waren gekommen.

Der Jarl trat vor und stellte sich in die Mitte des Kreises.

Er ging reihum und betrachtete jedes Mitglied einzeln. Dann ergriff er das Wort:

Freyja, deine Kinder rufen dich an!
Wir danken dir für deine Wohltaten! Komm zu uns.

Verwirrtes Gemurmel erklang. Die Zeit hatte die Automatismen gelöscht. Der Jarl wiederholte die letzten Worte und gab den Anwesenden ein Zeichen, worauf sie einstimmig antworteten: »Freyja, wir danken dir.«

Der *Lögsögumaður* Grer stimmte eine altnordische Weise an, deren geheimnisvolle und schwer fassbare Sprache von der Tradition eines *Galdr* genannten Zaubergesangs inspiriert war und die Beschwörungsformeln enthielt, die von Odin selbst stammten. Grer hatte sie im *Galdrabók*, einem uralten isländischen Zauberbuch, gefunden. Wurden sie von einem Gott gesungen, konnte dieser damit einen Bann brechen oder Tote zum Leben erwecken. Die Zaubergesänge konnten segenbringend, aber auch von schädlicher Wirkung sein und denjenigen, der sie hörte, in den Wahnsinn treiben. In Grer wallte ein Gefühl der Erregung und der Allmacht auf, das er nach all der Zeit beinah vergessen hatte. Er bedauerte, dass keine anderen Instrumente mit einstimmten. Sie hätten seinem Singsang mehr Tiefe und Resonanz verliehen.

Bóndi Solveig hatte ihr Instrument nicht mitgebracht und wunderte sich, dass nicht der Jarl den Gesang angestimmt hatte, denn in der Vergangenheit hatte er stets die Solopartien übernommen. Aufgrund des Fehlens von Goði Alfrigg spielte der Jarl die mit Hirschhaut bespannte Trommel.

Jarl Dvalin hatte überlegt, Bóndi Lagertha ohne den Kreis der Richter zu beseitigen, doch die Versammlung des Clans bot eine gute Gelegenheit, alle daran zu erinnern, dass niemand den bei ihrer Gründung geschlossenen Pakt jemals brechen durfte. Jedes Mitglied, das die gleichen Absichten verfolgte wie Lagertha, war ein potenzielles Risiko. Der Jarl musste ihr Schweigen sicherstellen, egal mit welchen Mitteln.

»Freyjas Kinder sind wieder vereint! Ihr wurdet aufgrund einer ernsten Angelegenheit in den Kreis der Richter eingeladen. Eines unserer Mitglieder wird wegen Hochverrat angeklagt.«

Jarl Dvalin gab dem Lögsögumaður Grer ein Zeichen. Dieser stand auf, trat vor und kniete nieder. Der Jarl ergriff den Thorhammer und legte ihn auf Grers Schulter.

»Grer, zusätzlich zu deiner Funktion als Lögsögumaður wirst du von nun an auch ein Goði sein.«

Hagbart war wie gelähmt, genau wie seine Frau Solveig, die ihm gegenübersaß. Er konnte es spüren.

Grer erhob sich und blieb neben dem Jarl stehen. Dvalin beobachtete reihum ein Mitglied nach dem anderen. Auf der Kleidung jedes Einzelnen war neben der *Fehu*-Rune, dem Symbol des Clans, auch der Anfangsbuchstabe des jeweiligen Wikingernamens aufgestickt.

Der Jarl Dvalin richtete seine verschiedenfarbigen Augen auf Hagbart, der den intensiven Blick spüren konnte. Er war sicher, dass der Jarl trotz des Visiers, das sein Gesicht bedeckte, den Schrecken in seinen Augen lesen konnte.

»Bóndi Hagbart, Freyja ruft dich.«

Hagbart erstarrte. Der Jarl hatte ihn gerade ausgewählt, und er wusste, was das bedeutete. Warum er? Er war unfähig, sich zu bewegen, seine Muskeln waren wie gelähmt.

»Bóndi Hagbart«, wiederholte Dvalin in eisigem Ton.

Hagbart erhob sich, trat zu ihm und stützte ein Knie auf dem Boden ab. Der Jarl legte ihm den Thorhammer auf die Schulter.

»Hagbart, auch du wirst zum Goði ernannt.«

Wenn der Jarl einen neuen Goði ernannte, dann zweifellos nur, weil die anderen beiden Goðar nicht mehr da waren. Nur die Goðar hatten das Recht, bei den Zeremonien zu assistieren. Doch im Gegensatz zu damals, als über alle Fragen zumindest formal abgestimmt worden war, hatte der Jarl diese Entscheidung jetzt autokratisch getroffen. Das verhieß nichts Gutes. Es fehlten also die beiden Goðar von früher sowie Jacob und Vilhelmina. Hagbart rechnete durch. Dreizehn minus vier ergab neun. Sie waren aber mit dem Jarl nur acht. Es fehlte also eine weitere Person ... Aber er konnte nicht sagen, wer es war. Der frisch gewählte Goði Grer bedeutete ihm, ihm zu folgen. Grer musste also mit dem Jarl gemeinsame Sache machen, denn er schien bereits zu wissen, was nun geschehen würde. Sie verließen den Kreis und gingen in den Wald.

Kurz darauf kehrten die beiden neuen Goðar mit einer Person zurück, deren Hände auf dem Rücken gefesselt waren und deren Kopf von einer Haube verdeckt wurde. Sie banden sie an einem Baum fest und nahmen wieder ihre Plätze ein.

Als sie dem Jarl geschrieben hatte, war ihr bewusst, dass sie damit ein erhebliches Risiko einging. Sie stand unter Schock, seit sie kürzlich seine Identität entdeckt hatte. In einer Unterhaltungssendung im Fernsehen hatte sie seine Stimme erkannt. Sofort waren ihr die Litaneien während der Opferrituale und diese so charakteristische Stimmfarbe in den Sinn gekommen, die erstaunlicherweise beim Singen und beim Sprechen etwas unterschiedlich klang. Sie bereute es nicht, ihm diese Nachricht geschickt zu haben. Vielmehr fand sie, dass es an der Zeit war, für die Fehler der Vergangenheit einzustehen. Nachdem sie ihm geschrieben hatte, hatte sie kurz überlegt, ob sie auf eine Antwort des Jarls warten oder die Polizei informieren sollte. Oder Andreas alles erzählen?

Sie hatte zu lange gewartet. Sie war dabei gewesen, einen Brief mit einem vollständigen Geständnis zu verfassen, den sie an die Polizei und an die Presse schicken wollte, als sie in das Haus eingedrungen waren. Bei dem Überfall mitten in der Nacht hatte sie sich nicht gegen ihre Angreifer wehren können. Dann hatten sie sie mitgenommen.

Unter ihrer Haube war sie geknebelt. Sie roch das Feuer und spürte die Anwesenheit mehrerer Personen um sich herum. Sie wusste, wo sie war.

»Hier präsentiere ich euch Bóndi Lagertha. Der Kreis der Richter wird über das Schicksal entscheiden müssen, das die Götter für sie bestimmt haben. Sie war im Begriff, unsere Existenz zu enthüllen und der Polizei die Identität aller Mitglieder zu verraten«, log Jarl Dvalin.

Hagbart fühlte sich in die Falle gelockt. Er hatte die Strategie des Jarls durchschaut, erneut den gesamten Clan für einen Mord verantwortlich zu machen. Auf diese Weise würde anschließend niemand reden. Am liebsten hätte er laut geschrien und wäre diesem Alptraum entflohen. Wie hatte er nur so dumm sein können hierherzukommen? Er hätte auf seine Frau hören sollen. Er beobachtete die anderen und hoffte auf eine Reaktion.

»Du und deine Handlanger, ihr seid an allem schuld! Darf ich dich daran erinnern, dass ihr uns Drogen eingeflößt hattet«, unterbrach Geirolv die Ansprache des Jarls.

»Das kannst du nicht beweisen, und ich bin gespannt, wie du der Polizei deine Unschuld erklären willst«, mischte sich Grer ein.

»Wir alle haben sie zum Tode verdammt«, sagte der Jarl.

»Das ist verjährt«, sagte Geirolv wütend. »Uns droht keine Gefahr mehr!«

»Wir könnten sie zur Vernunft bringen«, mischte sich Roald ein. »Ich denke, das hier wird ihr eine Lehre sein. Wir alle wissen, dass die Wahrheit nicht ans Licht kommen darf. Was damals 1979 geschehen ist, lässt sich nicht mehr ändern. Das ist vorbei, und in der Vergangenheit herumzuwühlen bringt die Verstorbenen nicht zurück.«

Noch am Morgen hatte Roald mit Leidulf gesprochen. In der Hoffnung, dass die anderen ihrem Beispiel folgen würden, waren sie übereingekommen, zusammenzustehen und sich dem Jarl zu widersetzen, was auch immer er vorhaben mochte.

»Ich stimme Roald zu«, erklärte Mildfrid, die sich vor dem Treffen mit etwas Whisky Mut angetrunken hatte. »Das alles muss ein Ende haben. Es sind zu viele Menschen gestorben.«

»Nein, sie muss sterben, denn so lautet die Regel des Clans«, sagte der neue Goði Grer mit Nachdruck.
Schweigend verfolgte der Jarl, wie die Debatte immer hitziger wurde.
»Ihr seid verrückt. Ich gehe!«, rief Geirolv. Er trat aus dem Kreis und begann sich zu entfernen.
Hagbart ergriff den Arm seiner Frau und machte einen ersten Schritt, um ihm zu folgen.
»Bóndi Geirolv!«
Hagbart hielt inne. Geirolv drehte sich um und sah, dass Goði Grer eine Waffe in der Hand hielt.
»Niemand verlässt den Clan!«
Geirolv blieb regungslos stehen. »Tut doch etwas!«, schrie er.
Ein Knall ertönte. Grer hatte in die Luft geschossen.
»Die nächste Kugel ist für dich.«
Geirolv fluchte innerlich, zögerte kurz und setzte sich dann wieder hin.
»Goði Grer, diese Waffe brauchen wir erst mal nicht«, sagte der Jarl. »Wir werden sie nicht brauchen, um unsere ... Freunde davon zu überzeugen, die einzig mögliche Entscheidung zu fällen, nicht wahr, Hagbart? Nicht wahr, ihr anderen?«
In der Tat, dachte Mildfrid. Man hatte sie in einen niederträchtigen Hinterhalt gelockt.
»Wir stimmen nun ab. Wer dafür ist, dass Bóndi Lagertha den Göttern geopfert wird, möge sich erheben!«
Abgestimmt wurde im Kreis gegen den Uhrzeigersinn.
Bóndi Roald war der Erste, der sich entscheiden musste. Er beschloss, sitzen zu bleiben, und verschränkte die Arme. Das war das Zeichen, dass er seine Wahl getroffen hatte. Er hoffte, dass die anderen es ihm gleichtun würden. Vielleicht würde der Jarl am Ende zur Vernunft kommen. Neben ihm saß Leidulf. Er würde sich sicher seiner Meinung anschließen, denn so hatten sie es vereinbart. Roald wandte den Kopf und sah, wie Leidulf sich erhob. Er konnte es nicht glauben. Sein Freund hatte keinen Schneid. Er war ein Feigling.

Bóndi Solveig schaute zu ihrem Mann und wartete dessen Reaktion ab. Sie war wütend auf ihn und auf sich selbst. Sie hätte darauf bestehen sollen, zur Polizei zu gehen. Diese Situation war unerträglich. Durch die Öffnung des Visiers blickte Hagbart ihr angestrengt in die Augen. Solveig verstand die Botschaft. Gegen ihren Willen stand sie auf.

Auch Grer erhob sich. Als Nächster war Hagbart an der Reihe. Er tat es ihnen nach. Geirolv blieb sitzen. Mildfrid schien zu zögern und machte Anstalten, sich zu erheben, besann sich aber eines Besseren. Jarl Dvalin stand auf und ergriff das Wort. »Der Clan hat abgestimmt, und der Clan hat entschieden. Bóndi Lagertha wird geopfert.«

Goði Grer trat vor und zückte erneut seine Waffe. »Seht ihr das da drüben?«, fragte er und deutete mit dem Finger auf einen Baum.

Roald hob den Kopf. Er saß tatsächlich in der Falle.

Die Anführer des Clans hatten eine Wildtierkamera mit Nachtsichtfunktion aufgehängt. Die Mitglieder waren zwar maskiert, aber der Jarl kannte alle ihre Namen.

»Wagt es nicht, irgendjemand von diesem Abend oder von der Existenz des Clans zu erzählen. Wir haben das Video, und wir kennen eure Identität. Außerdem haben wir Fotos von allen Fahrzeugen gemacht, die hier in der Nähe geparkt sind«, behauptete der Jarl.

Keines der Mitglieder wusste, wer der Jarl oder Grer wirklich waren, überlegte Roald. Sie waren ihnen ausgeliefert wie Ratten.

»Und jetzt, folgt mir!«, rief Grer. Er reichte dem Jarl seine Waffe und winkte Hagbart zu, mit ihm zu gehen.

Sie banden Lagertha vom Baum los und brachten sie ein Stück weiter in den Wald hinein, wo sie an einen *Reitarstein* gefesselt wurde, der senkrecht im Boden steckte und von einem knisternden Feuer erhellt wurde. Ihr Gesicht war dem Stein zugewandt.

Die Mitglieder hatten alles aus der Nähe verfolgt und stellten sich um den Stein herum auf. Mildfrid wollte fliehen. Ihr schien es unmöglich, das Grauen, das folgen würde, zu ertragen. Doch der Jarl hielt die Waffe in der Hand. Es gab keine Chance zu entkommen.

Es herrschte ohrenbetäubende Stille, bis Grer eine eindringliche Melodie anstimmte. Nicht ein Instrument begleitete seinen Gesang. Nur seine Stimme hallte durch die Nacht.

Als die zuvor ins Feuer gelegten Metallstäbe rot glühten, streifte der Jarl einen Handschuh über und holte einen ersten Stab heraus, an dessen Spitze ein Symbol des Gottes Odin prangte. Als sie Lagertha umdrehten, gelang es ihr trotz der Fesseln, einen der beiden Goðar am Arm zu packen und zu kratzen. Grer schlug ihr ins Gesicht, dann hielten sie sie so fest, dass sie sich nicht mehr rühren konnte. Jarl Dvalin trat näher, riss ihr Hemd über der Brust auf und drückte ihr das Brandzeichen auf den Bauch.

Der Knebel hinderte Lagertha daran zu schreien. Der Jarl griff nach dem zweiten Stab und begann, Runen auf ihren Bauch einzubrennen.

Ihre erstickten Schreie waren fürchterlich. Nach ein paar Minuten wurden die Qualen so unerträglich, dass sie ohnmächtig wurde. Grer und Hagbart ergriffen ihren regungslosen Körper und legten ihn auf einen flachen, runden Stein, sodass Arme, Beine und Kopf nach unten hingen und ihr gebrandmarkter Bauch für alle sichtbar zur Schau gestellt wurde.

Der Jarl betrachtete die in die Haut von Bóndi Lagertha eingebrannten Stigmata und hob den Kopf gen Himmel. Kräftiger Regen hatte eingesetzt.

»Erneut werden wir zu Ehren der Götter ein Opfer darbringen und auf ihr Wohl trinken!«

Hagbart beobachtete, wie Grer eine Axt ergriff und ihn ansah. Er befürchtete das Schlimmste.

Grer reichte ihm das Werkzeug. »Sie gehört dir!«

57

Donnerstag, 21. Juli

Gustav hatte sich in seine Hütte in dem kleinen an der Westküste Gotlands gelegenen Fischerdorf Grundården zurückgezogen und sich einen Scotch eingeschenkt, um sich von dem Erlebten zu erholen. Er war völlig durchnässt zurückgekommen, hatte sich abgetrocknet und umgezogen. Um sich am Feuer aufzuwärmen, hatte er ein paar Holzscheite in den Kamin geworfen. Es war zwei Uhr morgens, der dunkelste Moment der Nacht. Bald würde die Sonne aufgehen.
    Zu dieser Jahreszeit besuchte niemand das Fischerdorf. Und niemand wusste, dass er diese Hütte besaß. Er hatte sie von seinem Onkel geerbt, als er nach über dreißig Jahren in Thailand wieder nach Gotland gekommen war. Nachdem die Taten verjährt waren, war Gustav zurückgekehrt. In Grundården würde er erst mal seine Ruhe haben. Dennoch lauschte er unweigerlich auf das leiseste verdächtige Geräusch.
    Er holte eine Zigarette aus der Packung, die auf dem Tisch lag, und zündete sie an. Er nahm einen tiefen Zug, und der Rauch, den er dabei einatmete, beruhigte ihn. Es war die vierte Zigarette in nicht mal einer Stunde.
    Allein die Tatsache, dass er bei der Abstimmung sitzen geblieben war und dadurch gezeigt hatte, dass er nicht damit einverstanden war, Lagertha zu opfern, reichte vielleicht schon aus, den Zorn der Götter – ganz zu schweigen von der Wut des Jarls – auf sich zu ziehen. Er war einer der drei Einzigen gewesen, die den Mut aufgebracht hatten, sich gegen diese Entscheidung zu stellen. Er war sogar aufgestanden, um zu gehen, hatte aber angesichts der auf ihn gerichteten Schusswaffe kapituliert.
    Da die Taten verjährt waren, hatte er nicht gezögert, der Einladung des Clans Folge zu leisten. Er war neugierig gewesen herauszufinden, was sie nach so langer Zeit wollten, und hatte gehofft, bei dieser Gelegenheit das Geheimnis der Identität des

Jarls zu lüften. Doch erneut hatte er sich hinters Licht führen lassen.

Nach der Zeremonie war Gustav ein enormes Risiko eingegangen, das ihn das Leben hätte kosten können. Nachdem Lagertha geopfert worden war, hatte er sich im Wald versteckt. Jarl Dvalin hatte die Versammlung für beendet erklärt, und alle Mitglieder waren gegangen. Lediglich Grer war mit einer Schubkarre zurückgekehrt. Jarl Dvalin und Goði Grer hatten Lagerthas Leichnam aufgeladen und ihn den steilen Pfad hinuntergerollt, bis zu der Straße, die unterhalb der »das Schloss« genannten Stelle vorbeiführte. Grer hatte die Hecktür eines Minibusses geöffnet und eine Plane rausgeholt. Immer noch mit Helmen maskiert hatten sie die Leiche in die Plane gewickelt und sie von der Schubkarre auf die Ladefläche des Busses umgeladen. Gustav hatte das Autokennzeichen nicht erkennen können. Dann hatte er gesehen, wie eine der beiden Gestalten ihren Helm abgenommen hatte. Nie hätte sich Gustav vorstellen können, dass eine prominente Person zu ihrem Clan gehörte. Bei dem Versuch, sich leise aus dem Staub zu machen, hatte er ein aus einem Steinhaufen bestehendes Hügelgrab umgeworfen. Dvalin und Grer hatten sich umgedreht. Gustav, der immer noch seinen Helm trug, war durch den Wald davongeeilt. Sein Auto stand etwa dreihundert Meter entfernt. Außer Atem hatte er sich hinters Steuer gesetzt, den Motor gestartet und war losgefahren, ohne das Licht einzuschalten. Im Rückspiegel hatte er gesehen, dass ihm jemand folgte.

Auch wenn noch zwei weitere Mitglieder gegen die Ermordung Lagerthas gestimmt hatten, fühlte sich Gustav im Clan sehr allein. Am liebsten hätte er das alles vergessen und nie wieder etwas mit den anderen zu tun gehabt. Doch das war unmöglich.

Dadurch, dass er die Identität eines führenden Clanmitglieds herausgefunden hatte, war er im Besitz von Informationen größter Bedeutung. Was sollte er damit machen? Zur Polizei rennen? Nein, dann würde er verlieren. Ihm kam eine Idee. Die

Möbelwerkstatt, die er nach seiner Rückkehr nach Schweden gegründet hatte, stand kurz vor der Pleite, und er brauchte dringend Geld, um zu retten, was für seinen bevorstehenden Ruhestand noch zu retten war. Die Person, die er identifiziert hatte, besaß bestimmt genug, um sich sein Schweigen zu erkaufen. Gustav holte seinen Laptop aus der Tasche, schaltete ihn ein und begann, eine Nachricht zu verfassen.

Schon seit Langem hatte Gustav eine einwöchige Reise geplant, um seine Familie in der Nähe von Stockholm zu besuchen. Er würde am nächsten Tag abreisen. Bei seiner Rückkehr würde er reich sein, reicher als je zuvor.

58

Hilde und Gerd machten seit einer Woche Urlaub auf Gotland. Sie hatten eine Inselumrundung begonnen, indem sie von Visby aus zunächst nach Süden fuhren, bevor sie dann über die Ostküste in Richtung Fårö wieder zurückkehren wollten. Gerd interessierte sich leidenschaftlich für die Geschichte der Wikinger. Er hatte sich vorab über alle die archäologischen Stätten informiert, die er besuchen wollte. Trullhalsar war einer der Orte, auf die er sich am meisten freute. Von der Straße 146 bogen sie in einen kleinen Weg ab, der fast fünf Kilometer in den Wald hineinführte.

Auf Höhe einer Informationstafel parkten sie ihr Wohnmobil und gingen zu Fuß weiter. Nach dem Regen der letzten Nacht und des ganzen Tages war der Boden aufgeweicht. Erst am späten Nachmittag war der Himmel aufgerissen und ließ nun einige Sonnenstrahlen durchscheinen. Die beiden Touristen waren allein.

In Trullhalsar befanden sich fast dreihundertfünfzig unterschiedlich geformte Gräber, von denen einige typisch für die Vendelzeit zwischen 550 und 793 nach Christus waren. Die meisten waren runde Hügelgräber mit einem Durchmesser von drei bis fünf Metern, die mit flachen, einige Dutzend Zentimeter hoch gestapelten Steinen umrandet waren. Die Mitte war mit Erde und Kieselsteinen gefüllt. Als Hilde und Gerd den Ort mitten im Wald erreichten, erblickten sie mehrere dieser kreisförmigen Formationen. Heute war der Strand fünfhundert Meter von den Gräbern entfernt, aber damals war der Meeresspiegel etwa vier Meter höher gewesen. Bei diesem Ort handelte es sich also zweifellos um den Friedhof eines alten Küstendorfes. Die dichte Vegetation sorgte dafür, dass das Licht nur spärlich durchsickerte, was für eine ganz besondere, zugleich mystische, unwirkliche und düstere Atmosphäre sorgte.

Gerd zückte seine Kamera und begann zu fotografieren. Dann baute er sein Stativ auf und schraubte seine Spiegelreflexkamera darauf. Er bat Hilde, sich vor eines der Gräber zu stellen, und gesellte sich zu ihr. Lächelnd drückte er den Fernauslöser. Er schaute sich die Aufnahme auf dem Display an, um zu prüfen, ob er die Kamera richtig ausgerichtet hatte. Hilde hatte er gut getroffen, aber im Hintergrund tauchte ein Schatten auf, der die Harmonie des Bildes störte. Er zoomte ihn heran und erkannte eine Gestalt, die an einem der dickeren Äste der majestätischen Birke baumelte. Der Körper, der da am Baum hing, hatte keinen Kopf.

59

Am Vorabend hatte Andreas auf dem Heimweg vom Restaurant mit Mikaël telefoniert, der immer noch mit einer akuten Bronchitis im Bett lag. Da sich Mikaël seit seiner Entlassung aus dem Krankenhaus noch nicht wieder hinters Steuer eines Auto gesetzt hatte, hatte Karine ihn zum Arzt gefahren. Der Arzt hatte erklärt, dass Stress einen Zusammenbruch der Immunabwehr provozieren konnte, und hatte daher Mikaël empfohlen, es etwas langsamer angehen zu lassen.

Andreas stand im Wohnzimmer, das er in ein Stabsquartier umfunktioniert hatte, und betrachtete die Gotlandkarte an der Wand. Er hatte darauf die Orte, die mit seiner Vergangenheit in Verbindung standen, markiert und die Namen der Personen, die er im Zuge seiner Nachforschungen identifiziert hatte, dazugeschrieben. Die Geschichte seiner Adoptivfamilie hatte sich im Norden der Insel abgespielt. Die seiner mutmaßlich biologischen Familie im äußersten Süden.

Auf einem weiteren Blatt hatte er ein Soziogramm erstellt, um die Beziehungen der verschiedenen Protagonisten untereinander darzustellen. Andreas starrte lange auf die Zeichnung. Die Geschichte seiner Adoptivfamilie war eng mit dem Dorf Bläse und mit Estland verbunden, von wo aus sein Adoptivgroßvater zusammen mit Roopi gegen Ende des Zweiten Weltkrieges geflohen war. Seine angebliche Verwandtschaft zu Heino, Roopis Sohn, war frei erfunden. Mehrere Punkte mussten noch geklärt werden. Warum hatte man seine Vergangenheit mit der Familie Haljasmaa in Verbindung gebracht? Wer war sein Adoptivgroßvater Andreas Auer wirklich, der laut den offiziellen Dokumenten 1944 in Tallinn umgekommen war? Konnte es sein, dass er in Wahrheit Franz hieß? Dieser Vorname stand neben dem von Roopi auf der Rückseite des Fotos, das Maarja ihm gezeigt hatte. Und es waren eindeutig dieselben Männer wie auf den Fotos, die er in dem Umschlag zwischen den Seiten des Fotoalbums gefunden hatte, das auf dem Dachboden seiner Adoptiveltern versteckt war.

Auf demselben Blatt hatte er die Namen notiert, die in Verbindung zu der Familie Sandelin, seinen leiblichen Eltern, standen. Der Tod von Vilhelmina, Jacob und deren Tochter Linnea sowie Jacobs Eltern ließ sich eventuell durch die angebliche Existenz dieses Wikingerclans erklären. Momentan besaß er diesbezüglich jedoch keinerlei greifbare Informationen. Und mehrere Fragen blieben unbeantwortet: Wer hatte seine Familie getötet? Aus welchem Grund? Und warum war Albins Polizeikollegin Johanna Melander verschwunden? Andreas hatte noch keinen klaren Plan, wie er seine Ermittlungen fortsetzen sollte. Auf jeden Fall musste er die Leute noch einmal wiedersehen, die er bereits kennengelernt hatte, um zu versuchen, mehr von ihnen zu erfahren, aber auch, um möglicherweise Beweise für die Existenz dieser Sekte zu sammeln und deren Mitglieder zu identifizieren.

Eine der zentralen Figuren in diesem Fall war Albin. Um das zu erkennen, genügte ein Blick auf das Soziogramm. Er hatte ihn bereits mehrfach getroffen und jedes Mal ein paar neue Details von ihm erfahren. Er war der Kommissar gewesen, der die Verbrechen in Fide untersucht hatte. Er war ein Freund seiner Adoptiveltern Viktor und Kajsa. Sein Vater Oskar kannte Roopi und Andreas, die beiden Flüchtlinge aus dem Zweiten Weltkrieg. Und er hatte das Gefühl, dass Albin die Sandelins gekannt hatte. Er war sich nicht sicher, doch die Art und Weise, wie Albin von ihnen gesprochen hatte, schien über das normale Mitgefühl für Opfer hinauszugehen.

Viel Zeit blieb Andreas jedoch nicht mehr, denn schon in zwei Tagen sollte er in die Schweiz zurückkehren.

60

Die gesamte Lichtung, auf der sich die Überreste der zahlreichen Wikingergräber befanden, war abgesperrt worden. Die Mitarbeiter der Spurensicherung hatten alle Hände voll zu tun. Anna Lindström hatte einem Markierungsband folgen müssen, um zum Tatort zu gelangen. Der Forensiker Rasmus machte Fotos. Sie hatte dergleichen noch nie gesehen. Der am Baum hängende weibliche Körper war enthauptet worden. Der Rücken war von oben bis unten aufgeschlitzt. Die Rippen waren durchtrennt und nach außen aufgebogen worden. Anna ging um die Leiche herum und betrachtete sie von vorne. Auf dem Bauch waren Runen und ein Symbol eingebrannt worden.

Anna machte mit ihrem Handy ein Foto. Das Symbol war vermutlich mit einem dieser Brandeisen gemacht worden, wie man sie während der Mittelalterwoche in Visby beim Schmied kaufen konnte. Die Runen waren hingegen ganz offensichtlich mit Hilfe einer glühenden Metallspitze eingebrannt worden.

Zwei Polizisten näherten sich mit einer Leiter, die sie beim nächstgelegenen Bauernhof ausgeliehen hatten. Auf Anweisung von Rasmus und dem Gerichtsmediziner wurde der kopflose Leichnam vom Baum abgenommen, um ihn auf dem Boden untersuchen zu können.

»Komm her und schau dir das an!«, rief Jenny.

Anna ging zu ihrer Kollegin hinüber, die etwas weiter entfernt stand. In der Mitte eines der kreisförmigen Hügelgräber ragte ein Pfahl in die Höhe, auf den der abgetrennte Kopf gespießt worden war.

Die Polizisten waren entsetzt, doch Anna bewahrte Ruhe. Sie war bereits dabei, mit ihren Ermittlungen zu beginnen, und spekulierte über die Gründe, die jemanden zu einem derart brutalen Verbrechen verleiten konnten.

»Und hier ist Blut.«

Direkt neben dem Grab befand sich ein senkrecht aufgerichteter Stein, ein sogenannter *Reitarstein*, wie er früher für Hinrichtungen verwendet worden waren.

»An dieser Stelle haben sie sie wahrscheinlich exekutiert.«

»Sie müssen zu mehreren gewesen sein. Ich kann mir nicht vorstellen, dass es einer einzelnen Person gelingt, eine Leiche so hoch oben in den Baum zu hängen. Stefan, guck dir das bitte mal an«, rief Anna.

Der Gerichtsmediziner trat zu ihnen.

»Was denkst du?«

Stefan Wahlberg gehörte zu den Gerichtsmedizinern, die regelmäßig auf der Insel arbeiteten. Auf Gotland waren nur wenige Mediziner befugt, erste Untersuchungen am Tatort vorzunehmen. Die Leichen wurden dann in das Zentrum für Rechtsmedizin nach Stockholm gebracht. Angesichts der Schwere des Verbrechens war Stefan mit einem Hubschrauber eingeflogen worden. Seit die Provinz Gotland der Hauptstadtregion zugeordnet war, war es immer schwieriger, Unterstützung vom Festland zu bekommen. Die Mitarbeiter waren überlastet, und es musste schon etwas sehr Außergewöhnliches passieren, damit sich die Stockholmer Verwaltung für die Geschehnisse auf der Insel interessierte.

Ein derart beispielloser Mord mitten in der Touristensaison würde es auf die Titelseiten der Presse schaffen. Der Polizeichef der Provinz Stockholm war sich darüber im Klaren, dass der Druck, den Fall schnell zu lösen, enorm sein würde.

»Möchtest du von mir hören, dass sie nicht hier ermordet wurde? Aufgrund der geringen Blutmenge scheint es mir in der Tat eher unwahrscheinlich zu sein«, sagte Stefan.

»Vielleicht haben sie das Opfer woanders getötet und sind dann nach Trullhalsar gekommen, um ihm den Kopf abzuschlagen und den Rücken aufzuschneiden?«

»Das ist eine Hypothese, aber meiner Meinung nach haben sie den Kopf an einem anderen Ort abgetrennt und den Körper ausbluten lassen, um danach ihre Arbeit hier zu beenden. Meinen ersten Erkenntnissen zufolge wurde der Rücken erst aufgeschnitten, nachdem das Opfer bereits tot war und eine große Menge Blut verloren hatte. Doch das kann ich euch erst nach der Computertomografie und einer Angiografie bestätigen.«

Anna und Jenny gingen zu einem der Kriminaltechniker hinüber, der mit sehr feinem Zement die Abdrücke der Schuhsohlen abformte, damit später jedes Detail zu erkennen wäre. Ein weiterer Mitarbeiter der Spurensicherung legte ein L-förmiges Lineal neben eine Schuhspur und fotografierte sie.

»Dank des Regens, der in der letzten Nacht und während

des Tages gefallen ist, konnten wir an mehreren Stellen im aufgeweichten Boden Spuren von Schuhabdrücken sichern.«
»Aber keine Reifenspuren?«
»Nein, der Parkplatz ist geschottert. Allerdings kann man zwischen dem Parkplatz und dem Baum, an dem die Leiche aufgehängt wurde, an einigen Stellen eine durchgehende Reifenspur erkennen, die parallel zu den Fußspuren verläuft. Zweifellos stammt sie von einer Schubkarre.«
»Sehr gut. Hast du die Schuhsohlen der beiden Touristen fotografiert?«
»Ja, das ist erledigt. Abgesehen von ihren Spuren haben wir noch zwei weitere Fußabdrücke von unterschiedlichen Schuhen gefunden. Und da es zuvor wochenlang nicht geregnet hat, ist davon auszugehen, dass es sich um die Abdrücke der Mörder handelt. Beide haben die Schuhgröße 43.«
»Zwei Männer?«
»Gut möglich, aber ich habe einen Unterschied zwischen beiden Spuren feststellen können. Bei dem einen Schuhabdruck ist die Druckverteilung an der Ferse ausgeprägter als an der Fußspitze.«
»Und was schließt du daraus?«
»Das ist nur eine Vermutung, aber ... dass diese Person wohl Stiefel getragen hat, die größer sind als ihre übliche Schuhgröße.«
»Wie viel größer?«
»Schwer zu sagen, aber mindestens zwei oder drei Nummern.«
Anna und Jenny traten zur Seite, um die Kriminaltechniker ihre Arbeit machen zu lassen.
»Anna!«, sagte Jenny aufgeregt.
»Ja?«
»Als ich hier am Tatort ankam, hatte ich ein seltsames Gefühl, das ich aber nicht gleich einordnen konnte.«
»Und jetzt kannst du es?«
»Dieses Verbrechen erinnert mich an das von 1979, an die Ermordung der Familie Sandelin. Es sind die gleichen Fol-

termethoden aus der Wikingerzeit, nur dass sie dieses Opfer zusätzlich enthauptet haben.«

»Ja, du hast recht. Aber das ist vielleicht ein Zufall.«

»Das glaube ich nicht. Das Symbol mit den drei miteinander verwobenen Dreiecken ...«

»Komm schon, spuck's aus, Jenny.«

»Laut des damaligen Obduktionsberichts wurde damals das gleiche Symbol auf den Bäuchen der Opfer eingebrannt.«

Anna schwieg einen Moment, während ihr das Bild einer Person in den Sinn kam: Andreas Auer.

61

Freitag, 22. Juli

Nach dem Leichenfund in Trullhalsar am Vorabend hatte der Polizeichef von Gotland höchstpersönlich in aller Frühe seine Teams versammelt.

»Guten Morgen ...«

Rasmus traf häufig als Letzter ein und machte auch dieses Mal keine Ausnahme. Seine schwarzen Sneakers mit der metallisch schimmernden Kappe blieben nicht unbemerkt, als er mit einem Kaffeebecher in der Hand durch die Tür trat. Er musste sich auf den einzigen noch freien Platz direkt neben den Polizeichef setzen, der ihn eingehend musterte, bevor er fortfuhr.

»Also ... guten Morgen allerseits. Wir haben es hier mit einem äußerst seltenen und ungewöhnlich brutalen Mordfall zu tun. Ich habe mit meinem Vorgesetzten in Stockholm gesprochen. Er ist sehr beunruhigt über die Auswirkungen dieses Falles in den Medien. Er hat uns seine größtmögliche Unterstützung zugesagt, indem er uns weitere Ressourcen zur Verfügung stellt. Fest steht jedoch, dass wir schnell agieren müssen.«

Im Anschluss ergriff der Staatsanwalt das Wort, der von den Polizisten aufgrund seiner Kompetenz und seines Engagements sehr geschätzt und respektiert wurde.

»Da wir es hier mit einem Mordfall zu tun haben, obliegt die Leitung der Ermittlungen formal mir. Weil es bislang jedoch keinen Verdächtigen gibt und keine vorläufige Festnahme stattgefunden hat, habe ich beschlossen, Kriminalkommissar Hans Nordin mit der Aufgabe zu betrauen, ein Sonderermittlungsteam zusammenzustellen und die Verantwortung dafür zu übernehmen.

»Danke. Ich werde keine Zeit verlieren.«

Hans sah Anna an, eine seiner besten Ermittlerinnen. Sie hatte die beiden ersten Jahre ihrer Karriere in Stockholm gearbeitet, war dann aber auf die Insel zurückgekehrt, sobald eine Stelle frei geworden war. Er hatte daher nicht eine Sekunde gezögert, sie zur Teamleiterin der Mordkommission zu ernennen. Sie erwies nicht nur viel Scharfsinn bei der Durchführung einer Ermittlung, sondern besaß auch eine natürliche Gabe, ein Team zu leiten und zu motivieren. Er hatte vergeblich nach irgendwelchen Fehlern bei ihr gesucht und war dabei lediglich auf ihren unabhängigen Charakter gestoßen, der sie manchmal veranlasste, sich auf ihre eigene Intuition zu verlassen, anstatt stur Anweisungen zu gehorchen. Er selbst würde bald in Rente gehen und hatte dem Polizeichef bereits nahegelegt, sie zur Kriminalhauptkommissarin zu befördern.

»Anna wird die Einsätze vor Ort leiten. Jenny und Rasmus werden sie dabei unterstützen. Was Olle betrifft, so wird er sich als Leiter der forensischen IT-Abteilung in der Zentrale um sämtliche IT-gestützten Aspekte und Recherchen kümmern. Und die *Rikskrim* hat uns Måns Sjövall aus Stockholm geschickt.«

»Hallo, Leute. Wir nennen uns jetzt die Nationale Operative Einsatz- und Ermittlungsunterstützung.«

Der gut vierzigjährige Måns hatte einen sonnengebräunten Teint, stechende braune Augen und gegeltes Haar. Er trug eine hautenge, künstlich abgenutzte Jeans, einen anthrazitfarbenen

Rollkragenpullover und darüber ein helles, tailliertes Retro-Tweed-Sakko mit dunklen Ellbogenpatches. Ein mehrfarbiger Wollschal mit Paisleymuster gab dem Ganzen den letzten Schliff. Sein ausgefeilter Kleidungsstil, seine makellose Frisur und seine perfekt polierten braunen Lederschuhe zeichneten das Bild eines selbstbewussten und selbstsicheren, jedoch grenzwertig arroganten Mannes.

»Ja, das weiß ich, aber die Älteren wie ich nennen es immer noch die *Rikskrim*. Und jeder auf Gotland weiß, was ich damit meine«, brummte Hans. »Und dann wäre da noch unser Pressesprecher Sture, der sich um die Kommunikation mit den Medien kümmern wird. Für den späten Nachmittag ist eine Pressekonferenz einberufen worden. Damit bleiben uns nur noch ein paar Stunden, bevor dieser Fall in die Schlagzeilen gerät. Anna wird eure Teamleitung sein und mich über den Stand der Ermittlungen auf dem Laufenden halten. Ich werde entscheiden, welche Maßnahmen ergriffen werden. Anna, du hast das Wort. Ich überlasse es dir, uns die ersten bereits gesammelten Informationen zu präsentieren.«

Anna sah, wie sich alle Blicke ihr zuwandten und wie Måns sie argwöhnisch musterte. Sie hatte sich bereits bei Ermittlungen in einem früheren Fall mit ihm herumschlagen müssen und empfand diesen lüsternen Macho, der sich für den Mittelpunkt der Welt hielt, als unerträglich. Einer Frau gegenüber Rechenschaft ablegen zu müssen stellte für Måns eine Demütigung und für sie einen kleinen Sieg über die Geschlechterrollen dar.

»Bis jetzt ist es uns noch nicht gelungen, das Opfer zu identifizieren. Die DNA der Toten ist nicht in unserer Datenbank, aber der Gerichtsmediziner hat in ihrer Brust einen Herzschrittmacher gefunden, und wir haben mit der Seriennummer eine Anfrage beim Hersteller gestellt. Seine Antwort sollte in Kürze eintreffen. Die Frau wurde bei einem Hinrichtungsritual getötet, das aus der Zeit der Wikinger stammt und ›Blutadler‹ genannt wird. Nachdem der Tod eingetreten war, hat der Mörder ihren Rücken aufgeschnitten, die Rippen beidseitig von der Wirbelsäule getrennt und nach außen geklappt. Anschließend wurde ihre Lunge entnommen. Das Opfer wurde nackt an einen Baum gehängt. Ihr Kopf, der mit einem scharfen Gegenstand abgetrennt wurde, ist mitten auf einem Hügelgrab auf einen Pfahl aufgespießt worden. Auf ihrem Bauch sind Runen und ein aus drei Dreiecken bestehendes Symbol eingebrannt worden. Olle!«

Der Informatiker scrollte durch die am Tatort aufgenommenen Fotos.

»Wurde der Kopf vor oder nach der Hinrichtung abgetrennt?«

»Nach ersten Erkenntnissen von Stefan, der die Leiche nach Stockholm mitgenommen hat, um dort die Autopsie durchzuführen, wurde der Kopf abgetrennt, bevor die Verletzungen am Rücken zugefügt wurden. Und vor allem können wir bereits mit an Sicherheit grenzender Wahrscheinlichkeit sagen, dass der Tatort und der Fundort der Leiche nicht identisch sind.«

»Konntet ihr vor Ort Spuren sichern?«, fragte Måns.

»Dank des in der Nacht zuvor gefallenen Regens und des feuchten Bodens haben wir Reifen- und Schuhabdrücke sichern können. Und vor allem haben wir Hautpartikel unter den Fingernägeln des Opfers gefunden. Sie hat es geschafft, ihren Mörder zu kratzen. Ich hoffe, dass uns dies eine verwertbare DNA liefert. Sobald ich die Ergebnisse des Nationalen Forensischen Zentrums vorliegen habe, werde ich nachschauen, ob es in der Datenbank des Verbundsystems der Polizei eine Übereinstimmung gibt.«

»Und gibt es irgendein Motiv oder eine Spur?«

»Das auf dem Bauch eingebrannte Symbol ist der *Valknut*, der Wotansknoten. Mit ihm waren 1979 auch die Bäuche der Opfer des Mehrfachmordes in Fide gebrandmarkt worden. Die Leichen von Vilhelmina und Jacob Sandelin waren ebenfalls an einen Baum gehängt aufgefunden worden. Der Wikingerritus des Blutadlers, der in unserem Fall angewendet wurde, ist bis auf drei Details derselbe: Runen wurden in die Bauchhaut eingebrannt, der Kopf des Opfers wurde abgetrennt, und der Ritus wurde dieses Mal erst nach dem Tod vollzogen.«

»Was bedeuten die Runen?«, unterbrach sie Måns.
»Wir haben sie noch nicht dechiffrieren können. Am seltsamsten ist die Enthauptung, denn diese ist nicht Teil des Blutadler-Rituals.«
»Und was ist deiner Meinung nach der Grund dafür? Ist es ein symbolischer Akt?«
»Vielleicht, aber um das zu beantworten, müssten wir das Motiv kennen.«
Ohne Umschweife erzählte Anna von Andreas' Besuch am Freitag vergangener Woche und von seinen Vermutungen hinsichtlich des ungelösten Falls aus dem Jahr 1979.
»Was ist das denn für ein Blödsinn? Ein Schweizer Kommissar, der zu uns kommt, um Unruhe zu stiften?«, brüllte Måns verärgert.
Sofort bereute es Anna bitterlich, Andreas die Obduktionsberichte ohne vorherige Genehmigung ausgehändigt zu haben, und tat, als ignoriere sie die Provokation ihres Kollegen aus der Großstadt. Stattdessen stellte sie die einzige Person am Tisch vor, die noch nicht erwähnt worden war.
»Ich habe Carla von der Operativen Fallanalyse angefordert, da sie sich als Fallanalytikerin mit Cold Cases beschäftigt.«
»Hallo zusammen, die Akte des sechsfachen Mordes in Fide ist letztes Jahr auf meinem Schreibtisch gelandet. Zuvor hatte sie unbearbeitet in der Schublade eines meiner Vorgänger gelegen. Erst vor ein paar Monaten hatte ich Zeit, mich in diesen Fall zu vertiefen. Zunächst habe ich mich mit den beiden überlebenden Protagonisten getroffen, die an den Ermittlungen beteiligt gewesen waren, nämlich Kommissar Albin Pettersson und Staatsanwalt Mats Karlsson. Das war, bevor dieser Fall neu aufgerollt wurde. Albin ist über achtzig, der Staatsanwalt über neunzig Jahre alt. Der Gerichtsmediziner Magnus Davidsson und der Forensiker Pelle Svensson sind bereits verstorben. Auffällig ist das Verschwinden der Inspektorin Johanna Melander zu Beginn der Ermittlungen und dass niemand je eine Spur von ihr gefunden hat. Die beiden Befragungen erbrachten keine neuen schlüssigen Erkenntnisse. Das alles steht in die-

sen Akten.« Carla legte einen dicken Ordner auf den Tisch. »Nach meinem Gespräch mit Anna heute Morgen habe ich mir die Akten wieder vorgenommen, und mir sind angesichts der Geschichte des Schweizer Kommissars, der vermutet, der kleine Jonas zu sein, der mit seiner Familie auf dem Friedhof von Fide beigesetzt wurde, mehrere Dinge sofort ins Auge gesprungen. Ich glaube beinah, dass er recht hat.«

»Ernsthaft?«, fiel Anna ihr ins Wort.

»Anfangs dachte ich, dass einfach schlampig ermittelt worden ist. Es gibt Verfahrensfehler und fehlende Beweise. Wenn man die Sache aber aus einem neuen Blickwinkel betrachtet, lassen sich diese Dinge auch anders erklären.«

»Das soll heißen …?«

»Dass jemand alles drangesetzt hat zu verschleiern, dass Jonas gar nicht gestorben ist.«

Jenny war sprachlos. Sie hatte geahnt, dass mit den Ermittlungen etwas nicht stimmte, aber sie hatte es nicht wirklich benennen können. Dennoch hatte sie alle Akten ein weiteres Mal gelesen.

»Die Ersten, die damals nach der Streifenpolizei am Tatort eintrafen, waren Kommissar Pettersson und seine Kollegin Kommissarin Melander sowie ein Kriminaltechniker und ein Gerichtsmediziner von Gotland. Als das aus Spezialisten der Spurensicherung bestehende Verstärkungsteam aus Stockholm eintraf, waren die Leichen bereits bewegt und in Leichensäcke gehüllt worden. Und Pettersson hat ihnen erklärt, dass man von den Leichnamen der Opfer bereits Abstriche gemacht habe, sodass nur noch der Tatort gründlich untersucht werden müsse.«

»Das ist nicht sehr vorschriftsmäßig«, sagte Anna.

»Nein«, bestätigte Carla. »Die Forensiker aus Stockholm haben deswegen sogar in einer Notiz an den Polizeichef von Gotland darauf hingewiesen. Ich habe das Schreiben in unserem Archiv gefunden.«

»Und wie hat er reagiert?«, fragte Anna. »Ist Albin abgemahnt worden?«

»Auf alle Fälle habe ich dafür keinen schriftlichen Beleg

gefunden. Allerdings hat der Polizeichef daraufhin einen Gerichtsmediziner aus Stockholm ersucht, seinem Kollegen aus Visby bei den Obduktionen zu assistieren. Trotzdem wurden nur die Obduktionen von Jacob und Vilhelmina gemeinsam durchgeführt.«

»Könnte der Gerichtsmediziner aus Visby einen falschen Bericht zu Jonas geschrieben haben?«, fragte Jenny.

»Das ist meine Theorie«, sagte Carla.

»Und wie kannst du das beweisen?«

»Wenn ihr euch alle Fotos vom Tatort anseht, werdet ihr feststellen, dass es kein einziges Bild von einem Jungen gibt, der laut Bericht im Wald erfroren sein soll.«

Jenny senkte den Kopf. Sie hatte alles noch einmal gelesen, aber sich nicht mehr mit den Fotos beschäftigt.

»Also hat entweder jemand die Aufnahmen verschwinden lassen, oder es hat sie nie gegeben«, kommentierte Anna.

»Kommissar Pettersson scheint in dieser Geschichte eine Schlüsselfigur zu sein, und er ist der einzige Überlebende des Polizeiteams«, sagte Hans.

»Ich werde mit ihm sprechen«, sagte Anna. »Aber zuvor möchte ich mich mit dem damals zuständigen Staatsanwalt unterhalten.«

»Die Ermittlungen im Jahr 1979 haben zu keinem Ergebnis geführt. Alle an diesem Fall Beteiligten scheinen sich in Schweigen gehüllt zu haben. Auch die Existenz eines Wikingerclans konnte nie nachgewiesen werden«, erklärte Clara.

»Vielleicht müssen wir uns alle Personen, deren Namen in den Akten auftauchen, noch einmal vorknöpfen?«, schlug Jenny vor.

»Ich bin gerade dabei, eine Liste mit all diesen Namen zu erstellen«, sagte Carla.

»Und was machen wir mit diesem Schweizer Polizisten?«, fragte Måns. »Sollen wir eine Vorladung erwirken?«

»Nein, zum jetzigen Zeitpunkt haben wir keinerlei Beweise«, antwortete Anna. »Wir werden uns erst mal mit ihm treffen und ihm ein paar Fragen stellen.«

»Da komme ich mit«, erklärte Måns.
»Darf ich dich daran erinnern, dass ich hier das Sagen habe? Aber von mir aus. Du begleitest mich, auf diese Weise habe ich dich wenigstens im Auge ... Carla, könntest du dir bitte die Runen auf dem Bauch des Opfers etwas genauer ansehen?«
»Ich kümmere mich darum.«
»Jenny, du nimmst heute Nachmittag die Aussage des Ehepaars auf, das die Leiche entdeckt hat.«
»Und ich bereite mit Hans die Pressekonferenz vor, die gleich stattfindet«, fügte Sture hinzu.
»Also los, an die Arbeit!«

62

Andreas setzte sich mit einem Gin Tonic auf die Terrasse. Er hatte gepackt, und seine Fähre würde am nächsten Morgen abfahren. Er verließ Gotland mit mehr Fragen als bei seiner Ankunft, aber er freute sich darauf, Mikaël wiederzusehen. Wer weiß, vielleicht würden sie ja bald zusammen zurückkehren, um gemeinsam nach Antworten zu suchen. Sein Smartphone vibrierte und zeigte eine unbekannte Nummer an.
»Kommissar Auer?«
»Ja.«
»Mein Name ist Krister Olsson. Ich bin Journalist. Wir haben uns in der Redaktion kennengelernt. Du hattest dort nach einem Zeitungsartikel über diesen Mord an den Sandelins gesucht.«
»Ich erinnere mich.«
»Ich komme gerade von einer Pressekonferenz. Die Polizei hat die Leiche einer Frau gefunden, die nach dem Blutadler-Ritual hingerichtet wurde. Sie wollten mir nicht mehr darüber sagen, aber es ist die gleiche Methode, die 1979 auch bei Jacob und Vilhelmina angewendet wurde.«
Andreas nahm diese Information mit äußerster Sorge auf.

»Sagt dir der Name Linda G. etwas?«
Bei der Erwähnung dieses Namens schwirrten Andreas zahlreiche Gedanken durch den Kopf. Er zögerte. Er hätte gerne mehr erfahren, aber es war keine gute Idee, das Gespräch mit dem Journalisten fortzuführen.
»Tut mir leid, da kann ich dir nicht helfen.«
»Das ist schon ein merkwürdiger Zufall, oder? Du tauchst auf Gotland auf, du stocherst in diesem alten Fall herum, und plötzlich wird ein ähnliches Verbrechen begangen.«
Andreas beendete das Gespräch und nahm sein Tablet, um die Homepage der Tageszeitung Gotlands Allehanda zu besuchen. Auf der Startseite nahm ein Foto von einem Wikingergrab den ganzen Platz ein. Die Schlagzeile lautete: »Leiche in Trullhalsar bei Wikinger-Ritual geopfert!«
Andreas klickte auf den Link und las den Artikel. Der Journalist zitierte Kriminalkommissarin Anna Lindström: »Am Leichnam wurde der Ritus des Blutadlers vollzogen. Überdies wurde das Opfer geköpft. Wir haben die Überreste an einem Baum hängend vorgefunden.« Von der Toten wurden lediglich der Vorname und der Anfangsbuchstabe des Nachnamens erwähnt: Linda G.

Just in diesem Moment hörte Andreas ein Motorengeräusch. Er drehte sich um und sah einen alten roten Volvo vorfahren. Genauer gesagt einen 244 Turbo aus den 1980er Jahren. Er erkannte Anna sofort wieder, die offensichtlich die Vorliebe für ältere Autos mit ihm teilte. Begleitet wurde sie von einem gegelten Gecken, den er noch nie gesehen hatte.

Sie kamen zu ihm auf die Terrasse.

»Hej, Andreas. Wie ich sehe, hast du die Neuigkeit bereits gelesen«, sagte sie, als sie den Artikel auf seinem Tablet sah.

»In der Tat. Kann ich euch einen Kaffee bringen?«

»Gerne.«

»Darf ich dir Måns von der *Rikskrim* vorstellen?«, fuhr sie mit einem Seitenblick auf ihren Kollegen fort. »Er arbeitet für die Nationale Ermittlungsunterstützung, die uns bei diesem Fall Hilfestellung leistet.«

Måns ging auf Andreas zu und gab ihm die Hand.
»Freut mich«, sagte Andreas. »Setzt euch.«
Måns betrachtete den Schweizer Kommissar aus den Augenwinkeln. Er war barfuß, trug eine verwaschene und löchrige Jeans und ein enges weißes T-Shirt, über dem eine Goldkette baumelte. Dieser Look eines Bad Boys stand in krassem Gegensatz zu seinem eigenen Dandy-Stil, der sich an den aktuellen Modetrends ausrichtete. Er konnte sich nicht dagegen verwehren, in ihm eine Art Konkurrenten zu sehen, ein Alphatier, das ihm, wären sie Kollegen, die Schau stehlen könnte.

Andreas ging in die Küche, um zwei Tassen Kaffee für seine Besucher zu machen. Dass sie ihn aufgesucht hatten, sprach dafür, dass sie genau wie er eine Verbindung zwischen diesem Mord und der Ermordung seiner Familie im Jahr 1979 sahen.

Anna genoss den herrlichen Blick auf die Küste und dachte an die verstümmelte Leiche im Baum. Carla war es gelungen, die auf der Haut des Opfers eingebrannten Runen zu entziffern. Dabei waren Zweifel aufgekommen. Und wenn es der Schweizer Polizist gewesen wäre, der sich für den Mord an seiner Familie gerächt hatte? Auge um Auge, Zahn um Zahn... Bei seinem Besuch auf der Polizeiwache hatte Andreas ihr erzählt, dass er Linda Gardell kennengelernt hatte. Möglicherweise hatte er in der Zwischenzeit herausgefunden, dass sie in den Mord an seiner Familie verstrickt gewesen war? Das erschien ihr zwar unwahrscheinlich, doch in ihrem Beruf hatte sie gelernt, sich nicht von ihren eigenen Vorurteilen leiten zu lassen und objektiv zu urteilen. Obwohl Andreas auf sie einen sehr sympathischen und anständigen Eindruck machte, konnte er nach dieser Hypothese ein durchaus glaubwürdiges Motiv haben.

Andreas kam mit dem Kaffee zurück und setzte sich den beiden Ermittlern gegenüber. Er blickte Anna unverhohlen an und wusste sofort, welche Theorie sie sich gerade zurechtlegte.

»Ich habe Linda nicht umgebracht«, begann er ohne Umschweife das Gespräch.

»Das behauptet auch niemand, zumindest noch nicht«, erwiderte Måns.

»Ich habe sie ein zweites Mal besucht.«

»Wann war das?«

»Letzten Donnerstag. Und tatsächlich hat dieser Besuch meine Vermutungen bestätigt. Lindas Haus ist mein Elternhaus. Ich bin Jonas, und Linda ist die Cousine meiner Mutter.«

»Was hast du vergangenen Mittwoch am späten Abend gemacht?«, unterbrach ihn Måns erneut.

»Nachdem ich in einem Restaurant etwas gegessen habe, bin ich nach Hause gefahren.«

»Um welche Uhrzeit?«

»Etwa gegen zweiundzwanzig Uhr dreißig.«

»Und du hast das Haus nicht noch einmal verlassen?«

»Nein, ich bin brav daheim geblieben.«

»Ich nehme an, dass du alleine warst und niemand deine Aussage bestätigen kann?«

»Ganz genau.«

Er wollte noch hinzufügen, dass Minus bezeugen konnte, dass er wirklich zu Hause gewesen war, aber der Stockholmer Kommissar schien nicht zum Scherzen aufgelegt zu sein.

Anna holte ein Foto aus einem Umschlag und schob es Andreas hin.

»Ich kenne dieses Symbol –«

»Es ist das gleiche, das auch die Leichen der Familie Sandelin trugen«, unterbrach Anna ihn und schaute ihn wütend an. Måns durfte auf keinen Fall erfahren, dass Andreas Zugang zu den Obduktionsberichten und den Tatortfotos gehabt hatte.

»Allerdings weiß ich nicht, was die Runen bedeuten«, ergänzte Andreas, dem klar geworden war, dass seine Spontaneität Anna beinah ernsthafte Schwierigkeiten mit ihrem Kollegen eingebracht hätte.

»Das herauszufinden war nicht schwer. Es handelt sich um einen Vornamen mit fünf Buchstaben«, erklärte Anna.

»Auf dem Bauch des Opfers steht mit Runen des *Älteren Futhark* ›Jonas‹ geschrieben«, warf Måns ein.

Andreas verstand plötzlich, dass er möglicherweise verantwortlich für den Mord an Linda war. Seine Theorie mit dem Zweig im Ameisenhaufen hatte sich wieder einmal als erfolgreich erwiesen – allerdings hatte sie ein Menschenleben gekostet.

»Ihr glaubt ernsthaft, dass ich mit meinem Namen unterschrieben hätte, wenn ich das Verbrechen begangen hätte?«

»Menschen, egal ob Polizisten oder nicht, sind zu allem fähig. Dieser Mord könnte den anderen eine Warnung sein. Jonas ... ist zurück, um sich zu rächen!«, rief Måns, der sich offensichtlich schon eine Meinung in Bezug auf Andreas' Schuld gebildet hatte.

»Ich hätte eine alternative Theorie anzubieten.«

»Ich höre«, erwiderte Anna.

»Nach unserem Treffen bricht Linda zusammen. Sie war ein Mitglied des Clans und will die bereits siebenunddreißig Jahre dauernde Schweigepflicht brechen, um den Mord an den Sandelins nicht weiter zu decken. Als sie jemanden darüber informiert, wird sie umgebracht, um sie daran zu hindern, die Wahrheit zu enthüllen.«

»Und dein Vorname auf ihrem Bauch?«

»Wahrscheinlich, um eure Ermittlungen auf mich zu lenken, was ja auch funktioniert hat«, sagte er und sah Måns an. »Aber es ist auch eine Botschaft an mich beziehungsweise eine Drohung: Sollte ich weiter in meiner Vergangenheit herumstochern, könnte es mir genau wie Linda ergehen.«

»Okay. Ich ziehe diese Hypothese gerne in Betracht, aber ich muss meinen Job machen, Andreas.«

»Das verstehe ich.«

Anna holte ein Dokument hervor und hielt es Andreas hin. Es handelte sich um einen richterlichen Durchsuchungsbeschluss und eine Vorladung, die der Staatsanwalt unterschrieben hatte, nachdem Carla herausgefunden hatte, was die Runen bedeuteten.

»Mein Team wird gleich die Hausdurchsuchung vornehmen, und wir müssen dich bitten, uns zur Wache zu begleiten. Wir werden deine Aussage aufnehmen, eine erkennungsdienstliche Akte anlegen und dir eine DNA-Probe entnehmen.«

»Und dann?«

»Bist du auf freiem Fuß, bis die Ergebnisse vorliegen.«

»Der Staatsanwalt nimmt mich also nicht in Gewahrsam?«

»Nein, zumindest vorläufig nicht«, bestätigte Måns.

»Ach, und das hätte ich fast vergessen: Bis auf Weiteres darfst du Schweden nicht verlassen. Du musst mir deinen Pass aushändigen. Hast du eine Waffe dabei?«

»Nein, die habe ich in der Schweiz gelassen. Darf ich wenigstens noch einen Anruf tätigen, bevor ihr mich mitnehmt?«

63

Sonntag, 24. Juli

Anna war gleich morgens zu Andreas gefahren, um ihm mitzuteilen, dass sie die DNA-Ergebnisse per Express erhalten hatten. Sie hatte bei der Zweigstelle des Nationalen Forensischen Zentrums in Stockholm darauf bestanden, dass der Test so schnell wie möglich durchgeführt wurde. Das DNA-Profil, das sie anhand der unter den Fingernägeln des Opfers gefundenen Hautpartikel erstellt hatten, musste zwar von einem Mann stammen, wies jedoch keine Übereinstimmungen mit dem Profil von Andreas auf. Keine der sichergestellten Fußspuren passte zu seinen Schuhen, und auch die Reifenspuren stimmten nicht mit seinem Auto überein. Der Chef des Restaurants Lergrav Fisk & Café hatte bestätigt, dass Andreas den Abend an einem ihrer Tische verbracht hatte. Er hatte ihnen sogar den Kassenbericht des Abends zur Verfügung gestellt, in dem Andreas' Rechnung enthalten war. Er hatte geräucherte Garnelen als Vorspeise und danach eine Fischsuppe gegessen und ein Bier getrunken. Mehrere Gäste, die sie befragt hatten, hatten ebenfalls seine Anwesenheit bestätigt. Er hatte das Restaurant gegen zweiundzwanzig Uhr verlassen und war gegen zweiundzwanzig Uhr dreißig zu Hause angekommen. Ein Nachbar hatte ihnen versichert, dass er ihn am späten Abend mit Minus hatte nach Hause kommen sehen. Da sich die Straßenbeleuchtung per Bewegungsmelder einschaltete, hatte er ihn eindeutig identifizieren können. Zudem hatte Andreas zur mutmaßlichen Tatzeit zwischen Mitternacht und ein Uhr morgens mit seinem Lebensgefährten telefoniert, wie eine Funkzellenabfrage in Bläse ergeben hatte.

Obwohl Andreas damit entlastet war, hatte der für die Ermittlung zuständige Staatsanwalt ihn unbedingt kennenlernen wollen und ihn gebeten, ihm alles zu sagen, was er über den Fall von 1979 wusste. Andreas war den Ermittlungsbehörden zum jetzigen Zeitpunkt einen Schritt voraus. Anschließend hatte der Staatsanwalt eine Unterredung mit dem Leiter der Mordkommission Hans Nordin und Anna gehabt. Letztere hatte vorgeschlagen, Andreas mit in das Ermittlungsteam aufzunehmen. Anfangs hatten sie sich dagegen gesträubt, da Andreas, sollten sich seine Vermutungen bewahrheiten, eindeutig eine persönliche Verbindung zu dem Fall hatte und sogar eines der Opfer war. Wie würde er reagieren, wenn er den Leuten gegenüberstand, die seine Familie getötet hatten? Die Lage war mehr als heikel. Annas Argumente hatten die anderen jedoch schließlich überzeugt. Andreas' Anwesenheit konnte sich als nützlich erweisen, und vor allem wusste sie ihn lieber an ihrer Seite, als weiter dabei zuzusehen, wie er seine Nase allein in die Angelegenheit steckte. Der Staatsanwalt berief ihn daher offiziell als Berater für diesen Fall. Andreas würde jedoch kein Gehalt bekommen – und er war unter keinen Umständen befugt, aktiv in die laufenden Ermittlungen einzugreifen.

Andreas' Chefin Viviane Bourgeaux war von Hans Nordin über die Sachlage informiert worden. Andreas selbst hatte sie bereits vor zwei Tagen angerufen und ihr mitgeteilt, dass es ihm untersagt worden war, Schweden zu verlassen, da er in einem Mordfall verdächtigt wurde. Und jetzt erfuhr sie, dass er bei den Ermittlungen als Berater fungieren würde ... In Anbetracht der Umstände zeigte sie sich verständnisvoll und entgegenkommend.

Anna und Andreas fuhren wie in Zeitlupe durch das malerische Fischerdorf Djupvik. Die alten, eng beieinanderstehenden Holzhütten waren die letzten verschlafenen Überbleibsel einer längst vergangenen Zeit. Anna hatte Andreas gebeten, sie zu einem Treffen mit dem ehemaligen Staatsanwalt zu begleiten, der mit der Untersuchung des Mordes an der Familie Sandelin betraut gewesen war. Auf diese Weise hatte sie es geschafft, Måns loszuwerden, dessen bloße Anwesenheit sie bereits irritierte. Sie fühlte sich schuldig, ihn ihrer Kollegin Jenny untergejubelt zu haben, die jedoch mit dem starken Charakter der Inselbewohner aufwarten konnte. Sie würde ihn zu nehmen wissen.

Am Vortag hatten Jenny, Måns und Rasmus das Haus von Linda Gardell von oben bis unten gründlich durchsucht. Olle hatte ihre Biografie unter die Lupe genommen, jedoch hatten sie nichts finden können, was den Verdacht der Existenz eines Wikingerclans erhärten konnte.

Am Ausgang von Djupvik nahmen sie die Schotterstraße durch das Naturschutzgebiet Ekstakusten – eine der schönsten Küstenrouten der Insel. Sie fuhren am von Sonnenstrahlen beschienenen glitzernden Meer entlang. In der Ferne konnte man die beiden kleinen Inseln Lilla Karlsö und Stora Karlsö erkennen, die ebenfalls unter Naturschutz standen. Dort konnte man eine Robbenkolonie und zahlreiche Vogelarten antreffen, darunter Trottellummen, die auf den ersten Blick wie kleine schwarz-weiße Pinguine aussahen. Einmal hatten Andreas und Mikaël einen Ausflug dorthin gemacht und dabei diese Vögel beobachten können, wie sie von den Klippen aus ins Meer tauchten, um in einer Tiefe von mehreren Dutzend Metern auf Fischfang zu gehen. Andreas war fasziniert von der wilden Flora und Fauna. Je mehr Zeit er mit Menschen verbrachte, desto mehr sehnte er sich nach der Natur und der Gesellschaft von Tieren.

Andreas war froh, dass er Minus mit nach Gotland genommen hatte, auch wenn es kompliziert wurde, ihn überall, wohin er ging, mit hinzunehmen. Sein Nachbar, ein Landwirt, hatte sich bereit erklärt, ihn ein paar Tage bei sich und seinem Border Collie aufzunehmen. Sein schlechtes Gewissen, Minus zurückzulassen, wurde durch einen lustigen Gedanken verdrängt: Was, wenn sich Minus mit den Schafen anfreundete und sich in einen Hütehund verwandelte?

»So, hier ist es.«

Anna parkte ihr Auto an der Straße. Der Staatsanwalt wohnte gegenüber in einer hellblau gestrichenen Holzhütte mit weißen Tür- und Fensterrahmen.

Der alte Mann saß mit einem Buch in den Händen auf der Terrasse.

»Guten Tag, ich habe euch erwartet.«

Er war aufgestanden und ging rüstigen Schrittes auf seine Besucher zu, um ihnen die Hand zu schütteln.

»Ich lese gerade den neusten Krimi von Mari Jungstedt. Alle ihre Bücher spielen auf der Insel Gotland. Sehr vielversprechend! Ein Mann wurde in seinem Ferienhaus in Ljugarn ermordet und mit Handschellen an sein Bett gefesselt. Seit ich im Ruhestand bin, erlebe ich die Ermittlungen aus zweiter Hand.«

Trotz seines hohen Alters hatte Mats Karlsson eine aufrechte Körperhaltung und drückte sich gewandt aus.

»Kommt mit, ich habe uns Kaffee gekocht und ein paar Kardamombrötchen hingestellt.«

Er ging ihnen voraus auf die Veranda, die einen freien Blick auf das Meer bot. Anna erzählte ihm, wie sie Linda Gardells Leiche gefunden hatten, und fasste für ihn die Situation zusammen, bevor Andreas sich vorstellen und seine eigene Geschichte erzählen durfte.

Der Staatsanwalt war sprachlos und schaute Andreas an, als sei er der auferstandene Jesus Christus. Er hatte die Zeitungsberichte gelesen und am Vortag die Nachrichten des nationalen Fernsehsenders geschaut. Mehrere Journalisten hatten die

Parallelen zum Fall von 1979 hervorgehoben. Auch er selbst hatte natürlich eine Verbindung gesehen, wenngleich er nicht mit einer solchen Überraschung gerechnet hätte.

»Die sechs Opfer waren in Wahrheit nur fünf? Das ist unmöglich!«

»Uns liegen mehrere Informationen vor, die darauf hindeuten. Wir haben gerade beantragt, Jonas' Leiche und, um ganz sicherzugehen, für einen DNA-Abgleich auch die seiner Mutter zu exhumieren.«

»Ich mag zwar schon zweiundneunzig Jahre alt sein, aber ich erinnere mich noch sehr gut an diese schreckliche Nacht. Als ich am Tatort eintraf, steckten die Leichen bereits in Leichensäcken. Im Vorgarten lagen sechs davon. Albin und seine Kollegin Johanna waren lange vor mir am Tatort eingetroffen. Sollte das, was ihr sagt, wahr sein, muss der Gerichtsmediziner zwangsläufig involviert gewesen sein, denn er hat die Obduktionsberichte, die ich später erhalten habe, verfasst. Und auch der Kriminaltechniker, der die Spuren an den Leichen gesichert hat, muss an dem Täuschungsmanöver beteiligt gewesen sein. Übrigens hat Albin damals vom Polizeichef ordentlich eins auf den Deckel gekriegt.«

»Aus welchem Grund?«

»Weil sie sich nicht an das Prozedere gehalten haben. Vor dem Eintreffen der Experten aus Stockholm hätten sie die Leichen weder bewegen noch in die Leichensäcke hüllen dürfen. Und Albin war der Verantwortliche vor Ort. Doch nun lässt sich das ja alles erklären, sollte sich deine Version der Ereignisse als wahr herausstellen. Sie haben vermutlich einen der Leichensäcke manipuliert und dich für tot erklärt. Eine echte Verschwörung.« Der Staatsanwalt machte eine Pause. »Johanna ist während der Ermittlungen verschwunden, und der Gerichtsmediziner, dieser arme Teufel, ist letztes Jahr gestorben. Bleibt nur noch Albin. Mit dem würde ich gerne mal ein Wörtchen reden.«

»Ich habe ihn getroffen, und er hat mir bestätigt, dass er das alles inszeniert hat, um meinen Tod vorzutäuschen«, erklärte Andreas.

»Aus welchem Grund?«
»Er wollte mich schützen. Er dachte, dass die Mörder versuchen würden, mich auszuschalten.«
»Die Tatsache, dass du jetzt hier bist, scheint ihm recht zu geben, auch wenn das, was er getan hat, völlig illegal war.«
»Wie sind die Ermittlungen vonstattengegangen?«, fragte Anna.
»Die Art und Weise der Morde, die einer Opfermethode der Wikinger glich, brachte uns natürlich auf eine Spur. Einige Zeugenaussagen erwähnten die Existenz eines Clans, aber das konnten wir leider nie beweisen. Am Ende hat das Gesetz des Schweigens triumphiert.«
»Wie war deine Beziehung zu Albin?«
»Gut, allerdings hatten wir einige hitzige Diskussionen. Ich habe Ergebnisse von ihm erwartet, die aber nicht kamen. Ich habe mich sogar gefragt, ob er irgendein Interesse daran haben könnte, dass diese Ermittlungen keine Fortschritte machten.«
»Wie meinst du das?«
»Das war nur so ein Gefühl, aber meiner Meinung nach hätte er bei den Vernehmungen etwas härtere Bandagen anlegen können und Himmel und Hölle in Bewegung setzen müssen, um in diesem Fall einen Durchbruch zu erzielen. Ich hatte immer das Gefühl, dass er sich der Sache entzieht. Was ja offensichtlich auch der Fall war.«

Andreas dachte an Albin und seine Geheimnisse. Er hatte den gleichen Eindruck gehabt. Albin verbarg etwas vor ihm. Er hatte seine List zugegeben, mit der er ihn gerettet und ihm eine neue Identität verschafft hatte, aber was verheimlichte er noch? Er fragte sich plötzlich, ob Albin nicht selbst ein Mitglied des Clans gewesen war und ob er Tote auf dem Gewissen hatte. Doch warum sollte er Jonas aus der Gefahrenzone genommen haben? Hatte er Skrupel gehabt?

»Hast du, was den Clan betrifft, noch präzisere Fakten?«, fragte Anna.
»Damals habe ich recherchiert und Leute aus der Szene befragt, vor allem Anhänger der Ásatrú-Religion, die in Schwe-

den seit den 1960er Jahren recht populär geworden ist. Die Mitglieder dieser polytheistischen Religion versuchen nicht, das nordische Heidentum der Wikingerzeit nachzubilden, sondern wollen ihr spirituelles Erbe wiederentdecken und es in einen modernen Kult integrieren. Daher werden sie auch Rekonstruktionisten genannt. Grundsätzlich ist es heute gar nicht mehr möglich, den alten überlieferten Praktiken – allen voran Tier- und Menschenopferungen für den Gott Freyr – absolut treu zu bleiben.«

»Was heißt ›grundsätzlich‹?«, fragte Andreas.

»Die meisten Gruppierungen, die ich kennengelernt habe, waren in der Öffentlichkeit demokratisch und tolerant tätig. Das ist das, was man das kulturelle Ásatrú nennt, bei dem es um Geschichte, Riten und spirituelles Leben geht, aber ich habe auch obskure Splittergruppierungen entdeckt, die diesen Glauben für andere Zwecke missbrauchen. Insbesondere gibt es rassistische und ideologische oder auch mystische, wenn nicht sogar satanistische Auswüchse, die Elemente wie die Runen und die Symbolik der nordischen Götterwelt nutzen, aber nichts mehr mit dem Heidentum zu tun haben. Und um deine Frage zu beantworten: Ich habe immer gedacht, dass dieser angebliche Wikingerclan, der für den Tod deiner Eltern verantwortlich sein soll, vielleicht völlig entgleist war ...«

»Wie meinst du das?«

»*Pet ier nu þy nest et blotir iru mannum mier firj buþin. Oc fyrnsca all þaim sum haiþnu fylgir.*«

»Wie bitte?«

»Das ist Gotländisch: ›Opferdarbringungen sind strengstens verboten, ebenso die alten Traditionen in Verbindung mit dem Heidentum‹. Ein Zitat aus dem *Gutalag*, dem alten Landschaftsrecht von Gotland. Dieses Gesetz galt von Anfang des 13. Jahrhunderts bis 1645, als Gotland wieder schwedisch wurde. Es verbot jede Form des Heidentums und setzte das Christentum durch. Dennoch haben die heidnischen Kulte nie aufgehört zu existieren. Wer bei der Durchführung heidnischer Riten erwischt wurde, musste eine Strafe in Form von drei

Goldstücken zahlen, was damals ein echtes Vermögen darstellte. Heutzutage wird die Ausübung des Heidentums nicht mehr geahndet, das Erbringen von Menschenopfern hingegen schon.«

»Sie haben Menschenopfer praktiziert?«, fragte Anna.

»Der Ritus des Blutadlers, der altnordisch *Blóðörn* genannt wird und der an den Eheleuten Sandelin praktiziert wurde, ist ein Menschenopfer.«

»Warum wurde nur das Ehepaar auf diese Weise hingerichtet und nicht die Großeltern und die Tochter Linnea?«

»Weil es sich vermutlich bei den Zielpersonen allein um Jacob und Vilhelmina handelte.«

»Welchen Grund könnte der Clan gehabt haben, sie zu töten?«

»Wenn man davon ausgeht, dass sie selbst Mitglieder dieses Clans waren, könnte es sein, dass sie dessen Machenschaften aufdecken wollten, oder?«, warf Andreas ein.

»Sollte sich diese Hypothese bewahrheiten, muss dieser Clan sträfliche Taten begangen haben, die das Ehepaar Sandelin dazu veranlasst haben, sich gegen den Rest der Gruppe zu stellen«, fügte Anna hinzu.

»Eine ideologische Entgleisung vielleicht? Menschenopfer?«, schlug Mats vor.

»Mit Mutmaßungen werden wir in dieser Ermittlung kaum vorankommen. Wir brauchen weitere Fakten«, sagte Anna.

»Wenn wir die Mörder von Linda Gardell finden, finden wir auch diejenigen, die meine Familie umgebracht haben. Wir haben die DNA von einem der Mörder und seine Schuhabdrücke. Darauf müssen wir unsere Bemühungen konzentrieren«, sagte Andreas.

Anna holte ein Foto von Linda Gardells Unterleib mit den Runen und dem Symbol der drei miteinander verflochtenen Dreiecke hervor und zeigte es Mats. »Das hier ist ein Zeichen der nordischen Mythologie und das gleiche, das man auch auf die Bäuche von Jacob und Vilhelmina Sandelin gebrannt hat.«

»Ich erinnere mich nicht mehr an seine Bedeutung. Aber

wenn ihr mit einem Experten reden möchtet, empfehle ich euch Rickard Wallner aufzusuchen, den Kurator des archäologischen Museums Gotlands Fornsal. Spätestens jetzt ist jedenfalls sicher, dass es einen Zusammenhang zwischen diesem Verbrechen und dem Mord an der Familie Sandelin gibt.«

»Siehst du, abgesehen davon, dass beide Male der gleiche Ritus praktiziert wurde, noch andere Verbindungen zwischen den beiden Fällen?«

»Nur das Ermittlerteam wusste über dieses Brandzeichen auf den Leichnamen Bescheid. Dieses Detail ist nie an die Presse weitergegeben worden.«

Der Staatsanwalt stand auf, entschuldigte sich und verschwand im Nachbarzimmer. Sie hörten das charakteristische Geräusch eines alten Telefons mit Wählscheibe. Das Gespräch war kurz, und sie konnten nicht viel davon verstehen, da er in einem Dialekt sprach. Kurz darauf kam er zu ihnen zurück.

»Es ist Sonntag, aber Rickard ist im Museum. Er kann euch empfangen.«

»So schnell? Vielen Dank! Aber bevor wir aufbrechen, habe ich noch eine Frage«, sagte Anna.

»Ja, gerne.«

»Unter welchen Umständen ist Johanna Melander verschwunden?«

»Hm, das war am Tag nach der Beerdigung der Familie. Johanna, Albin und ich hatten an der Trauerfeier teilgenommen. Wir wollten prüfen, wer anwesend sein würde. Am nächsten Tag war ich mit Albin zu einer Lagebesprechung in Visby verabredet. Er kam nicht. Er gab vor, an einer Lebensmittelvergiftung zu leiden. Ich habe ihm das keine Sekunde lang geglaubt. Er war nie krank. Die heutigen Erkenntnisse lassen mich noch mehr an seiner Geschichte zweifeln. Übrigens, wenn ich mich recht erinnere, war Johanna bereits vor jenen Ereignissen sehr lange abwesend gewesen. Ich glaube, es war wegen einer Krankheit. Am nächsten Tag war Albin wieder zum Dienst erschienen. Ich entsinne mich, dass er mir nervös vorkam, aber er zeigte keinerlei Anzeichen einer Vergiftung.

Normalerweise geht so etwas nicht so schnell vorbei. Johanna ließ sich den ganzen Tag nicht blicken. Und seitdem haben wir nie wieder etwas von ihr gehört.«

64

Das Museum Gotlands Fornsal befand sich an der *Strandgatan*, einer charmanten Straße in der Altstadt von Visby, die in früheren Zeiten die Hauptstraße gewesen war. Heute konnte man dort immer noch alte Lagerhäuser im hanseatischen Stil aus dem 13. Jahrhundert bewundern. Das Museum war in einem Gebäude mit gelber Fassade untergebracht.

Am Empfang zeigte Anna ihren Dienstausweis und bat darum, mit Rickard Wallner zu sprechen. Nach einem Telefonat wurden sie von einer eleganten Dame abgeholt und in den ersten Stock begleitet. Sie klopfte, öffnete die Bürotür und ließ sie eintreten.

Der Kurator erhob sich aus seinem Sessel und kam auf Anna und Andreas zu, um sie zu begrüßen. »Hallo, mein Name ist Rickard Wallner. Sie haben ein paar Fragen an mich, wenn ich meinen alten Freund Mats richtig verstanden habe.«

»Ich bin Kriminalkommissarin Anna Lindström, und dies hier ist Andreas Auer, ein Kollege aus der Schweiz.«

»Aus der Schweiz?«, wiederholte Wallner erstaunt. »Nehmt Platz, womit kann ich euch dienen?«

Trotz seiner fünfundsiebzig Jahre war Rickard Wallner immer noch der Museumskurator, allerdings hatte man zu seiner Unterstützung einen weiteren Mitarbeiter eingestellt, der sich um die Verwaltung kümmerte. Er selbst war weiterhin für die wissenschaftliche Leitung zuständig.

Andreas musterte Wallner aufmerksam. Er hatte ihm die Hand geschüttelt, war aber seinem Blick ausgewichen. Andreas bemerkte, dass er unter seinem ergrauten Haarschopf zu schwitzen begann. Er trug einen langen, dichten Bart. Trotz der sommerlichen Wärme hatte er einen Seidenschal umgelegt. Er wirkte nervös, doch das waren die meisten Menschen, wenn sie von der Polizei befragt wurden, selbst wenn sie nichts zu verbergen hatten. Trotzdem ließ dieser Mann Andreas aufmerksam werden, obwohl er den Grund dafür nicht verstand. Er würde Anna die Befragung leiten lassen und selbst den Beobachter mimen, wie sie es vereinbart hatten.

»Du hast mit Sicherheit von dem Mord in Trullhalsar gehört?«

»Ja, der an Linda ... Gardell. Ich habe davon in der Zeitung gelesen. Das ist schrecklich.«

»Soweit ich weiß, bist du ein Fachmann für die Wikingerzeit?«

»Das ist richtig. Ich habe in Archäologie promoviert, und meine Doktorarbeit beschäftigte sich mit dieser Zeitspanne auf Gotland.«

Als Andreas sah, dass der Kurator zunehmend nervöser wurde, konnte er nicht anders, als in das Gespräch einzugreifen und Anna zu unterbrechen, die ihm einen finsteren Blick zuwarf.

»Du kanntest Linda Gardell?«

»Linda ... äh, ja«, erwiderte Wallner zögerlich. »Ich unterrichte am Institut für Archäologie und Frühgeschichte der Universität von Visby, und sie war dort in den 1970er Jahren meine Studentin.«

»Du erinnerst dich an all deine Studenten?«, hakte Andreas nach.

»Nein, natürlich nicht.«

»Aber an Linda schon?«

»Ja, an sie habe ich mich erinnert, als ich diesen Zeitungsartikel las.«

»Da in der Zeitung kein Foto von ihr abgedruckt war und keine persönlichen Informationen über sie zu lesen waren, hättest du dich bloß aufgrund ihres Namens an sie erinnern können.«

»Ja, genau.«
»Nur dass im Artikel lediglich eine Linda G. erwähnt wurde.«
»Ach ja?«
»Du weißt also auch, dass sie nicht mehr denselben Namen trägt wie damals, als sie Studentin war?«
»Äh ... Ihr Mädchennamen war Bengtsson.«
»Exakt. Sie hat nach dem Studium geheiratet. Ein paar Jahre später ließ sie sich scheiden, hat aber den Namen ihres Ex-Mannes behalten.«
»Ja, genau.«
»Ab da wusstest du sofort, dass es sich um deine ehemalige Studentin handelte?«
»Mit ihrer Ermordung habe ich nichts zu tun, falls ihr das denkt. Ich habe sie seit über einem Jahrzehnt nicht mehr gesehen.«
»Gibt es irgendetwas, das du dir selbst anlastest, Rickard?«
»Nein, ich schwöre ... Wir hatten eine Affäre. Ich habe meine Frau betrogen. Das ist alles.«

Das war eine unerwartete Neuigkeit. Dank seiner Verbindung mit Linda, von der sie nichts gewusst hatten, war Wallner also nicht nur ein Experte für die Wikingerzeit, sondern auch ein möglicher Protagonist in ihrem Fall.

Anna nutzte die Gelegenheit, um erneut die Gesprächsführung zu übernehmen, und versuchte gleich zu bluffen.
»Wusstest du, dass Linda Gardell Mitglied eines Clans war, der nordische Gottheiten verehrt?«, fragte sie selbstsicher.
»Nein, davon hatte ich keine Ahnung.«
»Und du? Gehörst du einem Clan oder einer Bewegung des Rekonstruktivismus an?«

Wallner schwitzte wie ein Tier. Als er seinen Schal auszog, erblickte Andreas darunter einen Anhänger an seinem Hals, der seine Neugier weckte.
»Nein, nein! Meine Leidenschaft gilt der Archäologie und der Geschichte.«
»Das eine schließt das andere ja nicht aus«, warf Andreas ein, der Mühe hatte, sich rauszuhalten.

»Das stimmt, aber ich habe mich dafür nie interessiert. Und ich habe Linda seit ihrem Studienabschluss nicht mehr wiedergesehen.«
»In welchem Jahr war das?«
»Gegen Ende der 1970er Jahre, wenn ich mich recht entsinne.«
»Um etwas präziser zu sein: Sie hat ihr Studium 1979 abgebrochen. Weißt du, warum?«
»Nein.«
»Wart ihr damals noch zusammen?«
»Ich glaube, ja. Oder, nein, nicht mehr wirklich.«
»Ja oder nein, Rickard?«
»Ja«, gab er zu.
»Hat sie wegen dir aufgehört?«

Rickard Wallners Befragung war in ein Kreuzverhör ausgeartet, bei dem ihm keine Sekunde Ruhe gegönnt wurde. Als einer der besten Fachleute der Wikingerzeit in Schweden hatte er damit gerechnet, dass ihn die Polizei um eine Expertise auf diesem Gebiet bitten würde, aber nicht, dass sie ihn zu seiner Beziehung zu Linda befragen würden. Er war nicht darauf vorbereitet gewesen und hatte das Gefühl, in der Falle zu sitzen. Er wusste nicht, ob sie blufften oder tatsächlich Informationen über den Clan besaßen. Bei der letzten Versammlung hatte er gegen Lindas Hinrichtung gestimmt, aber man hatte ihn erneut unter Zugzwang gesetzt. Er war vor Ort geblieben und dabei gewesen, als sie Linda alias Lagertha getötet hatten, was ihn genauso zum Schuldigen machte wie die anderen. Ein Geständnis war keine Option. Er musste an seiner Lüge festhalten, wobei das nicht gerade seine Stärke war. Es war ihm nie gelungen, irgendetwas vor seiner Frau zu verbergen.

»Ich hatte ihr gesagt, dass ich Schluss machen würde.«
»Als ihr damals ein Verhältnis hattet, gehörte Linda mit Sicherheit zu diesem Clan. Ich fände es seltsam, wenn sie dir davon nichts erzählt hätte.«

Anna war sich nicht ganz sicher, was genau, aber irgendetwas wusste Wallner. Je länger die Befragung dauerte, desto nervöser wurde er. Sie hoffte, dass er ihnen seine Zugehörigkeit zum Clan gestehen würde oder zumindest dessen Existenz bestätigte, aber er schien noch nicht reif für ein Geständnis zu sein.

»Offensichtlich hat sie mir Dinge verschwiegen.«

»Weißt du, ob Ende der 1970er Jahre oder sogar noch heute Wikingersekten auf Gotland aktiv waren beziehungsweise sind?«

»Momentan kenne ich nur eine Gruppe, die sich Gotländska Asatro Samfundet nennt, aber diese neuheidnische Gemeinschaft existierte damals noch nicht. Sie hat eine Webseite.«

»Der ist sehr hübsch, dein Kettenanhänger«, fuhr Andreas dazwischen.

Rickard Wallner fasste sich instinktiv an den Hals.

»Was ist das?«

»Eine Replik der Fröjel-Kugel, einem Schmuckstück der Wikinger nachempfunden, das bei Ausgrabungen an einer Fundstelle im Süden der Insel gefunden wurde. Das Original wird hier im Museum ausgestellt.«

»Ich meine, den gleichen Anhänger am Hals von Linda Gardell gesehen zu haben.«

»Wir haben sie gemeinsam gekauft.«

Rickard hätte ihn ablegen sollen. Er hatte ihn jahrelang nicht mehr getragen, aber als er am Abend des Treffens in Torsburgen sein Kostüm angelegt hatte, hatte er sich auch den Anhänger umgehängt und ihn seitdem nicht mehr ausgezogen.

Andreas blieb skeptisch. Anna holte das Foto von dem gebrandmarkten Unterleib hervor und schob es Wallner hin. »Was kannst du mir darüber sagen?«

Er erkannte das Muttermal neben dem Nabel. Es war Lindas Bauch. »Ich lese hier ›Jonas‹ auf Altnordisch.«

»Sagt dir der Vorname etwas?«

»Nein, überhaupt nichts.«

Andreas ließ sich nicht täuschen und beschloss weiterzubohren. »Und das Symbol?«

»Es heißt *Valknut*. Aus dem Altnordischen übersetzt bedeutet dies ›Knoten der Gefallenen‹. Das Wort setzt sich aus ›*valr*‹ und ›*knut*‹ zusammen. Ersteres bedeutet im Kampf ›gefallene Krieger‹, Letzteres ›Knoten‹. Die drei ineinander verschlungenen Dreiecke sind ein Zeichen des Gottes Odin, der den Tod als Befreiung der Seele repräsentiert. Es ist das Symbol, das die Verstorbenen auf ihrer Reise nach Walhalla begleitet. Es findet sich auf einem dieser berühmten *Bildstenar*, die im Bunge-Museum im Norden Gotlands ausgestellt sind. Diese großen flachen, phallusförmigen oder, wenn euch das lieber ist, pilzförmigen Bildsteine wurden einst entlang der alten Straßen aufgestellt und dienten dazu, den Menschen Geschichten zu erzählen und ihnen Botschaften zu übermitteln. Im Grunde genommen waren es Comics, die in die Oberfläche des Steins gemeißelt wurden. Der *Valknut* befindet sich direkt über einer Szene, die einen Mann zeigt, der bäuchlings auf einem Stein liegt. Neben ihm steht eine Person mit einer Art Messer oder Lanze. Es handelt sich um eine Darstellung des berühmten Opferrituals der Wikinger, des Blóðörn, was so viel heißt wie ›Blutadler‹.«

»Dieser Ritus wurde an Linda Gardell praktiziert«, erklärte Anna.

»So stand es auch in der Presse ...«

»Wurden denn damals tatsächlich Menschenopfer praktiziert?«

»Ob es Menschenopfer gegeben hat, darüber debattieren die Fachleute auch heute noch heftig. Die Entstehung Gotlands und seiner alten Traditionen werden in der *Gutasaga*, einer Art epischen Sage, die 1220 verfasst wurde, erzählt. Darin werden Opferrituale erwähnt, aber nirgends wird beschrieben, dass es sich um menschliche Opfer handelte. Ich kenne diesen Text auswendig: Er handelt davon, dass die Menschen die Götter auf Lichtungen mitten im Wald, in der Nähe von Hügelgräbern oder an Kult- und Opferplätzen wie mit Pfählen umzäunten Gehegen anriefen. Dort brachten sie mit ihren Söhnen und Töchtern Opfer dar und feierten dies mit Speisen und Getränken. Einige Historiker dachten, dass die Gotländer ihre Kinder den Göttern geopfert hätten. Wenn man jedoch die *Gutasaga* richtig übersetzt, wie ich es getan habe, lässt sich die Textpassage so deuten, dass sie *in Gesellschaft* ihrer Söhne und Töchter Opfer darbrachten. Die Tatsache, dass die Götter mit Essen und Trinken gefeiert werden, deutet implizit auf die Opfer hin, und man darf annehmen, dass dies Tier- und Menschenopfer mit einschloss.«

»Und was ist mit dem Ritual des Blutadlers? Hat es das wirklich gegeben?«

»In einem seiner Gedichte zum Gedenken an Knut den Großen schrieb Sigvatr Pordarson, ein isländischer Dichter aus dem frühen 11. Jahrhundert, eine Strophe, die davon handelt, wie sich die Söhne des Ragnar Lodbrok am Mörder ihres Vaters rächten.«

Wallner rezitierte die Strophe auswendig:

»*In Jórvík hatte*
Ivarr seinen Sitz,
der Ælle einen Adler
aus dem Rücken schneiden ließ.«

Dann fuhr er fort: »Ich erspare euch die Details, aber auch hier könnte es sich aufgrund der Komplexität der altnordischen Dichtung um einen Übersetzungsfehler handeln. Der Sinn des Satzes, wie ich ihn euch vorgetragen habe, könnte auch ein anderer sein. Richtig übersetzt würde er dann lauten: ›Ivarr ließ Ælles Rücken von einem Adler zerschneiden‹. Diese von einer amerikanischen Forscherin vorgeschlagene Version suggeriert, dass König Ælle von Northumbria, nachdem er getötet worden war, den Adlern und Geiern zum Fraß vorgeworfen wurde. De facto waren die Ersten, die in Europa vom Blutadler-Opfer berichteten, Mönche, die Opfer von Wikingerangriffen geworden waren. Man kann sich vorstellen, dass dies als Methode diente, hässliche Gerüchte zu verbreiten, um diese nordischen Plünderer zu dämonisieren.«

»Wie dem auch sei, diese Legende ist Realität geworden ...«
Annas Handy vibrierte. Sie zog es aus ihrer Tasche. »Wir müssen los! Aber wir sehen uns wieder.«

65

Anderthalb Stunden nach ihrer Abfahrt aus Visby erreichten Anna und Andreas die Klippen von Hoburgen im südlichsten Teil der Insel. Der Parkplatz vor dem Restaurant war voll, und sie mussten sich durch eine Touristengruppe hindurchschlängeln. Sogar ein Fotograf und ein Reporter waren bereits vor Ort. Andreas erkannte den Journalisten wieder. Es war Krister Olsson von der Tageszeitung Gotlands Allehanda. Ihre Blicke kreuzten sich. Bevor Krister bis zu ihnen vordringen konnte, waren sie bereits unter dem weißen Absperrband mit der blauen Aufschrift *Polis – avspärrat* hindurchgeschlüpft. Das gesamte Gebiet war von den Ordnungskräften abgeriegelt worden.

Zu seiner Rechten sah Andreas den *Hoburgsgubben*, einen Felsen, der an den Kopf eines Trolls mit einer riesigen Nase erinnerte. Er schien eine Gruppe von Polizisten und einen Kriminaltechniker in weißer Schutzkleidung zu betrachten, die ein Stück weit entfernt beschäftigt waren.

Andreas und Anna gingen auf das Zelt zu, das am Fuß der imposanten Klippen aufgestellt war, und traten ein. Rasmus machte Aufnahmen von der auf den Kieselsteinen liegenden Leiche.

Andreas trat näher und betrachtete dabei die Tote, die, die Glieder verrenkt, auf dem Rücken lag. Es handelte sich um eine Frau Anfang sechzig. Sie war nackt. Aus ihrer geballten Faust hing eine silberne Kette mit einem Anhänger heraus, eine ringförmige Fassung, in die eine blaue Kugel eingelassen war.

Sie traten wieder aus dem Zelt hinaus. An der Küste brachen sich die Wellen.

»Da oben auf den Klippen haben wir ihre Kleidung gefunden«, sagte Måns, der mit Jenny bereits vor ihnen eingetroffen war.

»Und genau hier liegen verstreute Glasscherben einer Whiskyflasche«, fügte Jenny hinzu und zeigte ihnen das Etikett, das sie gerade aufgehoben hatte.

Andreas und Anna kletterten einen steilen Pfad hinauf, um den Felsgrat zu erklimmen. Über den Gipfel fegten heftige Sturmböen. Das aufgewühlte Meer vor ihnen erstreckte sich bis zum Horizont. Behutsam näherte sich Andreas dem schwindelerregenden Abgrund. Dreißig Meter unter sich sah er das Zelt stehen. Plötzlich hatte er das beklemmende Gefühl, das Gleichgewicht zu verlieren. Im Geiste stellte er sich den Sturz der Frau vor. Und den Aufprall. Andreas trat ein paar Schritte zurück.

»Sie gehörte zum Clan«, sagte er.

»Wie bitte? Woher weißt du das?«

»Der Kettenanhänger. Es ist der gleiche, den Rickard Wallner und Linda Gardell trugen. Das ist zweifellos ein Zeichen der Zugehörigkeit.«

»Selbstmord oder Mord?«

»Ihre Kleidung wurde perfekt gefaltet am Rand der Klippe abgelegt.«

»Jemand könnte sie gezwungen haben, sich zu entkleiden und hinunterzuspringen, oder es hat sie jemand in den Abgrund gestoßen und dann ihre Sachen sorgfältig zusammengelegt?«

»Deine Theorie ist stimmig, aber ich tippe auf Selbstmord.«

»Und welchen Grund sollte sie gehabt haben?«

»Ein Geheimnis, das zu schwer zu ertragen ist …«

66

Als Anna und Andreas Hoburgen verließen, versuchten der Reporter und der Fotograf, ihnen mit dem Auto zu folgen, allerdings hatte Anna die Polizisten vorausschauend gebeten, den Weg für sie zu sperren. Anna musste lächeln, nachdem sie im Rückspiegel sah, wie Krister Olsson und sein Kollege die Mienen verzogen. Sie waren schlimmer als Filzläuse. Die ganze Affäre machte bereits überall Schlagzeilen und ließ Journalisten vom Festland und sogar aus dem Ausland herbeiströmen. Und sie hatte überhaupt keine Lust darauf, dass sie ihnen auch noch an den Fersen klebten.

Anna und Andreas betraten das Grundstück von Maria Dahl. Der Staatsanwalt hatte ihnen inzwischen einen Durchsuchungsbeschluss zukommen lassen. Auf dem Parkplatz in der Nähe des Tatorts hatten sie ihr Auto und auf dem Beifahrersitz ihre Handtasche gefunden, in der sich ihr Personalausweis befand. Ihr Wohnort lag etwa sechzig Kilometer von Hoburgen entfernt. Maria Dahl wurde bereits seit vielen Jahren vom Sozialdienst betreut und hatte mehrere Klinikaufenthalte mit Alkoholentzug hinter sich.

Das Steinhaus war in schlechtem Zustand. Sie stiegen die Stufen zum Eingang hinauf. An der Tür hing ein handgeschriebener Zettel mit der Aufschrift: *Kommt rein, es ist offen!*

Anna öffnete die Tür, und sie betraten den Flur. Es war offensichtlich, dass sich Maria Dahl nicht besser um sich selbst kümmerte als um ihr Haus. Sie hatte alles vorbereitet, bevor sie sich in den Abgrund stürzte. Auf dem Küchentisch lag ein Wikingerkostüm: ein schwarzer, mit silbernen Ornamenten verzierter Eisenhelm, an dem eine Kettenbrünne befestigt war, die das Gesicht verdeckte, ein dunkles Hemd mit bestickten Borten, ein purpurrotes pelzbesetztes Cape und eine braune Hose. Das Hemd war mit zwei Runen bestickt. Daneben lag ein Trinkhorn mit eingravierten Runen und Verzierungen. An dem Wikingerhelm lehnte ein Umschlag mit der Aufschrift: *Damit die Wahrheit ans Licht kommt!*

Anna streifte sich Latexhandschuhe über und öffnete den Umschlag. Er enthielt zwei Pläne mit Ortsangaben, vermutlich die Treffpunkte des Clans, mehrere Seiten mit Runen aus dem *Älteren Futhark* beschrieben, Drohbriefe und einen mit dem Datum des Vortags versehenen handgeschriebenen Brief. Anna faltete ihn auf und begann ihn laut vorzulesen:

Sicherlich wird man euch erzählen, dass ich eine Alkoholikerin bin, der man nicht glauben darf. Während ich diesen Brief schreibe, bin ich jedoch nüchtern. Das kann ich versichern. Da dies meine letzten Worte sind, will ich mir Mühe geben. Die Flasche Whisky hebe ich mir für den großen Sprung auf. Ich werde sie brauchen, um meine Feigheit zu überwinden. Wenn ihr diese Zeilen lest, werde ich bereits in Helheim oder sogar in Niflheim eingegangen sein, einem noch kälteren und düstereren Ort. So, wie mein Leben verlaufen ist, wird mir Walhalla, das nur die Tapferen betreten dürfen, ganz sicher verwehrt bleiben. Dabei hatte alles so gut begonnen. Unser Clan Freyjas Kinder hat sich versammelt, um die Wohltaten der Göttin zu feiern, indem wir ihr Kleidung, Gemüse und Fleisch darbrachten. Doch nach einigen Zeremonien ist Jarl Dvalin übergeschnappt. Es begann Blut zu fließen. Zuerst die Schafe. Dann Gersimi. Wir haben ihr Blut getrunken. Man hatte uns Drogen eingeflößt. Dies soll keine Entschuldigung sein, entspricht aber der Realität. Ich erspare euch die Schimpfwörter, die mir in den Sinn kommen. Dann die Ermordung von Jorik und Valfrid. Wir wurden alle in eine Falle gelockt. Häufig sagte ich mir, dass ich hätte zur Polizei gehen sollen, aber unsere Angst war allgegenwärtig. Der Jarl hatte es geschafft, ein Klima des Misstrauens und des Schreckens zu schaffen. Ich fürchtete, im Gefängnis zu landen oder noch Schlimmeres zu erleiden. Ich dachte, dass diese Geschichte nach so vielen Jahren der Vergangenheit angehören würde. Einer Vergangenheit, die ich nie vergessen habe und die mein Leben

Tag für Tag vergiftet hat, mich aber trotz allem mit den Jahren auch in eine Art Lethargie hat fallen lassen. So hatte ich auch nicht mit der Wiederauferstehung des Clans in der vergangenen Woche gerechnet. Ich bin hingegangen. Das hätte ich nicht tun sollen. Erneut sind wir in eine Falle gelockt worden. Einige, darunter auch ich, haben versucht, sich aufzulehnen, aber die Pistole des Goði Grer ließ uns verstummen. Ich habe mich häufig gefragt, wer der Jarl ist. Während der Zeremonie habe ich ihn genau betrachtet. Durch sein Visier konnte ich seine verschiedenfarbigen Augen erkennen. Ein blaues und ein grünes Auge. Irgendetwas an seiner Stimme kam mir seltsam vor, aber ich hätte nicht sagen können, was es war. Diese unheilvolle Person wird mir für immer ein Rätsel bleiben. Als die Axt des Goði Hagbart Lagerthas Hals durchtrennte, wusste ich, dass es vorbei war. Ich bin wie all die anderen gezwungen worden, einen Schluck ihres Blutes zu trinken. Verdammte Scheiße! Verfluchte Teufel! Mir ist speiübel geworden. Es war abscheulich. Ich fühlte mich beschmutzt, und das Einzige, was mir übrig bleibt, ist, dieses unerträglich gewordene Leben zu beenden. De facto bin ich bereits seit fast vierzig Jahren tot. Einzig diese Insel hielt mich am Leben. Manchmal wollte ich fortgehen, um der quälenden Vergangenheit zu entfliehen. Doch das war nicht möglich. Auf Gotland wird man geboren, und auf Gotland stirbt man.
Maria alias Mildfrid

PS: Geht zu Leif Gunnarsson. Er wohnt in Ljugarn. Er war Teil unserer exklusiven Gesellschaft und ist der Einzige, dessen Identität ich kannte. Bittet ihn, euch von seinem Kumpel Rickard zu erzählen ...

67

Die Tore taten sich eines nach dem anderen auf. Anna und Andreas hofften, bei ihren Ermittlungen endlich einen bedeutenden Durchbruch zu erzielen. Nach der Ermordung von Linda Gardell war ihnen durch Maria Dahls Selbstmord Leif Gunnarsson auf einem Silbertablett serviert worden. Es gab keinen Zweifel mehr, dass auch Rickard Wallner zu ihrer Gruppe gehörte. Inzwischen galt die Existenz des Wikingerclans als gesichert, und sie hatten sechs Mitglieder identifiziert, von denen vier tot waren.

Andreas war der festen Überzeugung, dass er der Auslöser für dieses Wiederaufflammen der Gewalt war. Er konnte es kaum erwarten zu hören, was Gunnarsson zu erzählen hatte. Er würde das erste identifizierte Mitglied sein, das sie befragen konnten. Andreas hatte zwar mit Linda über den Clan gesprochen, aber damals nicht gewusst, dass sie zu Freyjas Kindern zählte. Er hoffte, endlich zu verstehen, was passiert war.

Gunnarssons Haus war ein altes Gehöft in der Nähe des Dorfes Ljugarn. Im Gegensatz zu Maria Dahls Besitz war das Anwesen perfekt gepflegt. Der Rasen war akkurat geschnitten, in den Beeten wuchsen verschiedene Rosensorten, und die Fassade war frisch gestrichen.

Leif öffnete die Tür einen Spaltbreit. Auf den Eingangsstufen standen ein Mann und eine Frau mit Dienstausweisen in der Hand. Ein Stück entfernt warteten zwei Beamte neben einem Polizeiwagen.

Rickard hatte ihn bereits am Morgen angerufen, um ihm mitzuteilen, dass er das Land verlassen würde. Leif hatte für sich selbst beschlossen, Selbstanzeige bei der Polizei zu erstatten, und schon in der Früh seinen Anwalt kontaktiert. Jemand war ihm offensichtlich zuvorgekommen, und man musste kein Hellseher sein, um zu erraten, um wen es sich handelte ...

Die Kommissarin sah ihm in die Augen. »Leif Gunnarsson, du bist verhaftet.«

68

»Hat mich Maria denunziert?«
»Maria Dahl ist tot«, antwortete Anna.
»Haben sie sie auch umgebracht?«
»Wir haben sie am Fuße der Klippen von Hoburgen gefunden. Sie hat sich offensichtlich das Leben genommen«, erklärte Måns.
Andreas beobachtete die Befragung zusammen mit Jenny durch den Einwegspiegel. Neben Leif Gunnarsson saß dessen Anwalt und machte sich Notizen. Er hatte sich beeilt, ihnen zu sagen, dass sein Mandant ihn bereits am Morgen kontaktiert habe, weil er sich der Polizei stellen wollte. Andreas war frustriert, nicht im Verhörraum zu sitzen, um einer der Personen ins Gesicht schauen zu können, die für den Tod seiner Familie verantwortlich waren. Doch auf Gotland waren ihm in dieser Hinsicht die Hände gebunden. Auch Jenny wirkte unzufrieden, dass sie Måns ihren Platz hatte überlassen müssen. Er hatte sich gerühmt, zum Verhörspezialisten ausgebildet worden zu sein, wie es bei der Elite der schwedischen Polizei, zu der er sich zählte, üblich war. Um eine diplomatische Krise zu vermeiden, hatte Anna nachgegeben.
»Wen meinst du mit ›sie‹?«, fragte Anna Gunnarsson.
»Den Jarl und seine drei Helfershelfer.« Er erklärte ihnen die unterschiedlichen Rollen innerhalb des Clans.
»Kennst du ihre Identitäten?«
»Nein, ich habe keine Ahnung, wer sie sind. Bei den Versammlungen trugen wir Helme und Masken. Das Ziel war es, anonym zu bleiben. Jeder von uns hatte einen Wikingervornamen, den sie für uns ausgesucht hatten. Meiner lautete Leidulf.

Alles war so organisiert, dass wir nicht wissen konnten, wer die anderen sind. Und alle haben dieses Spiel mitgespielt. Ich hatte nicht damit gerechnet, dass sich diese Situation gegen uns wenden würde. Ich kannte lediglich Maria Dahl, die ich dem Clan vorgestellt hatte, und Rickard Wallner, der mich eingeladen hatte, Mitglied zu werden.«

»In welcher Verbindung stehst du zu diesen beiden Personen?«

»Maria war damals meine Freundin. Wir hatten uns kennengelernt, als ich zwanzig und sie zweiundzwanzig Jahre alt war. Nach dem, was '79 passiert ist, haben wir uns aus den Augen verloren.«

»Und Rickard Wallner?«, fragte Måns.

»Während meines Studiums hatte ich mich eingeschrieben, um einen Sommer lang an archäologischen Ausgrabungen teilzunehmen. Das war im Jahr 1978. Dort habe ich Rickard kennengelernt. Wir wurden Freunde, und er hat mir vorgeschlagen, dem Clan beizutreten. Ich fand die Idee verlockend. Mir kam es vor, als würde man dort diesen Relikten neues Leben einhauchen.«

»Und habt ihr immer noch Kontakt?«

»Wir haben uns nie aus den Augen verloren. Ich bin Historiker und Schriftsteller geworden. Ich habe Werke über die Wikingerzeit auf Gotland verfasst. In diesem Zusammenhang habe ich ihn mehrfach interviewt, und man trifft sich öfters bei Seminaren.«

»Trägst du auch einen Anhänger mit einer blauen Kugel?«, fragte Anna.

»Nein, ich habe ihn neulich für das Treffen umgelegt, aber danach wieder ausgezogen.«

»Warum habt ihr die Familie Sandelin ermordet?«

»Damit habe ich nichts zu tun. Es waren der Jarl und seine drei Helfer, die sie töten wollten, um sie dafür zu bestrafen, dass sie den Clan verlassen haben.«

»Aber ihr habt euch nicht dagegen gewehrt?«

»Wir hatten keine Wahl. Sie hatten uns dazu gebracht, eine

Art Droge zu trinken. Und außerdem haben sie uns bedroht. Ich hatte Angst.«

Andreas konnte nicht genau sagen, was er in diesem Moment empfand, als er den unscheinbaren Mann mit dem fein geschnittenen Gesicht betrachtete, der enttäuscht wirkte und mit resignierter Stimme die Fragen beantwortete. Es war eine Mischung aus Mitleid und Abscheu angesichts dieses Durchschnittsmenschen, der sich in eine Geschichte hatte reinziehen lassen, die ihm über den Kopf gewachsen war. Dieser Mann war sicherlich nicht in der Lage zu töten, aber er war feige gewesen. Und das machte ihn in Andreas' Augen genauso schuldig wie all die anderen.

»Erzähl uns, was passiert ist«, sagte Anna.

Je näher Gunnarsson der Wahrheit kam, desto mehr spürte Andreas, wie die Spannung in ihm wuchs.

»Bei der ersten Zeremonie waren wir dreizehn Personen. Ich meine, dass sie im Herbst 1978 gegen Ende September stattgefunden hat. Die ersten beiden Male verlief alles wie geplant in einer festlichen Atmosphäre. Doch ab dem dritten Treffen, dem Fest der Wintersonnenwende, begann es sich hochzuschaukeln. Ohne jede Ankündigung opferte der Jarl ein Schaf und ließ uns das Blut trinken. Ich war zugleich schockiert und zutiefst angewidert, aber im Mai ist dann alles endgültig aus dem Ruder gelaufen ...«

69

Barshalder, Gotland
Samstag, 12. Mai 1979

Vilhelmina folgte Jacob mit ihrer Geige in der Hand durch den Wald zu den Steinen, die in der Form eines Schiffs angeordnet waren. Es war deutlich kühler geworden, und der Wind hatte aufgefrischt. Sie hatten sich ihre Wikingerkostüme angezogen und waren in ihre Clanidentität geschlüpft.

Barshalder war einmal der größte Friedhof der Insel mit mehreren hundert Gräbern gewesen, von denen die ältesten aus der Bronzezeit und die jüngsten aus der Wikingerzeit zwischen 800 und 1000 nach Christus stammten. Es war zugleich einer der Versammlungsorte des Clans, der ihrem Haus am nächsten lag.

Vilhelmina erinnerte sich an den ersten Kontakt mit dem Jarl und seinen drei Komparsen. Es war ihre Cousine gewesen, die ihnen von dem Wikingerclan erzählt und ihnen vorgeschlagen hatte, Mitglieder zu werden. Linda hatte die Begegnung mit dem Quartett organisiert. Das Treffen hatte, geschützt vor fremden Blicken, an einer alten Wikingerstätte stattgefunden. Sie waren den Hinweisen gefolgt und hatten sich genau wie heute nach Sonnenuntergang durch das Dickicht in Richtung Barshalder geschlagen. Als sie an der Steinformation ankamen, standen dort vier Personen in Wikingerkostümen mit Helmen auf den Köpfen, die von brennenden Fackeln umgeben waren. Zunächst hatte sie diese Inszenierung eingeschüchtert, doch die mystische Stimmung, die die Szene ausstrahlte, hatte sie gleichzeitig auch erregt.

Der Jarl hatte sie gebeten, ihre Beweggründe für das Eintreten in den Clan zu erläutern. Jacob hatte sein Interesse an der Geschichte und seinen Wunsch bekundet, das nordische Heidentum wieder aufleben zu lassen, das ihre wahre, vom Christentum verspottete Identität sei. Vilhelmina wollte ihr Musikinstrument in den Dienst der Feierlichkeiten stellen. Bei einer kurzen Kulthandlung, *Ausa Vatni* genannt, hatte der Jarl ihnen einige Wassertropfen auf die Köpfe gespritzt und mit dem Thorhammer ein Zeichen in die Luft gemalt. Auf diese Weise waren sie auf ihre Wikingervornamen getauft worden. Nach ihrer Aufnahme hatten sie jeweils einen Helm und das Gewand erhalten, das sie bei jedem Treffen tragen mussten. Vilhelmina hatte die Kostüme nachbessern müssen.

Im Februar wollte Vilhelmina nach dem letzten *Dísablót*, bei dem wieder ein Lamm geopfert worden war, zusammen mit ihrem Mann den Clan verlassen. Der Jarl und seine Schergen hatten ihnen zu verstehen gegeben, dass dies nicht möglich sei. Niemand würde aus dem Clan austreten. Da sie in einer Bauernfamilie groß geworden und inzwischen selbst eine Bauersfrau war, hatte sie das Töten von Tieren schon häufig mit angesehen. Doch das hatte nichts mit der rituellen Hinrichtung dieses Lamms gemein. Sie hatte es nicht ertragen, das Blut des Tieres trinken zu müssen. Sein metallischer Geschmack hatte sich in ihr Gedächtnis eingebrannt.

Die *Vårblót* genannte Frühlingszeremonie am Tag der Tag- und-Nacht-Gleiche war normal abgelaufen. Wie bei den ersten Feiern hatten sie den Göttern Lebensmittel dargebracht, mit der Bitte, dass ihre nächste Ernte fruchtbar sein würde. Aber Jacob und Vilhelmina ließen sich nicht täuschen. Sie waren überzeugt, dass es irgendwann wieder eine neue Entgleisung geben würde. Sie fühlten sich wie Gefangene und wussten nicht, wie sie diesem Wespennest entfliehen sollten. Nach dem letzten *Thing* hatten sie einen anonymen Anruf bekommen, in dem ihnen gedroht wurde, ihnen ihre Kinder wegzunehmen, sollten sie erneut gegen die Gesetze des Clans verstoßen oder mit anderen Mitgliedern während oder außerhalb der offiziellen Treffen Intrigen schmieden. Der Anrufer hatte versucht, seine Stimme zu verstellen, aber sie meinten dahinter Goði Berling erkannt zu haben.

Vilhelmina hatte daher große Angst, als sie nach Barshalder gingen, aber sie konnten auch nicht fernbleiben.

70

Mit einem Haftbefehl in der Hand klingelten Måns und Jenny in Begleitung von zwei uniformierten Polizisten an der Haustür einer alten an der Adelsgatan gelegenen Villa in Visby. Eine Frau mit aschgrauem Haar öffnete ihnen die Tür.

»Ist Rickard Wallner da?«, fragte Jenny.

»Was wollen sie von ihm?«, fragte Rickards Ehefrau beunruhigt.
»Wir wollen mit deinem Mann sprechen.«
»Hat es mit seiner Arbeit zu tun, oder geht es um eine private Angelegenheit?«
»Mehr kann ich dir nicht sagen.«
Eine Stimme erschallte aus dem Inneren des Hauses: »Wer ist denn da, Rita?«
Jenny konnte sehen, dass im Flur zwei Koffer standen. »Lass uns bitte eintreten.«
Plötzlich hörten sie das Geräusch einer Tür, die ins Schloss fiel. Jenny stieß die Frau zur Seite und drang in das Haus ein. Sie rannte durch den Flur und ins Wohnzimmer. Als sie den Wintergarten erreichte, sah sie eine Person durch eine kleine Gasse flüchten.
»Måns, er ist abgehauen. Lauf hintenherum!«
Måns machte auf dem Absatz kehrt und lief auf die Straße. Er sprintete los und bog nach links in die Sankt Michaels Gränd ein. An einer Kreuzung sah er Wallner atemlos angerannt kommen. Måns verlangsamte sein Tempo nicht. Er rempelte ihn an, stieß gegen seine Schulter. Wallner ging zu Boden und schlug mit dem Gesicht auf das Pflaster. Jenny kam herbeigelaufen.
Måns ging in die Hocke und legte Wallner die Handschellen an.
»Rickard Wallner, als Beschuldigter in einem Tötungsdelikt bist du vorübergehend festgenommen. Steh auf.«
Wallner gehorchte. Seine Nase blutete stark. Sie eskortierten ihn bis zu ihrem Dienstfahrzeug und nahmen ihn mit auf die Wache.

Mittlerweile lag Rickard auf dem Bett in seiner Zelle. Scham hatte sich seiner bemächtigt. Bei seiner Ankunft hatten sie ihm die Handschellen abgenommen und ihm befohlen, sich auszuziehen. Nackt vor den Polizisten zu stehen war sehr erniedrigend gewesen. Am liebsten hätte er seine Not herausgeschrien. Er hatte fliehen wollen. Nach dem Besuch der beiden Kommissare im Museum am Morgen hatte er gezögert. Fliehen, ja, aber wohin? Und wie? Er hätte den Lehrstuhl annehmen sollen, den man ihm an der Universität von Pennsylvania angeboten hatte. Er war aus Liebe zu Rita geblieben. Was war er nur für ein Idiot! Es war sinnlos, vor Selbstmitleid zu zerfließen. Was ihn im Moment am meisten beschäftigte, war, was er der Presse erzählen würde. Er war immer sehr stolz auf seinen Status als Archäologe und Museumsdirektor gewesen. Er liebte es, im Rampenlicht zu stehen. Die Reaktion seiner Frau war ihm egal, aber was würden die Leute von ihm denken?

Seine ganze Welt war in sich zusammengebrochen. Lange Zeit hatte er sich ausgemalt, dass dieser Moment eintreten könnte, doch mit den Jahren war seine Angst verflogen. Die Ermittlungen hatten nichts ergeben, und er hatte keinen Grund zur Sorge gehabt. Damals hatten der Kommissar und der Staatsanwalt ihm als Experten für die Wikingerzeit Fragen gestellt, aber er war ungeschoren davongekommen. Von dem, was 1979 geschehen war, dieser schrecklichen Tat, die sich vor seinen Augen abgespielt hatte, träumte er immer noch jede Nacht. Allerdings hätte er nie gedacht, dass er siebenunddreißig Jahre später im Gefängnis landen würde. Es war Ironie des Schicksals, dass er wegen Beihilfe zum Mord an Linda Gardell verhaftet worden war, denn die damaligen Ereignisse waren verjährt. Hätte er geahnt, was für Folgen die Teilnahme am Clantreffen für ihn haben würde, wäre er der Einladung des Jarls zu dieser Zeremonie niemals gefolgt.

Rickard sah sich in seiner engen Zelle um und blickte dann durch das winzige Fenster gen Himmel. Er fragte sich, wie viel Zeit er wohl zwischen diesen vier Wänden schmoren würde. Wahrscheinlich würde er nie wieder in Freiheit entlassen werden. Er war jetzt fünfundsiebzig und würde vermutlich im Gefängnis sterben.

71

Barshalder, Gotland
Samstag, 12. Mai 1979

Als Valfrid und Jorik eintrafen, hatten die anderen bereits ihren Platz eingenommen. Der Jarl begann die Zeremonie mit der traditionellen Anrufung.
»Freyja, leidenschaftlichste aller Königinnen, komm zu uns. Freyja, deine Kinder rufen dich an: Komm jetzt zu uns!«
Der stürmische Wind, der zwischen den Bäumen hindurchfuhr, dämpfte seine Stimme.
Alle stimmten in den Chor ein: »Freyja, komm zu uns! Freyja, komm zu uns! Freyja, komm zu uns ...«
Valfrid liebte die mystische Komponente dieser Treffen und genoss es vor allem, in der Natur zu beten und zu singen. Doch mit jeder neuen Zeremonie wuchs die Angst in ihrem Kopf. Neben dem Jarl stand ein mit einem Tuch bedeckter Korb. Sie fragte sich, was er enthielt. Jedes Mitglied brachte den Göttern Geschenke dar, aber normalerweise nicht der Jarl.
»Freyjas Kinder, ich erhebe dieses Horn, um auf den Ruhm der Götter zu trinken.«
Bóndi Valfrid beobachtete, wie Goði Alfrigg eine Karaffe ergriff und herumging, um die Trinkhörner zu füllen, die jeder von ihnen am Gürtel trug. Es verwunderte sie, dass dieses Getränk zu Ehren der Götter gleich zu Beginn der Zeremonie getrunken wurde. Normalerweise geschah dies nach den Opfergaben.
»Horn des Odin, wir danken dir für unsere Vergangenheit und unsere Vorfahren.«
Wie alle anderen Mitglieder erhob Valfrid ihr Horn zum Himmel. Die brennenden Fackeln beleuchteten die Steine des Wikingerschiffes und formten Lichtkreise in der tiefen Nacht.
»Horn des Thor, wir danken dir für unsere Gegenwart und dafür, dass wir hier vereint sind. Horn der Freyja, wir danken dir für unsere Zukunft und unsere Nachkommen.«

Bóndi Valfrid hob das Horn an ihre Lippen und trank zu Ehren der Götter.

»Mit diesem Getränk danken wir denjenigen, die in unserer Kette der Existenz waren, sind und sein werden.«

Jarl Dvalin ergriff Goði Alfriggs Trommel und begann den Takt zu dem altnordischen Singsang zu schlagen, den Lögsögumaður Grer angestimmt hatte. Alfrigg blieb in der Kreismitte stehen und rührte sich nicht. Bóndi Valfrid ließ ihre Geige erklingen, Solveig begleitete den Gesang auf ihrer Leier, und Bóndi Leidulf blies in sein Nebelhorn.

Diese Stimme und die betörenden Klänge versetzten Valfrid normalerweise in eine Art sanfte Trance. Dieses Mal beschleunigte sich jedoch ihr Herzschlag. Schauer durchliefen ihren Körper, und Schweiß perlte ihr von der Stirn.

Seit einigen Wochen nährte der Jarl heimlich seinen Wunsch nach Rache. Das Quartett traf sich ab und zu außerhalb der offiziellen Clantreffen, um Bilanz zu ziehen und weitere Aktivitäten zu planen. Drei Monate zuvor hatte ihm Goði Berling erzählt, dass das Opfern des Lamms für recht große Unruhe unter den Mitgliedern gesorgt hatte. Auch wenn Goði Berling und Goði Alfrigg noch nicht bereit waren, auf Tieropfer zu verzichten, war es Jarl Dvalin und Lögsögumaður Grer gelungen, sie zu überzeugen, es zumindest bei den kommenden Zeremonien etwas ruhiger angehen zu lassen. Und genau das hatten sie getan. Der Jarl lächelte. Niemand hatte eine Ahnung davon, welche Überraschung sie erwarten würde. Er ergriff das Wort: »Wir, Freyjas Kinder, präsentieren dir jetzt unsere Opfergaben und erhoffen uns davon Wohlstand.«

Plötzlich erschauderte Bóndi Valfrid. Im Wald schienen Hunderte rot glühende, flammende Augen nach ihr zu spähen und ihr zuzublinzeln, als wollten sie sie rufen. Die Bäume nahmen merkwürdige Formen an und begannen zu tanzen. Bilder und Töne schwirrten ihr im Kopf herum. Hitzewellen lösten eine unkontrollierbare Panik in ihr aus.

Die Stimme des Jarls hatte sich verändert. Jorik konnte nicht genau sagen, was es war. Eine undefinierbare Verwandlung im Tonfall und im Timbre der Stimme. Alle brachten ihre Geschenke herbei, legten sie auf die Mitte des Opfersteins, hängten sie an Bäume oder vergruben sie in der Erde. Jorik ließ den Jarl nicht aus den Augen. Es war unmöglich, seine Gesichtszüge unter dem Brillenvisier zu erkennen, dennoch nahm er in seinem Blick etwas Dunkles, Düsteres wahr. Um den Hals trug der Jarl eine wunderschöne Silberkette mit Bernstein, die von den Flammen der Fackeln erhellt wurde.

Mit einer theatralischen Geste zog Jarl Dvalin das Tuch vom Korb. Er griff mit beiden Händen hinein und holte ein mit Stoff umwickeltes Paket heraus, das er auspackte. Auf dem rosafarbenen Popelinestoff lag ein nackter Säugling. Jorik war wie gelähmt. Der Jarl legte das Baby auf den Stein zu den Opfergaben.

Jorik hatte sofort ein Bild seiner Kinder vor Augen. Dieses Baby hier schien erst wenige Wochen alt zu sein und zu schlafen. Oder war es bereits tot?

»Zu Ehren von Freyja habe ich ihr den Namen Gersimi gegeben.«

Alle schienen paralysiert zu sein, doch nach und nach brach ein hektisches Durcheinander unter den Versammelten aus. Schreie und irres Gelächter ertönten. Einige begannen unkoordiniert zu tanzen und unverständliche Gesänge anzustimmen. Grer gab mit der Trommel einen rasenden Rhythmus vor und skandierte dabei wirre Worte.

Der Jarl packte den inzwischen schreienden Säugling und hielt ihn mit gestreckten Armen gen Himmel. Ein Gewitter brach los, und heftiger Regen prasselte auf sie nieder.

»Freyja, du unsere Mutter, wir bringen dir diese Opfergabe dar und erhoffen uns dafür Wohlstand.«

In aller Seelenruhe legte der Jarl das immer noch weinende Baby zurück auf den Stein.

»Goði Berling.«

Keine Reaktion.

»Goði Berling!«

Berling trat vor, und Jarl Dvalin reichte ihm ein Messer. Jorik war außer sich und traute seinen Augen nicht. Niemand sagte etwas. Niemand griff ein. Alle schienen von der Realität losgelöst zu sein. Die Gruppe war von einem frenetischen und wahnhaften Taumel erfasst worden. Jorik selbst stand unter Schock. Er hatte richtig gehandelt, das *Gotlandsdricka* nicht zu trinken, das ihnen in ihre Hörner gefüllt worden war. Da er diesen Trank selbst braute, wusste er genau, aus welchen verschiedenen Zutaten es bestand und welche Konsistenz es normalerweise hatte. In dem Moment, als er das Getränk im Mund gehabt hatte, hatte er bemerkt, dass die Flüssigkeit sämiger war als sonst, wenn nicht sogar mehlig. Das war ihm verdächtig vorgekommen. Er hatte den Trank daher unauffällig ausgespuckt und den Rest auf den Boden geschüttet.

Jorik flüsterte Valfrid, die neben ihm stand, etwas ins Ohr. Valfrid zeigte keinerlei Reaktion, sondern ließ sich auf die Knie fallen und erbrach ihren gesamten Mageninhalt. Jorik half ihr aufzustehen. Sie flüchteten im Laufschritt.

72

Montag, 25. Juli

Während Jenny und der Forensiker Rasmus immer noch im Haus von Maria Dahl beschäftigt waren, suchten Anna und Andreas den Tatort auf, wo Linda Gardell ermordet worden war.

Anna parkte ihren roten Volvo am Fuße der Wallburg von Torsburgen. Der Einsatzwagen der Polizei, der ihnen gefolgt war, hielt neben ihnen an. Die Beamten ließen den mit Handschellen gefesselten Leif Gunnarsson aussteigen. Sein Anwalt war ebenfalls vor Ort. Ein drittes Fahrzeug fuhr vor. An Bord waren zwei Spezialisten der Stockholmer Kriminaltechnik, die zur Verstärkung gekommen waren. Gunnarsson wies ihnen die Richtung, und alle setzten sich in Bewegung.

Anna und Andreas begleiteten ihn etwa hundert Meter auf einem Waldweg, bevor sie in einen Pfad abbogen, der zur *Glose luke* führte, einem der Tore zur einstigen Wikingersiedlung. Auf dem Plateau angekommen überquerten sie eine weite Fläche, auf der immer noch Spuren des Feuers zu sehen waren, das 1992 einen Teil von Torsburgen verwüstet hatte. Ein Stück weiter drangen sie in den Wald ein, bis sie eine Lichtung erreichten, auf der ein großer Steinkreis stand.

»Dies ist der Kreis der Richter«, erklärte Gunnarsson.

Er hatte ihnen die Einladung von Jarl Dvalin gezeigt, in der mit der Rache Odins gedroht wurde.

»Anfangs waren wir zwölf Mitglieder und der Jarl ... Und neulich waren wir zu acht, darunter der Jarl und Lagertha, die geopfert wurde.«

Anna gab Andreas ein Zeichen. Sie waren im Auto übereingekommen, dass er ihm Fragen stellen durfte.

»Was ist während der Versammlung passiert?«

»Der Jarl hat uns erzählt, dass Lagertha alles verraten wollte, und hat anschließend zwei neue Goðar ernannt.«

»Warum?«

»Den Grund dafür weiß ich nicht. Die beiden alten Goðar waren offensichtlich nicht anwesend, und der Jarl brauchte zwei neue Gehilfen, die ihm bei seiner Arbeit zur Hand gehen sollten.«

»Und du hast wirklich keine Ahnung, welche Identität sich hinter dem Jarl verbirgt?«

»Nein, das schwöre ich euch. Das Einzige, was ich über den Jarl weiß, ist, dass sein Wikingername Dvalin lautet.«

»Versuch dich an ein Detail zu erinnern. Seine Stimme, seine Körpergröße?«

»Seine Augen. Seine Augen sind von unterschiedlicher Farbe, das eine blau, das andere grün. Man konnte sie durch das Visier sehen.« Leif überlegte und fügte hinzu: »Und seine Stimme. Sie ist unterschiedlich.«

»Wie das?«

»Ich habe das Gefühl, dass der Jarl absichtlich seine Stimme verändert, damit man sie nicht erkennt.«

»Und die Goðar?«

»Die zwei neuen Goðar heißen Hagbart und Grer. An ihre Vorgänger kann ich mich nicht mehr genau erinnern. Einer hatte einen Vornamen, der mit Alf begann ... zumindest so in der Art.« Er zeigte ihnen den Stein, auf dem Goði Hagbart mit einer Axt den Hals von Linda Gardell durchtrennt hatte.

»Was ich nicht verstehe ...«, sagte Anna. »Warum hat niemand etwas dagegen unternommen?«

»Goði Grer hat uns mit einer Waffe bedroht. Und seht ihr diesen Baum? Sie hatten eine Kamera daran befestigt und alles gefilmt.«

»Warum war das denn ein Problem? Ihr wart doch alle maskiert, oder?«, fragte Andreas.

»Sie haben gesagt, wenn jemand von uns irgendetwas machen würde, dann würden sie uns denunzieren. Sie kennen unsere Namen. Außerdem haben sie gesagt, dass sie bei unserer Ankunft unsere Fahrzeuge fotografiert hätten. Ich hatte das Gefühl, in der Falle zu sitzen.

Andreas und Anna begleiteten Gunnarsson zurück zu den Autos, fuhren mit ihm zurück zur Wache, um seine Aussage zu Papier zu bringen, und überließen die restliche Arbeit der Spurensicherung.

Leif Gunnarsson würde wegen Beihilfe zum Mord an Linda Gardell angeklagt werden. Er würde jedoch nicht für den tragischen Fall des geopferten Babys im Jahr 1979 und auch nicht für den Mord an der Familie Sandelin im gleichen Jahr belangt werden, denn beide Fälle waren verjährt. Erst war ein Lamm geopfert worden und danach ein Baby. Das war der Moment, an dem der Clan dem Grauen verfallen war.

73

Anna und Andreas beobachteten Rickard Wallner durch den Einwegspiegel. Er stützte seine Ellbogen auf dem Tisch ab und hatte den Kopf in die Hände gelegt. Im Gesicht trug er eine Schiene, die seinen Nasenbeinbruch stabilisierte. Genau wie Gunnarsson würde auch Wallner nicht wegen Beihilfe zum Mord an dem Baby oder an der Familie Sandelin angeklagt werden. Obwohl die schwedische Rechtsprechung 2010 geändert und das Konzept der Verjährung insbesondere bei Tötungsdelikten abgeschafft worden war, galten alle vor dem 1. Juli 1985 begangenen Verbrechen weiterhin als verjährt. Doch selbst wenn die beiden sich nicht für die im Jahr 1979 begangenen Morde vor Gericht verantworten mussten, hoffte Andreas, dass der Richter die Taten im Prozess und bei der Festlegung des Strafmaßes indirekt berücksichtigen würde.

»Ich hoffe, dass er bereit ist, uns zu helfen, damit wir in unserer Ermittlung Fortschritte machen. Wir brauchen neue Erkenntnisse, um weiterzukommen«, knurrte Andreas.

Måns öffnete die Tür. »Komm, Anna, die Anwältin ist da. Wir können anfangen.«

Anna und Måns betraten den Verhörraum.

Wallner hob den Kopf und sah sie an. Er wirkte sehr erschöpft. Sie setzten sich ihm gegenüber. Anna schaltete das Aufnahmegerät ein.

»Montag, der 25. Juli, elf Uhr zehn. Rickard Wallner wird im Rahmen der Ermittlungen zum Mord an Linda Gardell, der sich am 20. Juli ereignete, verhört.«

Nachdem Anna ihn über seine Rechte belehrt hatte, begann sie mit der Befragung.

»Bist du darüber unterrichtet, was dir zur Last gelegt wird?«

»Beihilfe zum Mord, so hat es mir der Staatsanwalt erklärt«, antwortete Wallner und sah Anna dabei in die Augen.

»Warst du Mitglied im Clan Freyjas Kinder?«

»Nein«, antwortete er kategorisch.

»Bist du sicher?«

Er sah Anna und Måns abschätzend an. »Nein, ich habe nicht zu diesem Clan gehört.«

»Trotzdem hattest du deine Koffer gepackt. Du wolltest fliehen?«, fuhr Måns dazwischen.

»Ich hatte vor, eine Reise zu machen.«

»Deine Frau hat uns erzählt, dass du dich gerade aus dem Staub machen wolltest, ohne ihr zu sagen, wohin ... Und wir haben uns bei der Fluggesellschaft erkundigt. Du hast die Tickets gestern, unmittelbar nachdem wir bei dir waren und dir Fragen gestellt haben, gebucht. In Mexiko gibt es schöne Strände, aber es ist auch eines der Länder, die einen nicht so schnell ausliefern ...«

»Einer deiner Freunde hat deine Mitgliedschaft im Clan bestätigt«, ergänzte Anna, als sie den etwas verwirrten Gesichtsausdruck seiner Anwältin bemerkte.

»Wer soll das sein?«

»Er behauptet sogar, dass du ihn zum Beitritt gedrängt hast.«

»Hat Leif euch das gesagt?«, entfuhr es ihm plötzlich.

»Dann kennst du ihn also?«, fragte Anna.

»Ja.«

»Und dann warst du es, der ihn als Mitglied vorgeschlagen hat?«

»Ja ... äh, nein.«

»Ja oder nein, Rickard?«

Wallner hüllte sich in Schweigen.

»Das spielt eigentlich keine Rolle, denn wir wissen, dass du ein Clanmitglied warst«, sagte Måns.

»Wie lautete dein Wikingervorname?«, fragte Anna weiter.

Wallner schaute zu seiner Anwältin, die ihm zunickte.

»Roald.«

»Als wir uns das letzte Mal begegnet sind, hast du uns gestanden, ein Verhältnis mit Linda Gardell gehabt zu haben.«

»Das stimmt.«

Andreas missfiel die Rolle des passiven Zuschauers, auf die man ihn reduziert hatte, aber er war hier nicht für die Ermittlung zuständig. Er konnte froh sein, dass er dem Verhör beiwohnen durfte, auch wenn er auf der anderen Seite des Einwegspiegels stehen musste. So tröstete er sich mit dem Gedanken, dass er, wenn er schon nicht aktiv dabei sein durfte, zumindest ein privilegierter Beobachter war und die kleinsten Details sah, aus denen er wertvolle Schlussfolgerungen ziehen konnte.

»Du hast dem Treffen des Clans am 20. Juli beigewohnt?«

»Ja.«

Das Spiel schien gewonnen, denn mit ihrer geschickten Art der Befragung entlockte Anna Wallner ein Geständnis nach dem anderen.

»Du gibst also zu, dass du sowohl bei der Entscheidung, Linda Gardell zu töten, als auch bei ihrer Hinrichtung anwesend warst?«

»Ja, das war ich.«

»Aber du hast die Entscheidung, sie zu töten, nicht selbst und nicht in voller Kenntnis der Sachlage getroffen, ist das richtig?«, fragte ihn seine Anwältin.

»Ganz genau. Der Jarl hat uns eine Falle gestellt, und wir sind hineingetappt. Er hat Tatsachen geschaffen.«

»Aber in diesem Fall hättet ihr opponieren können? Ihr habt mit Ja gestimmt und so euer Einverständnis zur Hinrichtung bekundet?«

»Mein Mandant ist nicht verpflichtet, auf diese Frage zu antworten«, protestierte die Anwältin.

»Ich hatte Angst. Goði Grer besaß eine Waffe.«

»Und was hast du gemacht? Bist du bei der Abstimmung aufgestanden oder sitzen geblieben?«

»Ich bin aufgestanden.«

»Er hat unter Zwang gehandelt«, fügte die Anwältin hinzu.

Anna reagierte nicht auf die Intervention der jungen Frau, die ihrer Meinung nach ihre Befugnisse überschritt, indem sie gewisse Argumente für ihren Mandanten bestätigte. Erst war sie irritiert, musste jedoch zugeben, dass sie ihren bissigen Charakter schätzte.

»Wie dem auch sei. Was hast du gemacht, nachdem die Zeremonie auf der Torsburg zu Ende war?«

»Ich bin gegangen. Und ich habe keine Ahnung, was sie mit Lindas Leiche gemacht haben.«

»Kannst du uns sagen, wer außer dir anwesend war?«

»Jarl Dvalin und der Lögsögumaður Grer waren da. Außerdem Hagbart, der zum Goði ernannt worden war.«

»Kennst du ihre wahren Identitäten?«

»Nein, tut mir leid. Außerdem waren Leif und natürlich Linda da.«

»Kanntest du noch irgendwen?«, bohrte Anna nach.

»Obwohl es nach den Gesetzen des Clans strengstens verboten ist, hat Leif mir erzählt, dass seine Freundin Maria auch dazugehört. Aber mehr weiß ich nicht.«

»Und erinnerst du dich an weitere Wikingervornamen?«

»Auf unserem Kostüme war neben *Fehu*, der Rune, die unseren Clan symbolisiert, auch jeweils der Anfangsbuchstabe unseres Wikingervornamens aufgestickt. Ich glaube, einer von uns trug ein *Sowilo*, ein S, ein *Ansuz*, ein A ... ach ja, diese Rune stand für Alfrigg, glaube ich, die auch ein Goði ist. Und dann gab es noch ein *Gebo*, das G. Aber das ist alles, was ich euch sagen kann.«

»Ein weiblicher Goði?«, fragte Anna.

»Ja, Alfrigg ist eine Frau. Eigentlich müsste es *Gyðja* heißen, die weibliche Form von *Goði*, aber den Clanführern ging es um die Inszenierung und nicht um die grammatikalisch korrekte Form.«

Anna notierte sich diese Information und fuhr fort.

»Wir möchten nun auf die Ereignisse in der Nacht vom 12. auf den 13. Mai 1979 zurückkommen. Kannst du uns erzählen, was passiert ist und warum die Familie Sandelin sterben musste?«

Rickard Wallner schloss die Augen und schwieg.

»Und?«, forderte ihn Måns auf.

»Wir wollten in Barshalder ein *Blót* feiern, und alle waren gekommen. Der Jarl verwirrte uns, in dem er ein Baby aus einem Korb holte. Es war noch sehr klein und vermutlich erst wenige Wochen alt. Er wollte es Freyja opfern. Ich war wie gelähmt.

Vermutlich hoffte ich wie alle anderen, dass jemand dagegen aufbegehren würde. Niemand rührte sich. Außer Jacob und Vilhelmina, die davonliefen. In jenem Moment wusste ich nicht, wer sie waren, und habe erst später von ihrem Tod erfahren. Die ganze Presse sprach von diesem Mord, der mit einem heidnischen Opferritual in Verbindung gebracht wurde. Wenn ich mich richtig entsinne, trug Vilhelmina den Namen Valfrid. An den Namen ihres Mannes erinnere ich mich nicht mehr. Hätten sich dem alle widersetzt, dann wäre nichts passiert.«

»Ihr standet doch alle unter Drogen, oder?«, fiel ihm die Anwältin ins Wort.

»Das stimmt. Sie haben mit Sicherheit etwas in unsere Getränke getan, denn irgendwann sind alle in eine Art Delirium gefallen. Ich selbst hatte merkwürdige Visionen. Als hätte ich mich außerhalb meines Körper befunden. Ich bekam gar nicht mehr mit, was geschah.«

»Psychopharmaka«, ergänzte die Anwältin. »Mein Mandant war nicht mehr im Vollbesitz seiner geistigen Kräfte.«

Anna wollte sich nicht auf das Niveau der Anwältin begeben, die versuchte, Wallners Verantwortung kleinzureden. Diese zu beurteilen würde Aufgabe des Gerichts sein.

»Und dann?«, wollte Anna wissen.

»Der Jarl ließ sie gehen und bat anschließend Goði Berling, zu ihm zu kommen. Er reichte ihm ein Messer. Und Berling... Er tötete das Baby. Das Blut floss in ein Gefäß. Und danach... Mein Gott, es war schrecklich.«

Wallner atmete tief ein, bevor er fortfuhr.

»Der Jarl zwang uns, den Inhalt der Schüssel zu trinken. Wir waren in die Enge getrieben worden. In eine Sackgasse. Und zu guter Letzt nötigte er uns, über den Tod der Sandelins abzustimmen.«

»Niemand von euch hat gegen die Entscheidung, die Sandelins zu töten, protestiert?«

»Wir standen immer noch unter dem Einfluss dieser Droge.«

»Du hättest aber doch am nächsten Tag, als du wieder klar denken konntest, zur Polizei gehen können, oder?«

»Ich hatte Angst. Mir hätte das Gleiche passieren können wie ihnen.«
Auf der anderen Seite des Spiegels war Andreas außer sich. Wallner gab zwar zu, dass er ein Feigling war. Doch egal, ob unter Drogen oder nicht, war er wie Leif Gunnarsson und die anderen Mitglieder des Clans schuld am Tod seiner Familie. Andreas malte sich aus, was passiert wäre, wenn sich Wallner mutig dem Jarl widersetzt hätte. Die anderen wären ihm gefolgt. Sie hätten das Opfern des Babys genau wie den Mord an seinen Eltern, seinen Großeltern und an seiner kleinen Schwester verhindert. Und wäre Rickard Wallner nicht so ein Feigling gewesen, wo stünde er, Andreas, heute? Wie wäre sein Leben dann wohl verlaufen? Er hatte nicht die geringste Ahnung und würde es nie erfahren. Das Leben eines jeden Menschen bildet sich aus einem Geflecht von Entscheidungen, die er getroffen oder hingenommen hat, von glücklichen Fügungen, zufälligen Begegnungen oder von tragischen Ereignissen. Sein jetziges Leben war das Ergebnis von all dem, was seit dem Tag seiner Geburt geschehen war. Dazu gehörte auch der gewaltsame Tod seiner Eltern. Wenn er die Macht hätte, das Rad der Zeit zurückzudrehen und den Lauf der Ereignisse zu verändern, würde er das tun? Er war sich nicht sicher. Sein Leben war vielleicht nicht perfekt, aber er war froh, es mit seinem Lebensgefährten zu teilen. Mit Sicherheit hätte er Mikaël nie kennengelernt, wenn der Mann hinter dem Einwegspiegel mutig gewesen wäre.

»Wer waren die Eltern des Säuglings?«, fragte Anna.
»Ich habe nicht die geringste Ahnung.«
»Was habt ihr mit der Leiche des Babys gemacht?«
»Goði Berling hat sie im Wald begraben.«
»Aber es ist doch richtig, dass du daran nicht aktiv beteiligt warst, oder?«, insistierte seine Anwältin.
»Nein, ich war wie betäubt und immer noch unter dem Einfluss der Drogen.«
»Kannst du uns sagen, wo genau die Leiche vergraben wurde?«

»Als ich am nächsten Tag erwachte, befand ich mich in einem komatösen Zustand und konnte mich nicht mehr an alles erinnern, was geschehen war, aber ich weiß noch ungefähr, wo sich der Ort befindet.«

»Du wirst uns helfen, diesen Ort aufzusuchen«, sagte Anna. Wallner nickte.

»Warum hattet ihr so große Angst vor dem Jarl?«, fragte Måns.

»Mit der Zeit wurde der Jarl immer selbstsicherer. Er strahlte eine unglaubliche Energie aus, die anfangs positiver Natur war. Aber nach und nach standen wir alle unter seinem Einfluss. Ich kann es mir selbst nicht erklären ...«

»Und du hast nie gewusst, wer er ist?«

»Nein, wenn ich es wüsste, würde ich es euch sagen. Dieser tollwütige Irre muss gestoppt werden.«

»Kannst du uns irgendwelche Details zu seiner Erscheinung nennen?«

»Er trug ein anderes Gewand als wir. Bei den ersten Zeremonien hatte der Jarl haargenau das Gleiche an wie wir. Sein Helm war schwarz mit Silberverzierungen, genau wie unsere, aber der Teil, der das Gesicht verdeckte, war aus Bronze. Ich erinnere mich ... dass er eine Anomalie hatte. Er besaß verschiedenfarbige Augen, ein grünes und ein blaues.«

Verschiedenfarbige Augen. Maria Dahl hatte sie in ihrem Abschiedsbrief erwähnt. Und auch Leif Gunnarsson hatte diese Besonderheit angesprochen. Andreas kramte in seinem Gedächtnis. Diese Augen hatte auch er in jener schrecklichen Nacht gesehen, in der seine Familie ermordet worden war. Dieser eigenartige Blick hinter dem Visier des Helms. Er war sich sicher.

»Bei der Zeremonie zur Wintersonnenwende«, fuhr Rickard fort, »als wir damals im Dezember zum ersten Mal ein Lamm geopfert haben, war der Jarl in einem anderen Kostüm gekommen. Ich sollte vielleicht besser sagen, in einer anderen Aufmachung.«

»Kannst du uns das beschreiben?«

»Er trug eine weiße Tunika und darüber einen Umhang aus Falkenfedern, den *Valshamr*. In der nordischen Mythologie war dies das Kleidungsstück der Göttin Freyja und erlaubte ihr, sich in einen Vogel zu verwandeln und die neun Welten zu durchqueren. Der Falkenfedermantel wird in der *Thrymskvida* erwähnt – das ist ein Gedicht aus zweiunddreißig Strophen, das Teil der Lieder-Edda aus dem Codex Regius ist, und erzählt, wie Loki ihn sich bei Freyja ausleiht, um sich nach Jötunheim zu begeben und dort den Thorhammer zu suchen, den der Riese Thrym gestohlen hatte.«

»Wallner! Du bist hier nicht an der Universität – die Vorlesungen sind vorbei. Die kannst du dann den Mitgefangenen halten, wenn du willst«, rief Måns.

»Und bei der Zeremonie im Februar trug der Jarl außerdem auch noch eine neue Halskette«, fügte Wallner hinzu.

Anna wollte gerade die Leitung des Verhörs wieder übernehmen, als die Tür aufging und Andreas hereinstürmte.

»Rickard, erzähl weiter!«, mischte er sich ein, während ihn Wallner und Anna fragend anblickten. Måns wirkte sichtlich verärgert.

»Äh ...«

»Die Halskette?«

»Ja. Der Jarl trug eine Kette, die sich von unseren unterschied. Der *Brisingamen* war der hauptsächlich aus Bernstein gefertigte Halsschmuck Freyjas. Legte Freyja diese Kette um, konnten kein Gott und kein Lebewesen ihrer Magie widerstehen. Das Schmuckstück besaß zudem die Eigenschaft, der Armee Vorteile zu verschaffen und diejenigen zu schützen, die auf dem Schlachtfeld triumphieren sollten. Laut der Legende war es von vier Zwergen so fein geschmiedet worden, dass es Licht ausstrahlte. Zu Odins Missfallen hatte Freyja dafür vier Nächte in Folge mit jedem der Zwerge schlafen müssen. Aber gut, das ist nur eine Interpretation von vielen, zweifellos wurde diese Legende von christlichen Mönchen erfunden und verbreitet, um Freyjas Image von der perfekten Frau zu zerstören und dadurch die angesehenste aller heidnischen Gottheiten, die

Königin der Mutterliebe und der romantischen Liebe, in Verruf zu bringen. Diese Erzählung findet sich in einem *Flateyjarbók* genannten isländischen Manuskript, das im 14. Jahrhundert von zwei Priestern verfasst wurde.«

»Wenn ich deine Ausführungen richtig verstehe, hielt sich der Jarl für Freyja, indem er ihre Attribute anlegte?«

»Ja, genau. Ich hatte von Anfang an das Gefühl, dass es den vier Clangründern mit ihrem Konzept nicht so ganz ernst war. Das gilt zum Beispiel auch für den berühmten *Dommarringen*, den Kreis der Richter. Einer Legende zufolge war dies ein Ort, an dem sich die Wikinger auf Steine setzten, um Entscheidungen zu treffen, um Konflikte zu schlichten oder um die Menschen zu richten, aber in Wirklichkeit stimmte das nicht. Vielmehr handelt es sich einfach um eine andere Grabform. Manche Grabstätten haben die Form eines Bootes, andere sind rund. Bevor sich die Archäologie im 18. Jahrhundert zu einer modernen Wissenschaft entwickelte, suchten die Menschen nach mehr oder weniger phantasievollen Erklärungen. Als ich dem Clan beitrat, ging ich davon aus, dass die heidnischen Riten strenger eingehalten würden. Zum Beispiel hatten sie sich selbst die Namen der vier Zwerge von *Brisingamen* gegeben – Alfrigg, Dvalin, Grer und Berling –, die mit Freyja im Austausch für den Halsschmuck geschlafen hatten. Das ergab überhaupt keinen Sinn. Warum sollte man sich nach Personen benennen, die mit der Herabwürdigung Freyjas in Verbindung gebracht werden? Aber lassen wir das ... Mir war vor allem nicht bewusst, dass hinter der allmählichen Verwandlung des Jarls in Wirklichkeit eine echte Fehlentwicklung steckte.«

Andreas war fasziniert von diesem Typen, der gerade verhaftet worden war, der seine Beteiligung an mehreren Morden eingestand und der trotz allem mit Überzeugung und Leidenschaft über die heidnische Mythologie dozierte. Es war, als sei er von seinem Fachgebiet so besessen, dass er darüber die Situation vergaß, der er sich stellen musste.

»Erläutere uns das!«, forderte Anna ihn auf und übernahm damit wieder die Gesprächsleitung.

»Trotz ihrer Phantasien, die mir als Historiker und Archäologe etwas gegen den Strich gingen, genoss ich die berauschende Atmosphäre der Zeremonien. Stellt euch die Fackeln vor, mit denen nachts die altertümlichen Orte erhellt werden, an denen Wikinger gelebt hatten, oder die Gesänge und die Opferzeremonien.«

»Warst du mit dem Tieropfer einverstanden?«

»Beim ersten Mal hat mich das überrascht …« Wallner war völlig nach innen gekehrt.

»Und?«

»Du warst doch nicht dafür, nicht wahr?«, fragte ihn seine Anwältin.

Wallner zögerte, bevor er antwortete. »Ich muss zugeben, dass ich es unglaublich fand, diese Momente erleben zu dürfen. Das mit dem Tieropfer war so, als sei ich in die Zeit von vor tausend Jahren zurückversetzt worden.«

»Fahr fort.«

»Solange wir einfache Opfergaben darbrachten, hatte ich das Gefühl, es sei eine Art Zerstreuung für brave Kinder.«

»Aber ab dem Punkt, als das Blut floss, hat es dir gefallen. Willst du das sagen?«, fragte Anna.

»Legt ihm nichts in den Mund, was er nicht gesagt hat«, forderte seine Anwältin prompt.

»Und das Baby zu opfern hat den Höhepunkt dargestellt?«

»Rickard, du musst diese Frage nicht beantworten«, fuhr die Anwältin erneut dazwischen.

»Was ich damit sagen wollte, ist: Warst du damit einverstanden, diesen Säugling zu opfern?«

»Nein, natürlich nicht! Das habe ich nie gewollt. Der Jarl ist völlig durchgedreht.«

Trotz Wallners ausführlichen Geständnissen schien sich die Spur erneut in sich selbst zu verlieren. Andreas mischte sich ein weiteres Mal in die Befragung ein. »Gibt es eine Möglichkeit, mit dem Jarl in Kontakt zu treten?«

»Nein, das ist unmöglich. Der Jarl hat sichergestellt, dass man ihn nicht kontaktieren kann. Wir erhielten immer eine mit Runen verschlüsselte Einladung, die nur die Mitglieder entziffern konnten.«

Anna blätterte in ihren Unterlagen.

»Die etymologische Bedeutung des Wortes ›Rune‹ ist ›geheimnisvolles Geflüster‹«, fügte er ungefragt hinzu.

Anna zog den Brief hervor, den Leif Gunnarsson ihnen gegeben hatte, und schob ihn Wallner hin.

»Ja, das ist das Schreiben. Übrigens war ich es, der dem Clan nahegelegt hat, die Runen zu verwenden. Und ich habe auch dieses System eingeführt.«

Andreas nickte Anna zu, und gemeinsam verließen sie den Verhörraum. Augenblicklich erhob sich auch Måns und lief ihnen hinterher.

74

»Was soll dieser Schwachsinn? Wie kommst du dazu, hereinzuplatzen und uns bei einem Verhör zu stören? Ich werde umgehend mit dem Chef reden.«

»Måns, du bleibst hier und bist still. Ansonsten beschwere ich mich ebenfalls und werde ihm sagen, dass du übergriffig warst.«

»Das stimmt nicht!«

»Ich weiß das, aber die anderen nicht.«

Annas Eingreifen nahm Måns den Wind aus den Segeln. Offensichtlich hatte er die Botschaft verstanden. Sexuelle Belästigung war nichts, mit dem man spaßen konnte, zumal er den Ruf eines chauvinistischen Verführers hatte, der sich nicht schämte, Frauen direkt und ohne jedes Feingefühl anzumachen.

Anna war es gelungen, ihre Vorgesetzten davon zu überzeugen, dass Andreas sie bei diesen Ermittlungen als Berater unterstützen durfte. Allerdings betraf ihn diese Geschichte viel zu unmittelbar. Sie ging damit ein Risiko ein. Die Schwierigkeit bestand darin, es zu minimieren.

»Lass uns jetzt hören, was Andreas uns zu sagen hat«, sagte sie.

»Wir werden das Mittel anwenden, vor dem sie sich am meisten fürchten ...«

»Wie bitte?«

»Sprache. Wir werden kommunizieren.«

»Ich kann dir nicht folgen.«

»Was die Ermittlungen 1979 scheitern ließ, war das Gesetz des Schweigens. Und das werden wir brechen.«

»Und wie?«

»Indem wir uns der Presse bedienen.«

»Worauf willst du hinaus?«, fragte Anna.

»Wir werden ihnen eine Falle stellen.«

»Erläutere uns das.«

»Wir erfinden eine verschlüsselte Nachricht und veröffentlichen sie in der Zeitung. Als Unterschrift wählen wir Roald und Leidulf. Noch weiß niemand, dass wir sie festgenommen haben. Vielleicht beunruhigt das den Jarl und lässt ihn befürchten, dass ihm die Dinge entgleiten. Er kommt zum Treffpunkt, und wir schnappen ihn uns.«

»Vielleicht kommen sogar noch andere Mitglieder.«

»Das ist völlig abwegig«, schnaubte Måns.

»Hast du eine bessere Idee?«, fragte Anna.

»Nein, aber glaubst du wirklich, dass sie nicht misstrauisch werden? Hältst du sie für so dumm, dass sie anbeißen?«

»Wer nicht wagt, der nicht gewinnt«, sagte Andreas.

»Ich werde Hans holen, und dann fragen wir ihn.«

Als Anna das Büro verließ, um den Polizeichef zu suchen, schloss Måns die Tür und herrschte Andreas an: »Für wen hältst du dich? Willst du uns ernsthaft beibringen, wie wir unseren Job machen sollen?«

Andreas beschloss, nicht auf sein Spiel einzugehen, wandte seinen Blick aber auch nicht ab. »Ich versuche nur zu helfen, um die Ermittlungen voranzubringen.«

Die Tür ging auf, und Anna kehrte mit Hans zurück.
»Hans, ich bin nicht –«
»Sei still, Måns. Wir sind hier nicht in Stockholm!«
»Aber –«
»Setzt euch.«
»Kommissar, ich würde gerne –«
»Andreas, du hast hier nichts zu sagen. Sei froh, dass Anna diese Ermittlung leitet und bereit war, dich unter ihre Fittiche zu nehmen.«
Anna beschrieb ihrem Chef die Situation und erläuterte ihm Andreas' Vorschlag. Anschließend ergriff Hans das Wort:
»Haben wir eine Alternative?«
»Im Moment ist dies die einzige Option …«, räumte Anna ein.
»Wenn ich die Sache richtig verstanden habe, besteht das größte Risiko für uns darin, dass niemand aus dem Clan kommt?«
»Kurz gefasst, ja.«
»Also gut, einverstanden.«
»Ist euch klar, was das alles impliziert?«, mischte sich Måns ein.
»Ja, wir brauchen Ressourcen. Aber ich glaube, dass es das Risiko wert ist. Wenn es uns auch nur gelingt, ein Clanmitglied zu schnappen, hilft uns das zweifellos, mit den Ermittlungen viel schneller voranzukommen.«
»Und warum nicht gleich auch noch *Piketen* kommen lassen, wenn ihr schon mal dabei seid?«
»Super Idee, Måns. Ich werde den Chef des Spezialeinsatzkommandos anrufen«, erwiderte Hans. »Bereitet mir einen Einsatzplan vor.«
Hans verließ das Büro. Måns folgte ihm.
»Such die Unterlagen zu den Treffpunkten raus«, befahl Anna.
Andreas breitete die beiden Blätter aus, die sie bei Maria Dahl gefunden hatten. Anna nahm eine topografische Karte von Gotland zur Hand und zeichnete die beiden Orte ein.

»Da, das erscheint mir passend zu sein«, sagte Andreas und zeigte auf einen Punkt auf der Karte. Es handelte sich um Torsburgen.

Der Clan hatte die Anreise seiner Mitglieder zu den Treffen immer perfekt organisiert. Nichts war dem Zufall überlassen worden. Alles war so geplant, dass sich niemand über den Weg lief, bevor alle, mit Gewand und Helmvisier verkleidet, am Versammlungsort angekommen waren. Auf dem Dokument, das sie bei Maria gefunden hatten, waren zwei Orte mit einem Kreis markiert: der Versammlungsort, der *Slottet* – das Schloss – hieß, und der Durchlass im Wall namens *Halsgårde luke*, den Maria und Leif gemeinsam bei ihrer Ankunft genutzt hatten. Auf dem Zettel waren auch die Straße für die Anfahrt und der Weg, den sie zum Treffpunkt nehmen mussten, angegeben.

Andreas erläuterte ihr kurz seinen Plan, dann kehrten sie in den Verhörraum zurück.

Wallner bestätigte, dass jedes Mitglied ein Schreiben mit persönlichen Hinweisen für die Anreise zu den Treffen bekommen hatte. Jeder hatte seinen eigenen Zugang zum Gelände. Er selbst musste durch die *Ala luke* im Westen gehen. Nachdem sie Gunnarsson befragt hatten, hatte dieser angegeben, dass er durch die *Halsgårde luke* auf das Gelände gelangt war. Es blieben also noch drei weitere offizielle Zugangswege offen: *Tjengvide luke*, *Haidby luke* und *Ardre luke*. Diese drei Durchlässe mussten besonders überwacht werden. Andreas war sicher, dass der Jarl und seine Komparsen durch einen Zugang nahe dem Versammlungsort kommen mussten. Sie würden die Lage vor Ort auskundschaften, um dem Plan den letzten Schliff zu geben.

Nachdem Andreas' Plan von ihrem Chef Hans abgesegnet worden war, hatte Anna mit dem Staatsanwalt gesprochen. Er würde Rickard Wallners guten Willen beim Aufsetzen der Anklageschrift berücksichtigen, und dieser verfasste ihnen eine Botschaft in Runenschrift.

Die Götter fordern uns auf, uns zu versammeln
ᚠᛋᛏᚺᛗᛦᚠ
Bóndi Roald und Bóndi Leidulf

Die verschlüsselte Nachricht sollte folgendermaßen interpretiert werden: Der Clan Freyjas Kinder wird aufgefordert, sich in Torsburgen beim *Slottet* am vierten Mittwoch im Juli, sprich dem 27., zwei Stunden nach Sonnenuntergang um dreiundzwanzig Uhr zehn zu versammeln.

Die Ankündigung wurde kurz vor Redaktionsschluss an die Tageszeitung Gotlands Allehanda geschickt. Sie würde eine halbe Seite füllen und am nächsten Morgen veröffentlicht werden.

75

Im Anschluss an das Verhör mit Rickard Wallner hatte Anna allen freigegeben. Der Tag war lang und intensiv gewesen, und sie wusste, dass die folgenden Tage sie gleichermaßen fordern würden. Andreas und Anna hatten beschlossen, den Abend gemeinsam fortzusetzen und sich gegenseitig auf den aktuellen Stand der Ermittlungen zu bringen. Um sich dafür zu rüsten, hatten sie jedoch vorher den Imbiss Sibylla besucht – eine schwedische Institution. Anna hatte ein aus Fleischbällchen, Kartoffelpüree und Preiselbeermarmelade bestehendes *Köttbulle Meal* bestellt, während Andreas ein *Bamse Meal*, bestehend aus einer riesigen Wurst mit geriffelten Pommes frites, gewählt hatte. Sie setzten sich an einen Tisch auf der Terrasse und machten sich über ihr Essen her. Es war ein anstrengender Tag gewesen, aber er hatte die Ermittlungen einen großen Schritt vorangebracht. Andreas hoffte, dass die Falle, die sie konzipiert hatten, funktionieren würde. Zweifellos stellte sie den besten Weg dar, den Jarl in die Enge zu treiben. Andreas musste an seine Kollegin Karine denken. Er vermisste sie, auch wenn Anna eine ausgezeichnete Kommissarin war.

Während des Essens sprachen sie zum ersten Mal über etwas anderes als die laufenden Ermittlungen. Andreas erzählte ihr von seiner Geschichte mit Mikaël und ging dabei vor allem auf die jüngsten Ereignisse ein.

Anschließend kehrten sie zur Polizeiwache zurück. Eine der wichtigsten Informationen, die sie an diesem Tag erlangt hatten, war die Anzahl der Personen, aus denen sich der Clan 1979 zusammengesetzt hatte. Leif zufolge hatten neun von ihnen die Rolle eines Bóndi gespielt. Dazu kam der Lögsögumaður, der als Richter fungierte, zwei Personen in der Funktion eines Goði und der Jarl. Also dreizehn insgesamt.

Andreas schrieb als Erstes eine Liste der bisher bekannten Mitglieder in sein Notizbuch:

† Jakob Sandelin
† Vilhelmina Sandelin
† Linda Gardell
† Maria Dahl
Rickard Wallner
Leif Gunnarsson

Die ersten vier auf der Liste waren nicht mehr da, um als Zeugen befragt werden zu können. Die Sandelins, seine Eltern, waren 1979 ermordet worden. Linda Gardell hatte in der Nacht vom 20. auf den 21. Juli das gleiche Schicksal ereilt, und Maria Dahl hatte drei Tage später Selbstmord begangen. Rickard Wallner und Leif Gunnarsson saßen hinter Gittern.

»Leif Gunnarsson hat uns erzählt, dass sie bei ihrem letzten Treffen nur noch neun Mitglieder waren, darunter Linda Gardell, Maria Dahl, Rickard Wallner und er selbst.«

»Wir kennen also vier der neun Personen, die in Torsburgen beim Richterkreis anwesend waren«, sagte Anna.

»Das bedeutet aber auch, dass vier Clanmitglieder im Vergleich zu 1979 fehlten«, präzisierte Andreas.

»Darunter die Sandelins.«

Bei der Erwähnung ihres Namens konnte Andreas nicht verhindern, eine Mischung aus Wut und Trauer zu empfinden. Es fühlte sich wie eine Leere in seinem Innern an. Momentan musste er sich allerdings auf die Ermittlungen konzentrieren, wenn er die Wahrheit herausfinden wollte.

»Es gab also damals zwei weitere Personen, die jetzt nicht mehr anwesend waren.«

»Das ist richtig. Entweder sind sie in der Zwischenzeit gestorben, oder aber sie sind nicht erschienen«, sagte Anna.

»Oder sie sind verschwunden.«

»Denkst du an jemand Bestimmten?«

»Johanna Melander, Albins Kollegin.«

»In der Tat sollten wir dieser Spur weiter nachgehen.«

»Und unserem netten Kommissar noch einmal einen Besuch abstatten.«

»Was die Beziehungen der Personen auf unserer Liste betrifft, haben wir da etwas übersehen?«

»Nehmen wir Linda Gardell. Sie hat ihren ehemaligen Professor und Liebhaber Rickard Wallner in den Clan eingeladen. Man könnte annehmen, dass sie auch meine Eltern überredet hat. Linda war die Cousine meiner Mutter.«

»Oder aber deine Eltern haben Linda vorgeschlagen, Mitglied zu werden.«

»Oder es war eine Person, die wir noch nicht identifiziert haben.«

»Machen wir mit Rickard Wallner weiter«, sagte Anna. »Er hat wiederum Leif Gunnarsson eingeladen, der seinerseits Maria Dahl eingeladen hat. In ihrem Brief behauptet sie, dass sie niemanden außer Leif kannte.«

»Wir drehen uns im Kreis!«

»Gibt es noch andere Namen, die wir auf die Liste der potenziellen Mitglieder setzen können?«

»Ich wüsste niemanden ... Aber wenn man die Wohnorte

betrachtet, spielt sich alles eher im südlichen Teil der Insel ab. Fide, När, Ljugarn.«

»Du darfst Wallner nicht vergessen. Er wohnt in Visby«, bemerkte Anna.

»Ja, das stimmt. Aber er hatte durch seine Aktivität als Archäologe eine Verbindung zu Linda und Leif – zwei Personen aus dem Süden.«

»Ein weiterer interessanter Aspekt ist, dass die meisten zwischen sechzig und fünfundsechzig Jahre alt sind.«

»Außer Rickard Wallner, der fünfundsiebzig ist, und Leif Gunnarsson, der siebzig ist. Die anderen müssen also damals zwischen zwanzig und dreißig gewesen sein, wenn man großzügig rechnet.«

»Wir könnten das Leben und die Beziehungen all dieser Personen zu dieser Zeit durchforsten. Sicherlich würden wir dort die fehlenden Verbindungen finden.«

»Einverstanden«, sagte Andreas. »Ich habe das Gefühl, dass wir in Fide suchen und uns den harten Kern anschauen sollten, zu dem Linda und meine biologischen Eltern gehörten.«

»Das ist eine gute Idee. In der Ecke gibt es noch Henrik und Siv Asplund, die dich in der Mordnacht aufgenommen haben. Wir müssen sie befragen.«

»In der Tat, aber wenn sie zum Clan gehört hätten, warum haben sie dann die Polizei benachrichtigt? Sie haben mich immerhin vor dem sicheren Tod bewahrt.«

»Im Prinzip hast du recht, Andreas, aber lass dich nicht von Gefühlen leiten. Du musst objektiv bleiben.«

Andreas hatte endlich den Eindruck, dass sie mit den Ermittlungen vorankamen. Er wollte auf keinen Fall irgendetwas übersehen.

»Was haben wir sonst noch?«, fragte Anna, als könnte sie seine Gedanken lesen.

»Dank des Briefes von Maria Dahl und den Aussagen von Gunnarsson und Wallner kennen wir eine Reihe von Wikingervornamen der Mitglieder.«

»Dann rekapitulieren wir noch einmal: Wir wissen, dass

die Anführer des Clans Alfrigg, Berling, Dvalin und Grer heißen.«

»Und dass dies die Vornamen der vier Zwerge von Brisingamen sind«, ergänzte Andreas.

»Dvalin ist der Jarl.«

Andreas blickte auf seine Notizen und fuhr fort: »1979 heißen die beiden Goðar Berling und Alfrigg.«

»Die aber laut Gunnarsson bei dem Treffen vor ein paar Tagen nicht anwesend waren.«

»Ganz genau. Die beiden neuen Goðar sind Grer und Hagbart. Grer ist zudem der Lögsögumaður, also der Mann, der Recht spricht.«

»Und die Boendr? Linda Gardell hieß Lagertha und Maria Dahl nannte sich Mildfrid, Rickard Wallner war Roald und Leif Gunnarsson trug den Namen Leidulf. Und Vilhelmina wird Valfrid und Jacob wird Jorik gewesen sein.«

»Wir kennen elf Wikingervornamen«, rechnete Anna. »Es fehlen also noch zwei –«

»Ich glaub inzwischen, dass die Wikingervornamen nicht zufällig ausgewählt wurden«, unterbrach sie Andreas. »Der erste Buchstabe ihres bürgerlichen Vornamens ist derselbe wie der ihres Wikingernamens.«

»Das ist absolut richtig. Wir haben also Dvalin, Grer, Alfrigg, Berling und Hagbart, deren Identität wir nicht kennen. Und Rickard Wallner scheint sich an zwei Runen zu erinnern, die jeweils den ersten Buchstaben eines Wikingernamens bilden: Sowulo steht für S und Gebo für G.«

»Es bleiben also sieben Personen, die identifiziert werden müssen ... Die Rechnung stimmt«, meinte Anna.

»Wenn wir der Logik der Vornamen folgen, wäre Hagbart ein Mann, dessen bürgerlicher Vorname mit einem H beginnt.«

»Und dann haben wir noch Alfrigg, von der wir wissen, dass sie eine Frau ist, auch wenn ihr Wikingername männlich ist. Ihr Vorname müsste mit einem A anfangen.«

»All das erscheint mir ganz schön kompliziert, und mir raucht der Kopf. Wir sollten ein paar Stunden schlafen. Ich habe ein Gästezimmer, wenn du willst«, sagte Andreas. Es war inzwischen nach Mitternacht, und er war völlig in Gedanken versunken. »Und wir dürfen nicht den Kettenanhänger mit dem blauen Stein vergessen ...«, fügte er plötzlich hinzu.

76

Fide, Gotland
Sonntag, 13. Mai 1979

Mit Taschenlampen ausgerüstet näherten sich Jarl Dvalin und die Goðar Berling und Alfrigg in Begleitung des Lögsögumaðurs Grer dem dunklen Haus. Sie alle hatten Handschuhe übergestreift und trugen immer noch ihre Gewänder und Wikingerhelme. Die Temperatur war unter den Gefrierpunkt gesunken, und der unaufhörlich fallende Schnee hatte den Boden mit einer weißen Schicht bedeckt, was für diese Jahreszeit sehr ungewöhnlich war.

Jarl Dvalin brach mühelos das Schloss auf und betrat lautlos den Eingangsbereich. Er öffnete die Innentür einen Spaltbreit und schob sie dann behutsam auf. Er ging weiter in die Küche und hielt inne. Als er mit seiner Lampe den Raum absuchte, bemerkte er eine reglose Gestalt. Im Lichtkegel waren zunächst Beine, dann ein Gesicht zu erkennen. Jacob saß mit einem Gewehr in der Hand auf einem Stuhl. Er war eingenickt. Plötzlich öffnete er die Augen. Der Lichtschein musste ihn geweckt haben. Mit einer schnellen Bewegung schnappte sich Dvalin das Jagdgewehr von Grer, der ihm gefolgt war, trat vor und schlug Jacob mit dem Kolben gegen den Kopf, bevor dieser reagieren konnte. Jacob sank bewusstlos zu Boden.

Jarl Dvalin ging, gefolgt von Goði Berling, auf Zehenspitzen in das erste Schlafzimmer, in dem die Großeltern friedlich schliefen.

Berling hatte stechende Kopfschmerzen, doch er sah nicht mehr alles verschwommen, und die Halluzinationen waren beinah verschwunden. Er war wütend auf Jarl Dvalin. Es war nicht das erste Mal, dass er diese halluzinogene Substanz eingenommen hatte. Er und Dvalin hatten die Pilze getrocknet und ihnen dann – wie einst die Wikinger – das Muscimol entzogen. Allerdings waren sie übereingekommen, es nicht während der Zeremonien zu verwenden. Dieses Mal hatte Dvalin jedoch das Pulver unter das Gotlandsdricka gemischt, ohne ihn darüber zu informieren. Den Grund dafür kannte er inzwischen.

Sie standen jeder auf einer Seite des Bettes. Jarl Dvalin gab Goði Berling ein Zeichen, woraufhin sie beide jeweils eine Hand auf die Münder der schlafenden Großeltern legten. Rasch durchtrennte Dvalin dem Großvater mit einem behänden scharfen Schnitt die Kehle. Das Blut spritzte aus der klaffenden Wunde. Die Großmutter schreckte bei der Berührung hoch und versuchte zu schreien. Stoisch drückte ihr Berling weiter den Mund zu. Dvalin reagierte sofort, beugte sich über das Bett und schnitt der alten Frau ebenfalls die Kehle durch.

Zur gleichen Zeit betraten Goði Alfrigg und Lögsögumaður Grer das Schlafzimmer von Jacob und Vilhelmina, das sich am anderen Ende des Flurs befand. Nach der Ekstase, die er während der Zeremonie unter dem Einfluss des Fliegenpilzpulvers empfunden hatte, war Grer immer noch sichtlich erregt. Er warf sich auf Vilhelmina. Während er sie festhielt und ihr den Mund zudrückte, um sie am Schreien zu hindern, öffnete Alfrigg den mitgebrachten Beutel und leerte ihn aus. Grer drückte Vilhelmina nieder, sodass Alfrigg ihr einen Stoffknebel in den Mund stopfen und diesen mit mehreren Streifen Klebeband fixieren konnte.

Jarl Dvalin und Goði Berling kamen zu ihnen und schleiften dabei Jacob an den Armen hinter sich her. Sie hievten ihn auf das Bett und legten ihn neben seine Frau. Dann knebelten sie ihn ebenfalls. Anschließend drehten sie die beiden auf den Bauch und fesselten ihre Arme und Beine fest an das Metallgestell des Bettes.

Jacob war wieder bei Bewusstsein und öffnete die Augen. Ein stechender Schmerz breitete sich in seinem Schädel aus. Er drehte den Kopf zur Seite und sah Vilhelminas verängstigten Blick. Mit Schrecken dachte er an die Kinder. Er versuchte sich zu wehren. Vergeblich. Er erinnerte sich, wie seine Lider schwer geworden waren und er sich bemüht hatte, die Augen offen zu halten, als er in der Küche Wache gehalten hatte. Vom Schlaf übermannt hatte er seine Familie nicht beschützen können. Jarl Dvalin griff nach einem Skalpell. Goði Alfrigg leuchtete ihm mit ihrer Taschenlampe. Während Jacob entsetzt zusah und sich wie ein Irrer zu befreien versuchte, schnitt Dvalin zunächst Vilhelminas Rücken entlang der Wirbelsäule auf. Lögsögumaður Grer und Goði Berling mussten eingreifen und drückten Jacob auf das Bett. Anschließend griff Dvalin zum Astschneider und trennte eine Rippe nach der anderen von beiden Seiten der Wirbelsäule ab. Je mehr Blut in den Brustraum floss, desto schwieriger wurde die Arbeit, doch nach etwa zehn Minuten hatte der Jarl sein Ziel erreicht. Er klappte sämtliche Rippen nach außen hoch und holte die Lunge heraus.

Ein Blitz erhellte das Zimmer. Das anschließende Donnergrollen ließ den Goði Alfrigg aufschrecken. Als er den Kopf drehte, nahm er eine Gestalt wahr und stieß einen Schrei aus. Die anderen drei drehten sich ebenfalls um. Auf der Türschwelle stand ein Kind und beobachtete sie.

Der Blick einer der Gestalten, den er hinter dem Visier des Helmes erkennen konnte, erregte Jonas' Aufmerksamkeit. Gleichzeitig nahm er einen seltsam vertrauten Bergamottegeruch wahr, der ihn an seinen Großvater Claes erinnerte. Er machte auf dem Absatz kehrt und rannte los.

»Komm zurück!«

Jarl Dvalin zog seine blutigen Handschuhe aus, schnappte sich das Gewehr vom Bett und rannte über den Flur hinter ihm her. Hinter der Küchentür rutschte er auf einem Teppich aus und konnte einen Sturz in letzter Sekunde verhindern. Er hielt inne. Während er sein Gewehr anlegte, stieß das Kind die gegenüberliegende Tür auf und war im Begriff, den Raum zu verlassen. Die Kugel verfehlte ihr Ziel.

Jonas eilte die Kellertreppe hinunter. Er bewegte sich instinktiv. Das Licht ging an, und er hörte, wie jemand die Stufen hinabging. Als Jonas den ersten Raum mit den Vorratsregalen durchquert hatte, blickte er sich um. Sein Verfolger hatte sich nicht tief genug gebückt und sich den Kopf gestoßen. Jonas sah, wie er den Helm abnahm. Er nutzte die Gelegenheit, um über das Mäuerchen zu klettern und sich durch eine Luke ins Freie zu zwängen.

Nachdem Jarl Dvalin wieder zu sich gekommen war, ging er hinauf ins Erdgeschoss und lief hinaus. Seine Augenbraue blutete. Er umrundete das Haus, konnte aber nichts sehen. Das Kind hatte sich in Luft aufgelöst.

»Jonas? Komm her, ich will dir nichts tun.« Dvalin hielt für einen Moment inne. Im Dunkel der Nacht war es unmöglich, irgendetwas zu erkennen, zumal es auch immer noch heftig schneite. »Komm, wenn du draußen bleibst, wirst du erfrieren!«

Der Wind übertönte seine Stimme. Er ging an der Trockenmauer entlang und entdeckte Spuren nackter Füße im Schnee. Er trat näher heran. Die Schritte des Kindes verloren sich in der Nacht. Jonas war verschwunden.

Jarl Dvalin wischte sich mit dem Ärmel das Blut ab, setzte seinen Helm wieder auf und ging zu den anderen zurück ins Haus. Im Flur vor dem Schlafzimmer sah er Lögsögumaður Grer mit einem Messer in der Hand. Zu seinen Füßen lag ein kleines Mädchen mit einem blutbefleckten Pyjama, der mit Pippi-Langstrumpf-Motiven bedruckt war. Ihre Kehle war durchgeschnitten worden.

»Hast du den Jungen erwischt?«, fragte Alfrigg.

»Nein.«

»Wir müssen ihn finden.«

»Das ist sinnlos. Vermutlich hat er sich im Wald versteckt. Man sieht nichts, und das Wetter ist mies.«

Sie kehrten in das Zimmer von Jacob und Vilhelmina zurück. Dvalin zog seine Handschuhe wieder an.

»Jetzt zu dir, Jorik!«

Die beiden Goðar und der Lögsögumaður schauten zu, wie das Opfer verblutete. Goði Berling war wie versteinert. Völlig fasziniert von dessen Geschicklichkeit konnte er seinen Blick nicht von den Händen des Jarls lösen. Ihm wurde bewusst, dass hier gerade etwas anderes, etwas Ungewohntes geschah.

»Oh, Odin, Herrscher der Welt und Hüter der Ordnung, Vater aller Dinge«, rief Jarl Dvalin. »Der Feind ist groß, aber unser Glaube ist übermächtig, denn die Wölfe und Raben sind unsere Verbündeten. Nimm dieses Opfer an und gewähre uns deinen Segen. Ehre sei dir, Odin!«

»Ehre sei dir, Odin!«, wiederholten die drei anderen unisono.

Jarl Dvalin betrachtete die beiden Leichen. Dann fügte er hinzu: »Die Zeremonie ist noch nicht ganz beendet ...«

77

Dienstag, 26. Juli

David Gyllenstierna beendete das Telefongespräch und ging hinunter in die Eingangshalle des Hotels. Dort fand er eine Ausgabe der Gotlands Allehanda und begab sich damit in den Frühstücksraum. Er schenkte sich einen Kaffee ein, setzte sich an einen Tisch in der Ecke und schlug die Zeitung auf Seite achtundzwanzig auf, auf der die Kleinanzeigen standen. Zwei Mitglieder hatten eine halbseitige Mitteilung veröffentlicht, um ein Clantreffen zu organisieren. Sie hatten keine Kosten gescheut. Das war nicht im Programm vorgesehen, und vor allem war es strikt gegen die Regeln. Nur der Jarl durfte die Mitglieder zu einer Zusammenkunft des Clans einladen. Er trank noch einen Schluck Kaffee, stand auf, klemmte sich die Zeitung unter den Arm und verließ das Hotel, um frische Luft zu schnappen. Er war wütend.

David schlenderte in Richtung des nur wenige hundert Meter entfernten Hafens von Visby. Er liebte es, beim Gehen nachzudenken. Was sollte er jetzt tun? Die Situation entglitt ihm. Erst Milfrids Selbstmord und jetzt Roald und Leidulf, die eine Versammlung einberiefen ... Er fragte sich, ob die anderen Mitglieder kommen würden.

»David, entschuldige.«

Er drehte sich um. Zwei Teenager schauten ihn breit lächelnd an.

»Können wir ein Foto mit dir machen? Du bist doch David Gyllenstierna, der bei ›Sing meinen Song‹ mitgemacht hat, oder?«

»Ja, der bin ich. Aber es war doch nur für ein Lied.«

Während er weiterging, fragte er sich, ob das gezwungene Lächeln, das er versucht hatte aufzusetzen, auf den Bildern auffallen würde, bevor er sich wieder auf das neue Problem fokussierte, dem er sich stellen musste. Er hatte keine andere Wahl, als zu diesem Treffen zu gehen. Eines war sicher: Er würde nicht vergessen, seine Waffe mitzunehmen.

78

Andreas hatte den frühen Morgen genutzt, um sich um Minus zu kümmern und ihm einen Intensivlehrgang für das Hüten der Schafe auf dem Bauernhof zu organisieren. Er hatte Mikaël ein Video geschickt, das Minus ausgelassen und fröhlich inmitten der Herde zeigte. Mikaël hatte sich zwar den Spott nicht verkneifen können, aber zugegeben, dass es für den Hund die bessere Alternative war, als den ganzen Tag mit Polizisten in einem Auto zu verbringen.

Danach war Andreas nach Visby zu einer Teambesprechung gefahren. Anna hatte die am Vorabend erarbeiteten Ergebnisse zusammengefasst. Anschließend hatten sie ihren Aktionsplan minutiös ausgearbeitet, in der Hoffnung, dass ihre Falle funktionieren würde. Rasmus und Måns würden Rickard Wallners Haus gründlich durchsuchen und seine Frau befragen. Carla und Jenny sollten die Schmuckgeschäfte in Visby abklappern, um denjenigen zu finden, der die Kettenanhänger für die Clanmitglieder gefertigt hatte. Anna und Andreas wiederum wollten mit Wallner nach Barshalder fahren, wo damals das Baby geopfert worden war.

Sie parkten ihren Wagen auf einem Kiesweg, der an einer Weide entlangführte, und stiegen aus. Anna ging zu einem der Polizeifahrzeuge, ließ Rickard Wallner aussteigen und nahm ihm die Handschellen ab. Jesper, ein forensischer Genetiker, Helena, eine forensische Anthropologin, und Joakim, ein Suchhundeführer, der von seinem Schäferhund begleitet wurde, waren extra aus Stockholm angereist und bereits vor Ort.

Wallner zeigte ihnen den Weg und ging querfeldein ihnen voran in den Wald hinein. Zehn Minuten später erreichten sie eine Lichtung, auf der Steine in Form eines alten Wikingerschiffes angeordnet waren. Rickard Wallner blieb stehen.

»Es ist dort drüben«, sagte er und deutete mit dem Zeigefinger in die Richtung.

»Geht es auch etwas genauer?«, fragte Anna.

»Nein, nicht wirklich. Ich versuche mich an den Abend zu erinnern, aber es ist fast vierzig Jahre her ...«

»Na gut, während du dir den Kopf zermarterst ... Joakim!«

Der Hundeführer trat mit Diesel, seinem Schäferhund, zu ihnen hin. Er leinte seinen Hund ab. Diesel begann sofort mit der Geruchsarbeit. Andreas beobachtete ihn neugierig.

»Hat er schon einmal ein Skelett gefunden?«

»Diesel kann menschliche Überreste riechen, die in der Erde, im Geröll oder sogar unter Wasser verborgen sind. Er ist dazu in der Lage, egal ob die Leiche drei oder dreißig Jahre irgendwo verscharrt war.«

Joakim hatte seinen Satz noch nicht ganz beendet, da machte Diesel Sitz und schaute sein Herrchen an.

»Er hat etwas gefunden.«
Alle gingen zu der angezeigten Stelle.
»Wurde das Baby tief vergraben?«
»Schwer zu sagen. Ich schätze, einen Meter oder mehr«, erwiderte Rickard. Er versuchte, sich die Szene in Erinnerung zu rufen. Nachdem Vilhelmina und Jacob fortgelaufen waren, hatte einer der Goðar den Säugling getötet. Goði Alfrigg hatte daraufhin ein Opfergebet gesprochen und für die Götter gesungen, während der Jarl das Blut in einer Schale auffing. Ihn überkam Übelkeit, als er daran dachte, was als Nächstes geschehen war. Sie hatten den leblosen Körper des unglückseligen Babys nicht verbrannt, wie sie es zuvor mit den Schafen getan hatten. Stattdessen hatten sie es in einem Loch, das die Clanführer offensichtlich zuvor ausgehoben hatten, vergraben. Nachdem der Jarl die frische Erde über dem Grab festgestampft hatte, schritt er entschlossen zur Wahl, um über den Tod der Sandelins abstimmen zu lassen.

Die Anthropologin Helena machte zunächst Fotos von der Oberfläche des Geländes, bevor sie den Georadar zur Hand nahm, eine Art Rasenmäher mit einem in einer Box eingebauten Radargerät, und ihn auf die Stelle richtete, die der Hund angezeigt hatte. Die Bildgebung ließ eine deutliche Veränderung der Struktur und der Zusammensetzung des Bodens in neunzig Zentimetern bis ein Meter Tiefe erkennen. Während zwei Polizisten vorsichtig anfingen, mit Schaufeln zu graben, wurde Wallner zum Auto zurückgebracht.

Das Loch wurde immer tiefer. Helena schaute aufmerksam zu und rief plötzlich: »Stopp, das reicht. Hört auf!«

Sie hatte ein Knochenstück entdeckt, das jetzt leicht aus der Erde herausragte. Sie öffnete ihre Tasche und holte ihr archäologisches Werkzeug für die Feinarbeit heraus.

»Was werden wir nach vierzig Jahren vorfinden?«, erkundigte sich Anna.

»Das Stadium des Verfalls eines Organismus hängt von den Umweltbedingungen und insbesondere vom Säuregrad des Bodens ab, dem die Fragmente ausgesetzt sind. Es ist sehr wahrscheinlich, dass die Leiche des Säuglings inzwischen vollständig skelettiert ist.

Nach mehr als einer Stunde Arbeit waren die Knochen des Neugeborenen zum Vorschein gekommen. Aus dem Erdloch stiegen Gerüche von Humus und Pilzen auf. Die Anthropologin entfernte mit einem Pinsel die Erde von den Überresten des Babys, um große Teile des Skeletts freizulegen, ohne die ursprüngliche Anordnung zu zerstören.

Helena machte zunächst Fotos von der Lage des Skeletts, bevor sie eine Reihe von Messungen durchführte und sich dazu in einem Heft Notizen machte. Danach überließ sie dem forensischen Genetiker Jesper den Tatort, damit dieser Proben entnehmen konnte.

Zur DNA-Bestimmung wählte Jesper das Felsenbein, das sich von den anderen Schädelknochen gelöst hatte, während er anhand eines Oberschenkelknochens später morphologische Analysen durchführen würde.

Da Plastik die Schimmelbildung auf den Knochen fördern würde, wurden die restlichen Gebeine sorgfältig in kleine Papiertütchen gelegt und mit Etiketten und Nummern versehen. Im Labor würde das Skelett dann wieder zusammengesetzt werden, um weitere Analysen vorzunehmen.

Andreas hatte vorgeschlagen, dass das DNA-Profil des Babys mit den Profilen aller Frauen, die im Süden der Insel lebten und hinsichtlich ihres Lebensalters potenziell die Mutter sein könnten, abgeglichen werden sollte. Mit etwas Glück würden sie so die Mutter des Kindes finden. Im Hinblick auf die Kosten hatte der Staatsanwalt Zweifel an einer so groß angelegten DNA-Reihenuntersuchung geäußert. Er hatte hinzugefügt, dass man ja bereits die DNA einiger Frauen des Clans identifiziert habe und daher hier ein Abgleich mit dem Erbgut des Babys zunächst Priorität habe.

79

Die Türklingel ertönte, als Carla und Jenny den Juwelierladen Odds Guld in Visby betraten. Das Geschäft befand sich nahe dem südlichen Stadttor am Platz Södertorg. Carla bat darum, den Besitzer zu sprechen, und präsentierte ihren Dienstausweis. Der Juwelier lud die beiden ein, ihm in seine Werkstatt im hinteren Teil des Ladens zu folgen.

Jenny holte den Kettenanhänger hervor, den sie bei Maria Dahls Leiche gefunden hatten. Sie hatten Leif Gunnarsson und Rickard Wallner, die in dem an das Polizeigebäude in Visby angrenzenden Untersuchungsgefängnis untergebracht waren, gefragt, ob sie wüssten, wer den Schmuck für die Clanmitglieder gefertigt hatte, doch keiner der beiden hatte einen Hinweis geben können.

»Das ist eine Reproduktion eines *Fröjekulan*, eines Wikingerschmucks, der bei Ausgrabungen in der Nähe des Dorfes Fröjel gefunden wurde.«

»Weißt du, wer ihn angefertigt haben könnte?«

»Hier auf der Insel produzieren viele Juweliere Schmuck nach Vorbildern aus der Wikingerzeit. Das meiste sind billige Repliken, aber dieser Anhänger ist eine echte Goldschmiedearbeit. Das schränkt die Anzahl der in Frage kommenden Personen ein. Ich war es auf jeden Fall nicht. Außerdem scheint er mir recht alt zu sein.«

Der Juwelier nahm eine Lupe zur Hand, um das Schmuckstück genauer zu betrachten.

»Der runde Stempel mit dem W, das nach alter Rechtschreibung für Visby steht, bestätigt, dass der Anhänger auf Gotland gefertigt wurde. Der Stempel mit der 925 besagt, dass es sich um Sterlingsilber handelt, und mit der Gravur E10 lässt sich das Herstellungsjahr zurückverfolgen.«

Er holte eine Tabelle hervor, in der vertikal die Buchstaben A bis Z und horizontal Zahlen eingetragen waren.

»Es beginnt mit A1, also dem Jahr 1759. Daher verweisen der Buchstabe E und die Spalte 10 auf das Jahr 1978. Eigentlich sollte man auf dem Schmuck noch zwei weitere Punzen finden. Erstere ist das *Kattfot*, drei Kreise, die zusammen eine Katzenpfote bilden und in der Mitte drei Kronen haben. Das ist das staatliche Siegel, das die Authentizität und die Karatzahl des Schmuckstücks garantiert. Und eine weitere Punze als Signatur des Herstellers. Die meisten Goldschmiede verwenden drei, manchmal auch nur zwei Buchstaben, aber beide Stempel fehlen hier.«

»Das wäre auch zu einfach gewesen ...«

»Dafür ist hier ein runder Stempel mit einem Symbol in der Mitte, den ich noch nie gesehen habe. Das Zeichen sieht aus wie eine Rune.«

»Gibt es eine andere Möglichkeit herauszufinden, wer es angefertigt haben könnte?«

»Jeder Juwelier hat seinen eigenen Stil und verwendet besondere Techniken. Von daher könnte es möglich sein. Aber ich habe das Geschäft vor zehn Jahren von meinem Vater übernommen, deshalb kenne ich mich mit den Arbeiten der Juweliere aus jener Zeit, in der das Stück gefertigt wurde, nicht gut aus.«

»Könnten wir deinen Vater sprechen?«

»Kein Problem, ich werde ihn fragen. Allerdings ist er momentan in Kalmar bei meiner Schwester. Ich könnte ihm vorab ein Foto von dem Anhänger schicken, wenn ihr das möchtet.«

»Einverstanden, wann kommt er zurück?«

»Mit dem Schiff am Donnerstagabend.«

80

Mittwoch, 27. Juli

Im Beachclub Kallis, der direkt am Meer in der Nähe des Hafens von Visby lag, trank Krister Olsson mit seinen Freunden einen Mojito. Das Lokal war eine der angesagtesten Locations der Stadt und Treffpunkt zahlreicher Touristen, die zum Feiern nach Gotland kamen. Während der Sommermonate vibrierte Visby zu den Klängen der Elektromusik, und der Alkohol floss in Strömen. In ein paar Tagen würde die Partyelite der Hauptstadt während der *Stockholmsveckan* – der Woche der Exzesse – mit ihren glänzenden Motorbooten auf der Insel einfallen.

Krister trank sein Glas aus und machte sich davon. Er würde etwas später wiederkommen, ohne dass seine Kumpel seine Abwesenheit bemerkten, denn die Bar war proppenvoll. Begleitet vom Dröhnen der Bässe, das immer leiser wurde, je weiter er sich entfernte, ging er am Meer entlang. Am Ende der Strandgatan betrat er den botanischen Garten.

Am frühen Abend hatte er eine SMS erhalten, die ihm eine Sensation versprach. Zahlreiche schwedische und ausländische Journalisten waren nach Gotland gekommen, um über den Fall zu berichten. Er wollte um jeden Preis der Erste sein, der die aufsehenerregenden Informationen enthüllte. Sich die Schau stehlen lassen kam nicht in Frage. Er hatte einen Teil des Tages damit zugebracht, Nachforschungen über Maria Dahl anzustellen. Die Polizei hatte nichts über ihre Person oder die Gründe, die sie in den Selbstmord getrieben haben könnten, enthüllt. Allerdings hatte ihn die Anwesenheit des Schweizer Polizisten am Fundort in Hoburgen hellhörig gemacht. Er hatte sich gefragt, ob es hier eine Verbindung zu dem Mord an Linda Gardell geben könnte, hatte jedoch keine Hinweise darauf gefunden.

Um diese Uhrzeit war es menschenleer in der Gartenanlage. Er überquerte einen Steg, der über einen Wasserlauf führte, und sah etwas abseits auf einer Bank unter einer riesigen Trauerweide die Silhouette seines Kontaktmannes. Er gesellte sich zu ihm.

»Also, was gibt es Neues?«

»Man hat zwei Verdächtige festgenommen.«

Krister zog einen Stift und ein Notizheft aus der Tasche und schrieb die beiden Namen auf.

»Rickard Wallner, der Archäologe? Und Leif Gunnarsson, das ist der Historiker?«

»Ja, genau.«

Krister brannte vor Neugier. Zwei Personen, deren Spezialgebiet die Wikingerzeit war, waren nach einem Ritualmord festgenommen worden. In seinem Kopf nahm bereits sein nächster Artikel Gestalt an.

»Wann wurden sie verhaftet?«

»Sonntag.«

»Und das erzählst du mir erst jetzt?«, fragte er vorwurfsvoll.

»Tut mir leid, Krister, aber sie haben uns um äußerste Diskretion gebeten und –«

»Aber dafür bezahle ich dich doch!«

»Worüber beschwerst du dich? Das ist immer noch ein Knüller.«

»Warum haben die noch keine Pressekonferenz veranstaltet?«

»Sie haben entschieden, die Inhaftierung vorerst geheim zu halten. Die Journalisten werden außen vor gelassen. Keine Ahnung, wie das möglich ist, aber bisher ist noch nichts durchgesickert. Sie werden eine Pressekonferenz abhalten. Ich denke, morgen oder übermorgen.«

»Das ist erstaunlich. Bei derart hypermedialen Fällen warten sie normalerweise nicht mit der Bekanntgabe von Verhaftungen.«

Der Polizist war sichtlich nervös und drehte sich immer wieder um, um die Umgebung mit seinem Blick zu scannen.

»Hör auf, dich zu stressen. Da ist niemand.«

»Ja, schon ... Ich will nur nicht, dass man uns zusammen sieht.«

»Werden die beiden des Mordes bezichtigt?«

»Der Beihilfe zum Mord, aber mehr weiß ich nicht. Ich gehöre nicht zum Ermittlungsteam. Und wenn ich zu viele Fragen stelle, erwecke ich damit nur Aufmerksamkeit. Ich muss mich diskret verhalten.«

Krister stand auf und zückte sein Portemonnaie. Er zog drei

Tausend-Kronen-Scheine heraus und reichte sie dem Polizisten.
»Da ist noch etwas anderes ...«
»Was?«
»Das kostet zwei Tausender mehr!«
Murrend kam Krister der Aufforderung nach.
»Heute ist ein Interventionsteam aus Stockholm angekommen, und gerade findet auf der Insel ein großflächiger Polizeieinsatz statt.«
»Hat das mit der Anzeige zu tun, die in der Zeitung veröffentlicht wurde? Die Nachricht mit den Runen?«
»Ja, genau. Die haben meine Kollegen geschaltet.«
»Wirklich?«
Der Polizist nickte.
»Und wo genau erfolgt der Einsatz?«
»Auf dem Gelände der Torsburg.«

81

Die archäologische Fundstätte von Torsburgen lag inmitten eines ausgedehnten Waldstücks nahe der Ostküste der Insel. Verschiedene Zugangswege führten durch die natürlichen Tore der ehemaligen Wallburg. Die Männer des aus Stockholm entsandten Spezialeinsatzkommandos waren in Tarnkleidung und mit Nachtsichtgeräten an den Eingängen postiert. Jeder trug ein Headset und stand in ständigem Kontakt mit Anna, die diese Operation leitete. Die Beamten hatten sich in unmittelbarer Nähe der Parkplätze versteckt, von denen jeweils ein Zugangsweg zur Burg abging. Am anderen Ende der Zufahrten warteten getarnte Fahrzeuge auf ihren Einsatz. Auf diese Weise würden die Clanmitglieder in die Zange genommen werden.
　Anna und Andreas hatten auf dem Areal eines Bauernhofes geparkt, der einige hundert Meter von der Hauptstraße entfernt

lag, und überwachten eine der Zufahrten zum Gelände. Jenny und Måns hatten sich auf dem Grundstück eines Ferienhauses an einer anderen Zufahrt stationiert. Måns hatte während der gesamten Vorbereitungen des Einsatzes seine Unzufriedenheit kundgetan.

Unmittelbar vor dem Aufbruch nach Torsburgen hatte Andreas Mikaël angerufen, der Geburtstag hatte und den Abend mit Karine und Jessica verbringen wollte. Er bedauerte es ungemein, nicht bei ihnen sein zu können. Die Überraschung, die sie für Mikaël geplant hatten, fiel ins Wasser.

Inzwischen war es zweiundzwanzig Uhr fünfundvierzig, und die Spannung stieg. Bislang hatte sich nichts geregt, außer dass der Hofbesitzer gerade mit seinem Traktor vorbeifuhr. Andreas hoffte, dass sein Plan aufgehen würde.

Zur selben Zeit trank Gustav in einem Pub in Stockholm ein Bier und dachte über dieses Treffen nach. Obwohl er in den letzten Tagen nicht auf der Insel gewesen war, las er auf seinem Smartphone regelmäßig die elektronische Ausgabe der Gotlands Allehanda. Er war von der Einladung zu dem Treffen absolut überrascht gewesen, zumal es von Roald und Leidulf organisiert wurde, deren wahre Identitäten er nicht kannte. Die einzige Person, die er kannte und die ihn eingeladen hatte, war schon lange tot. Gustav war unschlüssig, wie er sich verhalten sollte. Er hatte noch keine Antwort auf die Nachricht erhalten, die er dem Clanmitglied geschickt hatte, das er nach Lindas Ermordung identifiziert hatte.

Anna schaute auf ihre Uhr, die jetzt zweiundzwanzig Uhr fünfundfünfzig anzeigte.

»Yankee 671 an Q1, hörst du mich? Bitte kommen.«

»Bestätige klar und deutlich. Bitte kommen«, erwiderte Anna.

»Gerade ist ein Fahrzeug vorbeigefahren. Ein dunkler Pick-up. Ende.«

»Verstanden. Ende.«

Ein paar Minuten später meldete sich einer der Polizisten: »Yankee 672 an Q1. Der Pick-up wurde gerade hundert Meter von dem Gelände in Richtung des Südtors *Ardre luke* geparkt. Die Zielperson Tango 1 steigt aus dem Fahrzeug. Es ist ein Mann, der die hintere Wagentür öffnet. Er setzt einen Helm auf. Er geht los und beleuchtet dabei mit einer Taschenlampe den Weg. Bitte kommen.«

»Verstanden, Yankee 672. Bleib in Position. Ende.«

Bisher hatte nur ein Mitglied den Köder geschluckt. Handelte es sich um den Jarl?

In der Ferne sah Andreas die Scheinwerfer eines zweiten Fahrzeugs auf der Hauptstraße.

»Yankee 672 an Q1. Der Mann geht gerade zu seinem Pick-up zurück. Sollen wir eingreifen? Bitte kommen.«

»Nein, Anna. Warte. Noch nicht«, flüsterte Andreas ihr zu. »Warten wir, ob noch mehr Leute kommen.«

»Negativ, Yankee 672! Ende.«

»Verstanden. Ende.«

Das zweite Auto bremste ab und bog in den Feldweg ein. Es blieb stehen, und die Scheinwerfer wurden ausgeschaltet. Andreas beobachtete die Szene mit einem Fernglas mit Nachtsichtfunktion. Bei dem Wagen handelte es sich um einen dunklen, vermutlich schwarzen Saab. Er konnte das Gesicht des Fahrers nicht erkennen, und es war zu düster, um das Nummernschild lesen zu können.

»Yankee 673 an Q1. Tango 1 öffnet die hintere Wagentür und holt ein Gewehr heraus. Er ist bewaffnet. Ich wiederhole. Er ist bewaffnet. Bitte kommen.«

Der Saab fuhr wieder los, ohne dass der Fahrer ausgestiegen war. Er wendete und beschleunigte.

Andreas, der am Steuer saß, ließ den Motor an und raste so schnell los, dass der Kies aufspritzte.

»Q1 an Yankee 672 und Yankee 673, entwaffnet und stoppt die Zielperson Tango 1! Ich wiederhole, stoppt die Zielperson Tango 1. Ende.«

Andreas bog auf die Hauptstraße ab, aber die schwarze

Limousine hatte einige hundert Meter Vorsprung. Nach etwa einem Kilometer in rasendem Tempo bog sie nach rechts ab.

»Q1 an alle Yankee-Einheiten, wir verfolgen das Ziel Tango 2, ein schwarzes Fahrzeug, einen Saab. Yankee 671, Yankee 674, er fährt auf euch zu. Ende.«

Andreas trat das Gaspedal durch und wendete ebenfalls mit quietschenden Reifen.

»Verdammt, Andreas. Du bringst uns noch um!«

Der schwarze Saab war immer noch in Sicht und bog erneut ab. Als sich Andreas der Kreuzung näherte, kam ihm aus der anderen Richtung ein Fahrzeug entgegen und zwang ihn, scharf zu bremsen. Der dunkle Wagen war verschwunden. Andreas hielt an und ließ den Motor laufen.

»Verdammte Scheiße!« Er schlug mit der Faust auf das Armaturenbrett.

Andreas sah die Scheinwerfer eines entgegenkommenden Fahrzeugs, das auf ihrer Höhe anhielt. Es war das Team Yankee 671, das aus Jenny und Måns bestand.

»Habt ihr denn den Flüchtigen mit dem schwarzen Saab nicht gesehen?«, fragte Andreas.

»Nein, da war nichts.«

»Wir müssen weitersuchen.«

»Der ist weg. Vielleicht ist er Richtung Norden gefahren oder hat eine der vielen Schotterstraßen genommen ... Den finden wir heute Nacht nicht mehr.«

Einem Verdächtigen war es gelungen zu fliehen, aber es blieb ihnen immerhin noch die Person, die die Yankee-Teams 672 und 673 festnehmen sollten. Als sie in den Weg Richtung *Ardre luke* abbogen, griff Anna nach dem Funkgerät.

»Q1 an Yankee 672 und Yankee 673. Habt ihr die Zielperson Tango 1 festgenommen? Bitte melden.«

»Er ist tot. Ende.«

»Verstanden. Ende.«

Auf dem Parkplatz angekommen stellt Andreas den Wagen neben dem Pick-up ab, stieg aus und ging auf den am Boden liegenden Mann zu.

Der Leiter der Einsatzgruppe wandte sich an sie. »Als wir ihn festnehmen wollten, hat er sich umgedreht, sich seine Waffe unters Kinn gehalten und abgedrückt.«

82

Fide, Gotland
Sonntag, 13. Mai 1979

Albin saß am Steuer seines apfelgrünen Coupés, eines Saab Sonett III, den er sich von einem großen Teil seiner Ersparnisse gekauft hatte, als dieses Modell 1972 auf den Markt gekommen war. Er fuhr mit hoher Geschwindigkeit durch die Nacht. Seine Klappscheinwerfer beleuchteten die Straße, aber die Schneeböen und die Scheibenwischer, die auf Höchstgeschwindigkeit liefen, schränkten seine Sicht ein. Auf Gotland gab es zwar keine Elche, aber die Gefahr, einen Unfall mit einem Reh zu haben, war nicht zu unterschätzen. Die Polizeizentrale hatte einen Anruf erhalten, in dem von mehreren Toten in einem kleinen Dorf im Süden Gotlands die Rede war. Seinen Informationen zufolge handelte es sich um das Haus von Vilhelmina und Jacob …

Gegen vier Uhr dreißig erreichte Albin den Tatort. Der Tag brach bereits an, aber dichte, schwere Wolken verhinderten, dass das Licht hindurchschien. Zwei Fahrzeuge waren schon vor Ort, ein Streifenwagen aus Hemse mit eingeschaltetem Blaulicht und der Wagen seiner Kollegin Johanna.

Albin trat durch das Tor und sah Johanna, die durch den Garten auf ihn zukam. Er ahnte noch nicht, welcher Horror ihn erwartete. Die Bilder würden ihn sein ganzes Leben lang verfolgen. Sie gingen um das totenstille Haus herum. Zunächst erblickte er zwei Gestalten, die an einem Baum hingen. Als Johanna die beiden verstümmelten Leichen beleuchtete, sah

Albin, welch schrecklichen Qualen sie zum Opfer gefallen waren.

Albin erkannte Vilhelminas Gesicht. Sie war das Patenkind seines Vaters Oskar. Neben ihr hing Jacob, ihr Ehemann.

»Im Haus befinden sich drei weitere Leichen.«

Albin wischte sich mit seinem Ärmel unauffällig eine Träne weg, die seine Wange hinuntergelaufen war. Er betrachtete die vielen Fußspuren, die die Mörder auf dem verschneiten Rasen hinterlassen hatten. Nach mehreren Wochen mit frühlingshaften Temperaturen waren alle von der Rückkehr der Kälte überrascht worden. Mitten in der Nacht war ein Unwetter losgebrochen, und der sintflutartige Regen war dem eher seltenen Phänomen eines Schneegewitters gewichen. Albin pustete in seine Hände, um sie zu wärmen.

Johanna führte ihn ins Haus. Mitten auf dem Flur zu den Schlafzimmern lag Linnea. Der Anblick des leblosen, blutverschmierten Körpers des kleinen Mädchens war ihm unerträglich. Dann betraten sie das Zimmer der Großeltern Claes und Inga, die mit durchschnittenen Kehlen auf dem Bett lagen. Nachdem sie den Raum verlassen hatten, öffneten sie am anderen Ende des Flurs die Tür zum Zimmer von Jacob und Vilhelmina, die dort offensichtlich getötet worden waren. Ihr Bett war voller Blut. Anschließend gingen sie ins Obergeschoss. Das erste Zimmer war das von Linnea. Daneben lag das Zimmer von Jonas. Sie gingen hinein. Der Raum war menschenleer. Albin hatte Mühe, sein Entsetzen zu verbergen.

»Du hast von drei Leichen gesprochen?«

»Ja.«

»Hast du schon im ganzen Haus nachgeschaut?«

»Natürlich. Der Junge ist unauffindbar.«

Albin schloss die Augen und atmete tief durch. Wo war Jonas? Er musste ihn finden.

Als sie das Haus verließen, hörten sie ein Fahrzeug ankommen. Es waren der Gerichtsmediziner Magnus Davidsson und Pelle Svensson, der leitende Kriminaltechniker aus Visby.

Ein paar wenige Nachbarn, die durch das Durcheinander aufgeschreckt worden waren, wollten sehen, was vor sich ging, doch sie blieben auf Distanz.

Während Magnus und Pelle am Tatort beschäftigt waren, fuhr Albin mit dem Auto zu Siv und Henrik Asplund, den Freunden und Nachbarn von Vilhelmina und Jacob. Ihr Haus lag am Ende eines langen Feldweges auf einer von Birken und Eschen gerahmten Lichtung. Sie waren es gewesen, die die Polizei alarmiert hatten. Albin hatte sie mal bei einer *Fika* bei den Sandelins kennengelernt.

Als die Tür aufging, hielt er seinen Dienstausweis hoch.

»Ah, Albin. Du bist es. Komm herein.«

Albin folgte Henrik ins Wohnzimmer. Auf dem Sofa saß ein Kind, das seinen Kopf unter ein Kissen gesteckt hatte, aber Albin erkannte den Jungen sofort. Er lebte!

Jonas drehte sich um und schaute ihn kurz mit leerem Blick an. Endlich ein bisschen Licht in dieser Dunkelheit, dachte Albin.

»Er steht unter Schock und redet nicht. Er ist kurz nach Mitternacht im Pyjama und mit bloßen Füßen angekommen. Er hat an der Tür geklingelt und war durchgefroren und verängstigt. Ich habe ihn hier bei Siv gelassen und bin zu den Sandelins rüber. Dort habe ich gesehen, was ...« Henriks erschüttertes Gesicht und seine zitternde Stimme zeugten davon, mit welcher Wucht ihn das Bild, das sich ihm bei den Sandelins geboten hatte, getroffen hatte. »Dann bin ich zurück nach Hause, und wir haben die Polizei verständigt.«

»Ist deiner Meinung nach damit zu rechnen, dass er bald wieder spricht?«, fragte Albin Henrik, der Arzt war.

»Das ist schwer zu sagen. Auf jeden Fall braucht er eine ruhige Umgebung. Sicherlich hat er die Mörder gesehen.«

»Er muss auf jeden Fall geschützt werden. Sie werden ihn finden und töten wollen«, ergänzte Siv.

»Wer sind ›sie‹?«

Siv schluchzte in ihr Taschentuch.

»Wenn ihr etwas wisst, müsst ihr mir das sagen. Falls ihr um euer Leben fürchtet, können wir euch beschützen.«
»Nicht vor denen ...«
»Wen meint ihr damit?«, hakte Albin nach.
»Äh ...«
Henrik schnitt seiner Frau das Wort ab, die offensichtlich gerade etwas enthüllen wollte. »Wir haben von einer Wikingersekte gehört, die Opfer darbringen soll.«
Als das Kind an der Tür geklingelt hatte, hatte Henrik sofort begriffen, was passiert war. Und ihm war es kalt den Rücken hinuntergelaufen. In diesem Moment war ihm klar geworden, dass sie in der Falle saßen. Er war erleichtert zu sehen, dass Jonas am Leben war, aber dieses Geschenk war vergiftet. Er wusste, dass sie ihn finden und töten wollten. Doch Henrik war anders als sie. Er musste bereits akzeptieren, einem Menschenopfer, einem Mord beigewohnt zu haben ... Den Gedanken, ein Kind in den Tod zu schicken, würde er niemals ertragen können.
Er wusste nicht, was er tun sollte. Siv hatte ohne sein Wissen die Polizei kontaktiert. Zunächst war er wütend darüber gewesen, doch tief in seinem Inneren wusste er, dass seine Frau richtig gehandelt hatte.
»Das sind gefährliche Leute ... Mehr kann ich dir dazu nicht sagen. Wir wissen nicht, wer sie sind. Jonas zu retten ist alles, was zählt«, fügte Henrik hinzu.
Albin näherte sich Jonas und kniete sich vor ihm hin. Er streichelte ihm über den Kopf und flüsterte ihm etwas ins Ohr.
»Jonas, mein Kleiner, ich werde mich um dich kümmern. Du kannst auf mich zählen.«
Albin erhob sich und trat wieder zu den Asplunds.
»Ich muss euch bitten, das Kind noch einen Moment zu hüten. Ich komme so schnell wie möglich wieder.«

Albin kehrte zu seinen Kollegen an den Tatort zurück. Vor dem Haus lagen in Leichensäcke aus Plastik verpackt die fünf Toten nebeneinander aufgereiht.
Etwas früher am Morgen hatte Albin seinen Chef vom Tele-

fon der Sandelins aus angerufen. Dieser hatte ihm bestätigt, dass ein Hubschrauber mit Experten der Spurensicherung bereits in Stockholm gestartet sei und er selbst und der Staatsanwalt sich gerade nach Fide aufmachen wollten. Inzwischen war es fünf Uhr dreißig. Auf Gotland hatte nur Pelle Bereitschaft, und dieser konnte unmöglich allein die verschiedenen Tatorte auf dem Anwesen der Sandelins gründlich auf Spuren untersuchen. Albin blieb nicht mehr viel Zeit, den Plan, den er sich gerade zurechtgelegt hatte, in die Tat umzusetzen. Zum Glück hatten die Asplunds der Polizei nicht gesagt, dass Jonas am Leben war und sich bei ihnen aufhielt.

Albin nahm Johanna, Pelle und Magnus beiseite. Die beiden Streifenpolizisten standen sich vor dem Haus die Beine in den Bauch und warteten auf Verstärkung.

»Ich habe den Jungen gefunden. Er lebt, steht aber unter Schock. Er hat es geschafft, zu fliehen und sich bei den Nachbarn zu verstecken. Er war zweifelsohne Zeuge der Morde, aber momentan spricht er nicht.«

»Unglaublich!«, rief Johanna.

»Ich kann euch das nicht alles erklären, aber wir müssen ihn in Sicherheit bringen.«

»Warum das?«, fragte Pelle.

»Sie werden ihn umbringen wollen.«

»Möchtest du ein Zeugenschutzprogramm beantragen?«, fragte Johanna.

»Nein, mir schwebt etwas anderes vor. Der Junge hat keine Familie mehr. Er wird mit Sicherheit im Waisenhaus enden. Wir werden sie glauben lassen, dass er tot ist.«

»Aber das ist doch Wahnsinn!«, rief Magnus.

»Dessen bin ich mir bewusst. Ihr müsst mir in dieser Sache vertrauen. Wir müssen uns jetzt entscheiden, bevor die ganze Armada anrückt.«

»Warum willst du ein derartiges Risiko eingehen? Das verstehe ich nicht«, sagte Pelle.

»Das ist eine Familienangelegenheit! Seine Mutter war die Patentochter meines Vaters.«

»Und wie willst du das anstellen?«, fragte Johanna.

»Niemand außer uns vieren darf davon erfahren, sonst kommen wir in Teufels Küche! Jonas ist durch den Wald geflohen. Wir markieren eine Stelle und behaupten, dass wir dort seine Leiche gefunden haben. Ich kümmere mich darum. Magnus und du, ihr holt noch einen Leichensack und füllt ihn mit was auch immer, damit wir sechs Tote haben. Und du, Magnus, schreibst außerdem einen Obduktionsbericht für das Kind.«

»Albin, du bist ja total verrückt.«

»Du schuldest mir das, Magnus!« Erst kürzlich hatte Albin Magnus den Arsch gerettet, als dieser mit Alkohol am Steuer erwischt worden war. Ohne Albins Intervention wäre er entlassen worden.

»Okay, dann mal los«, sagte Johanna.

Pelle stand so unter Schock, dass er kurz zögerte. Er hatte schon viele Leichen im Laufe seines Berufslebens gesehen, aber die des kleinen blonden Mädchens mit aufgeschlitzter Kehle hatte in ihm einen Hass gegen denjenigen geschürt, der diese abscheuliche Tat begangen hatte. Trotz der Gefahr, die dies für seine Karriere bedeuten konnte, war er schnell überzeugt, dass er alles daransetzen musste, ihrem Bruder ein ähnliches Schicksal zu ersparen. Und ein Team war schließlich ein Team. Er entschied sich dafür, solidarisch zu sein.

»Einverstanden, aber dann muss uns auch einer der Bestatter helfen.«

»Ich kümmere mich darum«, sagte Albin.

Albin fand Jonas' Fußspuren auf dem Feld hinter dem Haus. Er folgte ihnen in den Wald hinein. Der Schneesturm war nur lokal im Westen niedergegangen, hier zwischen den Bäumen war der Boden unbedeckt. Die Spuren waren nicht mehr sichtbar. Er drang noch etwas tiefer in den Wald ein und markierte dort eine Stalle mit einer Fahne, um zu signalisieren, dass dort die Leiche des Kindes gefunden worden sei.

Zur selben Zeit betraten Magnus und Johanna das Haus und suchten nach etwas, womit sie den Leichensack füllen konnten.

Magnus fand etwas Brauchbares. Jonas hatte in seinem Zimmer auf dem Bett einen Teddybären sitzen, der mit Sicherheit größer war als er selbst. Nachdem sich Magnus vergewissert hatte, dass sie niemand beobachtete, warf er den Bären aus dem Fenster. Albin war gerade außer Atem zurückgekehrt und trug die Attrappe in den Wald, riss das Stofftier dort auf und füllte es mit Erde und Steinen, bis es das Gewicht eines Kindes hatte. Der Boden war gefroren und verlangte ihm einiges an Mühe ab, damit der Bär das nötige Gewicht bekam. Danach kehrte er zum Haus zurück.

»Ich habe den Jungen gefunden«, rief Albin Magnus und Johanna, die wieder nach draußen gekommen waren, zu – und zwar so laut, dass die beiden Streifenpolizisten ihn hörten.

»Lebt er?«, fragte Johanna unschuldig.

»Nein, er ist tot. Vermutlich erfroren. Könnt ihr mir zu Hilfe kommen? Und ihr zwei bewacht in der Zwischenzeit gut den Tatort«, befahl er den Männern in Uniform.

Etwa zwanzig Minuten später kehrten sie mit dem Leichensack zurück und legten ihn neben die fünf anderen.

Albin ging ins Haus zurück und suchte einige Kleidungsstücke und ein Paar Schuhe für Jonas zusammen, um sie ihm in sein Versteck bei den Asplunds zu bringen. Als er aus dem Haus trat, fuhren zwei weitere Polizeifahrzeuge vor. In der Ferne hörte er das Geräusch des Hubschraubers.

83

Donnerstag, 28. Juli

Als Anna und Andreas mitten in der Nacht wieder bei der Polizeiwache ankamen, sprach Krister Olsson sie auf dem Parkplatz an. Er ging, gefolgt von einem Kameramann, mit einem Mikrofon in der Hand auf die beiden zu.

»Könnt ihr mir sagen, worum es in der großen Polizeiaktion heute Abend ging?«

»Ich habe euch nichts zu sagen«, sagte Anna laut.

In diesem Moment fuhren vier getarnte SandCat-Geländefahrzeuge vor, aus denen uniformierte und schwer bewaffnete Männer ausstiegen.

»Warum hat das Spezialeinsatzkommando interveniert?«

»Schaltet die verdammte Kamera aus!«

Anna und Andreas gingen auf den Eingang zu, das Duo im Schlepptau.

»Hat das alles mit dem Ritualmord an Linda Gardell zu tun?«

Andreas drehte sich um, legte seine Hand über das Kameraobjektiv und befahl dem Kameramann, den Apparat auszuschalten. Dann betraten sie das Gebäude und schlossen die Tür hinter sich.

Sie gingen hinauf in die Büroetage und schenkten sich einen Kaffee ein.

»Ich möchte gerne wissen, wieso dieser Journalist auf dem Laufenden ist.«

Anna setzte sich und schaltete ihren Computer ein. Da das Gesicht der Person, die Selbstmord begangen hatte, völlig entstellt war, war eine Identifikation unmöglich. Aber sie hatten das Auto und das Nummernschild.

Die Tür ging auf, und Jenny stürmte herein. »Die Verhaftung von Wallner und Gunnarsson ist an die Presse durchgesickert.«

»Wie bitte? Wann?«

»Schau auf der Internetseite von helagotland.se nach! Die Schlagzeile auf der Titelseite lautet: ›Zwei Verhaftungen in Verbindung mit den Wikinger-Opfermorden‹. Der Artikel wurde um zweiundzwanzig Uhr dreißig online gestellt.« Jenny hielt Anna ihr Smartphone hin. »Schau, es ist sogar auf Facebook im Newsfeed von Gotlands Allehanda.«

»Verdammte Scheiße!« Anna, die sonst immer ruhig und besonnen sprach, hatte sich ausnahmsweise zum Fluchen hinreißen lassen. Der Text war von Krister Olsson verfasst worden. Der Journalist konnte diese Information nur aus den Reihen der Polizei erhalten haben. Sie schwor sich, den Maulwurf zu finden. Auch wenn sie von der Rechtschaffenheit ihres Teams überzeugt war, blieb für sie nur zu hoffen, dass es keiner von ihnen war.

»Glaubst du, dass der Fahrer des Saabs von dem Artikel Wind bekommen hat und deswegen umgekehrt ist?«

»Das ist gut möglich.«

Anna öffnete eine andere Internetseite und gab ihren Nutzernamen und ihr Passwort ein. Danach tippte sie das Kennzeichen des Pick-ups ein.

Als Andreas die Halterdaten auf dem Bildschirm auftauchen sah, glaubte er, seinen Augen nicht zu trauen.

84

Am Vorabend hatte David Gyllenstierna auf dem Weg zu dem von Rickard Wallner und Leif Gunnarsson initiierten Treffen eine SMS erhalten. Nachdem er in den Schotterweg eingebogen war, hatte er angehalten, um sie zu lesen. Ohne auch nur eine Sekunde zu zögern, hatte er die Flucht ergriffen. Ein Fahrzeug hatte die Verfolgung aufgenommen, doch es war ihm gelungen, auf einem kleinen Weg mitten in den Wald zu fahren. Dort hatte er zwei Stunden gewartet, bevor er weitergefahren war. Er war ganz schön ins Schwitzen geraten.

Die SMS hatte ihn über die Veröffentlichung des Presseartikels informiert, der wie durch ein Wunder unmittelbar vor dem geplanten Treffen in Torsburgen erschienen war. Leif und Rickard waren festgenommen worden, und der Journalist hatte die Existenz einer Gruppe erwähnt, die heidnische Opferrituale darbrachte. Der Clan Freyjas Kinder war kein Geheimnis mehr. David war es gelungen, der Falle zu entkommen, aber er hatte keine Ahnung, ob andere Mitglieder zu dem Treffen gefahren und hineingetappt waren.

Er hatte lange gezögert, ins Hotel zurückzukehren, um seine Sachen zu holen. Hatte die Polizei ihn identifiziert? Hatten sie sein Nummernschild lesen können? Er bezweifelte es. In seinem Innern gärte jedoch die Angst. Rickard und Leif hatten der Polizei seine Identität nicht verraten können. Eigentlich konnten sie nicht wissen, wer er war, aber seine Gewissheit war ins Wanken geraten. Er hatte sich schließlich dazu durchgerungen, im Morgengrauen zum Hotel zu fahren. Bevor er das Hotel betrat, hatte er die Umgebung abgesucht, aber alles schien ruhig zu sein. Er hatte seine Sachen gepackt, das Zimmer bezahlt und war wieder gen Süden gefahren.

Nichts lief so wie vorgesehen. Nach dem Erhalt von Linda Gardells Nachricht hatten sie beschlossen, sie aus dem Weg zu schaffen. Die Mitglieder des Clans einzuberufen schien das einzig Richtige zu sein. Um sie in den Plan zu verstricken, ihnen Angst einzujagen und so das Risiko zu mindern, dass andere Lust verspürten, Lindas Beispiel zu folgen. Sie mussten um jeden Preis verhindern, dass sich einer aus ihren eigenen Reihen denunzierte oder erzählte, was sich zugetragen hatte. Doch sie hatten die Rechnung ohne Jonas gemacht ... Er war nicht nur zurückgekehrt, um zu versuchen, die Clanmitglieder ausfindig zu machen, sondern obendrein war er auch noch Polizist geworden. Noch dazu war er hartnäckig und verbissen. Wenn er ihnen in jener berühmt-berüchtigten Nacht doch nur nicht entkommen wäre. Er hätte im Grab an der Seite seiner Familie enden sollen. Jetzt war die gesamte Polizei im Großeinsatz. Und die Presse amüsierte sich prächtig. Ein Mord, ein Selbstmord, zwei verhaftete Clanmitglieder – und als wäre dies noch nicht genug, musste er mit einem weiteren Problem fertigwerden: Gustav.

Nach dem Treffen in Torsburgen war ein Clanmitglied nicht wie die anderen wieder nach Hause gefahren, sondern hatte sich im Wald versteckt, sie verfolgt und sie dabei beobachtet, wie sie Lindas Leiche in den Van geladen hatten. Als David seinen

Wikingerhelm abgenommen hatte, hatte er ein Geräusch gehört und einen Schatten davonlaufen sehen. Er war ihm durch den Wald gefolgt. Der Flüchtige hatte seinen Helm nicht abgenommen, daher war es unmöglich gewesen, ihn zu identifizieren. Immerhin hatte David jedoch das Fahrzeug aus dem Augenwinkel gesehen, bevor es in der Nacht verschwunden war.

Zwei Tage später hatte er eine Nachricht über das Kontaktformular seiner Internetseite erhalten. Jemand forderte Geld. An der Identität des Erpressers bestand kein Zweifel. Es konnte sich nur um die Person handeln, die gesehen hatte, wie er mit Lindas Leiche zugange gewesen war, und ihn erkannt hatte, als er seinen Helm ausgezogen hatte. David hatte daraufhin die Wohnorte der Clanmitglieder auf der Suche nach dem Auto abgeklappert. Den alten roten Lada Niva zu finden war ein Kinderspiel gewesen. Er gehörte Gustav Nilsson. Sollte sich dieser entschließen zu reden, wäre David erledigt. Er musste unbedingt handeln – und zwar sofort.

85

Anna und Andreas waren auf dem Weg nach Fide, als auf Annas Handydisplay die Nummer des Gerichtsmediziners erschien.

»Hej, Anna. Ich habe zwar meinen Bericht noch nicht fertiggestellt, aber ich wollte dir trotzdem schon mal meine ersten Erkenntnisse der Obduktionen von Linda Gardell und Maria Dahl mitteilen.«

»Du bist genial, danke, Stefan!«

»Wie ich vermutet habe, ist die Todesursache im Fall von Linda Gardell die Enthauptung mit einer stumpfen Klinge wie zum Beispiel einer Axt. Die Verletzungen an den Halswirbeln deuten darauf hin, dass die Hiebe im Bereich des Nackens erfolgten. Tatsächlich konnte ich drei erkennen.«

»Hat der Henker blindwütig zugeschlagen?«
»Der erste Hieb hat nur einen Wirbel beschädigt, der zweite hat die Wirbelsäule durchschlagen, und erst mit dem dritten Hieb ist es ihm gelungen, den Kopf vom Körper zu trennen.«
»Welche Schlüsse lassen sich daraus ziehen?«
»Der Henker war offensichtlich nicht sehr geübt im Umgang mit der Axt, oder er könnte sehr gestresst gewesen sein. Aber man sollte auch nicht glauben, dass es so einfach ist, jemanden zu köpfen. Fanden im Mittelalter derartige Hinrichtungen statt, feierte man diejenigen, die es mit einem Hieb schafften. Viele brauchten dafür zwei oder mehr Versuche.«
»Und außerdem?«
»Die geringe Blutmenge in der Brusthöhle weist darauf hin, dass der Blutadler-Ritus erst nach ihrem Tod vollzogen wurde.«
»Und Maria Dahl?«
»Nach meinen ersten Erkenntnissen, aber das ist zu diesem Zeitpunkt eine reine Hypothese, ist Marias Tod auf ein Polytrauma zurückzuführen. Bei der äußeren Untersuchung der Leiche konnte ich dort, wo der Körper auf den Boden aufgeschlagen ist, und vor allem am Hinterkopf zahlreiche Blutergüsse, Hautabschürfungen und einige Prellungen erkennen. Doch die Verletzungen bei dieser Todesursache sind zumeist innerlich. Tastet man die Leiche ab, fühlt sie sich beinah an wie ein Sack Nüsse. Das Skelett hat zahlreiche Brüche und Verrenkungen erlitten, aber auch Risse in den Eingeweiden und der Aorta. Der Tod ist mit Sicherheit quasi sofort eingetreten.«
»Kannst du einen Mord ausschließen? Könnte es sein, dass sie gestoßen wurde?«
»Es ist praktisch unmöglich, zwischen einem freiwilligen Sprung und einem von einer weiteren Person verursachten Sturz zu unterscheiden, da Letzterer überhaupt keine Spuren hinterlässt, es sei denn, das Opfer ist nach einen heftigen Aufprall von der Klippe gestürzt. Wenn sie zum Beispiel geschlagen worden wäre. Doch selbst dann ist die Unterscheidung

zwischen den durch den Sturz verursachten Verletzungen und denen, die von einem eventuellen Schlag stammen könnten, eine gewagte Sache.«

»Und kannst du uns sagen, ob sie im Moment des Sturzes bereits tot war?«

»Um die verletzten Strukturen herum sind Einblutungen ins Gewebe vorhanden, die sich nicht mit Wasser abwaschen lassen. Treten Verletzungen erst nach dem Tod ein, lassen sie sich in der Regel abwaschen.«

»Sie hat also noch gelebt?«

»Diese Einschätzung bleibt subjektiv. Sie gilt nur für postmortale Verletzungen, die innerhalb eines bestimmten Zeitraums nach Eintritt des Todes verursacht wurden, in der Regel zwischen zehn und zwanzig Minuten. Das Problem ist, dass, wenn die Person unmittelbar vor dem Sturz getötet worden wäre, die Verletzungen die gleichen Charakteristika aufweisen würden wie bei einem Sturz zu Lebzeiten.«

»Ich gehe also davon aus, dass sie entweder kurz vor dem Sturz von der Klippe getötet wurde oder Selbstmord begangen hat.«

»Es tut mir leid, dass ich dir keine präzisere Antwort liefern kann.«

»Auf den Glasscherben haben wir ihre Fingerabdrücke gefunden –«

Stefan ließ sie nicht ausreden. »Während der Obduktion habe ich im Mageninhalt eine große Menge Flüssigkeit feststellen können, die nach Whisky roch. Ich habe die Menge und die Konzentration des Ethylalkohols gemessen und kann euch daher bestätigen, dass sie sicherlich den kompletten Inhalt der Flasche getrunken hat.«

»Zu welchem Zeitpunkt hat sie ihn getrunken?«

»Aus dem relativ niedrigen Alkoholgehalt im Blut schließe ich, dass die Einnahme unmittelbar vor dem Eintritt des Todes stattgefunden hat.«

Obwohl Anna und Andreas sich bereits eine Meinung gebildet hatten, stützten die ersten Befunde des Gerichtsmediziners die Annahme, dass Maria Dahl sich vermutlich selbst das Leben genommen hatte, auch wenn ein leiser Zweifel bestehen blieb. Der handgeschriebene Brief und andere Schriftproben Maria Dahls waren eingeschickt worden, um einen Schriftvergleich zu erstellen. Es durfte nichts übersehen werden.

86

Siv machte sich wahnsinnige Sorgen und hatte die ganze Nacht nicht geschlafen. Henrik war immer noch nicht nach Hause zurückgekehrt. Sie hätte ihn davon abhalten müssen, zu dem Treffen zu gehen, oder ihn wenigstens begleiten sollen. Für Henrik war das nicht in Frage gekommen, er hatte allein gehen wollen. Was sollte sie jetzt machen? Es war nicht das erste Mal, dass sie die Polizei anrufen und den Clan denunzieren wollte. Sie hatten sich nie dazu durchringen können. Wobei es jedes Mal in einer Katastrophe geendet hatte. Sie hätte so gerne alles hinter sich gelassen und wäre mit Henrik weit von hier fortgegangen.

Das Läuten der Türklingel ließ sie aufschrecken. Siv erwartete keinen Besuch. Sie erhob sich aus ihrem Sessel und machte die Tür auf.

»Jonas!« Sie hatte sich noch nicht an seinen neuen Vornamen ›Andreas‹ gewöhnt. An seiner Seite stand Anna Lindström, die Kommissarin. Hinter ihnen hatte Siv zwei Fahrzeuge ausgemacht, einen roten Volvo und einen Polizeiwagen. Das verhieß nichts Gutes.

»Lass uns reingehen, Siv.«

Andreas begleitete Siv ins Wohnzimmer und bat sie, sich zu setzen. Er selbst nahm gegenüber von ihr auf dem Sofa Platz. Anna war ihnen gefolgt, hielt sich aber abseits. Andreas hatte sie gebeten, ihn machen zu lassen und behutsam mit ihr umzugehen.

Er schaute Siv in die Augen. Sie hatte es bereits verstanden, wartete aber noch auf eine Bestätigung ihrer Vorahnung.

»Henrik ist tot.«

Siv sank zusammen und brach in Tränen aus.

Nachdem sie ein paar Minuten später ihre Tränen getrocknet und ihr Gesicht unter kaltes Wasser gehalten hatte, schien sie wieder einigermaßen gefasst.

»Was ist passiert?«

»Das Clantreffen war eine Falle. Als wir Henrik verhaften wollten, hat er sich das Leben genommen.«

»Er wollte hingehen, um sie zu überreden, sich der Polizei zu stellen ... Was für eine Vergeudung! Letzte Woche haben wir unseren vierzigsten Hochzeitstag gefeiert. Wir waren von Anfang an verliebt, und daran hat sich unser ganzes Leben nichts geändert, auch wenn wir nie wirklich glücklich sein konnten. Ein Schatten lastete dauerhaft auf unserem Leben.«

Sivs Blick war abwesend und leer. Sie dachte an ihre Tochter, die in Stockholm lebte. Was würde sie über sie denken? Wieder stiegen ihr Tränen in die Augen, aber sie hatte keine Kraft mehr zu weinen.

»Andreas, ich bin am Boden zerstört und voller Reue. Ich habe nichts getan, um diesen Alptraum zu beenden. Wir hätten handeln müssen. Aber was geschehen ist, lässt sich nicht mehr ändern. Dass du lebst, ist mein einziger Trost.«

»Das verdanke ich auch euch beiden.«

Andreas empfand Mitgefühl für Siv und sogar eine tiefe Zuneigung für diese Frau, die ihm in der Nacht im Mai 1979 das Leben gerettet hatte. Doch gleichzeitig trug sie genau wie die anderen Clanmitglieder eine gewisse Verantwortung für dieses makabre Spiel.

»Siv, wir werden dich mitnehmen müssen.«

»Ich weiß ...«

87

Henrik und Siv Asplund hatten die Liste der identifizierten Clanmitglieder weiter vervollständigt. Mit ihnen waren zwei neue Namen hinzugekommen. Jetzt kannten sie acht von dreizehn Mitgliedern namentlich. Die Schlinge zog sich weiter zu, aber sie hatten immer noch nicht die geringste Ahnung, wer sich hinter der Identität des Jarls verbarg.

Anna war mit den Polizisten nach Visby zurückgekehrt, um Siv Asplund zu verhören. Bevor sie nach Visby gebracht worden war, hatte Siv Andreas erzählt, dass sie von seinen Eltern Vilhelmina und Jacob zum Clan eingeladen worden waren und dass sie außer den beiden niemanden kannte.

Andreas, der Annas Auto nehmen durfte, wollte der Exhumierung der Leichen von Vilhelmina und Jonas beiwohnen. Am Vortag hatte der Staatsanwalt die Genehmigung dazu erteilt, um endgültig feststellen zu können, ob Andreas Auer wirklich der Sohn von Vilhelmina Sandelin war. Andreas hätte sich gerne auch vergewissert, dass Jacob sein Vater war, aber der Staatsanwalt hatte es für überflüssig erachtet, ein weiteres Grab öffnen zu lassen.

Ungeduldig beobachtete Andreas, wie die Gemeindearbeiter unter den aufmerksamen Blicken der forensischen Anthropologin Helena und ihres Kollegen Jesper aus der Genetik mit einem kleinen Bagger das Grab von Jonas Sandelin aushoben. Die Ausschachtungstiefe war auf etwa anderthalb Meter geschätzt worden, aber bei dieser Marke gab es noch keinerlei Anzeichen von Knochenfunden. Als Helena eine Veränderung in der Farbigkeit des Bodens wahrnahm, bat sie die beiden Angestellten, das Baggern einzustellen. Die dunklere Farbe stammte zweifellos von dem aufgelösten Sarg, der sich mit der Erde vermischt hatte. Sie packte ihre Werkzeuge aus und führte die Arbeit vorsichtig fort. Nach kurzem Graben kam ein runder Gegenstand, der wie ein Augapfel aussah, zum Vorschein. Sie hob ihn auf und betrachtete ihn eingehend.

»Das sieht ja wie das Auge eines Plüschtieres aus!«

Andreas war zwar innerlich überzeugt, Jonas zu sein, aber dennoch erleichtert, dass das Grab leer zu sein schien und sich seine Vermutungen bestätigten. Jetzt blieb nur noch, Vilhelminas DNA zu analysieren und mit der seinen zu vergleichen, um seine Abstammung mit Sicherheit nachzuweisen.

Helena fuhr fort, die Erde systematisch zu durchsuchen, und legte Fragmente eines braunen Stofftieres frei, das sich aber aufgrund der Zersetzung nicht mehr genau erkennen ließ.

»Das war mein Teddybär«, erinnerte sich Andreas mit vor Rührung zitternder Stimme.

Anschließend machte Helena mit Vilhelminas Grab weiter. Nach etwas mehr als zwei Stunden hatte sie ein komplettes Skelett freigelegt. Jesper entnahm, nachdem er eine Reihe von Fotos gemacht hatte, den Oberschenkelknochen und zwei Zähne aus dem Oberkiefer. Die Wahrscheinlichkeit, dass die von Zahnschmelz, Zement und Dentin geschützten Zähne DNA enthielten, war groß.

Nachdem die Arbeiten beendet waren, sah Andreas tief bewegt dabei zu, wie das Grab seiner Mutter schließlich wieder geschlossen wurde.

88

Die Exhumierung war für Andreas besonders schwer zu ertragen gewesen. Diese Mutter, deren lächelndes sanftes Gesicht erst kürzlich wieder in seiner Erinnerung aufgetaucht war, hatte sich in ein Skelett verwandelt. Nachdem die Gemeindemitarbeiter und die Polizeibeamten weggefahren waren, setzte er sich auf den Friedhofsrasen und hing seinen Gedanken nach. Nach einer Weile holte er sein Telefon hervor und rief Mikaël an.

»Hallo, Mikaël. Wie geht es dir?«

»Schon viel besser. Ich beginne wieder ein bisschen zu leben, auch wenn der Husten weiterhin hartnäckig ist. Und du?«
»Ich hatte einfach nur Lust, deine Stimme zu hören. Die Exhumierung ist beendet. Ich hoffe inständig, dass ich recht habe ... also, dass Vilhelmina wirklich meine Mutter ist, obwohl ...« Andreas atmete tief ein. »Ich rufe dich lieber heute Abend an, wenn das für dich okay ist?«
»Klar, pass auf dich auf, ich umarme dich.«

Andreas hatte beschlossen, in das Haus seiner Kindheit zurückzukehren, und war deswegen erneut nach Fide gefahren. Er stellte seinen Wagen mitten auf dem Grundstück zwischen dem Wohnhaus, einer alten Scheune, einem Holzstall und einem kleinen Gebäude ab, das sicherlich früher als Räucherkammer für Fisch gedient hatte. Um die Siegel auf der Eingangstür nicht zu zerstören, betrat er das Haus durch die Hintertür, die er mit zwei Metalldrähten mühelos aufbekam. Er wusste nicht genau, was er vorfinden würde, aber er hatte das dringende Bedürfnis verspürt, sich umgehend mit seiner Vergangenheit zu konfrontieren.

Nachdem er alle Zimmer im Obergeschoss angeschaut hatte, ging er hinunter in den Flügel des Hauses, den Linda Gardell nicht benutzt hatte und wo die Morde stattgefunden hatten. Er betrat das Wohnzimmer. Im Bücherregal standen mehrere Fotoalben, auf deren Rücken Jahreszahlen vermerkt waren. Er zog das Album 1973–1974 heraus, setzte sich in einen Schaukelstuhl und begann es durchzublättern. Auf den letzten Seiten war ein Foto von Vilhelmina zu sehen, auf dem sie in der Kirche von Fide ein Baby in den Armen hielt. Darunter stand mit einem Füllfederhalter geschrieben: *Jonas, Taufe.*

Danach wählte er das Album 1976–1977 aus. Auf einem der Fotos erkannte er seinen Vater Jacob, der stolz auf seinem grünen Traktor, einem Bolinder-Munktell, saß. Auf einem anderen Bild tanzte eine Reihe von Personen um einen mit Blättern behängten und für das Mittsommerfest geschmückten Mast herum. Auf einer Aufnahme sah er sich im Alter von drei Jahren und mit hellblondem Haarschopf neben seiner Schwester stehen. Sie war identisch mit dem Mädchen in seinen Träumen. Dann noch ein Foto, das die Sandelins in der Gesellschaft von Henrik und Siv im Garten am Esstisch zeigte.

Die nächsten Abzüge waren beim jährlichen Varpa-Wettbewerb in Bottarve entstanden. Das Spiel bestand daraus, einen vier bis fünf Kilo schweren, relativ runden und abgeflachten Stein gegen einen Holzstab zu werfen, der zwanzig Meter entfernt stand. Es war eines von einer ganzen Reihe von traditionellen Spielen auf der Insel. Er erkannte Jacob, der dabei war, einen Stein zu werfen. Dann das Foto von einer Mannschaft, unter dem stand: *Sieger 1977: Jacob und Vilhelmina*. Danach ein Foto der Finalisten und darunter die Namen Bengt und Linda. Andreas überlegte, dass, wenn Jacob, Vilhelmina, Linda, Henrik und Siv auf diesen Abzügen auftauchten, vermutlich auch andere Mitglieder des Clans darauf zu sehen waren. Vielleicht gab es sogar ein Foto des Jarls in diesem Album? Er blätterte weiter. Wären es Farbfotos gewesen, hätte er darauf vielleicht seine verschiedenfarbigen Augen entdecken können.

89

Fide, Gotland
Sonntag, 13. Mai 1979

Um neun Uhr hatte die Spurensicherung ihre Arbeit beendet. Der Tag war bereits seit fast fünf Stunden angebrochen. Nach dem Sturm in der Nacht trieb der Wind jetzt die Wolken vor sich her und machte einem Stück blauen Himmel Platz. Albin beobachtete, wie der Hubschrauber abhob und mehrere Leichenwagen den Ort verließen. Der Polizeichef und der Staatsanwalt waren ebenfalls weggefahren. Albins Kollegen hatten das Haus versiegelt und mit Absperrbändern eine Sicherheitszone eingerichtet. Zwei Polizeibeamte würden vor Ort bleiben. Albin und Johanna fuhren, jeder mit dem eigenen Auto, zu den Asplunds. Henrik öffnete ihnen die Tür und begleitete sie ins Wohnzimmer, wo Siv neben Jonas auf dem Sofa saß.

»Hallo, ich bin Johanna, die Kollegin von Albin.«

»Das arme Kind hat ein schreckliches Drama erlebt. Es spricht immer noch nicht. Ich mag mir gar nicht vorstellen, was es mit angesehen haben könnte.« Siv wandte sich an Albin. »Übrigens hat er etwas gezeichnet.«

Sie hielt ihm ein Blatt hin.

Albin betrachtete Jonas' Skizze. Vier Personen waren mit dem Bleistift auf die gleiche Weise gezeichnet worden. Einer war größer als die anderen und trug eine Art Umhang und einen Helm auf dem Kopf. Was ihn überraschte, waren die Augen. Trotz der sehr einfachen Darstellung war es Jonas gelungen, sie furchteinflößend aussehen zu lassen. Er hatte die Mörder gesehen.

»Ich würde gerne mit euch allein reden. Johanna, kannst du bei dem Kleinen bleiben?«

»Lass uns in die Küche gehen«, sagte Henrik.

Albin schloss die Tür. »Ich werde ihn an einen sicheren Ort bringen. Aber ich muss euch bitten, niemandem etwas davon zu erzählen.«

»Wir sagen nichts. Nicht wahr, Siv?«

Als seine Frau schwieg, sprach Henrik sie erneut an: »Was ist los, ist das nicht in Ordnung?«

»Nichts ... Doch, das ist in Ordnung.«

»Aber du bist ganz blass.«

»Es ist nichts, mein Liebling. Ich hatte nur ... Nein, vergiss es.«

Henrik stand auf, füllte ein Glas mit Wasser und gab es seiner Frau.

»Kann ich euch vertrauen?«

»Ja, das haben wir dir doch gesagt. Wir werden nichts verraten.«

Albin wirkte plötzlich zögerlich, als würde ihm gerade erst in diesem Augenblick klar, dass er in dieser Nacht eine Entscheidung getroffen hatte, die weitreichende Konsequenzen haben konnte.

»Und selbst wenn euch die Polizei verhört, erzählt ihr ihnen nichts von Jonas.«

»Ich verstehe das nicht«, erwiderte Henrik.

»Ich musste schnell eine Entscheidung treffen ... Wir werden ihn für tot erklären.«

»Wie bitte?«

»Wir verstecken das Kind, um zu verhindern, dass die Mörder versuchen, es zu finden. Doch ihr müsst mir versprechen, dass ihr niemandem je etwas von diesem Gespräch oder von dem, was in dieser Nacht geschehen ist, verratet.«

»Was wird aus dem Kind werden?«, fragte Siv.

»Wie ihr wisst, hat Jonas keine nahen Verwandten mehr. Macht euch keine Sorgen. Er wird eine Familie bekommen, die sich um ihn kümmert. Ich werde mich persönlich dafür einsetzen.«

Alle schwiegen. Henrik wurde klar, dass der Kommissar etwas Illegales vorhatte, aber im Grunde kam ihm das sehr gelegen. Er wollte sich weder mit der Polizei noch mit den Mördern Ärger einhandeln.

»Doch bevor ich fahre, müsst ihr mir sagen, vor wem ich dieses Kind beschützen muss.«

»Ich weiß es nicht ...«, sagte Henrik.

»Das glaube ich dir nicht!«

»Das sind bloß Gerüchte.«

»Ihr habt eine sehr reale Bedrohung angesprochen!«

»Albin, wir sind hier auf dem Land in einem kleinen Dorf. Da verbreiten sich Gerüchte ...«

»Und?«

»Man erzählt viel über eine Art Wikingerclan, der Opferrituale praktiziert. Als ich die Leichen gesehen habe ... das Ritual ... habe ich darin eine Verbindung gesehen.«

»Dann ist es also nicht nur ein Gerücht?«

»Nein, vermutlich nicht. Aber ich habe keine Ahnung, wer da mitmacht.«

»Also gut.«

Albin glaubte nicht, dass die Asplunds seine List irgendjemandem verraten würden. Seine Intuition sagte ihm, dass sie genauso viel zu verlieren hatten wie er, wenn davon etwas bekannt würde. So, wie sie sich gegenseitig anblickten, besiegelten sie damit gerade einen unsichtbaren Pakt, der sie mit Jonas verband.

Als Albin ins Wohnzimmer zurückkehrte, hatte sich Jonas zusammengerollt und war ins Sofa versunken. Albin trat näher und hockte sich vor ihn hin. Er legte ihm die Hand auf den Kopf und spürte, wie er zitterte.

»Hab keine Angst, Jonas. Schau mich an. Du erkennst mich doch, oder?«

Der Junge drehte sich um und blickte ihm starr in die Augen.

»Ich werde dich mitnehmen. Du musst dich jetzt vor nichts mehr fürchten. Das verspreche ich dir.«

Albin wandte sich zu den Asplunds um. »Ist in meiner Abwesenheit irgendetwas passiert?«

»Nein, warum?«

»Als ich ihn zu euch gebracht habe, schien er abwesend zu sein, doch jetzt zittert er und wirkt niedergeschlagen.«

»Nein, nichts ist passiert, ich schwöre«, sagte Henrik.

»Siv, könntest du ihn anziehen? In der Tüte, die ich mitgebracht habe, sind Schuhe und seine Kleidung.«

Während Siv sich um das Kind kümmerte, nahm Albin Johanna beiseite und ging mit ihr vor die Haustür.

»Wir beide fahren getrennt zurück. Und pass vor allem morgen auf der Wache auf, dass dir nichts Falsches rausrutscht. Wir reden mit niemanden darüber, ist das klar?«

»Mach dir keine Sorgen. Ich bin genauso tief in diese Geschichte verwickelt wie du. Wo wirst du ihn hinbringen?«

»Ich … Das brauchst du nicht zu wissen.«

»Wie bitte? Vertraust du mir nicht, oder was?«

»Darum geht es nicht. Aber es dient auch deiner Sicherheit. Du hast deinen Teil dazu beigetragen. Ab jetzt übernehme ich die Verantwortung für diesen Jungen.«

»Ich dachte, wir seien auf Biegen und Brechen ein Team.«

»Johanna, ich bin dein Vorgesetzter, und du hast meine Entscheidung nicht in Frage zu stellen. Wir machen es so, wie ich es dir gesagt habe. Einverstanden?«

»Einverstanden, Chef.«

»Warte hier auf mich, ich komme wieder.«

Albin ging zurück ins Haus und trat zu Jonas, der neben Siv stand. Er kniete sich hin.

»Bist du bereit?«

Jonas nickte unmerklich. Albin streichelte ihm über die Haare, stand auf und ergriff seine Hand. Als sie das Haus verließen, drückte sich das Kind an sein Bein und zitterte.

»Los, fahr nach Hause. Ich kümmere mich um den Kleinen«, wies Albin seine Partnerin an.

90

Freitag, 29. Juli

Am frühen Morgen fuhren Anna und Andreas zu Dorotea, der Mutter von der Kommissaranwärterin Johanna Melander, die 1979 spurlos verschwunden war. Sie wohnte allein in einem alten Haus in Follingbo, einem kleinen Dorf, nur ein paar Kilometer von Visby entfernt. Sie war sechsundachtzig Jahre alt.

»Seit dem Tag ihres Verschwindens habe ich nie mehr etwas von ihr gehört«, begann die alte Frau zu erzählen. »Ich habe immer gehofft, dass sie eines Tages wieder vor meiner Tür stehen würde. Ich war sicher, dass sie noch lebt. Fragt mich nicht, warum. So etwas spürt eine Mutter einfach. Aber die Zeit vergeht, und meine Hoffnung schwindet. Vielleicht war

mein Glaube an ihre Rückkehr einfach zu naiv. Jetzt sterbe ich vielleicht, ohne herausgefunden zu haben, was ihr zugestoßen ist.«
»Wirkte sie vor ihrem Verschwinden beunruhigt? Hat sie dir von der Ermordung der Sandelins erzählt?«, fragte Anna.
»Als ich sie das letzte Mal gesehen habe, ist sie hierhergekommen, um mit meinem Mann und mir zu Mittag zu essen. Es war ein Sonntag gegen zwölf Uhr, der Tag vor der Beerdigung der Familie. Davor hatten wir sie ein paar Wochen nicht gesehen.«
»Aus welchem Grund?«
»Sie hat uns erzählt, dass sie krank gewesen sei, aber mehr hat sie nicht gesagt.«
»Und wie ist das Mittagessen abgelaufen?«
»Wir haben wie üblich miteinander über alles Mögliche geplaudert, aber ich habe gespürt, dass sie nicht über die Ermittlungen sprechen wollte. Sie hat mir sehr wenig über ihre Arbeit erzählt. Sie ist am frühen Nachmittag wieder gefahren. Sie wohnte in einem Apartment in Klintehamn. Ich erinnere mich, dass ich ihr vom Fenster aus zugewunken habe, als sie in ihr Auto stieg. Es ist das letzte Bild, das mir von ihr geblieben ist.«
»Wann war dir klar, dass sie verschwunden ist?«
»Am Montagabend, dem Tag der Beerdigung. Sie hatte versprochen, ihrem Vater beim Umweiden der Schafe zu helfen. Doch sie ist nicht aufgetaucht. Ohne uns Bescheid zu sagen. Am nächsten Tag haben wir immer noch nichts von ihr gehört und angefangen, uns Sorgen zu machen. Ich habe mehrfach bei ihr und auch auf der Polizeiwache angerufen.«
»Und was ist dann geschehen?«
»Die Polizei hat ermittelt, aber nichts gefunden. Die Presse hat sich eingeschaltet. Journalisten sind hier aufgetaucht und haben mir eine Menge Fragen gestellt. Ich wollte ihnen zunächst nicht antworten, aber sie haben vorgeschlagen, ein Foto von ihr in der Zeitung zu veröffentlichen, um sie aufzuspüren. All dieser Aufruhr hat nichts gebracht.«

»Was für ein Mensch war Johanna?«

»1979 war sie fünfundzwanzig Jahre alt. Sie war unsere einzige Tochter. Wir haben auch noch zwei ältere Söhne. Sie war sportlich und hatte einen rechten Dickschädel. Darin glich sie ein wenig ihrem Vater. Schon mit zehn Jahren hat sie mir gesagt, dass sie Polizistin werden wollte.«

»Hatte sie Freunde?«

»Sie hatte ihre Mädels vom Unihockey, mit denen sie sich, glaube ich, regelmäßig traf. Und dann ein paar Jugendfreunde aus Follingbo, die sie aber, wie mir schien, nach ihrem Studienabschluss und ihrer Rückkehr nach Gotland nur noch selten sah.«

»Und einen Freund?«

»Ich meine zu wissen, dass sie damals mit einem jungen Mann ausging, den sie mir aber nie vorgestellt hat.«

»Kannst du dich an seinen Namen erinnern?«

»Nein, sie hat nie etwas von ihm erzählt. Sie war sehr zurückhaltend, was ihr Privatleben betraf.«

»Hast du Sachen aufgehoben, die Johanna gehörten?«

»In der Hoffnung, dass sie wieder auftauchen würde, habe ich in den ersten Jahren alles aufgehoben. Doch dann habe ich die Sachen schließlich weggeworfen und nur ein paar Fotos aufbewahrt.«

Die alte Dame erhob sich und kehrte ein paar Minuten später mit einem Schuhkarton voller Fotos zurück. Sie sortierte sie ein wenig und zog einzelne Bilder heraus.

»Hier, das ist sie als Sechzehnjährige mit ihrem Vater bei der Gänsejagd.« Bei dieser Erinnerung lächelte sie traurig und resigniert. Sie holte ein weiteres Foto hervor und betrachtete es aufmerksam. »Sie teilten diese Leidenschaft. Es gefiel mir nicht besonders, dass sie mit Waffen hantierten. Sie war vierzehn, als mein Mann ihr das Schießen beigebracht hat. Er hing sehr an seiner Tochter. Im Übrigen hat er ihr Verschwinden nie verwunden. Ein paar Monate später ist er gestorben.«

Sie ging die Bilder im Karton weiter durch.

»Ah, hier auf dem Foto ist sie, glaube ich, mit ihrem Freund

zu sehen. Das war bei einem Abba-Konzert in Stockholm, wenn ich mich nicht täusche. Sie war ein Riesenfan.«
Dorotea legte das Foto zurück in den Karton und ergriff das nächste.
»Darf ich es mir anschauen?«, fragte Andreas.
Sie holte es wieder hervor und reichte es ihm.
Andreas erkannte Bengt wieder. Er hatte ihn auf einem der Fotos des Varpa-Wettbewerbs gesehen, die er in seinem Elternhaus in Fide gefunden hatte. Johanna trug die berühmte blaue Baskenmütze von Agnetha, der Abba-Sängerin. Ihre dichten dunklen Augenbrauen erstaunten ihn. Bevor er das Bild zurückgab, fotografierte er es mit seinem Handy ab.
»Hat sie je einen Wikingerclan erwähnt, bei dem sie mitgemacht hat?«
»Nein, nie.«
»Weißt du, ob sie einen Kettenanhänger wie diesen hier um den Hals trug?«
Anna zeigte ihr ein Foto von der Fröjel-Kugel.
»Das sagt mir nichts ...« Johannas Mutter schien in ihrem Gedächtnis zu graben. »Sie gab nicht viel auf Schmuck, aber sie besaß wunderschöne Ohrringe.«

91

»Guten Tag, Albin. Danke, dass du bereit bist, mit uns zu reden.«
Nach dem Gespräch mit Johannas Mutter hatten Andreas und Anna Albin sehen wollen, um ihn ein für alle Mal zum Reden zu bringen. Andreas hatte darauf bestanden, ihn auf die Wache kommen zu lassen, in der Hoffnung, ihn dadurch zu verunsichern.
»Ich hatte mir schon gedacht, dass ihr nach den Ereignissen der letzten Tage bei mir vorbeikommen würdet. Aber warum

habt ihr mich hierhin einbestellt? Bin ich etwa ein Verdächtiger?«, fragte Albin lachend.

»Im Rahmen der Ermittlungen im Mordfall Linda Gardell befragen wir offiziell alle Personen, die in die Sandelin-Geschichte verstrickt waren«, erklärte Andreas.

»Bravo, Andreas, ich stelle fest, dass du mit diesen Ermittlungen sehr viel weiter vorangekommen bist als ich. Einerseits überrascht mich das bei dir nicht, andererseits habe ich keine Ahnung, wie du das geschafft hast. Ich muss wirklich ein schlechter Polizist gewesen sein ...«

Andreas ging nicht darauf ein. »Allerdings haben wir immer noch nicht alle identifiziert. Uns fehlt der Jarl. Wir hoffen, dass du uns helfen kannst.«

»Ich habe dir schon alles gesagt, was ich weiß.«

»Das bezweifele ich nicht, aber wir möchten mit dir gerne über Johannas Verschwinden reden.«

»Was willst du wissen?«

Albin war auf der Hut. Er mochte vielleicht ein schlechter Polizist sein, aber er war ein Polizist. Und er wusste sehr gut, worauf Andreas hinauswollte. Er musste vermeiden, in diese Falle zu tappen, in der ein Wort zu viel ausreichte, um Zweifel zu säen und den anderen auf eine Spur zu bringen. Ein einziges Wort oder auch nur ein Zögern, ein Schweigen, wie eine Tierfährte, die von einem Jagdhund verfolgt wird. Andreas würde nicht lockerlassen, bis er bekommen hatte, was er wollte.

»Albin, du weißt so gut wie ich, dass es manchmal auf ein einziges Detail ankommt. Du warst damals dabei. Vielleicht hast du etwas gesehen oder gehört, an das du dich erinnerst, das du uns gegenüber aber noch nicht erwähnt hast. Es scheint, als ob Johanna in den Wochen vor dem Mord an meiner Familie nicht gearbeitet hätte, stimmt das?«

»Ja, sie hat mir gesagt, dass sie krank sei. Der Arzt hatte sie dienstunfähig geschrieben.«

»Was war das für eine Krankheit?«

»Sie hat nur gesagt, dass es so ein Frauending sei, von dem ich nichts verstehen würde.«

»Wann genau ist sie wieder auf der Arbeit erschienen?«
»In der Woche vor dem Mord an deiner Familie, glaube ich.«
»Ist dir irgendwas Besonderes nach ihrer Rückkehr aufgefallen?«
»Nein, nicht dass ich wüsste.«
Andreas zeigte ihm das Foto vom Abba-Konzert. »Kommt dir der Mann rechts neben Johanna irgendwie bekannt vor?«
»Nein, überhaupt nicht.«
»Hat sie dir nie von ihrem Freund erzählt?«
»Ich wusste, dass sie sich mit jemandem traf, das ist alles. Sie war sehr verschwiegen.«
»Okay, ich möchte, dass du mir jetzt haarklein den Ablauf des Tages der Beerdigung beschreibst, an dem Johanna das letzte Mal gesehen wurde.« Andreas starrte Albin an und fügte hinzu: »Ich habe das Gefühl, dass ein Schlüsselelement in dieser Geschichte mit dem Verschwinden von Johanna zusammenhängt.«
»Wie ich dir schon gesagt habe, sind wir zusammen zur Beerdigung deiner Familie gegangen, und am nächsten Tag hat Johanna kein Lebenszeichen mehr von sich gegeben. Ich habe nie wieder etwas von ihr gehört.«
»Erzähl mir, was passiert ist. Stunde für Stunde.«
Albin knurrte zunächst nur dumpf.
»Ich höre, Albin!«
»Ich weiß wirklich nicht, wozu das gut sein soll, aber gut. Du bestehst ja darauf. Die Beerdigungsfeierlichkeiten fanden nachmittags in der Kirche von Fide statt. Am Morgen hatten wir eine Besprechung mit dem Staatsanwalt von Visby. Johanna hatte daran teilgenommen, genau wie Pelle Svensson, der Kriminaltechniker. Ich schlug vor, zur Beerdigung zu gehen, um zu sehen, wer anwesend sein würde, die Stimmung zu spüren und vielleicht irgendeine Spur zu entdecken ... Wir wussten nicht mehr, wo wir mit unserer Ermittlung weitermachen sollten. Wir sind also mit Johanna und dem Staatsanwalt dorthin gegangen.«
»Und habt ihr etwas Neues erfahren?«

»Die Kirche war brechend voll. Alle Leute aus der Umgebung waren da. Dazu zahlreiche Journalisten und Fotografen, die wie die Geier an dem Fall dran waren und darüber berichteten. Aber wir konnten nichts Interessantes entdecken.«

»Und wie ging es dann weiter?«

»Nach der Beerdigung wurde im Gemeindehaus Kaffee und schwedische Butterbrottorte gereicht. Wir sind eine Stunde geblieben.«

»Mit wem hast du dich unterhalten?«

»Ich war mit Johanna zusammen. Wir haben die Leute beobachtet, aber mit niemandem gesprochen.«

»Ist dir etwas Ungewöhnliches aufgefallen?«

»Nein, nichts Besonderes. Die Asplunds haben mich von Weitem gegrüßt ...«

»Und wann genau seid ihr dann wieder weggefahren?«

»Gegen sechzehn Uhr.«

»Seid ihr alle drei mit demselben Auto gekommen?«

»Nein, der Staatsanwalt hatte seinen eigenen Wagen dabei. Er wohnte in Djupvik. Johanna und ich sind zurück nach Visby gefahren.«

»Aber Johanna wohnte doch in Klintehamn, oder? Du hättest sie dort auf dem Weg absetzen können?«

»Ja, aber ihr Auto stand noch vor der Wache, und ich meine mich zu erinnern, dass sie noch bei ihren Eltern vorbeifahren wollte.«

»Ihre Mutter hat uns gesagt, dass Johanna an jenem Abend nicht vorbeigekommen sei.«

Andreas starrte Albin an und erwartete eine Reaktion, die aber ausblieb.

»Und das war das letzte Mal, dass du sie gesehen hast?«

»Ja, ich habe sie an der Polizeiwache rausgelassen und bin dann weiter nach Lickershamn gefahren.«

»Hat euch an der Wache irgendjemand gesehen? Habt ihr mit jemandem geredet?«, fragte Anna.

»Ich nicht. Ich habe sie dort abgesetzt und bin direkt wieder los.«

Albins Atmung beschleunigte sich, und er fing an zu husten.

»Alles in Ordnung, Albin?«, erkundigte sich Andreas.

»Können wir eine Pause machen? Ich würde gerne etwas frische Luft schnappen.«

»Kein Problem, Albin. Ich werde Jenny bitten, dich nach unten zu begleiten.«

»Danke.«

Andreas stellte sich ans Fenster. Er sah, wie Albin in den Hof ging. Er ging auf und ab, blieb dann stehen und hob den Kopf. Ihre Blicke kreuzten sich.

Nach zehn Minuten kehrte Albin zurück und setzte sich wieder auf seinen Platz.

Anna griff nach einer Wasserkaraffe. »Möchtest du einen Schluck?«

»Ich habe gerade auf der Toilette etwas getrunken. Ich möchte das hier jetzt hinter mich bringen.«

»Du hast also Johanna an der Wache abgesetzt und bist danach ...«

»Nach Hause gefahren.«

»Du wohntest damals in Visby, oder?«

»Ja.«

»Eben hast du noch gesagt, du seist nach Lickershamn gefahren.«

»Äh ... ja. Zunächst nach Lickershamn.«

»Was hast du dort gemacht?«

»Ich besitze dort eine Hütte im Wald in der Nähe des Fischerdorfes. Sie hat früher meinen Eltern und davor meinen Großeltern gehört.«

Plötzlich tauchten in Andreas' Erinnerung Bilder auf. »Das ist der Ort, wo du mich versteckt hast?«

»Ja, genau.«

»Dabei hattest du mir erzählt, dass du mich in Stenkyrka bei deinen Eltern und deiner Schwester in Sicherheit gebracht hast und später bei Viktor und Kajsa.«

»Meine Erinnerung spielt mir wohl manchmal Streiche ...

Du warst natürlich bei meiner Schwester, aber in der Hütte. Das war unauffälliger.«

»Du bist also zu deiner Hütte gefahren, nachdem du Johanna abgesetzt hast?«

»Ja, ich bin dort vorbeigefahren, um zu sehen, ob alles in Ordnung ist.«

»Und?«

»Es war alles gut, und anschließend bin ich zu mir gefahren.«

»Und am nächsten Tag? Wann hast du Johannas Verschwinden bemerkt?«

»Wir hatten verabredet, uns wieder auf der Wache zu treffen, aber sie hat sich den ganzen Tag nicht blicken lassen.«

»Aber du bist doch auch nicht hingegangen?«

»Wie meinst du das?«

Andreas konfrontierte ihn mit der Aussage des Staatsanwalts und seiner angeblichen Erkrankung am Tag von Johannas Verschwinden. »Eine Magenverstimmung, nicht wahr?«

»Ich fühlte mich in der Tat nicht gut, das stimmt.«

»Warum hast du mir gesagt, dass du an jenem Tag auf der Polizeiwache warst, wenn du gar nicht hingegangen bist?«

»Weil ich mich daran nicht erinnern kann. Das ist so lange her …«

»Albin, verkauf mich nicht für dumm!«

»Gut, ich gestehe. Ich bin aus dem einfachen Grund nicht zur Arbeit gefahren, weil es der Tag war, an dem ich dich zu Viktor und Kajsa gebracht habe.«

»Warum ausgerechnet an dem Tag, an dem Johanna verschwand?«

»Ich hatte Angst um dich. Ich fürchtete, dass sie dich finden und ihre Arbeit zu Ende bringen würden. Ich habe das alles für dich getan!«

»Albin, dafür bin ich dir sehr dankbar. Doch ich muss wissen, wer meine Eltern ermordet hat, und ich bin überzeugt, dass du mir nicht alles erzählt hast.« Andreas fixierte ihn. »Du verheimlichst mir etwas. Jetzt ist der Moment, die Wahrheit zu sagen!«

Albin senkte den Kopf und schwieg eisern.

»Was ließ dich glauben, dass sie mich in der Hütte finden könnten? War Johanna ein Clanmitglied?«

Albin hob den Kopf und seufzte. »Ja, Johanna gehörte dazu.«

»Woher weißt du das?«, fragte Anna. Bisher hatte sie Andreas die Befragung führen lassen, um den Druck auf den ehemaligen Kommissar zu erhöhen.

»Von Anfang an hatte ich Zweifel ... Am Morgen nach dieser berüchtigten Nacht, als wir bei den Asplunds waren, bin ich in ein anderes Zimmer gegangen, um mit Henrik und Siv zu sprechen. Du, Andreas, bist mit Johanna im Wohnzimmer geblieben. Als ich zurückkam, hattest du dich zusammengekauert und hast gezittert. Ich fand das merkwürdig. In jenem Moment wurde ich schon misstrauisch und habe ihr nicht gesagt, wo ich dich verstecken würde, auch wenn ich sie noch nicht verdächtigte, zu den Mördern zu gehören. Auf dem Heimweg von der Beerdigung machte Johanna während unseres Gesprächs im Auto so eine beiläufige Bemerkung über meine Hütte in Lickershamn, und da erinnerte ich mich, dass ich sie ihr gegenüber einmal in einem Nebensatz erwähnt hatte.«

»Und daraus hast du geschlossen, dass sie vielleicht dorthin fahren würde, um mich zu beseitigen?«

»Da sie über die Hütte Bescheid wusste, war es denkbar, dass sie den Schluss zog, dass ich dich dort versteckt haben könnte.«

»Und deshalb bist du sofort nach Lickershamn gefahren, um mich an einen anderen Ort zu bringen. Noch am selben Abend?«

»In der Hütte gab es kein Telefon, um meine Schwester vorzuwarnen und ihr zu sagen, dass sie von dort verschwinden solle. Ich war mir keineswegs sicher, aber ich wollte kein Risiko eingehen. Ich habe mich beeilt, dich zu holen, und habe dich zu Viktor und Kajsa gefahren.«

»Eben hast du noch gesagt, dass du Jonas am nächsten Tag dorthin gebracht hast. Spielt dir dein Gedächtnis wieder einen Streich?«, fragte Anna.

»Was ist an jenem Abend passiert, Albin? Johanna ist dir gefolgt, nicht wahr?«, schlussfolgerte Andreas.

»Was soll ich dir sagen? Pff ... verdammte Scheiße!« Albin schloss die Augen und schüttelte den Kopf. Er war zugleich erleichtert und verärgert. Erleichtert, dass er endlich erzählen konnte, was sich in dieser Nacht zugetragen hatte. Und verärgert, weil er gleich gestehen würde ... dass er jemanden getötet hatte.

»Die Hütte befand sich ganz in der Nähe der Felsformation *Raukar Jungfrun*, nicht weit vom Fischerdorf Lickershamn entfernt. Es gab keine Zufahrtsstraße. Ich habe mein Auto am Hafen geparkt und bin zu Fuß den Weg an der Küste entlanggegangen. Der Wind blies heftig und wühlte das Meer auf. Die Sicht war nicht sonderlich gut. Ich habe euch beide abgeholt, meine Schwester und dich, und auf dem Rückweg habe ich in Höhe des *Rauks* eine Silhouette nahe dem Abgrund wahrgenommen.«

Andreas hatte ein seltsames Gefühl, als er diese Geschichte hörte. Er erinnerte sich an einige seiner Alpträume, in denen er am Rand eines Steilhangs gestanden hatte. In seinen Träumen hatte er sich selbst hinabstürzen sehen.

»Ich habe sofort verstanden, dass Johanna mir gefolgt war.«

Andreas starrte Albin direkt in die Augen. Eine Frage ließ ihn schon seit einer Weile nicht mehr los. »Albin, dieses Mal schuldest du mir eine Antwort: Warum bist du all diese Risiken eingegangen, um mich zu schützen?«

Sofort veränderte sich Albin Petterssons Blick. Seine Augen strahlten eine innige Zärtlichkeit aus.

»Ich bin dein Patenonkel.«

Und dann begann Albin mit seiner Erzählung.

Während des Zweiten Weltkrieges war sein Vater Oskar zusammen mit Vilhelminas Vater Evert in die schwedische Armee eingezogen worden. Sie hatten im Gefangenenlager von Lagerlingen im Süden Gotlands gedient und Freundschaft geschlossen. Als Vilhelmina geboren wurde, hatte Evert Oskar gebeten, Patenonkel seiner Tochter zu werden. Evert war inzwischen

Pfarrer in Fide und hatte sich kurz darauf entschieden, nach Amerika auszuwandern, um dort sein Amt auszuüben. Als Vilhelmina zurück nach Gotland gezogen war, hatte Evert einen Brief an Albin geschrieben und ihn gebeten, auf seine Tochter aufzupassen, denn Oskar war inzwischen verstorben. Albin hatte den Wunsch von Vilhelminas Vater sehr ernst genommen. Sofort nach ihrer Rückkehr nach Gotland hatte er Kontakt zu ihr aufgenommen und sie von da an regelmäßig in Fide besucht. Eines Tages hatte Vilhelmina ihm Jacob vorgestellt, einen charmanten jungen Mann. Albin hatte die Rolle des Ersatzvaters perfekt gespielt. Daher war er Jonas' Pate geworden.

Andreas schwieg und starrte ihn an. Er sah Albin jetzt mit anderen Augen, voller Zuneigung. Ihm gegenüber saß der Mann, der ihm das Leben gerettet hatte. Und er war sein Patensohn.

»Albin …«

»Erzähl uns, wie es weiterging, als du Johanna an der Felsklippe gesehen hast«, bat Anna.

Albin schaute Andreas an. »Du warst an meiner Seite, und ich stellte mich vor dich. Ich sah, wie sich Johannas Arm bewegte. Ich habe instinktiv gehandelt. Ich habe meine Waffe gezogen und geschossen. Johanna hat gleichzeitig angelegt, aber ich war mit meiner Pistole schneller als sie mit ihrem Gewehr. Ich habe einen Schrei gehört und ein zweites Mal abgedrückt. Johanna ist von der Klippe gestürzt.«

Andreas hatte dieses Ereignis aus seinem Gedächtnis gelöscht, aber einzelne Bruchstücke kehrten zurück. Die Schüsse. Das Geräusch des Aufpralls auf dem Wasser. Die Angst. In einigen seiner Träume sah er sich selbst von einer Felswand ins Leere stürzen. In Wirklichkeit war es Johanna gewesen, die er hatte fallen sehen.

»Anschließend bin ich näher an die Klippe herangegangen. Ich konnte unten nichts erkennen. Ihr Gewehr war auf den Boden gefallen, das habe ich aufgehoben. Blut war auf die Erde gespritzt. Ich habe dich gebeten, dich mit meiner Schwester Matilda in den Schutz des *Rauks* zu setzen. Dann bin ich hinuntergestiegen. Ein steiler Pfad führt zum Meerufer hinab. Johannas Leiche habe ich jedoch nicht finden können. Sie war in den Fluten verschwunden. Um ihr Auto nicht in der Nähe meiner Hütte stehen zu lassen und um keine Aufmerksamkeit zu erregen, habe ich es zu Johanna nach Klintehamn gebracht. Matilda hat mich anschließend nach Hause gefahren. Am nächsten Tag bin ich zu den Klippen zurückgekehrt. Nichts. Am Tag danach: immer noch nichts. Johannas Leiche ist nie wieder aufgetaucht.«

92

Andreas und Anna rasten mit hoher Geschwindigkeit über die Straße 147 in Richtung des Dorfes Fidenäs in der Nähe von Fide. Die Felder und die alten Bauernhöfe zogen an ihnen vorbei, gesichtslos, über ihnen am Himmel eine Armee dunkelgrauer Kumuluswolken, die einen heftigen Sturm ankündigten. Als sie sich gerade im Imbiss Sibylla, ihrer Kantine, hatten niederlassen wollen, hatte Anna einen Anruf von der Zentrale bekommen. Ein Mordversuch. Das Opfer hatte eine Person mit einem Wikingerhelm erwähnt. Anna trat aufs Gaspedal ihres alten Volvos.

»Findest du es nicht merkwürdig, dass Johannas Leiche nie gefunden wurde?«, fragte Andreas. »Sie hätte doch ans Ufer angeschwemmt werden müssen. Man sagt, dass das Meer die Menschen, die im Sturm umkommen, immer zurückgibt.«

»Eine Leiche kann an der Oberfläche treiben und tatsächlich von den Wellen und der Strömung an die Küste geschwemmt oder aber auf den Meeresgrund gezogen werden. In letzterem Fall könnte sie nur durch Verwesung und Gasbildung im Gewebe wieder an die Oberfläche aufsteigen. Wenn sie aber von der Unterwasserströmung weit auf das Meer hinausgetragen und in die Tiefe gezogen wurde, taucht sie nie wieder auf«, erklärte Anna.

»Und du glaubst Albins Version?«

»Es ist eine sehr plausible Begründung, die Johannas plötzliches Verschwinden erklären würde. Ich bin bereit zu glauben, dass es sich um Notwehr gehandelt hat. Und er hat uns Johannas Jagdgewehr ausgehändigt, das er all die Jahre aufbewahrt hat. Trotzdem hat er sich zahlreicher Gesetzesverstöße schuldig gemacht ...«

»... durch die er mir das Leben gerettet hat.«

»Zu seinem Glück sind die Taten verjährt. Ansonsten hätte es sich um erschwerende Umstände gehandelt.«

Im Auto wurde es still. Sie waren gerade durch das Dorf Grötlingbo gefahren, das durch seine versprengt angeordneten Häuser wie ausgestorben wirkte. Bald würden sie ankommen.

»Was wirst du tun?«, fragte Andreas.

»Auch wenn die Taten verjährt sind, muss ich mit dem Staatsanwalt sprechen. Albin muss verhört werden. Wir brauchen für diesen Fall seine offizielle Zeugenaussage«, erklärte Anna.

»Einverstanden ... Aber geh sanft mit ihm um.«

93

Carla war in das Juweliergeschäft Odds Guld in Visby zurückgekehrt. Der Besitzer hatte sie begrüßt und nach oben in ein Wohnzimmer geführt, wo sein Vater sie erwartete. Er hatte 1969 das Geschäft eröffnet. Auf dem Tisch lag in einer mit schwarzem Samt ausgekleideten Schmuckschatulle einer der berühmten Kettenanhänger.

»Das ist eine sehr schöne Goldschmiedearbeit«, sagte der alte Mann. Er nahm seine Lupe, beugte sich über das Schmuckstück, um es erneut zu betrachten. Dann begann er mit seiner Erklärung: »Die originale Fröjel-Kugel bestand aus Bergkristall. Ihre Funktion war in erster Linie ästhetischer Natur, aber man konnte die Kugel auch als Vergrößerungsglas benutzen.

Bei diesem Anhänger hier wurde der Bergkristall durch Cordierit ersetzt, was sehr ungewöhnlich ist. Das ist ein Mineral, das in Skandinavien vorkommt. Seine violetten oder blauen Kristalle ändern je nach Lichteinfall die Farbe. Die Wikinger nannten ihn *Solarstein*, also Stein der Sonne. Er soll den Seefahrern als Navigationshilfe gedient haben und durch das Glitzern der Goethit-Einschlüsse an bedeckten Tagen den Sonnenstand angezeigt haben.«

»Wir selbst haben nie Fröjel-Kugeln fabriziert«, ergänzte sein Sohn. »Die Juweliere auf der Insel wollten sich ein wenig voneinander unterscheiden, daher hat sich jeder auf Kopien bestimmter Wikingerschmuckstücke spezialisiert. So haben wir in unserer Kollektion vor allem Repliken mehrerer Schmuckstücke, die bei Ausgrabungen auf dem Friedhof in Fardhem gefunden wurden.«

»Ich habe diesen Anhänger eingehend untersucht und glaube, darin die Handwerkskunst eines Jugendfreundes zu erkennen. Er hieß Roslund und hatte sein Schmuckgeschäft im Süden der Insel«, sagte der Vater.

»Bist du dir da sicher?«

»Die Art, wie die Öse des Anhängers gedreht wurde, lässt kaum einen Zweifel zu. Und die matte Oberfläche des gebürsteten Silbers, die ihm diesen weichen Ausdruck verleiht, ist seine Handschrift.«

»Dann hat also er ihn gefertigt?«

»Nein, er stammt nicht von ihm. Ich habe gesagt, dass ich seine Handwerkskunst erkenne. Ich hätte vielleicht besser gesagt, seinen Stil. Dieses Schmuckstück ist sehr gut gearbeitet, wenn auch nicht so fein, wie es mein Freund gefertigt hätte. Und außerdem musste der Arme aufgrund seiner Krankheit schon sehr früh aufhören zu arbeiten. Dieses Stück ist sicherlich von seinem Sohn Bengt angefertigt worden.«

94

Gustav Nilssons Haus befand sich gegenüber der Crêperie *Lätt som en galette* in Fidenäs. Ein Krankenwagen und ein Polizeifahrzeug waren bereits vor Ort. Anna und Andreas gingen auf die Eingangstreppe zu. Zwei Polizisten hielten Wache und unterhielten sich mit einem Mann in Zivil.

»Gustav Nilsson hat unglaubliches Glück gehabt«, erklärte einer der Beamten. »Der Arzt versorgt ihn gerade im Krankenwagen.«

»Was ist passiert?«, fragte Andreas den Mann in Zivil.

»Ich wollte bei Gustav einen Kaffee trinken. Ich war gerade auf dem Weg zum Haus, als ich die Straße überquert habe und einen Mann aus der Scheune laufen sah. Er trug eine Sporttasche. Während er in sein Auto stieg, haben sich unsere Blicke gekreuzt. Er gab Gas und hätte mich beinah überfahren. Ich konnte gerade noch rechtzeitig zur Seite springen. Ich war schockiert. Ich hab mir gedacht, dass Gustav in der Scheune sein muss, und bin hineingelaufen. Gustav hing mit einem Seil an einem Balken. Seine Fußspitzen berührten den Boden. Er zappelte. Also eigentlich habe ich nicht gleich gesehen, dass er es war, denn er trug eine Kopfhaube. Ich habe eine Säge von der Werkbank genommen und das Seil durchgeschnitten. Er ist runtergefallen, ich habe den Knoten der Schlinge um seinen Hals gelöst und die Sturmhaube entfernt.«

»Wer bist du?«, fragte Anna etwas abrupt.

»Alexandre. Ich bin der Wirt vom Restaurant gegenüber. Ich bin Bretone«, erläuterte er. Er schaute Andreas an. »Ich kenne dich doch, oder? Du hast vor einiger Zeit einen Crêpe bei mir gegessen.«

»Ja, das war ich.«

»Kannst du uns den Mann beschreiben, der aus der Scheune rauskam?«, fragte Anna.

»Er war groß, auf jeden Fall größer als ich. Ich würde sagen, ein Meter fünfundachtzig. Er hatte hellbraune Haare, die an den Schläfen bereits grau waren. Auch sein Bart war grau. Und er trug eine Brille mit einem schwarzen Gestell. Einem ziemlich breiten Gestell. Irgendetwas an seinen Augen erschien mir merkwürdig, aber ich könnte nicht sagen, was es war. Das alles ist so schnell gegangen. Sein Blick hat mich nur flüchtig gestreift, aber sein Gesicht kam mir bekannt vor. Wenn ich darüber nachdenke, meine ich ihn schon mal im Fernsehen gesehen zu haben. Er ist Moderator, glaube ich. Ein gewisser Gyllen... irgendwas.«

»Und was hatte er für ein Auto?«, fragte Andreas.

»Einen schwarzen Saab.«

Das gleiche Fahrzeug, das ihnen vor zwei Tagen entwischt war, als sie die Falle in Torsburgen gestellt hatten. Anna tippte auf ihrem Smartphone herum. Sie zeigte ihm ein Foto, das sie aufgerufen hatte. Anhand Alexandres Beschreibung glaubte sie den Moderator zu erkennen, dessen Sendung sie regelmäßig schaute.

»Ist es dieser hier?«

»Ja, genau. Der war's!«

Alexandre hatte gerade David Gyllenstierna identifiziert.

»Danke, wir möchten dich bitten, in Visby auf der Polizeiwache vorbeizukommen, damit wir deine Zeugenaussage aufnehmen können.«

»Einverstanden. Wenn ihr dafür meine Galettes probiert, sobald ihr fertig seid. Sie sind ausgezeichnet, nicht wahr?«, fragte er Andreas.

Anna wollte antworten, aber Andreas kam ihr zuvor. Dies war weder der Ort noch der richtige Zeitpunkt, um über Crêpes zu reden, aber jeder reagierte auf seine Weise auf eine derartige Situation. Und für Alexandre bedeutete dies offensichtlich, zumindest oberflächlich weiter entspannt zu lächeln.

»Sie sind in der Tat supergut! Dein Angebot ist sehr freundlich, aber wir kommen ein anderes Mal vorbei«, antwortete er auf Französisch.

Nachdem sie sich von Alexandre verabschiedet hatten, gingen Anna und Andreas zum Krankenwagen. Der Himmel über ihnen sah bedrohlich dunkel aus. Sie fragten den Arzt nach Gustav Nilssons Gesundheitszustand.

»Er ist außer Lebensgefahr, aber wir bringen ihn zur weiteren Behandlung ins Krankenhaus. Eine Minute später und die Hirnschäden wären irreversibel gewesen. Dann wäre er jetzt tot.«

»Kann er sprechen?«

»Er hat eine schwere Strangulation in Höhe des Kehlkopfes erlitten und kann sich nur mit Mühe artikulieren. Zu seinem Glück hatte derjenige, der ihm die Schlinge um den Hals gelegt hat, keine Ahnung von Knoten und kannte sich offensichtlich nicht mit dem Erhängen aus.«

»Wieso das?«

»Das Seil war etwas zu lang, und der Knoten glitt nicht gut. Ansonsten wäre das Zuziehen der Schlinge tödlich gewesen. Außerdem deutet die Wunde darauf hin, dass der Knoten seitlich platziert war, was eine beidseitige Quetschung der Halsgefäße verhindert hat.«

Anna stieg in den Innenraum des Krankenwagens, Andreas blieb etwas abseits auf dem Trittbrett der Hecktür stehen.

»Was ist geschehen?«, fragte Anna Gustav.

»Ich habe meinem Freund Sture geholfen ... im Sägewerk nebenan. Ich bin gegen Mittag nach Hause. Ich bin in die Küche gegangen ... Eine Waffe. Er hatte eine Waffe auf mich gerichtet.« Gustav schloss mit verkrampftem Gesicht die Augen und verstummte, erschöpft von seinem Bericht. Dann fuhr er mit tonloser Stimme fort: »Er hat meine Hände auf dem Rücken gefesselt ... und mich gezwungen, mit ihm in die Scheune zu gehen. Mit einer Kapuze über dem Kopf musste ich auf den Hocker klettern. Hat mir ein Seil um den Hals gelegt. Festgezogen. Und den Hocker umgestoßen.«

Gustav war sichtlich geschockt von dem, was er gerade durchlebt hatte. Er sprach stockend. Andreas erkannte ihn wieder. Er hatte mit ihm ein Glas Cidre getrunken, als er in der Crêperie gegessen hatte.

»Kannst du ihn identifizieren?«

»Er trug ... den Wikingerhelm! Der Clan ...«

»Hast du bei dem Clan mitgemacht?«

»Ja«, antwortete er mit gesenktem Blick.
»Wie lautete dein Vorname?«
»Geirolv.«
»Trug dein Angreifer den gleichen Helm wie die anderen Mitglieder des Clans?«
»Ja, äh, nein ... Der Helm des Jarls ist anders.«
»Ist es der Jarl gewesen?«
»Ja, ja. Er trug den Helm des Jarls und das weiße Gewand«, bestätigte Gustav.
»Und du hast ihn nicht erkannt?«
»Nein, der Helm ... Man sieht das Gesicht nicht ... Aber ich weiß, wer er ist.«
Gustav Nilsson gestand ihnen, dass er David Gyllenstierna, den Moderator des Wirtschaftsmagazins im Fernsehen, erpresst hatte, nachdem er ihn im Wald von Torsburgen erkannt hatte.
Andreas kletterte ebenfalls in den Krankenwagen. Gustav hob den Kopf und sah ihn an, sagte aber nichts.
»Wie sehen seine Augen aus?«, fragte Andreas.
»Verschiedenfarbig. Eines ist blau ... das andere grün. Es war der Jarl!«
Annas Telefon piepte. Eine SMS von Carla.
»Und seine Stimme?«, fragte Andreas weiter.
»Er hat nicht gesprochen. Nur Gesten mit seiner Waffe gemacht.«
»Kennst du noch andere Clanmitglieder?«
»Den Einzigen, den ich kannte, war Bengt ... Roslund, ein Freund von früher. Wir gingen in Burgsvik zusammen zur Schule. Er war es, der mich zum Clan eingeladen hat.«
»Bengt ... der Juwelier?«, fragte Anna, nachdem sie Carlas Nachricht gelesen hatte.
»Ja. Aber er ist 1979 gestorben.«

95

Nachdem der Krankenwagen losgefahren war, betraten Anna und Andreas Gustavs Haus, um eine Durchsuchung durchzuführen. Genau wie Rickard Wallner und Leif Gunnarsson würde Gustav Nilsson wegen Beihilfe zum Mord angeklagt werden. In der Zwischenzeit war Rasmus eingetroffen, um in der Scheune Spuren zu sichern. Der Staatsanwalt hatte bereits einen Haftbefehl gegen David Gyllenstierna erlassen.

Das mit Kalk verputzte Haus machte den Anschein, als würde es sowohl außen wie innen zerfallen. Gustav schien sich kaum um den Haushalt zu kümmern und noch weniger darum, es sich irgendwie wohnlich zu machen. Die Einrichtung war rein funktional. Im Wohnraum standen auf der einen Seite ein Esstisch mit vier Stühlen und auf der anderen Seite eine Bank und ein Couchtisch. Keinerlei Zimmerpflanzen, Fotos oder Dekorationen. Das einzige Bild an der Wand zeigte ein Fischerdorf, und auf der Anrichte standen ein paar Anglerpokale. Die Küche war ebenfalls sehr spartanisch ausgestattet: ein alter Holzofen, ein Gasherd, eine Spüle, in der sich schmutziges Geschirr stapelte, flaschengrüne Küchenschränke, ein in die Jahre gekommener, teilweise verrosteter Kühlschrank der Marke Polar, ein abgenutzter Tisch mit zwei Stühlen und uralte Kupferutensilien auf einem Regal. Andreas öffnete den Kühlschrank. Er enthielt mehr Bier als Gemüse. Wer war dieser Gustav?

Sie gingen ins Obergeschoss, wo sich das Badezimmer und zwei Schlafzimmer befanden. In einem der Zimmer standen ein Bett, eine kleine Kommode mit einer Nachttischlampe und ein Schrank. Die einzigen Bewohner dieses Raums schienen Spinnen zu sein, die große Netze an der Decke gesponnen hatten. Im zweiten Zimmer, das von Gustav bewohnt wurde, standen ein Bett, ein Nachttisch und ein Bücherregal, das Romane und eine in Kunstleder gebundene Sammlung der Zeitschrift Die Weltrevue enthielt. In die Wand war ein Kleiderschrank eingelassen, in dem sie versteckt hinter einer herausnehmbaren Trennwand das Wikingerkostüm und alle dazugehörigen

Accessoires fanden. Eines der Kleidungsstücke, ein Hemd, war mit der Rune *Gebo* bestickt. Andreas fand im Internet schnell eine entsprechende Tabelle: Die Rune entsprach dem Buchstaben G und stand dementsprechend für Geirolv. Sie waren mit der Identifikation der Clanmitglieder und mit der Ermittlung insgesamt auf einem guten Weg. Die Hausdurchsuchung lieferte ihnen jedoch keine weiteren Hinweise.

Anna erhielt einen Anruf von Olle. Er hatte Neuigkeiten in Bezug auf David Gyllenstierna. Dieser war seit Mittwoch, den 20. Juli auf Gotland und hatte im Clarion Hotel Wisby eingecheckt, das er jedoch am 28. Juli sehr früh am Morgen verlassen hatte. Er hatte bei seiner Ankunft auf Gotland am Flughafen in Visby einen schwarzen Saab gemietet. Seitdem war er einmal nach Stockholm und zurückgeflogen. Am Dienstag, den 26. war er am späten Vormittag ins Flugzeug gestiegen, um in Stockholm eine Fernsehsendung zu moderieren. Danach war er am Mittwoch, den 27. am frühen Nachmittag zurückgekehrt. Sein Rückflug in die Hauptstadt war für heute um sechzehn Uhr dreißig vorgesehen. Und jetzt war es fünfzehn Uhr vierzig.

96

Jenny und Måns hatten sich in der Ankunftshalle des Flughafens von Visby neben dem Schalter für die Abgabe der Mietwagen unter die Leute gemischt. David musste jeden Moment auftauchen, wenn er seinen Flug nicht verpassen wollte. Würde er kommen? Oder hatte er seinen Plan geändert, nachdem er bei Gustav Nilsson gesehen worden war? Es blieb ihnen nichts anderes übrig, als ein paar lange Minuten zu warten, um es herauszufinden. Laut Waffenregister besaß David eine alte halb automatische Pistole der Marke Husqvarna Mod. 1907. Sie mussten dementsprechend bei der Festnahme besonders umsichtig handeln.

»Q1 an alle Einheiten. Immer noch nichts? Bitte kommen.«
Zwei Polizisten saßen vor dem Eingang zum Gebäude in einem zivilen Lieferwagen und beobachteten die ankommenden Fahrzeuge. Es regnete in Strömen, und der Wind wurde immer stärker. Sie schalteten die Scheibenwischer ein und versuchten, etwas durch die beschlagene Windschutzscheibe zu erkennen.
»Yankee 671 an Q1, keine besonderen Vorkommnisse. Ende.«
»Yankee 672 an Q1, hier auch keine besonderen Vorkommnisse. Ende.«
»Verstanden. Ende.«
Zwei weitere Beamte in Zivil überwachten die Abflughalle.
»Yankee 673 an alle Einheiten, ein schwarzer Saab ist im Blickfeld. Er fährt im Schritttempo vor dem Terminal vor. Der Fahrer ist ein Mann. Er trägt eine Sonnenbrille. Er fährt zum Parkplatz für Mietwagen. Bitte kommen.«
»Q1 an Yankee 673, bewegt euch nicht von der Stelle. Yankee 672, geht auf das Auto zu. Ende.«
»Verstanden. Ende«, bestätigten beide Einheiten.
Jenny und Måns verließen hastig das Terminal. Sie rannten los und verlangsamten ihre Schritte dann wieder. Der Fahrer des schwarzen Saabs durfte sie nicht sehen, bevor er angehalten hatte. Jenny und Måns trennten sich, um sich der Limousine von beiden Seiten zu nähern. Das Auto kam zum Stehen, und die Fahrertür öffnete sich. Jenny zückte ihre Waffe. Ein Mann stieg aus.
»Polizei, du bist verhaftet! Hände auf den Rücken.«
Der Mann gehorchte.
Måns näherte sich ihm von hinten, verdrehte seinen Arm auf den Rücken und drückte seinen Oberkörper auf die Motorhaube.
»Scheiße! Das ist nicht Gyllenstierna!«, rief Jenny.

97

Samstag, 30. Juli

Nachdem Anna ihn am Vortag in Visby abgesetzt hatte, war Andreas nach Bläse zurückgekehrt. Er hatte keine andere Wahl gehabt, als Minus abzuholen, denn der Nachbar musste mit seinem Hund zu einem Hütehundewettbewerb fahren und konnte nicht länger auf Minus aufpassen. Anschließend hatte sich Andreas direkt wieder auf den Weg nach Burgsvik gemacht.

Er hatte in der Pension Grå Gåsen übernachtet. Ohne sich die Mühe zu machen, zunächst Anna zu fragen, hatte er am Vorabend direkt Carla vom Cold-Case-Ermittlungsteam kontaktiert, um mit ihr über Bengt Roslund zu sprechen. Gustav Nilsson, dessen ehemaliger Klassenkamerad, hatte ihn eindeutig als Clanmitglied identifiziert. Der Vater des Juweliers aus Visby, den Carla am Vortag getroffen hatte, hatte ihnen erklärt, dass Bengt die Fröjel-Kugeln gefertigt hatte. Daraufhin hatte sie weitere Recherchen zu dem verstorbenen Goldschmied angestellt. Der Name Bengt Roslund war bereits 1979 im Zuge der Ermittlungen zum Mord an der Familie Sandelin aufgetaucht.

Andreas hatte Carla am Morgen im Café Fiket wiedergetroffen. Sie tranken gerade ihre zweite Tasse Kaffee.

»Als wir den Fall übernahmen, gab mein Team ihm den Namen *Blóðörn*, Blutadler. Ich selbst habe letztes Jahr in der Abteilung für Cold Cases angefangen, und es war eine der ersten Ermittlungen, die auf meinem Schreibtisch gelandet ist. Nachdem ich mir die ganze Akte noch mal durchgelesen habe, habe ich meine Nachforschungen ausgeweitet, um mögliche neue Verbindungen herzustellen. Dabei bin ich in einem Polizeibericht vom Juni 1979, geschrieben von zwei Polizisten aus Visby, auf den Namen Bengt Roslund gestoßen. Ein Fischer hatte in der Bucht von Fide, nicht weit vom Hafen in Burgsvik entfernt, eine Leiche am Strand gefunden, bei der es sich um

Bengt Roslund handelte. Laut Obduktionsbericht ist er ertrunken.«

»Hm … Und natürlich ist es unmöglich festzustellen, ob jemand beim Ertrinken nachgeholfen hat. Jemandem den Kopf unter Wasser zu drücken hinterlässt keinerlei Spuren.«

»Genau. Ich habe keine Verbindung zwischen Bengt und dem Mord an den Sandelins finden können. Daher habe ich seinen Fall beiseitegelegt. Es hätte genauso gut reiner Zufall und ein normaler Tod durch Ertrinken sein können.«

»Und was hast du noch entdeckt?«

»Auf der Polizeiwache wurde eine Art Logbuch geführt, in das jeden Tag die eingehenden Anrufe und die gefahrenen Einsätze eingetragen wurden. Ich habe im Archiv die Protokolle vom zweiten Quartal 1979 gefunden. Der Name Bengt Roslund taucht in einem Eintrag vom Montag, den 14. Mai auf. Es handelt sich um eine Vermisstenanzeige, die nach einem Anruf seiner Schwester Lea Roslund aufgegeben worden war.«

»Am Tag nach der Ermordung meiner Familie.«

»Exakt. Das ist merkwürdig. Noch merkwürdiger ist, dass seine Leiche erst am 2. Juni, also mehr als zwei Wochen nach seinem Verschwinden, gefunden wurde.«

»Drei Tage nachdem Johanna am Dienstag, den 30. Mai verschwunden ist.«

»Und der Obduktionsbericht besagt, dass er, drei bis vier Tage bevor man die Leiche gefunden hat, gestorben ist. Ein Eintrag im Logbuch erwähnt zudem, dass Bengts Freundin Polizistin gewesen sein soll. Lea Roslund kannte ihren Namen nicht. Der Kollege, der den Anruf entgegengenommen hat, hat die Information an Kommissaranwärterin Johanna Melander weitergeleitet, die gerade Dienst hatte.«

»Zwei Mitglieder des Clans, die ein Paar sind, verschwinden. Einer wird tot aufgefunden, ertrunken in der Bucht von Fide, die andere wird als vermisst gemeldet. Wir gehen inzwischen davon aus, dass die Strömung sie höchstwahrscheinlich fortgespült hat, nachdem Albin auf sie geschossen hatte und sie von der Klippe gestürzt ist.«

»Du glaubst, dass es da eine Verbindung gibt?«
»All diese Ereignisse, die so nah beieinanderliegen, beschäftigen mich natürlich. Es muss eine Erklärung dafür geben, die mit unserem Fall zu tun hat. Aber welche?«
»Lass uns Bengts Schwester aufsuchen. Lea Roslund wohnt direkt gegenüber. Ich habe sie gestern angerufen. Sie erwartet uns.«

98

Während Carla telefonierte, ging Andreas ein paar Schritte mit Minus um den Block, der bis dahin brav unter dem Tisch gelegen hatte. Danach setzte er ihn ins Auto, die Fenster weit geöffnet.
Der ehemalige Schmuckladen Roslund hatte seinen Namen behalten, aber seine Geschäftsidee geändert. Er war jetzt ein Friseursalon. Bengts Schwester Lea wohnte in dem Apartment darüber.
Carla und Andreas betraten den Salon, und die Türklingel signalisierte ihre Ankunft.
»Ich schätze, du bist Carla?«, fragte Lea zur Begrüßung.
»Ja, die bin ich. Und das ist Andreas, von dem ich dir erzählt habe.«
»Kommt mit nach oben. Ich habe meinen nächsten Termin verschoben. So können wir uns in Ruhe unterhalten.«
Sie bat sie, im Wohnzimmer auf einer alten Holzbank mit rosafarbenen Kissen Platz zu nehmen. Andreas und Carla waren übereingekommen, dass Carla das Gespräch führen würde. Sie hatte Lea Roslund im Vorfeld kurz den Grund ihres Besuches erläutert.
»Das ist unglaublich, diese Geschichte mit dem Mord an der Familie Sandelin. Ich erinnere mich sehr gut daran. Ich war damals einundzwanzig Jahre alt. Und Bengt wurde zwei Wochen später ertrunken aufgefunden ...«

»Bengt hatte damals das Juweliergeschäft geleitet?«, fragte Carla.

»Ja, er hat es von unserem Vater übernommen, der in Vorruhestand gehen musste. Bengt hat hier schon nach dem Ende seiner Ausbildung gearbeitet und wohnte in dem Apartment, in dem wir uns jetzt befinden. Ich lebte bei meinen Eltern ein Stück die Straße hinunter in Richtung Hafen. Nach Bengts Tod mussten wir den Laden schließen, denn mein Vater litt seit mehreren Jahren an Multipler Sklerose und konnte nicht mehr arbeiten. Dann habe ich Bengts Wohnung übernommen, und nach dem Ende meiner Ausbildung hat mir meine Mutter geholfen, meinen Friseursalon zu eröffnen. Meine Eltern sind inzwischen beide tot.«

»Stimmt es, dass du es warst, die bei der Polizei angerufen hat, um deinen Bruder als vermisst zu melden?«

»Ja, das war ich. Außer in den kältesten Wintermonaten ist Bengt jeden Morgen geschwommen, bevor er ins Schmuckatelier gegangen ist. Das war sein Ritual. Es half ihm, kreativ zu sein. An jenem Tag hat mich die Verkäuferin, die im Geschäft arbeitete und mit der ich befreundet war, gegen zehn Uhr dreißig angerufen. Bengt war nicht erschienen. Damals hatte ich gerade meinen Job in dem ICA-Lebensmittelgeschäft gekündigt und wollte nach den Sommerferien mit der Ausbildung fortfahren. Ich bin in die Wohnung gegangen, um zu sehen, ob Bengt verschlafen hatte oder ihm etwas zugestoßen war, denn normalerweise war er sehr pünktlich. Er war sogar immer vor den Ladenöffnungszeiten in seinem Atelier. Bengt ist nicht da gewesen. Da habe ich zuerst im Krankenhaus und dann bei der Polizei angerufen.«

»Hattest du eine Ahnung gehabt, was passiert sein könnte?«

»Absolut nicht. Wirklich nicht. Ich war mir nur sehr sicher, dass er nicht freiwillig verschwunden war.«

»Woher nahmst du diese Sicherheit?«

»Er liebte seine Arbeit und war stolz auf seinen Juwelierladen. Außerdem bereitete er gerade eine Ausstellung mit seiner neuen Kollektion vor. Er verschwindet spurlos und wird

zwei Wochen später ertrunken aufgefunden – das ist nicht logisch.«
»Und der Tod durch Ertrinken, wie denkst du darüber?«
»In der Anfangszeit habe ich mir diesbezüglich keine Gedanken gemacht. Ich war unendlich traurig. Später jedoch ... Es stimmt, dass das Wasser dort, wo sie ihn gefunden haben, zum Schwimmen zu flach ist. Normalerweise hätte er sich vom Ufer gehend wegbewegen müssen, bis das Wasser ausreichend tief ist. An dieser Stelle weht manchmal ein starker Wind, und es gibt Strömungen, aber er war ein ausgezeichneter Schwimmer ...«
»Also glaubst du nicht, dass er ertrunken ist?«
»Zuerst ist er über zwei Wochen lang verschwunden, und dann ertrinkt er? Nein! Nein, das glaube ich nicht eine Sekunde.«
»Hast du damals mit der Polizei darüber gesprochen?«
»Nach seinem Verschwinden ist eine gewisse Johanna bei mir vorbeigekommen. Sie hat versucht, mich zu überzeugen, dass Bengt auf jeden Fall wieder auftauchen würde und dass er aus eigenem Antrieb fortgegangen sei. Und dass man, selbst wenn man sicher ist, einen nahestehende Menschen zu kennen, große Überraschungen erleben kann. Ich war stinksauer.«
»Du sagtest, dass du vermutet hast, dass Bengt eine Freundin hatte, die bei der Polizei war.«
»Bengt lebte sein eigenes Leben und erzählte mir nicht oft, was er machte. Ich kannte seine hiesigen Freunde, mit denen ich mich zum Beispiel auch auf Partys traf. Aber Bengt hat mir gegenüber nie eine feste Freundin erwähnt. Es war eine meiner Freundinnen, die es mir erzählt hat. Sie hatte angeblich ein Gespräch zwischen ihm und einer anderen Person belauscht.«
»Glaubst du, dass es sich um Johanna Melander handelte?«
»Hm ... Ich habe sie sehr direkt danach gefragt, so, wie du mich jetzt fragst. Sie hat geschworen, Bengt nicht zu kennen, aber ich glaube, dass sie gelogen hat.«
»Welchen Eindruck hat sie bei dir hinterlassen?«

»Mmh, das kann ich nicht sagen. Ich habe sie ja nur einmal getroffen. Ich erinnere mich bloß an ein kleines Detail: dass sie die gleiche unangenehme Angewohnheit wie mein Bruder hatte, *Snus* zu konsumieren.«

»Und wie ging es nach diesem ersten Treffen mit Johanna weiter?«

»Sie hat sich mehrere Tage nicht mehr blicken lassen. Ich habe sie mehrfach im Büro angerufen. Das Einzige, was sie mir immer wieder sagte, war, dass sie weiter nach ihm suchten. Dann wurde er tot aufgefunden. Und ich habe nie wieder etwas von Johanna gehört. Es war ein anderer Kommissar, der bei uns vorbeigekommen ist, bei meiner Mutter und mir.«

»Hieß er Albin Pettersson?«

»Nein, dieser Name sagt mir nichts. Ich erinnere mich nicht mehr, das ist schon so lange her. Nach ein paar Tagen hat er mir erklärt, dass der Gerichtsmediziner einen Tod durch Ertrinken festgestellt habe und der Fall damit abgeschlossen sei.«

»Ich schätze, du hast schon mal von der Existenz einer Gruppe gehört, die Wikingerrituale zelebrierte?«

»Ja, der angebliche Clan ... Niemand wusste, ob das stimmt. Doch aufgrund der jüngsten Ereignisse ist mir klar geworden, dass an den Gerüchten, die 1979 in Umlauf waren, etwas dran war.«

»Glaubst du, dass Bengt da mitgemacht hat?«

»Ja, da bin ich mir sicher. Aber das weiß ich erst seit gestern Abend. Kommt mit!«

Lea stand immer noch unter Schock. Ihr Bruder war in den Mord an den Sandelins verwickelt. Sie konnte es nicht glauben. Sie führte Carla und Andreas in ein anderes Zimmer, in dem eine Truhe stand, deren Schloss gewaltsam geöffnet worden war.

»Als du mich angerufen und mir erklärt hast, dass die Ermittlungen bezüglich des Mordes an den Sandelins wieder aufgenommen worden sind, habe ich mich erinnert, dass wir die Sachen, die meinem Bruder gehörten, auf dem Speicher aufgehoben haben. Wir haben sie dort weggepackt, ohne sie uns je angeschaut zu haben. Damals standen wir völlig unter Schock. Wir hatten vor, sie später zu sortieren, aber wir haben sie nie mehr angerührt. Nach unserem Telefonat bin ich nach oben gegangen, weil ich mich an diese verschlossene Truhe erinnerte, und habe das Schloss aufgebrochen.«

Andreas schaute hinein und fand den Helm und das sorgfältig gefaltete Wikingerkostüm, auf das zwei Runen aufgestickt waren. Die *Fehu* für den Clan und eine weitere, die dem ersten Buchstaben des Vornamens entsprach. Er überprüfte es schnell auf der Internetseite, die er gespeichert hatte. Es handelte sich um die Rune *Berkana*, den Buchstaben B – sie stand für Berling, einen Goði, der zu dem Quartett gehörte!

»Trug dein Bruder eine Kette um den Hals mit einer Kugel aus blauem Stein und einer silbernen Fassung?«

»Ja, die trug er immer. Es war sein Lieblingsstück. Ich war übrigens überrascht, dass es uns die Polizei nicht zurückgegeben hat. Die Polizistin erzählte uns, dass sie Bengt völlig nackt im Wasser gefunden hätten. Nur seine Kleidung hätte am Ufer gelegen. Ich dachte, dass er die Kette beim Ertrinken verloren haben muss. Er hatte sie selbst gefertigt.«

»Und die Wikingerhelme?«

Lea nahm den Helm und betrachtete ihn eingehend, indem sie ihn in alle Richtungen drehte. »Normalerweise prägte er alle seine Kreationen mit einer Punze aus drei Buchstaben, BRB, ›Bengt Roslund Burgsvik‹. Das war seine Signatur. Hier gibt es keine. Aber ich würde trotzdem behaupten, dass er ihn gefertigt hat. Ich kenne seinen Stil und seine Art zu arbeiten.«

»Danke.«

»Ich lasse euch einen Moment allein. Falls ihr etwas findet, das euch bei eurer Ermittlung hilft, würde mich das sehr freuen. Sein Tod war für mich immer ein Mysterium, und ich muss es verstehen.«

99

Nachdem Andreas das Kostüm und den Helm herausgenommen hatte, begann er die Papiere durchzuschauen, die in der Truhe lagen. All diese Dokumente schienen mit Bengt Roslunds Arbeit als Juwelier in Verbindung zu stehen. Hauptsächlich waren es Skizzen. Dann fand er ein Blatt mit Wikingernamen. Es war die vollständige Liste der Clanmitglieder. Die Vornamen wurden durch die jeweilige Funktion und eine Folge aus drei Nummern ergänzt.
Andreas und Carla kehrten in die Küche zurück, legten die Liste auf den Tisch und betrachteten sie gemeinsam. Anschließend holte Andreas sein Notizheft hervor und ging die Informationen durch, die er bisher gesammelt hatte.

Bóndi Lagertha: Linda Gardell (†)
Bóndi Mildfrid: Maria Dahl (†)
Bóndi Hagbart: Henrik Asplund (†)
Bóndi Roald: Rickard Wallner
Bóndi Leidulf: Leif Gunnarsson
Bóndi Geirolv: Gustav Nilsson
Bóndi Solveig: Siv Asplund

1979 gestorben:
Bóndi Jorik: Jacob Sandelin
Bóndi Valfrid: Vilhelmina Sandelin
Goði Berling: Bengt Roslund

»Es fehlen uns noch drei Mitglieder, die noch nicht offiziell identifiziert wurden: der Jarl Dvalin, der Goði Alfrigg und der Lögsögumaður Grer«, schlussfolgerte Carla.
»Wir wissen, dass einer von ihnen David Gyllenstierna ist. Laut Gustav Nilsson ist er der Jarl Dvalin. Er trug den Helm und den Umhang des Jarls und hat verschiedenfarbige Augen.«
»Nachdem, was Wallner erzählt hat, ist Alfrigg eine Frau. Es könnte sich also um Johanna Melander handeln.«

»Wenn das stimmt, bedeutet das, dass die Logik der Vornamen die Boendr betraf, aber nicht unbedingt das Quartett, das die höchsten Ämter im Clan innehatte.«

»In der Tat. Doch bei Bengt funktioniert sie. Wir wissen, dass er Berling war. Und sie funktioniert auch in Davids Fall, der Dvalin ist. Was die Boendr betrifft, so trugen die Frauen weibliche und die Männer männliche Wikingervornamen, deren Anfangsbuchstaben ihren bürgerlichen Vornamen entsprachen. Die Namen der Zwerge sind jedoch alle männlich. Es waren vier Brüder. Und unter diesen Brüdern verbarg sich eine Frau ...«

»Wenn Alfrigg tatsächlich Johanna Melander ist, müssen wir also nur noch den Lögsögumaður Grer identifizieren.«

»Genau.«

Andreas rief Lea und bat sie, sich die Zahlen auf dem Blatt anzuschauen.

»Ach, das sind Größen.«

»Größen?«

»Ja, für den Kopfumfang, den Halsumfang oder den Fingerumfang. Für einen Juwelier ist es wichtig, diese Informationen zu haben.«

Andreas betrachtete erneut die Liste. Hagbart, Jorik und Berling waren die größten Zahlen zugeordnet, Mildfrid, Lagertha und Solveig die kleinsten. Er blieb bei den Maßen des Jarls hängen. »Die Größen des Jarls liegen in der Mitte. Unmöglich lässt sich sicher sagen, ob es ein Mann oder eine Frau ist«, dachte er laut.

»Eine Frau? Aber der Jarl ist doch David, oder?«

Auch wenn mehrere Clanmitglieder überzeugt schienen, dass es sich bei dem Jarl um einen Mann handelte, hatte Andreas zwischendurch gedacht, dass er genauso gut eine Frau sein könnte. All jene, die sie befragt hatten, hatten von ihm immer in der dritten Person maskulin gesprochen. Doch dieses Maskulin bezog sich auf die Funktion: der Jarl, genauso wie der Goði, der Bóndi – unabhängig davon, ob es sich um einen Mann oder eine Frau handelte. In jener berüchtigten Nacht, in der seine Familie umgebracht worden war, hatte Andreas zwei verschiedenfarbige Augen wahrgenommen, aber er hatte auch ein Gesicht gesehen. Das einer Frau? Er hatte Stimmen gehört. Mehrere. Er meinte sich zu erinnern, dass es Frauen- und Männerstimmen gewesen waren. Das Kostüm des Jarls erinnerte eher an das einer Göttin als an das eines obersten Kriegsherren. Aber diese Stimme? Gehörte sie einer Frau, die versuchte, ihre wahre Natur zu verbergen, oder einem Mann, der die Spuren verwischte, indem er eine weibliche Rolle einnahm und versuchte, der Göttin Freyja zu ähneln?

»Ja, du hast sicherlich recht«, sagte Andreas dann.

Er dachte erneut daran, dass mehrere Clanmitglieder die unterschiedlichen Irisfarben des Jarls erwähnt hatten. Als David am Vortag versucht hatte, Gustav zu töten, waren ihm laut dessen Zeugenaussage ein grünes und ein blaues Auge aufgefallen. Doch auf allen Fotos und im Fernsehen hatten David Gyllenstiernas Augen beide dieselbe Farbe. Sie waren grün. Trug er farbige Kontaktlinsen, um eine angeborene Anomalie zu verbergen, oder gehörten sie zum Kostüm des Jarls? Welche war seine wahre Augenfarbe? Der Jarl konnte während der Clantreffen Kontaktlinsen getragen haben oder seine echte Augenfarbe während der rituellen Zeremonien gezeigt und Kontaktlinsen im Alltag benutzt haben. Beide Varianten waren denkbar. Doch schließlich fasste Andreas seinen Zweifel, der seit dem Vortag an ihm nagte, in Worte: Heutzutage war es zwar möglich, die Augenfarbe mit entsprechend eingefärbten Kontaktlinsen zu verändern, aber hatte es diese farbigen Linsen schon 1979 gegeben?

Andreas holte einige Fotos hervor, die er in den Alben in Linda Gardells Haus gefunden hatte, und legte sie auf den Tisch.

»Ah, der Varpa-Wettkampf!«, rief Lea. »Das war das Jahr, in dem Bengt beinah gewonnen hätte ... Da, seht ihr? Das bin ich an der Seite meines Bruders. Das da sind die Sieger. Jacob und Vilhelmina waren die Besten im Süden der Insel. Und das da sind die Verlierer. Mein Bruder Bengt mit Linda.«

»Linda Gardell?«
»Ja, ganz genau.«
Andreas dachte wieder an das geopferte Baby. Er hoffte, dass die DNA des Neugeborenen, dessen Knochen man gefunden hatte, bald seine Identität enthüllen würde. Das Baby war mit Sicherheit das Kind eines Mitglieds dieser Sekte. Er sah keine andere Möglichkeit. Stammte es von Bengt und Johanna? Hätten sie es freiwillig geopfert? Oder war es Lindas Kind? War David der Vater? Handelte es sich um ein unerwünschtes oder ein uneheliches Kind? Andreas konnte sich nicht vorstellen, dass eine Mutter oder ein Vater es so weit kommen ließen, dass ihr Kind geopfert wurde.

Lea unterbrach Andreas' Gedanken. »Ah, und da im Hintergrund des Bildes ist Svea Jakobsson. Sie war eine der engsten Freundinnen meines Bruders. Wenn ich jetzt so darüber nachdenke ... Svea hat mich ein paar Tage nach Bengts Verschwinden besucht. Sie wollte wissen, ob ich etwas von ihm gehört hätte. Danach hat sie mir erzählt, dass sie wieder zurück nach Stockholm ziehe und dort eine Arbeit gefunden habe. Sie erschien mir merkwürdig. Ich weiß nicht, wie ich es beschreiben soll ... Es war, als würde ich sie nicht mehr kennen. Sie hatte sich verändert. Svea war immer ein ganz besonderes Mädchen gewesen. Genau wie ihre Eltern. Sie waren Bauern und lebten, als sie noch ein Kind war, noch wie zu Beginn des Jahrhunderts, ohne Strom und fließendes Wasser. Ich glaube, später erhielten sie einen kommunalen Wasser- und einen Stromanschluss. Und soweit ich mich erinnere, hatten sie zu fast niemandem Kontakt. Sie wohnten auf einem total abgelegenen Bauernhof im Süden der Insel, in der Nähe von Sundre.«

»Vielen Dank, Lea. Du hast uns sehr geholfen!«
»Gern geschehen. Wenn es euch nützt ...«
Andreas und Carla schüttelten ihr die Hand und waren im Aufbruch begriffen, als Andreas eine letzte Frage stellte: »Svea, hat sie verschiedenfarbige Augen?«
»Verschiedenfarbig?«
»Ein grünes und ein blaues Auge?«

»Nein, ihre beiden Augen sind blau«, erwiderte Lea. Nach einer kurzen Pause fügte sie hinzu: »Allerdings trug sie seit einem Unfall ein Glasauge.«

100

Bläse, Gotland
Donnerstag, 5. Juli 1979

Albin saß mit Viktor auf der Terrasse, um mit ihm zu reden. Seine Schwester Matilda und Kajsa waren drinnen mit dem Kind, das nun schon seit ein paar Wochen bei den Auers in Bläse lebte.
»Hier sind seine Papiere.«
Viktor klappte den Reisepass auf und las den Namen Andreas Auer. Die Adoptionsunterlagen waren von Matilda zusammengestellt worden, die in der Adoptionsvermittlungsstelle in Visby arbeitete. Die entsprechende Biografie hatte sie sich von vorne bis hinten ausgedacht. Oder zumindest beinah ... Sie hatten zunächst eine fiktive Identität und einen Geburtsnamen erfunden: Roopi Haljasmaa. Danach hatten sie dem Jungen mit der Adoption eine neue Identität gegeben: Andreas Auer. Die estnische Herkunft war Viktors Idee gewesen. Er hatte den Einfall gehabt, die Abstammung Heinos, seines besten Jugendfreunds, der im letzten Winter bei einem Autounfall ums Leben gekommen war, als Vorlage zu benutzen. Ihre beiden Väter waren bei Kriegsende zusammen aus Estland geflohen, um der russischen Invasion und dem Gulag zu entgehen. Gemeinsam hatten sie die Ostsee in einem Holzboot überquert. Heinos und Viktors Vater waren aus der deutschen Armee desertiert, um sich den estnischen Rängen anzuschließen. Beide hatten einen Job in einer Kalkfabrik in Bläse gefunden und sich dort niedergelassen. Als Kinder hatten

Heino und er mehrere Sommer in dem Ferienlager in Kyllaj verbracht, während ihre Eltern gearbeitet hatten. Diese Vergangenheit Andreas zuzuschreiben war eine Art symbolischer Erinnerungsakt für seinen Freund Heino gewesen – Friede seiner Asche –, der auf diese Weise in den erfundenen Adoptionsunterlagen zum Vater eines gewissen Roopi geworden war. Roopi war der Vorname von Heinos Vater, Andreas der seines eigenen Vaters. Dank dieser erfundenen Biografie und der gefälschten Adoptionsunterlagen hatten Viktor und Kajsa offiziell die Eltern des kleinen Jungen mit den blonden Haaren werden können.

Albin hatte nichts über die wahre Herkunft des Kindes preisgeben wollen. Er hatte sich sogar geweigert, ihnen seinen wahren Vornamen zu nennen. Viktor war sich dessen bewusst, dass ihr Handeln illegal war, aber Albin hatte sie überredet, den Jungen zu adoptieren. Er war eine Waise und besaß keine nahen Verwandten mehr, die sich um ihn hätten kümmern können. Es war notwendig gewesen, ihm eine neue Identität und ein neues Leben zu geben. Viktor war skeptisch geblieben, weil er nicht wusste, was sich hinter dieser Geschichte verbarg, aber Kajsa war direkt beim ersten Anblick des kleinen Jungen dahingeschmolzen. Auch Jessica schien sich über die Vorstellung zu freuen, einen kleinen Bruder zu bekommen. Viktor musste zugeben, dass auch ihm der Familienzuwachs bereits sehr ans Herz gewachsen war. Aber wie hatten sie der Adoption eines Kindes zustimmen können, ohne etwas über seine Vergangenheit zu wissen? Und die noch dazu völlig illegal war? Es war Wahnsinn, aber sie hatten entschieden, Matilda und Albin zu vertrauen.

»Andreas spricht immer noch nicht, aber ich denke, dass er sich bei uns wohlfühlt. Ich würde mich freuen, wenn du mir erzählst, was ihm widerfahren ist. Dann könnten wir ihm vielleicht besser helfen.«

»Ich weiß, Viktor, aber es ist besser, wenn ihr nichts wisst. Vertrau mir einfach.«

»Du hast mir gesagt, dass du sein Patenonkel warst …«

»Ja, das stimmt.«
»Folglich kennst du seine Eltern?«
»Sie waren großartig.«
Seit ein paar Tagen versuchte Viktor, sich vorzustellen, woher dieses Kind kam. Er schätzte, dass es eine Verbindung zu einer Straftat gab. Und das Einzige, von dem alle Welt sprach, war diese im Zuge eines Wikingerritus ermordete Familie.
»Du hast uns gesagt, dass er sterben könnte, sollte seine Identität aufgedeckt werden. Gibt es eine Verbindung zu der Familie Sandelin?«, fragte Viktor.
»Viktor, ich weiß, dass das, worum ich euch bitte, reiner Wahnsinn ist. Doch für Andreas ist es besser so.«
»Aber warum?«
»Niemand wird ihn suchen. Ich habe die Entscheidung getroffen, ihn ... sagen wir, ihn verschwinden zu lassen. Und ich kann nicht zurückrudern. Ich habe alles organisiert. Nur Matilda und ich wissen von seiner neuen Identität. Er ist von nun an euer Sohn.«
Matilda, Kajsa und Andreas kamen aus dem Haus.
»Ich glaube, es ist alles geregelt«, verkündete Albin.
Albin näherte sich dem Jungen und hockte sich vor ihn hin. Die Verbindung zu seinem Patensohn zu kappen war unvermeidbar. Zu dessen Sicherheit. In Wahrheit brach es ihm das Herz.
»Andreas, Viktor und Kajsa werden sich gut um dich kümmern. Ich wünsche dir ein schönes Leben!«
Andreas sagte nichts. Er schlang seine Arme um Albins Hals und drückte ihn, so fest er konnte.

101

Mikaël saß in der Konditorei Charlet in Gryon und trank einen Café au Lait. Durch das Fenster schaute er auf den Barboleuse-

Platz. Er erinnerte sich an den Duft des Brotes, der ihm früher beim Betreten des Geschäfts in die Nase gestiegen war, aber heute roch er nichts mehr. Auch der Karamellgeschmack der Brotkruste und der des reifen Weizens der Krume war nur noch eine entfernte Erinnerung. Selbst den Geschmack des köstlichen Mandelgebäcks, das hier verkauft wurde, konnte er nicht mehr schmecken. Daran würde er sich nie gewöhnen.

Es war keine sichtbare Behinderung, aber eine grausame Einschränkung. Und es ärgerte ihn sehr, wenn er den Satz zu hören bekam: »Was hast du für ein Glück, schlechte Gerüche nicht riechen zu können.« Sagt man Blinden, dass sie Glück haben, auch bei Tageslicht schlafen zu können, oder einem Tauben, wie gut er es hat, den Lärm der Nachbarn nicht zu hören? Und dann gab es noch jene, die eine Rangfolge der Mängel aufstellten und behaupteten, es sei weniger schlimm, den Geruchsinn zu verlieren als das Augenlicht. Für ihn war ein ganzes Universum für immer verschwunden. Mit der Zeit hatte Mikaël gelernt, Abstand zu gewinnen. Seine Reaktionen spiegelten das Unwohlsein wider, das die Menschen angesichts eines Gebrechens verspürten. Er konnte es ihnen nicht übel nehmen.

Als Mikaël aus dem Koma erwacht war, hatte er weder sprechen noch sich bewegen können. Er dachte daran, dass er Andreas' Gesicht erkannt und seine Stimme gehört hatte, sich aber an nichts erinnern konnte. Er hatte keine Ahnung gehabt, warum er an dieses Krankenhausbett gefesselt war.

Diese Zeit, in der er alles um sich herum bewusst wahrgenommen hatte und in der er die Leute hatte reden hören, ohne in der Lage zu sein, an ihren Gesprächen teilzunehmen, war die schlimmste seines Lebens gewesen. Er hatte Lust verspürt, zu reagieren, sich zu bewegen, zu schreien, aber sein Körper hatte ihn daran gehindert. An dem Tag, an dem der Kontakt mit Andreas schließlich wieder möglich geworden war, war er von einer derartigen Flut von Gefühlen überwältigt worden, die er nie hätte beschreiben können. Daraufhin hatte Andreas ihm alles erzählt. Einige Spuren der Vergangenheit waren aus seinem Gedächtnis verschwunden. Erst nach intensiver Rehabilitationstherapie waren seine Erinnerungen nach und nach zurückgekehrt. Einiges von dem Erlebten war wieder gegenwärtig, aber er wusste nicht, ob es real war oder ob er es durch Andreas' Erzählungen verinnerlicht hatte.

Inzwischen zwang sich Mikaël, ab und zu aus dem Haus zu gehen. Nach seiner Entlassung aus dem Krankenhaus hatte er sich in den eigenen vier Wänden eingeschlossen. In seinem Zustand hatte er keine Lust verspürt, anderen Menschen zu begegnen. Er wollte nicht, dass sie ihn so eingeschränkt, wie er war, sahen. Aber er fing an, sich besser zu fühlen und sich vor allem nicht mehr um die Blicke der anderen zu scheren. Er fand wieder Gefallen daran, die Atmosphäre dieses kleinen Bergdorfes, das er so liebte, in sich aufzunehmen, bekannte Gesichter zu sehen und ein paar Belanglosigkeiten auszutauschen. Er hätte sich nie vorstellen können, wie viel Bedeutung diese trivialen Gespräche haben konnten. Er war am Leben!

Er schaltete sein Tablet ein. Gerade war eine E-Mail von Karine angekommen, die ein Foto enthielt. Er betrachtete es aufmerksam. Er hatte richtig gesehen.

102

Andreas fuhr in Richtung Süden. Nach dem Treffen in Burgsvik war Carla nach Visby zurückgekehrt. Möglich, dass Svea das letzte noch nicht identifizierte Clanmitglied war, doch Andreas besaß keinerlei klare Indizien für diese Vermutung. Zumal es sich bei dem Lögsögumaður Grer laut den Zeugenaussagen der anderen Mitglieder um einen Mann handelte. Svea stand einigen Clanmitgliedern nahe, und Andreas hoffte, dass sie ihm zumindest bei seinen Nachforschungen helfen konnte. Er wollte nicht untätig bleiben, bis Anna David aufgespürt hatte. Und er wollte keine Spur außer Acht lassen.

Olle, der IT-Experte, hatte schnell ein paar Recherchen zu Svea Jakobsson angestellt. Anfänglich war er nicht bereit gewesen, Andreas Informationen zukommen zu lassen, ohne dass Anna darüber auf dem Laufenden war, aber am Ende hatte er sich dazu überreden lassen.

Svea war fünfundsechzig Jahre alt. Früher hatte sie in Sundre auf dem Bauernhof ihrer Familie gewohnt, der auf den Namen ihrer Mutter eingetragen war. Lea Roslund zufolge war Svea umgezogen und hatte Gotland verlassen, aber ihre offizielle Adresse war immer noch dieselbe und lautete auf das Haus ihrer Familie. Olle hatte in ihrer Krankenakte auch Informationen über eine Operation gefunden, der sich Svea im Sommer 1977 in Visby unterzogen hatte. Sie war als Notfall ins Krankenhaus eingeliefert worden, nachdem ihr der Flaschenkorken eines vergorenen Holundersirups ins Auge geflogen war. Durch den Druck hatte der Korken eine solche Wucht gehabt, dass ihr Auge schwer beschädigt worden war. Lea Roslund hatte Sveas Glasauge erwähnt. Nun kannte er den Grund dafür.

Als sein Telefon klingelte, machte Andreas gerade auf einem Parkplatz halt, der sich in der Nähe eines Feldes befand, auf dem drei alte Holzmühlen nebeneinander aufgereiht standen. Er ließ Minus aussteigen und nahm Mikaëls Anruf an.

»Alles gut?«, fragte Mikaël.

»Ja, ich bin auf dem Weg nach Sundre, ganz im Süden der Insel.«

»Was willst du da machen?«

»Eine Frau treffen, Svea. Es könnte sein, dass sie zum Clan gehört. Was wolltest du mir denn sagen?«

»Erinnerst du dich an die alten Fotos, die du mir geschickt hast?«

»Ja, die, die ich in dem Versteck auf dem Dachboden gefunden habe. Du hattest mir schon gesagt, dass es sich bei der Uniform, die mein Großvater trug, um die Militärkleidung eines estnischen Soldaten handelt.«

»Ganz genau. Ich habe sie mir noch mal angeschaut. Ein

Detail ist mir dabei aufgefallen: Auf dem ersten Foto trägt Andreas, der der Vater von Viktor ist, einen Ehering am Finger. Auf dem nächsten, aufgenommen auf Gotland vor dem Leuchtturm – keine Spur davon. Auf dem Familienfoto mit seiner Frau und einem Kind trägt er schließlich wieder einen Ring.«

»Und?«

»Erst habe ich gedacht ... dass er verheiratet war. Bevor er nach Gotland kam. Aber Karine hat die Abzüge vergrößern lassen.«

»Ja?«

»Auf dem Foto in Militäruniform, das ist kein ... Ehering, den er trägt. Es ist sehr unscharf, aber man kann einen ... Totenkopf auf dem Ring erkennen.«

»Was bedeutet das?«

»Das ist der Toten... Totenkopfring, der auch SS-Ehrenring genannt wird. Ein Geschenk Himmlers an die SS-Führer.«

103

Ein paar Kilometer hinter dem Dorf Vamlingbo bog Andreas auf einen Schotterweg ab. Er erblickte das weiße Haus, das abgeschieden inmitten der weiten Heidelandschaft lag und von einer Trockenmauer umgeben wurde. Er fuhr bis auf den Hof und hielt dort an. Der Garten war verwildert, und die Gebäude wirkten heruntergekommen und verlassen.

»Minus, sei brav. Ich komme gleich wieder.«

Andreas stieg aus. Die Sonne brannte. Er zog seine Lederjacke aus und warf sie durch das offene Fenster auf den Beifahrersitz. Vom Grundstück aus konnte man direkt auf das Meer schauen. Er verharrte einen Moment, um den Ort auf sich wirken zu lassen. Abgesehen vom Wind, der in den Wachholderbüschen rauschte, war es vollkommen still. Das

Dach der alten Scheune war eingefallen, und mehrere Fensterscheiben waren zerbrochen. Daneben stand eine Garage mit geschlossenem Tor. Er ging auf das Haus zu. Es war alt und wirkte, als sei seit Jahrzehnten nichts daran gemacht worden. Das Mauerwerk war stellenweise beschädigt, und von den Holzrahmen der Fenster blätterte die Farbe ab. Andreas ging die Stufen hinauf und klopfte an die Haustür, aber niemand öffnete sie. Er drückte die Klinke hinunter. Die Tür war verschlossen. Er begann die Umgebung des Hauses abzusuchen, in der Hoffnung, dass der Schlüssel dort irgendwo versteckt sei. Er fand ihn am Fuße der Eingangstreppe in einem Blumentopf mit einer vertrockneten Pflanze darin.

Ein muffiger, staubiger Geruch schlug ihm entgegen, als er den dunklen Flur betrat. Er ging in die Küche. Das Tageslicht erhellte einen alten Holztisch, auf dem Essensreste herumlagen. Im Spülbecken neben dem alten Holzofen türmte sich dreckiges Geschirr. Im Wohnzimmer knisterte noch etwas Glut im Kamin. Das Haus war bewohnt.

»Hallo, ist da wer?«

Keine Antwort. Er durfte nicht zu lange warten, wenn er nicht überrascht werden wollte. Er entschied sich trotzdem, schnell die anderen Zimmer zu besichtigen. Er ging nach oben. Im Schlafzimmer standen ein großes Bett, ein Schreibtisch, eine Kommode und auf der anderen Seite des Raums ein Kleiderschrank. Die verblasste hellgrüne Tapete mit Frühlingsblumenmotiven löste sich an den Rändern ab. An der Wand hingen einige Bilder, auf denen malerisch wilde Landschaften Gotlands, die Klippen von Hoburgen, ein Fischerdorf und Schafe zu sehen waren. Über einer Stuhllehne lagen einige Kleidungsstücke. Unter dem Fenster stand ein Louis-Vuitton-Koffer, der überhaupt nicht zum Rest des Zimmers passte. Andreas öffnete ihn und fand darin elegante Straßenkleidung. Danach durchsuchte er die Kommode und den Schrank, ohne irgendwelche Spuren eines Wikingerkostüms zu finden. Der zweite Raum war ein weiteres Schlafzimmer, in dem die Zeit stehen geblieben zu sein schien. Es war das Zimmer eines jungen Mädchens. Andreas blickte aus dem Fenster. Immer noch niemand zu sehen.

Er beschloss, vor dem Verlassen des Hauses noch in den Keller hinunterzugehen. Die blau gestrichene Steintreppe führte ihn in einen Vorratsraum, in dem auf staubigen Regalen Weckgläser und Flaschen aller Art standen. Erdbeermarmelade, in Essig eingelegte Pfifferlinge, Birnen, Sirup aus schwarzen Johannisbeeren. Die jüngsten Etiketten stammten aus dem Jahr 1978. Im hinteren Teil des Kellers stand eine riesige Gefriertruhe. Sie war eingeschaltet. Andreas trat näher und öffnete den Deckel. Im Inneren befand sich, ins Eis eingeschlossen, die Leiche einer alten Frau.

Andreas stürmte die Treppe hinauf. Er musste die Polizei rufen. Er ging hinaus in den Hof und wollte gerade sein Handy zur Hand nehmen, als er in der Ferne eine Person mit einem Wikingerhelm auf dem Kopf und einem Gewehr in den Händen auf ihn zukommen sah. Der Wind hatte aufgefrischt, und ein säuerlicher Geruch hing in der Luft. In seinem Rücken hörte er jemanden atmen.

104

Stockholm
Mittwoch, 10. Oktober 1979

Svea saß in ihrem Zimmer der psychiatrischen Klinik in einem Sessel und schaute aus dem Fenster. Nachdem sie Gotland verlassen hatte, war sie mit weniger als zehntausend Kronen in der Tasche in Stockholm gelandet. Sie hatte ein Zimmer in einer Jugendherberge gemietet. Als das Geld knapp wurde, hatte sie begonnen, am Zentralbahnhof zu singen. Mit den Einnahmen aus der Straßenmusik hatte sie weiterhin etwas zu essen kaufen und ihre Miete bezahlen können. Ihr psychischer

Gesundheitszustand verschlechterte sich, immer öfter hatte sie Halluzinationen. Regelmäßig hörte sie, wie Gegenstände zu ihr sprachen. Am Vortag hatte die Nachttischlampe das Wort an sie gerichtet. Häufig geschah es, um sie zu beschimpfen. Diese Stimme verfolgte sie, wenn sie um die Straßenecke bog oder ein Passant den Mund öffnete. Als es anfing, dass sie sich von derlei Monstern verfolgt fühlte, hatte sie beschlossen, sich in ihrem Zimmer einzusperren. Eines Tages war sie in einem Krankenhausbett aufgewacht. Sie konnte sich nicht erinnern, was geschehen war. Der Arzt hatte ihr erzählt, dass man sie aufgegriffen hatte, weil sie nackt durch die Stockholmer Altstadt gewandelt war. Die Diagnose war brutal: Sie war schizophren.

Svea war es gelungen, aus der Klinik zu fliehen und in die Jugendherberge zurückzukehren. Da man dort nichts mehr von ihr gehört hatte, hatten die Betreiber ihr Zimmer leer geräumt. Sie hatte es wieder anmieten wollen, aber da sie mittellos war, hatte man sich geweigert und ihr sofort ihre Sachen ausgehändigt, um sie loszuwerden. Eine Bekannte hatte sie ein paar Nächte in ihrem Zimmer in derselben Herberge schlafen lassen, sie aber dann gebeten, sich eine andere Lösung zu suchen. Svea hatte sich daraufhin in der Gemeinschaftsküche ein Messer gegriffen und sich die Pulsadern aufgeschnitten.

Nach einem Krankenhausaufenthalt hatte sie sich erneut in der psychiatrischen Klinik wiedergefunden. Dort wurde sie inzwischen seit mehreren Wochen behandelt. Ihr Zustand verbesserte sich allmählich. Sie hatte keine Ausweispapiere bei sich und simulierte einen Gedächtnisverlust. Die Polizei war vorbeigekommen, um ihre Fingerabdrücke zu nehmen, hatte diese aber mit nichts in Verbindung bringen können. Sie wurde weder gesucht, noch war sie als vermisst gemeldet worden. In lichten Momenten dachte Svea häufig an den Clan und an das, was geschehen war. Anfangs war alles gut gelaufen, aber die Vergewaltigung, der sie zum Opfer gefallen war, und die Geburt des Babys hatten ihr Leben auf den Kopf gestellt. Sie hatte ihre Schwangerschaft erst kurz vor der Geburt realisiert. Nach der Geburt des Kindes hatte ihre Mutter sie mit

Fragen und Vorwürfen überhäuft. An jenem Tag hatte sie eine Halluzination gehabt. Sie hatte den Teufel in Person gesehen. Seine Schreie, seine Gesten, seine Beleidigungen. Sie hatte nach dem Fleischmesser auf dem Tisch gegriffen. Mit zornerfülltem Blick hatte sie sich auf Beelzebub gestürzt und mehrfach auf ihn eingestochen. Nach diesem Anfall hatte sie zu spät erkannt, dass nicht der Fürst der Finsternis, sondern ihre Mutter tot neben dem Kühlschank lag. Was ihre Tochter Gersimi betraf, so konnte sie sie nicht behalten. Sie hatte sich eingeredet, dass sie für Freyja bestimmt sei.

Sie hörte, wie sich der Schlüssel im Schloss umdrehte, und wandte sich um. Die Zimmertür ging auf.

»Besuch für dich«, verkündete die Krankenschwester, bevor sie den Raum wieder verließ.

Svea erkannte das vertraute Gesicht und lächelte erleichtert.

»Komm, mach dich fertig!«

105

Karine war auf dem Wohnzimmersofa eingenickt. Mikaël arbeitete an seinem Computer und recherchierte trotz seiner Müdigkeit weiter über die Nazi-Vergangenheit von Viktors Vater. Er hatte Andreas angerufen, weil er darauf brannte, ihm zu erzählen, was er gerade herausgefunden hatte, doch lediglich seinen Anrufberater erwischt. Vermutlich schlief er schon. Normalerweise schaltete Andreas sein Handy allerdings nie aus.

Auf einem der alten Fotos, die Andreas gefunden hatte, marschierten zwei Offiziere an der Spitze einer Kompanie von Soldaten. Es war schwer, die Gesichter zu erkennen, denn sie waren sehr unscharf. Dennoch dachte Mikaël, dass es sich um die beiden Freunde Andreas Auer und Roopi Haljasmaa handeln könnte. Sie waren im Oktober 1944 vor dem Krieg nach Gotland geflohen. Nach dem, was Albin Andreas erzählt hatte, waren sie im Gefangenenlager von Lagerlingen interniert worden, wo Albins Vater Oskar als Offizier der schwedischen Armee arbeitete. Mikaël war es gelungen, das Emblem auf dem Kragen eines der Soldaten zu identifizieren. Er hatte es mit den Insignien sämtlicher Divisionen des Deutschen Heeres verglichen. Man erkannte den Buchstaben E, über dem diagonal ein Schwert lag. Es war das Emblem der 20. Waffen-Grenadier-Division der SS, die hauptsächlich aus Esten bestand.

Mikaël begann daraufhin auf dem Computer eine Grafik zu zeichnen, um die Verbindungen aller Personen in dieser doppelten Geschichte aufzuzeigen, die nach und nach wie eine Spinne ihr Netz spann.

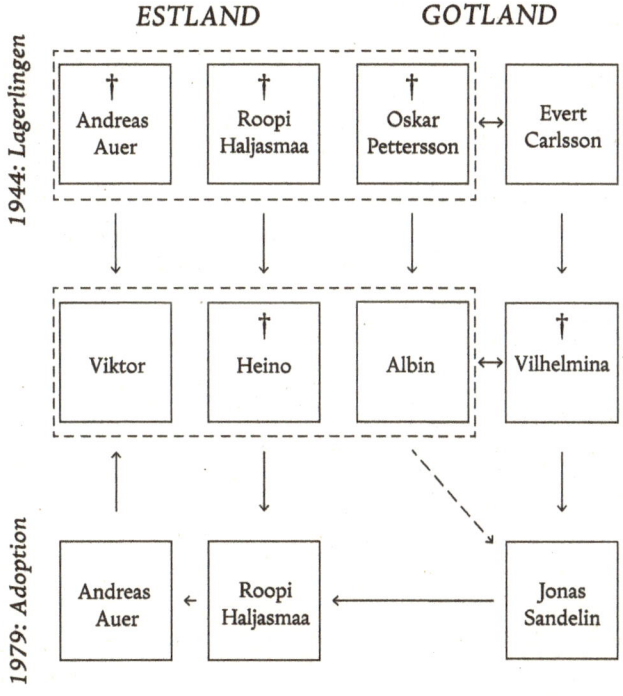

Die Darstellung bildete zwei Generationen ab, jene des Zweiten Weltkrieges und jene ihrer Kinder. Oskar, Roopi und Andreas waren nach dem Krieg in Verbindung geblieben, und ihre Söhne Albin, Heino und Viktor waren Freunde gewesen. Außerdem hatte Oskar Vilhelminas Vater Evert nahegestanden, der als Militärpfarrer ebenfalls zu den Offizieren des Lagers gehörte. Roopi und Andreas mussten also Evert gekannt haben, schienen aber nicht mit ihm in Kontakt geblieben zu sein. Außerdem hatte es den Anschein, dass Viktor und Heino Vilhelmina nicht kannten. Ein Blick auf die Grafik genügte wiederum, um zu erkennen, welche zentrale Rolle Albin als Jonas' Patenonkel bei der Adoption des Kindes durch Viktor und Kajsa gespielt hatte.

Als Viktors Vater als Flüchtling nach Gotland gekommen war, hatte er mit Sicherheit seine wahre Identität verschleiern wollen, indem er die eines anderen – Andreas Auers, eines einfachen Wehrmachtssoldaten, der im Krieg gefallen war – angenommen hatte. Um die Spur von Viktors Vater zurückzuverfolgen, hatte Mikaël Stunden im Internet verbracht, aber das hatte sich gelohnt. Er hatte eine Liste sämtlicher hochrangiger SS-Offiziere einschließlich ihrer Steckbriefe und Auszeichnungen gefunden. Außerdem hatte er eine interessante Entdeckung gemacht, als er nachgeforscht hatte, ob Albrecht Boehmitz während des Krieges SS-Offizier gewesen war. Dieser Mann war der Eigentümer des Restaurants gewesen, in dem Viktors Eltern Andreas und Astrid Auer in Genf gearbeitet hatten. Auf der Liste war er nicht aufgeführt, dafür aber ein gewisser Franz Boehmitz. Franz ... Dieser Vorname stand auf der Rückseite eines Fotos, das Maarja Andreas gezeigt hatte, neben dem Vornamen ihres Großvaters Roopi. Franz' Lebenslauf hatte Mikaëls Aufmerksamkeit erregt.

Franz Boehmitz war ab Oktober 1941 in der 5. SS-Panzer-Division »Wiking« an der Ostfront aktiv gewesen. Im Alter von einunddreißig Jahren zum SS-Hauptsturmführer ernannt, hatte er von Himmler höchstpersönlich den Totenkopfring erhalten. Drei Jahre später war er nach Estland verlegt worden, wo er weiter zum SS-Brigadeführer und damit zum Kommandanten der 20. Waffen-Grenadier-Division der SS aufgestiegen war. Einer seiner Bataillonsführer hieß Roopi Haljasmaa.

106

Sonntag, 31. Juli

Die Lichter des Hafens von Nynäshamn erhellten den Himmel mit ihrem gelblichen Schein. David lehnte sich gegen die Schiffsreling. Er fürchtete sich vor dem weiteren Verlauf seiner Reise. Um nicht erkannt zu werden, hatte er eine Mütze aufgesetzt, die sein Haar verdeckte, und seine breite schwarze, bei den Fernsehzuschauern bekannte Brille ausgezogen. Während der gesamten Überfahrt hatte er über die letzten achtundvierzig Stunden nachgedacht. Er war wütend auf sich selbst. Gustav zu eliminieren war notwendig gewesen, doch er war am Tatort gesehen worden. Nachdem er Gustav an einem Balken seiner Scheune erhängt hatte, hatte er seinen Helm und seinen Umhang ausgezogen und in eine Tasche gepackt. Auf dem Weg zu seinem Auto hatte ihn ein Mann gesehen. Die Polizei besaß jetzt mit Sicherheit zumindest ein Phantombild von ihm. Die Frage war, ob sie ihn identifiziert hatten. Er konnte weder sicher sein, noch konnte er es ausschließen. In der Zwischenzeit hatte er die blaue Kontaktlinse ausgezogen, um wieder natürlich auszusehen.

David hatte das Gefühl, von einer Strömung erfasst zu werden, von der er nicht wusste, ob er sich unbeschadet hinausmanövrieren könnte. Er hatte gedacht, dass diese Geschichte für immer begraben sei. Dieser verdammte Rotzbengel war ihnen in jener denkwürdigen Nacht in Fide entwischt. Aufgrund der verfluchten halluzinogenen Pilze erinnerte er sich nur noch bruchstückhaft an das Massaker und war zunächst erleichtert gewesen, aus der Presse zu erfahren, dass der kleine Junge im Schnee erfroren war. Dieses Gefühl war jedoch verflogen, als Johanna ihnen mitgeteilt hatte, dass der Junge lebte und ihr direkter Vorgesetzter Albin ihn versteckt hielt. Danach war Johanna verschwunden, und das Kind wurde nie wieder gesehen. David hatte keine andere Wahl gehabt. Er hatte sein normales Leben wieder aufgenommen und gehofft, dass alle für immer schweigen würden. Siebenunddreißig Jahre hatte Stille geherrscht, ohne dass je jemand irgendetwas enthüllt hatte. Außer Linda Gardell, um genau zu sein. Als Jonas vor zwei Wochen wieder aufgetaucht war, hatte sie die Nerven verloren und hätte beinah alles gestanden. Linda auszuschalten und den anderen Clanmitgliedern Angst einzujagen war ihm als ideale Lösung erschienen. Aber der Plan war gründlich in die Hose gegangen.

Am Vortag war David von Fidenäs hastig Richtung Norden aufgebrochen. In seiner Panik hatte er weder gewusst, wohin, noch, was er tun sollte. Diese verfluchte Insel zu verlassen war die einzige Option. Um zu versuchen, sein Umfeld zu täuschen, hatte er nicht, wie vorgesehen, den Flieger genommen. Das Risiko war zu hoch. Das Boot schien die unauffälligere Variante zu sein, allerdings hatte er kein Bargeld bei sich. Die moderne Welt hatte auch ihr Gutes: In einer seiner letzten Fernsehsendungen war es um die Entmaterialisierung des Geldes gegangen. In Schweden konnte schon nicht mehr überall mit Bargeld bezahlt werden. Alles lief über Apps oder Kreditkarte. In seiner Sendung hatte er die Vorzüge dieser Entwicklung gelobt, doch heute machte es ihm dieses kontaktlose Bezahlen unmöglich, unerkannt zu reisen. Jede seiner Bewegungen ließ sich durch seine finanziellen Transaktionen verfolgen. David hatte die einzige Person angerufen, die ihm helfen konnte. Sie hatte ihm unter einem fiktiven Namen ein Ticket für die Fähre nach Nynäshamn am nächsten Tag gebucht. Aufgrund der ganzen Pendler, die diese Verbindung nach Stockholm nutzten, kam es extrem selten vor, dass man seinen Personalausweis vorzeigen musste, wenn man an Bord ging.

Um die Zeit bis zur Abfahrt zu überbrücken, hatte sich David in die Nähe des Dorfes Roma geflüchtet, wo eine seiner Kolleginnen beim Fernsehen ein Ferienhaus besaß. Ihr alter Audi stand das ganze Jahr über in ihrer Garage. Er hatte auf der Rückseite des Hauses ein Fenster eingeschlagen und so die Nacht dort verbringen können. Er wusste, dass seine Kollegin gerade Urlaub im Ausland machte. Niemand würde den Einbruch und den Diebstahl bemerken, bevor er selbst an einem sicheren Ort war. Am nächsten Morgen hatte er in aller Frühe die Schlüssel des Audis genommen, den Wagen gegen seinen Saab ausgetauscht, all seine Sachen gepackt und war über einen vor Blicken geschützten Waldweg abgehauen. Am frühen Abend war er zum Fährhafen gefahren. Die Fähre hatte Gotland um einundzwanzig Uhr verlassen.

Als David gegen null Uhr dreißig sein Ziel erreichte, begann er aufmerksam zu beobachten, was im Hafen vor sich ging. Dort herrschte reger Betrieb. Autos, Wohnmobile und Lastwagen warteten in mehreren Schlangen darauf, an Bord fahren zu dürfen. Auf den ersten Blick schien kein Polizeifahrzeug vor Ort zu sein. Auf dem Kai wimmelte es von schwarz-gelb gekleideten Männern, die für die Schifffahrtsgesellschaft arbeiteten. Vielleicht waren Polizisten unter ihnen? Über Lautsprecher wurden die Fahrer gebeten, zu ihren Fahrzeugen zurückzukehren.

Anna und Måns hatten die Ostsee im Helikopter überquert und waren um dreiundzwanzig Uhr dreißig in Nynäshamn gelandet. Die Flugzeit hatte fünfundvierzig Minuten betragen. Mit Hilfe der Autovermietung hatte Olle David Gyllenstiernas Auto dank eines eingebauten GPS-Trackers orten können. Zwei Beamte waren sofort zu den ermittelten Koordinaten gefahren und hatten den schwarzen Saab in der Garage eines Ferienhauses gefunden. Einer der Polizisten hatte den Kofferraum mit einem Brecheisen aufgebrochen und darin den Umhang und den Helm des Jarls gefunden. Die Hauseigentümer, die Olle hatte telefonisch erreichen können, hatten bestätigt, dass sie einen alten grünen Audi 80 besaßen. Dieser war von den Überwachungskameras auf dem Hafengelände beim Boarden der Fähre nach Nynäshamn gefilmt worden. Da es nur einen Fähranleger und eine einzige Zufahrt gab, war es für Olle nicht schwer gewesen, den Wagen auf den Bildern zu entdecken. Bei Ankunft der Fähre mussten sie sich jetzt nur noch den Fahrer schnappen.

Anna und Måns lagen in ihrer zivilen Limousine an der Hafenausfahrt auf der Lauer. Ein zweiter Wagen mit drei Polizisten war auf der anderen Straßenseite geparkt, und gut zwanzig Einsatzkräfte hatten sich entlang der gesamten Strecke an strategischen Punkten positioniert. Anna hatte den Kapitän der Fähre kontaktiert. Die Besatzung hatte David Gyllenstierna identifiziert, und Anna hatte sie gebeten, unter keinen Umständen einzugreifen, da der Mann möglicherweise bewaffnet war. Sie waren übereingekommen, ihn direkt nach dem Verlassen des Hafengeländes zu stellen, wenn er in seinem Fahrzeug saß. Auf keinen Fall wollten sie das Risiko eingehen, ihn auf der Fähre festzunehmen und dadurch eine Schießerei inmitten von neunhundert Passagieren auszulösen. Sobald der Audi sich ihnen nähern würde, konnten sie die Straße sperren.

Die Bugklappe öffnete sich, und die ersten Fahrzeuge fuhren von der Fähre.

»Q1 an Yankee 673, siehst du den Audi?«, fragte Måns, der den Einsatz leitete, weil sie sich seiner Meinung nach auf seinem »Territorium« befanden. »Bitte kommen.«

»Negativ«, antwortete Yankee 673, der wie einer der Mitarbeiter der Schifffahrtsgesellschaft verkleidet war, die auf der Rampe die Fahrzeuge einwiesen. »Ende.«

»Verstanden, Ende.«

Måns legte sein Funkgerät auf das Armaturenbrett. Nervös beobachtete er den Anleger mit dem Fernglas. Der Audi stand in der Mitte auf dem Oberdeck des Schiffes. Es würde mit Sicherheit knapp zehn Minuten dauern, bis er die Fähre verlassen konnte.

»Wir sollten alle Autos nacheinander überprüfen«, schlug Anna vor.

»Ist dir klar, dass es über dreihundert Fahrzeuge sind? Sobald er mit dem Audi die Fähre verlässt, schnappen wir ihn uns. Und sollte er sich entschieden haben, zu Fuß von Bord zu gehen, kriegen ihn die in der Ankunftshalle stationierten Polizisten.«

»Und wenn er sich in einem anderen Auto versteckt hat?«

»Wir haben ein Stück weiter eine zweite Kontrolle eingerichtet.«

»Ja, aber wenn die Fahrzeuge nicht gründlich durchsucht werden, kann er uns mit etwas Glück entkommen.«

»Mach dir keine Sorgen«, sagte Måns, »er wird gleich hier sein. Er weiß ja nicht, dass wir ihm auflauern.«

Anna war stocksauer über die Arroganz ihres Kollegen aus der Großstadt. »Ja, aber ich denke, wir sollten nicht hier auf ihn warten. Wir sollten an Bord gehen und ihn uns dort sofort schnappen.«

»Das ist jetzt nicht der richtige Zeitpunkt. Wir haben entschieden –«

»Du hast entschieden, Måns!«

Die ersten Fahrzeuge hatten den Ankunftsbereich des Hafens verlassen, doch der Audi stand immer noch auf der Fähre. Einer der Polizisten war unauffällig an Bord gegangen.

»Yankee 675 an Q1, ich kann den grünen Audi sehen. Er bewegt sich nicht. Andere Autos fahren um ihn herum, um die Fähre zu verlassen. Bitte kommen.«

»Scheiße, jetzt hast du es, Måns ...«

»Q1 an Yankee 675. Verstanden. Yankee 673, begib dich an Bord. Yankee 671, sperr die Hafenausfahrt ab. Und Yankee 672 und 674: Sämtliche Fahrzeuge anhalten und durchsuchen! Ende.«

Die als Mitarbeiter der Schifffahrtsgesellschaft verkleideten

Polizisten gingen als Erste an Bord. Sie näherten sich dem grünen Audi. Er war leer.

107

Anna war nach knapp zwei Stunden Schlaf bei Sonnenaufgang aufgewacht. David Gyllenstierna war ihnen entkommen. Als ihnen klar geworden war, dass er sein Auto auf der Fähre hatte stehen lassen, hatten sie sämtliche Fahrzeuge durchsucht, die sich noch im Hafen befunden hatten, und außerdem die gesamte Fähre auf den Kopf gestellt. Vergeblich. Entweder hatte er an Bord eines der ersten Fahrzeuge, die sie nicht kontrolliert hatten, die Fähre verlassen, oder er war über Bord gesprungen, was allerdings nicht sehr wahrscheinlich war. Da David bewaffnet war, hatte er möglicherweise eine Geisel genommen und sich in einem Auto versteckt. Zwei Polizisten waren abgestellt worden, um seine Wohnung zu überwachen.

In der Nacht war Olle die Fahrzeug- und Passagierliste durchgegangen und hatte herausfinden können, unter welchem falschen Namen David gereist war. Nun wartete er auf das Ergebnis der beantragten Kreditkartenüberprüfung, um festzustellen, wem die Karte gehörte, mit der die Reise bezahlt worden war. Rasmus wiederum hatte bei der Durchsuchung des Grundstücks der Leute, bei denen David die Nacht verbracht hatte, in der Mülltonne einen Laptop gefunden. Er war mehrfach zu Boden geschleudert und mit einem Hammer malträtiert worden, sodass auf dem Garagenboden Splitter zurückgeblieben waren. Olle versuchte gerade, die Daten wiederherzustellen.

Anna blieb noch genug Zeit, Koffein zu tanken und ihren Mann anzurufen, bevor Måns sie im Hotel abholte. Ihr Ehemann arbeitete als Übersetzer von zu Hause aus und konnte sich so um die Kinder, einen zehnjährigen Jungen und ein achtjähriges Mädchen, kümmern, während Anna Verbrecher jagte.

Inzwischen war es sechs Uhr morgens. Sie waren auf dem Weg zu David Gyllenstiernas Wohnung im Katarina-Sofia-Viertel auf der Insel Södermalm, einem der lebhaftesten und trendigsten Orte der Stadt. Das Apartment befand sich in einem hellen Jugendstilgebäude und lag nur wenige Häuserblocks von der belebtesten Straße des Viertels und nicht weit vom Fotografiska-Museum entfernt. Sie gingen die vier Stockwerke zu Fuß hinauf. Vor der Tür standen zwei Polizisten. Das Schloss war von den Ordnungskräften aufgebrochen worden. Anna betrat das riesige Wohnzimmer als Erste. Die Wände zierte eine fast weiße Tapete, auf der sich perlmuttfarbene florale Muster rankten. Die Tür- und Fensterrahmen waren genau wie die Zimmerdecke weiß gestrichen. Dank der Fensterfront wurde der Raum mit Licht geflutet, was ihm eine helle, fast blendende Atmosphäre verlieh. Die meisten Möbel waren aus weißem Holz mit einigen cremefarbenen Nuancen. Die bunten Gemälde stachen aus dem monochromen Anblick des Wohnraumes hervor.

Anna betrachtete ein Bild, das aus zwei großen Farbflecken mit verlaufenden Konturen bestand und das sie an den Stil des amerikanischen Malers Mark Rothko erinnerte, von dem sie während ihres letzten Urlaubs in New York einige Werke im MoMA gesehen hatte. In ihrem Bekanntenkreis stand man der zeitgenössischen Kunst eher kritisch gegenüber. Sie empfand die lebhaften Farben als angenehm. Warum musste man die Dinge immer verstehen und in Worte fassen? Konnte man sich nicht einfach von ihrer ästhetischen und emotionalen Komponente mitreißen lassen? Früher folgten die Maler einer Art Konvention, nach der die Realität so dargestellt werden musste, wie sie war. Anna wusste nur zu gut, dass die Realität längst nicht immer das war, was man zeigen wollte.

Die Sauberkeit und der makellose Zustand von David Gyllenstiernas Apartment verwunderte sie. Was verbarg sich hinter dieser fast jungfräulichen Optik? Waren seine Gemälde Fenster, die nicht nach außen, sondern nach innen wiesen? Eine Bresche in einem geordneten und fest ausgerichteten Leben, die die wahre Natur seiner Seele widerspiegelte?

Anna schreckte auf, als Måns sie zu sich rief.

»Komm her und schau dir das an!«

Auf dem Kaminsims standen zwei gerahmte Fotos. Das erste zeigte eine barocke Kapelle mit weiß getünchten Wänden, weißer Decke und weißer Holzvertäfelung, in der ein Junge in makelloser Kleidung neben einem Pfarrer vor dem Altar stand. Hinter ihnen hing ein Christus-Gemälde, das von goldenen Verzierungen und zwei Putti-Figurinen, jenen etwas pummeligen, Trompete spielenden Kindern mit Engelsflügeln, umrahmt wurde. Ein Detail erweckte Annas Aufmerksamkeit. Hinter den Skulpturen an der Wand waren die Schatten der Putten zu erkennen, aber nirgends gab es eine sichtbare Lichtquelle. Offenbar ein Trompe-l'œil.

Das zweite Bild war ein Familienfoto. Dasselbe Kind, zweifelsohne David, stand vor seinen Eltern und hielt zwei kleine Mädchen an den Händen. Die Aufnahme war im Salon eines Schlosses gemacht worden. Die Wände waren mit rubinroter Tapisserie verkleidet, auf der Lilien prangten, und hinter der Familie hing ein Gemälde von einem Ritter in Rüstung. Die alabasterweiße Decke betonte die Höhe des Raumes.

Anna drehte die Rahmen um, ohne eine Inschrift zu finden. Zwei weitere ungerahmte Fotos lagen auf dem Marmorsims des Kamins. Das erste zeigte wieder denselben Jungen vor einer Ziegelwand, an der ein Zahnradmechanismus mit Seilantrieb befestigt war. Auf der zweiten Aufnahme saß eine junge Frau auf einem Stuhl in einem sehr bescheidenen und altmodischen Zimmer ohne jegliches Dekor. Ihrer Kleidung nach zu urteilen, die aus einer längst vergangenen Zeit stammte, hätte sie eine Magd sein können. Die beiden gerahmten Fotos hoben sich von den zwei anderen ab. Ein förmlicher, steifer Ausdruck stand einer Erinnerung gegenüber, die von Herzen kam. Anna drehte das zweite Foto um und las den mit Bleistift geschriebenen Vornamen Stella.

Anna hatte einige Informationen über David erhalten. Sein Vater war tot, seine Mutter lebte in einem Altenheim in Uppsala. Sie hatten lange Zeit das Schloss Salsta im Nordosten von Uppsala bewohnt. David stammte aus einer Adelsfamilie und gehörte dem *Riddarhuset* an, einer Vereinigung von Mitgliedern der schwedischen Aristokratie.

Nachdem sie die Wohnung eine Stunde lang durchsucht hatten, war nichts aufgetaucht, was ihre Ermittlungen anspornen konnte. Das weiße, mit goldenen Borten verzierte Gewand und der Helm des Jarls waren im Kofferraum des Autos gefunden worden, doch im Apartment verbarg sich kein einziges Indiz, weder Umhang noch Falkenfedern noch Schmuck.

Annas Handy vibrierte. Sie nahm ab.

»Hej, Olle. Hast du was Neues für uns?«

»Ich bin die Liste sämtlicher Anrufe und Nachrichten durchgegangen, die David Gyllenstierna in den vergangenen Wochen gesendet und empfangen hat. Eine Nummer tauchte in den letzten Tagen ziemlich häufig auf, und ein SMS-Austausch hat mich stutzig gemacht: Es handelt sich um eine Nachricht, die am Mittwoch, den 27. Juli um zweiundzwanzig Uhr neunundfünfzig eingegangen ist.«

»Der Abend, an dem wir die Falle in Torsburgen gestellt haben?«

»Ganz genau. Er wurde von den Festnahmen Wallners und Gunnarssons in Kenntnis gesetzt, und zwar mit den einfachen Worten: ›Hinterhalt, abhauen‹.«

»Wer hat ihm diese Nachricht geschickt?«

»Das kann ich nicht sagen. Es handelt sich um eine Prepaid-Karte mit einer französischen Nummer.«

»Französisch?«

»Ja. Und David hat um dreiundzwanzig Uhr drei einfach mit ›Danke‹ geantwortet.«

108

Andreas erwachte in beinah völliger Dunkelheit. Er spürte einen stechenden Schmerz am Hinterkopf. Er fuhr sich mit der Hand durch die Haare und ertastete eine von geronnenem Blut bedeckte Wunde. Seine Schulter schmerzte entsetzlich. Sein weißes T-Shirt war feucht und mit einer Mischung aus Erde und Blut verschmutzt. Seine Unterarme brannten, und sein rechtes Knie war eiskalt. Er erinnerte sich, eine Gestalt mit einem Wikingerhelm gesehen zu haben, bevor er von hinten niedergeschlagen worden war. Danach wusste er nichts mehr. Wie lange war er schon bewusstlos? Ihm war flau. Vermutlich hatte man ihn betäubt. Das Einzige, was er sehen konnte, war ein kleiner Lichtstrahl, der von oben einfiel. Er stützte sich auf die Hände und spürte kalte Erde. Mühsam richtete er sich auf und tastete mit ausgestreckten Armen seine Umgebung ab. Erde und Steine. Es war eng. Er hob den Kopf. Da war dieser Spalt, durch den sich das Licht einen Weg bahnte. Vergeblich versuchte er an der unebenen Wand Halt zu finden, um nach oben zu gelangen. Er schätzte, dass das Loch, in dem er festsaß, etwa drei Meter tief war. Erneut versuchte er, an der rutschigen Wand emporzuklettern. Es ging nicht. Daraufhin zog er das Schweizer Taschenmesser, das er immer bei sich trug, aus der Tasche. Er klappte die größte Klinge aus und begann damit an einer der Wände aus Erde und Steinen zu ritzen, um Aushöhlungen als Stufen für seine Füße zu schaffen. Er warf einen Blick auf das Display seines Smartphones: drei Prozent Akku und kein Netz. Er fuhr fort, Kerben in die Erde zu graben, die es ihm ermöglichen würden, trotz seiner schmerzenden Schulter hochzuklettern. Auf diese Weise arbeitete er sich nach oben in Richtung des Lichteinfalls vor, bevor ihn die Kraft verließ und er wieder nach unten fiel. Beim achten Versuch schaffte er es bis ganz nach oben. Er konnte deutlich erkennen, was das Loch versperrte. Es war ein Felsbrocken. Er hatte Schwierigkeiten, das Gleichgewicht zu halten, während er sich mit den Beinen und einem Arm abstützte, um den anderen Arm frei nutzen zu können. Er versuchte, den Stein erst mit der Hand und dann mit der gesunden Schulter wegzustoßen. Ohne Erfolg. Der Stein war viel zu schwer. Mit Mühe gelang es ihm, sein Smartphone aus der Hosentasche zu holen. Ein Balken Empfang wurde angezeigt. Zwei Prozent Akkuleistung. Er hatte zwei Anrufe in Abwesenheit erhalten, einen von Mikaël und einen von Anna. Er wählte ihre Nummer. Sie ging nicht dran. Er hinterließ ihr eine Nachricht auf der Mailbox und probierte anschließend vergebens, Mikaël zu erreichen. Nach dem Piepton sprach er auf den Anrufbeantworter. Das Handy schaltete sich aus.

Andreas schrie aus voller Kehle um Hilfe. Vergebliche Liebesmüh. Er konnte hören, dass es angefangen hatte zu regnen. Wasser sickerte durch die Ritzen. Seine Kehle war völlig ausgetrocknet. Er öffnete den Mund unter dem dünnen Wasserrinnsal. Dann ließ er sich zurück auf den Grund des Lochs gleiten und kauerte sich zusammen. Feuchtigkeit und Kälte durchdrangen ihn. Er musste mit seiner Kraft haushalten und auf Hilfe warten. Plötzlich fiel ihm Minus ein. Er hatte ihn im Auto zurückgelassen. Er spürte Wut über sich selbst in sich aufsteigen.

In Gedanken ging Andreas diese ganze Geschichte noch einmal durch und dachte über seinen Wunsch nach, das Geheimnis seiner Herkunft zu lüften. Nie hätte er geglaubt, dadurch so viele Dämonen zu wecken. Er hatte einen Teil seiner Erinnerungen wiedergefunden, das tragische Schicksal seiner Familie aufgedeckt, herausgefunden, was mit dem kleinen Jonas geschehen war, und fast alle Mitglieder des Clans identifiziert. Doch was nützte ihm das, wenn sein Leben dadurch endete, dass er hier in diesem Loch vermoderte?

Andreas spulte den Film der Ereignisse ab. Derjenige, der ihm den Schlag auf den Kopf versetzt hatte, musste David Gyllenstierna gewesen sein. Er hatte ihn nicht kommen hören. Die Gestalt mit dem Helm, die er in der Ferne gesehen hatte, war eindeutig die einer Frau, also vermutlich Svea gewesen. Die beiden Komplizen hatten in den letzten Wochen gemeinsam agiert. Und wenn Svea und David ihre Rollen getauscht hatten? Wenn der Jarl mal Svea und mal David gewesen war? Hatte Svea den Jarl bei den Zeremonien gemimt, während David für die niederen Aufgaben in die Rolle geschlüpft war?

109
Stockholm
Freitag, 18. April 1980

In der Lounge des Grand Hôtel Stockholm spielte Svea einen Blues auf einem wunderschönen schwarzen Stutzflügel und sang dazu. Seitdem ihr Schutzelf gekommen war und sie aus der psychiatrischen Klinik geholt hatte, ging es ihr besser. Sie nahm Medikamente, um ihre Krankheit in den Griff zu bekommen, und hatte sich wieder fangen können. Dank eines gefälschten Passes hatte sie sogar eine neue Identität erworben. Ihr Schutzelf hatte sie in jeder Hinsicht gerettet.

Die Schizophrenie war schleichend in ihr gewachsen. Sie selbst hatte sie zunächst nicht bemerkt. Anfangs hatte sie lediglich begonnen, sich zu isolieren und anderen Menschen gegenüber seltsame Gefühle zu entwickeln. Ihre Halluzinationen waren ohne Vorwarnung aufgetaucht. Es war, als hätten die rituellen Feierlichkeiten Wahnvorstellungen in ihr ausgelöst, die sie nicht hatte kontrollieren können. Seit einigen Monaten war sie bei einem Psychiater in Behandlung, und das tat ihr gut. Sie würde nie ganz geheilt werden, aber sie hatte gelernt, ihre Emotionen zu kontrollieren, ihre »Anfälle paranoider Psychosen zu kanalisieren« und »neue zwischenmenschliche Fähigkeiten zu etablieren«, wie ihr Psychiater gesagt hatte. Er unterstützte sie dabei, ihren Alltag zu bewältigen, sich an Gesprächen zu beteiligen und häufiger an Treffen mit anderen Menschen teilzunehmen. Er hatte ihr erklärt, dass eine der Schwierigkeiten für den Therapeuten im Zusammenhang mit dieser heimtückischen Krankheit darin bestand, die Patienten davon zu überzeugen, die Behandlung dauerhaft, ein ganzes Leben lang, fortzusetzen. Sobald es ihnen besser ging, würden sich manche in die Verleugnung flüchten und ihre Medikamente absetzen, was unvermeidlich in einem Rückfall endete.

Sie würde nie vergessen, was sich im vergangenen Jahr auf Gotland ereignet hatte, auch wenn seitdem viel Wasser den Bach hinuntergeflossen war. Die Ermittlungen schienen ins Stocken geraten zu sein. Vor allem hoffte sie, dass niemand aus dem Clan der Polizei am Ende doch noch die Verbrechen gestehen würde, die sie begangen hatten. Sie würden sicherlich schweigen. Alle Mitglieder waren für den Tod mehrerer Personen verantwortlich und wollten gewiss nicht im Gefängnis enden. Es war jedoch klüger, sich ihres Schweigens zu versichern. Die Botschaften, die ihnen vom Jarl geschickt worden waren, hatten sie daran erinnern sollen, dass der Clan, auch wenn es keine Versammlungen mehr gab, immer noch existierte und über alles wachte.

Außer ihren drei Freunden kannte niemand Sveas Identität. Sie war häufig wegen ihrer männlichen Stimme und ihres deutlichen gotländischen Akzents verspottet worden, doch sie hatte diese Besonderheit zu ihrem Vorteil genutzt. Indem sie ihren Dialekt unterdrückte, die Tonlage ihrer Stimme veränderte und sich als Jarl verkleidete, war es ihr gelungen, als Mann durchzugehen. Sie hatte sogar ihre Brüste umwickelt, um sie zu verbergen. Der Jarl war eine Art unheilvoller Geist, der jederzeit und überall plötzlich auftauchen konnte. Svea existierte jedenfalls nicht mehr. Sie nannte sich jetzt Frigg.

Fortan fürchtete sich Frigg vor nichts mehr. Sie besaß jetzt ihren Schutzelf, ihre *Fylgja*. Auf Altnordisch bedeutete dies ›Folgegeist‹. Normalerweise erschien sie in Tiergestalt. Ihr Wohlergehen war eng mit der Person verbunden, die sie beschützte. Starb die Person, verschwand auch ihre *Fylgja*. Der Folgegeist begleitete seinen Schützling überallhin, half ihm, seinen Weg zu finden, verhinderte, dass er sich verirrte, räumte Hindernisse aus dem Weg und wendete Gefahren ab.

Frigg sang voller Begeisterung. Sie würde bald nach Paris gehen. Georges war von ihrem Talent sehr angetan, vor allem von ihrer Stimme. Die Stimme einer »Göttin« hatte er gesagt. Georges war Texter und Komponist. Frigg wusste durchaus, dass er sich nicht nur in ihre Stimme verliebt hatte. Er hatte einem befreundeten Produzenten von ihr erzählt, der daraufhin alles darangesetzt hatte, dass sie in Paris in einem Kabarett auftreten konnte.

Frigg hatte zunächst gedacht, dass der Fluch sie, nach dem, was auf Gotland passiert war, ihr ganzes Leben lang verfolgen würde. Inzwischen wusste sie, dass die Götter dank der dargebrachten Opfer an ihrer Seite waren.

110

David Gyllenstierna war unauffindbar, und Andreas ging immer noch nicht ans Telefon. Annas Anrufe landeten ausschließlich auf seiner Mailbox. Carla hatte ihr erzählt, dass er, als sie sich am Vortag nach dem Treffen mit Bengts Schwester in Burgsvik verabschiedet hatten, geplant habe, eine gewisse Svea Jakobsson in Sundre aufzusuchen. Anna machte sich Sorgen. Jenny und Rasmus waren auf dem Weg in den Süden der Insel, um nach Andreas zu suchen.

Während sie auf Nachrichten von ihnen warteten, fuhren Anna und Måns in die Zweigstelle des Nationalen Forensischen Zentrums in Stockholm, das sich in der Polhemsgatan auf der Insel Kungsholmen befand. Obwohl es ein Sonntag war, hatten sich der forensische Genetiker Jesper und seine Kollegin, die Anthropologin Helena, bereit erklärt, sie vor Ort zu treffen. Es war neun Uhr. Auf dem Tisch lagen beschriftete Säcke, die Knochen beinhalteten. Der linke Arm, der Kopf, der

Oberschenkelknochen ... An der Wand hing eine Aufnahme des rekonstruierten Skeletts.

»Aufgrund des DNA-Abbaus in toten Zellen und der postmortalen Kontamination des Knochenmaterials war die Identifizierung nicht eindeutig möglich. Ich musste mehrere Analysen durchführen, um die DNA des Babys erfolgreich zu bestimmen.«

Jesper hatte mit dem Petrosum begonnen, jenem Teil des Schädels, der besonders reich an DNA-Spuren ist. Zunächst hatte er mit einer Fräse mögliche exogene DNA-Spuren abgeschliffen, die sich dort abgelagert haben könnten, bevor er mittels einer langsam laufenden Säulenbohrmaschine, die das Knochenmaterial nicht erhitzte, ein Knochenpulver hergestellt hatte. Er hatte die DNA aus diesem Pulver extrahiert und sie dann quantifiziert, verstärkt und analysiert. Anschließend hatte er den Vorgang mit dem Oberschenkelknochen wiederholt.

»Schon gut, hast du denn etwas herausgefunden?«, fragte Måns.

»Dank der durchgeführten Analysen konnte ich folgendes DNA-Profil erstellen und sicherstellen, dass die Knochen, die wir gefunden haben, von demselben Individuum stammen.«

Anna schaute sich das Dokument an, das der Genetiker auf den Tisch gelegt hatte. Die Auswertung nach der Elektrophorese zeigte siebzehn Marker als Peaks, denen Zahlen und Buchstaben zugeordnet waren. Jeder Marker wurde durch ein oder zwei Peaks dargestellt, die mit den genetischen Merkmalen korrespondierten. Zwei Peaks zeigten, dass Vater und Mutter jeweils unterschiedliche Merkmale an ihr Kind weitergegeben hatten, ein einziger Peak bedeutete, dass beide Eltern ein identisches genetisches Merkmal weitergegeben hatten.

»Hier beim Amelogenin-Marker seht ihr zwei Peaks. Das sind zwei X-Chromosomen. Es war also ein Mädchen. Vergleicht man das DNA-Profil, das von einem angeblichen Elternteil stammt, mit dem des Kindes, lässt sich überprüfen, ob bei jedem der siebzehn analysierten Marker mindestens ein genetisches Merkmal gemeinsam ist. Ist dies bei mehr als zwei

Markern nicht der Fall, handelt es sich um einen Ausschluss. Eine biologische Abstammung ist dann nicht möglich.«

Jesper legte weitere DNA-Profile auf den Tisch.

»Ich habe das Profil des Babys mit den Profilen verglichen, die uns im Zusammenhang mit diesem Fall zur Verfügung stehen. Es gibt fünf Marker, bei denen es überhaupt keine genetische Übereinstimmung mit dem Profil von Linda Gardell gibt. Sie kann daher nicht die Mutter sein. Auch die DNA-Vergleichsanalyse mit Vilhelmina Sandelin führt zum Ausschluss. Maria Dahl und Siv Asplund kommen als Mutter des Babys ebenfalls nicht in Frage.«

»Konntest du die DNA mit der potenzieller Väter abgleichen?«, fragte Måns.

Jesper nahm eine Akte und zog ein DNA-Profil nach dem anderen heraus. »Wallner, Gunnarsson, Nilsson, Asplund ... Keiner von ihnen ist genetisch kompatibel.«

»Was ist denn mit dem Profil von Andreas Auer?«, fragte Anna.

»Vilhelmina ist eindeutig Andreas' Mutter. Sie haben bei allen analysierten Markern mindestens ein identisches genetisches Merkmal.«

»Und was sagt uns die anthropologische Analyse? Gibt es neue Erkenntnisse hinsichtlich der Todesursache?«

»Ich habe die Halswirbel genauestens untersucht. Dem Baby ist die Kehle durchgeschnitten worden«, sagte Helena. »Dringt die Klinge des verwendeten Werkzeugs tief in den Hals ein, lässt sich dort häufig eine Kerbe auf der Vorderseite des entsprechenden Halswirbels feststellen. Mit bloßem Auge und unter dem Mikroskop habe ich nichts erkennen können, aber mit dem 3D-Scanner konnte ich eine ziemlich große Kerbe sichtbar machen. Ich habe außerdem eine morphologische Analyse des Skeletts durchgeführt und ein biologisches Profil erstellt. Das Baby war etwa zweiundfünfzig Zentimeter groß. Es muss demnach wenige Tage bis maximal sechs Wochen alt gewesen sein, je nachdem ob es voll ausgetragen wurde oder nicht.«

Als Anna und Måns das Institut gegen zehn Uhr verließen, rief Jenny an. Sie hatten in Svea Jakobssons Haus die Leiche einer alten Frau in einer Tiefkühltruhe entdeckt. Von Andreas und Svea jedoch keine Spur. Nachdem sie das Gespräch beendet hatte, sah Anna, dass sie einen anderen Anruf verpasst hatte: von Andreas. Sie rief ihn zurück und erwischte wieder nur die Mailbox. Ein Klingelton kündigte den Eingang einer Sprachnachricht an. Sie hörte sie ab: »Ich war in Sundre bei Svea Jakobsson und habe einen Schlag auf den Kopf bekommen. Da war eine zweite Person. Ich bin in einem Erdloch eingesperrt, glaube ich. Keine Ahnung, wo ...«

111

Die Glocken läuteten und kündigten den Beginn des Sonntagsgottesdienstes an, aber der Bischof war immer noch nicht da. Zahlreiche Gemeindemitglieder hatten bereits in der lutherischen Kirche von Strängnäs Platz genommen. Einer der Pfarrer hatte ein paar Minuten zuvor an die Tür des Pfarrhauses geklopft, jedoch hatte niemand geöffnet. Seine Anrufe auf dem Festnetz- und dem Mobiltelefon des Bischofs klingelten ins Leere. Lennart und seine Familie hätten am Vortag aus dem Urlaub zurückkehren sollen. Noch nie war er seinen Verpflichtungen nicht nachgekommen, geschweige denn hatte er je einen Gottesdienst verpasst. Sie würden den Gottesdienst ohne ihn beginnen.

Lennart saß jetzt gegenüber einer Wand, an der die Porträts sämtlicher Bischöfe von Strängnäs hingen. Er befand sich unter den Blicken seiner Vorgänger in einer sehr misslichen Lage. Derjenige, der genau auf Augenhöhe hing, hatte Åke Kastlund geheißen und hatte das Amt zwischen 1972 und 1982 bekleidet. Er trug einen schwarzen Talar, um den Hals ein Beffchen aus gestärktem weißen Leinen und eine Kette mit einem großen goldenen Kreuz. Er saß in einem Sessel und hatte die Hände auf die Knie gelegt. Sein leicht spöttischer Blick strahlte Wohlwollen und Empathie aus.

Am Vortag hatte Lennart auf dem Schiff seine Predigt zu Ende geschrieben. Beim Anlegen hatte er sich gefreut, nach Hause zu kommen und vor dem Gottesdienst noch ein paar Stunden schlafen zu können. In Begleitung seiner Familie war er wieder auf das Fahrzeugdeck gegangen. Er hatte die Tür auf der Beifahrerseite geöffnet, um seine Frau und seine Kinder einsteigen zu lassen. Er selbst war um das Auto herumgegangen und hatte sich auf den Fahrersitz gesetzt. Plötzlich hatte er etwas Kaltes, Metallisches im Nacken gespürt. Er hatte sich umgedreht und das Gesicht eines Mannes gesehen, der sich einen Finger vor den Mund hielt, um ihm zu signalisieren, dass er schweigen sollte. Er sah den entsetzten Blick seiner Tochter auf dem Rücksitz. Im ersten Moment war er zu überrascht gewesen, um den Mann zu erkennen, aber es handelte sich um den bekannten Fernsehmoderator. Er hatte sie mit seiner Waffe bedroht, ihnen befohlen, »ganz normal zu erscheinen« und das Schiff zu verlassen, als sei nichts geschehen. Dann hatte er sich im hinteren Teil des Wohnmobils versteckt. Beim Verlassen des Hafenterminals hatte Lennart auf der rechten Seite ein geparktes Fahrzeug gesehen, in dem zwei Personen saßen. Polizisten. Er hatte gezögert, an die Waffe gedacht und dann beschleunigt. David Gyllenstierna hatte vom hinteren Teil des Fahrzeugs aus mit ihm gesprochen. Er hatte wissen wollen, wo sie wohnten. In Strängnäs, hatte Lennart geantwortet.

Die Fahrt hatte anderthalb Stunden gedauert. Er hatte Angst um seine Familie gehabt. Die ganze Strecke hatte er versucht, mit Gyllenstierna zu verhandeln. Der Mann war seltsam gesprächig gewesen. Unaufhörlich hatte er wiederholt, dass die Presse auf jeden Fall alles publik machen würde. Lennart hatte einen Zusammenhang zu den Artikeln über dieses schreckliche Verbrechen auf Gotland hergestellt. Irgendwann hatte Gyllenstierna seine Stimme erhoben und zu zittern begonnen.

Lennart hatte ihn gerade gefragt, ob er gläubig sei ... Er hatte sich daraufhin über seine Eltern aufgeregt, die ihn gezwungen hatten, abgeschieden auf einem Schloss zu leben, und ihn gehindert hatten, sein eigenes Leben zu leben. Er hatte gegen die Kirche gewettert, die ihm ihre Moralvorstellungen übergestülpt habe, und gegen Gott, an den er nicht mehr glaubte. Selbst Freyja habe ihn in Illusionen gewiegt ... Danach hatte er sich beruhigt und angefangen, wie ein Kind zu weinen.

Gegen zwei Uhr dreißig morgens waren sie in Strängnäs angekommen. Die Straßen der Stadt waren menschenleer gewesen. Lennart hatte notgedrungen in der Nähe einer Bank anhalten müssen, da ihr Entführer Geld brauchte. Danach waren sie, immer noch unter Androhung von Waffengewalt, zu ihrem Wohnhaus gefahren. Gyllenstierna hatte ihn und seine beiden Kinder mit Gardinenschnüren an Stühle gefesselt und geknebelt. Seine Frau hatte er mitgenommen. Lennart hatte sich das Schlimmste ausgemalt, bis er Geräusche aus der Küche hörte. Sie hatte ihm einen Kaffee und etwas zu essen machen müssen. Danach hatte er sie Lennart gegenüber an einen Stuhl gefesselt. Lennart hatte noch gehört, wie Gyllenstierna im Haus umhergelaufen war, Türen geöffnet und Schubladen aufgezogen hatte. Schließlich hatte er sich von ihnen verabschiedet und sich für die Unannehmlichkeiten entschuldigt.

Im Anschluss an den Gottesdienst ging der Vorsitzende des Presbyteriums in Begleitung des Küsters zum Pfarrhaus hinüber. Sie klingelten, erhielten aber immer noch kein Lebenszeichen. Sie liefen durch den Garten um das imposante Gebäude herum. Türen und Fenster waren verschlossen. Der Küster ging vorweg. Sie stiegen die Stufen zu der Terrasse mit den großen Granitplatten empor, die das Anwesen, das sich bis zum See erstreckte, überragte. Der Presbyter bat den Küster, die Tür zu öffnen. Sie betraten die prunkvolle Halle und riefen den Kirchenmann, ohne jedoch eine Antwort zu bekommen.

Plötzlich hörten sie Holzdielen knarzen. Das Geräusch kam aus dem Esszimmer. Sie eilten in den großen offiziellen

Empfangsraum des Pfarrhauses und entdeckten dort verblüfft den Bischof, seine Frau und die beiden Kinder gefesselt um den Tisch herum sitzend.

112

Måns hatte immer noch nichts bezüglich David Gyllenstierna gehört. Trotz des Großaufgebots bei Ankunft der Fähre war es Gyllenstierna gelungen, ihnen durchs Netz zu schlüpfen. Etwas, das Måns nicht ertragen konnte. Er hatte dessen Lebensgefährten Axel telefonisch erreicht, doch dieser war im Ausland und würde erst am nächsten Tag zurück sein. Er hatte ihm gesagt, dass er seit Tagen keinen Kontakt zu David gehabt habe, was eher unwahrscheinlich schien. Måns ließ inzwischen sein Telefon abhören.

Måns hatte sein Ziel in einem Vorort von Uppsala erreicht und fuhr durch das Eingangstor des Parks, in dem sich ein zu einer Seniorenresidenz umgebauter ehemaliger Herrensitz befand. David Gyllenstiernas Mutter war hier untergebracht. Er betrat das Gebäude und meldete sich an der Rezeption an. Die Räumlichkeiten waren schlicht und elegant. Er musste prompt an seine eigene Mutter denken, die in einem altmodischen Altenheim in einem der weniger charmanten Vororte Stockholms lebte.

Eine Pflegerin bat Måns, ihr zu folgen.

»Frau Gyllenstierna befindet sich im Blauen Salon. Wir haben ihr einen Tee serviert. Möchtest du auch einen? Wir haben verschiedene Sorten. Darjeeling, Ceylon ...«

Tee. Er trank nie Tee. Er brauchte Koffein, um nicht schlappzumachen, vor allem, da die Jagd noch nicht zu Ende war.

»Ich hätte lieber einen Kaffee, danke. Wie geht es ihr?«

»Trotz ihrer vierundneunzig Jahre ist sie sehr fit. Du wirst sehen, sie ist noch gut bei Verstand.«

Die Pflegerin klopfte an eine Tür und öffnete sie.
»Hier ist der Polizist, von dem ich dir erzählt habe.«
Die alte Dame drehte sich zu ihrem Besucher um und musterte ihn von Kopf bis Fuß.
»Guten Tag, Kommissar. Komm, nimm Platz. Entschuldige bitte, dass ich nicht aufstehe, um dich zu begrüßen, aber momentan machen mir meine Beine zu schaffen.«
Måns trat näher und schüttelte ihr die Hand, bevor er sich setzte.
»Möchtest du einen Tee? Sie haben hier eine außergewöhnliche Auswahl. Mein Favorit, wenn ich dir einen empfehlen darf, ist der Lapsang Souchong.«
»Ich habe ihm schon einen Tee angeboten«, mischte sich die Pflegerin ein. »Er bevorzugt Kaffee. Ich werde ihm eine Tasse holen.«
Die Zeit hatte Spuren im Gesicht von Gyllenstiernas Mutter hinterlassen, aber ihre Augen funkelten. Sie trug ein langes Kleid mit einem zarten lilafarbenen Blumenmuster, ihr Haar war ordentlich frisiert, und ihre Augen waren geschminkt. Sie trug Ohrringe mit violetten Steinen.
»Da ich wusste, dass mir die Polizei einen Besuch abstatten würde, habe ich mich auf deinen Empfang vorbereitet.«
Måns war ein wenig verlegen.
»Doch ich muss zugeben, dass ich nicht mit einem so charmanten jungen Mann gerechnet habe. Ich dachte, Kommissare seien ergraute Männer mit Bauchansatz. Das muss von den alten Serien im Fernsehen kommen oder von meiner blühenden Phantasie.«
Måns wurde ein wenig rot.
»Genier dich nicht. Ich sage gerne, was ich denke, und freue mich, Komplimente zu machen.«
»Danke«, stammelte er. »Ich bin hier, um mit dir über deinen Sohn zu reden.«
»Ah, Carl David ... Ich habe im Radio gehört, dass ihr nach ihm sucht.«
»Carl?«

»Ja, das ist sein Vorname. Vor etlichen Jahren hat er beschlossen, sich nur noch David zu nennen. Mein Mann war sehr wütend. Den Namen eines Königs zu tragen ist eine Ehre.«
»Hat er dich kontaktiert?«
»Er ist sogar vorbeigekommen.«
»Wann?«
»Heute Morgen in aller Frühe.«
»Und weißt du, wo er sich jetzt aufhalten könnte?«
»Nein, tut mir leid. Er hat mir nicht gesagt, wo er hinwollte. Er hat vorausgesehen, dass ihr mir sicherlich einen Besuch abstatten und mir Fragen stellen würdet. Du musst wissen, junger Mann, dass ich dir, selbst wenn ich auf dem Laufenden wäre, nichts erzählen würde. Ich kann doch trotz allem meinen eigenen Sohn nicht verraten.«
»Aber ... weißt du, was er getan hat?«
»Er hat mir alles erzählt. Ich weiß, dass es sehr schlimm ist. Die Fehler der Jugend. Mein Carl David war immer sehr leicht zu beeinflussen. Er hat sich von dem Clan anwerben lassen.«
»Aber Carl David ...« Måns wollte ihr gerade sagen, dass er ein Kindermörder und ein brutaler Straftäter war, aber er besann sich. David hatte ihr mit Sicherheit seine eigene Version der Fakten dargelegt. Oder vielleicht hatte sich die alte Dame nur gemerkt, was sie hatte hören wollen, jenen Teil der Wahrheit, den sie ertragen konnte. Die Presse würde in den nächsten Tagen gewiss ein weniger freundliches Bild von ihrem Sohn zeichnen.

Måns holte aus einem Umschlag die Abzüge der vier Fotos heraus, die sie in Davids Wohnung gefunden hatten, und legte sie auf dem ovalen Tisch vor ihr aus.

Davids Mutter bestätigte, dass die Fotos im Schloss von Salsta aufgenommen worden waren, das im 17. Jahrhundert dem berühmt-berüchtigten Nils Bielke gehört hatte. Sie erzählte Måns detailliert seine Geschichte. Dann zeigte sie auf die Frau auf einem der Bilder. Stella, ihr Dienstmädchen. Sie hatte mehrere Dutzend Jahre für die Familie gearbeitet. Seit

sie das Schloss verkauft hatten und in eine Villa nach Uppsala umgezogen waren, hatte sie nichts mehr von ihr gehört.
»Welches Verhältnis bestand zwischen David und Stella?«
»Oh, er mochte sie sehr. Sie war es, die sich die meiste Zeit um ihn gekümmert hat.«
»Erinnerst du dich an ihren Familiennamen?«
Die Antwort kam prompt. »Vikstrand.«
Måns bedankte sich bei ihr und stand auf.
»Tut meinem Carl David nicht weh, er ist ein lieber Junge.«
Måns wusste nicht, was er darauf erwidern sollte. Er verabschiedete sich und verließ das Zimmer, ohne auf seinen Kaffee zu warten.

113

Der Hubschrauber hatte Anna gegen Mittag in Visby abgesetzt und war dann mit dem Gerichtsmediziner an Bord weiter nach Sundre geflogen. Anna hatte eine Krisensitzung einberufen, die eine Stunde später im Konferenzraum stattfand. Carla, Olle sowie Jenny, die aus Sundre zurückgekehrt war, waren anwesend. Olle hatte den Beamer eingeschaltet und eine Karte vom südlichen Teil Gotlands an die Wand geworfen. Er hatte ein Kreuz eingezeichnet und einen Kreis darum gezogen.
»Das Kreuz markiert den letzten Funkmast, bei dem Andreas' Handy eingeloggt war, als er dir die Sprachnachricht hinterlassen hat. Und der Kreis ist der Umkreis, in dem er sich zu diesem Zeitpunkt befunden haben muss. In ländlichen Gebieten deckt ein Funkmast ein Gebiet von mehr als zehn Quadratkilometern ab.«
»Habt ihr sein Auto gefunden?«
»Nein, bei Svea Jakobsson in Sundre stand es nicht«, sagte Jenny.
»Vom Funkmast in der Nähe ihres Hauses wurde Andreas'

Telefon ebenfalls geortet«, ergänzte Olle. »Erst von dem in Sundre, dann in Burgsvik und schließlich in der Nähe von Grötlingbo.«

»Das bestätigt, dass er nach unserem Treffen bei Lea Roslund tatsächlich zu Svea gefahren ist, wie er es mir gesagt hatte.«

»Rasmus ist vor Ort, um die Spuren zu sichern, und wie du weißt, kümmert sich Stefan um die Leiche, die wir in der Tiefkühltruhe entdeckt haben. Den Fotos, die wir gefunden haben, zufolge handelt es sich um Sveas Mutter Vera.«

Anna griff nach ihrem Telefon und rief den Gerichtsmediziner an, der den Anruf sofort annahm.

»Ich werde sicherlich nicht in der Lage sein, ihr genaues Todesdatum zu ermitteln. Das Einfrieren verhindert die Bildung postmortaler Anzeichen, auf denen die Datierung beruht, aber dank einer zahnärztlichen und anthropologischen Untersuchung können wir das Alter der Verstorbenen zum Todeszeitpunkt ermitteln. Auf den ersten Blick scheint sie schon sehr lange tot zu sein. Da sie 1930 geboren wurde, müsste sie heute sechsundachtzig Jahre alt sein. Und so, wie ich das sehe, war sie jünger, viel jünger, als sie starb.«

»Was kannst du uns zum jetzigen Zeitpunkt noch sagen?«

»Ich bereite gerade die Überführung der Leiche nach Stockholm vor. Dort kann ich sie auftauen und dann eine Obduktion vornehmen. Trotzdem konnte ich feststellen, dass ihr Körper zahlreiche Wunden aufweist. Vermutlich von Messerstichen.«

Anna bedankte sich bei Stefan und beendete das Gespräch, bevor sie fortfuhr: »Was wissen wir über Svea?«

Olle ergriff das Wort. »Svea hat in Stockholm eine Zeitlang Religionsgeschichte studiert, danach kehrte sie Ende des Sommers 1978 nach Gotland zurück. Dann haben wir seltsamerweise nichts mehr über sie: kein Studium, keine Arbeitsstelle. Alljährlich ausgefüllte Steuererklärungen, aber keinerlei Einkünfte. Keine Sozialhilfe. Verwaltungstechnisch gesehen existiert sie, aber es sieht aus, als hätte sie sich in Wirklichkeit in Luft aufgelöst.«

»Sie scheint auf und davon zu sein und ist gleichzeitig weiterhin ihren Bürgerpflichten nachgekommen?«

»Ganz genau. Dasselbe gilt für das Haus«, sagte Carla, die Olle bei der Arbeit unterstützt hatte. »Es läuft auf den Namen von Vera, ihrer Mutter. Ihr Vater ist im Januar 1979 gestorben. Die Rechnungen wurden, genau wie die Grundsteuer, immer bezahlt. Die Aufstellung der Stromabrechnungen zeigt einen relativ geringen Verbrauch, der jeden Monat quasi der gleiche ist. Ab und zu schnellt er etwas in die Höhe, was zweifelsohne beweist, dass jemand im Haus war. Das ist übrigens seit Sonntag, den 17. Juli der Fall. Auch die Telefonrechnungen wurden bezahlt, und die sehr seltenen Telefonate korrespondieren mit den Zeiten des erhöhten Stromverbrauchs.«

»Und wir können sicher sein, dass es nicht die Mutter war, die sie von ihrer Tiefkühltruhe aus bezahlte ...«

»In der Tat, Olle«, sagte Anna sachlich. »Vermutlich hat sich Svea darum gekümmert.«

»Übrigens, da es im Haus keine elektrische Heizung gibt, glaube ich, dass der Stromverbrauch hauptsächlich auf die Gefriertruhe zurückzuführen ist, die seit vierzig Jahren läuft.«

»Das ist doch irre. Man muss schon ganz schön seltsam sein, um seine Mutter mehrere Jahrzehnte lang in einer Tiefkühltruhe zu verwahren.«

»Irre ist vor allem, dass eine Tiefkühltruhe so lange hält. Sie haben damals wirklich Qualität produziert«, sagte Olle in ironischem Tonfall.

»Bengt Roslunds Schwester Lea hat uns erzählt, dass Svea sie im Mai 1979, kurz nach Bengts Verschwinden, besucht hat«, erklärte Carla. »Sie hat mitgeteilt, dass sie Gotland verlassen und nach Stockholm gehen wollte. Lea hat auch erzählt, dass die Familie Jakobsson sehr isoliert gelebt und wenige Kontakte zu ihren Nachbarn gepflegt hat.«

»Und niemand hat bemerkt, dass Vera Jakobsson sich in Luft aufgelöst hat?«, fragte Anna.

»Momentan wissen wir nicht, wann sie gestorben ist«, antwortete Carla. »Aber den Aufstellungen des Stromverbrauchs, die ich analysiert habe, nach zu urteilen, scheint seit Juni 1979 niemand mehr regelmäßig in dem Haus gewohnt zu haben.«

»Was für eine verrückte Geschichte. Sie muss also schon tot gewesen sein, bevor Svea im Juni 1979 Gotland verließ? Und fast vierzig Jahre lang hat das niemand bemerkt? Das erscheint mir unwahrscheinlich.«

»Wir waren auf dem nächstgelegenen Bauernhof, der gut einen Kilometer entfernt ist«, sagte Jenny. »Die Bewohnerin, eine ältere Dame, hat uns erzählt, dass die Familie von allen isoliert lebte. Sie nahmen nie an etwas teil, besuchten nie einen Gottesdienst. Sie lebten beinah autark. Ab und zu sah sie Vera ihre Einkäufe erledigen, aber das war es auch schon. Svea ist vorbeigekommen, um ihr mitzuteilen, dass ihre Mutter gestorben sei und sie Gotland verlassen werde. Und sie hat ihr erzählt, dass man nach einer privaten religiösen Abschiedsfeier dem Wunsch der Mutter nachgekommen sei und die Asche ins Meer gestreut habe. Sie weiß nicht mehr genau, wann genau das war, aber sie erinnert sich, dass es im Jahr 1979 gewesen sein muss. Seitdem mähen sie und ihr Mann auf Sveas Bitte hin die Wiesen und erhalten für ihre Arbeit alljährlich eine Vergütung.«

»Und sie haben sich nie Fragen gestellt?«

»Svea hat mit ihrer Nachbarin darüber gesprochen, die diese Informationen sicherlich an alle Leute weitergegeben hat, die sie kannte. Die Abwesenheit von Svea und Vera scheint für alle selbstverständlich geworden zu sein. Niemand hatte einen Grund, weiter nachzuforschen.«

»Das ist unglaublich. Und haben wir eine Spur, um Svea zu finden?«

»Nein, keine einzige«, erwiderte Olle. »Unter dem Namen Svea Jakobsson haben wir absolut nichts finden können. Keine Kreditkarte, keinen Telefonvertrag, kein Flugticket. Ich habe eine Anfrage gestellt, um eine Bankauskunft für das Konto, von dem die Rechnungen abgebucht werden, zu erhalten. Aber heute ist Sonntag. Das muss bis morgen warten.«

»Meiner Meinung nach muss sie sich eine andere Identität verschafft haben«, sagte Jenny.

»Angesichts der uns vorliegenden Informationen scheint das sehr gut möglich zu sein, aber nun ist unsere oberste Priorität erst einmal, Andreas zu finden. Wir wissen, dass er sich das letzte Mal, als er sein Handy benutzt hat, in diesem Gebiet befand.« Anna zeigte auf den von Olle gezogenen Kreis auf der Karte. »Innerhalb dieses Kreises liegt Barshalder, eine riesige archäologische Fundstätte aus der Wikingerzeit, zu der auch das berühmte Steinschiff gehört, bei dem sie das Baby geopfert haben. Das ist sicherlich kein Zufall.«

Olle ließ die Audioaufnahme auf seinem Computer ablaufen. Er spielte ihnen zunächst Andreas' Sprachnachricht vor, die dieser auf Annas Mailbox hinterlassen hatte.

»Ich habe es geschafft, einige Geräusche zu isolieren. Hier das erste.«

Alle spitzten die Ohren und versuchten, einen sich regelmäßig wiederholenden Ton zu identifizieren, der nach einer Luftbewegung klang.

»Das Geräusch könnte von den Rotorblättern einer Windkraftanlage stammen«, sagte Anna vor.

»Ja, das denke ich auch. Bei mir zu Hause stehen auch welche«, sagte Jenny. »Und in der Region, die du eingekreist hast, gibt es mehr als hundertfünfzig davon.«

»Auf der Originalaufnahme ist der Ton viel leiser. Hier habe ich ihn verstärkt. Ich glaube nicht, dass er sich in unmittelbarer Nähe eines Windrades aufhält.«

»Aber er befindet sich unter der Erde, das könnte die Außengeräusche doch dämmen, oder?«

»Du hast recht, Anna. Hier das zweite Geräusch.«

»Das Blöken eines Schafes?«

»Ja, genau.«

»Olle, kannst du bitte noch mal die Originalaufnahme abspielen?«

Olle kam der Bitte nach.

»Noch einmal«, bat Anna. »Hört ihr dieses Geräusch, das

zu Beginn sehr leise ist, dann etwas stärker wird und schließlich abnimmt, bis es verschwindet?«

Olle drückte ein paar Computertasten und spielte die Aufnahme noch einmal ohne Andreas' Stimme ab.

»Es klingt wie das Geräusch eines vorbeifahrenden Fahrzeugs.«

»Das schnell fährt, oder?«

»Ja, auf einem Feldweg würde ein Auto dieses Geräusch nicht erzeugen.«

»Ist es vielleicht nahe der Hauptstraße?«

»Das hier ist der Abschnitt des Gebiets, durch den die 142 führt.« Olle umkreiste mit dem Finger einen Bereich auf der Karte.

»Dann fangen wir dort mit der Suche an!«

114

Stella Vikstrand lebte in einer hübschen, von Bäumen umgebenen Villa aus dem frühen 20. Jahrhundert, die auf einem Hügel außerhalb der Stadt Västerås stand.

»Guten Tag, ich bin Polizeikommissar Måns Sjövall.«

Stella musterte ihn. »Komm rein, ich habe deinen Besuch erwartet.«

Måns folgte ihr ins Wohnzimmer. Ihr Gang war geschmeidig, und sie wirkte zwanzig Jahre jünger, als sie tatsächlich war. Ihre Begrüßung hatte ihn ein wenig verwirrt.

»Du wusstest, dass ich kommen würde?«

»Du bist offensichtlich auf der Suche nach Carl David, und man muss keine Hellseherin sein, um sich auszumalen, dass ihr Leute aus seinem Umfeld treffen wollt, um ihn zu finden. Kann ich dir etwas zu trinken anbieten?«

»Nein danke, das ist sehr freundlich. Du hast also für die Familie Gyllenstierna gearbeitet?«

»1949 habe ich mit zwanzig angefangen für sie zu arbeiten, und ich bin bis 1983 geblieben. Vierunddreißig Jahre ...«

»Es muss schwer für dich gewesen sein, als sie das Schloss verkauft haben.«

»In der Tat. Ihr Vermögen schrumpfte mit den Jahren, und der Unterhalt dieses Anwesens kostete sie ein Heidengeld.«

»Also kanntest du David gut?«

»Carl, Carl David war wie ein eigener Sohn für mich. Ich habe ihn gefüttert. Ich habe ihn erzogen. Seine Mutter hatte keinen mütterlichen Instinkt, und für seinen Vater war Kindererziehung unter seiner Würde. Lediglich die Bildung gehöre zu seinen Pflichten, sagte er. Als Carl David geboren wurde, war ich zweiundzwanzig Jahre alt.«

Måns zeigte ihr das Foto von ihr in ihrem Dienstmädchenzimmer.

»Carl David kam mich oft da oben in meinen Gemächern besuchen.« Stelle lächelte melancholisch. »So nannte ich mein Dienstbotenzimmer. Meine Gemächer, das klang gut. Er suchte bei mir Zuflucht. Hier fühlte er sich am wohlsten, unter dem Dach, weit weg von seinen Erzeugern, die nie einen Fuß dorthin setzten.«

»Es scheint, als hätte er seine Eltern nicht sehr gemocht?«

»Sie waren streng und arrogant.«

»Auch dir gegenüber?«

»Madame respektierte mich, Monsieur ignorierte mich.«

»Warum hast du sie nicht verlassen?«

»Ich hätte nicht gewusst, was ich tun sollte ... Ich wollte bei Carl David bleiben. Er war ein armes Kind und brauchte mich. Stell dir vor, seine Eltern verboten ihm den Umgang mit den Kindern aus der Umgebung. Nicht gut genug für ihn. Doch Carl David hatte trotzdem seine kleinen Freiheiten.«

»Wie das?«

»Ich hatte ihm einen Geheimgang gezeigt, den er benutzte, um ins Schloss hinein- und wieder hinauszugelangen, damit er mit seinen Freunden spielen und sich später in seiner Jugend mit Kumpeln amüsieren konnte.«

»Ein Geheimgang?«

»Ja, ich hatte ihn so genannt, aber eigentlich war es ein Zugang vom Gewölbekeller, in dem die Vorräte lagerten, zu einer Treppe, über die man durch eine Falltür ins Freie gelangen konnte.«

»Was hast du gemacht, als du deine Arbeit verloren hast?«

»Ich habe mich hier in Västerås niedergelassen.«

»Hier in diesem Haus?«

»Nein, nicht sofort. Dafür hatte ich nicht die Mittel. Anfangs lebte ich in einer winzigen Wohnung.«

»Und danach hast du im Lotto gewonnen?«

»Carl David hat mir diese Villa gekauft.«

»Du stehst also in regelmäßigem Kontakt zu ihm?«

»Carl David hat das Gefühl, ab und zu seine Mutter in der Seniorenresidenz besuchen zu müssen. Teils aus Pflichtbewusstsein, teils aus Schuldgefühl. Aber mich besuchte er, weil er Lust dazu hatte. Obwohl er beruflich sehr eingebunden ist, kommt er etwa einmal im Monat bei mir vorbei.«

»Hast du ihn in letzter Zeit gesehen?«

»Nein.«

Die kategorische Antwort überzeugte Måns nicht. »Er hat seine Mutter in der Seniorenresidenz besucht, um sich zu verabschieden, weil er vorhatte, das Land zu verlassen. Ich kann mir nicht vorstellen, dass er nicht hierhergekommen ist. Und du hast ihm auch sein Schiffsticket im Internet gekauft, nicht wahr?«

»Das stimmt, er ist vorbeigekommen. Um sich von mir zu verabschieden.«

»Hat er dir gesagt, warum wir ihn suchen?«

»Ja, ich war schockiert. Und ich bin es immer noch. Ich kann es einfach nicht verstehen. Aber weißt du, Carl David ist ein guter, freundlicher Mensch. Man muss ihn gezwungen haben, das zu tun, was er getan hat.«

Måns sah, dass im Nebenzimmer eine Nähmaschine stand und Stoffrollen und ein Haufen Kleidung herumlagen.

»Bist du eine Schneiderin?«

»Ja, damit habe ich nach meiner Anstellung im Schloss meinen Lebensunterhalt verdient.«

Måns stand auf und ging auf den Raum zu. »Darf ich?« Die Frage war rein rhetorisch. Ohne eine Antwort abzuwarten, betrat er das Zimmer. Stella erhob sich und folgte ihm.

»Ist das Wikingerkleidung?«

»Ja, die Sachen bringen gutes Geld. Ich verkaufe sie vor allem auf Mittelalterfesten. Aber ich habe schon vor einigen Jahren damit aufgehört.«

Måns sah sich die Kostüme an, die auf einem Ständer hingen.

»Dann hast du die Gewänder für den Clan genäht?«

»Welchen Clan?«

»Welche Rune trug David auf seinem Kostüm?«

Sein kalter und durchdringender Blick schien die alte Frau zu verunsichern.

»Carl David ist nicht der Jarl! Er trägt keine Verantwortung für das, was geschehen ist ...«

Måns schwieg und starrte Stella weiter an.

»Er trug die Rune *Gebo*, also den Buchstaben G«, sagte Stella.

Stella hatte recht. Er war nicht der Jarl, aber der Lögsögumaður Grer.

»Hat er dir gesagt, wohin er wollte?«

»Nein. Er wollte wieder Kontakt zu mir aufnehmen, sobald sich die Situation beruhigt hätte.«

»Und hast du eine Ahnung, wo er sich gerade aufhalten könnte?«

»Nein.«

»Hat er sich vielleicht ins Schloss geflüchtet?« Måns ging davon aus, dass sich Carl David irgendwo verkriechen wollte, bis er seine Flucht ins Ausland organisiert hatte.

»Das sollte mich wundern.«

»Warum?«

»Das Schloss gehört inzwischen dem Staat. Und Carl David hat keinen Zugang mehr dazu.«

Måns dachte an das Auto, dass David dem Bischof in Sträng-

näs gestohlen hatte. Es war noch nicht gefunden worden, und Olle hatte ihm diesbezüglich eine interessante Information gegeben.
»Du besitzt doch ein Auto, oder?«
»Ja, ja, warum?«
»Steht es in der Garage?«
»Ja.«
»Kannst du es mir zeigen?«
Stella seufzte. »Das Auto, das in der Garage steht, ist nicht meines ...«

115

Mikaël und Karine waren gerade auf dem Flughafen Stockholm-Arlanda gelandet und aus dem Flugzeug gestiegen. Nachdem Mikaël die Voicemail von Andreas abgehört hatte, hatte er auf Andreas' Geheiß hin sofort Anna kontaktiert. Er hatte ihre Handynummer von der Polizeiwache in Visby bekommen und sie am späten Vormittag erreicht, als sie gerade in den Hubschrauber steigen wollte. Anna hatte eine beinah identische Nachricht von Andreas erhalten und befand sich auf dem Weg zurück nach Gotland. Sie und ihre Kollegen würden alles daransetzen, ihn zu finden.

Mikaël hatte sich nicht vorstellen können, in Gryon zu bleiben und untätig zu warten. Auf dem Flug von Genf nach Stockholm waren noch Plätze frei gewesen. Karine hatte darauf bestanden, ihn zu begleiten. Sie stahlen sich wie Diebe davon. Auf dem Weg zum Flughafen hatte Karine ihre Vorgesetzte angerufen und ihr keine Wahl gelassen. Sie würde ein paar Tage abwesend sein und ihre zahlreichen Überstunden abfeiern.

Im letzten Moment hatten sie die Kontrolle passiert und waren zum Gate geeilt. Während des gesamten Fluges hatte

Mikaël an seinen Lebensgefährten denken müssen und sich die schlimmsten Szenarien ausgemalt.

In Stockholm trat er vor Ungeduld von einem Fuß auf den anderen, während er auf den Abflug nach Gotland wartete, der anderthalb Stunden später angesetzt war. Diese Reise war eine Tortur. Er wollte so schnell wie möglich vor Ort sein, um bei der Suche nach Andreas und auch nach Minus, der mit ihm verschwunden war, zu helfen. Sie betraten ein Café, kauften ein Mineralwasser und ein Sandwich und setzten sich. Mikaël nutzte die Zeit, um für ihre Ankunft in Visby gegen neunzehn Uhr einen Mietwagen zu reservieren.

Nach einer unerträglichen Wartezeit gingen sie zum Gate. Durch die Glasfront erblickte Mikaël die Propellermaschine aus Gotland, die gerade gelandet war. Er beobachtete die Passagiere, die die Fluggasttreppe auf dem Rollfeld hinunterstiegen. Eine Frau erweckte seine Aufmerksamkeit. Er folgte ihr mit dem Blick hinein ins Flughafengebäude bis zum Laufband, wo sie auf ihr Gepäck wartete. Sie trug eine auffallend große silberne Halskette mit orangefarbenen Steinen. Trotz ihrer Sonnenbrille und des Schals, der ihr aschblondes Haar bedeckte, meinte er sie irgendwo schon einmal gesehen zu haben.

116

Frigg durchquerte die Gänge des Flughafens in Richtung des internationalen Terminals. Es war an der Zeit, sich von Gotland zu verabschieden und das Land zu verlassen. Wie immer trug sie ihre Sonnenbrille und auch einen Schal, um nicht erkannt zu werden. Selbst wenn sie in Schweden, das in kultureller Hinsicht eher der angelsächsischen Welt zugewandt war, nicht wirklich bekannt war, wollte sie es nicht riskieren, entdeckt zu werden. Als sie am Morgen ihre Koffer gepackt hatte, war sie von einer Welle der Melancholie erfasst worden. Doch vor allem von einem tiefen Gefühl der Erleichterung. Der Clan hatte sich zum letzten Mal versammelt.

Erinnerungen traten zutage. Bevor sie bemerkt hatte, dass sie ein Kind erwartete, war das Abenteuer Freyjas Kinder einem idyllischen Traum gleichgekommen. Doch das Erwachen war brutal gewesen. Die Vergewaltigung, der sie zum Opfer gefallen war, hatte sich tief in ihr Unterbewusstsein gegraben und hatte sie die Schwangerschaft verleugnen lassen. Diese Erinnerungen suchten sie heim wie ein Feuerschwall, der einen dunklen Himmel erhellte. Das Gesicht des Mannes, der sie missbraucht hatte, war erst einige Monate nach der Vergewaltigung deutlich vor ihrem inneren Auge aufgetaucht. Sie war betrogen und mit Füßen getreten worden. Ihre Rache glich dem, was sie erlitten hatte: Sie war schrecklich gewesen. Ihre unfreiwillige Komplizin war Freyja, die Göttin der Liebe.

An der Universität hatte sie eine der prächtigsten isländischen Handschriften studiert, das *Flateyjarbók*, das Buch der »flachen Insel«, wie eine kleine zu Island gehörende Insel genannt wurde. Es war reich verziert und illustriert, stellte ihrer Meinung nach aber einen Wust von Lügen dar, den zwei Priester geschrieben hatten – mit dem alleinigen Ziel, die heidnischen Gottheiten zu verteufeln und zu diskreditieren. Für die Christen war Freyja zu einem Objekt des unbarmherzigen Hasses geworden, da sie in ihren Augen den Inbegriff sexueller Promiskuität darstellte. Freyja war so zu einer Prostituierten geworden, die im Austausch mit Schmuck mit vier Zwergen schlief, was ihre Dekadenz belegen sollte. Damals war es ihr wichtig gewesen, das Image von Freyja und den Zwergen wieder aufzupolieren. Ihnen zu Ehren hatten sie sich entschieden, ihre Namen zu tragen.

Vor zwei Wochen hatte sie bei Facebook über den Messengerdienst eine Nachricht von Linda Gardell erhalten. Sie hatte lange darüber nachgedacht. Sie wusste, dass Jonas überlebt hatte. Und sie wusste auch, dass Kommissar Albin ihn für tot erklärt hatte, um ihn zu verstecken. Nach den tragischen Ereignissen im Frühjahr 1979 hatte sie beschlossen, zu fliehen und ihr Leben zu ändern. Dies hatte sich allerdings komplizierter gestaltet als erwartet. Man hatte sie in die Psychiatrie eingewiesen und nach ihrem Selbstmordversuch dann noch ein zweites Mal. Danach hatte es mehrere Monate gedauert, bis sich ihre schizophrene Symptomatik stabilisiert hatte, bis ihre *Fylgja* sie gerettet hatte und sie endlich ihr Leben wieder aufbauen konnte.

Die polizeilichen Ermittlungen hatten nie zu einem Ergebnis geführt. Sie hatte natürlich versucht herauszufinden, was aus Jonas geworden war, hatte aber nie auch nur den kleinsten Hinweis bekommen. Er hatte sich in Luft aufgelöst, genau wie sie selbst verschwunden war und ihre Identität gewechselt hatte. In all den Jahren hatten alle Mitglieder ihr Schweigen bewahrt. Sie hatte sich eingeredet, dass Jonas, selbst wenn er einen Teil seiner Erinnerungen an die dramatischen Ereignisse jener Nacht wiederfinden würde, niemals eine Verbindung zwischen dem Clan und ihr herstellen könnte. Sie hatte sich geirrt.

Nicht nur, dass Jonas nach Gotland zurückgekehrt war, sondern er war auch noch Kriminalkommissar geworden. Und er ermittelte auf den Spuren seiner Vergangenheit. Frigg war überzeugt gewesen, dass Linda schwach werden und ihm die Wahrheit gestehen würde. Das durfte nicht sein. Sie hatte gewusst, dass auch David eventuelle Enthüllungen nicht gern sehen würde, die von der Presse mit Freuden breitgetreten worden wären. Sie hatte ihn davon überzeugt, dass sowohl Linda hingerichtet als auch die Clanmitglieder bedroht werden mussten, damit alle weiterhin kontrolliert werden konnten. Nichts war jedoch nach Plan verlaufen. Sie war naiv gewesen. Doch das spielte jetzt keine Rolle mehr.

Lindas Nachricht hatte sie gezwungen, nach Gotland zurückzukehren. Während des Fluges hatte sie eine Einladung an alle noch lebenden Mitglieder verfasst. Darin war von Odins Rache die Rede gewesen. Nur Linda hatte sie einen Brief mit anderem Inhalt geschickt. Sie hatte ihr vorgeschlagen, sich zu treffen, um über Jonas' Rückkehr zu sprechen. Sie hatte gehofft, dass Linda dieses Gespräch abwarten würde, bevor sie auspackte. Zunächst hatte alles wie vorgesehen funktioniert. Doch dann hatte sich Maria umgebracht, und Leif und Rickard waren verhaftet worden.

Am Tag nachdem die Polizei ihnen die Falle gestellt hatte, war David zu ihr nach Sundre gefahren, um ihr einen Besuch abzustatten. Er war sehr erregt gewesen. Innerhalb weniger Minuten hatten sie entschieden, Gustav zu eliminieren, da dieser David identifiziert hatte und ihn erpresste. Diese Aufgabe fiel dem Jarl zu, aber Frigg hatte nicht mehr die Kraft besessen, es selbst zu tun. Die letzten Wochen waren besonders anstrengend gewesen, und die Medikamente, die sie einnahm, erschöpften sie. Sie hatte David einen Rollentausch vorgeschlagen: Er würde der Jarl sein. Es war nicht schwer gewesen, ihn zu überzeugen. Sie tauschten Helme und Kostüme, und sie gab ihm eine blaue Kontaktlinse, die sie im Internet gekauft hatte. Die Details waren wichtig. Anschließend hätte David zu ihr zurück nach Sundre kommen sollen, wo ihn der Tod erwartet hätte. Er war ihr Freund, und doch hätte sie den Plan ihrer *Fylgja* ohne jede Reue ausgeführt. Sie musste auf jeden Fall vor der Polizei fliehen, denn David kannte ihre Identität. Er war nicht gekommen. Dieser Idiot hatte aus irgendeinem ihr unbekannten Grund die Flucht angetreten und war enttarnt worden. Am späten Nachmittag war in der Presse ein Fahndungsaufruf mit seinem Foto veröffentlicht worden.

Was den Fall Jonas, der zu Andreas geworden war, betraf, so war dieses Problem nun gelöst. Er hätte längst begraben sein sollen! Sie hatte es nicht übers Herz gebracht, den tapferen Hund zu töten, der im BMW zurückgeblieben war. Sie hatte ihn einfach an einem Zaun festgebunden.

Bevor sie Sundre verließ, hatten sie und ihre *Fylgja* alle Sachen, die mit dem Clan und dem Mord an Lagertha zu tun hatten, entsorgt. Die Kleidung war verbrannt und die Helme, Kettenanhänger sowie sämtliche rituellen Objekte waren im Wald vergraben worden. Als sie gerade das *Brisingamen*-Collier wegwerfen wollte, hatte sie jedoch ihre Entscheidung rückgängig gemacht. Diese Kette übte eine Art Faszination auf sie aus. Sie hatte sie sich um den Hals gelegt.

Frigg trug immer und zu jedem Anlass große Ketten. Sie griff sich mit der Hand an den Hals. Das *Brisingamen*-Collier war ihr Lieblingsschmuckstück. Niemand konnte dem Charme desjenigen widerstehen, der diesen Schmuck trug. All die Jahre war diese Kette in einer Truhe in Sundre geblieben. Als sie 1979 von Gotland floh, hatte sie einen Schlussstrich unter ihr altes Leben gezogen. Heute spürte sie, dass sich ihre Krankheit verschlimmerte. Sie wusste auch, dass sie gegen diesen verdammten Krebs, der sie von innen heraus zerfraß, keine Chance hatte. Diese Kette würde sie mit ins Grab nehmen.

Plötzlich hatte Frigg ein anderes Schmuckstück vor Augen, das sie sehr liebte: die Kette mit den Bergkristall-Cabochons, den Kruzifixen und den Totenköpfen. Sie hatte sie auf ihrem Nachttisch in Sundre vergessen. Sie würde sie nie wiederbekommen.

117

Montag, 1. August

Andreas hatte gegen den Schlaf gekämpft. Er hatte sich gewehrt, aber die Müdigkeit hatte ihn schließlich übermannt. Er war eingenickt. Er wusste nicht, wie lange er geschlafen hatte. Ohne Uhr und mit einem Handy, dessen Akku leer war, hatte er jedes Zeitgefühl verloren. Vermutlich war er schon seit über einem Tag in diesem Loch gefangen. Er zitterte vor Kälte. Sein Magen knurrte und verursachte ihm Krämpfe. Er hatte dank eines dünnen Wasserrinnsals, das durch eine Spalte sickerte, etwas Flüssigkeit zu sich nehmen können, aber der Regen hatte aufgehört. Lange würde er nicht mehr durchhalten.

Er wusste, dass Anna und ihr Team alles Menschenmögliche

tun würden, um ihn zu finden. Würde es ihnen gelingen? Das war keineswegs sicher. Sein letzter Anruf war bestimmt geortet worden, aber das Suchgebiet war riesig. Er war wütend auf sich selbst. Als er zu Svea gefahren war, hatte er nicht genügend Vorsichtsmaßnahmen ergriffen. Er hatte sich wie ein Anfänger hinters Licht führen lassen. Er konnte sich nicht vorstellen, dass sein Leben auf diese Weise enden würde.

Regelmäßig vernahm er Motorengeräusche von Autos. Er glaubte, sich in der Nähe einer relativ stark befahrenen Straße zu befinden, vermutlich nahe einer der Hauptverkehrsachsen. In regelmäßigen Abständen hörte er Schafe blöken. Manchmal hatte er das Gefühl, dass sie direkt über ihm waren. Und dieses regelmäßige Hintergrundgeräusch hatte er als Rotorblätter von Windrädern identifiziert, die die Luft zerschnitten.

Ein Lichtstrahl erhellte schwach seine Höhle. Der Tag war angebrochen. Erneut hörte er ein Brummen. Zunächst leise in der Ferne, dann immer lauter und schließlich wieder schwächer, bis es nicht mehr zu auszumachen war. Etwas später vernahm er das Geräusch von mehreren Fahrzeugen. Sie wurden langsamer und schienen sich dann wieder zu entfernen. Plötzlich: Hundegebell. Endlich!

118

Am Tag zuvor war die Polizei mit Hunden angerückt und hatte einen Teil des durch den Funkmast definierten Umkreises abgesucht. Laut seiner Voicemail befand sich Andreas in einem Loch. Sie hatten überlegt, dass es sich um eine Art unterirdischen Keller oder um einen Bunker handeln könnte, von denen es hier auf der Insel viele gab. Eine Mannschaft hatte deshalb begonnen, sämtliche Wohnhäuser und Bauernhöfe in der Umgebung zu durchsuchen. Ein zweites Team hatte sich auf die Küstenregion konzentriert. Schließlich hatte man

Andreas' grauen BMW in der Nähe einer Wikingerstätte an einer Querstraße, die von der Hauptstraße abging, gefunden. Andreas und auch Minus blieben allerdings unauffindbar. Im Kofferraum des Wagens waren Blutspuren entdeckt worden, jedoch hatten sie keinerlei Fingerabdrücke am Lenkrad, an den Türen oder an anderen Stellen finden können, die nicht von Andreas stammten. Wer auch immer den BMW gefahren hatte, hatte mit Sicherheit Handschuhe getragen. Die Hunde hatten an einem Kleidungsstück von Andreas gerochen, aber seinen Geruch lediglich im Auto wahrgenommen. Der Regen vom Vortag machte ihre Aufgabe nicht einfacher. Er konnte sich überall in diesem riesigen Wald befinden. Als es dunkel wurde, hatten sie nach stundenlanger Erkundung des Gebietes ihre Suche abgebrochen.

Bei Sonnenaufgang waren ein Großteil des Teams der gotländischen Kriminalpolizei sowie uniformierte Polizisten, darunter auch Hundeführer, bereits wieder vor Ort, um den zweiten Tag der Suche in Angriff zu nehmen. Es war fünf Uhr morgens. Andreas war vor zwei Tagen, am Samstag, verschwunden, und am Sonntag hatten sie gegen neun Uhr seine Sprachnachricht erhalten. Vermutlich waren also nach seinem Verschwinden mehr als dreißig Stunden vergangen.

Anna holte eine Karte der Umgebung hervor, auf der die Gebiete eingekreist waren, die sie am Tag zuvor abgesucht hatten, um den Teams neue Bereiche zuzuweisen. Die Polizisten gingen jeweils zu viert mit einem Hund los.

»Was können wir tun?«, fragte Mikaël Anna.

»Wir werden die Suche östlich der Hauptstraße fortsetzen, zwischen der Straße, an der wir das Auto gefunden haben, und der Stelle, wo die Steinformation des Wikingerschiffs steht. Ihr könntet schon mal auf der Westseite suchen. Wenn wir auf unserer Seite nichts entdecken, kommen wir nach.«

Karine und Mikaël überquerten die Straße. Auf einem geschotterten Parkplatz stand eine Tafel mit Informationen über die archäologische Fundstätte. Mikaël trat näher und betrachtete den Plan. Der größte Teil der Stätte befand sich auf der

Ostseite der Straße, aber einige Markierungen wiesen auch auf dieser Seite interessante Sehenswürdigkeiten aus, darunter das Wikingergrab *Gullhaugen*. Auf der Tafel wurde eine der Legenden der *»Di sma undar jordi«* erzählt. Mikaël verstand die Bedeutung nicht, doch darunter stand der Text auch auf Englisch. Er fing an, ihn zu lesen.

In Barshalder gibt es einen kleinen Hügel, auf dem die Di sma undar jordi *an Feiertagen zusammenkamen. Am Weihnachtsabend ritt ein Bauer aus Kattlunds auf seinem Pferd hinauf und verlangte etwas zu trinken. Sie reichten ihm ein Horn, doch dem Bauer erschien dies zu rustikal, und er forderte ein anderes Trinkgefäß. Sie gaben ihm einen silbernen Becher, den er abermals verschmähte. Als er einen goldenen Becher bekam, gab er vor zu trinken und schüttete den Inhalt auf den Boden. Ein paar Tropfen fielen auf die Kruppe seines Pferdes. Das Pferd bäumte sich auf und galoppierte zurück nach Kattlunds. Der Bauer hatte den wertvollen Gegenstand behalten.*

Mikaël war sich nicht sicher, ob ihm das bei der Suche nach seinem Lebensgefährten helfen würde. Zahlreiche Polizisten durchkämmten bislang ohne Erfolg die Gegend. Und er zog es vor nachzudenken, anstatt herumzurennen. Andreas war aller Wahrscheinlichkeit nach von Sundre aus in diese Gegend gebracht worden. Warum hierher, wenn nicht wegen des Zusammenhangs mit dem Clan und den Wikingern? Er hoffte, auf dem Lageplan oder auf einem dieser Schilder eine Spur zu finden.

Die Di sma undar jordi *nahmen seine Verfolgung auf. Der Bauer ritt querfeldein, um sich etwas Vorsprung zu verschaffen. Die* Di sma undar jordi *konnten nur seinen Spuren folgen. Am schnellsten war eine Frau mit nur einem Bein. Sie sagten zu ihr: »Versuch dein Glück!«*

»Mikaël, vergiss das. Wir müssen Andreas finden.«
»Warte … ich bin fast fertig.«

Doch da war nichts zu machen. Sie bekam das Pferd nicht zu packen. Wütend schrien sich die Di sma undar jordi *gegenseitig an:* »Der Trunkenbold von Kattlunds hat unseren goldenen Becher gestohlen.« *Bei Kattlunds hatten die* Di sma undar jordi *ihn eingeholt. Der Bauer schmiss den Becher auf einen Holzhaufen und sprang vom Pferd. Die* Di sma undar jordi *umzingelten ihn. Sie töteten das Tier, aber gegen den Bauern, der durch ein Kreuzzeichen geschützt war, konnten sie nichts ausrichten. Sie konnten noch nicht mal ihren Goldbecher zurückerlangen. Bei Sonnenaufgang gingen sie nach Hause, bitter enttäuscht, einen so wertvollen Besitz verloren zu haben.*

Mikaël blieb keine Zeit, die Infotafel zu Ende zu lesen. Sein Telefon klingelte. Eine schwedische Nummer. Der Anrufer sprach in einer Mischung aus Schwedisch und Englisch, doch Mikaël verstand immerhin, dass er Minus gefunden hatte und auf der Hundemarke seine Nummer abgelesen hatte.
»*Jag* lebe in Grötlingbo in der Nähe Gullhaugen. *Min* Hofname ist Roes.«
»Was hast du gesagt? Ah, R-O-E-S?«, buchstabierte Mikaël. »Wir sind in ein paar Minuten da.«
Karine klopfte ihm auf die Schultern. Sie deutete auf das Wort »Roes« auf dem Lageplan der Tafel. Sie gingen zum Auto zurück und fuhren ein paar hundert Meter weiter.
Ein Mann trat aus dem Haus und kam auf sie zu.
»Hej!«
»Hej! Hast du Minus gefunden?«
»Ah, Minus. Komm. Folgt mir.«
Der Bauer führte sie hinter die Scheune. Mikaël erblickte Minus hinter einem Zaun mit ein paar Hühnern und zwei Schweinen. Der Mann öffnete das Tor. Minus bellte, lief auf

Mikaël zu, stellte sich auf die Hinterbeine und legte ihm die Pfoten auf die Schultern.

»Minus!«

»Er ist ein sehr netter Hund!«

Der Mann erzählte ihnen, wie er Minus angebunden an einem Zaun entlang einer Nebenstraße im Westen seines Grundstücks gefunden hatte.

»Vielen Dank!«

»Eine Frage: Was heißt ›*Di sma undar jordi*‹?«, fragte Karine. Ihre schwedische Aussprache ließ zu wünschen übrig. Sie musste ihre Frage wiederholen.

»›*Di sma undar jordi*‹ ist Gotländisch und bedeutet: ›Die kleinen Männchen unter der Erde‹.«

»›Die kleinen Männchen unter der Erde‹«, wiederholte Mikaël. Minus bellte immer weiter und machte Anstalten davonzulaufen.

»Was hast du denn?«, fragte Mikaël ihn.

»Und ›*Gullhaugen*‹?«, fragte Karine.

»*Under vikingatiden var det en grav. Det finns flera stora hål i en kulle, som brunnar. På senare tider använde bönderna hålen för att lagra sina potatisar.*«

»Wie bitte?«

Mikaël verstand nicht, was der Bauer ihnen hatte erklären wollen, aber er meinte das Wort »Kartoffeln« gehört zu haben, und er hatte ein weiteres Wort erkannt ...

»Löcher ... Löcher in der Erde! Los, wir müssen dorthin!«

Minus hörte nicht auf mit seinem Gebell und fixierte dabei sein Herrchen. Er lief los, blieb wieder stehen und drehte sich um, um sicherzugehen, dass man ihm folgte. Dann lief er weiter und bog in den Weg ein, den sie gekommen waren. Sie liefen an der Straße entlang, vorbei an der Infotafel und in den Wald hinein. Nach gut hundert Metern erklomm der Hund eine Anhöhe und bellte lautstark.

Mikaël und Karine erreichten die Stelle und sahen mehrere Steinplatten auf der Hügelkuppe liegen. Minus hatte Sitz gemacht und starrte einen der sieben Steine an.

»Andreas, hörst du mich?«
Keine Antwort. Mikaël befürchtete das Schlimmste.
»Andreas!«, schrie er verzweifelt.
Immer noch keine Reaktion. Mikaël sank auf die Knie und rief noch einmal seinen Namen.
»Andreas!«
Endlich ertönte eine schwache Stimme. »Ich bin hier.«
Der Bauer war ihnen gefolgt. Mikaël und Karine versuchten den Stein wegzuschieben, aber Mikaël hatte nicht genug Kraft. Der Mann ging ihnen zur Hand. Zu dritt gelang es ihnen, die Steinplatte zu bewegen.
Am Grund des Lochs hatte sich Andreas mühsam aufgerichtet. Das einfallende Licht blendete ihn, aber er konnte die Umrisse seines Lebensgefährten erkennen.
»Mikaël, du bist es wirklich!«
Karine und Mikaël streckten Andreas beide einen Arm entgegen, doch das Loch war zu tief. Karine rief Anna an. Der Bauer ging davon und kehrte mit seinem Pick-up und einer Leiter zurück. Sie ließen sie in das Loch hinunter. Mühsam kletterte Andreas hinauf. Er war schwach und taumelte. Schließlich gelang es ihm, aus der Gruft herauszukommen, in der er fast zwei ganze Tage zugebracht hatte.
Andreas fiel Mikaël in die Arme, bevor er ohnmächtig wurde. Mikaël blieb nichts anderes übrig, als mit ihm zu Boden zu gehen. Minus hörte nicht auf zu bellen.

119

Andreas weigerte sich, mit ins Krankenhaus zu fahren. Der Notarzt, der den Krankenwagen begleitet hatte, untersuchte ihn vor Ort. Er war dehydriert, geschwächt und hatte Prellungen, aber sein Allgemeinzustand war recht zufriedenstellend. Nachdem er einen Schlag auf den Kopf bekommen hatte, war er mit einer Substanz betäubt worden, die ihn für etwa ein Dutzend Stunden in einen Schlafzustand versetzt hatte. Der Arzt nahm ihm Blut ab. Die Analyse würde sicherlich eine ordentliche Dosis Schlafmittel und beruhigende Benzodiazepine nachweisen. Vermutlich Zopiclon. Andreas hatte in Sveas Haus eine Packung davon auf dem Tisch liegen sehen.

Der Bauer, der Minus gefunden hatte, lud sie zu sich ein. Anna, Karine, Mikaël und Andreas stürzten sich auf eine improvisierte *Fika*, die seine Frau zubereitet hatte. Sie tischte verschiedene Sorten selbst gebackener Kekse auf. Während der Trockner mit seiner Kleidung lief, streifte Andreas ein T-Shirt über, das Mikaël aus seinem Koffer geholt hatte, und die viel zu weite Arbeitsmontur, die ihm der stattliche Bauer geliehen hatte. Dieser saß mit seinen Gästen am Tisch und freute sich, dass er ihnen hatte helfen können. Er öffnete eine Dose *Snus* und hielt sie Andreas hin.

»Möchtest du etwas davon?«

Andreas stieg ein Geruch von nassem Tabak und Leder in die Nase. Ein ausgeprägter Geruchssinn war nicht immer von Vorteil.

»Nein, danke!«, antwortete er knapp und schob die Dose und die Hand, die sie hielt, zurück.

Der Bauer schaute ihn erstaunt an. »Tut mir leid, ich wollte nicht ...«

»Ich würde es gerne probieren«, sagte Karine.

Diese schwarze Dose mit dem goldenen Deckel rief bei Andreas Erinnerungen wach. Er sah die Dose wieder vor sich. Dieser Geruch schien sich in sein Gedächtnis eingebrannt zu haben. Er verband damit das Bild einer älteren Person, die er jedoch nicht identifizieren konnte. Doch noch etwas anderes hatte seine abwehrende Geste ausgelöst.

»Heute ist es Mode, den Tabak in kleinen Beutelchen einzunehmen. Fast wie Kaugummi. Während das hier noch echter loser *Snus* ist.« Da Anna und Andreas Schwedisch sprachen, gab sich der Mann keine Mühe mehr, in seinem holprigen Englisch zu kommunizieren.

Karine hatte etwas von der feuchten Paste zu einer kleinen Kugel gerollt und unter ihre Oberlippe geschoben, so, wie man es ihr erklärt hatte. Sie spuckte es sofort wieder aus. »Ah, das ist ja widerlich! Das erinnert mich an dieses Flockenfutter für Fische. Bei dieser Mischung aus süßlichen Aromen wird mir richtig übel.«

»Das ist eine Frage der Gewohnheit«, sagte der Bauer lachend.

Nachdem Andreas seine Kleidung zurückbekommen hatte, bedankten sie sich bei ihren Gastgebern und verabschiedeten sich. Andreas' BMW war zur Polizeiwache geschleppt worden, um ihn dort auf Spuren zu untersuchen. Karine, Mikaël und Minus fuhren mit dem Leihwagen in Richtung Bläse. Anna und Andreas machten sich auf den Weg gen Süden. Während sie auf Rasmus' DNA-Ergebnisse aus dem Haus in Sundre warteten, hofften sie, Hinweise auf Sveas Verbleib zu finden. Auf der Fahrt dachte Andreas darüber nach, was passiert war. Er war mit knapper Not dem Tod entronnen. Ohne Minus, Karine und Mikaël hätte er vermutlich noch lange in diesem Loch geschmort.

Andreas lächelte bei dem Gedanken an seinen Lebensgefährten. Er war froh, ihn wiederzuhaben.

120

Svea Jakobsson war unauffindbar. Genau wie David Gyllenstierna. Er war zweifelsohne Sveas Komplize und vermutlich auch derjenige, der Andreas mit dem Schlag auf den Kopf betäubt hatte. Gemeinsam hatten sie ihn nach Barshalder gebracht und in das ehemalige Wikingergrab geworfen, das sie danach mit einer Steinplatte verschlossen hatten. Im Laufe des Abends hatte Gyllenstierna dann die Fähre nach Nynäshamn genommen. Laut der Aussage des Bischofs, der mit seiner

Familie gefesselt in seinem Haus aufgefunden worden war, war Gyllenstierna allein gewesen. Wo war Svea gewesen? Hatte sie sich auch auf dem Schiff befunden? War sie später zu ihrem Freund dazugestoßen? Jenny, die inzwischen wieder auf der Wache war, hatte sich noch einmal sämtliche Passagierlisten der Fähr- und Flugverbindungen dieser letzten Tage vorgeknöpft, aber eine Svea Jakobsson wurde nicht aufgeführt. Sie könnte höchstens unter falschem Namen gereist sein.

Als Andreas und Anna gerade das Haus der Jakobssons in Sundre betreten wollten, fuhr ein Wagen vor. Es war Rasmus. Er begrüßte sie und machte sich an die Arbeit. Er hatte sich schon um das Haus gekümmert, aber noch keine Zeit gehabt, in den anderen Gebäuden des Anwesens Spuren zu sichern. Im Wohnzimmer hatte er im Kamin mehrere Stofffragmente und -fetzen sichergestellt. Seiner Meinung nach waren hier zahlreiche Kleidungsstücke verbrannt worden. Nachdem sie analysiert worden waren, stand fest, dass es sich um Kleidung aus dem gleichen Stoff, aus dem die Kostüme anderer Clanmitglieder gefertigt waren, handelte.

Andreas und Anna gingen sofort hinauf ins Schlafzimmer und sahen, dass der Louis-Vuitton-Koffer samt Inhalt verschwunden war. Svea hatte sich aus dem Staub gemacht. Einzig auf dem Nachttisch lag noch ein großes Schmuckstück. Eine Halskette. Sie war nicht im Wikingerstil gearbeitet. Vielmehr war es eine dicke bronzene Gliederkette, an der mehrere gekrönte Totenköpfe mit schwarz glänzenden Kristallaugen befestigt waren. Anna betrachtete die Punze auf dem Kettenverschluss – ein Kreis mit zwei Initialen in der Mitte: GP.

Nachdem sie sämtliche Räume des Hauses durchsucht hatten, kamen sie zu dem Schluss, dass alles, was mit dem Clan zu tun gehabt haben mochte, verschwunden war.

Annas Handy meldete den Eingang einer Nachricht, die einen Link zu einem Video enthielt.

Nachdem Rasmus die Scheune betreten hatte, machte er sich zunächst an den Maschinen und dann im ehemaligen Kuhstall zu schaffen. Die vielen Spinnennetze und die dicke Staubschicht ließen erkennen, dass der Stall schon seit Ewigkeiten nicht mehr genutzt worden war. Er ging an den Kälberboxen vorbei und kam am Ende zu den Schweinekoben. Da er nichts fand, ging er weiter in die Werkstatt, an deren Wänden zahlreiche Werkzeuge hingen. Andere lagen auf einer Werkbank herum. Er sprühte eine Luminollösung auf, um eventuelle Blutspuren sichtbar zu machen. An mehreren Stellen leuchtete es bläulich. Da das Produkt auch mit Kupfer und Reinigungsmitteln reagierte, musste er sich die Stellen genauer ansehen. Er streifte sich Latexhandschuhe über. Zwischen all den alten Werkzeugen sah er eines, das seine Aufmerksamkeit erregte. Er hob es auf und drehte es vorsichtig. Der Griff war mit Sicherheit gereinigt worden. Aber die Lösung hatte auf der Klinge reagiert. Er entsperrte das Werkzeug, indem er den Sicherheitsknopf drückte. Ein bräunlicher Fleck wurde sichtbar.

Anna öffnete das Video, das Olle von Davids Computer hatte herunterladen können. Andreas und sie betrachteten es schweigend. Es zeigte Menschen in Gewandung und mit Helmen, die im Kreis auf Steinen saßen. Im Hintergrund war eine Person mit einer Art Kapuze über dem Kopf an einen Baum gefesselt. Eine Gestalt trat zunächst mit dem Rücken zur Kamera ins Blickfeld.
 Es war der zeremoniell gekleidete Jarl. Nachdem er von den bereits verhafteten Clanmitgliedern schon mehrere Beschreibungen gehört hatte, war es jetzt das erste Mal, dass Andreas ihn mit eigenen Augen sehen konnte. Der Jarl verharrte lange im Blickfeld der Kamera. Andreas betrachtete eingehend die verschiedenen Teile seines Gewands. Den Helm, die Halskette, die Falkenfedern, die weiße Tunika ... Dies war nicht die klassische Gewandung eines Jarls. Eigentlich hätte er nicht eine weiße, sondern eine graue, beigefarbene oder braune Tunika tragen müssen und um den Hals einen Fuchspelz anstelle der Federn. Der Jarl hatte sich entschieden, wie Freyja auszusehen. War das eine Art, sie zu ehren? Oder identifizierte er sich tatsächlich mit Freyja. Hielt er sich für eine Göttin?

Je mehr sich Andreas in diese Überlegungen verstieg, desto deutlicher stellte er sich vor, dass der Jarl eine Frau war. Falls es Svea war, dann war sie seiner Meinung nach total gescheitert. Anstatt sich in eine Gottheit der Liebe und des Wohlstands zu verwandeln, war sie zu einer tief gesunken Göttin geworden, einer Königin des Todes.

Da das Video sehr lang war, hatte Olle ihnen einige ausgewählte Sequenzen geschickt. Anna spulte vor und hielt es dann an. Sie sahen, wie sich Clanmitglieder nacheinander erhoben. Einige blieben sitzen. In der nächsten Sequenz hatte sich die Gruppe an einen anderen Ort begeben. Sie standen im Kreis. Viel war nicht zu erkennen. Die Rücken zweier Mitglieder schirmten die Kamera ab. Anna spulte vor. Plötzlich tauchte eine Axt auf, erhellt von den Flammen der Fackeln. Man konnte sehen, wie sie in die Höhe gehoben wurde und nach kurzem Zögern ein erstes Mal niederfuhr, dann ein zweites Mal. Und ein drittes Mal. Einige Clanmitglieder waren zurückgetreten, die Szene wurde sichtbar. Auf einem Stein lag ein Körper. Und auf dem Boden daneben ein Kopf. Und Blut. Viel Blut.

Als Anna und Andreas das Haus verließen, erblickten sie Rasmus mit einem Astschneider in den Händen.

121

Dienstag, 2. August

Das bemerkenswerte Barockschloss am Ende der Allee schien in einen tiefen Schlaf gefallen zu sein. Dieses illustre Gebäude war mehrere Generationen lang im Besitz der Familie Gyllenstierna gewesen. Die staatliche Liegenschaftsbehörde hatte es Davids Eltern 1993 abgekauft. Seitdem wurde es kaum noch genutzt. Gelegentlich wurden hier Hochzeitsbüfetts und Firmenveranstaltungen abgehalten, doch abgesehen davon war es für Besucher nicht zugänglich. Måns hatte David Gyllenstiernas Leben durchforstet, um herauszufinden, wo er sich versteckt haben konnte. Sie gingen davon aus, dass er das schwedische Hoheitsgebiet nicht verlassen hatte. Er war landesweit zur Fahndung ausgeschrieben, und Interpol war alarmiert worden.

Nachdem der Wachmann Måns und dessen Kollegen begrüßt hatte, ergriff er das Wort. »Es würde mich wundern, wenn er sich hier versteckt. Das Schloss ist mit einer Alarmanlage gesichert, die uns gemeldet hätte, sollte er versucht haben, sich hier Zugang zu verschaffen.

»Sei dir da nicht so sicher«, antwortete Måns und taxierte das Gelände.

Der Wachmann ging Måns und dem anderen Polizisten voraus. Sie schritten eine von ehrwürdigen Eschen gesäumte Allee entlang. Rundherum erstreckte sich ein Sumpfgebiet, das zum Teil ausgetrocknet war. Das Schloss hatte drei Stockwerke. An jeder Seite der monumentalen Fassade befand sich ein Vorbau, ähnlich den beiden Pavillons, die direkt hinter dem schmiedeeisernen Zaun lagen und für den Empfang von Besuchern gedacht waren. Ganz oben unter dem Dachfirst war eine Uhr angebracht, die über dem Haupteingang, zu dem rechts und links je eine bogenförmige Treppe führte, thronte. Der Wachmann führte sie auf die Seite des Dienstboteneingangs. Er öffnete die Tür und löste dadurch den Alarm aus.

»Seht ihr, die Anlage ist scharf gestellt. Er ist nicht hier, das kann ich euch versichern.«

Måns musste sich eingestehen, dass einiges dagegensprach, dass sich David im Schloss befand. Stellas Auto war nicht hier. Und überhaupt: Warum sollte er sich an diesem Ort verstecken? Andererseits hatte Måns momentan keine andere Spur. Und ihm ging das, was Stella ihm erzählt hatte, nicht aus dem Kopf. Das musste überprüft werden. Wo sollte sich ein Mann in seiner Situation, der gejagt und in die Enge getrieben wurde, denn sonst verbergen, wenn nicht an einem Ort, an dem er sich sicher fühlte. Und das konnte sehr wohl im Schloss sein.

Der Wachmann erklärte ihnen, dass das Schloss fünfunddreißig Räume besaß und jede Etage tausend Quadratmeter groß war. Sie besuchten das Erdgeschoss, das für die Ausrichtung von Banketten umgebaut worden war. Früher hatten sich hier die Küchen, Wirtschaftsräume und die Zimmer der Bediensteten befunden. Sie gingen in den ersten Stock hinauf in die Maurenhalle, die nach Nils Bielkes afrikanischem Diener benannt worden war. In der Blütezeit des Anwesens lagen hier im Ostflügel die Gemächer der Dame und im Westflügel die des Herren, aber diese Räume wurden seit Jahrzehnten nicht mehr genutzt. Im Königssaal in der Mitte der beiden Gebäudeflügel, einem der schönsten Räume des Schlosses, hingen Reiterbildnisse der größten schwedischen Monarchen. Darunter auch eines des Schlossherrn Nils Bielke, das gemalt worden war, als dieser Botschafter des Königs Ludwig XIV. gewesen war. Måns hörte dem Wachmann nur mit einem halben Ohr zu.

Danach gingen sie in den zweiten Stock, wo sich die Gästezimmer und diverse Salons befanden. Einer der Flügel war umgebaut worden und hatte der Familie Gyllenstierna als Wohnung gedient. Måns inspizierte die Räumlichkeiten und stellte schnell fest, dass sie schon lange nicht mehr bewohnt worden waren. In der Mitte über dem Königssaal gelangten sie in den *Riddarsalen*, den Rittersaal mit seiner weißen Stuckdecke. Die ungewöhnliche rotbraune Wandbekleidung aus Leder war mit goldenen Motiven bedruckt und stellte eine Rarität dar.

Eines der Fotos, das sie in Davids Apartment gefunden hatten – das, auf dem er mit seinen Eltern posiert hatte –, war unter dem Reiterporträt von Nils Bielke aufgenommen worden. Im Westflügel lag die Barockkapelle. Ein zweites Foto, das bei David gefunden worden war, zeigte ihn am Tag seiner Konfirmation in dieser Kapelle. Die Schatten der Putten, die Anna auf dem Foto bemerkt hatte, waren an die Wand gemalt. Sie hatte richtiggelegen. Und das war noch nicht die einzige optische Täuschung. Auch die Orgelpfeifen waren aufgemalt. Für Måns war diese Welt voller Illusionen und falschem Schein. Nach außen hin war David Gyllenstierna ein bekannter Fernsehmoderator und ein Mitglied des schwedischen Adels. Doch die Realität war eine ganz andere. Er war ein Mörder.

Davids Herz raste. Nach seiner Flucht aus Gotland war es ihm gelungen, die Polizeikontrolle beim Verlassen der Fähre zu umgehen, indem er den Bischof und seine Familie als Geiseln genommen hatte. Er hatte ihr Auto gestohlen und es gegen das von Stella eingetauscht. Ihm war nichts Besseres in den Sinn gekommen, als sich so lange im Schloss zu verstecken, bis er einen Plan zum Verlassen des Landes erarbeitet hatte. Durch das Fenster hatte er den Wachmann in Begleitung von zwei Männern gesehen. Mit Sicherheit Polizisten. Seit zwei Tagen hielt er sich bereits unter dem Dach versteckt. Er war durch eine Falltür, die nicht mit der Alarmanlage verbunden war, in den Keller gelangt. Dafür hatte er das Vorhängeschloss mit einer großen Zange knacken müssen, die normalerweise beim Beschlagen von Pferden verwendet wurde. David wusste ganz genau, wo Bewegungsmelder angebracht waren, und war ihnen ausgewichen, um in Stellas Zimmer im Dachgeschoss zu gelangen. Obwohl er nicht mehr hier wohnte, war er schon mehrfach zu irgendwelchen Veranstaltungen hierher eingeladen worden. Und es war nicht das erste Mal, dass er sich heimlich ins Schloss zurückschlich.

Er hatte sich etwas zu essen mitgenommen. Das Auto hatte er in den Stallungen geparkt, die etwas abseits des Schlosses lagen. Am Vortag hatte er seinen Lebensgefährten Axel anrufen wollen, der an jenem Tag von einer Geschäftsreise zurückgekehrt war. Doch er hatte es sich anders überlegt. Er hatte das Risiko nicht eingehen wollen, dass sein Anruf geortet wurde, und hatte sich daher seit Tagen nicht mehr bei ihm gemeldet. Er würde ihn kontaktieren, sobald er das Land verlassen hatte. Inzwischen hatte Axel mit Sicherheit die Nachrichten über seine Flucht gehört oder sein Fahndungsfoto, das die Polizei überall verbreiten ließ, in der Presse gesehen. David würde versuchen, ihn zu überreden, sich ihm anzuschließen, aber tief in seinem Innern wusste er, dass es vorbei war. Er war jetzt auf sich allein gestellt.

Er hatte lange nachgedacht und geplant, bei Einbruch der Dunkelheit abzuhauen. Er wollte versuchen, mit dem Auto die norwegische Grenze zu passieren. Im Hinterland gab es viele abseits gelegene Waldwege. Aber dann? Er wusste es nicht. Er hatte nicht damit gerechnet, dass sie ihn hier suchen würden. Das Schloss war seit über fünfundzwanzig Jahren nicht mehr im Besitz seiner Familie, weshalb es ihm als hervorragendes Versteck erschienen war. Zum Glück trug er immer noch seine Waffe bei sich.

Måns erinnerte sich, dass Stella in einem Raum unter dem Dach gewohnt hatte.

»Wo befindet sich das Zimmer des Dienstmädchens?«

»Ah, du meinst sicherlich den Hühnerhimmel. Kommt, folgt mir.«

Der Wachmann ging voraus und stieg die Treppe zu einer Art Zwischengeschoss empor. Isoliert vom Rest des Schlosses fanden sie hier direkt unter dem Dach drei winzige Räume vor. Der Wachmann erklärte ihnen, dass der Name »Hühnerhimmel« daher rührte, dass sich hier einst ein Hühnerstall befunden hatte. In dem einen Zimmer gab es einen Kamin, ein Bett, einen Stuhl und einen Schreibtisch. Kleidungsstücke, Lebensmittel und leere Verpackungen lagen überall herum. Der Wachmann war sprachlos. Jemand hatte es geschafft, ins Schloss einzudringen und hierher zu gelangen.

David lauschte auf die Schritte direkt unter sich, die immer näher kamen. Er hörte, wie die schwere Tür zum Dachboden geöffnet wurde. Er saß in der Falle. Er würde in seinem Schloss enden wie einst sein Vorfahre Nils Bielke.

Dessen Geschichte war die eines kometenhaften Aufstiegs und eines ebenso fulminanten Niedergangs gewesen. Nils Bielke war Feldmarschall der schwedischen Armee gewesen, Held im Krieg von 1675 gegen die Dänen und schwedischer Gesandter in Frankreich am Hofe Ludwigs XIV. Dank seines Rufs als gewiefter Stratege war er in ganz Europa ein gefragter Mann. Der schwedische König ließ ihn nach Schweden zurückkehren, erhob ihn in den Adelsstand und ernannte ihn zum Generalgouverneur von Pommern. Doch dann war er aufgrund einer Verschwörung, die ihn des Hochverrats beschuldigte, innerhalb von wenigen Tagen gestürzt und verhaftet worden. Am Ende verbrachte er die letzten Jahre seines Lebens reumütig, seiner Titel beraubt und begnadigt auf dem Schloss in Salsta, das er selbst hatte erbauen lassen. Am Ende seines Lebens hatte sich Nils Bielke jedoch seinem Schicksal ergeben. David kannte Bielkes Satz auswendig, der von Goldranken verziert über der Tür zum Rittersaal auf Französisch geschrieben stand:

Müde, auf eine lebende Seele zu hoffen
und mich über mein Los zu beklagen,
erwarte ich hier den Tod, den ich
weder begehre noch fürchte.

Doch David hatte weder den Mut, verhaftet, verurteilt und den Journalisten zum Fraß vorgeworfen zu werden, noch seine Ehre und seinen gesellschaftlichen Status zu verlieren, wie einst Bielke, der ruhig in seinem Schloss hatte darauf warten können, dass der Tod ihn holen würde. David wusste, dass er nicht begnadigt werden, sondern den Rest seines Lebens hinter den Gittern eines Staatsgefängnisses verbringen würde. Er sehnte den Tod nicht herbei, aber er fürchtete ihn auch nicht. Er bot eine Alternative. Er griff nach seiner Pistole. Weder ihn begehren noch ihn fürchten …

Måns erreichte den Dachboden als Erster. Es war dunkel, aber einige kleine Dachluken ließen etwas Licht einfallen. Er erkannte das mechanische Werk der großen Wanduhr auf dem Giebel, die er auf einem der alten Fotos von David gesehen hatte. Er zückte seine Waffe.
»David, bist du hier?«
Niemand antwortete. Måns ging ein paar Schritte weiter

und stieg über eine kleine Mauer. Zu seiner Rechten drang ein Lichtstrahl durch die Dunkelheit. Er wagte sich noch ein paar Schritte nach vorn. Am anderen Ende des Raums sah er einen Mann mit erhobenen Armen vor einer Mauer sitzen. Auf dem Boden vor ihm lag seine Pistole.
»Ich hatte nicht den Mut ...«

122

Das Konzert im L'Olympia in Paris neigte sich dem Ende zu. Jessica war im siebten Himmel. Sie bedauerte, dass Mikaël und ihr Bruder Andreas, die sie hätten begleiten sollen, nicht hier waren. Vor allem bedauerte sie Mikaëls Abwesenheit, der die Sängerin Frigg genauso schätzte wie sie. Sie hatten die Tickets und das Hotel schon vor Monaten reserviert. Es hätte eine Geburtstagsüberraschung für Mikaël werden sollen.

Nachdem sie ihr am Vortag mitgeteilt hatten, dass Andreas gesund und munter wieder aufgefunden worden war, hatte Mikaël darauf bestanden, dass sie das Konzert trotzdem besuchen sollte. In letzter Minute hatte sie zwei ihrer Freundinnen vorgeschlagen, sie zu begleiten.

Das Publikum hatte sich von den Sitzen erhoben, um Frigg zu applaudieren, die sich gerade verabschiedete. Nach dem zweiten Herausrufen betrat sie noch einmal die Bühne und ergriff das Wort.»Danke! Danke, liebes Publikum ...«

Jessica war über Friggs Outfit verwundert. Für ihren letzten Song hatte sie ihren klassischen Gothic-Stil gegen ein Vaudeville-Kostüm getauscht. Ein weißes Kleid hatte das schwarze ersetzt. Darüber trug sie einen Umhang aus Falkenfedern und um den Hals eine Silberkette, die mit orangefarbenen Steinen besetzt war. Auf dem großen Monitor, der die Bilder des Konzertes übertrug, sah Jessica, dass sie ein grünes und ein blaues Auge hatte. Das war ungewohnt.

»Dies wird mein letztes Chanson für euch sein. Nicht ich, sondern mein Freund Aden hat es geschrieben. Dies ist mein Abschiedsgruß! Ich liebe euch!«

Frigg rannen Tränen über die Wangen.
Sie war sich dessen bewusst, dass sie vermutlich zum letzten Mal die Bretter, die die Welt bedeuteten, betreten hatte.
Danach würde sie verschwinden.
Für immer.
Jessica zückte ihr Handy, um diesen Moment auf Video festzuhalten.

Es ist das Lächeln, das auftaucht,
das Herz bewahrt die Tränen.
Es ist der sichtbare Riss,
die Wunde der Seele.

Es erscheint wie ein Stigma
in meinem leuchtend roten Mundwinkel.
Von Dunkelblau ins Violett übergehend,
verschlungene Zeichen.

Doch was, wenn ich sterbe,
weil ich mit Tränen geliebt habe?
Doch was, wenn ich eingehe,
verdorben von deinem Charme?

Vielleicht weiß ich eines Tages mehr,
noch ein Tag in der Scheinwelt.
Ich werde immer zu viel wissen,
wenn der Tag gekommen ist zu verschwinden.

Standing Ovations
wie ein Gast.
Standing Ovations,
an den Lippen des Stars hängend.

*Standing Ovations
wie eine Geste.
Standing Ovations,
um dir deinen Anzug zu schneidern.
Standing Ovations,
während ich Tränen vergieße.
Standing Ovations,
versehrt in seinem Fleisch und Blut.
Standing Ovations
für die aufkeimende Heldentat.
Standing Ovations,
die brüllende Hölle durchlaufen.
Standing Ovations
für das Glück der Tränen.
Standing Ovations,
umarmt unter der Herrschaft der Angst ...*

Friggs Stimme war verstummt. Die letzten Töne des Klaviers endeten in einem Decrescendo, während sie den Kopf senkte. Ohne ein weiteres Wort winkte sie dem Publikum zu, erhob sich und verließ unter tosendem Applaus die Bühne. *Standing Ovations.*

123

Mittwoch, 3. August

Mikaël wachte als Erster auf und ging hinunter in die Küche. Er schaltete die Filterkaffeemaschine ein, die er bereits am Vorabend vorbereitet hatte. Wenn er von seinem Spaziergang zurückkäme, würde der Kaffee fertig sein. Er nahm die Leine, verließ gefolgt von Minus das Haus und machte sich auf den Weg in Richtung Meer.

Seitdem er Andreas' Nachricht, dass er unter der Erde eingesperrt war, erhalten hatte, hatte er sämtliche Stimmungen durchlebt. Zeitweise war er überzeugt gewesen, dass sie Andreas finden würden. Dann wieder hatte er resigniert und geglaubt, ihn für immer verloren zu haben. In den letzten Monaten hatte sich Mikaël manchmal gewünscht, Andreas wäre an seiner Stelle, um nachzuvollziehen, was er erlebt hatte und immer noch durchmachte. Mikaëls ganzes Leben hatte sich komplett geändert. Dabei hatte er nicht bedacht, wie sich diese Ungewissheit anfühlte, nicht zu wissen, ob der geliebte Mensch, der Lebensgefährte, überleben würde.

Bei den zwei Prüfungen, die sie durchgestanden hatten, hatten sie sich beide einer großen Gefahr ausgesetzt. Während sich Andreas nach seiner missglückten Täterjagd zumindest körperlich bereits wieder erholt hatte, hatte Mikaël für seine Kühnheit – oder sollte er es besser reine Dummheit nennen? – einen hohen Preis zahlen müssen. Eine Mischung aus Naivität und Unerschrockenheit und ein Übermaß an Selbstvertrauen hatten ihn damals in eine potenziell tödliche Falle gelockt. Genau wie Andreas, der sich ungeachtet der Gefahr allein zu Svea begeben hatte. Mikaël wusste seitdem, dass das Leben zu kurz war, um das Risiko einzugehen, es zu verlieren. Und er würde darauf achten, dass sein Lebensgefährte diese Weisheit auch verinnerlichen würde.

Als er von seinem Spaziergang zurückkam, war der Kaffee fertig. Mikaël schenkte sich eine Tasse ein, doch bevor er sich setzte, füllte er Minus' Napf mit Futter. Nach der Hausdurchsuchung bei Svea wussten sie immer noch nichts über ihren Verbleib und hatten keine konkrete Spur von ihr. Sie hatte sich in Luft aufgelöst. Andreas hatte es geschafft, das Geheimnis seiner Kindheit zu lüften und die Vergangenheit so weit aufzuwühlen, dass die Verantwortlichen für den Mord an seiner Familie festgenommen oder identifiziert worden waren. Doch die Hauptperson fehlte weiterhin: Svea, die Andreas' Meinung nach der Jarl sein musste. Am Vortag hatte Andreas ihnen alles, was er wusste, sehr detailliert dargelegt. Dann hatten er und Karine den ganzen Tag Hypothesen aufgestellt.

Mikaël machte sich daran, die Listen, die Olle, der Chef der forensischen IT-Abteilung, an Andreas weitergeleitet hatte, gründlich durchzugehen. Es handelte sich um sämtliche Passagierlisten der Fähr- und Flugverbindungen ab Gotland und der Flugverbindungen ab Stockholm-Arlanda am vergangenen Sonntag. Gestern hatte Olle Andreas kontaktiert, um eine Information an ihn weiterzugeben, die in der Akte stand: David hatte von einem französischen Prepaid-Handy aus Anrufe und Nachrichten bekommen. Mikaël öffnete daher auf seinem Computer zunächst alle Listen der Flugverbindungen nach Frankreich, um sie mit denen von Visby nach Stockholm zu vergleichen. Das war mit Sicherheit schon einmal ein guter Anfang.

Sein Telefon vibrierte. Eine Textnachricht: *Ich hätte gewünscht, ihr wärt mit dabei gewesen. Es war unglaublich! Ich denke an euch.* Mikaël öffnete das Video, das Jessica geschickt hatte, und drückte auf »Play«.

Es ist das Lächeln, das auftaucht,
das Herz bewahrt die Tränen.
Es ist der Hemdkragen,
der meine blaurote Kehle drückt.

Doch wenn ich sterbe
durch deine heiligen Sakramente,
als verblasstes technisches Kit,
fern jeglichen guten Gefühls...

... weiß ich eines Tages vielleicht mehr.
Und noch ein Tag in der Scheinwelt,
von der ich bereits zu viel weiß,
wenn der Tag kommt, an dem es zu verschwinden gilt.

Mikaël kannte das vermutlich neue Chanson zwar noch nicht, aber es gefiel ihm. Das Bühnenbild war minimalistisch und spielte mit Lichteffekten, um eine leichte, luftige Atmosphäre zu schaffen. An die Wand war ein märchenhaftes Bild eines Fjords projiziert worden, während Frigg auf der Bühne an ihrem Flügel von Nebel umhüllt wurde. Sie trug ein Kostüm, das er nie zuvor an ihr gesehen hatte. Er speicherte das Video auf seinen Computer.

Frigg trug ihr langes aschblondes Haar offen. Es schien im Wind zu flattern, vermutlich war ein Ventilator in den Kulissen versteckt. Sie trug einen Federmantel. Dieses Gesicht, diese Augen ... und diese Halskette!

Mikaël ging hinauf ins Schlafzimmer und trat ans Fenster. Er betätigte den Mechanismus des Rollos und ließ dann plötzlich los, sodass sich der Stoff klappernd aufrollte. Andreas schrak aus dem Schlaf hoch. Mikaël schlug seine Bettdecke zurück und sagte Andreas, dass er sich beeilen solle, nach unten zu kommen.

Ein paar Minuten später erschien Andreas verstört und mit noch halb geschlossenen Augen in der Küche, gefolgt von Karine, die durch Mikaëls Aufruhr geweckt worden war und deren Frisur noch ganz zerzaust aussah. Mikaël zeigte ihnen Jessicas Video.

»Siehst du den Schmuck, den sie tagt? Verdammte Scheiße ...«
»Beruhige dich, Mikaël. Atme.«
»Es ist derselbe!«
»Wie meinst du das?«

Mikaël atmete ein, konzentrierte sich auf die Wörter, die er aussprechen wollte, und stieß sie dann abgehackt aus. »Der, den am Sonntag am Flughafen eine Frau um den Hals trug. Ihr Gesicht kam mir bekannt vor. Es war Frigg!«

»Ja, ich habe sie auch gesehen«, bestätigte Karine. Sie fiel auf ... Zu extravagant für meinen Geschmack.«

Andreas verstand es sofort. »Das ist die silberne Kette mit dem Bernstein, Freyjas berühmter *Brisingamen*-Halsschmuck. Und der Mantel, den sie trägt, der mit den Falkenfedern, der

Valshamr, ist derselbe wie auf dem Video, das am Tag von Lindas Ermordung gedreht wurde.«

»Dann ist Frigg also Svea?«, fragte Karine.

»Das wäre verrückt ... Dann hätte Frigg bei ihrem letzten Konzert ihren Look geändert, um sich in den Jarl zu verwandeln!«, rief Andreas.

»Sie hat sogar verschiedenfarbige Augen.«

Andreas nahm sein Handy und rief das Foto von dem Varpa-Wettkampf auf, das er in einem Fotoalbum seiner Eltern gefunden hatte. Zum Zeitpunkt der Aufnahme musste Svea etwa fünfundzwanzig Jahre alt gewesen sein. Frigg war heute fast vierzig Jahre älter, aber die Gesichtszüge waren identisch. Ihre hellblonden Haare waren inzwischen aschfahl.

Sämtliche Clanmitglieder, mit denen sie gesprochen hatten, hatten stets die verschiedenfarbigen Augen des Jarls erwähnt. Andreas erinnerte sich, diese Augen im Alter von fünf Jahren in der Nacht, in der seine Familie ermordet worden war, selbst gesehen zu haben. Doch bei ihrer Geburt hatte Svea keine verschiedenfarbigen Augen gehabt. Bengts Schwester Lea Roslund hatte ihm das bestätigt. Sie hatte blaue Augen wie Frigg. Auch wenn die ersten Kontaktlinsen 1977 in Europa auf den Markt gekommen waren, hatte es bis Anfang der neunziger Jahre gedauert, bis auch farbige Linsen erhältlich waren.

»Trägt Frigg ein Glasauge?«, fragte Andreas plötzlich.

»Ja, das ist allgemein bekannt«, bestätigte Mikaël.

»Svea auch ...«

»Hier, schaut mal! Das ist ein Foto von Frigg bei einem ihrer früheren Konzerte mit ihrem üblichen Gothic-Outfit«, sagte Karine und zeigte ihnen eine Internetseite auf ihrem Handy.

Andreas betrachtete das Bild und blieb dabei an der Halskette hängen. »Das ist die gleiche Art von Halskette, wie wir sie in Sveas Haus in Sundre gefunden haben.«

Andreas zeigte ihnen das Foto von dem Schmuck mit den Totenköpfen.

Mikaël öffnete auf seinem Computer eine neue Seite und startete eine Google-Recherche. Ziemlich schnell stieß er dabei auf das Cover einer Zeitschrift, auf dem Frigg abgebildet war. Sie trug die fragliche Halskette. Im Impressum des Magazins war der Name des Pariser Juweliers aufgeführt: Gavilane.

»Die Punze auf der Halskette, die in Sundre gefunden wurde, besteht aus zwei Buchstaben: GP, Gavilane Paris!«

Sie spürten, wie die Aufregung stieg. Endlich hatten sie die Spur des Jarls gefunden.

Andreas erinnerte sich an die Person, die ihn in jener Nacht, in der seine Familie ermordet worden war, verfolgt hatte. Die auf ihn geschossen, aber nicht getroffen hatte. Er hatte sie gesehen, als sie im Keller ihren Helm abgenommen hatte. War das Svea gewesen? Vermutlich. Seine Erinnerungen waren vielleicht nicht zuverlässig ... Heute, fast vierzig Jahre später, konnte er es nicht mit Gewissheit sagen. Durch das Zusammensetzen der Erinnerungsfetzen hatten sich sicherlich Fehler eingeschlichen. Doch irgendetwas quälte ihn.

»Was hast du, Andreas?«, fragte Mikaël.

»Ich habe als Kind das Gesicht des Jarls gesehen, der mich in der Mordnacht verfolgt hat. Ich meine mich jetzt zu erinnern, dass es eine Frau war. Ich erinnere mich an ihre langen Haare, als sie den Helm abnahm. Und auch an die verschiedenfarbigen Augen. In meinem Kopf bleibt ihr Gesicht jedoch verschwommen. Egal, wie sehr ich mich bemühe, mich zu erinnern, sehe ich keine Details mehr vor mir. Sie erschien mir groß, aber das ist vielleicht nur eine Sache der Perspektive. Für ein fünfjähriges Kind kann ein Erwachsener wie ein Riese aussehen. Aber ob die Person blond, brünett oder rothaarig war? Keine Ahnung.«

»Das spielt keine Rolle, denn wir wissen jetzt, dass es Svea ist!«, rief Mikaël triumphierend.

»Am Sonntag war Frigg am Flughafen nicht allein«, sagte Karine plötzlich.

»Ach, ja?«, erwiderte Mikaël. »Darauf habe ich nicht geachtet.«

»Ist dir nicht aufgefallen, dass Frigg keinen Gepäckwagen oder einen Koffer bei sich hatte?«

»Nein.«
»Direkt hinter ihr schob eine Frau einen Wagen mit einem Louis-Vuitton-Koffer. Ihre Haare waren lang und braun, glaube ich, auf jeden Fall dunkel mit ein paar grauen Strähnen.«
»Svea hat eine Komplizin?«, fragte Mikaël.
Andreas schwieg einen Moment nachdenklich. Ihm war plötzlich ein völlig abwegiger Gedanke gekommen. Er ergriff sein Handy, öffnete die Fotogalerie und fand das Bild, das er gesucht hatte. Er schaute es an und zögerte.
»Ich glaube, ich weiß, wer es ist …«
Er rief zuerst Carla und dann Olle an.

124

Paris
Donnerstag, 4. Juni 1981

Frigg war mit Georges und ihrer *Fylgja*, die ihr nicht mehr von der Seite wich, nach Paris gekommen.
Am Flughafen hatten sie sich ein Taxi genommen. An der Seine entlangzufahren und all die historischen Bauwerke vorbeiziehen zu sehen hatte Frigg fasziniert. Als der Eiffelturm in Sicht kam, hatte sie darauf bestanden anzuhalten. Sie war begeistert von dieser imposanten Metallkonstruktion. Georges schickte das Taxi zu seiner Adresse, um dort die Koffer bei dem Concierge abstellen zu lassen. Er hatte Frigg den Wunsch nicht abschlagen können. Sie wollte bis ganz nach oben. Die ersten beiden Etagen waren sie über die Treppe im Südpfeiler hinaufgestiegen, danach hatten sie den Aufzug genommen. Frigg traute ihren Augen nicht. Je höher der Aufzug fuhr, desto weiter breitete sich Paris unter ihnen aus. In der Ferne sah sie Notre-Dame und Sacré-Cœur. Am nächsten Tag würde sie zum Montmartre spazieren. Die Stahlstreben des Turms wa-

ren goldgelb beleuchtet und hoben sich vom dunklen, beinah schwarzen Himmel ab.

Oben angekommen fühlte sich Frigg wie im Traum. Endlich konnte sie diese lang ersehnte Stadt bewundern, die ihr nun zu Füßen lag und deren Dächer sich bis ins Unendliche zu erstrecken schienen. Sie schwor sich, eines Tages eine Wohnung mit Blick auf den Eiffelturm zu besitzen.

Kurz nach zweiundzwanzig Uhr erreichten sie Georges' Privathaus im 16. Arrondissement. Auf dem vergoldeten Schild stand sein Name: *Mercier*. Frigg war müde. Ihre Fylgja hatte den alten Alkoven bekommen, der für das Dienstmädchen vorgesehen war, während Frigg gebeten wurde, sich in Georges' Wohnbereich einzuquartieren. Jeder Traum hatte seine dunklen Seiten. Sie fürchtete sich vor diesem Moment, doch wenn dies der Weg war, Paris für sich zu gewinnen, dann akzeptierte sie die Spielregeln. Georges war ein charmanter Mann. Das war nicht das Problem. Seit ihrer Vergewaltigung war Sexualität allerdings mit diesem traumatischen Ereignis verbunden. Sie wusste, dass sie nie wieder Lust dabei verspüren würde.

In der folgenden Woche hatte Georges eine Überraschung für sie vorbereitet. Er nahm sie mit ins Lapin Agile. Versteckt hinter einer Grünanlage befand sich das kleine Gebäude auf dem Butte Montmartre an der Kreuzung der Rue des Saules und der Rue Saint-Vincent. Als Frigg diesen Ort betrat, der sich seit seiner Gründung in der zweiten Hälfte des 19. Jahrhunderts nicht verändert zu haben schien, wurde sie sofort von der besonderen Atmosphäre erfasst, in der sich Nostalgie und Beschwingtheit fröhlich vermischten. Sie lauschten den Künstlern, die sich abwechselten, je weiter der Abend fortschritt. Hier wurden die Klassiker des französischen Chansons in Ehren gehalten. Frigg kannte von vielen dieser Lieder die Texte.

Irgendwann lud der Wirt Frigg ein, sich ans Klavier zu setzen. Sie entschied sich, ihr Lieblingschanson zu singen, aufgrund dessen sie seit ihrer frühsten Kindheit von der Stadt der Lichter geträumt hatte.

*Unter den Dächern von Paris,
siehst du, meine kleine Nini,
lebt man glücklich und vereint.*

Das Publikum war von Friggs Stimme überwältigt. Ihr leicht schwedischer Akzent verlieh ihrer Darbietung einen ganz besonderen Charme.

Wie versprochen konnte sie ein paar Tage später bei einem berühmten Produzenten vorsingen. Er war begeistert.

Von da an perfektionierte sie ihr Französisch und begann ihre eigenen Texte zu schreiben. Georges komponierte die Musik. Georges und sie heirateten. Frigg war Madame Mercier geworden und hatte die französische Staatsbürgerschaft angenommen. Ihr Vorname Frigg stellte nunmehr die einzige Verbindung zu ihrer Vergangenheit dar. In der nordischen Mythologie war Frigg der Name einer heidnischen Liebesgöttin, der Gemahlin Odins und der Königin der Asen.

Dank des Produzenten wurde sie 1981 in eine Fernsehshow eingeladen. Ihr erster Song war ein Erfolg und brachte ihre Karriere ins Rollen.

125

Seit seiner Festnahme am Vortag war David Gyllenstierna im Untersuchungsgefängnis auf der Insel Kungsholmen inhaftiert. Måns Sjövall betrat in Begleitung eines Kollegen den Verhörraum und setzte sich auf den freien Stuhl, der denen des Beschuldigten und dessen Anwalts gegenüberstand. Nachdem er David Gyllenstierna über seine Rechte belehrt hatte, drückte er auf die Starttaste des Aufnahmegeräts.

»Heute ist Mittwoch, der 3. August, und es ist achtzehn Uhr fünfzehn. Wir werden David Gyllenstierna, geboren 1951 in Salsta, in Zusammenhang mit dem Mord an einem Baby, dessen Identität noch nicht ermittelt werden konnte, dem Mord an der Familie Sandelin im Jahr 1979 und dem Mord an Linda Gardell sowie dem versuchten Mord an Gustav Nilsson vernehmen.«

Gyllenstierna wirkte niedergeschlagen und resigniert. Sein Blick war leer.

»David Gyllenstierna, du wirst des versuchten Mordes an Gustav Nilsson und der Anstiftung zum Mord an Linda Gardell beschuldigt. Die Taten von 1979 sind verjährt, da sie aber im Zusammenhang mit den jüngsten Ereignissen stehen, beginnen wir hier. Gibst du zu, dass du 1979 zum Clan Freyjas Kinder gehört hast?«

»Ja.«

»Und warst du eines der führenden Mitglieder?«

»Ja, der Clan wurde im September 1978 von Svea Jakobsson und Bengt Roslund gegründet. Ich selbst sowie Johanna Melander, Bengts Freundin, waren dem Clan gleich zu Beginn beigetreten, noch bevor das erste Treffen stattgefunden hatte.«

»Doch mein Mandant wurde reingelegt. Er wurde übrigens, genau wie die anderen, unter Drogen gesetzt, nicht wahr, David?«

David stimmte zu.

»Darauf kommen wir noch zurück ... Kennst du die anderen Mitglieder?«

»Ja. Nur wir vier wussten über die Identität der anderen Bescheid.«

»Was war deine Funktion innerhalb des Clans?«

»Offiziell war ich der Lögsögumaður, der Gesetzessprecher, der den *Things*, unseren Versammlungen, vorstand. Svea war der Jarl, und Johanna und Bengt waren Goðar, die bei den Zeremonien als Priester fungierten. Ich war auch für die Finanzen zuständig.«

»Kannst du uns diese Rolle erklären?«

»Zu Beginn habe ich Geld vorgestreckt, um den Schmuck anfertigen und die Kostüme von Stella Vikstrand nähen zu lassen. Ich verwaltete die Konten des Clans und kassierte den *Thingfarakaup*, eine Steuer, die jedes Mitglied bezahlen musste.«

»Existierte für diesen Zweck ein Bankkonto?«

»Nein, alles wurde bar bezahlt. Wir sprechen hier nicht über Millionen ...«

»Welches Ziel steckte hinter der Gründung des Clans?«

»Wir waren eine Gruppe junger Leute, die sich versammelten, um die Gottheiten der Wikinger zu feiern und sie mit Opfergaben zu ehren.«

»Warum bist du dem Clan beigetreten?«

»Svea hatte es mir vorgeschlagen. Ich fand die Idee aufregend. Ich kam aus einer verklemmten Welt, in der alles, oder beinah alles, verboten war. Ich musste jeden Sonntag zum Gottesdienst gehen. Wir hatten unsere eigene Kapelle. Der Pfarrer kam zu uns ins Schloss. Teil dieses Clans zu sein war für mich ein Synonym für Freiheit und Abenteuer. Alles hatte gut angefangen.«

»Und wann wendete sich das Ganze und lief aus dem Ruder?«

»Wir hatten beschlossen, bei der Feier der Wintersonnenwende 1978 ein Schaf zu opfern. Außer uns vieren wusste niemand davon. Fleisch, Kleidung, Gemüse zu opfern war zwar nett, aber wir hatten das Gefühl, dass unseren Treffen in Hinblick auf die Opfergaben eine wichtige rituelle Dimension fehlte.«

Gyllenstierna war redselig. Måns musste ihn nicht zum Erzählen drängen. Es reichte, die Befragung geschickt in die von ihm gewünschte Richtung zu lenken.

»Was für eine Dimension?«

»Blut.«

»Und danach?«

»Ich nehme an, dass ich von dem Baby sprechen soll.«

Måns nickte.

»Wir sind alle überrascht worden. Ich selbst hatte mit dem Opfern eines Schafes gerechnet, doch als Svea ein Baby aus dem Korb zog, war ich wie gelähmt. Ich denke, das ging den meisten so. Unter dem Einfluss der Drogen war ich nicht mehr ich selbst.«

»Erläutere das.«

»Zu Beginn der Feier tranken wir *Gotlandsdricka* aus einem Horn. Jeder hatte sein eigenes. Kurz darauf begann ich seltsame Dinge zu hören und zu sehen.«

»Visuelle und akustische Halluzinationen«, sagte sein Anwalt. »Die Substanz verändert das Bewusstsein. Und man hat ihm diese Droge ohne sein Wissen zu trinken gegeben. Mein Mandant kann nicht dafür verantwortlich gemacht werden, was danach geschah.«

»Es obliegt dem Richter, darüber zu urteilen.« Måns strich sich mit der Hand übers Haar und fuhr fort. »Stand der Jarl, also Svea, ebenfalls unter dem Einfluss der halluzinogenen Substanz?«

»In jenem Moment hätte ich das nicht sagen können, aber ...«

»Ja?«

»Ich habe sie kürzlich danach gefragt. Sie hat mir versichert, dass es der Fall war.«

»Aber du bezweifelst das?«

»Bengt stand ganz bestimmt unter Drogen, um tun zu können, was er getan hat, und ich schätze, Johanna auch, aber im Gegensatz zu den anderen, die euphorisch waren, wirkte Svea ruhig. Sie musste ja die Kontrolle über sich bewahren, um die Feierlichkeiten bis zum Schluss zu leiten.«

»Hast du bei der Ermordung der Familie mitgemacht?«

»Ja ... Ich war dabei.«

»Aber immer noch unter dem Einfluss der psychoaktiven Substanz«, fügte der Anwalt hinzu.

»Wir haben deinen Standpunkt verstanden. Du brauchst dich nicht zu wiederholen«, erwiderte Måns und warf ihm einen wütenden Blick zu. Er wandte sich wieder an David. »Hast du es Svea übel genommen, dass sie dich hineingezogen hat?«

»Ja. Sie hat mich hintergangen.«

»Trotzdem warst du bereit, wieder in ihr Spiel einzusteigen und Linda Gardell aus dem Weg zu räumen?«
»Es war unvorstellbar, dass diese Geschichte wieder aufflammt.«
»Hat der Jarl das Baby getötet?«
»Nein, das war der Goði Berling, Bengt Roslund. Der Jarl, Svea, hat ihn in den Kreis vortreten lassen. Sie hat ihm das Messer gereicht. Ich sah, welchen Zorn ihre Augen ausstrahlten. Nie hätte ich gedacht, dass Svea zu so etwas fähig wäre. Etwas in ihr hatte sich tiefgreifend verändert. Auch ihre Stimme. Sie war tiefer, dunkler geworden. Und entschlossener. Ich glaube, dass es an jenem Tag niemand gewagt hätte, sich dem Jarl zu widersetzen. Wir waren alle in einem Trancezustand.«

Gyllenstierna saß niedergeschlagen auf seinem Stuhl und schien erneut diesen schrecklichen Moment zu durchleben, den er nie mehr vergessen würde.

»Glaubst du, dass es Sveas Baby war?«
»Diese Frage habe ich mir tatsächlich gestellt.«

Måns reagierte nicht, sondern wartete darauf, dass er weitersprach.

»Im Juni 1978 waren wir bei einem meiner Freunde auf einer Insel in den Schären von Stockholm. Er hatte eine Party in seinem Haus organisiert. Es waren viele Leute da. Bengt war gerade zu Besuch und war auch mit dabei. Svea war betrunken. Ich auch und Bengt ebenfalls. Sie hat sich übergeben und war ziemlich benommen. Wir haben sie ins Obergeschoss in ein Zimmer getragen.«

»Und weiter?«
»Zufällig haben wir ein paar Wochen, bevor das Baby geopfert wurde, noch mal über diesen Abend gesprochen. Und da habe ich kapiert, dass sie vergewaltigt worden war.«

»Hat sie dir erzählt, wer sie sexuell missbraucht hat?«
»Nein, aber im Laufe unseres Gesprächs muss ihr klar geworden sein, wer ihr Vergewaltiger war. Sie sagte etwas wie ›Der Dreckskerl, jetzt sehe ich sein Gesicht vor mir‹. Mehr wollte sie mir aber nicht erzählen.«

»Du glaubst also, dass das Baby die Frucht dieser Vergewaltigung ist?«
»Das ist tatsächlich meine Hypothese.«
»Hast du eine Idee, wer sie missbraucht haben könnte?«
»Nein, ganz ehrlich. Keine Ahnung.«
»Okay. Aber du warst über die Vergewaltigung und das Baby auf dem Laufenden. Und auch darüber, was sie vorhatte?«
»Nein, davon hatte ich keine Ahnung. Ich wusste nicht mal, dass sie schwanger war, das sah man nicht. Sie muss ihre Schwangerschaft geleugnet haben, ich glaube, so nennt man das doch, oder?«
»Also hat der Jarl die Entscheidung, das Schaf durch einen Säugling zu ersetzen, ganz alleine getroffen?«
»Ja, ich schätze schon.«
»David, lass uns jetzt auf den Mord an Linda Gardell zurückkommen ...«

126

Donnerstag, 4. August

Andreas und Anna saßen im Flugzeug der Scandinavian Airlines nach Paris. Andreas reichte der Stewardess die leere Bierdose und die Verpackung seines Sandwichs und klappte den Tisch hoch. Der Kabinenchef hatte gerade angekündigt, dass sie mit dem Anflug auf den Flughafen Charles de Gaulle beginnen würden. Andreas schaute aus dem Fenster auf die dicke Wolkendecke, die sie gleich durchfliegen würden, und dachte an das, was ihn erwarten würde. Abgesehen von dem grauen und regnerischen Wetter hoffte er auf einen baldigen Abschluss des schrecklichen Falls und darauf, dass er dann einen Schlussstrich darunter ziehen konnte.

Während des Fluges hatte Andreas aufmerksam die vollständige Abschrift des Verhörs von David Gyllenstierna gelesen. Am Vortag hatte Måns ein umfassendes Geständnis von ihm erhalten. David hatte bestätigt, dass sie in der Nacht der Ermordung von Andreas' Angehörigen zu viert gewesen waren: Svea, Johanna, Bengt und David selbst. Andreas hätte es vorgezogen, vor Ort zu sein, um das Gespräch selbst zu leiten. Denn ein wesentliches Element fehlte in Davids Schilderung der Morde an seiner Familie und an Linda Gardell. Måns hatte zwar die richtigen Fragen gestellt, aber er hatte nicht zwischen den Zeilen lesen können, um die alles entscheidende Frage aufzuwerfen.

David Gyllenstierna war die Marionette des Jarls gewesen. Als Svea wieder Kontakt zu ihm aufgenommen und ihm erklärt hatte, dass sie eine Nachricht von Linda Gardell erhalten hatte, hatte sie ihn mühelos überzeugen können. Es musste schnell gehandelt werden. Weder sie noch er konnten es sich erlauben, dass die Wahrheit ans Licht kam. Die beiden Goðar von damals, Bengt und Johanna, waren nicht mehr da, daher musste Svea sich auf den vierten Verbündeten stützen, den Einzigen, der ihre Identität kannte. David hatte den Jarl bei dem Treffen im Richterkreis und beim Opfern von Linda unterstützt. Er hatte jedoch Stein und Bein geschworen, nicht mit dem Jarl nach Trullhalsar gefahren zu sein, wo der Blutadler-Ritus vollzogen und die Leiche am Baum aufgehängt worden war. Warum? Wer sonst hatte dem Jarl geholfen, den Leichnam dort oben zu platzieren? Das ließ sich auf keinen Fall alleine bewerkstelligen, schon gar nicht von einer fünfundsechzigjährigen Frau. Svea war es auch gewesen, die ihn überredet hatte, ohne sie nach Torsburgen zu fahren, nachdem die gefälschte Einladung von Wallner und Gunnarsson in der Zeitung gestanden hatte. Und es war wieder Svea gewesen, die ihn dazu gebracht hatte, sich als Jarl zu verkleiden, um Gustav Nilsson loszuwerden. Svea hatte David gesagt, dass sie dafür zu schwach sei. Wollte sie vortäuschen, dass David der Jarl war? Ihm die ganze Verantwortung in die Schuhe schieben und ihn aus dem Weg räumen, bevor sie selber verschwand?

David war ganz schön naiv. Er hatte sich unwissentlich seine eigene Falle gebaut. Eine Falle, die sich Tag für Tag ein Stück weiter schloss. Allerdings war nicht alles so gelaufen, wie Svea es vorausgesehen hatte.

Olle hatte eine Antwort bezüglich des Bankkontos erhalten, von dem aus die Rechnungen für ihr Haus in Sundre bezahlt worden waren. Das schwedische Konto lief auf den Namen Svea Jakobsson, wurde aber von einem Offshore-Konto in einem der Steuerparadiese gespeist, die auf der schwarzen Liste von ECOFIN standen. Unmöglich, Informationen über dessen Inhaber zu erhalten. Diese Nachforschungen endeten in einer Sackgasse.

Auch wenn noch einige Unklarheiten aufgeklärt werden mussten, bestand für Andreas kein Zweifel mehr, dass es sich bei Svea um Frigg handelte. Vieles deutete darauf hin. Mikaël hatte zwei Namen entdeckt, die am vergangenen Sonntag sowohl auf der Passagierliste des Fluges von Visby nach Stockholm als auch auf der des Fluges Stockholm–Paris gestanden hatten. Zwei Plätze nebeneinander auf beiden Flügen. Sie reisten zweifelsohne zusammen. Es handelte sich um Nina Mercier und Helen Lyngstad. Der erste Name, Nina Mercier, war Friggs bürgerlicher Name. War Helen Lyngstad Sveas Komplizin?

Auf den Namen Helen Lyngstad war vom 17. bis zum 31. Juli ein Van am Flughafen von Visby gemietet worden. Laut David Gyllenstierna das Fahrzeug, mit dem der Jarl die Leiche Linda Gardells abtransportiert hatte. Da die Autovermietung den Wagen sorgfältig gereinigt hatte, hatte Rasmus darin keinerlei Spuren finden können.

Trotzdem hatte der Staatsanwalt mit den ihm zur Verfügung stehenden Mitteln entschieden, ein internationales Rechtshilfegesuch zu stellen und Andreas und Anna nach Paris zu schicken.

Das Forensische Zentrum in Stockholm hatte mehrere DNA-Proben im Eilverfahren analysiert. Anna hatte am Vortag die Ergebnisse bekommen. Mit den im Helm des Jarls gefundenen Haaren hatten sich drei unterschiedliche DNA-Profile erstellen lassen, darunter auch das von David. Von den Bettlaken in Sveas Haus in Sundre hatten sich zwei unterschiedliche DNA-Spuren isolieren lassen, die mit denen vom Helm übereinstimmten. Eine davon war die der Mutter des 1979 geopferten Babys. Die andere gehörte einer weiteren Frau. Wer war die Mutter? Nina alias Frigg oder Helen?

Das DNA-Profil, das auf Grundlage der Blutspur an dem in Sundre gefundenen Astschneider erstellt worden war, korrespondierte mit dem von Linda Gardell. Allerdings hatten sich an dem Werkzeug keine Fingerabdrücke finden lassen. Der Astschneider war sorgfältig abgewischt worden. Die unter den Fingernägeln von Linda Gardell gefundene DNA konnte identifiziert und Henrik Asplund zugeordnet werden. Seine Frau hatte im Verhör bestätigt, dass ihr Mann gezwungen worden war, an ihrer Hinrichtung teilzunehmen und Lindas Kopf abzuschlagen, dass er aber nicht nach Trullhalsar gefahren war, um den Blutadler-Ritus zu praktizieren und die Leiche in den Baum zu hängen.

Die zusammengetragenen Indizien stimmten überein. Allerdings hatten sie noch keinen eindeutigen Beweis dafür, dass Nina Mercier alias Frigg wirklich Svea Jakobsson war. Sobald sie diesen hatten, würde der schwedische Staatsanwalt einen europäischen Haftbefehl erlassen.

127

Freitag, 5. August

Am Vortag waren Anna und Andreas den Boulevard de Reuilly bis zum Hotel Le Quartier Bercy-Square entlanggegangen, das sich in einem Innenhof im 12. Arrondissement befand. Nach dem Frühstück, das auf einer von Pflanzen umgebenen Veranda, die mitten in Paris etwas exotisch wirkte, serviert wurde, ging Andreas raus, um sich die Füße zu vertreten. Anna musste noch einmal auf ihr Zimmer, um in Ruhe mit dem Staatsanwalt zu telefonieren. Sie hatten ausgemacht, sich eine halbe Stunde später im Café an der Ecke zu treffen, um sich von dort aus zu ihrem vereinbarten Termin zu begeben.

Es war Markttag. Der Lebensmittelmarkt Daumesnil war eine Institution, die das Viertel zweimal pro Woche belebte. Der gesamte Boulevard war für den Verkehr gesperrt und stand nun voller Marktstände für landwirtschaftliche Produkte. Andreas blieb vor dem Stand eines Käseproduzenten aus der Auvergne stehen. Er konnte dem Vergnügen nicht widerstehen, ein Stück Saint-Nectaire zu kaufen.

Nachdem er noch eine Weile über den Markt geschlendert war, betrat Andreas das Café-Restaurant Le Commerce, das sich direkt neben dem Hotel befand. Er bestellte an der Bar einen Kaffee und bat den sympathischen Wirt um ein Messer. Er fühlte sich plötzlich beobachtet. Er war hier mitten unter den Stammgästen des Lokals, aber er gehörte nicht dazu. Kurz darauf kündigte das Klackern der Untertasse auf dem Tresen an, dass sein Kaffee fertig war. Der Wirt reichte ihm ein Messer und schaute grinsend zu, was er wohl tun würde.

»Ich habe einen Käse gekauft und würde ihn gerne probieren, darf ich?«

»Ja, ja, nur zu.«

Andreas holte den Saint-Nectaire hervor, packte ihn aus und schnitt ein Stück ab.

»Möchten Sie mal kosten?«

»Nein, danke. Aber das ist sehr freundlich.«

»Und Sie, Madame?«, fragte er seine Sitznachbarin an der Bar.

»Ja, gerne.«

Andreas schnitt ihr ein Stückchen ab.

»Danke, mein hübscher Junge. Ich bin Diane. Sie sind aber nicht von hier, oder?«

»Angenehm, Andreas. Ich bin Schweizer.«

»Bei dem Akzent habe ich mir das schon gedacht. Ich habe dort ein paar Jahre gelebt.«

»Ein sehr schönes Land. Ich liebe die Berge«, mischte sich der Wirt in die Unterhaltung ein. »Und Käsefondue!«, fügte er hinzu.

»Wissen Sie, wo man das beste Käsefondue isst?«, fragte ihn Diane.

»Oh, es gibt jede Menge gute Lokale, vor allem die Dorfschänken ...«

»Zu Hause«, unterbrach ihn Diane. »Das hat mir ein Schweizer Freund einmal gesagt, da kannten wir uns noch kaum. Daraufhin hat er mich eingeladen. Und es war das beste Fondue, das ich je gegessen habe!«

Ein Mann betrat das Bistro und ging auf die Theke zu.

»Hallo, Diane.«

»Hallo, François. Alles gut?«

Diane wechselte ein paar Worte mit dem Neuankömmling und stellte ihn dann sofort Andreas vor.

»François ist Künstler. Er malt. Und Sie, mein Herr? Darf ich Sie mit Andreas anreden?«

»Andreas passt. Ich bin Kriminalkommissar.« Andreas war überrascht, sich hier in Paris in einem Café plötzlich mitten in einer Unterhaltung wiederzufinden. In der Schweiz war es in städtischen Gebieten eher ungewöhnlich, mit Fremden zu reden, denn jeder lebte dort zufrieden in seiner eigenen Blase.

»Was treiben Sie in unserer schönen Stadt, Kommissar Andreas?«

»Gibt es in der Schweiz nicht genug Kriminelle?«, fragte François spöttisch.

»Urlaub«, erwiderte Andreas lachend. »Übrigens muss ich mich gleich zum 36 Quai des Orfèvres begeben. Wissen Sie, wie ich dorthin komme?«

»Draußen gehen sie nach links bis zur Haltestelle Daumesnil. Dort nehmen Sie die Metro Linie 6, steigen in Bercy in die Linie 14 um und steigen in Châtelet aus. Von da aus sind es noch etwa zehn Minuten zu Fuß.«

»Danke.«

»Gern geschehen, lieber Andreas. Sie können sich auch die App der Verkehrsbetriebe runterladen, die ist sehr praktisch.«

Als Anna auftauchte, drehten sich einige Gäste des Cafés nach dieser schönen Frau mit den hellblonden Haaren um. Sie waren überrascht, dass sie Andreas in einer Sprache ansprach, die Diane als Schwedisch identifizierte. Sie erklärte den anderen, dass sie mal in Stockholm gewesen sei und dort ein paar Wörter aufgeschnappt habe, dass sie sich aber vor allem an die Wachablösung beim Schloss erinnere, als die Militärkapelle einen Abba-Hit gespielt hatte.

»Carla hat mich gerade angerufen. Sie hat das Projektil gefunden, das wir suchen. Es war in dem Karton mit den anderen Beweismitteln. Du hattest recht. Es passt zu der Waffe, die uns Albin übergeben hat.«

Andreas grinste.

»Wir müssen leider los.« Er nickte in die Runde und verließ mit Anna das Café.

128

Andreas und Anna machten sich auf den Weg zum 36 Quai des Orfèvres auf der Île de la Cité. Julien Roux, ein Polizeiinspektor der Mordkommission, die der Landespolizei der Pariser Polizeipräfektur angegliedert ist, empfing sie vor dem Gebäude. Er begrüßte sie und zeigte ihnen den Weg. Sie stiegen eine alte, mit schwarzem Linoleum ausgelegte Treppe bis in den dritten Stock hinauf und gelangten in ein Atrium. Anschließend gingen sie einen schmalen, dunklen Flur entlang und erreichten schließlich das Büro des Chefs der Mordkommission Nummer 315. Der Inspektor klopfte an, bevor er die gepolsterte Tür aufstieß. Der Raum war hell. Die vergilbten Wände und das veraltete Mobiliar wirkten wie unsterbliche Zeugen der zahlreichen Kriminalfälle, denen man hier in diesem Allerheiligsten schon nachgegangen war. Zwei große Fenster gingen zur Seine hinaus. Der Kriminaldirektor erhob sich, begrüßte seine Besucher und bat sie, in den beiden abgenutzten Ledersesseln Platz zu nehmen. Er war vom Generalstaatsanwalt, der das von seinem schwedischen Kollegen gestellte internationale Rechtshilfegesuch für gültig erklärt hatte, über ihre Ankunft informiert worden.

»Der Staatsanwalt hat unsere Dienststelle beauftragt, sich um Ihren Fall zu kümmern, und hat zudem dem Antrag auf Autorisierung der schwedischen Polizeipräsenz zugestimmt.«

»Sonst wären wir auch nicht hier«, erwiderte Anna schlagfertig. »Vielen Dank, dass Sie uns empfangen.«

»Ich möchte allerdings darauf hinweisen, dass die Anwesenheit von Kommissar Auer völlig inoffiziell ist. Sind wir uns in diesem Punkt einig?« Er blickte Andreas geradewegs in die Augen.

Andreas und Anna erzählten ihm detailliert von den Ermittlungen, die sie bis nach Paris geführt hatten.

»Ich verstehe«, erklärte der Kriminaldirektor.

Der Mann mit dem autoritären Gesichtsausdruck machte eine verdrießliche Miene. Er hatte sich während Andreas' Ausführungen Notizen gemacht.

»Wenn ich Ihrer Argumentation richtig gefolgt bin, dann ist Nina Mercier alias Frigg vor Kurzem nach Gotland gereist. Sie haben ihren Namen auf der Passagierliste einer Fluggesellschaft gefunden. Sie ist am Sonntag, den 17. Juli angekommen und am Sonntag, den 31. Juli zurück nach Paris geflogen. Am 20. Juli hat ein Treffen des Wikingerclans stattgefunden, bei dem eine Frau enthauptet wurde, bevor man ihr den Rücken aufgeschnitten und ihre Rippen durchtrennt hat. Der Anführer des Clans, von dem Sie vermuten, dass er von Svea Jakobsson verkörpert wird, soll für den Tod dieser Frau sowie für das Opfern eines Babys und für den Mord an einer Familie im Jahr 1979 verantwortlich sein.«

»Genau.«

»Und Sie glauben, dass Svea Jakobsson und Nina Mercier ein und dieselbe Person sind.«

»Ganz genau.«

»Könnten Sie mir noch einmal erklären, wie Sie es geschafft haben, eine Verbindung zwischen den beiden herzustellen?«

»Wir haben ein Geständnis von einem ihrer Komplizen, David Gyllenstierna«, sagte Anna.

»Aber Sie haben keinen eindeutigen Beweis?«

»Nein, leider nicht ...«

»Svea ist 1979 nach dem Mord an der Familie Sandelin verschwunden«, sagte Andreas. »Ich habe vor Kurzem erfahren, dass ich adoptiert wurde, und bin nach Gotland gereist, um zu versuchen, Informationen zu meiner Vergangenheit zu erhalten. Auf diese Weise habe ich dort erfahren, was meinen Eltern zugestoßen ist. Die Tatsache, dass ich in dieser Geschichte herumstochere, hat den Clan wieder aktiv werden lassen. Und just in diesem Moment taucht Svea wie aus dem Nichts wieder auf Gotland auf. Offensichtlich schien Linda Gardell bereit, alles zu gestehen, aber sie haben sie vorher getötet. Es lief nicht alles nach Plan. Svea ist es trotzdem gelungen, Gotland zu verlassen. Gleichzeitig erhielt mein Lebensgefährte Mikaël ein Video von Frigg bei einem ihrer Auftritt im L'Olympia. Während des Konzerts trug sie eine Halskette und einen Umhang, die denen des Jarls exakt gleichen. Zudem hat Frigg genau wie der Jarl verschiedenfarbige Augen.«

Andreas zeigte ihm das Video auf seinem Handy.

Der Kriminaldirektor dachte nach. Tatsächlich deutete alles darauf hin, dass Svea Jakobsson und Nina Mercier dieselbe Person waren. Dennoch fehlte ihnen ein handfester Beweis.

»Einverstanden, ich will das glauben. Doch vielleicht ist Nina Mercier auch nur für einen Urlaub nach Gotland geflogen. Vielleicht hat sie sich dort die Wikingersachen gekauft, von denen Sie sprechen. Oder nicht? Sie haben eine Person erwähnt, die sie begleitet hat.«

»Ja, Helen Lyngstad. Sie war mit Frigg auf Gotland. Wir wissen nicht, wer sie ist, aber wir haben auch sie im Verdacht.«

»Gut, ich verstehe.« Der Kriminaldirektor bestätigte ihnen, dass es zum jetzigen Zeitpunkt nicht gerechtfertigt sei, Frigg, eine der beliebtesten Sängerinnen des Landes, in Gewahrsam zu nehmen, schon gar nicht am Vortag ihres letzten Konzerts, auch wenn Anna davon überzeugt war, ihr ein Geständnis entlocken zu können. Falls sie sich irrten, hätten sie die Presse und sämtliche Fans der Künstlerin am Hals. Und nicht nur das ... Der Direktor wusste, dass Frigg nach ihrem letzten Konzert am morgigen Abend einen Empfang im Hôtel Georges V geben würde. Der Generalstaatsanwalt und die Bürgermeisterin von Paris waren dazu eingeladen. »Sobald Sie aussagekräftige Beweise haben, muss Ihr Staatsanwalt einen Haftbefehl erlassen und diesen an unseren Generalstaatsanwalt schicken.«

»Wir werden sie haben, diese Beweise«, erwiderte Anna knapp. Sie stand auf und bedeutete Andreas, ihr zu folgen.

»Warten Sie! Julien wird Sie begleiten. Er wird Ihnen nicht von der Seite weichen. Es ist ausgeschlossen, dass eine schwedische Kommissarin und ein Schweizer Kommissar ohne einen Reiseführer durch Paris spazieren.«

129

Zusammen mit ihrem französischen Kollegen Julien betraten Andreas und Anna die Boutique Gavilane. Die Türklingel erklang. Sie hatten das Gefühl, eine magische Höhle zu betreten, da die Räumlichkeiten mit Schmuck, Kleidungsstücken und allerlei anderen Dingen vollgestopft waren. Andreas erkannte sofort den Gothic-Style und die Totenköpfe der Halskette, die sie bei Svea in Sundre gefunden hatten, wieder. Dank der Punze auf dem Schmuckstück und dem Artikel über Frigg, den sie im Internet gefunden hatten, hatten sie eine Verbindung zu dem Pariser Designer herstellen können.

Ein komplett schwarz gekleideter Mann mit Zylinderhut kam ihnen aus dem Hinterzimmer des Ladens entgegen.
»Guten Tag, kann ich Ihnen behilflich sein?«
Anna sprach nur ein paar Worte Französisch, obwohl sie drei Jahre lang Französischunterricht in der Schule gehabt hatte. Sie überließ Andreas und Julien den Vortritt.
»Julien Roux von der Mordkommission und dies hier ist Andreas Auer, ein Kriminalkommissar aus der Schweiz.« Er holte seine Brieftasche hervor und hielt seinen Dienstausweis hoch.
Aden schaute misstrauisch. »Aus der Schweiz?«
»Ja, und Anna Lindström von der schwedischen Polizei«, ergänzte Julien.
»Was verschafft mir die Ehre? Drei Polizisten aus drei verschiedenen Ländern. Möchten Sie Schmuck verschenken?«
Der ungerührte Blick des Pariser Kommissars machte ihm deutlich, dass Scherze hier nicht angebracht waren.
Anna holte die Halskette aus ihrer Handtasche und legte sie auf den Tresen.
»Ist das eine Ihrer Kreationen?«, fragte Andreas.
Aden erkannte sie auf den ersten Blick. Bei den Augen der Totenköpfe handelte es sich um alte Kristalle aus der Kristallmanufaktur in Baccarat.
»Ja, die Kette habe ich entworfen. Sie ist ein Einzelstück.«
»Wissen Sie, an wen Sie sie verkauft haben? Sie führen doch sicher Buch darüber.«
»Ja, natürlich. Das muss ich allerdings nicht überprüfen. Ich weiß, wem sie gehört. Aber ...«
»Aber was?«, fuhr ihn Julien an.
»Haben Sie einen Haftbefehl oder so was in der Art? Ich habe meinen Ruf auf Diskretion aufgebaut. Ich habe viele sehr bekannte Kunden, und ich weiß nicht, ob ich –«
»Ich möchte nur einen Namen. Falls Sie es wünschen, kann ich auch mit einem Durchsuchungsbeschluss wiederkommen. Wir kommen zurück und stellen hier den ganzen Laden auf den Kopf, das müssen Sie entscheiden.«

Julien versuchte zu bluffen, denn in Wirklichkeit musste der schwedische Staatsanwalt eine Durchsuchung beim französischen Staatsanwalt anfragen. Den normalen Dienstweg zu beschreiten würde zu lange dauern, und das Verfahren wäre viel zu kompliziert.

Aden fühlte sich von dem stechenden Blick, der auf ihm lastete, eingeschüchtert. »Sie gehört Frigg, der Sängerin«, sagte er.

Andreas erblickte einen schwarzen Hut mit Pfauenfedern im Gothic-Stil, der hinter dem Tresen an einem Kleiderständer hing.

»Der sieht aus wie Friggs Hut, nicht wahr?«

Aden nickte.

»Eine Naht ist aufgegangen. Ich musste ihn ganz schnell reparieren. Es ist der Hut, den sie bei ihren Konzerten im L'Olympia trägt. Übrigens muss ihre Assistentin heute noch vorbeikommen, um ihn abzuholen.«

»Ihre Assistentin?«

»Ja, Helen.«

»Kann ich ihn mal sehen?«, fragte Julien.

Aden wollte den Hut gerade vom Haken nehmen, als ihn Julien daran hinderte und seinen Arm festhielt. Julien griff nach dem Hut und schaute ihn von unten an. »Haare ...«, murmelte er.

Julien wollte den Hut wieder aufhängen, als er Andreas' Blick begegnete. Nur die schwedische Staatsanwaltschaft konnte im Rahmen des Rechtshilfe- und Amtshilfeersuchens die Entnahme der Haare veranlassen. Für eine DNA-Analyse müssten diese dann nach Schweden geschickt werden. Ihm war klar, dass, wenn er sie jetzt mitnahm, das so gewonnene DNA-Profil nicht als Beweis in die Akte aufgenommen werden konnte, aber zumindest würden sie schnell eine Bestätigung ihres Verdachts erhalten.

Andreas lenkte Aden ab, während Julien ein paar Haare entnahm.

Bevor sie den Laden verließen, machte Julien deutlich, dass

es Aden ausdrücklich untersagt war, ihren Besuch gegenüber Friggs Assistentin zu erwähnen.

130

Als Andreas am Abend das Café Le Commerce betrat, erkannte er einige Gesichter wieder. Der Wirt begrüßte ihn und Anna. Julien gesellte sich kurz darauf zu ihnen. Er wohnte nur ein paar Häuserblocks entfernt und wusste, dass es in diesem Lokal ein köstliches Couscous gab. Die drei Polizisten hatten sich gegenüber der Bar ans Fenster gesetzt.

»Den offenen Rotwein bitte«, sagte Julien. Der Wirt brachte ihnen drei Gläser und eine Karaffe.

»Prost!«

»Und dreimal das Couscous bitte.«

»Mit Lamm, Huhn oder Merguez?«

Julien schaute zu seinen Gästen.

»Von jedem eins, danke.«

Julien legte ein paar Fotos auf den Tisch, die seine Kollegen in der Straße vor der Boutique Gavilane gemacht hatten. Auf den Fotos war Helen zu sehen, die Assistentin von Frigg. Die Frau trug einen langen dunklen Mantel, einen bordeauxroten Kapuzenschal und eine Sonnenbrille. Andreas nahm die Bilder und betrachtete sie aufmerksam eines nach dem anderen. Selbst auf der Vergrößerung konnte er die Frau nicht erkennen. Er legte sie zurück, seufzte und wippte mit seinem Stuhl nach hinten.

»Mach dir keine Sorgen, wir werden diese Frigg schon erwischen.«

»Das hoffe ich ...«

Seit ihrem Besuch in der Boutique Gavilane warteten sie auf die DNA-Analyse der Haare, die sie im Hut gefunden hatten. Andreas wollte endlich einen Schlussstrich unter seine Suche nach den wahren Mördern seiner Familienmitglieder ziehen können. Er war es ihnen schuldig, ihnen Gerechtigkeit widerfahren zu lassen.

Am Nachmittag hatte Julien Recherchen über Nina Mercier und Helen Lyngstad angestellt, die er nun für seine Kollegen kurz zusammenfasste. Nina Mercier hatte Georges Mercier 1981 geheiratet. Im vergangenen Jahr war ihr Mann nach langer Krankheit gestorben. In den Akten lautete Ninas Mädchenname Fältskog, doch dabei handelte es sich um eine falsche Identität. In Schweden existierte sie schlichtweg nicht. Sie musste daher Kontakt zu einem professionellen Fälscher gehabt haben, der ihr einen Reisepass und eine Geburtsurkunde angefertigt hatte. Auch die Identität Helen Lyngstads war gefälscht. Unerklärlicherweise besaß Helen eine Aufenthaltsgenehmigung für Frankreich, doch in Schweden existierte sie ebenfalls nicht.

Im Hintergrund lief ein Song der schwedischen Gruppe Abba.

Just another woman with no name
Not the girl you'd remember but she's still something special
If you knew her I am sure you'd agree
'cause I know she's got a little secret
Friday evening she turns out to be
Nina, pretty ballerina, now she is the queen of the dancing floor.

»Ich schätze, ihr kennt diesen Song?«, fragte der Wirt des Cafés. »Ich spiele ihn extra für euch.«

»Ja, natürlich, das ist Nina, Pretty Ballerina. Die Geschichte einer anonymen jungen Frau, die sich wie Aschenputtel verwandelt«, antwortete Anna.

»Nina, wie Nina Fältskog«, sagte Julien lachend.

Anna begann die Melodie zu summen.

»Was bin ich nur für eine Idiotin!«, rief sie plötzlich. Dann begann sie zu singen:

»Hey, hey, Helen
Can you make it alone?
Yes you can
So you're free at last
And beginning to forget the past
Does it make you sad
When you think about the life you ha-ha-had?
But you're right, you had to take a second chance.«

Julien und Andreas blickten sie verständnislos an.

»Das Lied handelt von Helen, einer jungen Frau, die eine zweite Chance bekommt, um sich ein neues Leben aufzubauen, auch wenn sie einen hohen Preis dafür zahlen musste ... Kapiert ihr nicht? Fältskog und Lyngstad sind die beiden Nachnamen der Sängerinnen von Abba. Und die Vornamen Nina und Helen stehen in den Titeln dieser beiden Songs.«

»Abba-Fans!«, rief Julien.

»Zwei Unzertrennliche, Austauschbare ...« Seit einigen Tagen dämmerte es Andreas, wer sich hinter der Identität von Helen Lyngstad verbarg. Als er nach Sundre zu Svea gefahren war, musste sie es gewesen sein, die ihn niedergeschlagen hatte. Und mittlerweile kannte er auch den Grund dafür, dass dieser Geruch von Bergamotte und Tabak ihn so abstieß. Die Indizien passten zusammen. Auf seine Bitte hin hatte Olle den Ocularisten kontaktieren können, der 1979 für Svea das Glasauge gefertigt hatte. Damals war er einer der wenigen gewesen, die solche Prothesen herstellten. In seinem Archiv hatte er Sveas Krankenakte gefunden. Da ihr Augapfel nicht hatte entfernt werden müssen, trug sie nur eine Skleralschale, die das beschädigte Auge bedeckte. Der Ocularist hatte Olle bestätigt, dass er für Svea zwei Stück in unterschiedlichen Farben anfertigen musste, ohne diesen seltsamen Wunsch verstanden zu haben.

131

Samstag, 6. August

Frigg saß vor dem Spiegel in ihrer Garderobe und blickte in ein ausgemergeltes Gesicht mit eingefallenen Wangen, die auch das Make-up nicht kaschieren konnte. Es war, als würde ihre fahle Haut sie mit den düsteren Aussichten, die sie erwarteten, konfrontieren. Frigg spürte, wie sie Schuldgefühle übermannten. Nach Gotland zurückzukehren und die alten Dämonen zu wecken war verrückt gewesen. Sie hatte sich überreden lassen, dass das Problem gelöst werden musste. Der verfluchte Clan! Sie hätte sich niemals den Namen einer Gottheit aneignen dürfen. Frigg ... Die Vornamen der Wikinger hatten häufig aus zwei Komponenten bestanden: aus einem Götternamen und einem Vornamen. Zum Beispiel setzte sich Thorleif aus Thor und Leif zusammen. Das brachte Glück, ein langes Leben und Gesundheit. Sie hätte Friggunn oder Frigglaug wählen sollen, denn denselben Namen wie eine Gottheit zu tragen barg ein enormes Risiko. Verfluchte jemand den fraglichen Gott, konnte alle, die diesen Namen trugen, ein böses Schicksal treffen. Ein zusammengesetzter Name hätte sie hingegen geschützt.

Frigg betrachtete ihre Augen im Spiegel und schraubte den Deckel einer kleinen zylindrischen Dose ab. Sie richtete ihren Blick nach oben, zog mit ihrem linken Zeigefinger das rechte untere Augenlid nach unten und entfernte dann mit einem Saugnapf die Prothese, um sie anschließend in der Dose zu verstauen. Dann nahm sie die andere Skleralschale mit der grünen Iris und schob sie behutsam unter das obere Augenlid und zog das untere Lid nach unten, bis die Prothese über den Augapfel glitt. Anschließend drückte sie leicht darauf, damit die Luft dahinter herausgepresst wurde. Sie betrachtete sich erneut im Spiegel. Nach dem Unfall, bei dem sie ihr Auge verloren hatte, hatte der Arzt den Augapfel nicht entfernt, allerdings war er verkümmert und sehr unästhetisch geworden. Sie hatte sich an einen Ocularisten in Stockholm gewendet. Dort war ihr die Idee mit den verschiedenfarbigen Augen für den Jarl gekommen. Ein paar Wochen später hatte sie, gerade rechtzeitig für das erste Clantreffen, ihre beiden eingefärbten Prothesen erhalten, eine in Grün und eine in Blau. So konnte sie nach Belieben mal die eine und mal die andere Prothese tragen. Sie war selbst überrascht von der Qualität dieser Skleralschalen. Der Ocularist hatte ihr erklärt, dass sie mit einer transparenten feuerpolierten Glasschicht überzogen waren, die die Tiefenwirkung des Blickes und den natürlichen Glanz und das Strahlen des Auges simulierte. Das Ergebnis war beeindruckend. Die Schale passte sich exakt den Bewegungen des Augapfels an und war praktisch als Kunstauge nicht zu erkennen.

Svea hatte blaue Augen, Frigg ebenfalls. Doch hier auf der Bühne würde Frigg zum ersten und zum letzten Mal während des gesamten Konzerts verschiedenfarbige Augen haben … genau wie der Jarl Dvalin.

An einem Kleiderhaken hing das Outfit, das sie für ihr letztes Chanson tragen würde: ein weißes Satinkleid, ihr Gürtel und ihr *Valshamr*, Freyjas Umhang aus Falkenfedern. Vor ihr lag die *Brisingamen*-Halskette. Ein letztes Mal würde sie Freyja sein!

Sie war bereit, die Bühne zu betreten.

132

Eine Stunde vor Beginn des Konzerts hatte der schwedische Staatsanwalt einen Haftbefehl erlassen. Das DNA-Profil der Haare, die aus Friggs Hut entnommenen worden waren, stimmte mit dem der Mutter des geopferten Babys überein. Und diese DNA hatten sie auch am Helm des Jarls und im Haus in Sundre gefunden. Die Verbindung von Svea und Frigg war bewiesen.

Julien und einer seiner Kollegen überholten, gefolgt von

Anna und Andreas, eine Schlange von etwa hundert Menschen, die noch versuchten, ein Ticket zu bekommen. Das Konzert war restlos ausverkauft und würde in weniger als einer halben Stunde beginnen. Die vier Polizisten präsentierten den Sicherheitsleuten ihre Dienstausweise. Nach einigem Hin und Her wurde der Direktor des Konzerthauses gerufen, der sie einließ. Nachdem er den Haftbefehl gesehen hatte, war er am Boden zerstört. Er versuchte sie zu überreden, das Ende der Vorstellung abzuwarten, doch Julien machte ihm schnell klar, dass sie nicht gekommen waren, um seinen Befindlichkeiten nachzukommen. Sollte er den Konzertbesuchern ihr Geld zurückzahlen müssen, sei das nicht sein Problem. Widerstrebend führte er sie zu den Garderoben. Alle, die sich hinter der Bühne befanden, beäugten den Direktor und die Gruppe, die ihm folgte. Er hielt an und zeigte auf den Raum, in dem sich ihre Garderobe befand. Julien klopfte und öffnete die Tür. Frigg stand dem Ermittler Auge in Auge gegenüber. Sie trug ein schwarzes Kleid und einen Hut. An ihrem Hals funkelte ein üppiges vergoldetes Geschmeide mit türkisfarbenen Steinen.

»Nina Mercier, Sie sind vorläufig festgenommen.«

Frigg verharrte reglos und mit offenem Mund.

»Drehen Sie sich bitte um und nehmen Sie die Hände auf den Rücken.«

Julien holte Handschellen hervor und legte sie um Friggs Handgelenke. Sie war völlig benommen. Sie würde nie wieder auf der Bühne stehen ... Es war ihr letzter Abend. Im Saal befanden sich viele Prominente, die nur wegen ihr gekommen waren. Sie hatte sich so auf diesen Moment gefreut. Den Applaus zu hören, immer und immer wieder. Ihr Traum zerbrach gerade in tausend Stücke.

Der Polizist ließ sie vorgehen und eskortierte sie auf den Flur. Ihr gegenüber starrte sie ein Mann ungewöhnlich intensiv an. Andreas Auer. Jonas.

Andreas betrachtete die verschiedenfarbigen Augen. Zum ersten Mal konnte er ihren Blick in sich aufnehmen und sich sämtliche Details ihres Gesichts einprägen. Endlich fand er bestätigt, was ihn quälte. Die Frau, die vor ihm stand, war nicht identisch mit der Person, die ihn im Alter von fünf Jahren verfolgt hatte. Dessen war er sich jetzt sicher. Er konnte sich nicht ganz genau an alle Einzelheiten des Gesichts dieses Menschen erinnern und hätte sicherlich auch kein Phantombild anfertigen können. Einer Sache war er sich jedoch sicher: In dem Moment, in dem er der Person von damals gegenüberstand, würde er sie wiedererkennen. Und Svea alias Frigg war nicht diese Person.

Frigg alias Nina Mercier war Svea Jakobsson. In ihrem schwarzen Kostüm wirkte sie hilflos. Sie war blass, und Andreas erkannte trotz ihres Make-ups, wie zerbrechlich sie war. Es war unvorstellbar, dass sie der Jarl war, der den Tod verbreitet hatte. Er konnte sich nicht vorstellen, dass sie das Opfern ihres eigenen Babys organisiert und fünf Menschen brutal ermordet hatte. Er hatte in seinem Leben schon viele Mörder gesehen und war sicher, sich nicht zu irren. Sie hatte auch Linda Gardell nicht getötet. Das erschien ihm völlig widersinnig.

Die Frage, die Måns David während des Verhörs hätte stellen müssen, lautete: War er sicher, dass sich 1979 während der Ermordung des Babys und der gesamten Familie Sandelin sowie während der Hinrichtung Linda Gardells unter dem Wikingerhelm des Jarls Svea verborgen hatte?

133

Paris
Freitag, 19. November 1982

Frigg saß vor dem Spiegel in ihrer Garderobe. Ihre Karriere hatte mit einem Blitzstart begonnen. Ihre Single, der Erfolg ihres ersten Fernsehauftritts, ein Album, das die Charts stürmte, und heute Abend ihr erstes Konzert im L'Olympia!

Sie blickte in das strahlende Gesicht einer jungen Frau, die auf die Bühne gehen würde, um dort ihrem Publikum zu begegnen. Dennoch hing ein dauerhafter Schatten über ihrem Leben. Selbst in den glücklichsten Momenten wurde sie von düsteren Bildern heimgesucht.

Sie dachte an die Jahre '78 und '79 zurück. Ihre Vergewaltigung. Ihr Kind. Ihre Krankheit. Die Morde. Die Glieder einer zerbrochenen Lebenskette. Der Übergriff hatte sie für immer zerrüttet. Sie fühlte sich beschmutzt. Im Gegensatz zu vielen jungen Menschen ihrer Generation, die von der ein paar Jahre zuvor eingeläuteten sexuellen Revolution profitierten, hatte Frigg einen anderen Weg gewählt. Auch wenn das Leitbild des Mädchens, das bei seiner Hochzeit noch Jungfrau war, quasi komplett verschwunden war, hatte sie sich von den anderen abheben und auf den Mann ihres Lebens warten wollen. Doch ihr Traum war zerstört und vernichtet worden. Svea hatte sich in Luft aufgelöst – und der Jarl Dvalin hatte ihren Platz eingenommen.

Es war Bengts Idee gewesen, den Wikingerclan zu gründen. Sie hatte darauf bestanden, der Jarl zu werden. Eine männliche Identität zu verkörpern war ihr als beste Lösung erschienen, um die Frau verschwinden zu lassen, die sie einst gewesen war und als die sie sich nicht mehr ertragen konnte. Bei ihrer Ankunft in Frankreich hatte sie erneut ihre Identität gewechselt und angefangen, wieder zu ihrer Weiblichkeit zu stehen. Damals war sie zu Frigg geworden.

134

Friggs persönliche Assistentin Helen Lyngstad saß in der ersten Reihe des Saals. Das Konzert würde gleich beginnen. Es würde ihr letzter Auftritt sein. Die anderen Abende waren unglaublich gut gelaufen. Die Presse war voll des Lobes gewesen. Frigg hatte nicht mehr die gleiche Stimme wie in ihrer Jugend, das war unbestreitbar. Dennoch liebte sie sie. Sobald Frigg anfing zu singen, fühlte sie sich von ihr in andere Sphären versetzt. Nach der Entdeckung ihrer Krankheit und den jüngsten Ereignissen war sie froh, dass Frigg noch einmal die Bühne betreten konnte. Ihr wäre es lieber gewesen, wenn sie bei ihrem üblichen Outfit geblieben wäre, aber sie konnte ihr nichts abschlagen. Frigg hatte entschieden, bei ihrem letzten Chanson wie Freyja auszusehen.

Helen sah, wie sich der Vorhang bewegte.

Ein Mann trat auf die Bühne und teilte über Mikrofon mit, dass sich Frigg unpässlich fühle. Das Konzert müsse leider abgesagt werden, die Karten würden zurückerstattet. Er entschuldigte sich kurz und verschwand dann wieder hinter dem Vorhang. Irritiertes Gemurmel erfüllte den Saal.

Helen erhob sich und eilte zum Künstlerbereich. Auf dem Flur zu Friggs Garderobe sah sie zwei Männer, die Frigg in Handschellen abführten.

»Svea!«

Plötzlich ist sie wieder in Sundre, im Jahr 1979. Als sie bei Svea eintrifft, ist sie angesichts der apokalyptischen Szene, die sich ihr bietet, sprachlos. Svea hat sie angerufen und gebeten zu kommen. Das war das Einzige, das sie aus dem unverständlichen Gefasel herausgehört hat. Svea sitzt auf einem Stuhl in der Küche. Sie gibt ihrem Neugeborenen die Brust. Auf dem Boden Vera, in einer Blutlache. Neben Svea auf dem Tisch das Messer, mit dem sie ihre Mutter erstochen hat.

»Was hast du getan, Svea?«

»Es ist ein Dämon. Ich habe ihn umgebracht!«

Sveas Krankheit ist schlimmer geworden. Sie hat wieder Halluzinationen. Zwei Wochen zuvor hat ihr Svea enthüllt, dass sie schwanger war, aber dass niemand es bemerkt hätte.

»Von wem ist das Kind, Svea?«

»Bengt ist der Vater.«

»Was? Aber du redest doch Unsinn!«

»Er hat mich in Stockholm besucht ...«
»Ja, letztes Jahr, aber das ist unmöglich!«
»Nein, ich schwöre, es ist Bengt. Ich war betrunken. Sie haben mich auf ein Zimmer im ersten Stock gebracht. Laut David ist Bengt unter dem Vorwand bei mir geblieben, dass man mich ausziehen müsse, weil ich auf meine Kleidung gekotzt hätte. Und dann hat er mich vergewaltigt.«
Sie zählt die Monate. Es passt. »Kümmere dich um das Baby. Ich werde versuchen, das hier in Ordnung zu bringen.«
Svea steht von ihrem Stuhl auf und verlässt die Küche. Sie dreht sich um. »Ich habe sie Gersimi genannt.«
»Was ist das denn für ein Name?«
»Gersimi ist die Tochter von Freyja und Óðr. Ihr Name bedeutet ›Kostbarkeit‹. Aber dieser Schatz ist nicht für mich. Er ist für Freyja bestimmt. Er muss für sie geopfert werden.«
Svea setzt sich mit ihrem Kind auf dem Arm ins Wohnzimmer.
Sie selbst durchsucht die Anrichte im Wohnzimmer und anschließend die Küchenschränke. Sie braucht Alkohol. Sie findet keinen. Sie erblickt einen Fünf-Liter-Alukanister, auf dem ein Zettel klebt, den jemand handschriftlich mit *Mila* beschriftet hat. Sie nimmt ihn aus dem Regal und öffnet ihn. Starke Ethanoldämpfe steigen auf. Sie gießt etwas davon in ein Glas und löst es in Mineralwasser auf. Sie schluckt den Inhalt des Glases in einem Zug runter. Ihre Kehle brennt. Sie ist außer sich. Sie hätte nie gedacht, dass Bengt zu solch einer Schandtat fähig sei. Jetzt ist nicht die Zeit, zaghaft zu sein. Sie muss die Leiche verschwinden lassen und das Blut aufwischen. Doch zunächst schenkt sie sich ein zweites Glas ein. Der Geschmack ist abscheulich. Aus einem Schrank holt sie Bettlaken und wickelt Veras Körper darin ein. Sie entschließt sich, die Leiche erst einmal in den Keller zu schleppen und sie in der Tiefkühltruhe zu verbergen, bis sie weiß, was sie damit machen soll. Sie öffnet den Deckel und wuchtet mühsam die leblose Masse hinein. Sie würde später darüber nachdenken, wie sie sie los wird. Sie geht wieder hinauf in die Küche und beginnt,

mit einem Aufnehmer das Blut vom weißen Fliesenboden zu wischen. Plötzlich überkommt sie ein Gedanke. Bengt! Sie hasst ihn für seine Lügen, seinen Verrat, seine Feigheit ... Sie kocht vor Wut. Sie betrachtet den Säugling. Svea hat recht. Dieser Schatz ist nicht für sie bestimmt. Das Baby muss geopfert werden. Den Göttern geopfert werden. Für Svea. Für sie. Für sie beide. Und Bengt selbst wird die Zeremonie leiten ...

Verbissen und voller Wut räumt sie alles auf und macht sauber. Dann ruft sie Svea. Sie setzen sich an den Küchentisch. Sie stürzt ein drittes Glas Alkohol hinunter. Sie unterbreitet Svea ihre Absichten, die zustimmend nickt. Gemeinsam werden sie Bengt dafür zahlen lassen!

Svea sagt ihr, dass sie nicht mehr die Kraft hat, den Jarl zu verkörpern. »Nimm meinen Platz ein.«

Sie weiß sehr gut, dass Svea in ihrem Zustand und mit ihrer Krankheit die Rolle nicht mehr spielen und auch die in gut einem Monat stattfindende Zeremonie nicht mehr leiten kann.

»Und die Augen? Die Augen! Sie sehen sofort, dass der Jarl nicht mehr derselbe ist. Die Stimme lässt sich verändern, aber die Augen?«

Das ungeheuerliche Verhalten Bengts befeuert ihre Wut. Bengt muss dafür bezahlen. Was er Svea angetan hat, darf nicht ungestraft bleiben. Sein schändlicher Verrat verdient Rache. Sie denkt an Odin, an den Brunnen des Mimir, an die Quelle der Weisheit und des Verstandes, die auf alle Zeiten von dem abgeschlagenen Kopf des Riesen bewacht wird. Mimir erlaubt Odin, von dem Wasser zu trinken, und fordert im Gegenzug dafür eines seiner Augen. Odin kommt der Forderung nach, reißt sich sein blaues Auge heraus, wirft es auf den Grund der Quellen und erhält dadurch Zugang zu den Geheimnissen der Weisheit der Welt.

Sie schaut auf das Glas vor sich. Sie füllt es erneut, trinkt es in einem Zug aus und schleudert das Glas mit voller Wucht gegen die Wand. Es zerbricht in tausend Splitter.

Instinktiv greift sie nach dem Messer, das noch auf dem

Tisch liegt, und führt es unter Sveas entgeistertem Blick an ihr rechtes Auge.

135

In ihrer Panik hatte Helen sie gerade bei ihrem richtigen Vornamen gerufen. Sie dachte an ihr Glück, das sie nach den Ereignissen auf Gotland für immer verloren geglaubt hatte. Sie liebte Svea aus tiefstem Herzen. Sie waren wie zwei Seelen, die auf die gleiche Katastrophe zutrieben und dann an denselben Strand gespült wurden. Nichts hatte diese unzertrennliche Verbindung vorherbestimmt. Sie hatte sich als das Natürlichste der Welt ergeben. Sie hatten nie darüber sprechen müssen, was passiert war. Denn sie beide hatten gespürt, dass sie für den Rest ihres Lebens zusammenbleiben würden. Die blinde Wut, die sie gegenüber Bengt empfunden hatte, kam aus ihrem Innersten. Sie hatte diesen unbändigen Drang verspürt, sie zu rächen und Blut zu vergießen. Dieses Baby durfte nicht leben. Es war die unglückliche Frucht einer Vergewaltigung. Es trug die Last der Begierde seines Erzeugers in sich. Und vor allem die seiner Feigheit.

Sie ging auf Svea zu und wandte sich dann an die Polizisten, die sie eskortierten.

»Was wollen Sie von ihr? Sie können doch nicht ...«

Helen spürte eine Hand auf ihrer Schulter und wandte sich um. Ein Mann stand ihr direkt gegenüber. Sein Blick durchbohrte sie. In dem Gewühl hatte sie ihn nicht gesehen. Jonas!

Die Frau, die vor Andreas stand, hatte blaue Augen und lange braune, von einigen grauen Strähnen durchzogene Haare. Ihr Gesicht war faltig. Was jedoch ihr Blick sagte, als sie ihn erkannt hatte, ließ keinen Zweifel aufkommen.

Sie verströmte einen Geruch von feuchtem Tabak mit einem Bergamotte-Aroma. Sie konsumierte immer noch *Snus*.
»Schön, dich wiederzusehen, Johanna.«

136

Paris
Freitag, 19. November 1982

Es war das Jahr 1982, als in Frankreich noch alles leicht war. Der neue sozialistische Präsident hatte die Schleusen geöffnet, die große Zeit des Geldes hatte begonnen. In Paris schien der Wahnsinn ausgebrochen zu sein, alle Konzertsäle waren ausverkauft. Bei Friggs Premiere im L'Olympia wäre es am Boulevard des Capucines beinah zu einem Aufstand gekommen. Helen saß in der ersten Reihe. Helen war der Vorname, den sich Johanna ausgedacht hatte, als sie Schweden verließ. Er klang gut, war international und anonym, man konnte ihn überall tragen. In dem großen roten Saal hörte Helen plötzlich ein surrendes Geräusch. Der Vorhang bewegte sich. Als er sich öffnete, machte sich eine große Stille breit, die sofort endete, als das Publikum Frigg erblickte. Sie saß bereits an ihrem Klavier und begann die ersten Noten zu spielen. Helen schloss die Augen, ließ sich von der Melodie tragen und dachte an jenen Tag zurück, an dem sie Frigg so nahe gekommen war.

Johanna hatte Sveas Platz einnehmen und den Jarl verkörpern müssen. Das war 1979 gewesen. Im April. Ein gewaltiger Zorn hatte sie erfasst. Die Wut der Verzweiflung. Ein Irrsinn. Sie war kurz davor gewesen, sich ein Auge auszustechen. Sie hätte es durch ein Glasauge ersetzen können und wie der Jarl zwei unterschiedliche Augenfarben gehabt. Doch im letzten Moment hatte sie das Messer zurückgelegt. Es gab eine einfachere Lösung.

Um Zeit zu haben, sich um Svea zu kümmern und das nächste Clantreffen vorzubereiten, hatte sie ihren Hausarzt überzeugt, sie für drei Wochen arbeitsunfähig zu schreiben. Anschließend hatte sie zehn Tage Urlaub genommen.

Sie hatte an ihrer Stimme gearbeitet und Beschwörungsformeln und Litaneien der Wikinger gelernt. Heimlich hatten Svea und sie schließlich ihre Kostüme und Rollen getauscht. Während der Opferzeremonie von Gersimi hatte niemand etwas davon bemerkt. Sie hatten andere Dinge im Kopf gehabt als diese Stimme, die nicht mehr ganz dieselbe war. Und es war ihnen allen dreckig gegangen. Einige waren ekstatisch, andere euphorisch gewesen. Das Fliegenpilzpulver hatte gewirkt. Nur Svea, die ihren Platz im Kostüm des Alfrigg eingenommen hatte, und sie selbst hatten es nicht konsumiert, um einen klaren Kopf zu bewahren. Sie hatte dem Baby Valiumtropfen verabreicht, damit es ruhig war und schlief. Trotzdem war es zwischendurch aufgewacht und hatte geweint. Sie hatte den Moment genossen, als sie Bengt das Messer gereicht hatte, damit er Gersimi töten konnte. Dieser Augenblick der Rache hatte bei ihr Glückshormone erzeugt. Ohne es zu wissen, hatte Bengt sein eigenes Kind geopfert. Sie hatte danach das Blut des Säuglings in einem Behälter aufgefangen, hatte den Inhalt in das Horn gegossen und es an die Lippen geführt. Ein eisenhaltiger Geschmack hatte sich in ihrem Mund ausgebreitet. Der Geschmack der Rache.

Als Höhepunkt ihrer Rachsucht hatten sie geplant, die Opferzeremonie des Babys abzuwarten, bis alle einschließlich David weg waren. Dann hatten sie Bengt nach dem Blutadler-Ritual töten wollen. Die gesamte Ausrüstung war da, das Skalpell, der Astschneider, der Gasbrenner, das Brandzeichen, um das *Valknut* einzubrennen. Doch die Flucht von Jacob und Vilhelmina während der Zeremonie hatte sie gezwungen, ihren Plan zu ändern. Sie hatte die Sache in die Hand genommen. Die Deserteure mussten hingerichtet werden. Sie hatte die Clanmitglieder, die noch unter Schock und Drogeneinfluss standen, abstimmen lassen. Als alle gegangen waren, hatte sie

Bengt und David losgeschickt, um das Baby in einem Loch zu begraben, das sie beide zuvor gemeinsam ausgehoben hatten. Als die Männer zurückkamen, hatte sie ihnen Anweisungen gegeben. Selbst sie schienen den Rollentausch nicht bemerkt zu haben.

Zu viert waren sie dann zu den Sandelins gefahren. Bengt und David in einem Auto, Svea und sie in einem anderen. Sie hatten ihre Kostüme und Helme anbehalten, aber Johanna hatte ihren Umhang mit den Falkenfedern abgelegt, um mehr Bewegungsfreiheit zu haben. Als sie das Haus betraten, war sie von einer rasenden Lust zu töten erfasst worden. Nichts und niemand konnte ihrem Wahn Einhalt gebieten.

Nachdem sie mit der Sandelin-Familie fertig waren, war David in das Hotel nach Visby zurückgekehrt, um am nächsten Tag wieder nach Stockholm zu reisen. Bevor sie ins Auto stiegen, hatten sie alle drei ihre Helme abgenommen. Sie saß am Steuer. Bengt hatte sie vom Beifahrersitz aus fassungslos und wütend angestarrt. Am Ende hatte er den Schwindel durchschaut.

»Ihr seid ja vollkommen irre, ihr beiden!«, schreit Bengt.

Johanna wendet ihm den Kopf zu und schaut ihn verächtlich an.

Als Bengt ihre verschiedenfarbigen Augen entdeckt, ruft er: »Was zum Teufel hast du mit deinem Auge gemacht?«

Während Johanna Bengt fixiert, entfernt sie die Skleralprothese von ihrem Auge und reicht sie Svea, die dafür aus ihrer Tasche eine kleine Dose geholt hatte.

»Ah, das tut gut, dieses Ding hier rauszunehmen.« Ihr Auge ist gereizt und schmerzt. Ihr Blick ist verschwommen.

»Wem gehörte das Baby?«, fragt Bengt.

»Es war meins.«

Die Worte kommen von der Rückbank. Bengt dreht sich um und schaut Svea an. »Und dann habt ihr mir auch noch Pilze eingeflößt, ohne dass ich davon wusste!«

»Schweig, Bengt!«, sagt Johanna, ohne sich aus der Ruhe bringen zu lassen.

»Ich soll still sein? Wir haben ein Baby geopfert und Menschen getötet!«
»*Du* hast ein Baby geopfert«, erwidert Johanna.
»Ich hatte von Anfang an das Gefühl, dass etwas nicht stimmt. Aber ich wusste nicht, was es war. Und dann haben die Drogen das Ihre getan. Warum diese ganze Inszenierung? Herrgott, erklärt es mir.«
»Hör auf, Gott zu lästern. Stattdessen solltest du lieber die Götter heraufbeschwören.«
»Ihr ...«
Johanna parkt das Auto hinter Bengts Werkstatt. Sie gehen die Treppe hinauf zu seiner Wohnung und begeben sich in die Küche.
»Antwortet ihr mir jetzt endlich?«
»Dieses Baby war deines, Bengt«, schleudert ihm Johanna entgegen.
»Du erinnerst dich doch sicher noch an die Party in Stockholm?«, ergänzt Svea.
»Johanna, du bist ...«
»Was bin ich denn, Bengt?«
»... ein Monster.«

Als sie bei Bengt ankamen, hatte sich der Ton zwischen Johanna und Bengt weiter verschärft. Er hatte einen Stuhl ergriffen, um sie damit niederzuschlagen. Verloren in ihrem eigenen Universum war Svea plötzlich aus ihrer Lethargie erwacht. Sie hatte eine schwere gusseiserne Pfanne genommen und sie Bengt auf den Kopf geschlagen. Er war wie ein Stein auf den Fliesenboden gesunken. Sie hatten ihm sein Kostüm aus- und andere Kleidung angezogen und ihn anschließend gefesselt und geknebelt in die Besenkammer gesperrt.

Danach war Johanna heimgefahren. Kaum dass sie zur Haustür reingekommen war, hatte das Telefon geklingelt. Albin bat sie, sofort nach Fide zu einem Tatort zu kommen. Bevor sie losfuhr, hatte sie die Wunde an der Augenbraue gereinigt, die sie sich bei der Verfolgung von Jonas zugezogen hatte, dann hatte sie geduscht, sich angezogen und sich wieder auf den Weg gemacht.

In der nächsten Nacht hatten sie Bengt zu Svea nach Sundre geschafft. Sie hatten beschlossen, ihn in einem verlassenen Bunker nahe der Küste zu verstecken. Das Grundstück war ein paar Dutzend Hektar groß, und zwischen dem Haus und dem Meer gab es keine Nachbarn. Niemand kam je hierher. Von dem befestigten Unterstand war lediglich ein abgerundetes Dach sichtbar, der Rest befand sich unter der Erde. Um hineinzugelangen, musste man ein paar Stufen hinabsteigen und eine schwere Metalltür öffnen. Dahinter gelangte man in einen knapp zwei Quadratmeter großen Raum, bevor man in den Schießstand klettern konnte, dessen einzige zum Meer hin ausgerichtete Öffnung eine Scharte für Maschinengewehre war. Sie hatten eine Matratze auf den feuchten Boden des Bunkers gelegt und einen Wasserkanister sowie etwas Nahrung hingestellt, damit er ein paar Tage überleben würde.

Am späten Abend hatten sie im Namen des Jarls eine Botschaft an die Clanmitglieder aufgesetzt, in der sie ihnen drohten, ihnen auftrugen zu schweigen und sie daran erinnerten, dass niemand Freyjas Kinder verlassen durfte. Sie alle wüssten, was Deserteuren drohte.

Svea hatte die Insel ein paar Tage nach den Morden verlassen. Johanna würde sie einige Wochen später in Stockholm treffen, doch zuvor musste sie noch ein großes Problem aus der Welt schaffen: Jonas war ihnen entkommen. Er lebte. In der Nacht, in der seine Familie ermordet worden war, hatte er ihr Gesicht gesehen. Bei den Asplunds hatte Jonas noch unter Schock gestanden, doch er hatte sie wiedererkannt. Falls seine Erinnerung zurückkäme, würde er vielleicht Albin davon erzählen. Das durfte nicht geschehen. Am Abend nach der Beerdigung der Sandelins hatte Johanna daher entschieden, Albin zu beschatten. Sie war sich sicher, dass er Jonas in seiner Fischerhütte in der Nähe von Lickershamn versteckte. Albin hatte diesen Ort einmal beiläufig in einem Gespräch erwähnt, und als sie ihn nach der Beerdigung auf die Hütte angesprochen hatte, hatte sie für den Bruchteil einer Sekunde gespürt, wie er innerlich zusammengezuckt war.

Sie war Albin mit großem Abstand gefolgt. Als sie am Hafen eintraf, entdeckte sie sein Fahrzeug. Sie stellte ihr Auto ab, zog sich eine kugelsichere Weste unter ihrer Jacke an, lud ihr Jagdgewehr und begann die Küste entlangzulaufen. Als sie die Klippen erreichte, hatte sie im Halbdunkel zwei Personen ausmachen können, eine größere und eine kleine. Albin und Jonas. Und eine weitere verschwommene Gestalt, die sich in einigem Abstand dahinter befand. Sie hatte nach ihrer Waffe gegriffen. Als sie sah, dass Albins Schatten schnelle Bewegungen machte, hatte sie das Gewehr angelegt, war aber durch das Gewicht der Weste in der Bewegung behindert worden. Zwei Schüsse waren gleichzeitig gefallen. Albins Kugel hatte ihren Arm gestreift. Ihre Kugel hatte ihr Ziel verfehlt und war in der Nacht verschwunden. Ein weiterer Schuss wurde abgefeuert. Sie hatte einen fürchterlichen Schlag gegen die Brust verspürt, ihre Waffe fallen gelassen und war unter der Wucht des Aufpralls nach hinten gekippt. Als sie die Klippen hinabstürzte, hatte ihre Schulter einen Stein gelöst, der daraufhin den steilen Abhang hinunter ins Wasser gefallen war. Ein Baum hatte ihren eigenen Sturz gebremst, und glücklicherweise war es ihr gelungen, sich an einem seiner Äste festzuhalten. Sie hatte an der Felswand Halt gefunden und sich nicht geregt. Dann hatte sie das Geräusch der Schritte vernommen, mit denen Albin sich dem Rand der Klippen genähert hatte. Er war den steilen Pfad hinuntergelaufen. Sie hatte gehört, wie er auf dem Kies herumgelaufen war, bevor er wieder zurück zu den anderen hinaufgeklettert und verschwunden war.

Die Kälte hatte sich in ihre steifen Muskeln geschlichen. Der Schmerz in ihrem Arm war unerträglich geworden. Trotz ihrer Verletzung und ihrer ausgekugelten Schulter hatte sie es irgendwie geschafft, die Klippe wieder zu erklimmen. Sie war zu ihrem Auto zurückgekehrt, hatte ihre Dienstwaffe aus dem Handschuhfach genommen und war zu Albins Hütte gegangen. Sie war leer. Sie hatten den Ort verlassen und dabei nicht mal mehr die Tür verschlossen. Sie hatte ihre Wunde versorgt. Das Projektil hatte das Fleisch lediglich aufgeschürft. Dann hatte sie sich hingelegt, bevor sie sich im Morgengrauen wieder auf den Weg machte. Es war die perfekte Gelegenheit gewesen, ihr Verschwinden vorzutäuschen. Sie hatte ihre kugelsichere Weste vergraben, war quer durch den Wald gelaufen und hatte dann auf einem Bauernhof ein Fahrrad gestohlen, um zur Hauptstraße zu fahren. Von dort aus hatte sie den Bus zurück nach Sundre genommen.

Bengt war immer noch in dem unterirdischen Bunker nahe der Küste gefangen. Sie war seit einigen Tagen nicht mehr da gewesen. Sie konnte ihn nicht am Leben lassen. Es war für ihn an der Zeit, nach Helheim einzugehen. Als sie eingetreten war, war ihr ein Geruch nach Exkrementen entgegengeschlagen. Bengt hatte ein eingefallenes Gesicht gehabt und hatte geschwächt gewirkt. Sie hatte ihn aus dem Bunker geholt, indem sie ihm mit ihrer Dienstwaffe gedroht hatte. Nachdem sie ihm Handschellen zugeworfen hatte, hatte sie ihm befohlen, die Hände auf den Rücken zu nehmen, sich die Schellen anzulegen, und ihn gezwungen, auf den alten Geländewagen von Sveas Vater zu klettern. Sie war mit ihm in der Nähe von Burgsvik an eine Stelle gefahren, an der er regelmäßig schwimmen ging. Sie hatte ihn mit vorgehaltener Waffe angewiesen, ins Wasser zu gehen, hatte ihn umgestoßen und seinen Kopf so lange unter Wasser gedrückt, bis keine Luftblasen mehr aufgestiegen waren. Danach hatte sie die Handschellen entfernt, ihm die Kleidung ausgezogen und seine Leiche wegtreiben lassen. Bevor sie weggefahren war, hatte sie die nasse Kleidung zusammengepackt und andere Kleidungsstücke von Bengt ans Ufer gelegt.

Um unauffällig zu verschwinden, hatte sie den Bus nach Visby genommen und ihr Fährticket bar bezahlt. In Stockholm angekommen war sie zur Jugendherberge gegangen, um dort wie vereinbart Svea zu treffen, doch sie war nicht mehr da. Die Fünfzigjährige an der Rezeption hatte ihr nur gesagt, dass sie eines Tages nicht mehr zurückgekommen sei.

Die Presse hatte eine Vermisstenanzeige mit Johannas Foto verbreitet, daher hatte sie für eine Weile untertauchen müssen und in einem verkommenen besetzten Haus gelebt. Sie hatte ihre langen braunen Haare abgeschnitten und Jeans, einen alten Pullover und eine Mütze getragen, wenn sie tatsächlich ab und zu mal losgezogen war, um sich etwas zu essen zu kaufen oder nach Svea zu suchen. Schließlich hatte sie das Mädchen gefunden, das Svea bei sich beherbergt und die ihr von Sveas Selbstmordversuch erzählt hatte. Danach hatte sie mehrere Wochen gebraucht, um Svea in einer Klinik ausfindig zu machen. Nachdem sie sie dort herausgeholt hatte, war es ihr gelungen, ihnen falsche Identitäten zu verschaffen. Die Suche nach ihr hatte nachgelassen, was ihnen die Möglichkeit gegeben hatte, ein wenig aus dem Schatten hervorzukommen. Sie hatten sich ein Zimmer gemietet, und Svea hatte in einem Luxushotel Arbeit als Pianistin und Sängerin gefunden.

Nach ihrem Umzug nach Paris hatte Johanna entschieden, in Friggs Schatten zu leben. Sie würde ihre *Fylgja*, ihr Schutzelf, sein. Sie würde ihr überallhin folgen und sie beschützen. Seitdem hatten sie und Svea sich nie mehr getrennt.

Johanna tauchte aus ihren Gedanken auf, als sie den Applaus des Publikums hörte und danach Friggs warme, tiefe Stimme ertönte, die mit ihrer männlichen Stimmlage und dem leicht rauen, samtigen Vibrato unverwechselbar war.

137

Montag, 8. August

Nach Sveas und Johannas Verhaftung in Paris war Andreas zu Mikaël nach Bläse zurückgekehrt. In Anbetracht der Umstände hatte Andreas seinen Aufenthalt verlängern können, und seine Teamleiterin hatte ihm versichert, dass nach seiner Rückkehr mehr als genug Arbeit auf ihn warten würde. Karine hatte jedoch in die Schweiz zurückkehren müssen.

Anna hatte Andreas die neuesten Informationen zu den Ermittlungen zukommen lassen: Der schwedische Staatsanwalt hatte einen Antrag auf Verhaftung zwecks Auslieferung gestellt. Johanna würde demnach in Schweden bald wegen Anstiftung zum Mord angeklagt werden – da sie Linda Gardell nicht selbst den Kopf abgeschlagen, sondern Henrik dazu gezwungen hatte – und wegen Störung der Totenruhe, da sie an dem Opfer den Blutadler-Ritus vollzogen hatte. Sveas Fall war komplizierter. Die französischen Behörden lieferten ihre Staatsangehörigen nicht aus, allerdings war Svea aufgrund von gefälschten Dokumenten zur französischen Staatsbürgerin geworden. Der Staatsanwalt hoffte, dass ihre Einbürgerung für ungültig erklärt würde und sie daher ebenfalls in Schweden und aus denselben Gründen wie Johanna vor Gericht gestellt werden könnte.

Es hatte im Laufe der Ermittlungen einige Hinweise gegeben, die Andreas auf Johannas Spur gelenkt hatten. Entscheidend war jedoch der Moment gewesen, als Mikaël und Karine gemerkt hatten, dass sie Frigg am Flughafen gesehen hatten – und dass sie von einer braunhaarigen Frau begleitet worden war, die den Gepäckwagen mit dem Louis-Vuitton-Koffer geschoben hatte.

In Andreas' wiedergewonnener Erinnerung war die Person, die ihn durch das Haus bis in den Keller gejagt hatte, eine Frau mit verschiedenfarbigen Augen gewesen. Und er hatte das Gefühl gehabt, dass es nicht Svea gewesen war. Auf Andreas' Bitte hin hatte Carla aus der sich im Archiv befindenden Akte über den Mord an seiner Familie das Kaliber des Projektils herausgesucht, das 1979 in der Mordnacht von seiner Verfolgerin auf ihn abgefeuert worden war. Das Projektil war damals von der Stockholmer Spurensicherung in der Küchenwand der Sandelins gefunden worden. Der ballistische Vergleich ergab, dass es aus Johannas Jagdgewehr stammte, das Albin all die Jahre in seinem Haus aufbewahrt hatte.

Ein Ocularist hatte Olle bestätigt, dass es durchaus möglich war, dass Johanna eine Skleralprothese auf ihr gesundes Auge gesetzt hatte, um für die Zeremonie die Farbe eines ihrer Augen zu ändern. Johanna hatte an Sveas Stelle den Jarl verkörpert.

Schließlich hatte sein Geruchssinn Andreas auf ihre Spur geführt. Lea Roslund hatte ihm erzählt, dass Johanna, genau wie Bengt, *Snus* konsumierte. Der Bauer, der Minus gefunden hatte, hatte ihm neulich davon angeboten. Er hatte die Dose weggestoßen. Dieser unangenehm säuerliche Tabakgeruch hatte in ihm Kindheitserinnerungen geweckt. Albin hatte ihm bestätigt, dass sein Großvater Claes, der Vater von Jacob, ebenfalls *Snus* genommen hatte. Der Grund, warum sich dieser Geruch in sein Gedächtnis eingebrannt hatte, war aber ein anderer. Es war der Zusammenhang mit dem traumatischen Erlebnis: der Nacht, in der seine Familie getötet worden war. Dieser Geruch hatte sich in seinem olfaktorischen Gedächtnis festgesetzt. Und derselbe Geruch war ihm auch an dem Tag in die Nase gestiegen, als er in Sundre den Schlag auf den Kopf erhalten hatte. Damals hatte Andreas zum ersten Mal Zweifel gehegt, ob Johanna wirklich tot war.

Zunächst hatte er sich gegen diesen Gedanken gewehrt und ihn verdrängt. Albin zufolge war Johanna gestorben. Doch mit der Zeit gab es für Andreas nur eine einzige plausible Erklärung: Johanna hatte Albins Schuss und ihren Sturz von der Klippe überlebt. Als der Ermittler Julien Roux entdeckt hatte, dass Nina Mercier vor der Ehe Nina Fältskog geheißen hatte, war er schließlich endgültig davon überzeugt gewesen. Nina Fältskog und Helen Lyngstad – die beiden Frauen waren zum Zeitpunkt des Mordes an Linda Gardell auf Gotland gewesen. Und Johanna war ein großer Abba-Fan. Ihre Mutter hatte ihm dies bestätigt, als sie ihm ein Foto von ihr und Bengt bei einem Konzert in Stockholm gezeigt hatte. Aus diesem Grund hatte sie für sich und Svea neue Identitäten gewählt, die eine Verbindung zu der schwedischen Popgruppe hatten.

Das alles fügte sich nun zu einem plausiblen Gesamtbild

zusammen. Johanna hatte also nicht nur im Mai 1979, sondern auch bei den jüngsten Ereignissen die Rolle des Jarls übernommen.

138

Dienstag, 9. August

Kajsa und Viktor waren am Vortag in Bläse angekommen. Andreas hatte es geschafft, sein verletztes Selbstwertgefühl verstummen zu lassen. Nach vielen Monaten des Schweigens hatte er am Tag nach der Verhaftung seine Eltern angerufen. Er hatte sich dafür entschuldigt, den Kontakt abgebrochen zu haben. Er hatte ihnen verziehen, was er als Lüge betrachtete. Seine tiefe Verletzung vernarbte allmählich. Die Wahrheit über seine Vergangenheit war eine schwere Last, von der er sich jetzt befreit fühlte, da er sie endlich begriffen hatte.

Noch am selben Abend hatten Andreas und Viktor ein langes Gespräch geführt. Viktor hatte ihm erzählt, dass er ihn im Alter von acht Jahren, als sie in Bläse Urlaub gemacht hatten, während eines Ausflugs mit in das Ferienlager in Kyllaj genommen hatte. Er hatte den Ort wiedersehen wollen, wo er als Kind mehrere Sommer mit seinem Freund Heino verbracht hatte. Daher waren Andreas' Erinnerungen, die bei seinem Besuch in der Ferienkolonie vor einigen Wochen aufgetaucht waren, tatsächlich real, auch wenn er dort nie gewohnt hatte.

Diese verschwiegene Vergangenheit hatte bei ihm das Gefühl ausgelöst, man habe ihm ein Glied amputiert hatte, das er immer noch und häufig schmerzhaft spürte. Heute fühlte er sich wieder vollständig. Im Laufe der Suche nach seiner Identität hatte Andreas nicht nur eine, sondern zwei Biografien entdeckt: die seiner leiblichen und die seiner Adoptivfamilie. Außerdem hatte er erfahren, dass der Vor- und Nachname, die er von seinem Großvater geerbt hatte, die eines Soldaten waren, der in einer Schlacht in Estland gefallen war. In Wirklichkeit hatte sein Opa Franz Boehmitz geheißen, doch dieser war, um seine SS-Vergangenheit auszulöschen, desertiert. Andreas würde sicherlich Zeit brauchen, um all diese neuen Parameter in seinem Leben zu verarbeiten.

Viktor hatte ihm erzählt, dass sein eigener Vater ihm auf dem Sterbebett von einem Brief in einer Dose berichtet habe, die er beim Bau der Räucherkammer eingemauert habe. Aus Angst, Dinge zu erfahren, die er lieber nicht wissen wollte, hatte Viktor nie versucht, den Brief zu finden. Er hatte befürchtet, dass sich das Bild, das er von ihm bewahrt hatte, verändern würde, wenn er den Inhalt dieses Dokuments kannte. Deswegen hatte er auch die wenigen alten Fotos von seinem Vater und Roopi, die er bei Heino nach dessen Tod gefunden hatte, auf dem Dachboden versteckt. Dessen Vater Roopi hatte sie als Andenken aufgehoben. Letztlich war dies auch der Grund gewesen, dass Viktor Andreas nie erzählt hatte, dass seine Eltern auf Gotland gelebt hatten, bevor sie sich ein paar Jahre später in Genf niedergelassen hatten. Er wollte diese Erinnerung für alle Zeiten auslöschen. Viktor hatte seinen Vater stets bewundert und daher entschieden, das Kind, das er und Kajsa adoptiert hatten, nach ihm zu benennen, um sein Andenken zu wahren. Dieses Mal fühlte er sich bereit, sich den Geistern der Vergangenheit zu stellen.

Gleich in der Früh begannen Viktor und Andreas damit, die Farbe von den Ziegelsteinen der hinteren Wand der Räucherkammer zu entfernen, bis sie auf einen Mauerstein mit einem eingravierten Adler stießen, genau wie es Viktors Vater beschrieben hatte. Mit Hammer und Meißel entfernten sie den Mörtel. Anschließend konnten sie den Ziegelstein herausziehen und holten dahinter eine kleine Metalldose hervor. Als sie sie öffneten, fanden sie darin einen aus einer Zinklegierung gefertigten Adler mit ausgebreiteten Flügeln, der in seinen Krallen einen Kreis mit einem Hakenkreuz hielt und der einst die Schirmmütze eines deutschen Wehrmachtsoffiziers geziert hatte. Dazu einen vergilbten Umschlag. Andreas riss ihn auf und faltete den Brief auseinander.

An meinen Sohn Viktor,
wenn du diesen Brief liest, bin ich tot. Der Adler mit den ausgebreiteten Schwingen war das Symbol der Macht und der Erneuerung Deutschlands, aber für mich ist er ein »Blutadler« und repräsentiert das Blut, das von allen Opfern dieses abscheulichen Krieges vergossen wurde.

In meiner Jugend hatte mich mein Vater, ein großer Anhänger der Nazi-Ideologie, gegen meinen Willen an einer Junkerschule angemeldet, auf der der Nachwuchs der Waffen-SS ausgebildet wurde. Das Schlimmste war nicht die intensive militärische Ausbildung, sondern die ständige Gehirnwäsche und das Studium von »Mein Kampf«. Ich hasste mich selbst dafür, dass ich so tat, als würde ich dieser inhumanen Ideologie anhängen. Ich hätte alles verlassen und außer Landes fliehen sollen, aber ich wollte meine Familie, vor allem meine Mutter und meinen jüngeren Bruder Albrecht, nicht im Stich lassen. Nach meiner Ausbildung hatte ich Angst, in eine SS-Einsatzgruppe aufgenommen zu werden. Ein Freund hatte mir erzählt, dass er im September 1941 an dem Massaker von Babyn Jar in einer Schlucht bei Kiew beteiligt gewesen ist, bei dem über 30.000 Juden erschossen worden waren. Ich wurde mit der 5. SS-Panzer-Division »Wiking« an die Ostfront geschickt. Bei dieser Gelegenheit war ich zum Offizier ernannt worden und erhielt vom Reichsführer Himmler persönlich einen Ring mit einem Totenkopf, den SS-Ehrenring. Ich war in das Räderwerk der Kriegsmaschinerie geraten.

Im Mai 1944 wurde ich nach Estland verlegt und zum Kommandeur einer SS-Division ernannt. Dort lernte ich Roopi kennen, der mein Freund wurde. Er stand als Bataillonskommandeur unter meinem Befehl. Roopi hatte sich nach dem Aufruf des estnischen Präsidenten freiwillig gemeldet, um sich den deutschen Truppen anzuschließen. Im Januar hatten die Russen ihre Offensive gegen die baltischen Staaten eingeleitet, und die Deutschen begannen zahlreiche Esten anzuwerben, in der Hoffnung, dadurch eine Armee aufzubauen, die den roten Feind hinter ihre Landesgrenzen zurücktreiben könnte und ihnen ihre Unabhängigkeit zurückbrächte. Mitte September bestand jedoch kein Zweifel mehr an der Niederlage Deutschlands. Bevor die Deutschen Estland verließen, machten sie sich daran, möglichst alles zu zerstören, dessen sie habhaft werden konnten. Mein Vorgesetzter hatte mir den Befehl erteilt, mich mit meinem Regiment ins KZ-Außenlager Klooga zu begeben, das nach seinen eigenen Worten »gesäubert« werden musste. Noch am selben Abend sprach ich mit Roopi darüber, und wir fassten den Entschluss zu desertieren. Mit dabei war Andreas Auer, ein Soldat seines Bataillons, zu dem er volles Vertrauen hatte. Nachdem wir ein paar Stunden auf der Flucht waren, wurden wir, während sich Andreas gerade auf der Suche nach etwas zu essen zu einem Bauernhof aufgemacht hatte, von einer deutschen Patrouille gestellt. Sie wollten uns gerade erschießen, als Andreas zurückkam. Er hat uns das Leben gerettet. Es gelang ihm, die drei deutschen Soldaten, die auf uns angelegt hatten, zu eliminieren. Von einer Schusssalve getroffen, musste er jedoch seine Tapferkeit mit dem Leben bezahlen. Wir konnten uns schließlich in einem unterirdischen Bunker bei den Waldbrüdern *verstecken – Partisanen, die im Geheimen agierten. Danach schlossen wir uns der im Aufbau befindlichen estnischen Armee an. Am 22. September waren wir in Tallinn, allerdings waren wir zu wenige und nicht ausreichend bewaffnet, um uns zu verteidigen. Ich werde mich immer an diese schreckliche Stille erinnern, in die die Stadt kurz vor der russischen Offensive getaucht war. Ein paar Tage später gelang es mir, mit Roopi zu fliehen und auf die Insel Saaremaa zu gelangen, auf der seine Familie lebte. Roopi hatte seine Frau und seinen erst wenige Monate alten Sohn Heino mitgenommen. Von dort schifften wir uns nach Gotland ein!*

Die Russen hatten die meisten Boote sabotiert, und so blieben nur ein paar kaputte Kähne und Ruderboote übrig. Doch wir hatten keine Wahl. Als wir in dieser Nussschale die Ostsee überquerten, warf ich den Totenkopfring ins Meer. Ich wollte alles vergessen, ein neues Leben anfangen ... Das tat ich auch, obwohl ich all das Leid und das Unglück, das ich verursacht hatte, nicht aus meinem Gedächtnis löschen konnte. Ich fühlte mich beschmutzt und schuldig, weil ich an diesem Krieg an der Seite der Nazis teilgenommen hatte. Obwohl ich nicht an standrechtlichen Erschießungen beteiligt gewesen war, hatte ich Blut an meinen Händen kleben ...

Bei der Ankunft auf Gotland besaß ich keine Papiere mehr oder irgendetwas, das mich mit meiner Vergangenheit in Verbindung brachte. Ich konnte den Namen, den ich trug, nicht mehr ertragen, den Namen meines eigenen Vaters, der an die Lügen der Nazis geglaubt hatte. Deswegen nahm ich damals den Namen von Andreas Auer an, der mir das Leben gerettet hatte. Nachdem wir in Slite in der Nähe einer Kalkfabrik, deren Rauchwolken am Himmel uns geleitet hatten, an Land gegangen waren, wurden wir von einem Bauern aufgenommen, der uns gestattete, uns an seinem Ofen zu wärmen, und uns Kartoffeln, Brot und Milch auftischte. Etwas später betrat ein Mann in Uniform das Haus. Auf seiner Schirmmütze prangte das goldene Emblem der schwedischen Krone. Es war der örtliche Landfiskal, *der gleichzeitig die Funktion eines Richters und eines Polizisten ausübte. Wir dachten, dass man uns als Kriegsgefangene festnehmen und der schwedischen Militärbehörde übergeben wollte, aber Berthil Bonde, so hieß dieser Mann, nahm sich Zeit, um unsere Geschichte anzuhören. Er brachte uns unauffällig* zu einem Laden, in dem wir unsere Militärkleidung gegen Zivilkleidung tauschen konnten. Die Uniformen wurden im Kamin verbrannt. Am nächsten Tag wurden wir in ein Lager in Visby geschickt. Wir waren mehrere hundert, hauptsächlich zivile Flüchtlinge, die in einer Turnhalle untergebracht wurden und auf Stroh schliefen. Nach einem Monat wurden wir in ein anderes Lager mit provisorischen Baracken verlegt, wo wir sogar ein Bett hatten. Gerade als wir nach Schweden in ein weiteres Lager umgesiedelt werden sollten, torpedierte am 24. September ein russisches U-Boot die Hansa, ein Passagierschiff, das zwischen Nynäshamn und Visby verkehrte. Vierundachtzig Menschen gingen mit dem Schiff unter. Die Transfers wurden unterbrochen. Ein paar Monate später wurden wir mit Hunderten anderen Deutschen und einigen Esten, die nach der Kapitulation geflohen waren, im Mai 1945 von schwedischen Militärs festgenommen und in ein Gefangenenlager namens Lagerlingen im Süden Gotlands überführt. Irgendwer musste uns denunziert haben. Roopis Frau und sein Sohn Heino blieben in Visby bei den zivilen Flüchtlingen. Im Lager wurden wir monatelang vom schwedischen Militär bewacht und wurden zu verschiedenen Arbeitseinsätzen abkommandiert. Unter anderem legten wir einen Sportplatz an, bauten ein Amphitheater und freundeten uns mit den Einheimischen an. Wir alle hofften, bald entlassen zu werden, um auf Gotland einen Neuanfang zu machen, doch wir hatten die Rechnung ohne die neue verheerende Pressemitteilung vom November 1945 gemacht. Wir würden in das Land deportiert werden, aus dem wir geflohen waren, und den Russen übergeben werden. Einige von uns begannen daraufhin einen Hungerstreik, andere verstümmelten sich, in der Hoffnung, bleiben zu dürfen. Einer unserer Freunde hatte sich mit einem Bleistift ein Auge ausgestochen, ein anderer hatte sich die Finger abgehackt. Angesichts des Endes des Ultimatums nahmen sich

sogar einige das Leben. Dank Oskar, dem Vater deines Freundes Albin, einem Lageroffizier, mit dem wir uns angefreundet hatten, konnten Roopi und ich aus dem Lager fliehen. Danach haben wir in Bläse ein neues Leben begonnen. Dort lernte ich auch Astrid, deine Mutter, kennen. Wir heirateten. Ein paar Monate später wurdest du geboren. Es war der schönste Tag meines Lebens.
Franz

139

Freitag, 12. August

Johanna hörte, wie sich der Schlüssel im Schloss drehte. Ihre Zellentür wurde geöffnet.
»Duschzeit.«
Sie ging den endlosen, spärlich beleuchteten Flur entlang, vorbei an verschlossenen Türen. Seit ihrer Verhaftung hatte sie Svea nicht mehr wiedergesehen. Sicherlich befand sie sich in einer dieser Zellen. Der schwedische Staatsanwalt hatte ein Auslieferungsersuchen gestellt. Ihr Anwalt hatte ihr gesagt, dass sie vermutlich beide in Schweden vor Gericht gestellt würden. Die Liste der Anklagepunkte füllte beinah eine Seite.
Johanna zog sich aus und betrat die Dusche.
»Du hast fünf Minuten Zeit und keine Sekunde länger.«
Die Gefängniswärterin blieb mit vor der Brust verschränkten Armen stehen, um sie zu bewachen. Johanna drehte die Mischbatterie auf die höchste Stufe. Die heißen Wasserstrahlen brannten auf ihrer Haut. Sie drehte die Temperatur herunter und ließ das kalte Wasser über ihren Körper laufen. Dieser thermische Schock tat ihr gut.
Bilder und Erinnerungen stiegen in ihr auf.
Svea hatte am eigenen Leibe erfahren, wie sich ihr Traum

von einem letzten Konzert in Rauch aufgelöst hatte, und würde nun die letzten Tage ihres Lebens allein hinter Gittern verbringen. Bis zu diesem Moment hatte sie gekämpft, aber nun standen dem Krebs alle Möglichkeiten offen, einen Körper und einen Geist heimzusuchen, die nichts mehr zu hoffen hatten.

Als Johanna Lindas Nachricht im Messengerdienst auf Friggs Facebook-Seite gelesen hatte, hatte es sich angefühlt, als würde sie erneut von den Klippen auf Gotland stürzen. Lange hatte sie sich gefragt, ob jemand auspacken oder von den Ereignissen in jener Nacht erzählen würde, die sich bis ins kleinste Detail in ihr Gedächtnis eingebrannt hatten. Sie hatte diesbezüglich keine Bedenken, da außer David keines der Mitglieder sie kannte. Und er würde niemals reden, dessen war sie sich sicher. Sie hatte sichergestellt, dass sie alle Spuren und möglichen Verbindungen beseitigt hatte, bevor sie die Insel verlassen hatte und verschwunden war. Lindas Nachricht hatte jedoch zwei wichtige Fragen aufgeworfen. Erstens, wie hatte Linda es geschafft, Svea zu identifizieren? Als sie Linda gekidnappt hatten, um sie zum Kreis der Richter zu bringen, hatte sie die Antwort erhalten. Unter Zwang hatte sie ihnen gestanden, die Gesangsstimme des Jarls erkannt zu haben, als sie Frigg im Fernsehen in einer Sendung über den französischen Chanson gehört hatte. Trotz ihrer Bemühungen war es Svea nicht gelungen, ihren gotländischen Akzent komplett loszuwerden. Linda hatte ihn herausgehört, obwohl Svea auf Französisch gesungen hatte. Und die zweite Frage: Woher tauchte Jonas nach siebenunddreißig Jahren auf? Eine Zeit lang hatte Johanna versucht, seine Spur wiederzufinden. Vergeblich. Albin hatte alles richtig gemacht. Er hatte ihm eine neue Identität und ein neues Leben verschafft.

Es war ein enormes Risiko gewesen, nur wenige Wochen vor Sveas allerletzten Pariser Konzerten nach Gotland zurückzukehren. Es nicht zu tun und Lindas Botschaft zu ignorieren wäre jedoch genauso gefährlich gewesen. Friggs Image zu beschädigen war undenkbar. Johanna hatte sich eingeredet, erneut in die Rolle des Jarls schlüpfen zu müssen und das Problem zu lösen. Ihr einziges Ziel war es gewesen, der todgeweihten Svea ihren letzten Wunsch zu erfüllen. Danach hatte sie sich etwas einfallen lassen wollen. Das war nicht so wichtig gewesen, denn ein Leben ohne Svea wäre sowieso fade. Und ein fades Leben war es nicht wert, gelebt zu werden.

Wie sie es gehofft hatte, waren beim Treffen im Kreis der Richter alle noch lebenden Mitglieder anwesend gewesen. Svea, die zu erschöpft und fragil war, war zu Hause geblieben. Erneut hatte sie die Rolle des Jarls verkörpert. Doch sie hatte Unterstützung gebraucht, um ihren Plan auszuführen, und David war dafür wie gemacht gewesen. Er hatte sich von Anfang bis Ende zum Narren halten lassen. Und er hatte es nie gemerkt. Sie hatte sich als Svea ausgegeben und telefonisch Davids Hilfe erbeten. Das Risiko, dass er ihre Stimme erkennen würde, war gering. Svea hatte zwar sporadisch Kontakt zu ihm gehalten, aber das letzte Mal, dass sie miteinander gesprochen hatten, war über zehn Jahre her. Während des Treffens hatte David alias Grer aufgrund der Abwesenheit von Berling und Alfrigg zusätzlich die Rolle des Goði übernommen. Nach der Zeremonie hatte sie ihn gebeten, ihr zu helfen, Lindas Leiche in ihren Kofferraum zu legen, und dann wegzufahren. Sie hatte den Helm, der ihr Gesicht verdeckte, erst abgenommen, als sie allein war. Danach war sie nach Trullhalsar gefahren, wo sie Svea getroffen hatte. Mit Sveas Hilfe hatte sie den Blutadler-Ritus an Linda praktiziert, wie sie es auch bei Jacob und Vilhelmina getan hatte. Zu zweit hatten sie den Leichnam mühsam am Baum aufgehängt. Bis dahin hatte ihr Plan funktioniert. Linda war eliminiert worden, die Clanmitglieder hatten sich in eine Falle locken lassen und die Entscheidung akzeptiert, die Verräterin hinzurichten. Wer redete, dem drohte wie Linda die Enthauptung …

Doch sie hatten die Rechnung ohne den kleinen Jonas gemacht, der inzwischen Kommissar Auer geworden war. Als Andreas schließlich in Sundre aufgetaucht war, hatten sie sein Auto schon von Weitem gesehen. Sie hatten die Tür abgeschlossen, den Schlüssel im Blumentopf und sich selbst in der

Scheune versteckt und Andreas das Haus durchsuchen lassen. Als er wieder herausgekommen war, hatte sich Svea ans andere Ende des Grundstücks gestellt und war mit dem Helm auf dem Kopf auf ihn zugekommen. Andreas hatte Svea so konzentriert angestarrt, dass er Johanna nicht bemerkt hatte. Sie hatte sich von hinten an ihn herangeschlichen und ihn mit der Schaufel niedergeschlagen. Nach so vielen Jahren hatte sie Jonas in der Hand. Endlich! Es war an der Zeit, dass er mit seiner Familie vereint würde, sechs Fuß unter der Erde. Sie hatte beschlossen, ihn vor seinem Tod leiden zu lassen. Ein fataler Fehler.

Johanna war Sveas *Fylgja*. Und die *Fylgja* besaß die Macht des *Vardøger*, eines Schutzgeistes. Er eilte der Person, die er beschützte, voraus, egal, wohin sie ging. Auf diese Weise konnte er vorausschauen und die Fallen erkennen, die auf ihrem Weg lagen. Und vor allem teilte er das Schicksal seiner Schutzbefohlenen und ging immer voran, selbst in den Tod. Wenn die *Fylgja* verschwand, war dies das Zeichen, dass die Person bald sterben würde.

Johanna drehte sich um. Die Wärterin wandte ihr den Rücken zu und unterhielt sich mit einer Kollegin. Johanna öffnete die Flasche mit dem vermeintlichen Duschgel und nahm eine Zahnbürste heraus, an der sie zwei Rasierklingen befestigt hatte. Mit einer raschen Bewegung schnitt sie sich die Halsschlagader auf. Blut spritzte auf die weißen Fliesen. Sie brach zusammen. Das Wasser, das in den Abfluss floss, färbte sich rot.

140

Samstag, 13. August

Die Auer-Sippe war wieder vereint. Das Wetter war perfekt. Jessica und Viktor grillten Lammkoteletts, und Kajsa deckte den Tisch im Garten. Mikaël spielte Kubb mit Mélissa und Adam. Bei diesem gotländischen Spiel geht es darum, Holzblöcke mit Stöcken umzuwerfen. Sieger ist, wer am Ende den König umwirft. Minus spielte auf seine Weise mit. Er hatte einen der Stöcke entwendet.

Albin und Andreas, der den handgeschriebenen Brief seines Großvaters in den Händen hielt, saßen etwas abseits und unterhielten sich.

»Ich war zehn, aber ich erinnere mich noch sehr gut an jene Zeit«, sagte Albin. »Mein Vater Oskar und Vilhelminas Vater Evert waren die besten Freunde der Welt und arbeiteten zusammen im Gefangenenlager in Lagerlingen bei Havdhem. Die zwei haben deinem Großvater Andreas und Roopi bei der Flucht geholfen. Danach haben sich die beiden ein paar Monate bei uns in Stenkyrka versteckt. Auf diese Weise sind sie der Deportation entgangen. Damals war mein Großvater der Direktor des Kalksteinwerks in Bläse und hat sie eingestellt. Roopi und Andreas ließen sich dort nieder und erhielten Asyl. Mein Vater, Roopi und Andreas haben ihre enge Freundschaft bewahrt. Obwohl Andreas zu Astrid und Viktor in die Schweiz zog, sind sie miteinander in Verbindung geblieben. Sie kehrten regelmäßig nach Gotland in ihr Haus in Bläse zurück. Auch mein Vater blieb mit Vilhelminas Vater Evert befreundet. Deswegen habe ich, als deine Familie starb, alles darangesetzt, um dich zu retten. Ich hatte Vertrauen zu Viktor und Kajsa. Sie konnten dir ein neues Leben geben.«

Auch wenn die Taten verjährt waren, war Albin vom Staatsanwalt angehört worden, da dieser Licht in die jüngsten Ereignisse um Lindas Ermordung und in jene von 1979 bringen wollte. Er hatte Albin viele Fragen über seine Beteiligung an den Ermittlungen zum Mord an der Familie Sandelin gestellt und vor allem zu Johannas Verschwinden, dem vorgetäuschten Tod von Jonas und der gefälschten Adoptionsakte.

Albin und Andreas hatten sich am Vortag zu einem Gespräch unter vier Augen getroffen. Albin hatte sich dafür entschuldigt, ihm nicht schon bei ihrem ersten Treffen vor ein paar

Wochen alles erzählt zu haben. Er hatte verhindern wollen, dass diese düstere Geschichte wieder aufgerollt würde und seinem Patensohn noch mehr Schaden zufügte. Er hatte es nie geschafft, die Schuldigen zu finden, und hatte befürchtet, dass sie Andreas auch nach all diesen Jahren immer noch aus dem Weg räumen wollten.

Andreas empfand große Zuneigung für den alten Mann. Abgesehen von seinen Eltern und der Familie des Bruders von Vilhelmina, die in den USA lebte, war Albin das einzige Bindeglied zu seiner biologischen Familie. Albin hatte ihm von Evert, Alma und Torgny erzählt. Andreas hoffte, sie bald kennenzulernen, aber vorher musste er ihnen mitteilen, dass Jonas nicht tot war … Anschließend hatte Albin ausführlich über Vilhelmina, Jacob und seine Schwester Linnea gesprochen. Andreas saugte diese Worte auf, klammerte sich an die Details, die Albin erwähnte, und versuchte auf diese Weise, Bilder in seinem Kopf zu erzeugen und seine Familie wenigstens für ein paar Augenblicke wieder zum Leben zu erwecken.

»Andreas, Albin!«

»Wir kommen.«

Sie gesellten sich zu den anderen und setzten sich an den Tisch.

Nach schwedischer Tradition erhob jeder sein Glas auf Kinnhöhe – damit es die höheren Mächte mit Glück und Zufriedenheit füllten –, um denjenigen zuzuprosten, mit denen man anstoßen wollte.

»*Skål!*«, sagte Viktor.

»*Skål!*«, erwiderten alle im Chor. Vor dem ersten Schluck musste jeder sein Glas in Richtung der anderen Gäste heben und ihnen dabei in die Augen schauen. Andreas blickte seine Familienmitglieder nacheinander an. Und zum Schluss war Mikaël an der Reihe. Er zwinkerte ihm zu. Andreas lächelte ihn an.

EPILOG

Andreas schloss die Augen. Sein Geist eilte davon. Er sah sich selbst auf diesem Friedhof vor den Gräbern stehen. Als sei seine Seele aufgestiegen und beobachte die Szene aus der Luft.

Langsam öffnete er die Augen und starrte lange auf die Erde, die das Grab von Jonas Sandelin bedeckte. Der Stein war entfernt worden, und das Grab war leer. Der kleine Jonas, der 1979 gestorben war, hatte Andreas Auer das Leben geschenkt. Nach seinem Tod würde Andreas hier begraben werden. So hatte er es entschieden.

Anschließend legte Andreas Blumen auf die Gräber seiner Großeltern Claes und Inga, seiner Eltern Jacob und Vilhelmina und seiner Schwester Linnea. Er war gelassen, beruhigt und von seiner wiedergefundenen Vergangenheit durchdrungen.

Schließlich drehte sich Andreas um und ging zu Mikaël und Minus, um mit ihnen in die Schweiz nach Gryon zurückzukehren.

Danksagung

Diese Geschichte ist frei erfunden. Jedwede Ähnlichkeit zwischen den Romanfiguren und real existierenden Personen ist daher rein zufällig, mit Ausnahme einiger sehr realer Nebenfiguren. Bei ihnen möchte ich mich bedanken, dass sie sich bereit erklärt haben, in diesem Roman eine Rolle zu spielen. Die verschiedenen Orte auf Gotland existieren natürlich und können besichtigt werden – am besten im Sommer!
Die Arbeit an diesem dritten Fall von Andreas Auer war eine faszinierende Rückkehr zu den eigenen Wurzeln und eine spannende literarische Expedition.
Ich möchte mich bei allen bedanken, die auf ihre Weise dazu beigetragen haben, dass dieses Buch Wirklichkeit geworden ist:
Chantal Cominoli und René Engi für die wiederholte und intensive Lektüre, für euren peniblen Blick für die kleinsten Details, für eure Ideen und den Austausch ... Was für ein Abenteuer!
Marie-Madeleine Bonvin für die motivierenden Gespräche, dein aufmerksames Korrekturlesen, dein scharfes Auge und deine Liebe zur französischen Sprache.
Valéry Dätwyler-Bütikofer vom Blog Sang Pages für deine Unterstützung, deine Lektüre, deine sachkundigen Ratschläge als Liebhaberin und Spezialistin für Kriminalromane.
Patricia Duboux und Jean-Luc Schmalz für eure Unterstützung an den Tatorten, für unsere ausführlichen Diskussionen über das Manuskript und die Erstellung eines Videoclips.
Marie Javet für deine Unterstützung, deinen Rat und unsere leidenschaftlichen Diskussionen.
Kathleen Malcause für deine Lektüre, deine Ratschläge und deine Expertise als Juwelierin.
Und auch euch Lesern und Freunden: Nicole, Diane, Freddy. Eure Meinung ist mir sehr wichtig!
Ein riesiges Dankeschön an euch alle in der Schweiz und in Schweden *(Tack så mycket!)* für eure wertvolle Expertise. Es

ist eine große Freude, dass ich während des gesamten Schreibprozesses bei meinen Recherchen auf euch zählen konnte:
Prof. Patrice Mangin, Honorardirektor des Universitätszentrums für Rechtsmedizin (CURML) der Romandie, auf den ich mich seit Beginn dieses Abenteuers mit »Das Licht in dir ist Dunkelheit« stets verlassen kann.
Vincent Clivaz, *Inspecteur* der Sicherheitspolizei der Kantonspolizei Waadt.
Olivier Keller, Kriminalkommissar bei der Kantonspolizei in Genf.
Mats Holst, *Kriminalkommissarie* der Polizei von Gotland.
Olivier Jouve, regionale Leitung der Kriminalpolizei der französischen Polizeipräfektur, Paris.
Vincent Castella, Leiter der Abteilung für forensische Genetik am Universitätszentrum für Rechtsmedizin (CURML).
Dr. Negahnaz Moghaddam, Anthropologin am Universitätszentrum für Rechtsmedizin Lausanne – Genf (CURML).
Dr. Karin Diserens, Leiterin der Abteilung für Physikalische und Rehabilitative Medizin, CHUV, Lausanne.
Prof. Thomas J. Wolfensberger, Medizinischer Direktor und Chef de Service am Zentrum für Ophthalmologie Jules-Gonin, Universität von Lausanne.
Aden, Schmuckdesigner (Maison Gavilane, Paris) und Autor, Komponist und Sänger. Das Chanson »Standing Ovations« stammt von ihm.
Brigitte von Gunten, Augenoptikerin, Stedtli Optik, Laupen.
André Magnusson, Juwelier, Odds Guld, Visby.
Johan Norderäng, Archäologe, Gotlands Museum, Visby.
Malin Edmar, Rechtsanwältin, EdmarLaw, Stockholm.
Mickael Lundgren, Experte für gotländische Geschichte, www.tjelvar.se, Gotland.

Vielen Dank auch an euch, liebe Leserinnen und Leser, die ihr euch Zeit nehmt, um mir zu schreiben und mich auf einige Ungenauigkeiten in ganz bestimmten Bereichen hinzuweisen, insbesondere an Yvan, der mir erlaubt hat, seine Worte zu übernehmen: Der BMW 635CSi von Andreas ist nicht mit einem V6, sondern mit einem Reihensechszylinder ausgestattet. Ein riesiges Dankeschön an meinen Verleger für seine ständige Unterstützung und sein Augenmerk. Ein großes Dankeschön an meine Mutter Birgitta, die stets meine erste und treueste Leserin ist. *Tack för allt!*

Und zu guter Letzt danke ich meinem Lebensgefährten Benjamin aus ganzem Herzen dafür, dass er mich seit Beginn dieses literarischen Abenteuers Tag für Tag unterstützt. Was würde ich ohne dich tun?

Marc Voltenauer
DAS LICHT IN DIR IST DUNKELHEIT
Übersetzt von Franziska Weyer
Klappenbroschur, 448 Seiten
ISBN 978-3-7408-1153-2

Ein abgeschiedenes Bergdorf in den Alpen. Die beschauliche Welt gerät aus den Fugen, als in der Kirche ein Toter gefunden wird, grausam zugerichtet und drapiert wie Jesus am Kreuz. Kommissar Andreas Auer von der Kriminalpolizei Lausanne ahnt, dass dies erst der Auftakt zu einer blutigen Serie ist. Und er soll recht behalten. In der Enge der Dorfgemeinschaft geschieht ein weiterer verstörender Mord. Es beginnt ein atemloser Wettlauf gegen die Zeit – und gegen einen kaltblütigen Täter, der sich als Instrument Gottes betrachtet.

Marc Voltenauer
WER HAT HEIDI GETÖTET?
Übersetzt von Franziska Weyer
Klappenbroschur, 416 Seiten
ISBN 978-3-7408-1536-3

Das beschauliche Bergdorf Gryon wird von einer Serie verstörender Ereignisse erschüttert. Ein Auftragskiller, der kurz zuvor einen Mord an einem Politiker begangen hat, zieht in ein Luxus-Chalet in der Nachbarschaft. Die Kuh eines Dorfbauern wird regelrecht hingerichtet. Eine Frau aus der Region verschwindet, kurz darauf wird eine weitere tot aufgefunden. Und mittendrin Kommissar Andreas Auer, der versucht, die Fäden zu entwirren – und dabei riskiert, alles zu verlieren.

www.emons-verlag.de

Benjamin Amiguet, Marc Voltenauer
**111 ORTE IN DEN WAADTLÄNDER ALPEN,
DIE MAN GESEHEN HABEN MUSS**
Übersetzt von Franziska Weyer
Broschur, 240 Selten
ISBN 978-3-7408-1466-3

Entdecken Sie 111 faszinierende, oft überraschende, aber immer inspirierende Orte und erleben Sie unvergessliche Begegnungen in den Waadtländer Alpen. Hier spiegelt sich die ganze Schweiz wider. Zwischen den Ufern des Genfersees und dem Gipfel des Diablerets-Gletschers laden jahrhundertealte Weinberge, grüne Täler, bezaubernde Almen und dramatische Berge zum Entdecken ein. Die Vielfalt der Landschaft, der Reichtum der lebendigen Traditionen und die Liebe der Bewohner zu ihrer Region machen sie zu einem beliebten Reiseziel. Ob Sie in der Region leben oder zum ersten Mal zu Besuch sind, lassen Sie sich verführen von den außergewöhnlichen Orten und den oft überraschenden Geschichten …

www.emons-verlag.de